btb

Buch

Claude Wheeler wächst als Sohn eines wohlhabenden Farmers in Nebraska auf. Er ist ein sensibler und hochbegabter Junge und leidet unter der geistigen Enge der Verhältnisse. Seine Eltern können ihm auf seiner Suche nach einer Orientierung im Leben keine Hilfe bieten. Nach dem Besuch eines kirchlichen Colleges und einer für seine geistige Entwicklung bedeutsamen Begegnung mit einem Universitätsprofessor ist er jedoch gezwungen, die ungeliebte elterliche Farm zu übernehmen. Eine unglückliche Ehe verstärkt seine innere Einsamkeit, und so ergreift Claude die Möglichkeit, bei Eintritt der USA in den Ersten Weltkrieg als Freiwilliger aus seiner bedrängten Situation zu fliehen. Die französische Kultur und Lebensweise, mit der er in Europa während einiger weniger Wochen in Berührung kommt, erscheint ihm als leuchtendes Gegenbild zu seiner bisherigen Lebenssphäre. Doch er fällt in der Argonnenoffensive, noch bevor sein Idealismus an der grausamen Realität des Krieges zerbrechen kann.
»Sei leise, wenn du gehst« ist eine meisterhafte psychologische Studie über die innere Entwicklung eines wurzellosen Menschen in der Zeit des Ersten Weltkrieges. Claude Wheelers Schicksal ist bereits geprägt von dem Lebensgefühl der »verlorenen Generation«.

Autorin

Willa Cather (1873–1947) wurde bei Winchester, Virginia, geboren. Als Zehnjährige zog sie mit ihren Eltern in die weiten Prärien von Nebraska, das damals noch Pionierland war, und lebte in Red Cloud. Nach ihrem Studium arbeitete sie mehrere Jahre als erfolgreiche Journalistin und Kritikerin. Ihrem ersten Buch *April Twilights*, 1902 erschienen, folgten zwölf Romane, zahlreiche Essays und Erzählungen. 1923 erhielt sie den Pulitzer-Preis.

Von Willa Cather bereits bei btb erschienen
Schatten auf dem Fels. Roman (72032)

Willa Cather

Sei leise, wenn du gehst
Roman

Deutsch von Eva Brückner-Tuckwiller
Mit einem Nachwort von
Sabine Lietzmann

btb

Die amerikanische Originalausgabe
erschien 1922 unter dem Titel
»One of Ours« bei Alfred A. Knopf, Inc., New York
Die erste deutsche Ausgabe ist 1928 im Urban Verlag,
Freiburg, unter dem Titel »Einer von uns« erschienen

Umwelthinweis:
Alle bedruckten Materialien dieses Taschenbuches
sind chlorfrei und umweltschonend.

btb Taschenbücher erscheinen im Goldmann Verlag,
einem Unternehmen der Verlagsgruppe Bertelsmann.

1. Auflage
Genehmigte Taschenbuchausgabe Dezember 1996
Copyright © 1922 by Willa Cather. Copyright renewed 1949 by
the Executors of the Estate of Willa Cather. This translation
published by arrangement with Alfred A. Knopf, Inc.
Copyright © der deutschsprachigen Ausgabe 1992 by
Albrecht Knaus Verlag GmbH, München
Copyright © des Nachworts by Sabine Lietzmann
Umschlaggestaltung: Design Team München
Satz: Filmsatz Schröter GmbH, München
T. T. · Herstellung: Augustin Wiesbeck
Made in Germany
ISBN 3-442-72086-9

Für meine Mutter Virginia Cather

*Die Adler des Westens bittend,
fliegt weiter...*
                           VACHEL LINDSAY

Inhalt

ERSTES BUCH
Am Lovely Creek
Seite 9

ZWEITES BUCH
Enid
Seite 137

DRITTES BUCH
Sonnenaufgang über der Prärie
Seite 225

VIERTES BUCH
Die Fahrt der Anchises
Seite 294

FÜNFTES BUCH
«Die Adler des Westens bittend,
fliegt weiter»
Seite 353

Nachwort
Seite 507

ERSTES BUCH

Am Lovely Creek

1

Claude Wheeler öffnete die Augen, bevor die Sonne aufgegangen war, und schüttelte kräftig seinen jüngeren Bruder, der in der anderen Hälfte desselben Bettes lag.

«Ralph, Ralph, wach auf! Komm mit runter und hilf mir das Auto waschen.»

«Wozu?»

«Na, gehen wir denn heute nicht in den Zirkus?»

«Auto is' in Ordnung. Laß mich in Ruhe.» Der Junge drehte sich um und zog sich das Bettuch übers Gesicht, um das Licht nicht sehen zu müssen, das allmählich durch das vorhanglose Fenster drang.

Claude stand auf und zog sich rasch an. Er schlich die Treppe hinunter und ertastete sich den Weg durchs Dunkel; sein rotes Haar stand ihm in Zacken ab wie ein Hahnenkamm. Er ging durch die Küche in den Waschraum, der zwei Porzellanbecken mit fließendem Wasser enthielt. Anscheinend hatten sich alle vor dem Zubettgehen gewaschen, denn die Becken waren von einer dunklen Ablagerung gerändert, die das harte, alkalihaltige Wasser nicht aufgelöst hatte. Er schloß die Tür vor dieser Unordnung und ging in die Küche zurück. Dort nahm er Mahaileys Blechbecken, tauchte Gesicht und Kopf in kaltes Wasser und fing an, sein nasses Haar anzuklatschen.

Da kam die alte Mahailey selbst vom Hof herein, mit einer Schürze voller Maiskolben, um ein Feuer im Küchenherd zu entzünden. Sie lächelte ihm in der töricht-liebevollen Weise zu, die sie ihm gegenüber oft an den Tag legte, wenn sie allein waren.

«Was stehs'n schon auf, Junge? Gehs' vorm Frühstück zum Zirkus? Mach keinen Lärm nich', sonst hast 'se hier unten, bevor ich mein Feuer ankrieg'.»

«Schon gut, Mahailey.» Claude griff seine Mütze und lief hinaus, den Hang hinunter zur Scheune. Die Sonne tauchte über dem Prärierand auf wie ein breites lächelndes Gesicht; das Licht ergoß sich über die kurzgestutzten Augustweiden und die hügeligen, bewaldeten Schleifen des Lovely Creek – eines klaren Flüßchens mit sandigem Grund, das sich verspielt durch den Südabschnitt der Wheeler-Ranch wand und schlängelte. Es war ein schöner Tag für einen Zirkusbesuch in Frankfort, ein schöner Tag für alles und jedes; ein Tag, der rundum gut verlaufen mußte.

Claude steuerte den kleinen Ford rückwärts aus dem Schuppen, fuhr ihn an die Pferdetränke und begann, Wasser auf die schlammverkrusteten Räder und auf die Windschutzscheibe zu schütten. Während er sich daran zu schaffen machte, kamen die beiden Landarbeiter, Dan und Jerry, den Hügel heruntergetrottet, um das Vieh zu füttern. Jerry murrte und fluchte über irgend etwas, aber Claude wrang seine nassen Lappen aus und beachtete sie, abgesehen von einem Nicken, nicht weiter. Irgendwie brachte sein Vater es immer fertig, die ungehobeltsten und schmutzigsten Landarbeiter weit und breit einzustellen. Claude war im Augenblick nicht gut auf Jerry zu sprechen, weil der eines der Pferde schlecht behandelt hatte.

Molly war eine treue alte Stute, Mutter zahlreicher Fohlen; Claude und sein jüngerer Bruder hatten auf ihr reiten gelernt. Als Jerry sie eines Morgens zur Arbeit hinausführte, ließ er sie auf ein Brett treten, aus dem ein Nagel vorstand. Er zog ihr den Nagel aus dem Fuß, sagte keinem etwas davon und quälte sie den ganzen Tag am Kultivator. Jetzt hatte sie wochenlang, geduldig leidend, im Stall gestanden, mit erbärmlich abgemagertem Körper und einem Bein, das angeschwollen war, bis es aussah wie das eines Elefanten. Sie würde dort stehen müssen, sagte der Tierarzt, bis ihr Huf sich ablöste und ein neuer nachwuchs, und das Bein würde für immer steif bleiben. Jerry war nicht entlassen worden, und er stellte das arme Tier zur Schau, als würde es ihm Ehre machen.

Mahailey trat auf die Hügelkuppe hinaus und läutete die Frühstücksglocke. Während die Landarbeiter zum Haus hinaufgingen, schlüpfte Claude in die Scheune, um sicherzugehen, daß Molly ihren Anteil Hafer bekommen hatte. Sie fraß ruhig, mit hängendem Kopf, den schuppigen, wie abgestorben wirkenden Fuß ein klein wenig vom Boden gehoben. Als er ihr den Hals streichelte und zu ihr sprach, hörte sie auf zu fressen und starrte ihn klagend an. Sie erkannte ihn, rümpfte die Nase und zog die Oberlippe von ihren abgenutzten Zähnen zurück, um zu zeigen, daß sie es gern mochte, wenn man sie streichelte. Sie ließ zu, daß er den Fuß berührte und ihre Beine untersuchte.

Als Claude in die Küche kam, saß seine Mutter an der Stirnseite des Frühstückstisches und schenkte dünnen Kaffee aus, sein Bruder und Danny und Jerry saßen auf ihren Plätzen. Mahailey buk am Herd Pfannkuchen. Einen Augenblick später kam Mr. Wheeler die Treppe herunter und ging den Tisch entlang zu seinem Platz. Er war ein sehr stattlicher Mann, größer und breiter als alle seine Nachbarn. Im Sommer trug er selten einen Rock, und sein zerknautschtes Hemd bauschte sich nachlässig über dem Hosengurt. Sein rotbackiges Gesicht war glattrasiert, wahrscheinlich auch ein wenig tabakbefleckt um den Mund, und ließ auf Wohlwollen, ein derbes Temperament und eine unerschütterliche Gemütsruhe schließen. Niemand in der County hatte Nat Wheeler je über etwas aus der Fassung geraten sehen, und niemand hatte ihn je völlig ernst sprechen hören. Er wahrte seine lässige, scherzhafte Umgänglichkeit sogar seiner eigenen Familie gegenüber.

Sobald er sich gesetzt hatte, griff Mr. Wheeler nach der Zuckerdose und fing an, seinen Kaffee zu zuckern. Ralph fragte ihn, ob er in den Zirkus gehen würde. Mr. Wheeler zwinkerte.

«Es sollte mich nicht wundern, wenn's mich irgendwann in die Stadt verschlägt, bevor die Elefanten sich auf und davon machen.» Er sprach sehr bedacht, mit dem schleppenden Akzent von Maine, und seine Stimme war weich und angenehm. «Ihr Jungs fahrt aber besser früh los. Ihr könnt den Wagen und die Maultiere nehmen und die Kuhhäute aufladen. Der Schlachter hat zugesagt, daß er sie nimmt.»

Claude legte sein Messer nieder. «Können wir nicht das Auto haben? Ich habe es extra gewaschen.»

«Und was ist mit Dan und Jerry? Sie möchten genauso gern in den Zirkus wie ihr, und ich will, daß die Häute abgeliefert werden; sie bringen jetzt einen guten Preis. Es macht mir nichts aus, daß du das Auto gewaschen hast;

Dreck schützt die Farbe, sagt man, aber diesmal ist es in Ordnung, Claude.»

Die Landarbeiter grölten vor Lachen, und Ralph kicherte. Claudes sommersprossiges Gesicht wurde sehr rot. Der Pfannkuchen wurde ihm zäh und schwer im Mund und ließ sich nur mühsam herunterschlucken. Sein Vater wußte, daß es ihm zuwider war, die Maultiere in die Stadt zu kutschieren, und er wußte auch, wie sehr es ihm zuwider war, mit Dan und Jerry irgendwohin zu fahren. Was die Häute betraf, so waren es die jener vier Stiere, die durch die sträfliche Nachlässigkeit eben dieser Landarbeiter im Schneesturm letzten Winter zugrunde gegangen waren. Der Preis, den sie erzielen würden, wäre nicht halbwegs die Zeit wert, die Claudes Vater mit dem Abziehen und Trocknen verbracht hatte. Den ganzen Sommer über hatten sie auf dem Dachboden eines Schuppens gelegen, und der Wagen war ein dutzendmal in der Stadt gewesen. Aber ausgerechnet heute, da er sauber und unbeschwert nach Frankfort fahren wollte, mußte er diese stinkenden Häute und zwei grobmäulige Männer mitnehmen und ein Mauleselpaar führen, das ständig schrie und bockte und sich in einer Menschenmenge geradezu lächerlich benahm. Wahrscheinlich hatte sein Vater aus dem Fenster gesehen und ihn beim Autowaschen beobachtet, und während er sich anzog, hatte er das für ihn ausgeheckt. Es war typisch für seines Vaters Vorstellung von einem Scherz.

Mrs. Wheeler sah mitfühlend zu Claude hinüber, da sie seine Enttäuschung spürte. Vielleicht argwöhnte auch sie einen Scherz dahinter. Sie hatte gelernt, daß Humor in fast jeder Verkleidung auftreten kann.

Als sich Claude nach dem Frühstück zur Scheune aufmachte, kam sie den Pfad heruntergelaufen und rief kaum hörbar nach ihm – Hast ließ sie immer kurzatmig werden. Sie holte ihn ein und sah besorgt zu ihm auf, während sie ihre zartgeformte Hand schützend vor die Augen hielt. «Wenn du möchtest, daß ich deinen Leinenrock herrichte, Claude, kann ich ihn bügeln, während du anspannst», sagte sie nachdenklich.

Claude stand da und trat nach einem Bündel gesprenkelter Federn, das einmal ein Junghuhn gewesen war. Seine Mutter sah, daß seine Schultern hochgezogen waren, und seine Gestalt drückte Energie und entschlossene Selbstbeherrschung aus.

«Brauchst dir keine Mühe zu machen, Mutter.» Seine Worte waren ein hastiges Gemurmel. «Ich trage besser mein altes Zeug, wenn ich die Häute mitnehmen muß. Sie sind fettig, und in der Sonne werden sie schlimmer stinken als Dünger.»

«Die Männer können sich mit den Häuten befassen, denke ich. Würdest du dich in der Stadt nicht wohler fühlen, wenn du gut gekleidet wärst?» Sie blinzelte immer noch zu ihm hinauf.

«Mach dir deswegen keine Sorgen. Leg mir ein sauberes farbiges Hemd heraus, wenn du möchtest. Das reicht.»

Er wandte sich zur Scheune, und seine Mutter ging langsam den Pfad zurück zum Haus hinauf. Wie mitgenommen und wie gebeugt seine liebe Mutter aussah! Wenn sie es ertragen konnte, diese Männer um sich zu haben, für sie zu kochen und zu waschen, dann konnte er sie auch zur Stadt fahren!

Eine halbe Stunde nach der Abfahrt des Wagens zog Nat Wheeler einen Alpakarock an und fuhr in dem klapprigen

Buckboard davon, mit dem er immer noch durchs Land kutschierte, obwohl er sich zwei Automobile hielt. Er sagte seiner Frau nichts; es war ihre Sache, zu raten, ob er zum Abendessen zu Hause sein würde oder nicht. Schließlich hatten sie und Mahailey ja das Vergnügen, den ganzen Tag ohne lästige Männer zu schrubben und zu fegen.

Es gab nur wenige Tage im Jahr, an denen Wheeler nicht irgendwohin fuhr, zu einer Versteigerung oder einer politischen Tagung oder einer Direktorenversammlung der Farmers' Telephone – oder überprüfte, wie seine Nachbarn mit ihrer Arbeit vorankamen, wenn es nichts anderes gab, worum er sich kümmern konnte. Er mochte sein Buckboard, weil es leicht war, mühelos unwegsame oder holprige Straßen nahm und so wacklig war, daß er sich niemals dazu verpflichtet fühlte, seiner Frau vorschlagen zu müssen, ihn zu begleiten. Außerdem konnte er besser das Land betrachten, wenn er sich nicht auf die Straße konzentrieren mußte. Er war in diese Gegend von Nebraska gekommen, als es dort noch Indianer und Büffel gab, er erinnerte sich an das Heuschreckenjahr und den großen Wirbelsturm und hatte die Farmen eine nach der anderen aus der großen welligen Buchseite auftauchen sehen, auf der einst nur der Wind seine Geschichte schrieb. Er hatte Neusiedler ermutigt, Heimstätten zu gründen, hatte Brautwerbungen vorangetrieben, jungen Burschen das Geld geliehen, damit sie heiraten konnten, Familien wachsen und zu Wohlstand kommen sehen, bis es ihm allmählich vorkam, als sei all dies sein eigenes Unternehmen. Veränderungen, nicht nur die der Jahre, sondern auch die der Jahreszeiten, weckten seine Neugier.

Die Leute erkannten Nat Wheeler und sein Gefährt auf

eine Meile Entfernung. Massig und in lockerer Haltung saß er auf seinem Sitz, den sein Gewicht auf einer Seite herunterdrückte, die Führhand hatte er auf das Knie gelegt. Sogar seine deutschen Nachbarn, die Yoeders, die es nicht ausstehen konnten, ihre Arbeit, aus welchem Grund auch immer, nur für eine Viertelstunde zu unterbrechen, freuten sich, wenn sie ihn kommen sahen. Die Kaufleute in den Kleinstädten der ganzen County vermißten ihn, wenn er nicht mindestens einmal die Woche hereinschaute. Er war aktiv in der Politik; kandidierte aber selbst nie für ein Amt, sondern setzte sich häufig für die Sache eines Freundes ein, für den er die Wahlkampagne organisierte.

Mr. Wheeler war die Veranschaulichung des französischen Sprichworts: «Freude der Straße, Kummer des Hauses», wenn auch keineswegs auf die französische Weise. Seine eigenen Angelegenheiten waren für ihn von untergeordneter Bedeutung. In den frühen Zeiten hatte er eine Heimstätte gegründet und genug Land gekauft und gepachtet, um reich zu werden. Jetzt brauchte er es nur noch an gute Farmer zu verpachten, die gern arbeiteten – was er ganz unverhohlen nicht tat. Wenn er zu Hause war, saß er gewöhnlich oben im Wohnzimmer und las Zeitungen. Er hatte ein Dutzend oder mehr abonniert – zur Liste gehörte auch ein wöchentlich erscheinendes Skandalblatt –, und er war gut über die Vorgänge in der Welt informiert. Er war von prächtiger Gesundheit, und Krankheit, bei sich selbst oder anderen, amüsierte ihn. Allerdings litt er auch nie an schwerwiegenderen Krankheiten als Zahnweh oder Furunkeln oder einer gelegentlichen Gallenkolik.

Wheeler spendete reichlich für Kirchen und karitative Organisationen und war stets bereit, einem Nachbarn, dem es an allem mangelte, Geld oder Maschinen zu leihen. Er neckte und schockierte gern schüchterne Leute und verfügte über einen unerschöpflichen Vorrat an komischen Geschichten. Alle wunderten sich, daß er so gut mit seinem ältesten Sohn, Bayliss Wheeler, auskam. Nicht daß Bayliss wirklich schüchtern war, aber er war ein engstirniger Bursche, die Sorte von vorsichtigem jungen Mann, von der man nicht erwarten würde, daß Nat Wheeler sie mochte.

Bayliss hatte ein Geschäft für Farmgerät in Frankfort, und obwohl er noch nicht Dreißig war, hatte er einen sehr beachtlichen finanziellen Erfolg gehabt. Vielleicht war Wheeler stolz auf den Geschäftssinn seines Sohnes. Jedenfalls fuhr er wöchentlich mehrmals in die Stadt, um Bayliss zu besuchen, ging mit ihm zu Auktionen und Viehausstellungen, saß stundenlang in seinem Laden herum und scherzte mit den Farmern, die hereinkamen. Wheeler war seinerzeit ein starker Trinker gewesen und war immer noch ein starker Esser. Bayliss war dünn und magenleidend und ein erbitterter Prohibitionist; er hätte gern die Diät eines jeden nach seiner eigenen schwachen Konstitution geregelt. Selbst Mrs. Wheeler, welche die Männer, die Gott ihr zugeteilt hatte, als gegeben hinnahm, wunderte sich, wieso Bayliss und sein Vater zusammen zu Tagungen fahren und eine angenehme Zeit verbringen konnten, da doch ihre Vorstellungen von dem, was eine angenehme Zeit ausmachte, derart verschieden waren.

Alle paar Jahre einmal kaufte Mr. Wheeler einen neuen Anzug und ein Dutzend steifer Hemden und fuhr nach Maine, um seine Brüder und Schwestern zu besuchen, die sehr ruhige, konventionelle Leute waren. Aber er war immer froh, wieder nach Hause zu seinen alten Kleidern, seiner großen Farm, seinem Buckboard und Bayliss zurückzukehren.

Mrs. Wheeler war aus Vermont gekommen, um Leiterin der High-School zu werden, als Frankfort noch eine Grenzstadt und Nat Wheeler ein wohlhabender Junggeselle war. Sie mußte ihm aus demselben Grund gefallen haben, aus dem er seinen Sohn Bayliss gern hatte – sie war so anders. Zu Nat Wheelers Gunsten mußte gesagt werden, daß er jede Art von menschlichen Geschöpfen mochte; er mochte gute Menschen und ehrliche Menschen, und er mochte Schufte und Heuchler in einem Maße, das an Liebe grenzte. Wenn er hörte, daß ein Nachbar jemandem einen raffinierten Streich gespielt oder etwas besonders Niederträchtiges getan hatte, fuhr er mit Sicherheit hinüber, um den Mann sofort zu besuchen, als hätte er ihn bisher nicht genügend zu schätzen gewußt.

Claudes Vater besaß eine große Ausstrahlung von verbummelter Würde. Er provozierte gern andere zu unflätigem Gelächter, lachte aber selbst nie maßlos. Wenn Leute Geschichten über ihn erzählten, versuchten sie häufig, seine weiche Senatorenstimme nachzuahmen, kräftig, aber nie laut. Selbst wenn er über etwas vor Entzücken aus dem Häuschen geriet – als zum Beispiel die arme Mahailey sich an einem Sommerabend im Dunkeln auszog und auf das klebrige Fliegenpapier setzte –, wurde er nie polternd und laut. Er war wirklich ein lustiger, umgänglicher Vater, für einen Jungen, der nicht dünnhäutig war.

2

Claude und seine Maultiere ratterten in Frankfort ein, als gerade die Dampforgel an der Spitze der Zirkusparade kreischend die Mainstreet hinunterzog. Nachdem er seine widerwärtige Fracht und seine unsympathischen Gefährten so schnell wie möglich losgeworden war, drängte er sich den überfüllten Bürgersteig entlang und hielt Ausschau nach ein paar Nachbarjungen. Mr. Wheeler, der die Menge um Kopfeslänge überragte, stand an der Ecke der Farmer's Bank und trieb seine Scherze mit einem kleinen Buckligen, der ein Hütchenspiel aufbaute. Um seinem Vater auszuweichen, machte Claude kehrt und ging in den Laden seines Bruders. Die beiden großen Schaufenster waren voller Landkinder, hinter denen ihre Mütter standen, um sich die Parade anzusehen. Bayliss saß in dem kleinen Glaskäfig, in dem er seine Schreibarbeit und Buchhaltung erledigte. Er nickte Claude von seinem Pult aus zu.

«Hallo», sagte Claude und hastete hinein, als sei er in großer Eile. «Hast du Ernest Havel gesehen? Ich dachte, ich könnte ihn hier finden.»

Bayliss schwang in seinem Drehstuhl herum und stellte einen Pflugkatalog auf das Bord zurück. «Wozu sollte er hier sein? Sieh lieber im Saloon nach.» Niemand konnte so niederträchtige Andeutungen in eine langsame, trockene Bemerkung legen wie Bayliss.

Claudes Wangen brannten vor Zorn. Als er sich abwandte, bemerkte er etwas Ungewöhnliches im Gesicht seines Bruders, aber er wollte ihm nicht die Genugtuung verschaffen, sich zu erkundigen, wie er zu dem blauen Auge gekommen sei. Ernest Havel war Böhme, und er trank gewöhnlich ein Glas Bier, wenn er in die Stadt kam; aber er war nüchterner und nachdenklicher, als man es von jungen Männern gewohnt war. Bayliss' affektiert gedehnter Bemerkung nach hätte man annehmen können, der Junge sei ein betrunkener Herumtreiber.

Genau in dem Augenblick sah Claude seinen Freund auf der anderen Straßenseite, wie er dem Wagen mit den dressierten Hunden folgte, der den Schluß der Parade bildete. Er lief durch eine Menge schreiender Jungen zu Ernest hinüber und packte ihn beim Arm.

«Hallo, wo willst du hin?»

«Ich gehe mein Mittagbrot essen, bevor die Show anfängt. Ich habe meinen Wagen draußen beim Pumpwerk am Fluß gelassen. Und du?»

«Ich habe noch nichts vor. Kann ich mitkommen?»

Ernest lächelte. «Ich denke schon. Ich habe genug zu essen für zwei.»

«Ja, ich weiß. Hast du immer. Ich treff dich später.»

Claude hätte Ernest gern zum Essen ins Hotel eingeladen. Er hatte mehr als genug Geld in der Tasche; und sein Vater war ein reicher Farmer. In der Wheeler-Familie wurde eine neue Dreschmaschine oder ein neues Automobil umstandslos bestellt, aber zum Essen in ein Hotel zu gehen, galt als extravagant. Wenn sein Vater oder Bayliss hörten, daß er dortgewesen sei – und Bayliss hörte alles –, würden sie sagen, er fange an, vornehm zu tun, und es ihm heimzahlen. Er versuchte, seine Feigheit damit zu entschuldigen, daß er schmutzig sei und nach den Häuten stinke, aber im Innern wußte er, daß er Ernest nicht einlud, mit ihm ins Hotel zu gehen, weil er so erzogen war, daß ihm dieser einfache Schritt schwerfallen mußte. Er machte ein paar Einkäufe am Obststand und am Zigarrentresen und eilte dann hinaus, die staubige Straße entlang zum Pumpwerk. Ernests Wagen stand im Schatten einiger Weiden auf einem kleinen sandigen Platz, halb umschlossen von einer Schleife des Baches, der eine hufeisenförmige Biegung machte. Claude warf sich in den Sand neben dem Fluß und wischte sich den Staub vom heißen Gesicht. Er spürte, daß er jetzt die Tür hinter seinem unerfreulichen Morgen geschlossen hatte.

Ernest holte seinen Picknickkorb hervor.

«Ich habe ein paar Bierflaschen im Bach kaltgestellt», sagte er. «Ich wußte, du würdest nicht in einen Saloon gehen wollen.»

«Ach, Schwamm drüber!» brummte Claude und riß den Verschluß von einem Glas Pickles. Er war neunzehn, und er hatte Angst davor, in einen Saloon zu gehen, und sein Freund wußte, daß er Angst hatte.

Nach dem Essen holte Claude eine Handvoll guter Zigarren hervor, die er im Drugstore gekauft hatte. Ernest, der sich Zigarren nicht leisten konnte, freute sich. Er zündete sich eine an, und während er rauchte, betrachtete er sie mit stolzer Miene und rollte sie zwischen den Fingern.

Die Pferde standen mit den Köpfen über dem Wagenkasten und fraßen ihren Hafer. Das Flüßchen rann unter den Weidenwurzeln mit kühlem, beredsamem Klang vorbei. Claude und Ernest lagen im Schatten, die Jacken unter dem Kopf, und sprachen sehr wenig. Hin und wieder brauste ein Auto die Straße entlang in Richtung Stadt, und eine Staubwolke und Benzingeruch wehten über den Bachgrund herein; aber zumeist war das Schweigen des warmen trägen Sommermittags ungestört. Claude konnte gewöhnlich seinen eigenen Ärger und Kummer vergessen, wenn er mit Ernest zusammen war. Der böhmische Junge war niemals unsicher, war nicht in zwei oder drei Richtungen zugleich gerissen, sondern einfach und direkt. Er beschäftigte sich mit einer ganzen Reihe von Dingen; ihn interessierten Politik und Geschichte und neue Erfindungen. Claude spürte, daß sein Freund in einer Atmosphäre geistiger Freiheit lebte, zu der er für sich selbst niemals Zugang erhoffen konnte. Nachdem er eine Weile mit Ernest gesprochen hatte, kamen ihm die Dinge, die auf der Farm nicht ihren rechten Gang gingen, weniger wichtig vor.

Claudes Mutter hatte Ernest fast genauso gern wie er. Als die beiden Jungen zur High-School gingen, kam Ernest oft abends herüber, um mit Claude zusammen zu lernen, und während sie am Küchentisch arbeiteten, brachte Mrs. Wheeler ihre Stopfarbeit, setzte sich zu ihnen und half ihnen bei ihrem Latein und ihrer Algebra. Sogar die alte Mahailey wurde von ihren Weisheiten erleuchtet.

Mrs. Wheeler sagte, sie würde niemals den Abend vergessen, an dem Ernest aus dem Alten Land kam. Sein Bruder, Joe Havel, war nach Frankfort gefahren, um ihn abzuholen, und hielt auf dem Heimweg an, weil er einige Lebensmittel bei den Wheelers abliefern wollte. Der Zug aus dem Osten hatte Verspätung. Es war zehn Uhr an jenem Abend, als Mrs. Wheeler, die in der Küche wartete, Havels Wagen über die kleine Brücke am Lovely Creek rumpeln hörte. Sie öffnete die Haustür, und kurz darauf kam Joe herein mit einem Eimer Salzfische in der Hand und einem Sack Mehl auf der Schulter. Als er den Fisch für sie in den Keller brachte, tauchte eine zweite Gestalt in der Haustüre auf; ein Junge, klein, gebeugt, eine flache Mütze auf dem Kopf und einen großen Wachstuchkoffer, wie ihn Hausierer tragen, auf den Rücken geschnallt. Er war im Wagen eingeschlafen, und als er aufwachte und feststellte, daß sein Bruder fort war, hatte er angenommen, sie seien zu Hause, und hatte sein Gepäck zusammengeklaubt. Er stand im Eingang, blinzelte ins Licht und sah erstaunt aus, war aber bereit zu tun, was immer von ihm verlangt wurde. «Wenn nun einer von ihren Jungen...», dachte Mrs. Wheeler. Sie ging zu ihm, legte den Arm um ihn, lachte ein wenig und sagte mit ihrer ruhigen Stimme, so als könne er sie verstehen: «Aber du bist ja doch nur ein kleiner Junge, nicht?»

Ernest sagte später, daß dies sein erstes Willkommen in diesem Land gewesen sei, obwohl er schon so weit gereist und so viele Tage gestoßen, gezerrt und angeschrien worden war, daß er sie nicht mehr zählen konnte. An jenem Abend gaben er und Claude sich nur die Hand und sahen sich mißtrauisch an, aber seither waren sie gute Freunde.

Nach ihrem Picknick gingen die beiden Jungen in fröhlicher Stimmung zum Zirkus. Im Tierzelt trafen sie Big Leonard Dawson, den ältesten Sohn eines nahen Nachbarn der Wheelers, und die drei setzten sich zur Vorstellung nebeneinander. Leonard sagte, er sei mit seinem Auto allein in die Stadt gekommen; ob Claude nicht mit ihm hinausfahren würde? Claude war froh, die Maultiere Ralph übergeben zu können, dem die Landarbeiter nicht so viel ausmachten wie ihm.

Leonard war ein stämmiger brauner Bursche von fünfundzwanzig, mit großen Händen und großen Füßen, weißen Zähnen und blitzenden, energiegeladenen Augen. Er und sein Vater und zwei Brüder bewirtschafteten nicht nur ihre eigene große Farm, sondern pachteten zusätzlich eine Viertelparzelle von Nat Wheeler. Sie waren Meisterfarmer. Gab es einen trockenen Sommer und eine Mißernte, lachte Leonard nur, reckte seine langen Arme – und fuhr im nächsten Jahr eine noch größere Ernte ein. Claude war Leonard gegenüber immer ein bißchen reserviert; er spürte, daß der junge Mann die planlose Weise, in der man auf der Wheeler-Farm verfuhr, sehr verachtete und es für Geldverschwendung hielt, daß er aufs College ging. Leonard hatte nicht einmal die High-School von Frankfort absolviert und war trotzdem schon ein erfolgreicher Mann, als es Claude wohl jemals sein würde. Dies alles dachte Leonard von Claude, und dennoch hatte er ihn gern.

Bei Sonnenuntergang sauste das Auto über ein Stück guter ebenmäßiger Straße durch das flache Land, das sich zwischen Frankfort und dem rauheren Umland entlang des Lovely Creek erstreckte. Leonards Aufmerksamkeit war weitgehend von der Bewunderung des einwandfreien Verhaltens seines Wagens beansprucht. Jetzt lachte er in sich hinein und wandte sich an Claude.

«Ich frage mich, ob du es verkraften kannst, wenn ich dir einen Witz über Bayliss erzähle?»

«Ich denke schon.» Claude klang keineswegs sonderlich interessiert.

«Hast du Bayliss heute gesehen? Irgendwas Komisches an ihm bemerkt, ein Auge ein bißchen verfärbt? Hat er dir gesagt, wie er dazu gekommen ist?»

«Nein. Ich hab ihn nicht gefragt.»

«Auch gut. Aber eine Menge Leute haben ihn gefragt, und er hat gesagt, er habe bei sich zu Hause im Dunkeln etwas gesucht und sei in einen Mähbinder gelaufen. Na ja, der Mähbinder bin ich!»

Claude sah interessiert aus. «Du willst damit sagen, Bayliss hat sich geprügelt?»

Leonard lachte. «Himmel, nein! Kennst du Bayliss nicht? Ich bin da gestern reingegangen, um eine Rechnung zu bezahlen, und Susie Gray und ein anderes Mädchen kamen herein und wollten Karten für das Feuerwehressen verkaufen. Ein Werbemann vom Zirkus trieb sich da auch herum und fing an, ein bißchen frech zu reden – nichts besonders Unanständiges, aber wie es bei diesen Typen nun mal üblich ist. Die Mädchen gaben es ihm zurück, verkauften ihm drei Karten und stopften ihm das Maul. In dem Augenblick, als die Mädchen rausgingen, fing Bayliss an, über sie herzuziehen; sagte, alle Mädchen auf dem Land würden zu frech werden und wüßten besser, als sie sollten, wie man mit flotten Männern umgeht – und genau da habe ich ausgeholt und ihm eine gelangt. Ich habe härter zugeschlagen, als ich wollte. Ich wollte ihm eine runterhauen, aber nicht ein blaues Auge verpassen. Aber man kann nicht immer alles im Griff haben, und ich war wütend. Ich wartete darauf, daß er es mir zurückgeben würde. Ich bin größer als er, und ich wollte ihm die Gelegenheit geben. Na ja, er bewegte nicht einen Muskel! Er stand da, wurde immer röter, und seine Augen tränten. Ich sage nicht, daß er weinte, aber seine Augen tränten. ‹Na gut, Bayliss›, sagte ich. ‹Langsam mit den Fäusten, wenn das dein Prinzip ist; aber auch langsam mit der Zunge –

besonders wenn die erwähnten Parteien nicht anwesend sind.»»

«Bayliss wird das nie verwinden», war Claudes einziger Kommentar.

«Muß er gar nicht!» Leonard warf den Kopf zurück. «Ich bin ein guter Kunde; er kann's fressen oder lassen, bis die Hölle friert!»

Die nächsten Minuten war der Fahrer mit dem Versuch beschäftigt, in hohem Gang einen langen holprigen Hügel hinaufzukommen. Manchmal konnte er den Hügel schaffen und manchmal nicht, und er konnte sich den Unterschied nicht erklären. Nachdem er mit einigem Abscheu in den zweiten Gang geschaltet hatte und das Auto auf seine Weise weitergondeln ließ, bemerkte er, daß sein Gefährte verstimmt war.

«Weißt du was, Leonard», sagte Claude mit gepreßter Stimme. «Ich denke, es wäre fair von dir, hier an der Straße auszusteigen und mir eine Chance zu geben.»

Leonard riß scharf sein Steuerrad herum, um am Fuß des Hügels einen Wagen zu überholen. «Wovon, zum Teufel, redest du, Junge?»

«Du denkst, du hast uns richtig eingeschätzt, aber du solltest mir erst eine Chance geben.»

Leonard sah erstaunt auf seine großen braunen Hände, die auf dem Steuer lagen. «Du erzalberner Kindskopf, würde ich dir all das erzählen, wenn ich nicht wüßte, daß du aus völlig anderem Holz geschnitzt bist? Ich dachte immer, du kämst selber mit Bayliss nicht allzugut aus.»

«Tu ich auch nicht, aber ich will nicht, daß du glaubst, du könntest die Männer in meiner Familie ohrfeigen, wann immer dir danach ist.» Claude wußte, daß seine Erklärung albern klang und seine Stimme trotz aller Bemühung schwach und zornig war.

Der junge Leonard Dawson verstand, daß er die Gefühle des Jungen verletzt hatte. «Mein Gott, Claude, ich weiß, daß du ein Kämpfer bist. Bayliss war es nie. Ich bin mit ihm zur Schule gegangen.»

Die Fahrt endete freundschaftlich, aber Claude ließ nicht zu, daß Leonard ihn nach Hause fuhr. Er sprang mit einem kurzen «Gute Nacht» aus dem Auto und lief über die dämmrigen Felder auf das Licht zu, das aus dem Haus auf den Hügel fiel. An der kleinen Brücke über den Fluß hielt er inne, um zu Atem zu kommen und sicherzugehen, daß er äußerlich gefaßt war, bevor er hineinging und seine Mutter aufsuchte.

«Im Dunkeln gegen einen Mähbinder gelaufen!» murmelte er laut und ballte die Faust.

Während er dem tiefen Gesang der Frösche und dem fernen Bellen eines Hundes oben beim Haus lauschte, wurde er ruhiger. Trotzdem fragte er sich, weshalb man sich manchmal für das Verhalten von Leuten verantwortlich fühlen mußte, deren Wesen dem eigenen völlig zuwider war.

3

Der Zirkus war am Samstag. Am nächsten Morgen stand Claude an seiner Frisierkommode und rasierte sich. Sein Bart war schon stark, einen Ton dunkler als sein Haar und nicht so rot wie seine Haut. Seine Augenbrauen und langen Wimpern hatten eine blasse Maisfarbe – und ließen seine blauen Augen heller erscheinen, als sie waren. Sie verliehen, wie er meinte, seiner oberen Gesichtshälfte ein schüchternes und schwächliches Aussehen. Er sah genau aus wie der Junge, der er nicht sein wollte. Besonders seinen Kopf konnte er nicht ausstehen – so groß, daß er Schwierigkeiten hatte, sich Hüte zu kaufen, und erbarmungslos viereckig; ein perfekter Quadratschädel. Sein Name war eine weitere Quelle der Erniedrigung. Claude: ein «Trottelname» wie Elmer und Roy, ein Name für einen Bauerntölpel, der versuchte, fein zu sein. In Dorfschulen gab es immer einen rothaarigen, warzenhändigen, triefnäsigen kleinen Jungen, der Claude hieß. Seinen guten Körperbau hielt er für selbstverständlich; glatte muskulöse Arme und Beine und starke Schultern, wie ein Farmerjunge sie wohl haben sollte. Leider hatte er nichts von der körperlichen Gelassenheit seines Vaters, und seine Kraft behauptete sich auf unharmonische Weise. Die anhaltenden Stürme in seinem Geist ließen ihn manchmal aufspringen oder sich setzen, oder etwas in die Hand nehmen, heftiger, als es der Sache gemäß schien.

Am Sonntag schlief der Haushalt lange; sogar Mahailey stand nicht vor sieben auf. Das allgemeine Signal für Frühstück war der Geruch in Öl brutzelnder Doughnuts. An diesem Morgen wälzte sich Ralph in letzter Minute aus dem Bett und zog unbekümmert seine frische Unterwäsche an, ohne zu baden. Ihn kostete das nicht einen Moment der Reue, obwohl er sich viel Zeit nahm, seine neuen rotbraunen Schuhe liebevoll mit einem Taschentuch zu polieren. Er kam zu Tisch, als alle anderen mit dem Frühstück schon halb fertig waren, und sicherte sich seinen Frieden, indem er seine Mutter leutselig fragte, ob er sie nicht mit dem Auto zur Kirche fahren solle.

«Ich ginge ja schon gern, wenn ich nur rechtzeitig mit der Arbeit fertig würde», sagte sie und blickte zweifelnd zur Uhr.

«Kann sich denn nicht Mahailey heute morgen an deiner Stelle darum kümmern?»

Mrs. Wheeler zögerte. «Sie könnte schon, abgesehen vom Separator. Sie kann die Teile nicht zusammensetzen. Weißt du, es ist eine ganze Menge Arbeit.»

«Na, Mutter», sagte Ralph gutgelaunt und leerte dabei den Sirupkrug über seine Pfannkuchen, «du bist voreingenommen. Keiner denkt heutzutage mehr daran, die Milch mit der Hand zu entrahmen. Jeder moderne Farmer benutzt einen Separator.»

Mrs. Wheelers blasse Augen zwinkerten. «Mahailey und ich werden nie richtig modern sein, Ralph. Wir sind altmodisch, und ich kenne mich nicht aus, aber du läßt uns besser so. Ich könnte den Vorteil eines Separators einsehen, wenn wir ein halbes Dutzend Kühe hätten. Es ist eine raffinierte Maschine. Aber sie macht sehr viel mehr Arbeit mit dem Auskochen und Zusammensetzen, als man früher hatte, wenn man die Milch auf die alte Weise behandelte.»

«Wenn du dich erst mal dran gewöhnt hast, wird das nicht mehr so sein», versicherte ihr Ralph. Er war der Chefmechaniker auf der Wheeler-Farm, und wenn er mit den Farmgeräten und Autos nicht genug zu tun hatte, fuhr er in die Stadt und kaufte Maschinen für das Haus. Sobald sich Mahailey an eine Waschmaschine oder eine Butterzentrifuge gewöhnt hatte, brachte Ralph ein noch neueres Gerät nach Hause, um mit dem entfesselten Gang der Erfindungen Schritt zu halten. Den mechanischen

Geschirrspüler hatte sie nie benutzen können, und Patentbügeleisen und Ölöfen machten sie rasend.

Claude sagte seiner Mutter, sie solle nach oben gehen und sich anziehen; er würde den Separator auskochen, während Ralph das Auto zur Abfahrt bereitmachte. Er arbeitete immer noch daran, als sein Bruder aus der Garage hereinkam und sich die Hände wusch.

«Du solltest Mutter wirklich nicht solche Sachen aufladen, Ralph», erklärte er ärgerlich. «Hast du je versucht, dieses verdammte Ding zu waschen?»

«Natürlich hab' ich das. Wenn Mrs. Dawson es schafft, könnte Mutter es meiner Meinung nach auch.»

«Mrs. Dawson ist jünger. Jedenfalls hat es keinen Sinn, Mahailey und Mutter zu Maschinisten zu machen.»

Ralph hob die Augenbrauen, wie um Claudes Unverblümtheit zu entschuldigen. «Hör mal», versuchte er ihn zu überreden, «bestärke sie nicht in der Meinung, sie könne ihre Methoden nicht ändern. Mutter hat ein Recht auf alle arbeitssparenden Geräte, die wir ihr besorgen können.»

Claude rasselte mit den etwa dreißig Metalltrichtern, die er in der richtigen Reihenfolge zusammenzusetzen versuchte.

«Na, wenn das arbeitssparend ist...»

Der Jüngere kicherte und lief die Treppe hinauf, um seinen Panamahut zu holen. Er stritt sich nie. Mrs. Wheeler sagte manchmal, es sei wunderbar, wieviel Ralph sich von Claude gefallen lasse.

Nachdem Ralph und seine Mutter mit dem Auto abgefahren waren, brach Mr. Wheeler auf, um seinen deutschen Nachbarn, Gus Yoeder, zu besuchen, der gerade einen Rassebullen gekauft hatte. Dan und Jerry spielten hinter der Scheune Hufeisenwerfen. Claude sagte Mahailey, er würde in den Keller gehen, um das Hängebord anzubringen, das sie hatte haben wollen, damit die Ratten nicht an ihr Gemüse herankönnten.

«Danke, Mr. Claude. Ich weiß nich', was die Ratten so schlimm macht. Die Katze fängt auch fast jeden Tag eine.»

«Ich denke, die kommen von der Scheune herauf. Ich habe unten bei der Garage ein schönes breites Brett für dein Bord.»

Der Keller war zementiert, kühl und trocken, mit tiefen Wandschränken für Dosenfrüchte und Mehl und Lebensmittel, Kästen für Kohlen und Maiskolben und einer Dunkelkammer voller Photoapparaturen. Claude setzte sich an die Schreinerbank unter eines der quadratischen Fenster. Rätselhafte Geräte standen um ihn herum im grauen Zwielicht; elektrische Batterien, alte Fahrräder und Schreibmaschinen, eine Maschine zur Herstellung von Zementzaunpfählen, ein Vulkanisator, ein Stereoptikon mit einer zerbrochenen Linse. Die mechanischen Spielzeuge, die Ralph nicht erfolgreich betätigen konnte, und jene, deren er überdrüssig geworden war, wurden hier verwahrt. Ließ man sie in der Scheune, sah Mr. Wheeler sie zu häufig und äußerte sarkastische Kommentare, wenn sie ihm im Weg waren. Claude hatte seine Mutter angefleht, ihm zu gestatten, dieses Gerümpel in einen Wagen zu laden und es in irgendein trockenes Wasserloch am Flüßchen zu kippen; aber Mrs. Wheeler sagte, er dürfe an so etwas gar nicht denken, es würde Ralphs Gefühle verletzen. Fast jedesmal, wenn Claude in den Keller ging, faßte er den verzweifelten Entschluß, den Raum eines Tages zu entrümpeln, und überlegte bitter, daß die Kosten für diesen

Trümmerhaufen einen Jungen anständig versorgt durchs College gebracht hätten.

Während Claude das Brett abhobelte, das er an den Balken befestigen wollte, ließ Mahailey ihre Arbeit liegen und kam herunter, um ihm zuzusehen. Erst tat sie so, als suche sie nach eingelegten Zwiebeln, und setzte sich dann auf eine einfache Kiste; zwar stand gleich daneben ein «Feder-Schaukelstuhl» mit Plüschbezug, dem eine Armlehne fehlte, aber es hätte nicht ihrer Vorstellung von guten Manieren entsprochen, darin zu sitzen. In ihren Augen lag eine Art schläfriger Zufriedenheit, während sie Claudes Bewegungen folgte. Sie sah ihm zu, als sei er ein spielendes Baby. Ihre Hände ruhten bequem im Schoß.

«Mr. Ernest is' lang nich' hiergewesen. Er is' doch nich' über was böse?»

«O nein! Er hat diesen Sommer schrecklich viel zu tun. Ich hab' ihn gestern in der Stadt getroffen. Wir sind zusammen in den Zirkus gegangen.»

Mahailey lächelte und nickte. «Das is' fein. Ich freu mich, daß ihr beiden Jungs Spaß habt. Mr. Ernest is'n feiner Junge; ich mochte ihn immer besonders. Er is' aber ein kleiner Bursche. Er is' nich' groß wie du, nich'? Ich schätze, er is' nich mal so groß wie Mr. Ralph.»

«Nicht ganz», sagte Claude zwischen zwei Hobelstrichen. «Aber er ist stark und schafft eine Menge Arbeit.»

«Oh, ich weiß, ich weiß! Tut er. Ich weiß, er arbeitet hart. Alle die Fremden arbeiten hart, nich', Mr. Claude? Ich denke, er mochte den Zirkus. Vielleicht haben sie keine Zirkusse wie unsern, da drüben, wo er herkommt.»

Claude fing an, ihr vom Clown-Elefanten und den dressierten Hunden zu erzählen, und sie saß da und hörte ihm mit ihrem erfreuten, törichten Lächeln zu; es war auch etwas Weises und Weitblickendes in ihrem Lächeln.

Mahailey war vor langer Zeit zu ihnen gekommen, als Claude erst wenige Monate alt war. Sie stammte aus einer Familie, die nicht genug Durchhaltevermögen besaß und unter den Härten des Pionier-Farmerlebens zerbrach und sich zerstreute, und war aus Virginia in den Westen gebracht worden. Als die Mutter der Familie starb, gab es für Mahailey keinen Ort, wohin sie gehen konnte, und Mrs. Wheeler nahm sie auf. Mahailey hatte niemanden, der für sie sorgte, und Mrs. Wheeler hatte niemanden, der ihr bei der Arbeit half; es hatte sich also sehr gut zusammengefunden.

Mahaileys Leben war in ihrer Jugend sehr hart gewesen; sie war verheiratet mit einem brutalen Bergsiedler, der sie häufig mißhandelte und nie für sie sorgte. Sie konnte sich an Zeiten erinnern, in denen sie in der Hütte neben einem leeren Schrotmehlfaß und einem kalten Eisentopf saß und darauf wartete, daß «der» ein Eichhörnchen, das er geschossen, oder ein Huhn, das er gestohlen hatte, nach Hause brächte. Allzuoft brachte er nichts als einen Krug schwarzgebrannten Whiskey und zwei brutale Fäuste. Jetzt, da sie nie um Essen betteln oder in den Wald gehen mußte, Feuerholz zu suchen, da ihr ein warmes Bett und Schuhe und anständige Kleidung sicher waren, hielt sie sich für reich. Mahailey war eines von achtzehn Kindern; die meisten wurden zügellos oder erwiesen sich als schwachsinnig, und zwei ihrer Brüder endeten, wie ihr Ehemann, im Gefängnis. Sie war nie zur Schule geschickt worden und konnte weder lesen noch schreiben. Als Claude ein kleiner Junge war, versuchte er, ihr Lesen beizubringen, aber was sie an einem Abend lernte, hatte sie bis zum nächsten vergessen. Sie konnte zählen und die Tageszeit von der Uhr ablesen, und sie war sehr stolz darauf, daß sie das Alphabet kannte und Buchstaben auf den Mehlsäcken und Kaffeepaketen entziffern konnte. «Das ist ein großes A», murmelte sie dann, «und das da ist ein kleines a.»

Mahaileys Einschätzung von Leuten war durchaus scharfsinnig, und Claude hielt ihr Urteil in vielerlei Dingen für verläßlich. Er wußte, daß sie alle Gefühlsschwankungen, die Übereinstimmungen und Antipathien unter den Familienmitgliedern, ebenso stark spürte wie er, und es wäre ihm schrecklich, ihr Wohlwollen zu verlieren. Sie zog ihn in all ihren kleinen Schwierigkeiten zu Rate. Wenn das Bein des Küchentischs wacklig wurde, wußte sie, er würde für sie neue Schrauben eindrehen. Wenn ihr der Griff einer Teigrolle abbrach, setzte er einen neuen an, und er versah ihr Lieblingsmesser mit einem neuen Heft, nachdem jeder andere gesagt hatte, es müsse weggeworfen werden. In ihren Augen gewannen diese Gegenstände, nachdem sie repariert waren, einen neuen Wert, und sie arbeitete gern mit ihnen. Wenn Claude ihr half, etwas zu heben oder zu tragen, vermied er nie, sie zu berühren – das spürte sie genau. Sie argwöhnte, daß Ralph sich ihrer ein wenig schämte und lieber ein flottes junges Ding in der Küche hätte.

An Tagen wie diesem, wenn keine anderen in der Nähe waren, plauderte Mahailey gern mit Claude über Dinge, die sie gemeinsam getan hatten, als er noch klein war; von den Sonntagen, an denen sie gewöhnlich am Flüßchen entlanggingen, nach wildem Wein suchten und die Eichhörnchen beobachteten; oder über die hohen Weiden zu einem Wildpflaumendickicht am Nordende der Wheeler-Farm wanderten. Claude konnte sich an warme Frühlingstage erinnern, wenn die Pflaumenbüsche in voller Blüte standen und Mahailey sich unter ihnen niederlegte und vor sich hinsang, als würde die honigschwere Süße sie schläfrig machen; Lieder ohne Worte zumeist, obwohl ihm ein Klagelied aus den Bergen im Gedächtnis geblieben war, in dem es wieder und wieder hieß: «Und sie legten Jesse James in sein Grab.»

4

Für Claude näherte sich die Zeit, an das konfessionelle College am Rande der Staatshauptstadt zurückzukehren, das um sein Überleben kämpfte. Er hatte dort schon zwei eintönige und nutzlose Winter verbracht.

«Mutter», sagte er eines Morgens, als er die Möglichkeit hatte, allein mit ihr zu sprechen, «ich wünschte, ihr würdet mir erlauben, am Tempel aufzuhören und zur Staatsuniversität zu gehen.»

Sie sah von der Teigmasse auf, die sie gerade knetete.

«Aber warum, Claude?»

«Nun also, zunächst einmal könnte ich mehr lernen. Die Professoren am Tempel sind nicht gut. Die meisten sind Prediger, die sich mit Predigen nicht ihren Lebensunterhalt verdienen können.»

Der schmerzliche Ausdruck, der Claude stets entwaffnete, erschien augenblicklich auf dem Gesicht seiner Mutter. «Sohn, sag so etwas nicht. Ich glaube, daß Lehrer mehr Interesse an ihren Schülern haben, wenn sie sich um ihre geistliche Entwicklung ebenso kümmern wie um ihre verstandesmäßige. Bruder Weldon sagt, daß viele der Professoren an der Staatsuniversität keine Christen sind; sie prahlen sogar in einigen Fällen damit.»

«Ach, ich denke, die meisten von ihnen sind schon gute Leute; jedenfalls beherrschen sie ihre Fächer. Diese kleinen Spatzenhirne wie Weldon richten eine Menge Schaden an, so wie sie durchs Land rennen und reden. Er wird herumgeschickt, um Studenten für sein eigenes College an Land zu ziehen. Gelingt's ihm nicht, verliert er seinen Job. Ich wünschte, er hätte mich nicht gekriegt. Die meisten, die an der Staatlichen durchfallen, kommen zu uns, genau wie er.»

«Aber wie kann da ernsthaft studiert werden, wo so viel Zeit für Sport und frivole Unterhaltung drangegeben wird? Sie zahlen ihrem Football-Trainer ein höheres Gehalt als ihrem Präsidenten. Und diese Verbindungshäuser sind Orte, an denen die Jungen alles Schlechte lernen. Ich habe gehört, daß manchmal in ihnen schreckliche Dinge vorgehen. Außerdem würde es mehr Geld kosten, und du könntest nicht so billig leben wie bei den Chapins.»

Claude gab keine Antwort. Er stand mit gerunzelter Stirn da und zupfte an den schwieligen Stellen seiner Handfläche. Mrs. Wheeler sah ihn nachdenklich an. «Ich bin sicher, du wirst in einer ruhigen, ernsthaften Atmosphäre besser studieren können», sagte sie.

Er seufzte und wandte sich ab. Wäre seine Mutter auch nur im geringsten salbungsvoll gewesen, wie Bruder Weldon, dann hätte er ihr viele aufschlußreiche Tatsachen erzählen können. Aber sie war so vertrauensvoll und kindlich, von Natur aus so gläubig und wußte so gar nichts vom Leben, wie er es kannte, daß es hoffnungslos war, mit ihr zu streiten. Er könnte sie schockieren und dazu bringen, die Welt sogar noch mehr zu fürchten, als sie es ohnehin schon tat, aber er könnte sie nie dazu bringen, daß sie verstand.

Seine Mutter war altmodisch. Für sie war Tanzen und Kartenspielen ein gefährlicher Zeitvertreib – als sie ein Mädchen in Vermont war, taten so etwas nur ungehobelte Leute –, und «Weltlichkeit» war nur ein anderes Wort für Lasterhaftigkeit. Nach ihrer Vorstellung von Ausbildung sollte man lernen, nicht denken; und vor allem durfte man keine Fragen stellen. Die Geschichte des Menschengeschlechts, die hinter einem lag, war bereits erklärt; und ebenso das Schicksal, das vor einem lag. Der Geist sollte gehorsam innerhalb der theologischen Geschichtsauffassung verbleiben.

Nat Wheeler war es egal, an welches College sein Sohn ging, aber für ihn zählte die Tatsache, daß die religiöse Institution billiger war als die Staatsuniversität und daß die Studenten da, weil sie schäbiger aussahen, mit geringerer Wahrscheinlichkeit allzu wissend wurden und sich zu Hause unverschämt intelligent aufführten. Dennoch trug er eines Tages, als er in der Stadt war, Bayliss die Angelegenheit vor.

«Claude ist irgendwie auf die Idee gekommen, daß er diesen Winter auf die Staatsuniversität gehen möchte.»

Bayliss setzte sofort jene weise Sei-besser-aufs-Schlimmste-gefaßt-Miene auf, die ihn seit seiner Kindheit klug und erfahren hatte wirken lassen. «Ich sehe keinen Sinn in einem Wechsel, es sei denn, er hat gute Gründe.»

«Also, er meint, daß der Pfarrerhaufen am Tempel keine erstklassigen Lehrer abgibt.»

«Ich nehme an, sie können Claude immer noch so einiges lehren. Wenn er sich mit der lockeren Football-Clique am Staatscollege einläßt, dann gibt es für ihn kein Halten mehr.» Aus irgendeinem Grund verabscheute Bayliss Football. «Dieses Sportgehabe wird reichlich übertrieben. Wenn Claude körperliche Bewegung möchte, dann kann er ja den Herbstweizen einfahren.»

An jenem Abend brachte Mr. Wheeler beim Essen das Thema zur Sprache, befragte Claude und versuchte, seiner Unzufriedenheit auf den Grund zu kommen. Sein Verhalten war scherzhaft wie immer, und Claude haßte jede öffentliche Diskussion über seine persönlichen Angelegenheiten. Er fürchtete sich vor seines Vaters Humor, wenn er ihm zu nahe kam.

Claude hätte vielleicht die ausgedehnten und etwas derben Karikaturen, mit denen Mr. Wheeler das alltägliche Dasein belebte, genießen können, hätten sie irgendeinen anderen Urheber gehabt. Unvernünftigerweise wünschte er sich seinen Vater als den würdigsten Mann in der Gemeinde, so wie er zweifellos der bestaussehende und intelligenteste war. Mehr noch, Claude konnte Spott schwer ertragen. Er wand sich, bevor er getroffen wurde, sah ihn kommen, forderte ihn heraus. Mr. Wheeler hatte diesen Zug schon an ihm beobachtet, als er noch klein war. Er hielt es für falschen Stolz und verletzte oft absichtlich seine Gefühle, um ihn abzuhärten, wie er Claudes Mutter abgehärtet hatte, die sich, als er sie heiratete, vor allem gefürchtet hatte, außer vor Schulbüchern und Gebetsstunden. Sie war immer noch mehr oder weniger verwirrt, aber sie hatte seit langer Zeit jegliche Furcht vor ihm und jegliche Angst vor dem Zusammenleben mit ihm überwunden. Sie akzeptierte alles an ihrem Ehemann als Bestandteil seiner markigen Männlichkeit, und auf die war sie in ihrer stillen Weise stolz.

Claude hatte seinem Vater einige der Streiche nie ganz verziehen. An einem schönen Sommertag, als er ein ausgelassener kleiner Junge von fünf Jahren war, der noch im und ums Haus herum spielte, hörte er, wie seine Mutter Mr. Wheeler eindringlich bat, zum Obstgarten hinunterzugehen und die Kirschen von einem Baum zu pflücken, der überladen war. Claude erinnerte sich, daß sie in ziemlich klagendem Ton darauf beharrte und sagte, die Kirschen hingen für ihre Reichweite zu hoch, und wenn sie eine Leiter nähme, würde ihr der Rücken weh tun. Mr. Wheeler ärgerte sich immer, wenn seine Frau irgendeine körperliche Schwäche erwähnte, insbesondere wenn sie sich über ihren Rücken beklagte. Er stand auf und ging hinaus. Nach einer Weile kam er zurück. «Alles in Ordnung jetzt, Evangeline!» rief er fröhlich, als er durch die Küche ging. «Die Kirschen werden dir keine Schwierigkeiten mehr machen. Du und Claude, ihr könnt laufen und sie pflücken, leichter geht's nicht mehr.»

Mrs. Wheeler setzte vertrauensvoll ihre Sonnenhaube auf, gab Claude einen kleinen Eimer und nahm selbst einen großen. Dann gingen sie den Weidehügel hinunter zum Obstgarten, der auf dem flachen Land am Fluß eingezäunt worden war. Der Boden war in jenem Frühjahr gepflügt worden, damit er die Feuchtigkeit hielt, und Claude lief glücklich in einer der Furchen voran, bis er aufsah und einen Anblick vor sich hatte, den er niemals vergessen konnte. Der schöne rundwipfelige Kirschbaum voller grüner Blätter und roter Früchte – sein Vater hatte ihn abgesägt! Er lag auf dem Boden neben seinem blutenden Stumpf. Mit einem Schrei wurde Claude zu einem kleinen Dämon. Er warf seinen Blecheimer fort und sprang heulend und mit seinen kupferbeschlagenen Schuhen nach der losen Erde tretend umher, bis seine Mutter über ihn weit beunruhigter war als über den Baum.

«Sohn, Sohn», rief sie, «es ist deines Vaters Baum. Er hat das volle Recht, ihn zu fällen, wenn er möchte. Er hat oft gesagt, daß die Bäume hier zu dicht stehen. Vielleicht ist es besser für die anderen.»

«Das stimmt nicht! Er ist ein verfluchter Dummkopf, verfluchter Dummkopf!» brüllte Claude immer noch hüpfend und tretend und erstickte fast vor Wut und Haß.

Seine Mutter fiel neben ihm auf die Knie. «Claude, hör auf! Lieber laß ich den ganzen Obstgarten fällen, als mir so etwas von dir anzuhören.»

Nachdem sie ihn beruhigt hatte, pflückten sie die Kirschen und gingen zum Haus zurück. Claude hatte ihr versprochen, nichts zu sagen, aber sein Vater mußte die zornigen Augen des kleinen Jungen bemerkt haben, die das ganze Abendessen hindurch auf ihn geheftet waren, und seinen Ausdruck von Verachtung. Schon damals waren seine beweglichen Lippen nur zu sehr fähig, dieses Gefühl im Bilde festzuhalten. Danach ging Claude Tag für Tag hinunter zum Obstgarten und sah zu, wie der Baum kränker wurde, welkte und verdorrte. Gott würde gewiß einen Mann bestrafen, der das tun konnte, dachte er.

Ein heftiges Temperament und körperliche Ruhelosigkeit waren die auffälligsten Züge an Claude, als er ein kleiner Junge war. Ralph war fügsam und besaß eine frühreife Klugheit, sich aus Ärger herauszuhalten. Zwar war er dem Verhalten nach ruhig, dafür aber im Aushecken von Unfug sehr findig, und oft überredete er seinen älteren Bruder, der stets nach einer Betätigung suchte, mit Leichtigkeit zur Ausführung seiner Pläne. Gewöhnlich war es Claude, der auf frischer Tat ertappt wurde. Mild und besinnlich auf seiner Decke auf dem Boden sitzend, flüsterte Ralph Claude beispielsweise zu, es könne Spaß machen, hinaufzuklettern und die Uhr vom Bord zu nehmen oder die Nähmaschine in Gang zu setzen. Als sie älter waren und draußen spielten, brauchte er nur anzudeuten, Claude habe Angst, um ihn dazu zu bringen, eine gefrorene Axt mit der Zunge zu kosten oder vom Schuppendach zu springen.

Die üblichen Härten der Jugendzeit eines Landjungen genügten Claude nicht; er erlegte sich körperliche Prüfungen und Bußen auf. Immer wenn er sich den Finger verbrannte, befolgte er Mahaileys Rat und hielt seine Hand dicht an den Herd, um «das Feuer herauszuziehen». In einem jener Jahre ging er den ganzen Winter über in seiner Jacke zur Schule, um sich abzuhärten. Seine Mutter knöpfte ihm den Mantel zu, gab ihm seine Brotbüchse in die Hand und schickte ihn los. Sobald er außer Sichtweite des Hauses war, zog er seinen Mantel aus, rollte ihn unter dem Arm zusammen und flitzte den Rand der gefrorenen Felder entlang; keuchend und zitternd, aber sehr mit sich zufrieden kam er beim hölzernen Schulhaus an.

5

Claude wartete darauf, daß seine Eltern ihre Meinung darüber änderten, an welches College er gehen solle; es schien jedoch niemanden besonders zu interessieren, nicht einmal seine Mutter.

Vor zwei Jahren war ein junger Mann, den Mrs. Wheeler «Bruder Weldon» nannte, aus Lincoln gekommen, predigte in Kleinstädten und Landkirchen und rekrutierte Studenten für das Institut, an dem er im Winter lehrte. Er hatte Mrs. Wheeler davon überzeugt, daß sein College der allersicherste Ort für einen Jungen sei, der zum erstenmal von zu Hause fortging.

Claudes Mutter war Predigern gegenüber unkritisch. Sie hielt sie alle für auserwählt und geheiligt und war nie glücklicher, als wenn sie einen im Hause hatte, für den sie kochen und den sie bedienen konnte. Sie machte es dem jungen Mr. Weldon derart gemütlich, daß er mehrere Wochen unter ihrem Dach blieb und das Gästezimmer belegte, wo er seine Morgenstunden mit Studium und Meditation verbrachte. Er tauchte regelmäßig zu den Mahlzeiten auf, um den Segen für das Essen zu erbitten und mit fromm niedergeschlagenen Augen dazusitzen, während das Huhn zerteilt wurde. Sein birnenförmiger Kopf hing ein wenig zur Seite, das dünne Haar war über seiner hohen Stirn säuberlich gescheitelt und zu kleinen Wellen gebürstet. Er sprach leise, verhielt sich bußfertig und machte sich so unscheinbar wie möglich. Seine lammfromme Art amüsierte Mr. Wheeler, der ihn gern mit Essen traktierte und nie versäumte, ihn feierlich zu fragen, «welches Teil vom Huhn er am liebsten hätte», nur um ihn murmeln zu hören, «ein wenig vom weißen Fleisch, wenn es Ihnen recht ist», während er seine Ellbogen anwinkelte, als würde er geschickt über eine gefährliche Stelle gleiten. Nachmittags band Bruder Weldon gewöhnlich einen frischen Leinenschlips um, setzte einen harten, glänzenden Strohhut auf, der einen roten Streifen auf seiner Stirn hinterließ, klemmte sich seine Bibel unter den Arm und ging aus, um Besuche zu machen. Wenn er es weit hatte, fuhr Ralph ihn mit dem Auto.

Von dem Augenblick an, in dem Claude diesen jungen Mann zum erstenmal sah, mochte er ihn nicht und war kaum in der Lage, ihm höflich zu antworten. Mrs. Wheeler, die stets geistesabwesend und nun ganz von ihrer hingebungsvollen Sorge für den Gast beansprucht war, bemerkte Claudes verächtliches Schweigen nicht, bis Mahailey, der solche Dinge niemals entgingen, ihr eines Tages über dem Herd zuflüsterte: «Mr. Claude, der mag den Prediger nich'. Er kann einfach nix mit ihm anfangen, aber nich' verraten.»

Ergebnis des Aufenthaltes von Bruder Weldon auf der Farm war, daß Claude auf das Tempel-College geschickt wurde. Claude war zu der Überzeugung gelangt, daß gerade die Dinge und Leute, die er am wenigsten leiden konnte, diejenigen waren, welche sein Schicksal gestalteten.

Als die zweite Septemberwoche anbrach, warf er einige Kleider und Bücher in seinen Koffer und verabschiedete sich von seiner Mutter und Mahailey. Ralph brachte ihn nach Frankfort, wo er den Zug nach Lincoln nehmen mußte. Nachdem er sich im schmutzigen Tagesabteil niedergelassen hatte, begann Claude, über seine Zukunftsaussichten nachzudenken. Der Zug hatte einen Pullman-Wagen, aber einen Pullman für eine Reise bei Tag zu nehmen, gehörte zu den Dingen, die ein Wheeler nicht tat.

Claude wußte, daß er ans falsche College zurückkehrte, daß er sowohl Zeit als auch Geld vergeudete. Er verhöhnte sich selbst wegen seines Mangels an Mut. Hätte er es mit Fremden zu tun, sagte er sich, so könnte er seine Sache in die Hand nehmen und dafür kämpfen. Gegen seinen Vater und seine Mutter vermochte er sich nicht durchzusetzen, aber dem Rest der Welt könnte er recht kühn entgegentreten. Und doch, wenn dies wahr wäre, wieso lebte er dann weiter bei den leidigen Chapins?

Der Haushalt der Chapins bestand aus einem Bruder und einer Schwester. Edward Chapin war ein Mann von sechsundzwanzig Jahren, mit einem alten, verbrauchten Gesicht – er ging immer noch aufs College und studierte für das Pfarramt. Seine Schwester Annabelle «führte ihm das Haus»; das heißt, sie tat, was immer an Hausarbeit getan werden mußte. Der Bruder unterhielt sich und seine Schwester mit Gelegenheitsarbeiten für Kirchen und religiöse Gesellschaften; er «versah» die Kanzel, wenn ein Pfarrer krank war, verrichtete Sekretärsarbeit für das College und den Christlichen Verein Junger Männer. Claudes wöchentliche Zahlung für Zimmer und Verpflegung, wenn auch eine geringe Summe, war für ihr Wohlergehen sehr notwendig.

Chapin hatte vier Jahre lang das Tempel-College besucht und würde vermutlich zwei weitere Jahre brauchen, um den Kursus zu beenden. Er studierte fleißig seine Bücher in den Straßenbahnen oder während des Wartens neben den Gleisen an windigen Ecken und lernte bis tief in die Nacht hinein. Seine natürliche Dummheit mußte etwas ganz Außergewöhnliches sein; nach Jahren ehrfürchtigen Studierens war er nicht in der Lage, das Griechische Testament ohne Lexikon und Grammatik neben sich zu lesen. Sehr viel Zeit widmete er der Sprechtechnik und Redekunst. Zu gewissen Stunden hallte ihr zerbrechliches Domizil – es war für die Armen unter den Akademikern und wenig solide erbaut, es stand auf Zementblöcken statt auf einem Fundament – von seiner heiseren, überanstrengten Stimme wider, die seine eigenen Reden oder die von Wendell Phillips deklamierte.

Annabelle Chapin war eine Klassenkameradin von Claude. Sie war nicht so schwerfällig wie ihr Bruder; sie konnte eine Konjugation lernen und die Formen erkennen, wenn sie ihr wiederbegegneten. Aber sie war ein überschwengliches, albernes Mädchen, das fast alles in ihrem schmuddeligen Leben zu schön fand, um wahr zu sein; und leider hegte sie schwärmerische Gefühle für Claude. Annabelle leierte ihre Lektionen wieder und wieder vor sich hin, während sie kochte und schrubbte. Sie gehörte zu jenen Leuten, welche die herrlichsten Dinge durch ihre bloße Erwähnung zahm und platt erscheinen lassen können. Letzten Winter hatte sie überall im Haus die Oden von Horaz aufgesagt – das entsprach ihrer Vorstellung von typisch studentischer Betätigung –, bis Claude fürchtete, er würde diesen Dichter für immer mit schwerverdaulichen, hastig zubereiteten Mittagessen in Verbindung bringen.

Mrs. Wheeler gefiel der Gedanke, Claude würde diesem achtbaren Paar in seinem Kampf um eine Ausbildung beistehen; aber er hatte vor langer Zeit entschieden, daß der Kampf zu Beginn hätte aufgegeben werden sollen, da er für keinen der Chapins mehr erbrachte als eine Art schlampiger Untüchtigkeit. Er kümmerte sich selbst um sein Zimmer, hielt es kahl und bewohnbar und frei von Annabelles Aufmerksamkeiten und Dekorationen. Aber die dürftigen Vorspiegelungen von zwangloser Haushaltsführung waren ihm sehr zuwider. Ordnungsliebe war ihm genauso angeboren, wie ihm rote Haare angeboren waren. Sie war eine persönliche Eigenschaft.

Der Junge empfand Bitterkeit über die Art, wie er erzogen worden war, und über sein Haar und seine Sommersprossen und seine Unbeholfenheit. Wenn er in Lincoln ins Theater ging, nahm er einen Platz auf der Galerie, weil er wußte, daß er wie ein grüner Landjunge aussah. An seiner Garderobe stimmte immer irgend etwas nicht. Er kaufte Kragen, die zu hoch waren, und Schlipse, die zu knallig waren, und versteckte sie in seinem Schrankkoffer. Sein einziges Experiment mit einem Schneider ging daneben. Der Schneider erkannte sofort, daß sein stammelnder Kunde nicht wußte, was er wollte, also redete er ihm ein, er brauche, da es Frühlings sei, helle karierte Hosen und eine blaue Sergejacke und -weste. Als Claude seine neuen Kleider am Sonntagmorgen zum Kirchgang nach St. Paul trug, folgten die Augen aller, denen er begegnete, seinen flotten Beinen die Straße hinunter. Die ganze nächste Woche über beobachtete er die Beine alter und junger Männer und kam zu dem Schluß, daß es in ganz Lincoln kein weiteres Paar karierter Hosen gab. Er hängte seine neuen Kleider in den Schrank und zog sie nie wieder an, obwohl Annabelle Chapin wehmütig nach ihnen Ausschau hielt.

Trotzdem glaubte Claude, einen gutgekleideten Mann

erkennen zu können, wenn er einen sah. Er glaubte sogar, eine gutgekleidete Frau erkennen zu können. Wenn eine attraktive Frau auf der Hinfahrt zum Tempel-Platz oder auf seiner Heimfahrt in die Straßenbahn stieg, war er hin und her gerissen zwischen der Sehnsucht, sie anzuschauen, und dem Wunsch, gleichgültig zu erscheinen.

Claude befindet sich auf seinem Rückweg nach Lincoln, mit einem ziemlich großzügigen Taschengeld, das nicht viel zu seinem Trost oder Vergnügen beiträgt. Er hat keine Freunde oder Lehrer, die er bewundernd betrachten kann, obwohl das Bedürfnis zu bewundern gerade jetzt in seinem Wesen vorherrschend ist. Er ist überzeugt, daß die Leute, die ihm etwas bedeuten könnten, ihn immer falsch beurteilen und übergehen werden. Die Einsamkeit fürchtet er nicht so sehr wie das Sichzufriedengeben mit einem billigen Ersatz, einem Lehrer, der ihm schmeichelt, vor sich selbst entschuldigen zu müssen oder eines Morgens mit der Feststellung aufzuwachen, daß er ein Mädchen bewundert, bloß weil es zugänglich ist. Er hat ständige Angst vor bequemen Kompromissen und fürchtet sich schrecklich davor, zum Narren gehalten zu werden.

6

Drei Monate später, an einem grauen Dezembertag, saß Claude im Passagierwagen eines bummelnden Güterzugs und fuhr über die Ferien nach Hause. Er hatte neben sich auf dem Sitz einen Stapel Bücher liegen und las, als der Zug mit einem Ruck hielt, der die Bände zu Boden purzeln ließ. Er hob sie auf und sah auf die Uhr. Es war Mittag. Der Güterzug würde hier eine Stunde oder mehr stehen, bis der Personenzug nach Osten vorbeigefahren war. Claude verließ den Waggon und ging langsam den Bahnsteig hinauf zur Station. Ein Bündel kleiner Fichten war in der Nähe des Frachtbüros abgeworfen worden und sandte einen Geruch von Weihnachten in die kalte Luft. Ein paar Rollwagen standen umher, die Pferde zugedeckt. Der Dampf der Lokomotive wurde zu einem tiefvioletten Fleck, der sich ausbreitete, als er sich in den grauen Himmel emporwälzte.

Claude ging in ein Restaurant auf der anderen Straßenseite und bestellte ein Austernstew. Die Besitzerin, eine stämmige kleine Deutsche mit einem Kräuselpony, erinnerte sich jedesmal an ihn. Während er seine Austern aß, sagte sie ihm, sie habe gerade ein Huhn mit Süßkartoffeln fertiggebraten, und wenn er wolle, könne er die erste braune Scheibe vom Brustfleisch haben, bevor die Eisenbahner zum Essen hereinkämen. Er bat sie, es ihm zu bringen, und wartete auf einem Hocker, die Stiefel auf der Fußstütze aus Bleirohr, die Ellbogen auf dem glänzendbraunen Tresen, während er auf eine Pyramide zäh aussehender belegter Brötchen unter einer Glasglocke starrte.

«I hab' jeden Tag nach Ihnen Ausschau gehalten», sagte Mrs. Voigt, als sie seinen Teller brachte. «I hab' viel gute Soß auf die Süßkartoffeln getan, ja.»

«Danke. Sie müssen bei Ihren Kostgängern beliebt sein.»

Sie kicherte. «Ja mei, all die Bahnleut san Freunde von mir. Manchmals bringen sie mir an kloi Schweizerkäs von einem der großen Saloons in Omaha, wo die deutsche

Leut hingehn. I hab' ka eigne Buabn, also muß i Kloinigkeiten für de Buabn do zubereiten, gell?»

Sie stand da, die pummeligen Hände unter der Schürze reibend, und sah jedem Bissen, den er aß, so eifrig nach, daß sie ihn selbst hätte schmecken müssen. Das Bahnpersonal strömte herein, rief ihr zu und fragte, was es zu essen gäbe. Sie lief umher wie eine aufgeregte kleine Henne, kicherte und gackerte. Claude fragte sich, ob die Arbeiter überall auf der Welt so nett zu alten Frauen seien. Er glaubte es nicht. Er dachte gern, daß solche Freundlichkeit nur dort üblich sei, wo für ihn ungefähr «der Westen» war. Er kaufte eine dicke Zigarre, schlenderte den Bahnsteig auf und ab und genoß die frische Luft, bis der Personenzug hereinpfiff.

Nachdem sein Güterzug losgedampft war, schlug er seine Bücher nicht wieder auf, sondern blickte hinaus auf die grauen Heimstätten, die sich vor ihm auftaten, mit ihren kahlen, trockenen Maisfeldern und den gewaltigen gepflügten Flächen, in denen der Winterweizen schlummerte. Ein glitzerndes Gesprengsel Schnee lag wie Rauhreif auf den bröckligen Erdwällen zwischen den Furchen.

Claude glaubte, fast jede Farm zwischen Frankfort und Lincoln zu kennen; er war die Strecke in schnellen und langsamen Zügen so oft schon gereist. Er fuhr in allen Ferien nach Hause und war unter verschiedenen Vorwänden wieder und wieder zurückgerufen worden; als seine Mutter krank war, als Ralph sich mit dem Auto überschlagen und die Schulter gebrochen hatte, als sein Vater von einem bösartigen Zuchthengst getreten worden war. Es war bei den Wheelers nicht üblich, eine Krankenschwester anzustellen; wenn irgendeiner im Haus krank war, so galt es als selbstverständlich, daß ein Familienmitglied diese Aufgabe übernahm.

Claude dachte darüber nach, daß er nie zuvor in so guter Stimmung nach Hause zurückgekehrt sei. Zwei Glücksfälle hatte er erlebt, seit er vor drei Monaten diese Strecke gefahren war.

Sobald er im September in Lincoln angekommen war, hatte er sich an der Staatsuniversität im Spezialfach Europäische Geschichte immatrikuliert. Im Vorjahr hatte er einen Vortrag des Fachbereichsleiters für irgendeinen Wohltätigkeitsverein gehört und beschlossen, daß es ihm gelingen mußte, unter jenem Mann zu studieren, selbst wenn es ihm nicht gestattet wäre, sein College zu wechseln. Für den Kurs, den Claude wählte, konnten die Studenten soviel Zeit aufwenden, wie sie wollten. Er basierte auf dem Lesen historischer Quellen, und der Professor war berüchtigt für seine Gier nach vollen Notizheften. Claudes Heft gehörte zu den vollsten. Er arbeitete früh und spät in der Universitätsbibliothek, aß oft in der Stadt zu Abend und kehrte zurück, um bis zur Schließung zu lesen. Zum erstenmal studierte er ein Fach, das ihm höchst wichtig erschien, das mit Ereignissen und Ideen zu tun hatte, statt mit Lexika und Grammatiken. Wie oft hatte er während dieser Vorlesungen Ernest herbeigewünscht! Er konnte Ernest vor sich sehen, wie er dies alles in sich aufnahm, mit oder ohne Zustimmung, auf seine eigene, unabhängige Art. Die Klasse war sehr groß, und der Professor sprach ohne Notizen – er redete rasch, als würde er sich an seinesgleichen richten, völlig ohne die einschmeichelnde Beredsamkeit, die Tempel-Studenten gewohnt waren. Seine Vorlesungen hatten die Knappheit juristischer Artikel, aber in seiner Stimme lag eine Art trockener Leidenschaft, und wenn er gelegentlich seine Darlegungen mit einem rein persönlichen Kommentar unterbrach, so schien dieser wertvoll und bedeutend.

Claude kam gewöhnlich aus diesen Vorlesungen mit dem Gefühl, daß die Welt voller anregender Dinge sei und daß man sich glücklich schätzen könne, lebendig zu sein und sie erkunden zu können. Seine Lektüre in jenem Herbst warf ein helleres Licht auf seine Zukunft, schien ihm etwas zu versprechen. Eine seiner Hauptschwierigkeiten war immer gewesen, daß es ihm nicht gelang, sich selbst von der Wichtigkeit des Geldverdienens und -ausgebens zu überzeugen. Wenn das alles sein sollte, dann ist das Leben die Mühe nicht wert.

Ein zweiter Glücksfall war ihm widerfahren, als er einige Leute kennengelernt hatte, die er mochte. Dies geschah durch Zufall, nach einem Footballspiel zwischen der Tempel-Elf und dem Team der Staatsuniversität – für letzteres lediglich ein Übungsspiel. Claude spielte den Halfback beim Tempel. Gegen Ende des ersten Viertels folgte er seinem Blocker um die rechte Flanke, wich einem Tackle aus, das den Spielzug zu beenden drohte, und brach durch zu einem Neunzig-Yard-Lauf das Feld hinunter und einem Touchdown. Er führte seine Elf mit einer guten Leistung vom Feld. Die Leute von der Staatsuniversität gratulierten ihm herzlich, und ihr Trainer ging so weit, anzudeuten, wenn er jemals wechseln wolle, gäbe es für ihn im Universitätsteam einen Platz.

Claude erlebte einen stolzen Augenblick, aber noch während Trainer Ballinger mit ihm sprach, stürzten die Tempel-Studenten brüllend von der Haupttribüne, und

Annabelle Chapin, lächerlich anzusehen in einem Sportkostüm eigener Machart, geschmückt mit den Tempel-Farben und in ein Kinderhorn blasend, warf sich ihm buchstäblich an den Hals. Er machte sich nicht sehr sanft los und stolzierte grimmig davon zum Umkleideschuppen... Was hatte es für einen Sinn, wenn man immer im falschen Haufen war?

Julius Erlich, der im Staatsteam den Quarterback spielte, nahm ihn beiseite und sagte freundlich: «Komm zum Abendessen mit mir nach Hause, Wheeler, und lern meine Mutter kennen. Komm mit uns mit und zieh dich im Zeughaus um. Du hast doch deine Kleidung dabei?»

«Es ist nicht gerade Kleidung, um Besuche zu machen», antwortete Claude zweifelnd.

«Ach, das ist egal! Wir sind zu Hause alles Jungen. Mutter würde es auch nichts ausmachen, wenn du in deinem Sportzeug kommen würdest.»

Claude willigte ein, bevor er Zeit hatte, sich Schwierigkeiten auszumalen und damit Angst einzujagen. Der Erlich-Junge saß in der Geschichtsklasse oft neben ihm, und sie hatten mehrere Male miteinander geredet. Bisher hatte Claude den Eindruck gehabt, er «könne aus Erlich nicht schlau werden», aber während sie sich an diesem Nachmittag nach dem Duschen ankleideten, wurden sie in wenigen Minuten gute Freunde. Claude war vielleicht geistig und körperlich weniger verkrampft als sonst. Er war so erstaunt über den ungezwungenen vertraulichen Umgang mit Erlich, daß er kaum einen Gedanken an sein Hemd vom Vortag und seinen Kragen mit einer gebrochenen Ecke verschwendete – elende Sparmaßnahmen, zu deren Einhaltung man ihn erzogen hatte.

Sie waren vom Zeughaus nur zwei Blocks weit gegangen, als Julius bei einem weitläufigen Holzhaus mit einem zaunlosen, terrassierten Rasen einbog. Er führte Claude um den Seitenflügel herum und durch eine Glastür in einen großen Raum, der über der Täfelung auf drei Seiten nur aus Fenstern bestand. Der Raum war voller Jungen und junger Männer, die auf langen Diwanen saßen oder auf Sessellehnen hockten und alle gleichzeitig redeten. Auf einer Couch lag ein junger Mann in einer Hausjacke und las so gelassen, als sei er allein.

«Fünf hiervon sind meine Brüder», sagte sein Gastgeber, «und der Rest sind Freunde.»

Die Gesellschaft erkannte Claude wieder und bezog ihn in ihr Gespräch über das Spiel ein. Als die Besucher gegangen waren, stellte Julius seine Brüder vor. Sie waren alle nette Jungen, dachte Claude, mit ungezwungenen, angenehmen Manieren. Die drei älteren waren Geschäftsleute, aber auch sie waren an jenem Nachmittag beim Spiel gewesen. Claude hatte nie zuvor Brüder erlebt, die so unverblümt und offen miteinander umgingen. Zu ihm waren sie sehr herzlich; der eine, der auf der Couch gelegen hatte, kam, um ihm die Hand zu schütteln, wobei er die Stelle im Buch mit dem Finger markiert hielt.

Auf einem Tisch in der Mitte des Raumes gab es Pfeifen und Tabaksdosen, Zigarren in einem Glaskrug und eine große chinesische Schüssel voller Zigaretten. Diese vorsorgliche Bereitstellung erschien Claude um so bemerkenswerter, als er zu Hause im Kuhstall rauchen mußte. Die Zahl der Bücher erstaunte ihn fast ebensosehr. Die Täfelung rund um den Raum war zu offenen Bücherregalen ausgebaut, die mit dicken und dünnen Büchern vollgestopft waren, und sie alle sahen interessant und viel benutzt aus. Einer der Brüder war am Vorabend auf einer Party gewesen und hatte beim Heimkommen seinen Schlips um den Hals einer kleinen Gipsbüste von Byron gelegt, die auf dem Kaminsims stand. Dieser Kopf mit dem verwegen schiefen Schlips zog Claudes Aufmerksamkeit mehr an als sonst etwas in diesem Raum und erweckte in ihm aus irgendeinem Grund augenblicklich den Wunsch, dort zu wohnen.

Julius führte seine Mutter herein, und als sie zu Tisch gingen, wurde Claude neben sie an ein Ende der langen Tafel gesetzt. Mrs. Erlich kam ihm sehr jung vor für das Haupt einer solchen Familie. Ihr Haar war noch braun, und sie trug es über die Ohren gekämmt und zu zwei kleinen Flügeln aufgedreht wie die Damen auf alten Daguerreotypien. Auch ihr Gesicht erinnerte an eine Daguerreotypie; es hatte etwas Altmodisches und Pittoreskes an sich. Ihre Haut hatte das sanfte Weiß von weißen Blumen, die vom Regen durchnäßt sind. Sie redete mit raschen Gesten, und ihr entschiedenes kleines Nicken war absonderlich und sehr persönlich. Ihre haselnußbraunen Augen spähten freudig gespannt über ihr Pincenez; ständig darauf aus, Dinge zu sehen, die sich auf wunderbare Weise zum Guten wendeten. Sie hielten ständig Ausschau nach einer guten deutschen Fee im Schrank oder in der Kuchendose oder in den Dampfschwaden des Waschtags.

Die Jungen erörterten eine Verlobung, die gerade bekanntgegeben worden war, und Mrs. Erlich begann, Claude eine lange Geschichte darüber zu erzählen, wie dieser brillante junge Mann nach Lincoln gekommen sei und dieses schöne junge Mädchen kennengelernt habe, das schon mit einem kalten jungen Akademiker verlobt war, und wie das schöne Mädchen nach viel bitterböser Eifersucht mit dem falschen Mann gebrochen habe und dem richtigen versprochen wurde, und nun waren sie so glücklich – und jeder, sie bat Claude es zu glauben, war ebenso glücklich! Mitten in ihrer Erzählung wies Julius sie lächelnd darauf hin, daß Claude, da er ja diese Leute nicht kannte, kaum an ihrer Romanze interessiert sein könne, aber sie sah ihn nur über ihr Pincenez an und sagte: «Was Sie nicht sagen, Herr Julius!» Man konnte sehen, daß sie ihnen gewachsen war.

Die Unterhaltung jagte von einem Gegenstand zum nächsten. Die Brüder begannen einen heftigen Streit über ein neues Mädchen, das in der Stadt zu Besuch war; ob sie schön sei, wie schön sie sei, ob sie naiv sei. Für Claude waren es Gespräche aus einem Theaterstück. Er hatte nie zuvor gehört, wie eine lebende Person derart diskutiert und analysiert wurde. Er hatte nie eine Familie so viel oder auch nur annähernd so schwungvoll reden gehört. Hier gab es nichts von der zersetzenden Zurückhaltung, die er immer mit Familienzusammenkünften verband, keine verlegenen Leute, die mit den Händen im Schoß einander gegenübersitzen und von denen jeder sein eigenes Geheimnis oder seinen Verdacht hütet, während er krampfhaft nach einem unverfänglichen Gesprächsthema sucht. Auch ihr Wortreichtum erstaunte ihn; wie konnte man so viel über ein einziges Mädchen zu sagen haben! Natürlich kam ihm so etliches davon weit hergeholt vor, aber betrübt gestand er ein, daß er sich in solchen Angelegenheiten nicht auskannte.

Als sie ins Wohnzimmer zurückkehrten, begann Julius,

auf seiner Gitarre Melodien vor sich hinzuspielen, und der bärtige Bruder setzte sich und las. Otto, der jüngste, sah eine Gruppe Studenten am Haus vorbeigehen, lief hinaus auf den Rasen und rief sie herein – zwei Jungen und ein Mädchen mit roten Wangen und einer Pelzstola. Claude hatte sich in eine Ecke zurückgezogen und war vollauf damit zufrieden, Zuschauer zu sein, aber Mrs. Erlich kam bald und setzte sich zu ihm. Als die Türen zum Salon geöffnet wurden, bemerkte sie, daß seine Augen zu einem Bild von Napoleon schweiften, das über dem Klavier hing, und forderte ihn auf, hinzugehen und es sich anzusehen. Sie erzählte ihm, daß es ein seltener Stich sei, und sie zeigte ihm ein Porträt ihres Urgroßvaters, der Offizier in Napoleons Armee gewesen war. Zu erklären, wie es dazu kam, war eine zu lange Geschichte.

Während Mrs. Erlich mit Claude sprach, entdeckte sie, daß seine Augen nicht wirklich blaß waren, sondern wegen seiner hellen Wimpern nur so aussahen. Sie konnten sehr viel sagen, wenn sie direkt in die ihren blickten, und was sie sagten, gefiel ihr. Sie fand bald heraus, daß er unzufrieden war, wie sehr er das Tempel-College haßte und weshalb seine Mutter wünschte, daß er es besuchte.

Als die drei, die vom Gehweg hereingerufen worden waren, sich verabschiedeten, stand Claude ebenfalls auf. Sie waren offenkundig Freunde des Hauses, und ihr lässiger Abgang mit einem fröhlichen «Gute Nacht allesamt!» gab ihm keinen Hinweis darauf, was er sagen müßte oder wie er sich entfernen sollte. Julius machte alles noch schwieriger, indem er ihm sagte, er solle sich setzen, es sei noch nicht Zeit zu gehen. Aber Mrs. Erlich fand, es sei Zeit; er habe eine lange Fahrt zum Temple Place hinaus vor sich.

Es war wirklich sehr einfach. Sie ging mit ihm zur Tür, gab ihm seinen Hut und tätschelte ihm den Arm zum Abschied. «Sie werden uns oft besuchen kommen. Wir werden Freunde sein.» Ihre Stirn mit ihren adretten braunen Haargardinen reichte bis unter Claudes Kinn, und sie spähte mit jenem pittoresk-hoffnungsvollen Ausdruck zu ihm auf, als ob – ja, als ob sogar auf wunderbare Weise aus ihm noch etwas Gutes werden könnte! Ganz bestimmt hatte ihn niemand je zuvor so angesehen.

«Es war sehr schön», murmelte er ohne Verlegenheit, und in glücklicher Unbewußtheit drehte er den Türknopf und ging durch die Glastür hinaus.

Während der Güterwagen langsam durch die Winterlandschaft schnaufte und in der ruhigen Luft eine schwarze Rauchfahne hinterließ, ging Claude jenes Erlebnis in Gedanken genauestens durch, als fürchtete er, mit dem Näherrücken seines Zuhauses etwas davon zu verlieren. Er konnte sich genau erinnern, wie Mrs. Erlich und die Jungen ihn an jenem ersten Abend angesehen hatten, konnte fast wortwörtlich die Unterhaltung wiederholen, die für ihn so neuartig gewesen war. Damals hatte er angenommen, die Erlichs seien reiche Leute, aber danach fand er heraus, daß sie arm waren. Der Vater war tot, und alle Jungen mußten arbeiten, sogar jene, die noch aufs College gingen. Sie verstanden lediglich zu leben und gaben ihr Geld für sich selbst aus, statt für Maschinen, die die Arbeit taten, und Maschinen, die zur Unterhaltung beitragen. Maschinen, so entschied Claude, konnten keine Freude erzeugen, was immer sie auch sonst konnten. Sie konnten niemanden zu einem angenehmen Menschen machen. Soweit er sehen konnte, geschah dies nur durch eine kluge Hingabe an fast alles, was man ihn zu meiden gelehrt hatte.

Seit jenem ersten Besuch war er natürlich nicht so oft, wie er wünschte, aber so oft, wie er wagte, zu den Erlichs gegangen. Einige der Jungen von der Universität schienen dort hereinzuschauen, wann immer ihnen danach zumute war, waren fast wie Familienmitglieder; aber sie sahen besser aus als er und wären unterhaltsamer. Gewiß doch, der lange Baumgartner war ein Vertrauter des Hauses, und er war ein schlaksiger Junge mit großen roten Händen und geflickten Schuhen; aber er konnte wenigstens mit der Mutter Deutsch sprechen, und er spielte Klavier und schien sehr viel über Musik zu wissen.

Claude wollte kein Langweiler sein. Manchmal, wenn er abends die Bibliothek verließ, um eine Zigarre zu rauchen, ging er langsam am Haus der Erlichs vorbei, sah zu den erleuchteten Fenstern des Wohnzimmers und fragte sich, was da drinnen wohl vorging. Bevor er dort einen Besuch machte, zerbrach er sich den Kopf über Gesprächsthemen. Hatte gerade ein Footballspiel oder eine gute Theateraufführung stattgefunden, war das natürlich hilfreich.

Fast ohne zu merken, was er tat, versuchte er, Dinge zu durchdenken und seine Meinungen vor sich selbst zu rechtfertigen, damit er zu antworten wußte, wenn die Erlich-Jungen ihm Fragen stellten. Er war in der Überzeugung aufgewachsen, es sei unter seiner Würde, sich zu erklären, genauso wie sich sorgfältig zu kleiden oder sich bei besonderen Bemühungen um etwas ertappen zu lassen. Ernest war der einzige ihm bekannte Mensch, der versuchte, klipp und klar zu sagen, warum er dies oder jenes glaubte; und die Leute zu Hause hielten ihn für eingebildet und ausländisch. Es war unamerikanisch, sich zu erklären; man mußte es nicht! Auf der Farm sagte man ja oder nein; Roosevelt sei in Ordnung, oder er sei verrückt. Mehr sollte man nicht sagen, es sei denn, man war Wahlredner – wenn man versuchte, mehr zu sagen als nötig, dann hieß es gleich, man höre sich gerne reden. Da man nie etwas sagte, entwickelte man nicht die Gewohnheit des Denkens. Langweilte man sich allzusehr, ging man in die Stadt und kaufte sich etwas Neues.

Aber alle, die er bei den Erlichs kennenlernte, redeten. Wenn sie ihn nach einem Theaterstück oder einem Buch fragten und er sagte, es «taugt nichts», dann fragten sie sofort, warum. Die Erlichs hielten ihn für verschwiegen, aber Claude fand sich manchmal erstaunlich. Konnte wirklich er das sein, der seine Ansichten auf diese ungehörige Weise darlegte? Er ertappte sich dabei, daß er Wörter gebrauchte, die ihm nie zuvor über die Lippen gekommen waren, die in seinem Geist nur mit der gedruckten Seite verbunden waren. Wenn ihm plötzlich bewußt wurde, daß er ein Wort zum erstenmal benutzte und es wahrscheinlich falsch aussprach, wurde er so verwirrt, als würde er versuchen, einen Bleidollar weiterzugeben, errötete und stotterte und ließ jemand anderen den Satz beenden.

Claude konnte gelegentlich der Versuchung nicht widerstehen, nachmittags bei den Erlichs hereinzuschauen; zu der Zeit waren die Jungen weg, und er konnte Mrs. Erlich eine halbe Stunde für sich allein haben. Wenn sie mit ihm redete, lehrte sie ihn so viel über das Leben. Unendlich gerne hörte er zu, wie sie bei der Arbeit sentimentale deutsche Lieder sang: «Spinn, spinn, du Tochter mein.» Er wußte nicht, warum, aber er fand es einfach hinreißend!

Jedesmal wenn er von ihr fortging, fühlte er sich glücklich und voller Güte und dachte an Buchenwälder und ummauerte Städte oder an Carl Schurz und die romantische Revolution.

Kurz bevor er über die Ferien nach Hause reiste, hatte er Mrs. Erlich besucht und sie beim Backen von deutschen Weihnachtskuchen angetroffen. Sie nahm ihn mit in die Küche und erklärte die fast heiligen Traditionen, welche diese komplizierte Bäckerei beherrschen. Ihre Aufregung und ihr Ernst beim Schlagen und Rühren waren reizend, dachte Claude. Sie zählte an den Fingern die vielen Zutaten auf, aber er glaubte, daß es ·Dinge gab, die sie nicht nannte: den Duft alter Freundschaften, das Leuchten früher Erinnerungen, den Glauben an wundertätige Gedichte und Lieder. Dies waren gewiß köstliche Zutaten für kleine Kuchen! Nachdem Claude sie verlassen hatte, tat er etwas, das ein Wheeler nicht tat; er ging hinunter zur O-Street und schickte ihr eine Schachtel der rotesten Rosen, die er finden konnte. In seiner Tasche befand sich noch das kleine Briefchen, das sie ihm als Dank geschrieben hatte.

7

Es fing an dunkel zu werden, als Claude die Farm erreichte. Während Ralph zurückblieb, um das Auto unterzustellen, ging er allein zum Haus weiter. Er kam niemals ohne bewegte Gefühle zurück – so sehr er auch versuchte, über diese Abfahrten und Rückkünfte, die alle in die Tagesarbeit fielen, leicht hinwegzugehen. Wenn er so den Hügel hinaufkam, auf das hohe Haus mit den erleuchteten

Fenstern zu, umklammerte ihm immer etwas das Herz. Er liebte und haßte zugleich dies Nachhausekommen. Er war jedesmal enttäuscht, und doch spürte er, daß es richtig war, an seinen eigenen Ort zurückzukehren. Selbst wenn es ihm den Mut brach und den Stolz demütigte, spürte er, daß es richtig war, derart gedemütigt zu werden. Er zweifelte nicht daran, daß der gedrückte Geisteszustand der wahre sei und daß ein Mann mit seiner Einschätzung der Wahrheit um so näher kam, je geringer er von sich dachte.

Als Claude sich der Tür näherte, hielt er einen Augenblick inne und spähte durch das Küchenfenster. Der Tisch war für das Abendessen gedeckt, und Mahailey stand am Herd und rührte etwas in einem großen Eisentopf; wahrscheinlich Maismehlbrei – sie kochte ihn sich jetzt häufig, seit ihre Zähne schlechter wurden. Sie stand vornübergebeugt, umschlang den Topf mit einem Arm und schlug mit dem anderen den steifen Inhalt, wobei sie im Rhythmus dieser Drehbewegung mit dem Kopf nickte. Verworrene Gefühle wallten in Claude auf. Er ging hinein und begrüßte sie mit einer ungestümen Umarmung. Ihr Gesicht verzog sich runzlig zu jenem unsinnigen Lächeln, das er so gut kannte. «Gott, has' du mich erschreckt, Mr. Claude! 'n bißchen mehr, un' ich hätt' mein' Brei über'n ganzen Boden gehabt. Gut siehs' du aus, du lieber Junge, du!»

Er wußte, daß Mahailey sich mehr über sein Heimkommen freute als irgendwer sonst, seine Mutter ausgenommen. Als er Mrs. Wheelers langsame, unsichere Schritte im geschlossenen Treppenaufgang hörte, öffnete er die Tür, lief ihr halb entgegen und legte seinen Arm mit der fast schmerzhaften Zärtlichkeit um sie, die er immer spürte, aber selten zeigen durfte. Sie hob beide Hände und streichelte einen Augenblick lang lachend sein Haar, als habe sie es mit einem kleinen Jungen zu tun, und sagte, sie glaube, es sei jedesmal roter, wenn er zurückkam.

«Haben wir allen Mais eingebracht, Mutter?»

«Nein, Claude, haben wir nicht. Du weißt, wir sind immer im Rückstand. Es gab auch schönes, klares Wetter zum Schälen. Aber wenigstens sind wir diesen elenden Jerry losgeworden; also gibt es etwas, wofür wir dankbar sein können. Er hatte eines Tages in der Stadt einen seiner Wutausbrüche, als er für die Heimfahrt einspannte, und Leonard Dawson sah, wie er eines unserer Pferde mit dem Nackenjoch prügelte. Leonard erzählte es deinem Vater und sagte ihm seine Meinung, und dein Vater entließ Jerry. Wenn du es ihm gesagt hättest, oder Ralph, dann hätte er höchstwahrscheinlich überhaupt nichts unternommen. Aber ich nehme an, Väter sind alle gleich.» Sie lachte leise und vertrauensvoll und stützte sich auf Claudes Arm, als sie die Stufen hinuntergingen.

«Das nehme ich an. Hat er das Pferd sehr verletzt? Welches war es?»

«Der kleine Schwarze, Pompey. Ich glaube, es ist ein ziemlich bösartiges Pferd. Die Männer sagten, einer der Knochen über dem Auge sei gebrochen, aber er würde es wahrscheinlich gut überstehen.»

«Pompey ist nicht bösartig, er ist nervös. Alle Pferde haben Jerry gehaßt, und sie hatten gute Gründe dafür.» Claude zuckte mit den Schultern, um die abstoßenden Erinnerungen an diesen Bastard abzuschütteln, die ihm ins Gedächtnis zurückschossen. Er hatte in der Scheune Dinge geschehen sehen, die er seinem Vater nicht sagen konnte.

Mr. Wheeler kam in die Küche und machte auf seinem

Weg nach oben gerade lange genug halt, um zu sagen: «Hallo, Claude, siehst ziemlich gut aus.»

«Ja, Sir. Mir geht es auch gut, danke.»

«Bayliss erzählte mir, daß du viel Football gespielt hast.»

«Nicht mehr als üblich. Wir haben ein halbes dutzendmal gespielt, kriegten hauptsächlich Prügel. Aber die Staatsuniversität hat wirklich ein gutes Team.»

«Das glau-be ich», sagte Mr. Wheeler gedehnt, als er mit schnellen Schritten nach oben ging.

Das Abendessen verlief wie üblich. Dan grinste und blinzelte Claude unaufhörlich zu, weil er herausfinden wollte, ob Claude schon über Jerrys Schicksal informiert sei. Ralph erzählte ihm Klatsch aus der Nachbarschaft: Gus Yoeder strengte einen Prozeß gegen einen Farmer an, der seinen Hund erschossen hatte. Leonard Dawson würde Susie Gray heiraten. Sie war, wie Claude sich erinnerte, das Mädchen, dessentwegen Leonard Bayliss geschlagen hatte.

Nach dem Essen fuhren Ralph und Mr. Wheeler mit dem Auto zu einer Weihnachtsveranstaltung im Schulhaus. Claude und seine Mutter setzten sich zu einem ruhigen Gespräch an den Steinkohleofen oben im Wohnzimmer. Claude mochte dieses Zimmer, besonders wenn sein Vater nicht da war. Der alte Teppich, die verblichenen Stühle, der Bücherschrank mit Sekretär, der fleckige Stich mit Szenen aus Bunyans «The Pilgrim's Progress», der über dem Sofa hing – durch diese Dinge fühlte er sich heimisch. Ralph schlug immer wieder vor, das Zimmer in Missionseiche neu zu möblieren, aber bisher hatten Claude und seine Mutter es gerettet.

Claude zog seinen Lieblingsstuhl heran und fing an,

seiner Mutter von den Erlich-Jungen und deren Mutter zu erzählen. Sie hörte zu, aber ihm wurde deutlich, daß sie weit mehr an Nachrichten über die Chapins interessiert war, und ob es Edwards Hals besser ging und wo er diesen Herbst gepredigt hatte. Dies gehörte zu den Enttäuschungen, wenn er nach Hause kam; er konnte seine Mutter nie für neue Dinge oder Menschen interessieren, wenn sie nicht irgendwie mit der Kirche zu tun hatten. Er wußte auch, daß sie immer zu hören hoffte, er würde endlich das Bedürfnis verspüren, der Kirche näherzukommen. Sie belästigte ihn nicht mit diesen Dingen, aber sie hatte ihm ein- oder zweimal gesagt, kein Ereignis der Welt würde ihr so große Freude bereiten, wie ihn mit Christus versöhnt zu sehen. Während er mit ihr über die Erlichs sprach, wurde ihm klar, daß sie sich fragte, ob sie nicht sehr «weltliche» Leute seien, und ihren Einfluß auf ihn fürchtete. Der Abend war ein Mißerfolg, und er ging früh zu Bett.

Claude hatte eine schmerzhafte Zeit des Zweifels und der Furcht durchlebt, in der er sehr viel über Religion nachdachte. Mehrere Jahre lang, von vierzehn bis achtzehn, glaubte er, er sei verloren, wenn er nicht bereue und jene mysteriöse Wandlung durchmache, die sich Bekehrung nennt. Aber es war etwas Störrisches in ihm, das ihn von der angebotenen Vergebung nicht Gebrauch machen lassen wollte. Er fühlte sich verdammt, war aber nicht willens, einer Welt zu entsagen, von der er noch nichts wußte. Er wollte gern im freien Gebrauch all seiner Kräfte, all seiner Fähigkeiten ins Leben gehen. Er wollte nicht sein wie die jungen Männer, die bei Gebetsstunden sagten, sie verließen sich auf ihren Heiland. Er haßte ihre duckmäuserische Art, nur erlaubte Freuden zu akzeptieren.

In jenen Tagen hatte Claude eine heftige körperliche Angst vor dem Tod. Bei einer Beerdigung, dem Anblick eines steif in seinem schwarzen Sarg liegenden Nachbarn, wurde er von Entsetzen überwältigt. Er pflegte in der Dunkelheit wach zu liegen und sich gegen den Tod zu verschwören, versuchte Pläne zu ersinnen, wie er ihm entgehen könne, und wünschte zornig, er wäre nie geboren worden. Gab es denn keinen anderen Weg aus der Welt als diesen? Wenn er an die Millionen einsamer Geschöpfe dachte, die unter der Erde verfaulten, erschien ihm das Leben lediglich als Falle, welche zu einem einzigen schrecklichen Zweck Menschen fing. Niemals hatte es einen Menschen gegeben, der so stark und so gut war, daß er entkam. Und dennoch war er manchmal überzeugt, daß er, Claude Wheeler, entkommen würde; daß er irgendeinen cleveren Dreh finden würde, um sich vor der Auflösung zu retten. Wenn er ihn gefunden hätte, würde er es keinem sagen; er würde listig und verschwiegen sein. Verwesung, Verfall... Er konnte seinen angenehmen, warmen Körper nicht diesem Schmutz überlassen! Was bedeutete er, jener Bibelvers: «Du wirst es nicht zulassen, daß dein Heiliger die Verwesung sehe»?

Wenn irgend etwas einen intelligenten Jungen von morbiden religiösen Ängsten heilen konnte, dann war es ein konfessionelles College wie jenes, auf das man Claude geschickt hatte. Jetzt tat er jegliche christliche Theologie als etwas ab, das zu voll war von Ausflüchten und Sophistereien, um ernsthaft darüber nachzudenken. Er war sicher, daß jene, die sie geschaffen hatten, genauso waren wie jene, die sie lehrten. Ihrer Theorie zufolge konnten die Edelsten verdammt werden, während jeder schäbige Parasit durch Glauben gerettet werden konnte. «Glaube», wie er ihn im Lehrkörper des Temple-College veranschaulicht sah, war ein Ersatz für die meisten der männlichen Eigenschaften, die er bewunderte. Junge Männer wurden Geistliche, weil sie ängstlich oder träge waren und wünschten, daß die Gesellschaft für sie sorgte; weil sie wünschten, daß gutgläubige Frauen wie seine Mutter sie verhätschelten.

Obwohl Claude wenig mit Theologie und Theologen zu tun haben wollte, hätte er doch darauf bestanden, Christ zu sein. Er glaubte an Gott und den Geist der vier Evangelien und an die Bergpredigt. Er pflegte bei «Selig sind die Sanftmütigen» einzuhalten und zu stocken, bis ihm eines Tages zufällig der Gedanke kam, daß dieser Vers genau für Leute wie Mahailey bestimmt war; und natürlich war sie selig!

8

Am Sonntag nach Weihnachten spazierten Claude und Ernest am Ufer des Lovely Creek entlang. Sie waren bis zu Mr. Wheelers Nutzholzparzelle gegangen und wieder zurück. Es war wie ein Herbstnachmittag, so warm, daß sie ihre Mäntel auf dem Ast einer krummen Ulme am Weidenzaun zurückließen. Die Felder und die kahlen Baumwipfel schienen im Licht zu schwimmen. Ein paar braune Blätter klammerten sich noch an die buschigen Bäume am Fluß. Auf der oberen Wiese, über eine Meile vom Haus entfernt, hatten die Jungen eine bittersüße Nachtschattenrebe entdeckt, die sich um einen kleinen Hornstrauch wand und ihn mit scharlachroten Beeren bedeckte. Es war, als würde man einen wildwachsenden Weihnachtsbaum finden. Sie hatten gerade über einige der Bücher geredet, die Claude mit nach Hause gebracht hatte, und über seinen Geschichtskurs. Er war nicht in der Lage, Ernest so viel über die Vorlesungen zu erzählen, wie er vorgehabt hatte, und er spürte, daß es eher Ernests Schuld war als die seine; Ernest war ein so nüchtern denkender Bursche. Als sie auf den Nachtschatten trafen, vergaßen sie ihre Diskussion und kletterten die Uferböschung hinunter, um die roten Büschel an dem holzigen, rauchfarbenen Rebengewächs und seine blaßgoldenen Blätter zu bewundern, die bei einer Berührung sofort abfallen würden. Die Rebe und der kleine Baum, den sie schmückte, waren, verborgen in einer Schluchtspalte, den kahlfegenden Winden und den Augen von Schulkindern entgangen, die manchmal auf dem Heimweg eine Abkürzung über die Weide nahmen. An ihren Wurzeln tröpfelte der Bach dünn und schwarz zwischen zwei schartigen Krusten schmelzenden Eises dahin.

Als sie den Ort verließen und zur ebenen Erde zurückkletterten, reizte es Claude wieder, Ernest aus seiner sanften und vernünftigen Stimmung herauszuknuffen.

«Was wirst du später mal tun, Ernest? Hast du vor, dein ganzes Leben Farmer zu bleiben?»

«Natürlich. Wenn ich einen Beruf hätte lernen wollen, dann wäre ich schon längst dabei. Wieso fragst du?»

«Ach, ich weiß nicht! Ich nehme an, man muß irgendwann einmal über die Zukunft nachdenken. Und du bist so praktisch.»

«Die Zukunft, he?» Ernest schloß ein Auge und lächelte. «Das ist ein großes Wort. Wenn ich meine eigene Wirtschaft habe und einen guten Anfang mache, gehe ich in irgendeinem Winter nach Hause, meine Alten besuchen. Vielleicht heirate ich ein nettes Mädchen und bringe es mit zurück.»

«Ist das alles?»

«Das ist doch genug, wenn es gut läuft, oder?»

«Vielleicht. Für mich wär's das nicht. Ich glaube nicht, daß ich mich je auf etwas festlegen kann. Hast du nicht das Gefühl, daß unter diesen Umständen da nicht viel drin ist?»

«Wo drin?»

«Im Leben überhaupt, wenn wir so weitermachen. Was springt für uns dabei heraus? Nimm einen Tag wie diesen: Du wachst morgens auf und bist froh, daß du lebst; der Tag kann alles mögliche bringen, und du bist sicher, daß sich etwas ereignen wird. Nun ja, ob es ein Arbeitstag ist oder ein Feiertag, am Ende ist es immer dasselbe. Abends gehst du zu Bett – nichts hat sich ereignet.»

«Aber was erwartest du? Was kann sich für dich ereignen, außer in deinem Geist? Wenn ich meine Arbeit hinter mich bringe und so wie heute einen Nachmittag frei kriege, um meine Freunde zu besuchen, genügt mir das.»

«Wirklich? Also, wenn wir nur ein einziges Mal zu leben haben, dann müßte das Leben doch etwas – na ja, manchmal, etwas Herrliches an sich haben.»

Ernest zeigte jetzt Anteilnahme. Er hielt sich näher an Claude, während sie weitergingen, und betrachtete ihn besorgt von der Seite. «Ihr Amerikaner sucht immer nach etwas außerhalb von euch, das euch antreibt, aber so geht das nicht. In den alten Ländern, wo sich für uns nicht sehr viel ereignen kann, wissen wir das – und wir lernen, aus Kleinigkeiten das meiste zu machen.»

«Die Märtyrer müssen etwas außerhalb ihrer selbst gefunden haben. Sonst hätten sie es sich mit Kleinigkeiten bequem machen können.»

«Na, ich würde sagen, sie waren es, die nichts hatten als ihre Idee! Es wäre lächerlich, sich bloß um der Sensation willen auf dem Scheiterhaufen verbrennen zu lassen. Manchmal glaube ich, daß die Märtyrer außerdem eine gute Portion Eitelkeit hatten, die ihnen weiterhalf.»

Claude dachte, daß Ernest noch nie so langweilig gewesen sei. Er warf einen Blick über die Felder hinweg auf einen hellen Gegenstand und sagte scharf: «Tatsache ist, Ernest, daß du glaubst, ein Mann müßte sich mit seinen Mahlzeiten und Kleidern und freien Sonntagen zufriedengeben, nicht?»

Ernest lachte ziemlich traurig. «Wie ich darüber denke, spielt keine große Rolle; die Dinge sind, wie sie sind. Es wird wohl nichts vom Himmel herunterlangen und einen auflesen.»

Claude murmelte etwas und mahlte über dem Hemdkragen mit dem Kiefer, als hätte er ein Stangengebiß im Mund.

Die Sonne war gesunken, und die beiden Jungen schienen für Mrs. Wheeler, die sie vom Küchenfenster aus beobachtete, wie neben einem Präriefeuer zu gehen. Sie lächelte, als sie die schwarzen Gestalten vor dem goldenen Himmel den Hügelkamm entlanggehen sah; selbst auf die Entfernung sah der eine so anpassungsfähig aus und der andere so unnachgiebig. Sie stritten sich wahrscheinlich, und wahrscheinlich war Claude im Unrecht.

9

Nach den Ferien machte sich Claude wieder an seine Lektüre in der Universitätsbibliothek. Er arbeitete an einem Tisch direkt neben der Nische, in der die Bücher über Malerei und Bildhauerei aufbewahrt wurden. Die Kunststudenten, allesamt Mädchen, lasen und flüsterten dort miteinander, so daß er ihre Gesellschaft genießen konnte, ohne mit ihnen reden zu müssen. Sie waren lebhaft und freundlich; sie baten ihn häufig, schwere Bücher und Mappen von den Regalen zu heben, und grüßten ihn fröhlich, wenn er sie auf der Straße oder dem Campus traf, und redeten mit ihm mit der ungezwungenen Herzlichkeit, die zwischen Jungen und Mädchen in einem gemischten College üblich ist. Eins dieser Mädchen, Miss Peachy Millmore, unterschied sich von den anderen – unterschied sich von jedem Mädchen, das Claude je gekannt hatte. Sie kam aus Georgia und verbrachte den Winter bei ihrer Tante in der B-Street.

Obwohl sie klein und plump war, bewegte sich Miss Millmore mit einer Art von «Haltung», und hatte insgesamt mehr Benimm und mehr Zurückhaltung als die Mädchen aus dem Westen. Ihr Haar war blond und lockig – die kurzen Ringel um ihre Ohren hatten genau dieselbe Farbe wie ein Küken. Ihre lebhaften blauen Augen standen ein bißchen zu weit vor, und ein üppiges Rot überzog ihre Wangen. Es schien dort zu pulsieren – es verlangte einen danach, sie zu berühren, um festzustellen, ob sie heiß waren. Die Gebrüder Erlich und ihre Freunde nannten sie den «Georgia-Pfirsich». Sie galt als sehr hübsch, und die Jungen von der Universität hatten sie umschwärmt, seit sie neu in die Stadt gekommen war. Doch das Interesse an ihr war inzwischen etwas zurückgegangen. Miss Millmore trödelte oft noch auf dem Campus herum, um mit Claude zusammen in die Stadt zu gehen. Obwohl er versuchte, seine langen Schritte ihrem trippelnden Gang anzupassen, kam sie mit Sicherheit außer Atem. Ständig ließ sie ihre Handschuhe oder ihr Skizzenbuch oder ihre Handtasche fallen, und er hob sie gern für sie auf und zog ihre Überschuhe zurecht, die an der Ferse immer wieder verrutschten. Es war sehr nett von ihr, ihn auszuwählen und so liebenswürdig zu ihm zu sein, dachte er. Sie überredete ihn sogar dazu, Samstag morgens in seinem Sportdress für die Zeichenklasse zu posieren, und sagte ihm, er habe «einen herrlichen Körperbau», ein Kompliment, das ihn vor Verlegenheit erröten ließ. Aber er posierte natürlich.

Claude freute sich darauf, Peachy Millmore zu sehen, vermißte sie, wenn sie nicht in der Nische war, fand es ganz natürlich, daß sie ihm ihre Abwesenheit erklärte – ihm sagte, wie oft sie ihr Haar wusch und wie lang es sei, wenn sie es herunterließe.

Eines Freitags im Februar holte Julius Erlich Claude auf dem Campus ein und schlug vor, daß sie es morgen mit dem Schlittschuhlaufen probieren sollten.

«Ich gehe schon Schlittschuhlaufen», antwortete Claude. «Aber ich habe Miss Millmore versprochen, es ihr beizubringen. Willst du nicht mitkommen und mir dabei helfen?»

Julius lachte nachsichtig. «O, nein! Ein andermal. Dabei möchte ich nicht stören.»

«Unsinn! Du könntest es ihr besser beibringen als ich.»

«Oh, den Mut habe ich nicht.»

«Was meinst du?»

«Du weißt, was ich meine.»

«Nein, ich weiß es nicht. Überhaupt, warum lachst du immer über das Mädchen?»

Julius zog eine kleine Grimasse. «Sie hat Phil Bowen ein paar scheußlich kitschige Briefe geschrieben, und er hat sie eines Abends im Verbindungshaus vorgelesen.»

«Hast du ihm keine runtergehauen?» fragte Claude und wurde rot.

«Nun ja, ich hätte beinahe», sagte Julius lächelnd, «aber ich habe nicht. Sie waren zu albern, um deswegen Theater zu machen. Seitdem habe ich mich vor dem Georgia-Pfirsich in acht genommen. Wenn du die Sorte Pfirsich auch nur ganz leicht anrührst, könnte er in deiner Hand bleiben.»

«Das glaube ich nicht», erwiderte Claude überheblich. «Sie hat bloß ein gutes Herz.»

«Vielleicht hast du recht. Aber ich habe schreckliche Angst vor Mädchen, die zu gutherzig sind», gestand Julius. Er hatte Claude schon seit einiger Zeit ein warnendes Wort zukommen lassen wollen.

Claude hielt seine Verabredung mit Miss Millmore ein. Er nahm sie tatsächlich mehrmals mit zum Eislaufteich, obwohl er ihr anfangs sagte, er fürchte, ihre Knöchel seien zu schwach. Ihren letzten Ausflug unternahmen sie bei Mondschein, und nach jenem Abend mied Claude Miss Millmore, wenn er es konnte, ohne grob zu sein. Sie war für ihn nicht mehr anziehend. Ihre Art, sich andere gefügig zu machen, war, sich an einen anzuklammern. Dabei blieb es nicht beim Vorsatz. Was sie tat, war um ein Grad weniger subtil. Sie hatte auf diese Weise schon einen farblosen

Vetter in Atlanta gefügig gemacht, und das war der Grund, weshalb sie nach Norden geschickt worden war. Sie kannte keine Zurückhaltung, wie Claude zornig zugab – obwohl sie zunächst, wenn man sie kennenlernte, so sehr zurückhaltend schien. Ihre eilfertige Bereitschaft führte ihn nicht im geringsten in Versuchung. Er war ein Junge von starken Impulsen, und die Vorstellung, mit ihnen herumzuspielen, war ihm zuwider. Statt ihn zu verderben, hatte das Gerede der schmierigen Männer, die sein Vater bei sich beschäftigte, ihm einen heftigen Ekel vor Sinnlichkeit eingeflößt. Er hegte einen fast hippolyteischen Stolz auf Offenheit.

10

Die Familie Erlich liebte Jahrestage, Geburtstage, Anlässe. In jenem Frühjahr kam Mrs. Erlichs Kusine ersten Grades, Wilhelmina Schroeder-Schatz, die an der Chicago Opera Company sang, als Solistin zum Mai-Festival nach Lincoln. Als sich das Datum ihres Engagements näherte, begannen ihre Verwandten, ihre Unterhaltung zu planen. Das Matinée Musical würde einen formellen Empfang für die Sängerin geben, also entschlossen sich die Erlichs zu einem Dinner. Jedes Familienmitglied lud einen Gast ein, und es fiel ihnen sehr schwer zu entscheiden, welche ihrer Freunde die Ehre am meisten zu schätzen wüßten. Es sollten mehr Männer als Frauen anwesend sein, weil Mrs. Erlich sich erinnerte, daß ihre Kusine Wilhelmina nie eine besondere Vorliebe für die Gesellschaft ihres eigenen Geschlechts gehegt hatte.

Eines Abends, als ihre Söhne die Gästeliste durchgingen, erinnerte Mrs. Erlich sie, daß sie ihren eigenen Gast noch nicht genannt habe. «Für mich», sagte sie bestimmt, «könnt ihr Claude Wheeler eintragen.»

Diese Ankündigung wurde mit Stöhnen und Gelächter aufgenommen.

«Das ist doch nicht dein Ernst, Mutter», protestierte der älteste Sohn. «Der arme alte Claude würde überhaupt nicht wissen, worum das alles geht – und ein einziger Langweiler kann eine ganze Dinnerparty verderben.»

Mrs. Erlich drohte ihm entschieden mit dem Finger. «Du wirst sehen, deine Kusine Wilhelmina wird sich für den Jungen mehr interessieren als für alle anderen!»

Julius dachte, wenn der Widerstand gegen sie nicht zu stark sei, würde sie vielleicht doch noch nachgeben. «Zunächst einmal, Mutter, hat Claude keinen Abendanzug», murmelte er.

Sie nickte ihm zu. «Dafür muß gesorgt werden, Herr Julius. Es wird ihm einer angefertigt. Als ich ihn aushorchte, sagte er, daß er sich ohne weiteres einen leisten könne.»

Die Jungen sagten sich, daß sie, da die Dinge schon so weit gediehen seien, wohl das Beste daraus machen müßten, und der älteste trug mit elegantem Schwung «Claude Wheeler» ein.

Wenn die Erlich-Jungen Bedenken hatten, so war ihre Besorgnis nichts im Vergleich zu Claudes. Er sollte Mrs. Erlich zu Madame Schroeder-Schatz' Liedervortrag begleiten, und als er an jenem Abend an der Tür auftauchte, schleppten die Jungen ihn herein, um ihn zu begutachten. Otto knipste sämtliche Lichter an, und Mrs. Erlich kam in ihren neuen schwarzen Spitzen über weißem Satin in den Salon geflattert, um zu sehen, was für eine Figur ihr Begleiter machte.

Claude zog den Mantel aus, wie ihm geheißen, und zeigte sich in der rußigen Schwärze neuen edlen Baumwollstoffs. Mrs. Erlichs Augen streiften seine langen schwarzen Beine, seine glatten Schultern und schließlich den viereckigen Rotkopf, der sich ihr liebevoll zuneigte. Sie lachte und klatschte in die Hände.

«Jetzt werden sich alle Mädchen in ihren Sitzen umdrehen und gucken und sich fragen, wo ich ihn herhabe!»

Claude fing an, ihre Utensilien in seinen Manteltaschen zu verstauen; Opernglas in der einen, Fächer in der anderen. Sie steckte eine Lorgnette in ihr Täschchen, zusammen mit Puderdose, Taschentuch und Riechsalz – sogar eine kleine Silberdose mit Pfefferminzdrops war darin, falls sie anfangen würde zu husten. Sie zog ihre langen Handschuhe an, legte einen Spitzenschal über ihr Haar und war schließlich bereit, sich in den Abendumhang hüllen zu lassen, den Claude ihr hinhielt. Als sie mit einer Verbeugung vor ihren Söhnen seinen Arm nahm, lachten sie, und Claude gefiel ihnen schon besser. Seine ruhige Beschützerhaltung war ein Rahmen für das heitere kleine Bild, das sie abgab.

Die Dinnerparty fand am nächsten Abend statt. Der Ehrengast, Madame Wilhelmina Schroeder-Schatz, war einige Jahre jünger als ihre Kusine Augusta Erlich. Sie war klein, kräftig, mit einem gewaltigen Brustkasten, einem schönen Kopf, und sie besaß gebieterische Präsenz. Ihre großartige Altstimme, die sie rücksichtslos einsetzte, war wirklich ein herrliches Organ und bereitete den Leuten eine ebenso substantielle Freude wie Essen und Trinken. Beim Dinner saß sie zur Rechten des ältesten Sohnes. Claude, neben Mrs. Erlich am anderen Ende der Tafel, beobachtete aufmerksam die mit grünem Samt und funkelnden Rheinkieseln geschmückte Lady.

Als Madame Schroeder-Schatz nach dem Dinner aus dem Eßzimmer rauschte, ließ sie den Arm ihrer Kusine fallen und machte vor Claude halt, der hinter seinem Stuhl bereitstand.

«Wenn Kusine Augusta Sie entbehren kann, müssen wir uns ein wenig unterhalten. Wir waren sehr weit voneinander entfernt», sagte sie.

Sie führte Claude zu einem der Fenstersitze im Wohnzimmer, beklagte sich sofort über Zugluft und schickte ihn auf die Suche nach ihrem grünen Schultertuch. Er brachte es und legte es ihr sorgsam um; aber einige Augenblicke später warf sie es mit leicht verärgerter Miene ab, als hätte sie es nie gewollt. Claude erinnerte sie besorgt an die Zugluft.

«Zugluft?» sagte sie und reckte das Kinn. «Hier ist keine Zugluft.»

Sie fragte Claude, wo er lebte, wieviel Land sein Vater besaß, was für Feldfrüchte er zog, erkundigte sich nach dem Geflügel und der Milchwirtschaft. Als Kind hatte sie auf einem Bauernhof in Bayern gelebt, und sie schien eine ganze Menge von Landwirtschaft und Vieh zu verstehen. Als Claude ihr erzählte, daß sie die Hälfte ihres Landes an andere Farmer verpachteten, mißbilligte sie das. «Wenn ich ein junger Mann wäre, würde ich anfangen, Land zu erwerben, und ich würde nicht aufhören, bis ich eine ganze County hätte», erklärte sie. Sie sagte, wenn sie neue Leute kennenlernte, sei sie immer sehr neugierig darauf, zu erfahren, auf welche Weise sie ihren Lebensunterhalt verdienten; ihre eigene Weise sei zu hart.

Später am Abend fand sich Madame Schroeder-Schatz gnädig bereit, für ihre Verwandten zu singen. Als sie sich ans Klavier setzte, winkte sie Claude herbei und bat ihn, für sie umzublättern. Claude schüttelte den Kopf und lächelte bedauernd.

«Es tut mir leid, daß ich so dumm bin, aber ich kann eine Note nicht von einer anderen unterscheiden.»

Sie klopfte ihm auf den Ärmel. «Nun gut, macht nichts. Aber vielleicht möchte ich das Klavier umgestellt haben; das könnten Sie doch für mich tun, he?»

Als Madame Schroeder-Schatz in Mrs. Erlichs Schlafzimmer war und sich die Nase puderte, bevor sie ihre Gewänder anlegte, bemerkte sie: «Welch ein Jammer, Augusta, daß du jetzt keine Tochter hast, die du mit Claude verheiraten kannst. Er würde einen perfekten Schwiegersohn für dich abgeben.»

«Ach, wenn ich doch nur eine hätte!» seufzte Mrs. Erlich.

«Oder», fuhr Madame Schroeder-Schatz fort, während sie energisch ihre großen Galoschen anzog, «wenn du auch nur ein paar Jahre jünger wärst, dann wäre es vielleicht noch nicht zu spät. Ach, sei nicht töricht, Augusta! So etwas ist vorgekommen und wird auch wieder vorkommen. Trotzdem, besser eine Witwe sein als an einen kranken Mann gefesselt – wie ein Stein um den Hals. Welch ein Ehemann, zu dem ich zurückkehre! Und ich, eine Frau in der Fülle ihrer Kraft. ‹Das ist ein Kreuz!›» Sie schlug sich gegen die Brust, auf der linken Seite.

Nachdem Madame Schroeder-Schatz erst einen Samtmantel, dann einen Pelzmantel angelegt hatte, segelte sie wie eine Galeone ins Wohnzimmer und gab all ihren Vettern – und Claude Wheeler – einen Gutenachtkuß.

11

An einem warmen Mainachmittag saß Claude in seinem Zimmer im oberen Stockwerk der Chapins und schrieb seine Abschlußarbeit, die ein Examen in Geschichte ersetzen sollte, ins reine. Es war eine Untersuchung der Aussagen Jeanne d'Arcs in den neun Einzelverhören und ihrem Prozeß. Der Professor hatte ihm das Thema in einer Anwandlung von Humor aufgetragen. Obwohl sich seit dem fünfzehnten Jahrhundert schon so viele Finger durch dieses Material geblättert hatten, Finger von Phlegmatikern und Hitzköpfen, von Schwärmern und Zynikern, war er sicher, daß Wheeler den Fall nicht auf die leichte Schulter nehmen würde.

In der Tat verwandte Claude sehr viel Zeit und Nachdenken auf den Gegenstand, und vorübergehend erschien er ihm das Allerwichtigste in seinem Leben zu sein. Seiner Arbeit lag eine englische Übersetzung der Prozeßakten zugrunde, aber er hatte den französischen Text ständig neben sich liegen, und einige ihrer Antworten verfolgten ihn in der Sprache, in der sie geäußert worden waren. Sie kamen ihm vor wie die Redeweise ihrer Heiligen, von der Jeanne sagte, «die Stimme ist schön, süß und leise, und sie spricht in der französischen Sprache». Claude schmeichelte sich, alle persönlichen Gefühle aus der Arbeit herausgehalten zu haben; es war eine kalte Erwägung der Motive und des Charakters des Mädchens, wie sie sich aus der Stimmigkeit oder Widersprüchlichkeit seiner Antworten ableiten ließen; und des Wandels, der sich in ihm durch Gefangenschaft und durch «die Angst vor dem Feuer» vollzog.

Als er die letzte Seite seines Manuskripts abgeschrieben hatte und in Betrachtung des Stapels dicht beschriebener Seiten versunken dasaß, spürte er, daß er nach all seinen gewissenhaften Studien in Wirklichkeit kaum mehr über die Jungfrau von Orléans wußte als zu der Zeit, da er als kleiner Junge zum erstenmal durch seine Mutter von ihr gehört hatte. Er war, wie er sich erinnerte, mit einer Erkältung ans Haus gefesselt, und er fand in einem alten Buch ein Bild von ihr in Rüstung und brachte es hinunter in die Küche, wo seine Mutter Apfelkuchen zubereitete. Sie warf einen Blick auf das Bild, und während sie weiter den Teig ausrollte und in die Formen füllte, erzählte sie ihm die Geschichte. Er hatte vergessen, was sie sagte – es muß sehr bruchstückhaft gewesen sein –, aber seit der Zeit wußte er die wesentlichen Tatsachen über Jeanne d'Arc, und sie war in seinem Geiste eine lebendige Gestalt. Sie erschien ihm damals so klar wie jetzt und jetzt so wundersam wie damals.

Es war seltsam, überlegte er, daß eine Gestalt derartig vor dem Vergessenwerden bewahrt werden konnte; durch ein Bild, ein Wort, einen Satz konnte sie sich in jeder Generation erneuern und im Geist der Kinder wieder und wieder geboren werden. Zu jener Zeit hatte er noch nie eine Landkarte von Frankreich gesehen und dachte gering von jedem Ort, der weiter entfernt war als Chicago; und doch war er ganz offen gewesen für die Legende von Jeanne d'Arc und dachte oft an sie, wenn er abends seine

Maiskolben hereinbrachte oder wenn er zum Windrad nach Wasser geschickt wurde und zitternd in der Kälte stand, während die froststarre Pumpe es langsam heraufbrachte. Er stellte sie sich damals sehr ähnlich vor wie jetzt; um ihre Gestalt sammelte sich eine leuchtende Wolke, wie Staub, mit Soldaten darin... das Lilienbanner... eine große Kirche... Städte mit Stadtmauern.

An diesem linden Frühlingsnachmittag fühlte Claude sich weich gestimmt und mit der Welt versöhnt. Wie Gibbon war er traurig, daß er seine Arbeit beendet hatte – und er konnte nichts ähnlich Interessantes vor sich sehen. Er mußte jetzt bald nach Hause fahren. Da wären noch ein paar Prüfungen im Tempel abzusitzen, wären ein paar weitere Abende mit den Erlichs, Fahrten zur Bibliothek, um die Bücher, die er benutzt hatte, zurückzubringen – dann würde er plötzlich dastehen und nichts zu tun haben, als den Zug nach Frankfort zu nehmen.

Er erhob sich mit einem Seufzer und begann, seine Geschichtsunterlagen in Mappen zu heften. Nach einem Blick aus dem Fenster beschloß er, zu Fuß in die Stadt zu gehen und seine Arbeit, die heute fällig war, hinzutragen; das Wetter war zu schön, um in einer Straßenbahn zu sitzen und sich durchschütteln zu lassen. In Wirklichkeit wollte er seine Verbundenheit mit dem Manuskript so weit wie möglich in die Länge ziehen.

Er bog in den Fahrweg ein – man konnte es kaum eine Straße nennen, da er durch naturbelassenes Prärieland führte, auf dem Büffelerbsen in Blüte standen. Claude ging langsamer, als er gewohnt war, den Strohhut ins Genick geschoben und die Glut der Sonne voll im Gesicht. Sein Körper fühlte sich leicht im dufterfüllten Wind, und er hörte schläfrig den Lerchen zu, die auf getrockneten Gräsern und Sonnenblumenstengeln sangen. In dieser Jahreszeit schmerzt es fast, ihren Gesang zu hören, er ist so süß. Lange danach dachte er manchmal an diesen Spaziergang; er war für ihn unvergeßlich, obwohl er nicht sagen konnte, warum.

Als er die Universität erreichte, ging er direkt zur Abteilung für Europäische Geschichte, wo er seine Arbeit zusammen mit einem Stapel anderer auf einem langen Tisch hinterlassen sollte. Ihm graute etwas davor, und er war froh, als gerade bei seinem Eintreten der Professor aus seinem Privatbüro kam und das gebundene Manuskript freundlich nickend entgegennahm.

«Ihre Arbeit? Ach ja, Jeanne d'Arc. Der Prozeß. Ich hatte es vergessen. Interessantes Material, nicht?» Er öffnete den Einband und überflog die Seiten. «Ich nehme an, Sie haben sie aufgrund des Beweismaterials freigesprochen?»

Claude errötete. «Ja, Sir.»

«Nun, jetzt können Sie lesen, was Michelet über sie zu sagen hat. In der Bibliothek gibt es eine alte Übersetzung. Hat Ihnen die Arbeit daran Spaß gemacht?»

«Ja, sehr.» Claude wünschte inständig, ihm würde etwas dazu einfallen.

«Sie haben alles in allem eine ganze Menge von Ihrem Kurs profitiert, nicht? Es wird mich interessieren, was Sie nächstes Jahr machen. Ihre Arbeit war für mich sehr zufriedenstellend.» Der Professor ging in sein Arbeitszimmer zurück, und Claude freute sich zu sehen, daß er das Manuskript mitnahm und nicht auf dem Tisch bei den anderen ließ.

12

Zwischen Heuen und Ernte fuhren Ralph und Mr. Wheeler in jenem Sommer mit dem großen Auto nach Denver und überließen es Claude und Dan, sich um das Getreide zu kümmern. Als sie zurückkehrten, verkündete Mr. Wheeler, er habe ein Geheimnis. Nach mehreren Tagen der Zurückhaltung, in denen er sich im Wohnzimmer einschloß und Briefe schrieb und bei Tisch mit Ralph rätselhafte Worte und Winke wechselte, enthüllte er ein Projekt, das Claudes sämtliche Pläne und Absichten zunichte machte.

Auf der Rückreise von Denver hatte Mr. Wheeler einen Abstecher hinunter nach Yucca County, Colorado, gemacht, um einen alten Freund zu besuchen, der in Schwierigkeiten war. Tom Wested war in Maine gebürtig und kam aus Wheelers Nachbarschaft. Mehrere Jahre zuvor hatte er seine Frau verloren. Jetzt ging es ihm gesundheitlich schlecht, und die Ärzte sagten, er müsse sich zur Ruhe setzen und ins Flachland ziehen. Er wollte nach Maine zurückgehen und unter seinen eigenen Leuten leben, war aber wegen seines Gesundheitszustandes zu entmutigt und verängstigt, um den Verkauf seiner Ranch und seines Viehbestandes in Angriff zu nehmen. Mr. Wheeler hatte seinem Freund helfen können, nicht ohne gleichzeitig einen guten geschäftlichen Schachzug in eigener Sache zu tun. Er besaß eine Farm in Maine, sein Anteil an seinem Vatererbe, die er jahrelang für kaum mehr als die Instandhaltung verpachtet hatte. Für die Überschreibung dieses Besitzes und die Übernahme gewisser Hypotheken bekam er Westeds prächtige, gutbewässerte Ranch. Er zahlte ihm einen anständigen Preis für sein Vieh und versprach, den Kranken nach Maine zurückzubringen und für seine bequeme Unterbringung dort zu sorgen.

All das erklärte Mr. Wheeler seiner Familie, nachdem er sie an einem heißen, stickigen Abend nach dem Essen ins Wohnzimmer hinaufgerufen hatte. Mrs. Wheeler, die sich selten für die Geschäfte ihres Mannes interessierte, fragte geistesabwesend, weshalb sie noch mehr Land kauften, wenn sie schon so viel hätten, daß sie nicht einmal die Hälfte davon bewirtschaften könnten.

«Typisch Frau, Evangeline, typisch Frau!» erwiderte Mr. Wheeler nachsichtig. Er saß im vollen Licht der Azetylenlampe, hatte den Kragenknopf geöffnet – der Kragen selbst und die Krawatte lagen auf dem Tisch – und fächelte sich mit einem Palmblattfächer Luft zu. «Genausogut könntest du mich fragen, warum ich mehr Geld verdienen möchte, wenn ich noch nicht alles, was ich besitze, ausgegeben habe.»

Er habe vor, sagte er, Ralph auf die Colorado-Ranch zu setzen und «dem Jungen ein bißchen Verantwortung zu geben». Ralph würde von Westeds Vorarbeiter unterstützt werden, der in der Viehzucht erfahren war und sich dazu bereit erklärt hatte, auch unter neuer Leitung zu bleiben. Mr. Wheeler versicherte seiner Frau, daß er den armen Wested nicht übervorteile; das Nutzholz auf der Maine-Farm sei wirklich eine ganze Menge wert; aber weil sein Vater immer so stolz auf seine riesigen Kiefernwälder war, sei ihm nie danach zumute gewesen, einfach eine Sägemühle darauf loszulassen. Jetzt tauschte er eine hübsche alte Farm, die überhaupt nichts einbrächte, gegen eine Weidegras-Ranch, die in guten Viehjahren einen Profit von zehn- oder zwölftausend Dollar abwerfen müßte und in schlechten nicht viel Verlust brächte. Er habe vor, die Hälfte seiner Zeit dort draußen bei Ralph zu verbringen. «Wenn ich weg bin», bemerkte er leutselig, «werdet ihr, du und Mahailey, nicht soviel zu tun haben. Ihr könnt euch sozusagen der Stickerei widmen.»

«Wenn Ralph in Colorado lebt und du die Hälfte der Zeit von zu Hause fort bist, dann verstehe ich nicht, was aus dieser Farm werden soll», murmelte Mrs. Wheeler, immer noch ahnungslos.

«Nicht nötig, daß du verstehst, Evangeline», antwortete ihr Mann und reckte seine massige Gestalt, bis der Schaukelstuhl unter ihm quietschte. «Es wird Claudes Sache sein, sich darum zu kümmern.»

«Claude?» Mrs. Wheeler strich vage beunruhigt eine Locke aus ihrer feuchten Stirn.

«Natürlich.» Er blickte mit blitzenden Augen zur aufrechten schweigenden Gestalt seines Sohnes in der Ecke. «Du hast in etwa genug Theologie gehabt, nehme ich an? Nicht die Absicht, Prediger zu werden? Ich habe vor, dir diesen Winter die Farm zu überlassen und dir eine Chance zu geben, die Dinge ins Lot zu bringen. Du bist schon seit einiger Zeit damit unzufrieden, wie die Farm geführt wird, nicht? Nur zu, flöß ihr frisches Blut ein. Neue Ideen, wenn du möchtest; ich hab' nichts dagegen. Sie sind teuer, aber mach nur. Wenn du willst, kannst du Dan feuern und dir soviel Helfer nehmen, wie du brauchst.»

Claude fühlte sich, als sei eine Falle hinter ihm zugeschnappt. Er hielt die Hand vor die Augen. «Ich glaube nicht, daß ich fähig bin, die Farm richtig zu leiten», sagte er unsicher.

«Nun, du glaubst doch, ich sei's auch nicht, Claude, also sind wir beide damit konfrontiert. Ich war immer der Ansicht, daß das Land für den Menschen geschaffen sei, während Old Dawsons Ansicht ist, daß der Mensch geschaffen sei, um das Land zu bearbeiten. Mir macht es nichts aus, wenn du dich in dieser Meinungsverschiedenheit auf die Seite der Dawsons schlägst, falls du ihre Ergebnisse erzielen kannst.»

Mrs. Wheeler erhob sich und schlüpfte rasch aus dem Zimmer und ertastete sich die dunkle Treppe hinunter den Weg zur Küche. Es war dunkel und still dort. Mahailey saß in einem Winkel und säumte Geschirrtücher beim Licht einer verrußten alten Messinglampe, ihrer eigenen liebevoll gehegten Leuchte. Mrs. Wheeler wanderte den langen Raum in gedämpfter, schweigender Erregung auf und ab, beide Hände fest an die Brust gepreßt, in der ein körperlicher Schmerz des Mitgefühls für Claude saß.

Sie erinnerte sich an den freundlichen Tom Wested. Er hatte mehrmals bei ihnen übernachtet und war nach dem Tod seiner Frau Trost suchend zu ihnen gekommen. Ihr kam es vor, als seien sein gesundheitlicher Niedergang und seine Mutlosigkeit, Mr. Wheelers zufällige Reise nach Denver, die alte Kiefernholz-Farm in Maine alles Dinge, die sich zusammenfügten und ein Netz bildeten, um ihren unglücklichen Sohn zu umstricken. Sie wußte, daß er ungeduldig den Herbst herbeiwünschte und zum erstenmal sehnsüchtig darauf wartete, ans College zurückzukehren. Er hatte Heimweh nach seinen Freunden, den Erlichs, und war in Gedanken die ganze Zeit über bei dem Geschichtskurs, den er belegen wollte.

Doch all dies würde im Familienrat nichts wiegen –

wahrscheinlich würde er nicht einmal davon sprechen –, und er hatte den Wünschen seines Vaters nicht einen stichhaltigen Einwand entgegenzusetzen. Seine Enttäuschung würde bitter sein. «Ach, es wird ihm fast das Herz brechen», murmelte sie laut. Mahailey war ein wenig taub und hörte nichts. Sie saß da, hielt ihre Arbeit ins Licht und führte ihre Nadel mit einem großen Fingerhut aus Messing, während sie zwischen den Stichen vor Schläfrigkeit nickte. Auch wenn sich Mrs. Wheeler dessen kaum bewußt war, bedeutete die Gegenwart der alten Frau einen Trost für sie, als sie mit ihrem ziellosen, unsicheren Schritt auf und ab wanderte.

Sie hatte das Wohnzimmer verlassen, weil sie fürchtete, Claude könne zornig werden und seinem Vater etwas Hartes sagen, und weil sie nicht ertragen konnte mitanzusehen, wie er zusammengestaucht würde. Claude hatte das Leben immer als schwer empfunden; er litt so sehr unter Kleinigkeiten – und sie litt mit ihm. Sie selbst hatte sich nie enttäuscht gefühlt. Die gedankenlosen Entscheidungen ihres Mannes brachten sie nicht aus der Fassung. Wenn er erklärte, dieses Jahr würde er überhaupt keinen Garten anlegen, protestierte sie nicht. Mahailey war es, die schimpfte. Wenn ihm danach war, Roastbeef zu essen, und er hinausging und einen Stier tötete, kümmerte sie sich um das Fleisch, so gut sie irgend konnte, und wenn etwas davon verdarb, versuchte sie, sich nichts daraus zu machen. Wenn sie nicht in religiöse Meditation versunken war, dann dachte sie wahrscheinlich an eines der alten Bücher, die sie wieder und wieder las. Ihr persönliches Leben war so weit entfernt vom Schauplatz ihrer täglichen Tätigkeiten, daß unbesonnene und heftige Männer dort nicht einbrechen konnten. Wenn aber Claude betroffen war, lebte sie auf einer anderen Ebene – sank in die niedrigere Luft, die mit menschlichem Atem behaftet war und von armen, blinden, leidenschaftlichen menschlichen Gefühlen bebte.

So war es immer gewesen. Und nun, da sie älter wurde und ihr Fleisch fast aufgehört hatte, Schmerz oder Freude zu fühlen, wie die abgenutzten Wachsfiguren in alten Kirchen, schwang es noch im Einklang mit seinen Empfindungen und erwachte für ihn wieder. Seine Kümmernisse ließen sie welken. Wenn er verletzt war und schweigend litt, schmerzte etwas in ihr. Wenn er jedoch glücklich war, durchlief sie eine Welle körperlicher Zufriedenheit. Wenn sie des Nachts aufwachte und zufällig daran dachte, daß er in letzter Zeit glücklich gewesen war, lag sie ruhig und dankbar in ihrem warmen Bett.

«Ruhe, ruhe, rastloser Geist», flüsterte sie ihm manchmal in Gedanken zu, wenn sie so aufwachte und an ihn dachte. Wenn er ihr an einem seiner guten Tage zulächelte, war ein seltsames Licht in seinen Augen, als wollte er ihr sagen, daß in seinem inneren Reich alles in Ordnung sei. Sie hatte diesen selben Blick wieder und wieder gesehen, und sie konnte sich in der Dunkelheit stets an ihn erinnern – ein rascher blauer Blitz, zärtlich und ein wenig wild, als habe er eine Vision gehabt oder strahlende Ungewißheiten erblickt.

13

In den nächsten Wochen herrschte Geschäftigkeit auf der Farm. Bevor die Weizenernte vorüber war, packte Nat Wheeler seinen Lederkoffer, zog seine «guten Kleider» an und machte sich auf, um Tom Wested nach Maine zurückzubringen. Während seiner Abwesenheit begann Ralph sich für das Leben in Yucca County auszustatten. Ralph galt gern als großer Mann bei den Frankforter Kaufleuten, und nie zuvor hatte er eine solche Gelegenheit gehabt. Er kaufte ein neues Gewehr, Sättel, Zaumzeug, Stiefel, lange und kurze Wettermäntel, eine Möbelgarnitur für sein eigenes Zimmer, einen Kochherd, noch eine Musikmaschine und ließ alles nach Colorado verfrachten. Seine Mutter, die Phonographenmusik nicht mochte und Phonographenmonologe verabscheute, bat ihn inständig, die Maschine auf der Farm mitzunehmen, aber er versicherte ihr, sie würde sich ohne sie an Winterabenden langweilen. Er wollte das neueste Modell, das unter dem Namen eines großen amerikanischen Erfinders herausgebracht wurde.

Einige der Viehfarmen in der Nähe von Westeds waren im Besitz von New Yorkern, die im Sommer ihre Familien dort hinausbrachten. Ralph hatte von den Bällen gehört, die sie gaben, und er rechnete damit, einer der Gäste zu sein. Er bat Claude, ihm seinen Abendanzug zu geben, da Claude ihn nicht mehr brauchen würde.

«Du kannst ihn haben, wenn du möchtest», sagte Claude gleichgültig. «Aber er wird dir nicht passen.»

«Ich bringe ihn zu Fritz und lasse die Hose etwas kürzen und die Schultern einnehmen», antwortete sein Bruder.

Claude war gelassen. «Nur zu. Aber wenn dieser alte

Germane sich darüber hermacht, wird er höllisch aussehen.»

«Ich denke, ich laß es ihn versuchen. Vater wird nichts über die Sachen sagen, die ich für's Haus bestellt habe, aber für Klamotten hat er nicht viel übrig, wie du weißt.» Er warf, ohne Umstände zu machen, Claudes schwarze Kleidung auf den Rücksitz des Ford und fuhr in die Stadt, um die Dienste des deutschen Schneiders in Anspruch zu nehmen.

Als Mr. Wheeler zurückkehrte, meinte er, Ralph sei mit den Ausgaben ziemlich freizügig umgegangen, aber Ralph erklärte ihm, man könne den neuen Besitz nicht allzu bescheiden übernehmen. «Die Rancher da draußen sitzen alle auf dem hohen Roß. Wenn wir jeden Nickel dreimal umdrehen, dann glauben die nicht, daß wir's ernst meinen.»

Die ländlichen Nachbarn, die sich immer über das Tun und Treiben der Wheelers amüsierten, fanden fast ebenso viel Vergnügen an Ralphs Verschwendungssucht wie er selbst. Einer sagte, Ralph habe ein neues Klavier nach Yucca County verfrachtet, ein anderer hörte, er habe einen Billardtisch bestellt. August Yoeder, ihr wohlhabender deutscher Nachbar, fragte grimmig, ob er vielleicht eine Stellung als Lohnarbeiter bei Ralph bekommen könne. Leonard Dawson, der im Oktober heiraten wollte, winkte Claude eines Tages in der Stadt zu und rief: «Mein Gott, Claude, im Möbelgeschäft ist nichts mehr übrig für Susie und mich. Außer den Särgen hat Ralph alles gekauft. Er muß da draußen leben wollen wie ein Fürst.»

«Ich weiß nichts davon», antwortete Claude kühl. «Es ist nicht mein Betrieb.»

«Nein, du mußt auf der alten Farm bleiben und die Schulden herauswirtschaften, wie ich höre.» Leonard sprang in sein Auto, damit Claude keine Gelegenheit hatte zu antworten.

Als Mrs. Wheeler das Ausmaß der Vorbereitungen beobachtete, gewann auch sie allmählich den Eindruck, daß die neue Regelung Claude gegenüber nicht fair sei, da er der Ältere und weit Zuverlässigere war. Claude hatte immer hart gearbeitet, wenn er zu Hause war, und auf den Feldern eine gute Hilfskraft abgegeben, während Ralph nie viel getan hatte, außer an Maschinen herumzubasteln und mit seinem Auto Besorgungen zu machen. Sie konnte nicht verstehen, weshalb er zur Leitung eines Unternehmens ausgewählt war, in das so viel Geld investiert wurde.

«Ach, Claude», sagte sie eines Tages verträumt, «wäre dein Vater ein älterer Mann, dann würde ich fast glauben, daß seine Urteilskraft nachgelassen hätte. Werden wir uns nicht schrecklich verschulden, wenn das so weitergeht?»

«Sag nichts, Mutter. Es ist Vaters Geld. Er soll nicht glauben, daß ich etwas davon haben will.»

«Ich wünschte, ich könnte mit Bayliss reden. Hat er irgend etwas gesagt?»

«Nicht zu mir, nein.»

Ralph und Mr. Wheeler statteten Colorado einen weiteren Blitzbesuch ab, und als sie zurückkamen, begann Ralph, seine Mutter zu beschwatzen, ihm Bettzeug und Tischwäsche zu geben. Er sagte, er habe nicht vor, wie ein Wilder zu leben. Mahailey war empört, als sie sah, wie das Leinen, das sie so viele Jahre gewaschen und gebügelt und gehegt hatte, in Kisten gepackt wurde. Sie war jetzt meist völlig außer sich und ging murrend umher.

Die einzigen Besitztümer, die Mahailey mitbrachte, als sie zu den Wheelers kam, waren ein Federbett und drei Patchworkdecken, die mit handgewaschener und -gekardeter Rückenwolle von Virginia-Schafen gefüttert waren. Die Decken hatte ihre alte Mutter angefertigt und ihr als Mitgift geschenkt. Das Patchwork jeder Decke war in einem anderen Muster gearbeitet; eins war das beliebte «Blockhütten»-Muster, ein anderes das «Lorbeerblatt»-Muster und das dritte das «Flammenstern»-Muster. Diese Decke fand Mahailey zu schade zum Gebrauch, und sie hatte Mrs. Wheeler gesagt, sie würde sie aufheben und «Mr. Claude schenken, wenn er heiratet».

Sie schlief im Winter auf ihrem Federbett, und im Sommer brachte sie es auf den Dachboden. Der Boden war über eine Leiter erreichbar, die Mrs. Wheeler wegen ihres Rükkens sehr selten bestieg. Dort oben hatte Mahailey freie Hand, und dorthin zog sie sich oft zurück, um das dort verstaute Bettzeug zu lüften oder die Bilder in den Stapeln alter Zeitschriften zu betrachten. Ralph nannte den Dachboden scherzhaft «Mahaileys Bibliothek».

Eines Tages, während Dinge für die Ranch im Westen verpackt wurden, konnte sich Mrs. Wheeler nur knapp davor retten, von einem gewaltigen Federbett niedergestreckt zu werden, das durch die Falltür geplumpst kam. Einen Augenblick später kletterte Mahailey selbst herunter, rückwärts, sich mit der einen Hand an den Sprossen haltend, im anderen Arm ihre Decken.

«Nanu, Mahailey», keuchte Mrs. Wheeler. «Es ist doch noch nicht Winter; wozu, um alles in der Welt, holst du dein Bett herunter?»

«Ich werd' jetz' auf dem Federbett liegen», platzte sie

heraus, «oder ich hab' direkt keins mehr. Ich laß Mr. Ralph nich' meine Decken wegtrag'n, die meine Mudder für mich gemacht hat.»

Mrs. Wheeler versuchte, vernünftig mit ihr zu reden, aber die alte Frau nahm ihr Bett in die Arme und stolperte damit, brummend und den Kopf hochwerfend wie ein Pferd in der Fliegenzeit, den Flur hinunter.

An jenem Nachmittag brachte Ralph ein Faß und ein Bündel Stroh in die Küche und befahl Mahailey, Konfitüre und eingemachtes Obst heraufzubringen, er wollte es einpacken. Sie ging gehorsam in den Keller, und Ralph zog seinen Rock aus und fing an, das Faß mit Stroh auszukleiden. Er brauchte dazu einige Zeit, aber Mahailey war noch immer nicht zurück. Er ging zum Treppenabsatz und pfiff.

«Ich komme, Mr. Ralph, ich komme! Hetz mich nich', ich möcht' nich' was kaputtmachen.»

Ralph wartete ein paar Minuten. «Was machst du da unten, Mahailey!» rief er wütend. «Inzwischen hättest du den ganzen Keller leerräumen können. Ich nehme an, ich muß es selbst tun.»

«Ich komme. Du würdes' dich hier unten ganz staubig machen.» Sie kam außer Atem die Treppe hoch und trug einen Korb voller Gläser, Hände und Gesicht schwarz verschmiert.

«Na, man kann wohl sagen, daß es staubig ist!» schnaubte Ralph. «Weißt du, hin und wieder könntest du deine Obstregale saubermachen, Mahailey. Du solltest sehen, wie Mrs. Dawson ihre hält. Jetzt laß mich mal sehen.» Er sortierte die Gläser auf den Tisch. «Bring das Traubengelee zurück. Wenn ich etwas nicht ausstehen kann, ist es Traubengelee. Ich weiß, du hast massenhaft davon, aber das kannst du an mich nicht loswerden. Und wenn du raufkommst, vergiß nicht die eingelegten Pfirsiche. Ich habe dir vor allem gesagt, die eingelegten Pfirsiche!»

«Wir ham keine eingelegten Pfirsiche nich'.» Mahailey stand an der Kellertür und hielt mit einem seltsamen, animalischen Ausdruck von Verbocktheit im Gesicht einen Zipfel ihrer Schürze ans Kinn.

«Keine eingelegten Pfirsiche? Was für ein Unsinn, Mahailey! Ich hab' doch gesehen, wie du sie erst vor ein paar Wochen eingemacht hast.»

«Das weiß ich, Mr. Ralph, aber da sind jetz' keine. Ich hab' dies Jahr kein Glück nich' gehabt mit meinen Pfirsichen. Mir muß Luft drangekommen sein. Sie sind mir alle vergor'n un' ich mußte sie rausschmeißen.»

Ralph war gründlich verärgert. «So was habe ich noch nie gehört, Mahailey! Du wirst jedes Jahr nachlässiger. Wenn man bedenkt, all das Obst und der Zucker vergeudet! Weiß Mutter davon?»

Mahaileys niedrige Stirn umwölkte sich. «Ich glaub' schon. Ich vergeude nich' dein' Mudders Zucker. Ich hab' nie was vergeudet nich'», murmelte sie. Wenn sie zornig war, wurde ihre Sprache noch wunderlicher als sonst.

Ralph stürzte die Kellertreppe hinunter, zündete eine Laterne an und durchsuchte die Obstregale. Es waren tatsächlich keine eingelegten Pfirsiche da. Als er zurückkam und anfing, das Obst zu verpacken, stand Mahailey dabei und sah mit einem verstohlenen Blick zu, der dem eines angeketteten Kojoten ähnelte, wenn ein Junge ihn seinen Besuchern vorführt und sagt, er würde nicht weglaufen, selbst wenn er könnte.

«Mach weiter mit deiner Arbeit», schnauzte Ralph. «Steh nicht herum und sieh mir zu!»

An jenem Abend saß Claude nach einem harten Tag des Pflügens für den Winterweizen beim Windrad unten bei der Scheune. Er tröstete sich mit seiner Pfeife. Egal, wie sehr seine Mutter ihn liebte oder wie leid er ihr tat, sie konnte sich nie dazu überwinden, ihm zu sagen, er dürfe im Haus rauchen. Licht fiel aus den oberen Räumen auf den Hügel herab, und durch die offenen Fenster tönte das singende Brummen eines Phonographen. Eine Gestalt kam den Pfad heruntergeschlichen. Er erkannte an ihrem leicht tappenden Schritt, daß es Mahailey war, die Schürze über den Kopf geworfen. Sie kam zu ihm heran und berührte ihn auf eine Weise an der Schulter, die bedeutete, daß sie ihm etwas im Vertrauen zu sagen habe.

«Mr. Claude, Mr. Ralph hat 'n Faß mit dein' Mudders Gelee un' Eingemachtes vollgepackt un' nimmt es mit da raus.»

«In Ordnung, Mahailey. Mr. Wested war Witwer, und so etwas war in seinem Haus bestimmt nicht vorrätig.»

Sie zögerte und beugte sich noch tiefer. «Er hat mich nach'n eingemachten Pfirsichen gefragt, die ich für dich gemacht hab', aber ich hab' ihm keine gegeb'n nich'. Ich hab' die alle in mein' alten Kochherd versteckt, den, wo wir in'n Keller runtergetan ham, als Mr. Ralph den neuen gekauft hat. Ich hab' ihm auch nich' die neuen Konserven von deiner Mutter gegeb'n. Ich hab' ihm das alte Zeug vom letzten Jahr gegeb'n, das wir übrig hatten, un' jetzt has' du un' deine Mudder reichlich.»

Claude lachte. «Ach, es ist mir egal, wenn Ralph das ganze Obst im Haus mitnimmt. Mahailey!»

Sie wich ein wenig zurück und sagte verwirrt: «Das weiß ich, Mr. Claude. Das weiß ich.»

«Ich sollte es auf keinen Fall an ihr auslassen», dachte Claude, als er ihre Enttäuschung bemerkte. Er stand auf und klopfte ihr auf die Schulter. «Es ist in Ordnung, Mahailey. Jedenfalls, danke, daß du die Pfirsiche gerettet hast.»

Sie drohte ihm mit dem Finger. «Daß du nix verrätst!»

Er versprach es und sah zu, wie sie sich den Zickzackpfad des Hügels wieder hinaufbewegte.

14

Ralph und sein Vater zogen Ende August auf die neue Ranch, und Mr. Wheeler schrieb nach Hause, er habe vor, im Spätherbst eine Wagenladung Grasstiere zum Mästen über den Winter auf die Heimatfarm zu schicken. Claude wurde klar, daß dies Bedarf an Futter bedeutete. Es gab ein fünfzig Morgen großes Getreidefeld westlich vom Fluß – genau am Horizont, wenn man aus den Westfenstern des Hauses blickte. Claude beschloß, dieses Feld für Winterweizen vorzusehen, und begann im frühen September das Getreide, das darauf stand, als Futter zu schneiden und zu binden. Sobald der Mais eingebracht war, würde er den Boden pflügen und den Weizen einsäen, wenn er die anderen Weizenfelder bestellte.

Dies war Claudes erste Neuerung, und sie stieß nicht auf Zustimmung. Als Bayliss herauskam, um den Sonntag mit seiner Mutter zu verbringen, fragte er sie, was Claude sich dabei dächte. Warum er nicht, wenn er einen Fruchtwechsel wolle, auf jenem Feld im Frühjahr Hafer pflanzte und dann im nächsten Herbst mit Weizen anfinge? Jetzt Futter zu schneiden und den Boden vorzubereiten, würde ihn nur in seiner Arbeit aufhalten. Als Mr. Wheeler zu einem kurzen Besuch nach Hause kam, sprach er im Scherz von jenem Abschnitt als «Claudes Weizenfeld».

Claude fuhr mit dem fort, was er begonnen hatte, war aber den ganzen September über nervös und besorgt um das Wetter. Falls starke Regenfälle kämen, würden sie seine Weizenaussaat verzögern, und dann gäbe es sicherlich Kritik. In Wirklichkeit scherte sich keiner groß darum, ob sich die Aussaat verspätete oder nicht, aber Claude glaubte, sie täten es, und wachte manchmal morgens in einem Zustand von Panik auf, weil er nicht schneller vorankam. Seine Helfer waren Dan und einer der vier Söhne von August Yoeder, und er arbeitete von früh bis spät. Das neue Feld pflügte und säte er selbst. Er steckte eine Menge jugendlicher Energie hinein und begrub in den dunklen Furchen eine Menge Unzufriedenheit. Tag für Tag verausgabte er sich an das Land und bepflanzte es mit dem, was in ihm gärte, und war froh, abends so müde zu sein, daß er nicht denken konnte.

Ralph kam zu Leonard Dawsons Hochzeit am ersten Oktober nach Hause. Alle Wheelers gingen zur Hochzeit, sogar Mahailey, und es war eine große Menge von Landvolk und Stadtleuten versammelt.

Nachdem Ralph abgereist war, hatte Claude die Farm wieder für sich allein, und die Arbeit ging weiter wie üblich. Das Vieh machte sich gut, und es gab keine ärgerlichen Zwischenfälle. Das schöne Wetter hielt an, und jeden Morgen, wenn Claude aufstand, erstreckte sich vor ihm ein weiterer goldener Tag wie ein glitzernder Teppich und führte zu...? Wenn ihn die Frage, wohin die Tage führten, am Bettrand überfiel, beeilte er sich mit dem Anziehen und ging rechtzeitig hinunter, um Holz und Kohle für Mahailey zu holen. Oft erreichten sie die Küche im selben Moment, und Mahailey drohte ihm dann mit dem Finger und sagte: «Du komms' runter, um mir zu helfen, du lieber Junge, du!» Wenigstens war er für Mahailey ein wenig nützlich. Sein Vater könnte einen der Yoeder-Jungen anstellen, um im Haus auszuhelfen, aber Mahailey würde nicht zulassen, daß ein anderer ihren alten Rücken schonte.

Mrs. Wheeler genoß jenen Herbst ebenso wie Mahailey. Morgens schlief sie lange und las und ruhte am Nachmittag. Sie nähte sich ein paar neue Hauskleider aus grauem Stoff, den Claude ausgesucht hatte. «Nur für dich den Haushalt zu führen, Claude, ist fast, als sei ich jungvermählt», sagte sie manchmal.

Bald sah Claude mit Genugtuung, wie ein Hauch Grün seine Weizenfelder überzog, der zuerst in den Vertiefungen und Mulden sichtbar wurde und dann wie ein flüchtiges Lächeln über die Erhebungen und ebenen Flächen huschte. Jeden Tag, wenn Dan und er mit ihren Wagen aufs Feld fuhren, um Mais einzubringen, beobachtete er, wie die grünen Halme sprossen. Claude schickte Dan zum Enthülsen auf den Nordabschnitt, und er arbeitete auf dem südlichen. Er selbst fuhr täglich eine Ladung mehr ein – was zu erwarten war. Dan erklärte das, wie Claude meinte, sehr vernünftig, als sie eines Nachmittags ihre Gespanne ankoppelten.

«Es ist in Ordnung, wenn du auf den Mais losspringst, als würdest du einen Teppich ausklopfen, Claude; es ist dein

Mais, oder jedenfalls der von deinem Dad. Die Felder werden immer zwischen dir und mir liegen. Ein Landarbeiter besitzt nichts weiter als seinen Rücken, und den muß er schonen. Ich denke, daß ich nur noch etwa soundso viele Sprünge in mir übrig habe, und ich werd' auf keines Mannes Mais zu hart losspringen.»

«Was ist los? Ich habe doch nicht angedeutet, daß du irgendwie härter zuspringen solltest, oder?»

«Nein, hast du nicht, aber ich möchte dir nur sagen, daß alles seinen Grund hat.» Damit stieg Dan in seinen Wagen und fuhr davon. Er hatte wahrscheinlich einige Zeit über seine Erklärung nachgedacht.

An diesem Nachmittag hörte Claude plötzlich auf, weiße Kolben in den Wagen neben sich zu werfen. Es war gegen fünf, die goldenste Stunde des Herbsttags. Verloren stand er in einem Wald heller, trockener, raschelnder Blätter, völlig vor der Welt verborgen. Er zog die Schälhandschuhe aus, wischte sich den Schweiß aus dem Gesicht, kletterte zum Wagenkasten hinauf und legte sich auf den elfenbeinfarbenen Mais. Die Pferde gingen vorsichtig einen oder zwei Schritte weiter und kauten mit großem Genuß an Kolben, die sie mit den Zähnen von den Stengeln rissen.

Claude lag still, die Arme unter dem Kopf, blickte zum polierten blauen Himmel auf und beobachtete die Krähenschwärme, die von den Feldern, auf denen sie Bruchgetreide fraßen, zu ihren Nestern am Lovely Creek flogen. Er dachte über das nach, was Dan gesagt hatte, als sie anspannten. Es war viel Wahres daran, gewiß. Doch was ihn betraf, so hatte er oft das Gefühl, er würde lieber in die Welt hinausgehen und sein Brot unter Fremden verdienen, als unter dieser Halbverantwortung für Äcker und Ernten zu schwitzen, die nicht seine eigenen waren. Er wußte, daß sein Vater von der Landbevölkerung manchmal «Bodenfraß» genannt wurde, und ihm selbst war allmählich der Gedanke gekommen, es sei nicht recht, daß sie so viel Land hatten – zum Bewirtschaften, zum Verpachten oder zum Brachlassen, wie es ihnen paßte. Es war seltsam, daß in all den Jahrhunderten, in denen die Welt sich bewegt hatte, die Frage des Besitzes nicht besser geregelt worden war. Diejenigen, die ihn hatten, waren seine Sklaven, und diejenigen, die ihn nicht hatten, waren wiederum deren Sklaven.

Er sprang hinunter in das goldene Licht, um seine Ladung fertig zu machen. Warmes Schweigen lag über dem Maisfeld. Manchmal erhob sich für einen Augenblick eine leichte Brise und rüttelte die steifen, trockenen Blätter, und er selbst machte ein lautes Rascheln und Knistern, während er die Hülsen von den Kolben riß.

Gierige Krähen krächzten noch immer umher, bevor sie heimwärts flatterten. Als er zur Landstraße hinausfuhr, sank die Sonne, und von seinem Sitz auf der Ladung aus konnte er alles überblicken. Dort hinten war Dans Wagen, der vom Nordabschnitt hereinkam; da drüben waren das Dach von Leonard Dawsons neuem Haus und sein Windrad, das schwarz in den zur Neige gehenden Tag ragte. Vor ihm lagen die Abhänge der Weide und die kleinen, fast kahlen Bäume, zusammengedrängt in violetten Schatten entlang des Flusses, und das Farmhaus der Wheelers auf dem Hügel, dessen Fenster vom letzten roten Feuer der Sonne entflammt waren.

15

Claude fürchtete sich vor der Untätigkeit des Winters, dem die Farmer normalerweise mit Freude entgegensehen. Er nahm das Footballspiel an Thanksgiving zum Vorwand, um nach Lincoln zu fahren – brach mit der Absicht auf, drei Tage zu bleiben und blieb zehn. Als er am ersten Abend an die Wohnzimmertür der Erlichs klopfte und sie überraschte, dachte er, er würde nie wieder auf die Farm zurückkehren. Während er sich an jenem klaren, frostigen Herbstabend dem Haus näherte und den mit raschelnden, trockenen Blättern besäten Rasen überquerte, sagte er sich, er dürfe nicht hoffen, alles genauso wiederzufinden wie vorher. Aber es war alles genauso. Die Jungen saßen lässig um den quadratischen Tisch mit der Lampe und rauchten, und Mrs. Erlich spielte auf dem Klavier eines der «Lieder ohne Worte» von Mendelssohn. Als er klopfte, öffnete Otto die Tür und rief:

«Eine Überraschung für dich, Mutter! Rat mal, wer hier ist.»

Welch einen Empfang sie ihm bereitete, und wieviel sie ihm zu erzählen hatte! Während sie alle auf einmal redeten, kam Henry, der älteste Sohn, für einen Kolonialball mit Satinkniehosen und Strümpfen und einem Degen nach unten. Seine Brüder begannen, auf die Unstimmigkeit des Kostüms hinzuweisen, und sagten ihm, er könne sich unmöglich als französischer Emigré ausgeben, wenn er keine gepuderte Perücke trage. Henry nahm einen Memoirenband vom Bord, um zu beweisen, daß zu der Zeit, als die französischen Emigrés nach Philadelphia kamen, Puder aus der Mode geriet.

Während dieser Debatte zog Mrs. Erlich Claude beiseite und erzählte ihm in erregtem Flüsterton, daß ihre Kusine Wilhelmina, die Sängerin, schließlich von dem kranken Ehemann erlöst worden sei, den sie so viele Jahre ertragen hatte, und nun ihren Begleiter heiraten würde, einen Mann, der sehr viel jünger war als sie.

Nachdem der französische Emigré zu seiner Party aufgebrochen war, schauten zwei junge Dozenten von der Universität herein, und Mrs. Erlich stellte Claude als ihren «Grundbesitzer» vor, der draußen in einer der Counties im Westen eine große Ranch leite. Die Dozenten verabschiedeten sich zeitig, aber Claude blieb noch. Woher kam es, daß das Leben hier so viel interessanter und anziehender erschien als anderswo? Dieses Zimmer hatte nichts Wundervolles an sich; eine Menge Bücher, eine Lampe... bequeme, abgenutzte Möbel, ein paar Leute, deren Leben in keiner Weise bemerkenswert war – und doch hatte er das Gefühl, sich in einer warmen und kultivierten Atmosphäre zu befinden, die erfüllt war von großmütiger Begeisterung und erhöht von romantischen Freundschaften. Er war froh, dieselben Bilder an der Wand zu sehen; den Schweizer Holzfäller auf dem Kaminsims zu finden, noch immer gebeugt unter der Last seiner Reisigbündel; das schwere Papiermesser aus Messing wieder anzufassen, das seinerzeit so viele interessante Seiten aufgeschnitten hatte. Er nahm es vom Einband eines roten Buches auf, das dort lag – einer der Bände Trevelyans über Garibaldi, den er, wie Julius sagte, lesen mußte, bevor er noch eine Woche älter war.

Am nächsten Nachmittag nahm Claude Mrs. Erlich mit zum Footballspiel und ging mit der Familie zum Abendessen nach Hause. Er blieb, Tag für Tag, aber nach den ersten Abenden wurde ihm das Herz zunehmend schwerer. Die Erlich-Jungen hatten so viele neue Interessen, daß er mit ihnen nicht Schritt halten konnte; sie waren weitergegangen, und er war stehengeblieben. Er war nicht so eingebildet, daß es ihm etwas ausgemacht hätte. Was schmerzte, war das Gefühl, draußen zu stehen, in einer anderen Art von Leben untergegangen zu sein, in der Ideen nur eine geringe Rolle spielten. Er war ein Fremder, der hier hereinwanderte und sich setzte; aber er gehörte hinaus in das große, einsame Land, wo die Leute körperlich hart arbeiteten, müde wurden wie die Pferde und abends zu schläfrig waren, als daß ihnen etwas zu sagen einfiele. Wenn Mrs. Erlich und ihre ungarische Hilfe für ihn Linsensuppe und Wiener Schnitzel mit Kartoffelklößen zubereiteten, so ließ das die einfache Kost auf der Farm nur um so schwerer erscheinen.

Als der zweite Freitag anbrach, ging er sich von seinen Freunden verabschieden und erklärte, er müsse morgen nach Hause fahren. Nachdem er an jenem Abend das Haus verlassen hatte, blickte er zurück zu den rötlichen Fenstern und sagte sich, daß es tatsächlich ein Lebewohl war und nicht, wie Mrs. Erlich liebevoll gesagt hatte, ein «Auf Wiedersehen». Hierherzukommen, machte ihn nur noch unzufriedener mit seinem Los; sein geringer Anspruch auf diese Art von Leben existierte nicht mehr. Er mußte sich in etwas hineinfinden, das sein Eigen war, es mit beiden Händen packen, egal, wie trostlos es war. Am nächsten Tag, auf seiner Reise durch die öde Winterlandschaft, spürte er, daß er sich tiefer und tiefer in die Realität hineinbewegte.

Claude hatte nicht geschrieben, wann er nach Hause käme, aber samstags waren immer einige Nachbarn in der Stadt. Er fuhr mit einem der Yoeder-Jungen hinaus und ging von ihrer Farm den Rest des Weges zu Fuß weiter. Seiner Mutter erzählte er, er sei froh, wieder zurück zu sein. Manchmal war ihm zumute, als sei er ihr untreu, weil er bei Mrs. Erlich so glücklich war. Seine Mutter war so viele Jahre auf einer Farm von der Welt ferngehalten worden; und auch vorher war es, wie er annahm, nicht sehr anregend gewesen, in Vermont aufzuwachsen. So wenig wie er hatte sie einen Zugang zu jenen Dingen gehabt, die den Geist beweglicher machen und das Gefühl jung erhalten.

Am nächsten Morgen schneite es draußen, und sie genossen ein ausgedehntes, angenehmes Sonntagsfrühstück. Mrs. Wheeler sagte, sie würden sich nicht bemühen, zur Kirche zu gehen, da Claude müde sein müsse. Er arbeitete bis Mittag auf der Farm, machte es dem Vieh behaglich und kümmerte sich um Dinge, die Dan in seiner Abwesenheit vernachlässigt hatte. Nach dem Essen setzte er sich an den Sekretär und schrieb einen langen Brief an seine Freunde in Lincoln. Immer, wenn er für einen Moment die Augen vom Blatt hob, sah er die Steilhänge der Wiese und den sachte fallenden Schnee. Es war etwas Schönes an der demütigen Weise, in der das Land dem Winter begegnete. Es machte einen zufrieden – traurig auch. Er versiegelte seinen Brief und legte sich auf die Couch, um Zeitung zu lesen, war aber bald eingeschlafen.

Als er aufwachte, war der Nachmittag schon weit fortgeschritten. Die Uhr auf dem Bord tickte laut in dem stillen Zimmer, und der Kohleofen strahlte einen warmen Schein aus. Die blühenden Pflanzen im südlichen Bogenfenster sahen im weichen, weißen Licht, das vom Schnee heraufkam, heller und frischer aus als gewöhnlich. Mrs. Wheeler saß lesend beim Westfenster und blickte hin und wieder von ihrem Buch auf, um auf den grauen Himmel und die vermummten Felder zu starren. Der Fluß war nur ein gewundener, violetter Spalt in der Weide, die Bäume nur schwarzes Dickicht mit eigenartigen Schneehauben. Claude lag einige Zeit da, ohne zu sprechen, und betrachtete das Profil seiner Mutter, das sich gegen das Glas abhob, und dachte, wie gut dieser weiche, haftende Schnee für seine Weizenfelder sein würde.

«Was liest du, Mutter?» fragte er schließlich.

Sie wandte ihm den Kopf zu. «Nichts besonders Neues. Ich habe gerade wieder mit ‹Paradise Lost› angefangen. Ich habe es seit langem nicht mehr gelesen.»

«Lies doch vor, ja? Wo du gerade bist. Ich mag seinen Klang.»

Mrs. Wheeler las immer sehr bedächtig und verlieh jeder Silbe ihren vollen Laut. Ihre von Natur aus leise und ziemlich schwermütige Stimme schleppte sich über die langen Versmaße und die bedrohlichen biblischen Namen, die ihr alle vertraut und voller Bedeutung waren.

«Ein Kerker, schrecklich und von allen Seiten rund,
Gleich einem großen Ofen flammt, doch von den
                            Flammen
Kein Licht, nur Dunkelheit ward sichtbar,
Die einzig Anblicke des Leids aufdeckte.»

Ihre Stimme tastete, als versuche sie etwas zu erkennen. Das Zimmer wurde grauer, während sie sich weiter durch den bombastischen Katalog der heidnischen Gottheiten hindurchlas, der so übervoll von Geschichten und Bildern, so unerklärlich herrlich ist. Schließlich versiegte das Licht, und Mrs. Wheeler schloß das Buch.

«Das ist wundervoll», kommentierte Claude von der Couch her. «Aber ohne die Bösewichter hätte Milton wohl nicht auskommen können, oder?»

Mrs. Wheeler blickte auf. «Ist das ein Scherz?» fragte sie verschmitzt.

«O nein, keineswegs! Mir fiel gerade auf, daß dieser Teil so viel interessanter ist als die Bücher über vollkommene Unschuld in Eden.»

«Und doch meine ich, es sollte nicht so sein», sagte Mrs. Wheeler langsam, als sei sie im Zweifel.

Ihr Sohn setzte sich lachend auf und glättete sein zerzaustes Haar. «Die Tatsache bleibt bestehen, daß es so ist, liebe Mutter. Und wenn du alle großen Sünder aus der Bibel herausnehmen würdest, dann würdest du doch alle interessanten Gestalten herausnehmen, nicht?»

«Außer Christus», murmelte sie.

«Ja, außer Christus. Aber ich denke, die Juden waren ehrlich, als sie ihn für die gefährlichste Sorte von Verbrecher hielten.»

«Versuchst du, mich durcheinanderzubringen?» fragte seine Mutter in vorwurfsvollem und zugleich belustigtem Ton.

Claude ging zu ihr hinüber und blickte aus dem Fenster auf die verschneiten Felder, die jetzt, da die Schatten sich vertieften, blau und trostlos wurden. «Ich will doch nur sagen, daß auch in der Bibel diejenigen, die lediglich untadelig waren, ziemlich wenig Bedeutung hatten.»

«Ah, ich verstehe!» Mrs. Wheeler lachte leise in sich

hinein. «Du versuchst, mich auf das Thema Glaube und Werke zurückzubringen. Das ist der Punkt, bei dem du schon als kleiner Bursche immer gebockt hast. Nun ja, Claude, ich weiß darüber nicht so viel wie damals. Je älter ich werde, desto mehr überlasse ich Gott. Ich glaube, daß er retten möchte, was immer in dieser Welt edel ist, und daß er mehr Wege kennt, um das zu erreichen, als ich.» Sie erhob sich wie ein sanfter Schatten, rieb ihre Wange an seinem Flanellärmel und murmelte: «Ich glaube, er ist manchmal dort, wo wir ihn am wenigsten erwarten würden – sogar in stolzen, rebellischen Herzen.»

Einen Augenblick lang hielten sie sich im bleichen, klaren Quadrat des Westfensters umschlungen, wie sich die zwei Naturen einer Person manchmal in einer schicksalhaften Stunde begegnen und umschlingen.

16

Ralph und sein Vater kamen über die Feiertage nach Hause, und am Weihnachtstag fuhr Bayliss zum Dinner hinaus. Er kam früh und ging, nachdem er seine Mutter in der Küche begrüßt hatte, ins Wohnzimmer hinauf, das im Festtagsglanz erstrahlte und ausnahmsweise einmal warm genug für Bayliss war – da er einen niedrigen Blutdruck hatte, litt er intensiv unter Kälte. Er wanderte auf und ab, klimperte mit den Schlüsseln in seinen Taschen und bewunderte die Winterchrysanthemen seiner Mutter, die immer noch blühten. Mehrmals blieb er vor dem altmodischen Sekretär stehen und sah durch die Glastüren auf die Bände darin. Der Anblick einiger dieser Bücher erweckte in ihm unangenehme Erinnerungen. Als er ein vierzehn- oder fünfzehnjähriger Junge gewesen war, hatte es ihn immer mit bitterer Eifersucht erfüllt, wenn er hörte, daß seine Mutter Claude bat, ihr vorzulesen. Bayliss hatte mit Büchern nie viel im Sinn gehabt. Wenn seine Mutter ihm Geschichten erzählte, fing er, noch bevor er lesen konnte, sofort an, ihr zu beweisen, daß sie unmöglich wahr sein konnten. Später fand er Arithmetik und Geometrie interessanter als «Robinson Crusoe». Wenn er ein Buch las, wollte er das Gefühl haben, etwas dabei zu lernen. Seine Mutter und Claude unterhielten sich immer über seinen Kopf hinweg über die Personen aus ihren Büchern.

Obwohl Bayliss mit dem Nachhausekommen ein sentimentales Gefühl verband, meinte er doch, er hätte eine einsame Kindheit gehabt. In der Landschule war er nicht glücklich gewesen; er war der Junge, der die Prüfungsaufgaben in Klassenarbeiten auch dann zu lösen wußte, wenn alle anderen versagten, und er verwahrte seine Rechenarbeiten eingeknöpft in der Innentasche seiner kleinen Jacke, bis er sie bescheiden dem Lehrer aushändigte, und ließ nie einen Nachbarn von seiner Schlauheit profitieren. Leonard Dawson und andere muntere Burschen seines Alters machten ihm das Leben so schreckensreich, wie sie nur konnten. Im Winter warfen sie ihn gewöhnlich in eine Schneewehe, rannten dann fort und ließen ihn zurück. Im Sommer zwangen sie ihn, hinter dem Schulhaus lebendige Heuschrecken zu essen, und setzten ihm große Blindschleichen in seine Brotbüchse, um ihn zu überraschen. Bis heute sah Bayliss es mit Freuden, wenn einer dieser Burschen in Schwierigkeiten geriet, aus denen seine großen Fäuste ihm nicht heraushelfen konnten.

Bayliss' Gewandtheit im Umgang mit Zahlen und sein für einen Farmer zu kleiner Wuchs waren der Grund, weshalb sein Vater ihn in die Stadt schickte, um das Geschäft mit Farmgeräten zu lernen. Seit dem Tag, an dem er arbeiten ging, gelang es ihm, von seinem geringen Gehalt zu leben. Er hatte stets in seiner Westentasche ein kleines Tagebuch bei sich, in das er all seine Ausgaben notierte – wie der Millionär, von dem zu reden die Baptistenprediger nie müde wurden –, und seine Spende für den Klingelbeutel stach auffällig aus seiner Wochenabrechnung hervor.

Selbst wenn Bayliss sich einer anzüglich gedehnten Sprechweise bediente und Unangenehmes von sich gab, lag etwas Wehleidiges in seiner Stimme; der Ausdruck eines tiefsitzenden Gefühls von Kränkung. Er hatte den Eindruck, er sei immer mißverstanden und unterschätzt worden. Später, nachdem er sich selbständig gemacht hatte, wurde er von den jungen Männern in Frankfort nie gedrängt, an ihren Vergnügungen teilzunehmen. Er war niemals dazu aufgefordert worden, sich dem Tennis- oder Whistclub anzuschließen. Er beneidete Claude um seinen wundervollen Körperbau und seine spontane, impulsive Vitalität, als seien sie seinem Bruder auf unlautere Weise verliehen worden und hätten von Rechts wegen ihm gehören müssen.

Bayliss und sein Vater unterhielten sich noch vor dem Essen, als Claude hereinkam und so unbedacht war, ein Fenster hochzuschieben, obwohl er wußte, daß sein Bruder Zugluft haßte. Sofort sprach Bayliss ihn an, ohne ihm den Blick zuzuwenden:

«Wie ich sehe, haben deine Freunde, die Erlichs, die

Jenkinson Company in Lincoln aufgekauft; zumindest haben sie Anzeigen aufgegeben.»

Claude hatte seiner Mutter versprochen, sich an diesem Tag zu beherrschen. «Ja, ich habe es in der Zeitung gesehen. Ich hoffe, sie haben Erfolg.»

«Das bezweifle ich.» Bayliss schüttelte mit seinem weisesten Blick den Kopf. «Wie ich höre, haben sie eine Hypothek auf ihr Haus aufgenommen. Diese alte Frau wird demnächst ohne Dach über dem Kopf dastehen.»

«Das glaube ich nicht. Die Jungen wollten schon seit langem gemeinsam ein Geschäft aufziehen. Sie sind alle intelligent und fleißig; warum sollten sie es nicht schaffen?» Claude bildete sich ein, in ungezwungener und vertraulicher Weise gesprochen zu haben.

Bayliss kniff die Augen zusammen. «Ich glaube, sie schätzen das gute Leben zu sehr. Sie werden ihre Zinsen bezahlen und das, was übrigbleiben sollte, ausgeben, um ihre Freunde zu unterhalten. Ich habe in der Anzeige der Geschäftsübernahme den Namen dieses jungen Burschen nicht gesehen – Julius, heißt er so?»

«Julius geht im Herbst zum Studium ins Ausland. Er hat vor, Professor zu werden.»

«Was ist mit ihm? Ist er kränklich?»

In diesem Augenblick ertönte die Dinnerglocke, Ralph kam aus seinem Zimmer heruntergerannt, wo er sich angekleidet hatte, und sie alle gingen hinunter in die Küche, um den Truthahn zu begrüßen. Das Essen verlief angenehm. Bayliss und sein Vater redeten über Politik, und Ralph erzählte Geschichten über seine Nachbarn in Yucca County. Bayliss war erfreut, daß seine Mutter an seine Vorliebe für Austernfüllung gedacht hatte, und er machte ihr Komplimente zu ihren Fleischpastetchen. Als er sah, wie sie sich und Claude am Ende der Mahlzeit eine zweite Tasse Kaffee einschenkte, sagte er in sanftem, bekümmertem Ton: «Ich bedaure zu sehen, daß du dir schon die zweite Tasse Kaffee nimmst, Mutter.»

Mrs. Wheeler blickte ihn über die Kaffeekanne mit einem schuldbewußten Lächeln an. «Ich glaube nicht, daß es mir auch nur einen Deut schadet, Bayliss.»

«Natürlich tut es das; es ist ein Stimulans.» Was könnte es Schlimmeres sein, deutete sein Ton an. Wenn man sagte, etwas sei ein «Stimulans», hatte man es hinreichend verurteilt; ein übleres Wort gab es nicht.

Claude war im oberen Flur und zog sich seinen Mantel an, um zur Scheune hinunterzugehen und eine Zigarre zu rauchen, als Bayliss aus dem Wohnzimmer kam und ihn mit einem unverständlichen Ausruf zurückhielt. «Ich glaube, Samstag abend gibt es in Hastings eine Musikvorführung.»

Claude sagte, er habe etwas in der Richtung gehört.

«Ich habe gedacht», Bayliss täuschte einen beiläufigen Ton vor, «wir könnten uns zusammentun und Gladys und Enid mitnehmen. Die Straßen sind ziemlich gut.»

«Es ist eine schwierige Heimfahrt so spät abends», wandte Claude ein. Natürlich hatte Bayliss im Sinn, daß Claude die Gesellschaft in Mr. Wheelers großem Auto hin- und zurückfahren solle. Bayliss benutzte nie seinen funkelnden Cadillac für lange, rauhe Fahrten.

«Ich denke, Mutter würde uns über Nacht unterbringen, und wir brauchen die Mädchen nicht vor Sonntag morgen nach Hause zu bringen. Ich werde die Karten besorgen.»

«Du arrangierst es dann besser mit den Mädchen. Ich fahre euch natürlich, wenn ihr hingehen möchtet.»

Claude machte sich davon und ging hinaus mit dem Wunsch, Bayliss möge mit seiner Brautwerbung allein fertig werden und ihn nicht hineinziehen. Bayliss, der keine Melodie von einer anderen unterscheiden konnte, wollte bestimmt nicht zu diesem Konzert gehen, und es war fraglich, ob Enid Royce sich viel daraus machen würde. Gladys Farmer war die beste Musikerin in Frankfort, und sie würde es wahrscheinlich gern hören.

Claude und Gladys waren seit ihrer Zeit in der High-School alte Freunde, obwohl sie einander nicht viel gesehen hatten, nachdem Claude auf das College gegangen war. Bayliss hatte Claude in diesem Herbst mehrmals dazu überredet, mit ihm an einem Sonntag irgendwohinzufahren, und anzuhalten, um Gladys «aufzusammeln», wie er sagte. Claude gefiel das nicht. Er war ohnehin angewidert, als ihm klarwurde, daß Bayliss sich entschlossen hatte, Gladys zu heiraten. Sie und ihre Mutter waren so arm, daß es ihm am Ende wahrscheinlich gelingen würde, obwohl Gladys ihn bisher nicht sonderlich zu ermutigen schien. Bayliss zu heiraten, dachte er, wäre für keine Frau ein Spaß, aber Gladys war das einzige Mädchen in der Stadt, das er auf keinen Fall heiraten sollte. Sie war ebenso extravagant wie arm. Obwohl sie für zwölfhundert Dollar im Jahr an der High-School von Frankfort unterrichtete, hatte sie hübschere Kleider als irgendein anderes Mädchen, außer Enid Royce, deren Vater ein reicher Mann war. Ihre neuen Hüte und Wildlederschuhe wurden Jahr ein, Jahr aus diskutiert und kritisiert. Die Leute sagten, wenn sie Bayliss heiratete, würde er sie bald auf den Boden der Tatsachen zurückbringen. Einige hofften, sie täte es, und einige hofften, sie täte es nicht. Was Claude betraf, so hatte er sich von Mrs. Farmers heiterem Salon ferngehalten, seit Bayliss begonnen hatte, dort aufzukreuzen. Er war enttäuscht von Gladys. Wenn er gekränkt war, machte er sich selten Gedanken über seinen Gefühlszustand, sondern mied die Person und jegliche Erinnerung an sie, als sei sie eine wunde Stelle in seinem Geist.

17

Mr. Wheeler hatte bis zum Frühjahr zu Hause bleiben wollen, aber Ralph schrieb, er habe Ärger mit seinem Vorarbeiter, also fuhr sein Vater im Februar auf die Ranch hinaus. Wenige Tage nach seiner Abreise gab es einen Schneesturm, der den Leuten Gesprächsstoff für ein ganzes Jahr lieferte.

Der Schnee begann am St. Valentinstag gegen Mittag zu fallen, ein weicher, dichter, nasser Schnee, der in Schwaden herunterkam und an allem haftete. Später am Nachmittag erhob sich der Wind, und überall, wo sich ein Schuppen, ein Baum, eine Hecke oder auch nur ein hohes Unkrautbüschel befand, begannen sich Schneewehen aufzutürmen. Mrs. Wheeler blickte besorgt aus dem Wohnzimmerfenster und konnte nichts sehen als treibende Wogen von weichem Weiß, die das hohe Haus von der übrigen Welt abschnitten.

Für Claude und Dan, die unten im Korral das Vieh gegen Schlechtwetter versorgten, war die Luft so dick, daß sie kaum atmen konnten; ihre Ohren und Münder und Nasenlöcher waren voller Schnee, ihre Gesichter bedeckt davon. Er schmolz ständig auf ihrer Kleidung, und trotzdem waren sie von den Stiefeln bis zu den Mützen weiß, während sie arbeiteten – er ließ sich nicht abschütteln. Die Luft war nicht kalt, nur ein wenig unter dem Gefrierpunkt. Als sie zum Abendessen hineingingen, hatten sich die Schneewehen am Haus aufgetürmt, bis sie die unteren Scheiben der Küchenfenster bedeckten. Beim Öffnen der Tür fiel hinter ihnen eine zerbrechliche Schneewand hinein, und Mahailey kam mit ihrem Besen und Eimer angelaufen, um den Schnee aufzufegen.

«Is' das nich'n furch'barer Sturm, Mr. Claude? Ich denke, der arme Mr. Ernest kann heut' abend nich' rüberkommen, nich'? Kümmer' dich nich' drum, Schätzchen; ich werd' das Wasser aufwischen. Lauf und zieh dir was Trocknes an, un' nimm ein Bad, sons' erkältest du dich. Der olle Kessel is' voll mit heiß'n Wasser für dich.» Ungewöhnliches Wetter jedweder Art entzückte Mahailey stets.

Mrs. Wheeler begegnete Claude auf dem Treppenabsatz. «Es besteht doch keine Gefahr, daß die Stiere am Fluß vom Schnee begraben werden, oder?» fragte sie besorgt.

«Nein, ich habe daran gedacht. Wir haben sie alle in den kleinen Korral auf der Ebene getrieben und die Tore geschlossen. Der Schnee reicht mir in der Flußsenke jetzt bis über den Kopf. Ich hab' keinen trockenen Faden mehr am Leib. Ich denke, ich befolge Mahaileys Rat und geh' in die Wanne, wenn du mit dem Abendessen auf mich warten kannst.»

«Leg deine Kleidung vor die Badezimmertür, ich werde zusehen, daß ich sie dir trockne.»

«Ja, bitte, denn morgen werde ich sie brauchen. Ich möchte nicht meine neuen Cordhosen verderben. Und, Mutter, sieh zu, daß du Dan dazu bringen kannst, sich umzuziehen. Er ist zu naß und dampfig, um mit am Tisch zu sitzen. Sag ihm, wenn einer nach dem Abendessen raus muß, dann werde ich gehen.»

Mrs. Wheeler eilte die Stufen hinunter. Wie sie Dan kannte, würde er eher den ganzen Abend in nasser Kleidung herumsitzen, als sich die Mühe zu machen, trockene anzuziehen. Er versuchte, sich an ihr vorbei zu seinem Quartier hinter dem Waschraum zu stehlen, und sah bekümmert aus, als er die Botschaft erhielt.

«Ich hab' keine andere Kleidung für draußen nich' als meinen Sonntagsanzug», wandte er ein.

«Also, Claude sagt, wenn jemand hinaus muß, geht er. Ich denke, du wirst dich diesmal umziehen müssen, Dan, oder ohne dein Abendessen zu Bett gehen.» Sie lachte leise über seine niedergeschlagene Miene, als er davonschlich.

«Mrs. Wheeler», flüsterte Mahailey, «kann ich nich' in'n Keller runterlaufen un' was von der schönen Erdbeermarmelade holen? Mr. Claude, der liebt sie auf sei'm heiß'n Brötchen. Er ißt den Honig nich' mehr; er hat ihn über.»

«Sehr gut. Ich werde einen schönen starken Kaffee machen, das freut ihn mehr als alles andere.»

Claude kam herunter und fühlte sich sauber und warm und hungrig. Er öffnete die Küchentür und schnupperte den Kaffee und den brutzelnden Schinken. Als Mahailey sich über den Ofen beugte, drang mit der Hitze der Duft von bräunenden Brötchen heraus. Das Duftgemisch vertrieb ein wenig Dans umwölkte Stimmung, als er in quietschenden Sonntagsschuhen und einem schlechtsitzenden

Cutaway zurückkam. Letzterer war nicht von ihm verlangt worden, aber er trug ihn aus Rache.

Während des Abendessens erzählte Mrs. Wheeler ihnen noch einmal, wie es vor langer Zeit, als sie gerade frischverheiratet gewesen war, westlich von Frankfort weder Straßen noch Zäune gegeben hatte. In einer Winternacht hatte sie fast die ganze Nacht lang auf dem Dach ihrer ersten Erdhütte gesessen und eine Laterne an einer Stange hochgehalten, damit Mr. Wheeler durch einen ähnlichen Schneesturm nach Hause finden konnte.

Mahailey, die sich am Herd zu schaffen machte, wachte über die Gruppe am Tisch. Sie sah gern zu, wenn Männer kräftig zulangten – obwohl sie Dan keinesfalls als Mann betrachtete –, und sie achtete darauf, daß Mrs. Wheeler nicht völlig das Essen vergaß, wozu sie fähig war, wenn sie in die Erinnerung an Dinge verfiel, die sich vor langer Zeit ereignet hatten. Mahailey war in Hochstimmung, weil ihre Wettervorhersagen sich bewahrheitet hatten; erst gestern hatte sie Mrs. Wheeler gesagt, es würde Schnee geben, weil sie Schneevögel gesehen hatte. Für sie war das Abendessen bedeutender als gewöhnlich, wenn Claude seine «Samtsachen» anzog, wie sie seine braune Cordhose nannte.

Nach dem Abendessen lag Claude auf der Couch im Wohnzimmer, während seine Mutter ihm aus Dickens' «Bleak House» – einem der Romane, die ihr besonders gefielen – vorlas. Mit dem armen Jo ging es zu Ende, als Claude sich plötzlich aufsetzte. «Mutter, ich bin zu müde, ich muß ins Bett. Meinst du, es schneit noch immer?»

Er stand auf, um hinauszusehen, aber die Westfenster waren derart mit Schnee verklebt, daß sie undurchsichtig waren. Selbst aus dem Südfenster konnte er zunächst nichts sehen; dann mußte Mahailey ihre Lampe zum Küchenfenster darunter getragen haben, denn ganz plötzlich fiel ein breiter gelber Lichtstrahl hinaus in die erstickte Luft, und in ihm wimmelten Millionen von Schneeflocken wie rastlose Armeen, die sich gerade so nahe kamen, daß sie keine feste Masse bildeten. Claude schlug mit der Faust gegen den gefrorenen Fensterrahmen, schob das untere Fenster hoch, streckte den Kopf hinaus und versuchte, in die unergründliche Nacht hinauszusehen. Es war etwas Feierliches an einem Schneesturm von solchem Ausmaß; er verlieh einem ein Gefühl von Unendlichkeit. Die Myriaden weißer Partikel, welche die Strahlen des Lampenlichts durchquerten, schienen einen stillen Zweck zu verfolgen, einem bestimmten Ziel entgegenzueilen. Als sie sich auf seinem Kopf und seinen Schultern niederließen, ging eine leichte Reinheit von ihnen aus wie ein Duft, der für menschliche Sinne fast zu fein ist. Seine Mutter, die unter seinem erhobenen Arm hindurchsah, strengte ihre Augen an, um in jenes Schneegetümmel hinauszublicken, und murmelte leise mit ihrer bebenden Stimme:

> «Immer dicker, dicker, dicker
> Fror das Eis auf See und Fluß;
> Immer tiefer, tiefer, tiefer
> Fiel der Schnee auf's ganze Land.»

18

Claudes Schlafzimmer lag nach Osten. Als er am nächsten Morgen aus seinen Fenstern blickte, waren nur die Wipfel der Zedern im Vorgarten sichtbar. Eilig zog er sich an und lief zum Westfenster am Ende des Flurs; der Lovely Creek und die tiefe Schlucht, in der er floß, waren verschwunden, als hätte es sie nie gegeben. Die unebene Weide glich einem glatten Feld, abgesehen von den heuhaufenförmigen Buckeln und Hügeln, wo der Schnee über einen Zaunpfahl oder Busch getrieben war.

An den Küchenstufen empfing ihn Mahailey freudig erregt. «Lieber Himmel, Mr. Claude, ich kann die Windfangtür nich' aufkrieg'n. Wir sin' fest eingeschneit.» Sie sah aus wie eine Landstreicherin, in einer vielfarbig geflickten Jacke, den Kopf von einem alten Häkelschal umwickelt, dessen ausgefranstes Garn ihr wie wilde Locken über das Gesicht hing. Sie behielt dieses Kostüm Katastrophenfällen vor; erschien darin, wenn die Wasserrohre gefroren waren und platzten oder wenn Frühlingsunwetter die Hühnerställe überfluteten und ihre Junghühner ertränkten.

Die Windfangtür öffnete sich nach außen. Claude stemmte seine Schultern dagegen und stieß sie ein kleines Stück auf. Dann stocherte er mit Mahaileys Herdschaufel genug Schnee heraus, damit er die Tür zurückdrücken konnte. Dan kam auf Strümpfen durch die Küche zu seinen Stiefeln gestapft, die immer noch hinter dem Ofen trockneten. «Das sieht wirklich schlimm aus, Claude», bemerkte er blinzelnd.

«Ja. Ich denke, wir versuchen nicht vor dem Frühstück

hinauszugehen. Wir müssen uns den Weg zur Scheune freigraben, und ich habe gestern abend überhaupt nicht daran gedacht, die Schaufeln heraufzubringen.»

«Die ollen Schneeschaufeln im Keller. Ich hol' sie.»

«Nicht jetzt, Mahailey. Gib uns unser Frühstück, bevor du irgendwas anderes tust.»

Mrs. Wheeler kam herunter und steckte im Gehen ihr kleines Umhangtuch fest; ihre Schultern waren gebeugter als sonst. «Claude», sagte sie ängstlich, «die Zedern im Vorgarten sind fast völlig zugedeckt. Glaubst du, unser Vieh könnte begraben sein?»

Er lachte. «Nein, Mutter. Ich nehme an, daß das Vieh die ganze Nacht umhergelaufen ist.»

Als die beiden Männer mit den hölzernen Schneeschaufeln aufbrachen, standen Mrs. Wheeler und Mahailey im Eingang und sahen ihnen zu. Für eine kurze Strecke war der Pfad, den sie freischaufelten, fast wie ein Tunnel, und die weißen Wände auf beiden Seiten überragten ihre Köpfe. Am Vorderabhang des Hügels war der Schnee nicht so tief, und sie kamen besser voran. Sie mußten sich durch eine zweite tiefe Schneewehe kämpfen, bevor sie die Scheune erreichten, in die sie hineingingen, um sich zwischen den Pferden und Kühen aufzuwärmen. Dan war dafür, sich neben eine warme Kuh zu setzen und mit dem Melken anzufangen.

«Noch nicht», sagte Claude. «Ich möchte nach den Schweinen sehen, bevor wir hier irgendwas tun.»

Der Schweinestall war in einer Senke hinter der Scheune errichtet worden. Als Claude den Rand der Rinne, der fast freigeweht war, erreichte, konnte er sich umsehen. Die Senke war voller Schnee, glatt... nur nicht in der Mitte, wo sich eine zerknitterte Vertiefung befand, die aussah wie ein großer Haufen zerwühlter Bettwäsche.

Dan schnappte nach Luft. «Gott im Himmel, das Dach is' eingestürzt! Die Schweine werden erstickt sein.»

«Sie werden ersticken, wenn wir nicht schnell an sie rankommen. Lauf zum Haus und sag Mutter, daß Mahailey heute melken muß, und komm zurück, so schnell du kannst.»

Es war ein flaches Strohdach, und das Gewicht des Schnees war zu groß gewesen. Claude fragte sich, ob er nicht im vergangenen Herbst ein neues Strohdach hätte aufsetzen müssen; aber das alte hatte nicht geleckt und solide genug gewirkt.

Als Dan zurück war, wechselten sie sich ab; einer ging voran und schaufelte so viel Schnee hinaus, wie er konnte, der andere kümmerte sich um den Schnee, der zurückfiel. Etwa nach einer Stunde Arbeit stützte sich Dan auf seine Schaufel.

«Wir schaffen es nie, Claude. Zwei Männer könnten in einer Woche nicht den ganzen Schnee rauswerfen. Ich bin fast völlig k. o.»

«Gut, du kannst zum Haus zurückgehen und dich ans Feuer setzen», rief Claude bissig. Er hatte seinen Mantel ausgezogen und arbeitete in Hemd und Pullover. Der Schweiß tropfte ihm vom Gesicht, ihm schmerzten der Rücken und die Arme, und seine Hände, die er nicht trocken halten konnte, waren blasenbedeckt. Siebenunddreißig Schweine befanden sich im Stall.

Dan setzte sich im Loch hin. «Wenn ich'n Schluck Wasser kriegen könnte, dann kann ich vielleicht noch'n bißchen durchhalten», sagte er niedergeschlagen.

Es war Mittag vorbei, als sie in den Schuppen gelangten; eine Dampfwolke stieg auf, und sie hörten die Schweine grunzen. Sie fanden sie an einem Ende alle auf einem Haufen liegend und zogen die oberen lebend und quiekend heraus. Zwölf Schweine am Boden des Haufens waren erstickt. Sie lagen naß und schwarz mit warmen und dampfenden Körpern im Schnee, aber sie waren tot; daran bestand kein Zweifel.

Mrs. Wheeler kam in ihres Mannes Gummistiefeln und einem alten Mantel zusammen mit Mahailey herunter, um die Katastrophe in Augenschein zu nehmen.

«Ihr solltet euch gleich an diese Schweine machen un' sie heute schlachten», rief Mahailey zu den Männern hinunter. Sie stand am Rand der Senke in ihrer geflickten Jacke und der ausgefransten Haube.

Claude unten im Loch wischte sich mit dem Pulloverärmel über sein schweißüberströmtes Gesicht. «Sie schlachten?» rief er entrüstet. «Ich würde sie nicht einmal schlachten, wenn ich nie wieder Fleisch zu sehen kriegte.»

«Du wills' doch nich' das ganze gute Schweinefleisch umkomm' lass'n, nich', Mr. Claude?» flehte Mahailey. «Sie hatten keine Krankheit nich' oder sons' was. Du muß' dich nur gleich ranmachen, sons' is' das Fleisch nich' gesund.»

«Für mich wäre es sowieso nicht gesund. Ich weiß nicht, was ich mit ihnen mache, aber ich bin mir mächtig sicher, daß ich sie nicht schlachte.»

«Laß ihn in Ruhe, Mahailey», warnte Mrs. Wheeler. «Er ist müde, und er muß irgendeine Unterkunft für die lebenden Schweine herrichten.»

«Ich weiß, Ma'am, aber ich könnt' leicht ein' von den

Schwein' selber zerschneiden. Ich hab' mal mein eignes kleines Schwein geschlachtet, in Virginia. Ich könnt' jedenfalls die Schinken retten, un' die Spareribs. Wir ham schon so lange keine Spareribs mehr gehabt.»

Vor Rückenschmerzen und Kummer über den Verlust der Schweine war Claude außer sich. «Mutter», brüllte er, «wenn du Mahailey nicht sofort ins Haus bringst, drehe ich durch!»

An jenem Abend fragte ihn Mrs. Wheeler, wieviel die zwölf Schweine wert gewesen seien. Er sah etwas erschrokken aus.

«Oh, das weiß ich nicht genau; dreihundert Dollar auf jeden Fall.»

«Was, wirklich so viel? Ich sehe nicht, wie wir das hätten verhindern können, du?» Ihr Gesicht sah besorgt aus.

Claude ging sofort nach dem Abendessen zu Bett, aber kaum hatte er seinen schmerzenden Körper zwischen den Bettüchern ausgestreckt, fühlte er sich wach. Der Verlust der Schweine demütigte ihn, weil sie ihm in Obhut gegeben waren; aber der Geldverlust, über den sogar seine Mutter tief bekümmert war, schien ihm gleichgültig zu sein. Er fragte sich, ob er sich nicht jenen ganzen Winter über in eine kindische Verachtung für Geldwerte hineingesteigert hatte.

Als Ralph über Weihnachten nach Hause kam, trug er an seinem kleinen Finger einen schweren Goldring mit einem erbsengroßen Diamanten, der von auffälligen Rillen im Metall umgeben war. Er gab Claude gegenüber zu, daß er ihn bei einem Pokerspiel gewonnen hatte. Ralphs Hände waren nie frei von Autoschmiere – sie gehörten zu jener roten, gedrungenen Art, die man nicht sauberhalten konnte. Claude erinnerte sich, wie er ihn bei Laternenlicht in der Scheune hatte melken sehen, während sein Diamant stechende Farbblitze aussandte und seine Finger große Ähnlichkeit mit den Zitzen der Kuh hatten. Dieses Bild tauchte jetzt vor ihm auf, gewissermaßen als Symbol dessen, wohin erfolgreiche Farmwirtschaft führte.

Der Farmer zog Dinge von wahrem Wert und brachte sie auf den Markt; Weizen und Mais von so guter Qualität, wie man nur irgendwo auf der Welt ziehen konnte; Schweine und Rinder von den besten ihrer Art. Als Gegenleistung bekam er minderwertige Fertigware: protzige Möbel, die in Stücke fielen, Teppiche und Vorhänge, die verblichen, Kleider, in denen ein gutaussehender Mann wirkte wie ein Clown. Den größten Teil seines Geldes opferte er für Maschinen – und auch die fielen auseinander. Ein Dampfdrescher hielt nicht lange; ein Pferd überlebte drei Automobile.

Claude war sicher, daß in seiner Kindheit, als alle Nachbarn noch arm waren, sie und ihre Häuser und ihre Farmen mehr Individualität besessen hatten. Die Farmer nahmen sich damals mehr Zeit, auf ihrem Land schöne Wäldchen aus Pyramidenpappeln zu pflanzen und Maulbeerhecken entlang ihren Feldrändern zu ziehen. Jetzt wurden diese Bäume alle gefällt. Warum, das wußte eigentlich keiner; sie laugten den Boden aus ... sie verursachten Schneewehen ... keiner hatte mehr welche. Mit dem Wohlstand zog eine Art Gefühllosigkeit ein; jeder wollte die alten Dinge zerstören, auf die er einmal stolz gewesen war. Die Obstgärten, die vor zwanzig Jahren so sorgfältig gehegt und gepflegt worden waren, wurden vernachlässigt und starben ab. Es kostete weniger Mühe, mit dem Auto in die Stadt zu fahren und Obst zu kaufen, als es selbst zu ziehen.

Auch die Leute hatten sich verändert. Er konnte sich an Zeiten erinnern, in denen alle Farmer dieser Gemeinde freundschaftlich miteinander verkehrten; jetzt führten sie nur noch Prozesse gegeneinander. Ihre Söhne waren entweder geizig und habgierig oder extravagant und faul und stifteten ständig Ärger. Offenkundig war zum Geldausgeben mehr Intelligenz nötig als zum Geldverdienen.

Als Claude über diese Schlußfolgerungen nachsann, dachte er an die Erlichs. Julius konnte ins Ausland gehen und für seinen Doktorgrad studieren und dabei von weniger leben, als Ralph jährlich vergeudete. Ralph würde nie einen Beruf oder ein Gewerbe erlernen, würde nie etwas tun oder herstellen, was die Welt brauchte.

Seine eigenen Zukunftsaussichten beurteilte Claude auch nicht besser. Er war einundzwanzig Jahre alt, und er konnte keine Ausbildung und keine Erfahrung vorweisen — er besaß kein Talent, das ihn unter die Leute bringen würde, die er bewunderte. Er war ein ungeschickter, verlegener Bauerntölpel, und selbst für Mrs. Erlich schien die Farm der beste Platz für ihn zu sein. Wahrscheinlich stimmte es; aber trotzdem war ihm diese Art von Leben nicht der Mühe wert, jeden Morgen aufzustehen. Ihm leuchtete nicht ein, was es nützen sollte, für Geld zu arbeiten, wenn Geld nichts von dem erbrachte, was er sich wünschte. Mrs. Erlich sagte, es brächte Sicherheit. Er dachte manchmal, daß diese Sicherheit die Ursache des allgemeinen Übels sei; daß es nur perfekte Sicherheit brauchte, um die besten Eigenschaften im Menschen abzutöten und die gemeinen zu entwickeln.

Auch Ernest sagte: «Es ist das beste Leben der Welt, Claude.» Aber wenn man jeden Abend geschlagen zu Bett ging und sich vor dem Erwachen am Morgen fürchtete, war es eindeutig ein zu gutes Leben. In seinem Alter die Gewißheit von drei täglichen Mahlzeiten und reichlich Schlaf zu haben, war nichts anderes als die Gewißheit eines anständigen Begräbnisses. Sicherheit, Gefahrlosigkeit; würde man diesen Gedankengang zu Ende verfolgen, dann wären die Ungeborenen, jene, die niemals geboren würden, die sichersten von allen; nichts könnte ihnen zustoßen.

Claude wußte, und jeder sonst wußte es anscheinend auch, daß mit ihm etwas nicht stimmte. Er war unfähig, seine Unzufriedenheit zu verbergen. Mr. Wheeler fürchtete, er sei einer jener Phantasten, die sich und anderen unnötige Schwierigkeiten machten. Mrs. Wheeler dachte, das Problem ihres Sohnes sei, daß er noch nicht zu seinem Heiland gefunden habe. Bayliss war überzeugt, sein Bruder sei ein moralischer Rebell und verberge hinter seiner Zurückhaltung und vorsichtigen Art die gefährlichsten Ansichten. Die Nachbarn mochten Claude, aber sie lachten über ihn und sagten, es sei nur gut, daß sein Vater wohlhabend war. Claude war sich bewußt, daß seine Energie, statt etwas zu leisten, aufgezehrt wurde im Widerstand gegen unveränderbare Bedingungen und in vergeblichen Bemühungen, sein eigentliches Wesen zu unterdrücken. Wenn er meinte, er habe sich endlich in der Gewalt, dann konnte ein Augenblick das Werk von Tagen zunichte machen; blitzartig verwandelte er sich aus einem Holzpfahl in einen lebendigen Jungen. Er sprang auf die Füße, drehte sich rasch im Bett oder hielt abrupt im Gehen inne, weil in ihm ein alter Glaube mit intensiver Hoffnung, intensivem

Schmerz aufblitzte – die Überzeugung, daß am Leben etwas Herrliches sei, wenn er es nur finden könnte!

19

Nach dem großen Schneesturm verhielt sich das Wetter launisch. Erst taute es, wodurch alles von Überschwemmung bedroht wurde – dann gab es scharfen Frost. Das ganze Land war von einer glitzernden Eiskruste überzogen, und die Leute gingen auf einer Ebene gefrorenen Schnees, ziemlich hoch über der Ebene ihres üblichen Lebens. Claude zog Mr. Wheelers alten Doppelschlitten unter einem Haufen verschiedenartigster Gegenstände hervor, die jahrelang obenauf gelegen hatten, und brachte die rostigen Schlittenglocken ins Haus hinauf, damit Mahailey sie mit Ziegelstaub scheuerte. Seit sie Automobile besaßen, hatten die meisten Farmer ihre alten Schlitten verfallen lassen. Aber die Wheelers bewahrten stets alles auf.

Claude erzählte seiner Mutter, er wolle mit Enid Royce eine Schlittenfahrt machen. Enid war die Tochter von Jason Royce, dem Getreidehändler, einem der frühen Siedler, der viele Jahre die einzige Wassermühle in Frankfort County betrieben hatte. Sie und Claude waren ehemalige Spielkameraden; er stattete dem Mühlhaus jeden Sommer, während seiner Ferien, einen, wie man es nannte, formellen Besuch ab und schaute häufig in Mr. Royces Stadtbüro herein.

Gleich nach dem Abendessen spannte Claude die zwei drahtigen kleinen Rappen, Pompey und Satan, vor den

Schlitten. Der Mond war lange vor Sonnenuntergang aufgegangen, hatte den größten Teil des Nachmittags bleich am Himmel gehangen und überflutete nun die Schneeterrassen des Landes mit Silber. Es war einer jener funkelnden Winterabende, an denen ein Junge spürt, daß, bei aller Größe der Welt, er selbst noch größer ist; daß es unter dem ganzen kristallblauen Himmel niemanden gibt, der so warm und empfindungsfähig ist wie er, und daß die ganze Herrlichkeit nur für ihn da ist. Die Schlittenglocken klingelten mit einer Heiterkeit, als seien sie froh, nach den vielen Wintern, in denen sie rostig und stauberstickt in der Scheune gehangen hatten, wieder zu singen.

Die Mühlenstraße, die von der Landstraße fort und zum Fluß hinunterführte, rief bei Claude angenehme Assoziationen hervor. Als Kind hatte er seinen Vater jedesmal, wenn der zur Mühle fuhr, gebeten, mitkommen zu dürfen. Er mochte die Mühle und den Müller und des Müllers kleines Mädchen. Doch das Haus des Müllers hatte er nie gemocht, und vor Enids Mutter fürchtete er sich. Selbst jetzt, während er die Pferde am langen Balken unten am Maschinenraum festband, beschloß er, sich nicht überreden zu lassen, jenen förmlichen Salon voller neuaussehender, teurer Möbel zu betreten, wo ihn stets die Kraft verließ und ihm nie etwas einfiel, was er sagen könnte. Wenn er sich bewegte, quietschten seine Schuhe in der Stille, und Mrs. Royce saß da und blinzelte ihn mit ihren scharfen kleinen Augen an, und je länger er blieb, desto schwieriger wurde es zu gehen.

Enid kam selbst an die Tür.

«Oh, das ist ja Claude!» rief sie aus. «Möchtest du nicht hereinkommen?»

«Nein, ich möchte, daß du mit mir ausfährst. Ich habe den alten Schlitten hervorgeholt. Komm, es ist eine schöne Nacht!»

«Ich dachte mir, ich hätte Glocken gehört. Möchtest du nicht hereinkommen und Mutter begrüßen, während ich mich anziehe?»

Claude sagte, er müsse bei seinen Pferden bleiben, und lief zurück zum Pferdebalken. Enid ließ ihn nicht lange warten; es war nicht ihre Art. In dem Mantel aus Maine-Seehund, den sie immer trug, wenn sie bei kaltem Wetter ihr Coupé fuhr, kam sie rasch den Pfad herunter und durch die Vorderpforte.

«Also, wohin?» fragte Claude, als die Pferde vorwärtssprangen und die Glocken zu bimmeln begannen.

«Überall hin. Welch eine schöne Nacht! Und ich liebe deine Glocken, Claude. Ich habe keine Schlittenglocken mehr gehört, seit du mich und Gladys immer bei stürmischem Wetter nach Hause gebracht hast. Warum halten wir heute abend nicht bei ihr? Sie hat jetzt Pelze, mußt du wissen!» Enid lachte. «Alle alten Damen zerbrechen sich fürchterlich den Kopf darüber; sie können nicht herausfinden, ob dein Bruder sie ihr wirklich zu Weihnachten geschenkt hat oder nicht. Wenn sie sicher wären, daß sie sie selbst gekauft hat, dann würden sie, glaube ich, eine öffentliche Versammlung abhalten.»

Claude ließ die Peitsche über seinen eifrigen kleinen Rappen knallen. «Geht es dir nicht manchmal auf die Nerven, wie sie immer an Gladys herumnörgeln?»

«Würde es schon, wenn es Gladys stören würde. Aber sie nimmt es völig gelassen! Sie brauchen etwas zum Tratschen, und natürlich häufen sich die Steuerrückstände der armen Mrs. Farmer. Wegen der Pelze habe ich Bayliss in Verdacht.»

Claude war nicht mehr so erpicht darauf, Gladys abzuholen, wie noch vor wenigen Augenblicken. Sie näherten sich jetzt der Stadt, erleuchtete Fenster schienen sanft über das blaue Weiß des Schnees. Selbst im fortschrittlichen Frankfort wurden in einer so herrlichen Nacht wie dieser die Straßenlaternen abgeschaltet. Mrs. Farmer und ihre Tochter besaßen ein kleines weißes Cottage im Südteil der Stadt, wo nur Leute mit bescheidenen Mitteln wohnten. «Wir müssen hineingehen zu Gladys' Mutter, und sei's nur für eine Minute», sagte Enid, als sie vor dem Zaun hielten. «Sie hat so gern Besuch.» Claude band sein Gespann an einen Baum, und sie gingen zur schmalen, abschüssigen Veranda hinauf, die mit Weinranken voller gefrorenem Schnee behängt war.

Mrs. Farmer öffnete ihnen; eine füllige, rosige Frau von Fünfzig mit einer angenehmen Kentucky-Stimme. Sie ergriff liebevoll Enids Arm, und Claude folgte ihnen in das lange, niedrige Wohnzimmer mit unebenem Boden, das an jedem Ende eine Lampe stehen hatte und spärlich mit wackligem Mahagoni möbliert war. Dort saß, nahe am Hartkohleofen, Bayliss Wheeler. Er erhob sich nicht, als sie eintraten, sondern sagte mit ziemlich verlegener Stimme: «Hallo, Leute.» Auf einem Tischchen lag neben Mrs. Farmers Nähkorb, noch mit dem Goldband verschnürt, die Pralinenschachtel, die er vor kurzem aus seiner Manteltasche herausgeholt hatte.

Eine hohe Lampe stand neben dem Klavier, an dem Gladys offensichtlich geübt hatte. Claude fragte sich, ob Bayliss tatsächlich Interesse an Musik vortäuschte! Im Augenblick sei Gladys in der Küche, erklärte Mrs. Farmer, und suche nach der Brille ihrer Mutter, die sie verlegt hatte, als sie ein Rezept für Käsesoufflé abschrieb.

«Besorgen Sie sich immer noch neue Rezepte, Mrs. Farmer?» fragte Enid. «Ich dachte, Sie könnten schon jedes Gericht der Welt zubereiten.»

«Oh, noch nicht ganz!» Mrs. Farmer lachte bescheiden und ließ sich anmerken, daß ihr Komplimente gefielen. «Setz dich doch, Claude», beschwor sie die steife Gestalt neben der Tür. «Meine Tochter wird sofort hier sein.»

In diesem Augenblick erschien Gladys Farmer.

«Ach, ich wußte gar nicht, daß du Besuch hast, Mutter», sagte sie, als sie hereinkam, um sie zu begrüßen.

Dies bedeutete, nahm Claude an, daß Bayliss kein Besuch war. Er sah Gladys kaum an, als er ihre Hand nahm, die sie ihm hinhielt.

Einer von Gladys' Großvätern war aus Antwerpen gekommen, und sie besaß die gesetzte Haltung, die vollen roten Lippen und braunen Augen und die weißen Hände mit Grübchen, die so häufig auf flämischen Porträts junger Mädchen zu sehen sind. Einige Leute fanden sie ein klein wenig streng, zu reif und zu selbstbewußt, als daß man sie hübsch nennen könnte, obwohl sie ihren prächtigen tulpenähnlichen Teint bewunderten. Gladys schien niemals wahrzunehmen, daß ihr Aussehen und ihre Armut und ihre Extravaganz Gegenstand ständiger Gespräche waren, sondern ging täglich mit dem Auftreten eines Menschen in gesicherter Stellung zur Schule und zurück. Ihr musikalisches Können verlieh ihr in Frankfort eine Art Autorität.

Enid erklärte den Zweck ihres Besuches. «Claude hat seinen alten Schlitten hervorgeholt, und wir sind gekommen, um dich zu einer Ausfahrt abzuholen. Vielleicht möchte Bayliss auch mit?»

Bayliss sagte zu, obwohl Claude wußte, daß er nichts so sehr haßte, wie draußen in der Kälte zu sein. Gladys lief hinauf, um ein warmes Kleid anzuziehen, und Enid begleitete sie, so daß es Mrs. Farmer überlassen blieb, zwischen ihren zwei unvereinbaren Gästen angenehme Konversation zu treiben.

«Bayliss hat uns gerade erzählt, wie du deine Schweine im Schneesturm verloren hast, Claude. Welch ein Jammer!» sagte sie mitfühlend.

Ja, dachte Claude, mit diesem Ereignis würde Bayliss keineswegs hinter dem Berg halten!

«Ich nehme an, es gab wirklich keine Möglichkeit, sie zu retten», fuhr Mrs. Farmer in ihrer höflichen Art fort. Ihre Stimme war tief und wohlklingend wie die ihrer Tochter, so ganz anders als die hohen, gepreßten Stimmen hier im Westen. «Ich hoffe, du läßt dich davon nicht fertigmachen.»

«Nein, mich macht nichts fertig, was so tot ist wie diese Schweine. Was soll's auch?» fragte Claude kühn.

«Da hast du recht», murmelte Mrs. Farmer und schaukelte ein wenig in ihrem Stuhl. «Solche Dinge passieren eben manchmal, und wir sollten sie nicht zu tragisch nehmen. Es ist ja nicht so, als sei ein Mensch verletzt worden, oder?»

Claude riß sich zusammen und versuchte, auf ihre Herzlichkeit einzugehen und auf den schäbigen Komfort ihres langen Salons, der so offensichtlich sein Bestes tat, um für ihre Freunde attraktiv zu sein. Von den Polsterstühlen oder Klapptischen, die sie aus dem Süden mitgebracht hatte, besaß keiner ein Bein, das nicht wackelte, und vom Ölporträt ihres Vaters, des Richters, war die schwere Goldrahmung halb abgebrochen. Aber sie trug ihre Armut unbekümmert, wie es Südstaatler nach dem Bürgerkrieg zu tun pflegten, und sie machte sich nur halb so viele Sorgen über ihre Steuerrückstände wie ihre Nachbarn. Claude versuchte, sich liebenswürdig mit ihr zu unterhalten, war aber vom Geräusch unterdrückten Gelächters oben abgelenkt. Wahrscheinlich machten sich Gladys und Enid über Bayliss' Anwesenheit lustig. Wie schamlos Mädchen doch waren!

Leute kamen an ihre Vorderfenster und schauten hinaus, als der Schlitten bimmelnd die Dorfstraßen hinauf- und hinabsauste. Als sie die Stadt verließen, schlug Bayliss vor, draußen am alten Trevor-Anwesen vorbeizufahren. Die Mädchen begannen, über die beiden jungen Neuengländer, Trevor und Brewster, zu reden, die dort gewohnt hatten, als Frankfort noch eine trotzig kleine Grenzsiedlung gewesen war. Jeder sprach jetzt über sie, denn vor ein paar Tagen war die Nachricht gekommen, daß einer der Partner, Amos Brewster, in seinem Anwaltsbüro in Hartford tot umgefallen sei; dreißig Jahre, nachdem er und sein Freund, Bruce Trevor, versucht hatten, große Viehzüchter in Frankfort County zu werden, und das Haus auf dem runden Hügel östlich der Stadt gebaut hatten, wo sie sehr genüßlich eine Unmenge Geld verjubelten. Claudes Vater erklärte stets, daß der Betrag, den sie mit Trinkgelagen verschleuderten, nichtig sei, verglichen mit ihren Verlusten bei geschäftlichen Unternehmungen. Das Land, sagte Mr. Wheeler, sei nie mehr dasselbe gewesen, seit diese Jungs es verlassen hatten. Mit großem Vergnügen erzählte er von der Zeit, als Trevor und Brewster in die Schafzucht einstiegen. Sie importierten zu hohen Kosten einen Zuchtbock aus Schottland, und als er ankam, hatten sie es so eilig, aus ihm das Beste herauszuholen, daß sie ihn auf die Mutterschafe losließen, sobald er aus seiner Kiste befreit war. So kam es, daß alle Lämmer in der falschen Jahreszeit geboren wurden, Anfang März in einem blindmachenden Blizzard zur Welt kamen und die Mütter erfroren. Der edle Trevor schwang sich aufs Roß und ritt eilends durch die ganze County, von einer kleinen Siedlung zur anderen, und kaufte Babyflaschen und Nuckel, um die Waisenlämmer zu füttern.

Die fruchtbaren Niederungen um das Trevor-Haus waren jetzt schon seit Jahren an einen Gemüsefarmer verpachtet; das komfortable Haus mit seinem angebauten Billardzimmer – seinerzeit ein Wunder für jenen Teil der County – blieb geschlossen, seine Fenster mit Brettern vernagelt. Es stand auf einem runden Hügel, dahinter lag ein schönes Pappelwäldchen. Als Claude heute abend darauf zufuhr, sah der Hügel mit seinen hohen geraden Bäumen aus wie eine große, auf den Schnee gesetzte Pelzkappe.

«Wieso hat nicht schon längst jemand das Haus gekauft und renoviert?» fragte Enid. «Es gibt hier in der Gegend keinen vergleichbaren Baugrund. Er sieht aus wie der Ort, an dem der einflußreichste Bürger der Stadt wohnen müßte.»

«Ich bin froh, daß es dir gefällt, Enid», sagte Bayliss mit vorsichtiger Stimme. «Ich hatte selbst immer eine Vorliebe für das Anwesen. Diese Burschen da wollten es nie verkaufen. Aber jetzt muß der Nachlaß geregelt werden. Ich habe es gestern gekauft. Der Vertrag ist zur Unterschrift auf dem Weg nach Hartford.»

Enid wandte sich in ihrem Sitz um. «Oh, Bayliss, meinst du das ernst? Wenn man bedenkt, das Trevor-Anwesen so ohne weiteres zu kaufen, als sei es eine ganz gewöhnliche Immobilie! Wirst du das Haus renovieren und irgendwann da wohnen?»

«Ob ich da wohnen werde, weiß ich noch nicht. Zu Fuß ist es zu weit bis zu meinem Geschäft, und die Straße durch diese Niederung wird im Frühjahr ziemlich schlammig für ein Auto.»

«Aber es ist doch nicht weit, weniger als eine Meile. Wenn mir das gehören würde, dann würde ich mit Sicherheit niemand anders da wohnen lassen. Sogar Carrie erinnert sich daran. Sie fragt in ihren Briefen oft, ob schon jemand den Trevor-Besitz gekauft hat.»

Carrie Royce, Enids ältere Schwester, war Missionarin in China.

«Nun ja», gab Bayliss zu, «ich habe es nicht gerade als Investition gekauft. Ich habe bezahlt, was es wert ist.»

Enid wandte sich zu Gladys, die anscheinend nicht zuhörte.

«Du wärest diejenige, die ein Herrenhaus für Trevor Hill planen könnte, Gladys. Du hast immer so originelle Ideen.»

«Ja, Leute, die kein eigenes Haus besitzen, scheinen oft gute Ideen dafür zu haben», sagte Gladys ruhig. «Aber mir gefällt der Trevor-Besitz so, wie er ist. Für mich ist der Gedanke schrecklich, daß einer von ihnen tot ist. Man sagt, sie hätten hier oben so herrliche Zeiten verbracht.»

Bayliss knurrte. «Nenn es herrliche Zeiten, wenn du

willst. Die Kinder haben noch Whiskeyflaschen aus dem Keller gegraben, als ich zum erstenmal in die Stadt kam. Falls ich beschließe, da zu wohnen, werde ich natürlich diesen alten Schuppen abreißen und was Modernes hinstellen.» In der Öffentlichkeit verfiel er Gladys gegenüber häufig in diesen schroffen Ton.

Enid versuchte, den Fahrer ins Gespräch zu ziehen. «Es scheint hier eine Meinungsverschiedenheit zu geben, Claude.»

«Oh», sagte Gladys unbekümmert, «es ist Bayliss' Besitz oder wird es bald sein. Er wird bauen, was er möchte. Ich wußte schon immer, daß mir jemand diesen Ort wegnehmen würde, also bin ich darauf vorbereitet.»

«Ihn dir wegnehmen würde?» murmelte Bayliss verblüfft.

«Ja. Solange niemand ihn kaufte und verdarb, gehörte er mir ebenso wie jedem anderen.»

«Claude», sagte Enid scherzhaft, «jetzt haben deine beiden Brüder Häuser. Wo wirst du deines haben?»

«Ich weiß nicht, ob ich je eines haben werde. Ich denke, ich werde mich ein bißchen in der Welt herumtreiben, bevor ich meine Pläne mache», erwiderte er sarkastisch.

«Nimm mich mit, Claude!» sagte Gladys in einem Ton plötzlicher Müdigkeit. Dieses Murmeln ließ Enid vermuten, daß Bayliss unter der Büffeldecke Gladys' Hand gepackt hatte.

Bitterkeit hatte sich über die Schlittenpartie gelegt. Selbst Enid, deren Gespür für unausgesprochene Gefühle nicht gerade ausgeprägt war, bemerkte, daß eine unbehagliche Befangenheit herrschte. Ein scharfer Wind war aufgekommen. Bayliss schlug zweimal vor umzukehren, aber sein Bruder antwortete nur: «Bald» — und fuhr weiter. Er wollte, daß Bayliss genug davon kriegen sollte. Erst als Enid vorwurfsvoll flüsterte: «Ich glaube wirklich, wir sollten umkehren; uns allen wird kalt», wurde ihm klar, daß er aus seiner Schlittenpartie eine Strafe gemacht hatte! Es gab gewiß nichts, wofür Enid zu strafen war; sie hatte ihr Bestes getan und versucht, sein schlechtes Benehmen zu vertuschen. Er murmelte ihr eine tolpatschige Entschuldigung zu, als er sie am Mühlhaus vom Schlitten hob. Auf seiner langen Heimfahrt waren bittere Gedanken seine Begleiter.

Er war so zornig auf Gladys, daß er es nicht fertiggebracht hatte, ihr gute Nacht zu wünschen. Alles, was sie auf der Fahrt gesagt hatte, hatte ihn erzürnt. Wenn sie Bayliss heiraten wollte, dann müßte sie diese Neigung zu Freiheit und Unabhängigkeit abwerfen. Wenn sie es nicht wollte, warum nahm sie dann Gefälligkeiten von ihm an und ließ zu, daß er sich daran gewöhnte, wie selbstverständlich in ihr Haus zu marschieren und seine Pralinenschachtel auf den Tisch zu legen wie alle Burschen in Frankfort, die auf Freiersfüßen gingen? Sie konnte sich doch bestimmt nicht einreden, daß ihr seine Gesellschaft gefiel!

Als seine Klassenkameradin an der High-School von Frankfort war Gladys in ästhetischen Belangen Claudes Stellvertreterin gewesen. Für einen Jungen war es unangemessen, allzu sauber zu sein oder zu sehr auf seine Kleidung und Manieren zu achten. Wenn er aber ein Mädchen erwählte, das in dieser Hinsicht untadelig war, mit ihr sein Latein lernte und seine Chemieversuche machte, dann wurden all ihre persönlichen Vorzüge ihm selbst hoch angerechnet. Gladys schien die Ehre zu würdigen, die Claude ihr erwies, und nicht allein um ihrer selbst willen trug sie so schön gebügelte Musselinkleider, wenn sie auf botanische Exkursionen gingen.

Auf der Rückfahrt von jener elenden Schlittenpartie sagte sich Claude, daß er im Hinblick auf Gladys einsehen müßte, auf ganzer Linie «reingelegt» worden zu sein. Er hatte an ihr Feingefühl geglaubt, vorbehaltlos geglaubt. Jetzt wußte er, daß es so fein auch nicht war, um nicht weggesteckt zu werden, wenn für sie Vorteile dabei heraussprangen. Aber auch, als er sich das immer wieder vorsagte, blieb sein altes Bild von Gladys unten am Grunde seines Geistes hartnäckig unverändert. Doch machte das seinen Gefühlszustand nur um so schmerzlicher. Er war tiefverletzt – und aus irgendeinem Grunde fühlt sich Jugend, die verletzt ist, leicht betrogen.

ZWEITES BUCH

Enid

1

Eines Nachmittags in jenem Frühling saß Claude auf der langen Flucht von Granitstufen, die zum Parlamentsgebäude von Denver hinaufführt. Er hatte sich im Kapitol die Sammlung der Überreste von den Felsenbewohnern angesehen, und als er ins Sonnenlicht hinauskam, stieg ihm der schwache Duft frischgeschnittenen Grases in die Nase und verführte ihn zum Bleiben. Die Anlagen wurden von den Gärtnern ein erstes Mal leicht übergemäht. Auf allen Rasenflächen des Hügels leuchteten Narzissen und Hyazinthen. Ein süßer warmer Wind wehte über das Gras und trocknete die Wassertropfen. Am Nachmittag hatte es Schauer gegeben, und wo sich der Himmel durch die Massen rasch ziehender Wolken zeigte, war er noch immer von einem zarten, regnerischen Blau.

Claude war fast einen Monat von zu Hause fortgewesen. Sein Vater hatte ihn auf einen Besuch zu Ralph und der neuen Ranch geschickt, und von dort war er nach Colorado Springs und Trinidad weitergefahren. Er hatte das Reisen genossen, aber nun, da er wieder in Denver war, hatte er jenes Gefühl von Einsamkeit, das Landjungen häufig in der Stadt überkommt; das Gefühl, mit nichts verbunden zu sein, niemandem etwas zu bedeuten. Er war durch Colorado Springs gewandert und hatte gewünscht, er würde einige der Leute kennen, die in den Häusern ein und aus gingen; gewünscht, er könnte mit einigen jener hübschen Mädchen reden, die er in ihren Autos durch die Straßen fahren sah, nur, um ein paar Worte zu wechseln. Eines Morgens, als er draußen in den Hügeln spazierenging, fuhr ein Mädchen an ihm vorüber, verlangsamte dann seine Fahrt und fragte, ob es ihn mitnehmen könne. Claude hätte gesagt, daß sie genau die Sorte Mädchen sei, die niemals anhalten und ihn auflesen würde – trotzdem tat sie es und plauderte den ganzen Weg zur Stadt äußerst liebenswürdig mit ihm. Es dauerte nur etwa zwanzig Minuten, wog aber alles andere auf, was sonst auf seiner Reise geschah. Als sie fragte, wo sie ihn absetzen könne, sagte er, am Antlers, und errötete so heftig, daß sie sofort wußte, daß er dort nicht wohnte.

An diesem Nachmittag fragte er sich, wie viele entmutigte junge Männer schon hier auf den Kapitolstufen gesessen und zugesehen haben mochten, wie die Sonne hinter den Bergen unterging. Alle sagten, es sei schön, jung zu sein; aber es war auch schmerzhaft. Er glaubte nicht, daß ältere Leute je so todunglücklich waren. Dort drüben im goldenen Licht teilte sich die Bergmasse in vier Einzelketten, und als die Sonne tiefer sank, tauchten die Gipfel einer nach dem anderen perspektivisch auf. Es war eine einsame Pracht, die den Schmerz in seiner Brust nur noch verstärkte. Was war nur mit ihm los, fragte er sich flehentlich. Er mußte diese Frage beantworten, bevor er wieder nach Hause fuhr.

Die Statue von Kit Carson zu Pferde unten auf dem Platz wies nach Westen; aber es gab in dem Sinne keinen Westen mehr. Es gab immer noch Südamerika; vielleicht konnte man unterhalb der Landenge etwas finden. Hier schloß sich der Himmel wie ein Deckel über der Welt; seine Mutter vermochte dahinter Heilige und Märtyrer auszumachen.

Nun, mit der Zeit würde er über all dies hinwegkommen, nahm er an. Sogar sein Vater war als junger Mann rastlos gewesen und in ein neues Land fortgelaufen. Es war ein Sturm, der sich schließlich legte, aber welch ein Jammer, nichts damit anzufangen! Eine Kraftvergeudung – denn es war eine Art Kraft; er sprang auf die Füße und stand mit gerunzelter Stirn vor dem rötlichen Licht, so tief in seine eigenen widerstreitenden Gedanken versunken, daß er nicht bemerkte, wie ein Mann, der von den unteren Terrassen heraufstieg, stehenblieb, um ihn zu betrachten.

Der Fremde musterte Claude interessiert. Er sah einen jungen Mann, der barhäuptig mit geballten Fäusten in einer erstarrten Bewegung auf der langen Stufenflucht stand – sein sandfarbenes Haar, sein gebräuntes Gesicht, seine angespannte Gestalt kupferfarben in den schrägen Strahlen. Claude wäre erstaunt gewesen, hätte er gewußt, welchen Eindruck dieser Fremde von ihm hatte.

2

Am nächsten Morgen stieg Claude in Frankfort aus dem Zug und frühstückte im Bahnhofsrestaurant, bevor die Stadt erwachte. Seine Familie erwartete ihn nicht, also dachte er, er würde zu Fuß nach Hause gehen und an der Mühle haltmachen, um Enid Royce zu besuchen. Schließlich sind alte Freunde die besten.

Er verließ die Stadt auf der unteren Straße, die sich am Fluß entlangwand. Die Weiden trugen alle junges gelbes Laub, und die klebrigen Pappelknospen waren kurz vor dem Aufspringen. Vögel riefen überall, und dann und wann blitzte durch die dichtbelaubten Weidenruten der leuchtende Flügel eines Kardinalvogels.

Über all den staubigen, hellbraunen Weizenfeldern lag ein zarter grüner Nebel – Millionen kleiner Finger, die hinauflangten und leise im Sonnenlicht winkten. Nach Norden und Süden hin konnte Claude die Maispflanzer sehen, die sich in geraden Linien über die braunen Fluren bewegten, deren Erde so fein geeggt war, daß sie in Staubwolken an den Straßenrand wehte. Wenn sich eine Windbö erhob, kamen lustige, kleine Wirbelstürme über die offenen Felder, Korkenzieher aus Pudererde, die sich durch die Luft drehten und plötzlich wieder zusammenfielen. Es schien, als säße auf jedem Zaunpfahl eine Lerche und singe für alles, was stumm war: für die ausgedehnten, gepflügten Äcker und die schweren Pferde in den Reihen und die Männer, welche die Pferde führten.

Entlang den Straßenrändern unter dem toten Unkraut und den Büscheln getrockneten Bartgrases streckten die Löwenzahne ihre klaren, leuchtenden Gesichter hervor. Trat Claude zufällig auf einen, ließ der bittere Geruch ihn an Mahailey denken, die wahrscheinlich an diesem Morgen schon draußen gewesen war und mit ihrem zerbrochenen Schlachtermesser die Soden ausgestochen und Löwenzahngrün in ihre Schürze gestopft hatte. Sie ging immer mit einem Gebaren von Heimlichkeit Grünzeug holen, schlich sich sehr früh die Straßenränder entlang, tief zu Boden gebeugt, als könnte sie entdeckt und fortgejagt werden, oder als seien die Löwenzahne etwas Wildes, das man im Schlaf überraschen müßte.

Claude dachte beim Gehen daran, wie gern er früher mit seinem Vater zum Müller gegangen war. Der ganze Mahlvorgang war für ihn damals geheimnisvoll; und das Mühlhaus und die Müllersfrau waren geheimnisvoll; sogar Enid ein wenig – bis er sie ins helle Sonnenlicht zwischen die Rohrkolben herunterholte. Sie spielten gewöhnlich in den Tonnen mit glattem Weizen, sahen zu, wie das Mehl aus dem Rundsichter kam, und ließen sich mit weißem Staub bedecken.

Am liebsten aber mochte er dort hineingehen, wo das Wasserrad tropfend in seiner dunklen Höhle hing und zitternde Streifen Sonnenlicht durch die Spalten eindrangen, um auf dem grünen Schleim und dem fleckigen Springkraut zu spielen, das im Schiefer wuchs. Die Mühle war ein Ort scharfer Kontraste: helle Sonne und tiefer Schatten, donnernder Klang und lastende, tropfende Stille. Er entsann sich, wie erstaunt er eines Tages war, als er Mr. Royce in Handschuhen und Schutzbrille beim Reinigen der Mühlsteine antraf und entdeckte, wie harmlos sie aussahen. Der Müller schlug mit einem scharfen Hammer auf sie ein, bis die Funken stoben, und Claude hatte immer noch einen blauen Fleck auf der Hand, wo ihm ein Feuersteinsplitter unter die Haut gedrungen war, als er zu nahe kam.

Jason Royce mußte seine Mühle aus Sentimentalität weitergeführt haben, denn jetzt warf sie nicht mehr viel Profit ab. Aber das Mahlen war sein erstes Geschäft gewesen, und er hatte in seinem Leben nicht viel gefunden, das ihn hätte sentimental stimmen können. Manchmal traf man ihn immer noch in seiner staubigen Müllerkleidung an, wenn er seinem Gehilfen einen freien Tag gegeben hatte. Schon seit langem hatte er sich vom Steigen und Fallen des Lovely Creek als Energielieferanten unabhängig gemacht und einen Benzinmotor eingebaut. Der alte Damm vom Mühlenwehr lag nun da «wie'n hohler Zahn», wie einer seiner Männer sagte, von Unkraut und Weidengebüsch überwachsen.

Die Familienangelegenheiten von Mr. Royce waren nie so gut gelaufen wie seine Geschäfte. Nie war er mit einem Sohn gesegnet worden, und von seinen fünf Töchtern hatte er nur zwei großziehen können. Die Leute hielten das Mühlhaus für feucht und ungesund. Erst als Mr. Royce ein Mietcottage gebaut und einen verheirateten Mann als Mühlbescheider eingestellt hatte, konnte er seine Müllersknechte für längere Zeit halten. Sie beklagten sich über die Düsternis des Hauses und sagten, sie bekämen nie genug zu essen. Mrs. Royce reiste jeden Sommer in ein vegetarisches Sanatorium nach Michigan, wo sie lernte, von Nüssen und geröstetem Getreide zu leben. Natürlich bereitete sie das Essen für ihre Familie, aber tagsüber gab es nie eine Mahlzeit, auf die ein Mann sich freuen oder zu der er sich zufrieden niedersetzen konnte. Mr. Royce speiste gewöhnlich im Stadthotel. Dennoch zeichnete sich seine Frau durch gewisse kulinarische Hochleistungen aus. Ihr Brot war tadellos. Wenn ein Gemeindeessen bevorstand, wurde sie stets um ihre hervorragende Salatmayonnaise oder ihren Kokoskuchen gebeten – mit Sicherheit der leichteste und lockerste in jeder Kuchenkollektion.

Eine tiefe Besorgnis um ihre Gesundheit ließ Mrs. Royce

einer Frau gleich werden, die einen verborgenen Kummer hatte oder von einer verzehrenden Reue gequält wurde. Das hüllte sie in eine Art Gefühllosigkeit. Sie lebte anders als andere Leute, und das machte sie mißtrauisch und reserviert. Nur wenn sie im Sanatorium unter der Obhut ihres vergötterten Arztes war, fühlte sie sich verstanden und von Sympathie umgeben. Ihr Mißtrauen hatte sich ihren Töchtern mitgeteilt und auf zahllosen winzigen Wegen deren Ansichten über das Leben geprägt. Sie wuchsen unter dem Schatten des «Andersseins» heran und schlossen keine engen Freundschaften. Gladys Farmer war das einzige Mädchen aus Frankfort, das je des öfteren das Mühlhaus aufgesucht hatte. Es überraschte niemanden, daß Caroline Royce, die ältere Tochter, als Missionarin nach China ging, oder daß ihre Mutter sie ohne Einwand gehen ließ. Die Royce-Frauen waren sowieso seltsam, sagten die Leute, und als Carrie fort war, hofften sie, aus Enid würde ein Mädchen werden, das den anderen ähnlicher war. Sie kleidete sich gut, kam oft mit ihrem Auto in die Stadt und war stets bereit, Arbeiten für die Kirche oder die öffentliche Bibliothek zu übernehmen.

Im übrigen galt Enid in Frankfort als sehr hübsch – was sie an sich schon menschlicher machte. Sie war schlank, hatte einen wohlgeformten Kopf, eine glatte blasse Haut und große, dunkle, undurchsichtige Augen mit dichten Wimpern. Die lange Linie vom Ohrläppchen zur Kinnspitze verlieh ihrem Gesicht etwas Strenges, doch für die alten Damen, die in solchen Dingen ja die besten Kritiker sind, bedeutete dies Festigkeit und Würde. Sie bewegte sich rasch und graziös und streifte die Dinge eher, als sie zu berühren, so daß ihre schmale Gestalt den Eindruck von

Flucht erweckte, von Fortgleiten aus ihrer Umgebung. Wenn die Sonntagsschule «Tableaux vivants» darstellte, wurde Enid für die Nydia ausgewählt, das blinde Mädchen aus Pompeji, und für die Märtyrerin in «Christus oder Diana». Die Blässe ihrer Haut, die demütige Neigung ihrer Stirn und die dunklen unveränderlichen Augen gemahnten jeden an etwas «Frühchristliches».

Als Claude Wheeler an diesem Maimorgen die Mühlenstraße hinaufgeschlendert kam, stand Enid im Garten neben einem Weinspalier, das nahe beim Zaun, außerhalb des dichten Schattens der Bäume errichtet war. Sie harkte die am Vortag umgegrabene Erde und zog Furchen für Samen. Von der Straßenbiegung aus, unten bei den knorrigen alten Weiden, sah Claude ihr gestärktes rosa Kleid und ihre kleine weiße Sonnenhaube. Er beeilte sich.

«Hallo, was ackerst du?» rief er, als er an den Zaun kam.

Enid, die sich in dem Augenblick gerade bückte, richtete sich rasch auf, doch ohne zusammenzufahren. «Oh, Claude! Ich dachte, du seist irgendwo draußen im Westen. Ist das aber eine Überraschung!» Sie wischte sich die Erde von den Händen und reichte ihm ihre weichen weißen Finger. Ihre bloßen Unterarme waren dünn und sahen kalt aus, als habe sie zu früh ein Sommerkleid angezogen.

«Ich bin gerade heute morgen zurückgekommen. Ich gehe zu Fuß nach Hause. Was pflanzt du da?»

«Wicken.»

«Deine sind immer die schönsten der ganzen Gegend. Wenn ich in der Kirche oder sonst irgendwo einen Strauß von deinen sehe, erkenne ich sie immer.»

«Ja, meine Wicken gelingen mir ziemlich gut, der Boden hier ist fruchtbar, und sie bekommen reichlich Sonne.»

«Es sind nicht nur deine Wicken. Niemand hat solchen Flieder oder solche Kletterrosen, und ich nehme an, du hast den einzigen Glyzinienstock in Frankfort County.»

«Mutter hat ihn vor langer Zeit gepflanzt, als sie damals hierherzog. Sie hat eine Vorliebe für Glyzinien. Ich fürchte, wir werden ihn in einem dieser harten Winter verlieren.»

«Ach, das wäre ein Jammer! Paß gut auf ihn auf. Du mußt jedenfalls eine Menge Zeit für die Pflege von alldem hier aufbringen.» Er sagte das voller Bewunderung.

Enid lehnte sich an den Zaun und schob ihre kleine Haube zurück. «Vielleicht interessiere ich mich mehr für Blumen als für Menschen. Ich beneide dich oft, Claude; du hast so viele Interessen.»

Er errötete. «Ich? Du meine Güte, ich habe nicht viele! Ich bin ein schrecklich unzufriedener Kerl. Ich bin ungern zum College gegangen, bis ich aufhören mußte, und dann war ich sauer, weil ich nicht zurück durfte. Ich glaube, ich habe deswegen den ganzen Winter geschmollt.»

Sie blickte ihn mit ruhigem Erstaunen an. «Ich sehe nicht ein, weshalb du unzufrieden sein solltest; du bist doch so frei.»

«Wieso, bist du nicht auch frei?»

«Nicht um das zu tun, was ich möchte. Das einzige, was ich wirklich tun möchte, ist, nach China zu gehen und Carrie bei ihrer Arbeit zu helfen. Mutter meint, ich sei nicht stark genug. Aber Carrie war auch nie besonders stark gewesen. In China geht es ihr jetzt besser, und ich denke, mir könnte es auch so gehen.»

Claude war besorgt. Er hatte Enid seit der Schlittenfahrt, auf der sie fröhlicher gewesen war als sonst, nicht mehr gesehen. Nun schien sie in tiefe Mattigkeit gesunken zu sein. «Solche Vorstellungen mußt du überwinden, Enid. Du möchtest doch nicht einfach so alleine davongehen. Davon wird man sonderbar. Gibt es nicht auch hier reichlich Missionsarbeit zu leisten?»

Sie seufzte. «Das sagen alle. Aber wir alle haben eine Chance, wenn wir sie ergreifen. Da draußen haben sie keine. Es ist schrecklich, an all die Millionen zu denken, die in Dunkelheit leben und sterben.»

Claude blickte zum düsteren, zwischen den Zedern verborgenen Mühlhaus hinauf und von da über die hellen, staubigen Felder. Er fühlte sich, als sei er ein wenig mitschuldig an Enids Melancholie. In diesem letzten Jahr hatte er sich nicht sehr nachbarschaftlich verhalten. «Menschen können auch hier in Dunkelheit leben, wenn sie nicht dagegen ankämpfen. Sieh doch mich an. Ich hab' dir gesagt, ich habe den ganzen Winter Trübsal geblasen. Wir fühlen uns alle einigermaßen befreundet, aber wir trotten einfach weiter und kommen nie zusammen. Wir beide sind alte Freunde, und trotzdem sehen wir uns kaum. Mutter sagt, du hast seit zwei Jahren versprochen, mal bei ihr auf einen Besuch vorbeizukommen. Warum kommst du nicht? Sie würde sich freuen.»

«Dann werde ich es tun. Ich habe deine Mutter immer gern gehabt.» Sie schwieg einen Augenblick und drehte geistesabwesend an den Bändern ihrer Haube, zog sie dann mit einem Ruck vom Kopf und sah ihn im hellen Licht offen an. «Claude, du bist doch nicht ernstlich Freidenker geworden, oder?»

Er lachte laut auf. «Wie kommst du denn bloß darauf?»

«Jeder weiß, daß Ernest Havel einer ist, und die Leute

sagen, daß ihr beide solche Bücher zusammen gelesen habt.»

«Hat das etwas mit unserer Freundschaft zu tun?»

«Ja, das hat es. Ich könnte dir nicht mehr in derselben Weise vertrauen. Ich habe mir ziemlich viele Sorgen darüber gemacht.»

«Na, das kannst du einfach sein lassen. Außerdem bin ich es nicht wert», sagte er rasch.

«O, doch, das bist du! Wenn es nur etwas nützen würde, sich Sorgen zu machen...» Sie sah ihn mit vorwurfsvollem Kopfschütteln an.

Claude ergriff die Zaunpfähle zwischen ihnen mit beiden Händen. «Es wird etwas nützen! Hab' ich dir nicht gesagt, daß es auch hier reichlich Missionsarbeit zu leisten gibt. Warst du deswegen in den letzten Jahren so abweisend zu mir, weil du dachtest, ich sei Atheist?»

«Du weißt, ich mochte Ernest Havel nie», murmelte sie.

Als Claude die Mühle verließ und sich auf den Heimweg machte, spürte er, daß er etwas gefunden hatte, was ihm über den Sommer helfen würde. Welch ein Glück hatte er gehabt, daß er Enid allein angetroffen und ohne Unterbrechung mit ihr geredet hatte – ohne auch nur einmal Mrs. Royces puderstarres Gesicht hinter einer der heruntergezogenen Jalousien zu ihm herüberspähen zu sehen. Mrs. Royce hatte immer alt ausgesehen, selbst vor langer Zeit, als sie mit ihren beiden kleinen Mädchen noch in die Kirche kam – eine winzige Frau in winzigen hochhackigen Schuhen und einem großen Hut mit nickenden Federn, ihr schwarzes Kleid bedeckt von schwarzen Glas- und Jettperlen, die glitzerten und rasselten und sie von außen hart erscheinen ließen wie ein Insekt.

Ja, er mußte dafür sorgen, daß Enid öfter ausfuhr und mehr von anderen Leuten sah. Sie verbrachte zu viel Zeit mit ihrer Mutter und mit ihren Gedanken. Blumen und Auslandsmissionen – ihr Garten und das große Kaiserreich China; es war etwas Ungewöhnliches und Rührendes an ihren Beschäftigungen. Auch etwas sehr Bezauberndes. Frauen sollten religiös sein; Glaube war der natürliche Duft ihres Geistes. Je unglaublicher das war, woran sie glaubten, desto reizender war der Akt des Glaubens. Für ihn war das Geschehen in «Paradise Lost» ebenso mythisch wie die «Odyssee»; doch wenn seine Mutter ihm daraus vorlas, war es nicht nur schön, sondern auch wahr. Eine Frau, die niemals erhabene Gedanken über ferne mysteriöse Dinge hegte, wäre prosaisch und gewöhnlich wie ein Mann.

3

In den nächsten Wochen fuhr Claude an den schönen Abenden oft zum Mühlhaus hinunter und überredete Enid dazu, mit ihm nach Frankfort zu kommen und einen Film anzusehen oder in eine Nachbarstadt zu fahren. Diese Form des Zusammenseins hatte den Vorteil, daß die eigene Konversationsfähigkeit nicht allzusehr strapaziert wurde. Enid konnte bewundernswert schweigsam sein, und Schweigen oder Reden brachte sie nie in Verlegenheit. Sie war in jeder Situation kühl und selbstsicher, und das war der Grund, weshalb sie so gut Auto fuhr – viel besser sogar als Claude.

Eines Sonntags, als sie sich nach der Kirche trafen, sagte

sie zu Claude, sie wolle nach Hastings fahren, um einige Besorgungen zu machen, und sie verabredeten, daß er sie am Dienstag in seines Vaters großem Wagen hinbringen sollte. Die Stadt lag etwa siebzig Meilen nordöstlich, und mit dem Zug von Frankfort war es eine umständliche Reise.

Am Dienstagmorgen kam Claude beim Mühlhaus an, als gerade die Sonne über den feuchten Feldern aufging. Enid erwartete ihn auf der Vorderveranda in einem schweren Wollmantel über ihrem Frühjahrskostüm. Sie lief zum Tor hinunter und schlüpfte auf den Sitz neben ihm.

«Guten Morgen, Claude. Noch niemand ist auf. Es wird ein herrlicher Tag, nicht?»

«Phantastisch. Ein bißchen warm für diese Jahreszeit. Du wirst den Mantel nicht lange brauchen.»

In der ersten Stunde waren die Straßen leer. Alle Felder waren grau vom Tau, und das frühe Sonnenlicht brannte mit der durchsichtigen Helligkeit eines gerade entfachten Feuers über der Landschaft. Während der Motor die Meilen geräuschlos abspulte, wurde der Himmel tiefer und blauer, und die Blumen am Straßenrand öffneten sich im nassen Gras. Jetzt waren auf jedem Hügel Männer und Pferde zu sehen. Bald darauf kamen sie an den ersten Kindern auf dem Schulweg vorbei, die stehenblieben und den beiden Reisenden mit ihren hellglänzenden Brotbüchsen zuwinkten. Um zehn waren sie in Hastings.

Während Enid Besorgungen machte, kaufte Claude weiße Schuhe und Leinenhosen. Ihn interessierte seine Sommerkleidung mehr als üblich. Sie trafen sich im Hotel zum Mittagessen, beide sehr hungrig und beide sehr zufrieden mit ihrem Morgenwerk. Als Claude im Speiseraum saß, Enid ihm gegenüber, dachte er, daß sie überhaupt nicht aussähen wie zwei Landtölpel, die in die Stadt gekommen seien, sondern wie erfahrene Leute, die in ihrem Auto reisten.

«Kommst du nach dem Essen mit mir auf einen Besuch?» fragte sie, während sie auf das Dessert warteten.

«Ist es jemand, den ich kenne?»

«Sicher. Bruder Weldon ist in der Stadt. Seine Versammlungen sind vorbei, und ich hatte befürchtet, er könnte schon fort sein, aber er bleibt noch ein paar Tage bei Mrs. Gleason. Ich habe ein paar Briefe von Carrie für ihn zum Lesen mitgebracht.»

Claude verzog das Gesicht. «Er wird nicht entzückt sein, mich zu sehen. Wir sind am College nie gut miteinander ausgekommen. Als Lehrer ist er ein echter Schwätzer, wenn du es wissen willst», fügte er entschlossen hinzu.

Enid musterte ihn kritisch. «Es überrascht mich, das zu hören; er ist ein so guter Redner. Du solltest besser mitkommen. Es ist so töricht, deinem ehemaligen Lehrer die kalte Schulter zu zeigen.»

Eine Stunde später empfing Reverend Arthur Weldon die beiden jungen Leute in Mrs. Gleasons halbabgedunkeltem Salon, in dem er ebenso zu Hause zu sein schien wie jene Dame selbst. Nachdem die Gastgeberin einige Augenblicke freundlich mit den Besuchern geplaudert hatte, entschuldigte sie sich, um zu einer PEO-Versammlung zu gehen. Alle erhoben sich, als sie aufbrach, und Mr. Weldon näherte sich Enid, nahm ihre Hand und sah sie mit geneigtem Kopf und seinem schiefen Lächeln an. «Es ist eine unerwartete Freude, Sie wiederzusehen, Miss Enid. Und Sie auch, Claude», sich letzterem ein wenig zuwendend.

«Sie sind an diesem schönen Tag aus Frankfort heraufgekommen?» Sein Ton schien zu sagen: «Wie wunderbar für euch!»

Er richtete die meisten seiner Bemerkungen an Enid und vermied, wie immer, Claude anzusehen, außer wenn er ihn eindeutig ansprach.

«Sie arbeiten dieses Jahr auf der Farm, Claude? Ich nehme an, Ihr Vater wird damit sehr zufrieden sein. Und Mrs. Wheeler geht es gut?»

Mr. Weldon hegte gewiß keinen Groll gegen ihn, aber er sprach Claudes Namen aus wie «Clod», was ihn ärgerte. Um ehrlich zu sein, Enid sprach seinen Namen genauso aus, aber entweder bemerkte Claude es nicht, oder es machte ihm bei ihr nichts aus. Er sank in ein tiefes, dunkles Sofa, mit seiner Automütze auf dem Knie, während Bruder Weldon einen Stuhl an das offene Fenster des düsteren Zimmers zog und anfing, Carrie Royces Briefe zu lesen. Ohne darum gebeten worden zu sein, las er sie vor und hielt hin und wieder inne, um sie zu kommentieren. Claude beobachtete enttäuscht, daß Enid seine Platitüden ebenso begierig aufnahm wie Mrs. Wheeler. Er hatte nie zuvor Weldon so lange betrachtet. Das Licht fiel voll auf den birnenförmigen Kopf des jungen Mannes und sein dünnes gewelltes Haar. Was um alles in der Welt konnten vernünftige Frauen wie seine Mutter und Enid Royce an diesem säuselnden Weißkragen bewundernswert finden? Enids dunkle Augen ruhten auf ihm mit einem Ausdruck tiefen Respekts. Wie sie so zu ihm sprach und ihn anblickte, zeigte sie mehr Gefühl, als sie Claude je erwiesen hatte.

«Sehen Sie, Bruder Weldon», sagte sie ernst, «es zieht

mich von Natur aus nicht sehr zu Menschen. Es fällt mir schwer, mich so für die Kirchenarbeit zu Hause zu interessieren, wie es sein sollte. Ich habe mich wohl immer für die Arbeit im Ausland bereitgehalten – ich meine, indem ich keine persönlichen Bindungen eingegangen bin. Wenn Gladys Farmer nach China gehen würde, dann würde jeder sie vermissen. Sie könnte an der High-School niemals ersetzt werden. Sie hat eine Art Magnetismus, der die Leute anzieht. Aber ich habe mich immer freigehalten, um zu tun, was Carrie tut. Ich weiß, da könnte ich nützlich sein.»

Claude sah, daß es Enid nicht leichtfiel, so zu sprechen. Ihr Gesicht sah besorgt aus, und ihre Augenbrauen trafen sich in einem spitzen Winkel, während sie versuchte, dem jungen Prediger genau zu erklären, was in ihrem Geist vorging. Er hörte mit seiner üblichen, lächelnden Aufmerksamkeit zu, glättete dabei das Papier der gefalteten Briefseiten und murmelte: «Ja, ich verstehe. Wirklich, Miss Enid?»

Als sie auf seinen Rat drängte, sagte er, es sei nicht immer leicht zu wissen, in welchem Bereich man am nützlichsten sein könne; vielleicht gäbe ihr gerade diese Einschränkung einige spirituelle Disziplin, die sie besonders brauchte. Er hütete sich davor, sich festzulegen, bedingungslos etwas anzuraten außer das Gebet.

«Ich glaube, daß uns alles im Gebet klargemacht wird, Miss Enid.»

Enid faltete ihre Hände; ihre Verwirrung ließ ihre Züge schärfer erscheinen. «Aber gerade wenn ich bete, fühle ich diesen Ruf am stärksten. Es ist, als würde mich ein Finger nach dort drüben weisen. Manchmal, wenn ich in Kleinigkeiten um Rat bitte, bekomme ich keinen, sondern nur das Gefühl, daß meine Arbeit weit weg liegt und daß mir die Kraft dafür gegeben würde. Bis ich diesen Weg einschlage, verweigert sich mir Christus.»

Mr. Weldon antwortete ihr in erleichtertem Ton, als sei etwas Dunkles geklärt worden. «Wenn das der Fall ist, Miss Enid, dann brauchen wir uns, glaube ich, keine Sorgen zu machen. Wenn der Ruf zu Ihnen im Gebet wiederkehrt und es der Wille unseres Heilands ist, dann können wir sicher sein, daß Mittel und Wege enthüllt werden. In diesem Moment fällt mir eine Bibelstelle aus einem Propheten ein: ‹Und siehe, ein Weg wird sich vor deinen Füßen auftun; wandle auf ihm.› Wir könnten sagen, daß dieses Versprechen eigentlich für Enid Royce bestimmt war! Ich glaube, es gefällt Gott, wenn wir seine Bibelworte auf uns selbst anwenden.» Diese letzte Bemerkung wurde spielerisch vorgebracht, als sei sie eine Art christlicher Erbauungswitz. Er erhob sich und reichte Enid die Briefe. Das Gespräch war beendet.

Während Enid ihre Handschuhe anzog, sagte sie ihm, daß es ihr eine große Hilfe gewesen sei, mit ihm zu sprechen, und daß er ihr immer zu geben schien, was sie brauchte. Claude fragte sich, was das sei. Er hatte Weldon nichts weiter tun sehen, als vor ihren eindringlichen Fragen zurückzuweichen. Er, ein «Atheist», hätte ihr stärkere Unterstützung bieten können.

Claudes Auto stand unter den Ahornbäumen vor Mrs. Gleasons Haus. Bevor sie einstiegen, machte er Enid auf drohende Gewitterwolken im Westen aufmerksam.

«Das sieht mir nach einem Unwetter aus. Es wäre vielleicht ratsam, heute nacht im Hotel zu bleiben.»

«O nein! Das möchte ich nicht. Ich bin nicht darauf vorbereitet.»

Er wies sie darauf hin, daß es nicht unmöglich sei zu kaufen, was sie für die Nacht brauchte.

«Ich mag nicht ohne meine eigenen Sachen an einem fremden Ort bleiben», sagte sie entschieden.

«Ich fürchte, wir werden direkt hineinfahren. Uns könnte etwas ziemlich Unangenehmes bevorstehen – aber ganz wie du willst.» Er zögerte immer noch, die Hand auf der Wagentür.

«Ich denke, wir sollten es lieber versuchen», sagte sie mit ruhiger Entschlossenheit. Claude hatte noch nicht gelernt, daß Enid sich immer dem Unerwarteten widersetzte und nicht ertragen konnte, daß ihre Pläne von Menschen oder Umständen durchkreuzt wurden.

Eine Stunde lang fuhr er mit höchster Geschwindigkeit und beobachtete besorgt die Wolken. Das Flachland leuchtete von Horizont zu Horizont im Sonnenlicht, nur der Himmel selbst schien noch strahlender wegen der Schwaden purpurnen Dunstes, hell wie frischgeschnittenes Blei an ihren Rändern, die im Westen heranrollten. Er hatte etwa fünfzig Meilen zurückgelegt, als die Luft plötzlich kalt wurde, und in zehn Minuten war der ganze leuchtende Himmel ausgelöscht. Er sprang zu Boden und begann, seine Räder hochzukurbeln. Sobald ein Rad freischwebte, legte Enid die Kette an. Claude sagte ihr, er habe noch nie zuvor so schnell die Ketten angelegt. Er bedeckte die Pakete auf dem Rücksitz mit einem Wachstuch und fuhr voran, dem Unwetter entgegen.

Der Regen fegte über sie, schien gleichzeitig aus den Grassoden aufzusteigen und aus den Wolken zu stürzen.

Sie legten weitere fünf Meilen zurück, Pfützen durchpflügend und über aufgelöste Straßen schlitternd. Plötzlich sprang der schwere Wagen samt Ketten und allem eine halbmeterhohe Böschung hinauf, schoß ein Dutzend Meter über das Gras, bevor die Bremsen griffen, schwang dann in einem Halbkreis herum und stand still. Enid saß ruhig und bewegungslos da.

Claude holte tief Luft. «Wenn das an einem Straßengraben passiert wäre, dann lägen wir jetzt drin, das Auto auf uns. Ich kann das Ding einfach nicht lenken. Der ganze Boden ist lose, und da ist nichts, was Halt gibt. Das ist Tommy Rices Haus da drüben. Wir lassen uns besser von ihm über Nacht unterbringen.»

«Aber das wäre schlimmer als das Hotel», wandte Enid ein. «Die Leute sind nicht sauber, und da sind eine Menge Kinder.»

«Lieber beengt als tot», murmelte er. «Ab hier wäre es reine Glückssache. Wir könnten weiß Gott wo landen.»

«Wir sind nur etwa zehn Meilen von eurem Haus entfernt. Ich kann heute nacht bei deiner Mutter bleiben.»

«Es ist zu gefährlich, Enid. Mir gefällt die Verantwortung nicht. Dein Vater würde mir Vorwürfe machen, wenn ich ein solches Risiko einginge.»

«Ich weiß, du bist meinetwegen nervös.» Enid redete ganz vernünftig. «Läßt du mich eine Weile fahren? Es bleiben nur noch drei schlimme Hügel, und ich denke, ich kann sie seitwärts hinunterschlittern; ich hab' das oft ausprobiert.»

Claude stieg aus und ließ sie auf seinen Sitz schlüpfen, aber nachdem sie das Lenkrad ergriffen hatte, legte er seine Hand auf ihren Arm. «Tu nichts Verrücktes», bat er.

Enid lächelte und schüttelte den Kopf, liebenswürdig, aber unnachgiebig.

Er verschränkte die Arme. «Fahr weiter!»

Er war verärgert über ihre Sturheit, mußte aber die Geschicklichkeit bewundern, mit der sie den Wagen handhabte. Am Fuß eines der schlimmsten Hügel befand sich ein neuer, mit flüssigem Schlamm überlagerter Zementabfluß, wo die Ketten nirgends greifen konnten. Der Wagen rutschte an den Rand des Grabens und hielt genau an der Kante. Während sie sich die andere Seite des Hügels hocharbeiteten, bemerkte Enid: «Ein Glück, daß dein Anlasser gut funktioniert; ein kleiner Ruck hätte uns umgeworfen.»

Sie hielten kurz vor dem Dunkelwerden an der Wheeler-Farm, und Mrs. Wheeler kam mit einem Gummimantel über dem Kopf zu ihnen hinausgelaufen.

«Ihr armen ertränkten Kinder!» rief sie und nahm Enid in die Arme. «Wie seid ihr bloß nach Hause gekommen? Ich hatte so gehofft, ihr würdet in Hastings bleiben.»

«Es war Enid, die uns nach Hause gebracht hat», erklärte ihr Claude. «Sie ist ein gräßlich tollkühnes Mädchen, und jemand sollte sie zusammenstauchen, aber sie ist eine prächtige Fahrerin.»

Enid lachte, während sie eine nasse Locke aus ihrer Stirn zurückstrich. «Du hattest natürlich recht; das Vernünftigste wäre gewesen, bei den Rices einzukehren; nur wollte ich nicht.»

Später am Abend war Claude froh, daß sie es nicht getan hatten. Es war schön, zu Hause zu sein und Enid in einem der neuen grauen Hauskleider seiner Mutter zur Rechten seines Vaters am Abendbrottisch sitzen zu sehen. Bei den

Rices wäre es ihnen kläglich ergangen, ohne Betten zum Schlafen, außer denen, die schon von den Rice-Kindern belegt waren.

Enid hatte noch nie im Gästezimmer seiner Mutter geschlafen, und ihm gefiel der Gedanke, wie bequem sie es dort haben würde.

Frühzeitig nahm Mrs. Wheeler eine Kerze, um ihrem Gast zum Bett zu leuchten; als sie den Raum verließ, ging Enid nahe an Claudes Stuhl vorbei. «Hast du mir vergeben?» fragte sie scherzend.

«Was hat dich so stur gemacht? Wolltest du mir Angst einjagen? Oder mir zeigen, wie gut du fahren kannst?»

«Weder, noch. Ich wollte nur nach Hause. Gute Nacht.»

Claude lehnte sich in seinem Stuhl zurück und hielt die Hand vor die Augen. Also hatte sie das Gefühl, daß dies ein Zuhause sei. Sie hatte sich weder vor den Späßen seines Vaters gefürchtet, noch hatte Mahaileys wissendes Grinsen sie aus der Fassung gebracht. Ihre Unbefangenheit bereitete ihm eine unerklärliche Freude. Er nahm ein Buch auf, las aber nicht. Es lag offen auf seinem Knie, als seine Mutter eine halbe Stunde später zurückkam.

«Sei leise, wenn du nach oben gehst, Claude. Sie ist so müde, daß sie vielleicht schon schläft.»

Er zog seine Schuhe aus und stieg mit äußerster Vorsicht hinauf.

4

Eines Morgens im Sommer arbeitete Ernest Havel auf seinem hellen, glänzenden jungen Maisfeld und pfiff dabei ein altes deutsches Lied, das mit einer Erinnerung verbunden war. Es war eines der frühesten Bilder vom Pflügen, dessen er sich entsinnen konnte.

Er sah einen Halbkreis grüner Hügel vor sich, auf deren höhergelegenen Kämmen noch Schnee in den Klüften lag; hinter den Hügeln erhob sich eine Wand spitzer Berge, bedeckt mit dunklen Kiefernwäldern. In den Wiesen am Fuße jenes Hügelbogens gab es einen gewundenen Bach mit gestutzten Weiden im ersten Gelbgrün und braune Felder. Er selbst war ein kleiner Junge und spielte am Bachufer und sah zu, wie sein Vater und seine Mutter mit zwei großen Ochsen pflügten, an deren Köpfen und langen Hörnern Zuggurte aus Seil befestigt waren. Seine Mutter ging barfuß neben den Ochsen und führte sie; sein Vater ging hinterher und lenkte den Pflug, dabei blickte er immer nach unten. Das Gesicht seiner Mutter war fast so braun und gefurcht wie die Felder, und ihre Augen waren blaßblau wie der Himmel im Vorfrühling. Die beiden gingen so den ganzen Morgen auf und ab, ohne zu sprechen, außer mit den Ochsen. Ernest war der Letzte einer langen Familienreihe, und während er am Bach spielte, wunderte er sich darüber, daß seine Eltern so alt aussahen.

Leonard Dawson fuhr seinen Wagen vor den Zaun, rief laut und weckte Ernest aus seiner Träumerei. Er befahl seinem Gespann stillzustehen und lief zum Feldrand.

«Hallo, Ernest!» rief Leonard. «Hast du gehört, daß Claude Wheeler vorgestern verletzt wurde?»

«Nein, wirklich! Es kann nichts Schlimmes sein, sonst hätten sie mir Bescheid gesagt.»

«Ach, ich glaube, so schlimm ist es nicht, aber er hat sich das Gesicht ganz schön im Draht zerschrammt. Das war das Verrückteste, was ich je gesehen habe. Er war mit einem Maultiergespann und einem schweren Pflug draußen und arbeitete an der Strecke in dieser tiefen Senke zwischen ihrer Farm und meiner. Ein Benzinlaster kam vorbei und machte vielleicht mehr Krach als sonst. Aber diese Maultiere kennen einen Laster, und was sie getan haben, war reine Widerborstigkeit. Sie fingen an, sich in der Senke aufzubäumen und zu bocken. Ich hab' in meinem Mais auf dem Feld drüben gearbeitet und schrie dem Fahrer zu, er solle anhalten, aber er hat mich nicht gehört. Claude ist nach den Köpfen der Viecher gesprungen und hat sie an den Beißstangen erwischt, aber inzwischen war er schon völlig in die Leinen verwickelt. Diese verdammten Maulesel haben ihn von den Füßen gehoben und fingen an zu rennen. Die Rinne runter und den Abhang rauf und über die Felder liefen sie mit ihm samt dieser großen Pflugschar, die alle naslang einen oder eineinhalb Meter in die Luft sprang. Ich war mir sicher, die würde eins von den Maultieren zerschneiden oder glatt durch Claude durchgehen. Es hätte ihn auch erwischt, wenn er die Beißstangen nicht gehalten hätte. Sie rissen ihn einfach mit, und er baumelte dabei in der Luft, und schließlich rannten sie mit ihm in den Stacheldrahtzaun und zersäbelten ihm Gesicht und Hals.»

«Meine Güte! Ist es sehr schlimm?»

«Nein, nicht sehr, aber gestern morgen war er draußen und hat im Mais gearbeitet, ganz mit Heftpflaster zugeklebt. Ich wußte, daß das blödsinnig war; Stacheldrahtrisse sind gemein, wenn man sich draußen im Staub überhitzt. Aber man kann ja einem Wheeler nichts sagen. Jetzt sagen sie, sein Gesicht ist geschwollen und tut ihm schrecklich weh, und er ist heute in die Stadt zum Arzt. Vielleicht gehst du mal heute abend rüber und sorgst dafür, daß er besser auf sich aufpaßt.»

Leonard fuhr weiter, und Ernest ging zu seinem Gespann zurück. «Seltsam ist das mit dem Jungen», dachte er. «Er ist groß und stark und hat Bildung und all das gute Land, aber irgendwie ist er immer fehl am Platze.» Manchmal dachte Ernest, seinem Freund fehle Glück. Wenn ihm dieser Gedanke kam, dann seufzte er und schüttelte ihn ab. Denn Ernest glaubte, daß es dagegen kein Mittel gäbe; es war etwas, das sich rational nicht erklären ließ.

Am nächsten Nachmittag fuhr Enid im Coupé zum Farmhof der Wheelers hinauf. Mrs. Wheeler sah Enid aus ihrem Auto steigen und kam ihr atemlos und bekümmert den Hügel herunter entgegen. «Oh, Enid! Du hast von Claudes Unfall gehört? Er wollte sich nicht schonen, und jetzt hat er Wundrose bekommen. Er hat solche Schmerzen, der arme Junge!»

Enid nahm ihren Arm, und gemeinsam gingen sie den Hügel hinauf zum Haus. «Kann ich ihn sehen, Mrs. Wheeler? Ich möchte ihm diese Blumen geben.»

Mrs. Wheeler zögerte. «Ich weiß nicht, ob er dich hereinläßt, meine Liebe. Ich konnte ihn gestern abend nur mit großer Mühe überreden, Ernest ein paar Augenblicke zu sehen. Er macht einen so niedergeschlagenen Eindruck, und seine ganzen Bandagen sind ihm peinlich. Ich gehe in sein Zimmer und frage ihn.»

«Nein, bitte, lassen Sie mich einfach mit hinaufgehen. Wenn ich mit Ihnen hineingehe, dann hat er gar keine Zeit, hin und her zu überlegen. Ich werde nicht bleiben, wenn es ihm unangenehm ist, aber ich möchte ihn sehen.»

Mrs. Wheeler war sehr beunruhigt über diesen Vorschlag, aber Enid ignorierte ihre Unsicherheit. Sie stiegen zusammen ins zweite Stockwerk hinauf, und Enid klopfte selbst an die Tür. «Ich bin's, Claude. Darf ich einen Moment hereinkommen!»

Eine gedämpfte, zögernde Stimme antwortete. «Nein. Man sagt, es sei ansteckend, Enid. Und sowieso, mir wäre es lieber, wenn du mich so nicht siehst.»

Ohne abzuwarten, stieß sie die Tür auf. Die dunklen Jalousien waren heruntergezogen, und das Zimmer war von einem starken, bitteren Geruch erfüllt. Claude lag flach im Bett, Kopf und Gesicht so von Verbandwatte bedeckt, daß nur seine Augen und seine Nasenspitze sichtbar waren. Die braune Paste, mit der seine Züge eingestrichen waren, sickerte an den Mullrändern heraus und ließ seine Kleidung unsauber aussehen. Enid erfaßte diese Einzelheiten mit einem Blick.

«Tut das Licht deinen Augen weh? Laß mich eine der Jalousien einen Moment heraufziehen, weil ich möchte, daß du diese Blumen siehst. Ich hab' dir meine ersten Wicken mitgebracht.»

Claude blinzelte auf den Strauß leuchtender Farben, den sie ihm entgegenstreckte. Sie hielt ihn an sein Gesicht und fragte, ob er ihn durch seine Medikamente hindurch riechen könne. Er hörte sofort auf, sich verlegen zu fühlen. Seine Mutter brachte eine Glasvase, und Enid ordnete die Blumen auf dem kleinen Tisch neben ihm.

«Möchtest du, daß ich das Zimmer jetzt wieder abdunkle?»

«Noch nicht. Setz dich eine Minute und sprich mit mir. Ich kann nicht viel sagen, weil mein Gesicht steif ist.»

«Das kann ich mir lebhaft vorstellen! Ich habe gestern

Leonard Dawson auf der Straße getroffen, und er hat mir erzählt, wie du auf dem Feld gearbeitet hast, nachdem du die Schnitte bekommen hast. Ich würde dich gern kräftig ausschimpfen, Claude.»

«Tu das. Vielleicht fühle ich mich dann besser.» Er nahm ihre Hand und hielt sie einen Moment an seiner Seite. «Sind das die Wicken, die du an dem Tag gesät hast, als ich aus dem Westen nach Hause kam?»

«Ja. Haben sie es nicht gut gemacht, so früh zu blühen?»

«Weniger als zwei Monate. Das ist merkwürdig», seufzte er.

«Merkwürdig? Was?»

«Ach, daß eine Handvoll Samen in ein paar Wochen so etwas Schönes hervorbringen kann, und ein Mann braucht so lange, um etwas zu tun – und dann hat es nicht viel Bedeutung.»

«So sollte man die Dinge nicht betrachten», sagte sie vorwurfsvoll.

Enid saß sittsam und aufrecht auf einem Stuhl am Fuße seines Bettes. Ihr geblümtes Organdykleid war dem Strauß, den sie gebracht hatte, sehr ähnlich, und an ihrem weichen Strohhut steckte ein großer Fliederzweig. Sie fing an, Claude über die Anfälle von Wundrose zu erzählen, die ihr Vater mehrmals gehabt hatte. Er hörte nur abwesend zu. Nie hätte er geglaubt, daß Enid bei ihren Vorstellungen von Schicklichkeit so in sein Zimmer kommen und bei ihm sitzen würde. Er bemerkte, daß seine Mutter genauso erstaunt war wie er. Sie umstrich die Besucherin einige Augenblicke und, als sie sah, daß Enid völlig unbefangen war, ging sie hinunter an ihre Arbeit. Claude wünschte, Enid würde überhaupt nicht reden, sondern einfach dasitzen und sich von ihm anschauen lassen. Der Sonnenschein, den sie ins Zimmer gelassen hatte, und ihre ruhige duftende Gegenwart taten ihm wohl. Dann wurde ihm bewußt, daß sie ihn etwas gefragt hatte.

«Wie war das, Enid? Die Medizin, die sie mir geben, macht mich dumm. Ich kriege nichts mit.»

«Ich habe gefragt, ob du Schach spielst.»

«Sehr schlecht.»

«Vater sagt, ich spiele ganz passabel. Wenn es dir besser geht, muß ich meine Elfenbeinfiguren herbringen, die Carrie mir aus China geschickt hat. Sie sind wundervoll geschnitzt. Und jetzt ist es für mich Zeit zu gehen.»

Sie stand auf, tätschelte seine Hand und sagte ihm, er solle sich nicht zieren, wenn Besucher kämen. «Ich wußte nicht, daß du so eitel bist. Verbände stehen dir genauso gut wie jedem anderen. Soll ich die Jalousie wieder für dich herunterlassen?»

«Ja, bitte. Jetzt gibt's ja nichts mehr, was sich anzuschauen lohnt.»

«Nanu, Claude, du wirst ja ein richtiger Charmeur!»

Etwas in der Art, wie Enid das sagte, ließ ihn ein wenig zusammenzucken. Er fühlte, wie sein brennendes Gesicht eine Nuance heißer wurde. Noch nachdem sie hinuntergegangen war, wünschte er, sie hätte das nicht gesagt.

Seine Mutter kam, um ihm seine Medizin zu geben. Sie stand neben ihm, während er sie schluckte. «Enid Royce ist wirklich ein vernünftiges Mädchen», sagte sie, als sie das Glas nahm. Ihr ansteigender Tonfall brachte nicht Überzeugung, sondern Verwirrung zum Ausdruck.

Enid kam jeden Nachmittag, und Claude sah ihren Besuchen mit ungeduldiger Freude entgegen; sie waren das einzig Angenehme, das ihm widerfuhr, und ließen ihn die Demütigung durch sein entzündetes und entstelltes Gesicht vergessen. Er ekelte sich vor sich selbst; wenn er die Striemen auf seiner Stirn und unter dem Haar berührte, fühlte er sich unsauber und erbärmlich. Nachts, wenn sein Fieber stieg und der Schmerz in Kopf und Hals zunahm, geriet er in fürchterliche Erregungszustände. Er kämpfte gegen den Schmerz an wie eine Bulldogge gegen die andere. Sein Geist irrte in dunklen Folterlegenden umher – allem, was er je über die Inquisition, die Folterbank und das Rad gelesen hatte.

Wenn Enid kühl und frisch in ihren hübschen Sommerkleidern sein Zimmer betrat, sprang sein Geist ihr entgegen. Er konnte nicht viel sprechen, sondern lag nur da, betrachtete sie und atmete in süßer Zufriedenheit. Nach einiger Zeit ging es ihm gut genug, daß er halb angekleidet in einem Deckstuhl sitzen und mit ihr Schach spielen konnte.

Eines Nachmittags saßen sie am Westfenster im Wohnzimmer, das Schachbrett zwischen sich, und Claude mußte eingestehen, daß er schon wieder geschlagen war.

«Es muß langweilig für dich sein, mit mir zu spielen», murmelte er und wischte sich die Schweißtropfen von der Stirn. Sein Gesicht war jetzt abgeheilt, so weiß, daß sogar seine Sommersprossen verschwunden waren, und er hatte die weichen, matten Hände eines Kranken.

«Du wirst besser spielen, wenn du stärker bist und dich darauf konzentrieren kannst», versicherte ihm Enid. Sie war verblüfft, weil Claude, der sonst einen guten Verstand besaß, überhaupt keinen Sinn für Schach hatte, es war klar, daß er nie ein guter Spieler würde.

«Ja», seufzte er und fiel in seinen Stuhl zurück, «meine Gedanken schweifen. Sieh dir mein Weizenfeld da drüben am Horizont an. Ist es nicht schön? Und jetzt werde ich es nicht abernten können. Manchmal frage ich mich, ob ich je etwas beenden werde, das ich anfange.»

Enid legte die Schachfiguren in ihren Kasten zurück. «Jetzt geht es dir besser, du mußt aufhören, melancholisch zu sein. Vater sagt, daß Leute mit deinem Leiden immer deprimiert sind.»

Claude schüttelte langsam den Kopf, den er auf die Lehne des Stuhls hatte zurücksinken lassen. «Nein, das ist es nicht. Daß ich so viel Zeit zum Nachdenken habe, macht mich melancholisch. Sieh mal, Enid, ich habe bisher noch nie etwas getan, das mich befriedigt hat. Ich muß doch zu irgend etwas taugen. Wenn ich stilliege und nachdenke, dann frage ich mich, ob mein Leben mir zugestoßen ist oder jemand anderem. Es hat anscheinend nicht viel Beziehung zu mir. Jedenfalls habe ich damit noch nicht richtig angefangen.»

«Aber du bist noch nicht einmal zweiundzwanzig. Du hast viel Zeit anzufangen. Ist es das, worüber du die ganze Zeit nachdenkst?» Sie drohte ihm mit dem Finger.

«Ich denke die ganze Zeit über zwei Dinge nach. Das ist eins davon.» Mrs. Wheeler kam mit Claudes Vier-Uhr-Milch herein; es war sein erster Tag unten.

Als sie Kinder waren und am Mühlenwehr spielten, hatte Claude die Zukunft als lichte Verschwommenheit gesehen, in der er und Enid immer vieles gemeinsam täten. Dann kam eine Zeit, in der er alles mit Ernest tun wollte, in der Mädchen störend oder lästig waren und er all das von sich fortschob, wohl wissend, daß er eines Tages wieder damit zu rechnen hätte.

Jetzt sagte er sich, er habe immer gewußt, Enid würde zurückkommen; und sie war an jenem Nachmittag gekommen, als sie sein nach Medikamenten riechendes Zimmer betrat und das Sonnenlicht hereinließ. Sie hätte das für keinen getan als für ihn. Sie war kein Mädchen, das leichthin von Konventionen abwich, die sie als maßgeblich anerkannte. Er erinnerte sich, wie sie zu den Übungen für den Tag der Kinder mit den anderen kleinen Mädchen ihrer Vorschulklasse auf das Podium zu marschieren pflegte; in ihrem steifen weißen Kleid, niemals eine Locke, die nicht saß, niemals eine Falte im Strumpf, und wie sie ihre Kameradinnen unter Kontrolle hielt durch den fügsamen Ernst ihres Gesichtes, das zu sagen schien: «Wie schön ist es, das auf diese Weise zu tun und das Rechte zu tun!».

In jenen Tagen war der alte Mr. Smith der Gemeindepfarrer – ein guter Mann, der von einer stürmischen und temperamentvollen Frau reichlich durchgeschüttelt worden war –, und seine Augen pflegten sehnsüchtig auf der kleinen Enid Royce zu ruhen, in der er das Versprechen auf «tugendhaftes und wohlgestaltetes christliches Frauentum» erblickte, um seine eigenen Ausdrücke zu gebrauchen. Claude, in der Jungenklasse auf der anderen Seite des Mittelganges, neckte sie immer und versuchte, sie abzulenken, respektierte jedoch ihren Ernst.

Wenn sie zusammen spielten, war sie fair, jammerte nicht, wenn sie verletzt wurde, und forderte nie, daß sie als Mädchen von Unerfreulichem ausgenommen wurde. Sie war ruhig, selbst an dem Tag, als sie ins Mühlenwehr fiel und er sie herausfischte; sobald sie aufgehört hatte zu würgen und schlammiges Wasser auszuhusten, wischte sie sich das Gesicht mit ihrem kleinen durchweichten Unterrock ab, saß zitternd da und sagte wieder und wieder: «Oh, Claude, Claude!» Vorfälle wie dieser erschienen ihm jetzt bedeutsam und schicksalhaft.

Als Claudes Kraft zurückzukehren begann, kam sie mit überwältigender Macht. Sein Blut schien sich zu kräftigen, während sein Körper noch schwach war, so daß das Heranströmen der Lebenskräfte ihn erbeben ließ. Das Verlangen, wieder zu leben, sang in seinen Adern, während seine Gestalt noch zerbrechlich war. Wogen jugendlicher Stärke überrollten ihn und ließen ihn erschöpft zurück. Wenn Enid bei ihm war, waren diese Gefühle nie so stark; schon ihre Gegenwart stellte – fast – sein Gleichgewicht wieder her. Diese Tatsache verblüffte ihn nicht; er schrieb sie liebevoll etwas Schönem im Wesen des Mädchens zu – einer so wundervollen und zarten Eigenschaft, daß es keinen Namen für sie gibt.

Während der ersten Tage seiner Genesung tat er nichts, als die leisen Regungen von Leben zu genießen. Atmen war eine sanfte körperliche Freude. In den Nächten, die so lang waren, daß er sie nicht durchschlafen konnte, war es wunderbar, auf einer Wolke zu liegen, die träge den Himmel entlangschwebte. Aus der Tiefe dieser Mattigkeit schoß dann der Gedanke an Enid hoch wie ein süßer, brennender Schmerz, und er trieb hinaus in die Dunkelheit, auf Empfindungen zu, die er weder verhindern noch beherrschen konnte. Solange er pflügen, Heu gabeln, oder sich auf dem Weizenfeld abrackern konnte, war er Herr gewesen, aber jetzt hatte es ihn eingeholt. Enid war für ihn bestimmt gewesen, und sie war zu ihm gekommen; er würde sie niemals mehr gehen lassen. Sie sollte nie wissen, wie sehr er sich nach ihr sehnte. Sie würde lange brauchen, um auch nur ein wenig von dem zu fühlen, was er fühlte; das wußte er. Es würde lange dauern. Aber er würde unendlich geduldig, unendlich liebevoll mit ihr umgehen. Er sollte es sein, der litt, nicht sie. Selbst in seinen Träumen weckte er sie nie, sondern liebte sie, während sie reglos und bewußtlos war wie eine Statue. Er würde sie mit Liebe überschütten, bis sie sich erwärmte und änderte, ohne zu wissen, warum.

Manchmal, wenn Enid ahnungslos neben ihm saß, glitt ein rasches Erröten über sein Gesicht, und er fühlte sich an ihr schuldig – bescheiden und demütig, als müsse er sie für etwas um Vergebung bitten. Häufig war er froh, wenn sie fortging und ihn mit seinen Gedanken an sie allein ließ. Ihre Gegenwart ließ ihn geistig gesunden, und dafür sollte er dankbar sein. Wenn er mit ihr zusammen war, dann dachte er, daß sie der Mensch sein sollte, der ihn mit der Welt in Einklang bringen würde und bewirken, daß er sich in das Leben um ihn einfügte. Er hatte seiner Mutter Kummer gemacht und seinen Vater enttäuscht. Seine Heirat würde die erste natürliche, gebotene, von ihm erwartete Handlung sein, die er je vollbracht hatte. Sie würde der Beginn von Nützlichkeit und Zufriedenheit sein; wie der häufig wiederholte Psalm seiner Mutter sagte: Sie würde seine Seele heilen. Enids Bereitschaft, ihn zu erhören, konnte er kaum bezweifeln. Ihre Hingabe an ihn während seiner Krankheit wurde wahrscheinlich von ihren Freunden wie eine Verlobung betrachtet.

5

Seinen ersten Abstecher nach Frankfort unternahm Claude, um sich die Haare schneiden zu lassen. Nachdem er den Friseurladen verlassen hatte, erschien er pimentölglänzend in Jason Royces Büro. Mr. Royce, der gerade seinen Safe schloß, wandte sich um und nahm den jungen Mann bei der Hand.

«Hallo, Claude, schön, dich wieder auf den Beinen zu sehen! Krankheit kann einem kräftigen jungen Farmer wie dir nichts anhaben. Mit alten Kerlen ist das eine andere Sache. Ich will gerade losfahren und nach meinen Luzernen südlich vom Fluß sehen. Steig ein und komm mit mir.»

Sie gingen hinaus zu dem offenen Wagen am Gehsteig, und als sie zwischen den Feldern mit reifendem Korn dahinsausten, brach Claude das Schweigen. «Ich nehme an, Sie wissen, weswegen ich Sie sprechen möchte, Mr. Royce.»

Der Ältere schüttelte den Kopf. Er war gedankenverloren und verstimmt, seit sie abgefahren waren.

«Na ja», fuhr Claude bescheiden fort, «es dürfte sie kaum überraschen, daß ich mein Herz an Enid gehängt habe. Ich habe ihr noch nichts gesagt, aber wenn Sie nicht gegen mich sind, werde ich sie zu überreden versuchen, mich zu heiraten.»

«Heirat ist eine endgültige Sache, Claude», sagte Mr. Royce. Er saß in seinen Sitz zurückgesunken, blickte gedankenverloren auf die Straße und sah bedrückter und grauhaariger aus als üblich. «Enid ist Vegetarierin, weißt du», bemerkte er aus heiterem Himmel.

Claude lächelte. «Das könnte für mich kaum einen Unterschied ausmachen, Mr. Royce.»

Der andere nickte. «Ich weiß. In deinem Alter glaubt man das. Aber solche Dinge machen etwas aus.» Seine Lippen schlossen sich um seine halberloschene Zigarre, und einige Zeit öffnete er sie nicht.

«Enid ist ein braves Mädchen», sagte er schließlich. «Eigentlich hat sie mehr Verstand, als ein Mädchen braucht. Wenn Mrs. Royce noch eine Tochter im Hause hätte, dann würde ich sie in mein Büro holen. Sie hat ein gutes Urteilsvermögen. Ich weiß nicht, aber sie würde ein Geschäft besser führen als ein Haus.» Nachdem Mr. Royce dies herausgebracht hatte, entspannte sich seine besorgte Miene. Er nahm seine Zigarre aus dem Mund, betrachtete sie und steckte sie wieder zwischen die Zähne, ohne sie anzuzünden.

Claude sah ihm überrascht zu. «Es gibt keinen Zweifel an Enid, Mr. Royce. Ich bin nicht gekommen, um Sie auszufragen», rief er aus. «Ich bin gekommen, um Sie zu fragen, ob Sie bereit sind, mich zum Schwiegersohn zu nehmen. Ich weiß und Sie wissen, daß Enid es sehr viel besser treffen könnte. Ich habe bis jetzt sicher nichts Großartiges geleistet.»

«Da sind wir», verkündete Mr. Royce. «Ich lasse den Wagen unter dieser Ulme, und wir gehen zum Nordende des Feldes und sehen es uns mal an.»

Sie krochen unter dem Zaun hindurch und machten sich auf durch ein Feld von lila Blüten. Wolken gelber Schmetterlinge schossen vor ihnen auf. Sie gingen unsicher, weil sie ständig durch die von der Sonne gehärtete Kruste in den weichen Boden darunter brachen. Mr. Royce zündete eine neue Zigarre an und ließ, als er das Streichholz wegwarf, seine Hand auf die Schulter des jungen Mannes fallen.

«Ich habe deinen Vater immer beneidet. Du hast mir schon gefallen, als du ein kleiner Bengel warst, und ich habe dich immer hereingelassen, damit du das Wasserrad sehen konntest. Als ich die Wasserkraft aufgab und einen Motor einbaute, sagte ich mir: ‹Es gibt nur einen in der County, der traurig sein wird, daß das alte Rad verschwindet, und das ist Claude Wheeler.›»

«Ich hoffe, Sie denken nicht, ich sei zu jung zum Heiraten», sagte Claude, während sie weiterstapften.

«Nein, es ist nur recht und billig, daß ein junger Mann heiratet. Ich sage ja nichts gegen Heirat», protestierte Mr. Royce beharrlich. «Enids missionarische Züge könnten dir allerdings einen Strich durch die Rechnung machen. Ich weiß nicht, wie sie jetzt dazu steht. Ich frage nicht danach. Es würde mich freuen, wenn sie diese Grillen loswird. Sie sind nicht gut für eine Frau.»

«Ich möchte ihr helfen, sie loszuwerden. Wenn es Ihnen recht ist, hoffe ich, Enid zu überreden, daß sie mich diesen Herbst heiratet.»

Jason Royce wandte seinen Kopf rasch seinem Begleiter zu, prüfte einen Augenblick lang dessen unschuldigen, hoffnungsvollen Gesichtsausdruck und blickte dann mit einem Stirnrunzeln weg.

Das Luzernenfeld stieg in einer Ecke an und lag da wie ein an den Hang hingeworfenes leuchtend grün-lilafarbenes Taschentuch. Am höchsten Winkel wuchs eine schlanke junge Pyramidenpappel mit Blättern, so leicht und bewegt wie die Schwärme kleiner Schmetterlinge, die über den Luzernen schwebten. Mr. Royce steuerte auf diesen Baum zu, zog seinen schwarzen Rock aus, rollte ihn zusammen und setzte sich im zuckenden Schatten nieder.

Sein Hemd war voller feuchter Flecken, und der Schweiß rollte ihm in hellen Tropfen die Falten seines braunen Halses entlang. Er saß da, die Hände über den Knien gefaltet, seine Fersen in den weichen Boden gestemmt und blickte ausdruckslos über das Feld. Er sah sich absolut unfähig, den umfangreichen Stoff an Erfahrung anzurühren, den er Claude mitzuteilen wünschte. Er lag in seiner Brust wie eine körperliche Qual, und darin kämpfte das Verlangen zu reden. Aber er hatte keine Worte, keinen Weg, um sich verständlich zu machen. Er hatte kein Argument vorzubringen. Was er wollte, war, das Leben, wie er es vorgefunden hatte, seinem jungen Freund entgegenzuhalten wie ein Bild; ihn ohne Erklärungen vor gewissen herzzerreißenden Enttäuschungen zu warnen. Er sah, daß das nicht möglich war. Ebensogut konnten die Toten versuchen, zu den Lebenden zu sprechen, wie die Alten zu den Jungen. Der einzige Weg, auf dem Claude jemals dazu kommen konnte, sein Geheimnis zu teilen, war zu leben. Seine starken gelben Zähne schlossen sich fester und fester um die Zigarre, die ausgegangen war wie die erste. Er blickte Claude nicht an, aber während er zusah, wie der Wind weiche, blumenübersäte Wege in das Feld pflügte, konnte er das Gesicht des Jungen klar vor sich sehen, mit seinem Ausdruck zurückhaltenden Stolzes, der in dem Wunsch zu gefallen zerging, und auch die leichte Steifheit seiner Schultern, die eine Art störrischer Loyalität verrieten. Claude lag neben ihm im Gras, ziemlich müde nach seinem Marsch in der Sonne, ein wenig melancholisch, obwohl er nicht wußte, warum.

Nach einer geraumen Weile löste Mr. Royce seine breiten, dickfingrigen Müllerhände und nahm für einen Augenblick seine durchweichte Zigarre heraus. «Nun gut, Claude», sagte er mit entschlossener Fröhlichkeit, «wir werden immer bessere Freunde sein, als es zwischen Vater und Schwiegersohn üblich ist. Du wirst herausfinden, daß fast alles, was du über das Leben glaubst – besonders über die Ehe – Lügen sind. Ich weiß nicht, weshalb es Leute vorziehen, in dieser Art von Welt zu leben, aber sie tun es.»

6

Nach seinem Gespräch mit Mr. Royce fuhr Claude geradewegs zum Mühlhaus. Als er die schattige Straße heraufkam, sah er zu seiner Enttäuschung das Aufleuchten zweier weißer Kleider im sonnigen Blumengarten statt eines einzigen. Die Besucherin war Gladys Farmer. Es war ihre Ferienzeit. Sie war in der Morgenkühle zur Mühle hinausgewandert, um den Tag mit Enid zu verbringen. Jetzt machten sie sich auf, Brunnenkresse zu sammeln, und hatten sich im Garten aufgehalten, um am Heliotrop zu riechen. An diesem brennendheißen Nachmittag verströmten die lila Stauden einen Duft, der über dem Blumenbeet hing und ihre Wangen wie ein warmer Atem streifte. Die Mädchen blickten im selben Moment auf und erkannten Claude. Sie winkten ihm zu und eilten zur Pforte, um ihm zu seiner Genesung zu gratulieren. Er nahm ihre kleinen Blecheimer und folgte ihnen um die Stirnseite des alten Staudamms eine sandige Schlucht hinauf und einen klaren Wasserfaden entlang, der genau über der Mühle in den Lovely Creek tröpfelte. Sie kamen zu dem Kieshügel, wo der Fluß einer Quelle entsprang, die unter den bloßgelegten Wurzeln zweier Ulmen eine Höhle gebildet hatte. Überall um die Quelle und im sandigen Bett des flachen Flüßchens wuchs kühl und grün die Kresse.

Gladys hatte starke Empfindungen für Orte. Sie sah sich zufrieden um. «Von allen Orten, an denen wir immer gespielt haben, Enid, war dies mein liebster», erklärte sie.

«Ihr Mädchen setzt euch dort auf die Ulmenwurzeln», schlug Claude vor. «Überall, wo ihr euren Fuß in diesen weichen Kies setzt, sammelt sich Wasser. Ihr werdet eure weißen Schuhe verderben. Ich hole die Kresse für euch.»

«Dann stopf meinen Eimer so voll du kannst!» rief Gladys, als sie sich setzten. «Ich frage mich, weshalb der Ginster auf diesem Hügel so dicht wächst, Enid? Diese Pflanzen waren schon alt und zäh, als wir klein waren. Ich liebe es hier.»

Sie lehnte sich an den heißen, glitzernden Hang. Die Sonne drang in roten Strahlen durch die Ulmenwipfel, und all die Kiesel und Quarzstückchen funkelten.

Unten im Flußbett glänzte das Wasser, wo es das Licht auffing, wie stumpfes Gold. Claudes sandfarbenes Haar und seine gebeugten Schultern waren von Sonnenschein gesprenkelt, während er über den grünen Flecken umherging, und seine Leinenhosen sahen weißer aus, als sie waren. Gladys war zu arm, um zu reisen, aber sie hatte die glückliche Fähigkeit, innerhalb weniger Meilen im Umkreis von Frankfort eine Menge zu sehen, und eine lebendige Phantasie half ihr, das Leben interessant zu finden. Sie wollte gern, wie sie Enid anvertraute, nach Colorado; sie schämte sich, daß sie noch nie einen Berg gesehen hatte.

Dann kam Claude mit zwei schimmernden, tropfenden

Eimern die Böschung herauf. «Darf ich mich jetzt ein paar Minuten zu euch setzen?»

Als Enid beiseite rückte, um neben sich Platz für ihn zu machen, bemerkte sie, daß sein abgemagertes Gesicht von Schweißperlen bedeckt war. Sein Taschentuch war naß und sandig, so gab sie ihm mit Besitzermiene ihr eigenes. «Oh, Claude, du siehst ziemlich müde aus! Hast du dich übernommen? Wo warst du, bevor du hergekommen bist?»

«Ich war mit deinem Vater draußen auf dem Land nach seinen Luzernen sehen.»

«Und ich nehme an, er hat dich in der heißen Sonne über das ganze Feld marschieren lassen, nicht wahr?»

Claude lachte. «Richtig.»

«Also, ich werde ihn heute abend ausschimpfen. Du bleibst hier und erholst dich ein wenig. Ich fahre Gladys nach Hause.»

Gladys protestierte, willigte aber schließlich ein, daß beide sie in Claudes Wagen nach Hause fahren würden. Sie blieben noch eine Weile und hörten dem leisen, liebenswerten Blubbern der Quelle zu; eine weise, unaufdringliche Stimme, die Tag und Nacht murmelte und fortwährend den Menschen die Wahrheit sagte, die sie nicht verstehen konnten.

Als sie zum Haus zurückgingen, machte Enid lange genug halt, um einen Strauß Heliotrop für Mrs. Farmer zu pflücken – obwohl mit der sinkenden Sonne sein üppiger Duft schon verschwunden war. Sie ließen Gladys mit den Blumen und der Kresse an der Pforte des weißen Cottage zurück, das nun unter wildbunten Klettertrompeten halb verborgen lag.

Claude wendete seinen Wagen und fuhr Enid auf der

dämmrigen Straße im Zwielicht zurück. «Normalerweise sehe ich Gladys gern, aber als ich sie heute nachmittag bei dir sah, war ich eine Minute lang schrecklich enttäuscht. Ich hatte mit deinem Vater gesprochen und wollte geradewegs zu dir kommen. Meinst du, du könntest mich heiraten, Enid?»

«Ich glaube nicht, daß das zum Besten wäre, Claude», ihre Stimme klang traurig.

Er nahm ihre widerstandslose Hand. «Warum nicht?»

«Mein Kopf ist voll von anderen Plänen. Die Ehe ist für die meisten Mädchen gut, aber nicht für alle.»

Enid hatte ihren Hut abgenommen. Im blassen Abendschein musterte Claude ihr blasses Gesicht unter dem braunen Haar. An ihrer Kopfhaltung war etwas Graziöses und Bezauberndes, etwas, das sowohl Demut als auch große Festigkeit ausdrückte. «Ich hatte auch diese Träume von der Ferne, Enid; aber jetzt führen meine Träume nicht weiter als zu dir. Wenn du für mich auch nur ein klein wenig empfinden könntest, womit man anfangen kann, dann wäre ich bereit, den Rest zu wagen.»

Sie seufzte. «Du weißt, daß ich etwas für dich empfinde. Ich habe nie ein Geheimnis daraus gemacht. Aber wir sind doch glücklich so, wie wir sind, nicht wahr?»

«Nein, ich nicht. Ich muß irgendein eigenes Leben haben, sonst zerbreche ich. Wenn du mich nicht haben willst, werde ich es mit Südamerika versuchen – und ich werde erst zurückkommen, wenn ich ein alter Mann bin und du eine alte Frau bist.»

Enid sah ihn an, und sie lächelten beide.

Das Mühlhaus lag im Dunkeln, mit Ausnahme eines Lichtes in einem der oberen Fenster. Claude sprang aus dem Wagen und hob Enid sanft auf den Boden. Sie ließ ihn ihren weichen, kühlen Mund und ihre langen Wimpern küssen. In der bleichen, staubigen, nur von wenigen Sternen erleuchteten Dämmerung und in der Kühle, die bereits vom Flüßchen heraufgekrochen war, kam sie Claude vor wie ein zitterndes kleines Gespenst aus den Binsen, wo einst der alte Mühlendamm gestanden hatte. Eine furchtbare Schwermut umklammerte dem Jungen das Herz. Er hatte nicht gedacht, daß es so sein würde. Er fuhr nach Hause und fühlte sich schwach und gebrochen. Gab es denn nichts in der Welt, das seine Gefühle erwiderte, und würde jeder Schritt eine neue Enttäuschung bringen? Warum war das Leben so rätselhaft schwer? Dieses Land selbst war traurig, dachte er und blickte um sich – und man konnte das ebensowenig ändern, wie man die Geschichte in einem unglücklichen menschlichen Gesicht ändern konnte. Er wünschte bei Gott, er wäre wieder krank; die Welt war ein zu rauher Ort, um sich darin bewegen zu können.

Es gab einen Menschen, dem Claude an jenem Abend leid tat. Gladys Farmer saß lange an ihrem Schlafzimmerfenster, betrachtete die Sterne und dachte über das nach, was sie an jenem Nachmittag deutlich genug gesehen hatte. Sie hatte Enid gern gehabt, seit sie kleine Mädchen waren – und wußte alles, was es über sie zu wissen gab. Claude würde einer jener Toten werden, die auf Frankforts Straßen umhergingen; alles, was Claude war, würde zugrunde gehen, und seine Hülse würde fünfzig Jahre lang kommen und gehen und essen und schlafen. Gladys hatte die Kinder vieler solcher Toten unterrichtet. Sie hatte für sich eine verschwommene Philosophie entwickelt, die aus starken Überzeugungen und verworrenen Figuren bestand. Sie glaubte, daß alle Dinge, die zur Schönheit der Welt beitragen konnten – Liebe und Freundlichkeit, Muße und Kunst – in einem Gefängnis eingesperrt seien und Erfolgsmänner wie Bayliss Wheeler die Schlüssel dazu hätten. Die Großmütigen, die diese Dinge frei lassen würden, um die Menschen glücklich zu machen, seien irgendwie schwach und könnten die Gitter nicht aufbrechen. Selbst ihr eigenes kleines Leben war durch die Herrschaft von Leuten wie Bayliss in eine unnatürliche Form gepreßt. Sie hatte es beispielsweise nicht gewagt, in jenem Frühjahr zu den drei Aufführungen der Chicago Opera Company nach Omaha zu fahren. Eine solche Extravaganz hätte all ihre Freunde und die Schulbehörde dazu veranlaßt, sie zurechtzuweisen; wahrscheinlich hätte sie beschlossen, ihr die kleine Gehaltserhöhung nicht zu geben, mit der sie im nächsten Jahr rechnete.

Es gab sogar in Frankfort Leute mit Phantasie und vielversprechenden Anlagen, aber alle waren sie, wie sie zugeben mußte, unfähig – Versager. Da war Miss Livingstone, die feurige, gefühlsbetonte alte Jungfer, die nicht die Wahrheit sagen konnte; der alte Mr. Smith, ein Rechtsanwalt ohne Klienten, der den ganzen Tag in seinem staubigen Büro Shakespeare und Dryden las; Bobbie Jones, der Drugstore-Angestellte, der freie Verse und «Film»szenarios schrieb und die Sodawasserfontäne bediente.

Claude war ihre einzige Hoffnung. Seit sie den High-School-Abschluß gemacht hatten, all die vier Jahre ihrer Lehrtätigkeit, hatte sie darauf gewartet, daß er aus sich herauskommt und sich beweist. Sie hatte gewollt, daß er erfolgreicher sei als Bayliss «und trotzdem noch Claude blieb». Sie hätte jedes Opfer gebracht, um ihm zu helfen. Wenn ein starker Junge wie Claude, der so begabt und furchtlos war, versagen mußte, bloß weil er jenen feineren Zug in seinem Wesen hatte – dann war das Leben den Kummer nicht wert, den es für ein leidenschaftliches Herz wie das ihre bereithielt.

Schließlich warf Gladys sich auf ihr Bett. Wenn er Enid heiraten würde, wäre das das Ende. Er würde stark und schwer werden wie Mr. Royce; eine große Maschine mit zerbrochenen Federn im Innern.

7

Claude ging es wieder gut genug, um auf die Felder zu gehen, bevor die Ernte vorüber war. Die Julimitte kam, und die Farmer schnitten immer noch Getreide. Der Ertrag an Weizen und Hafer war so reich, daß es nicht genug Maschinen gab, ihn innerhalb der üblichen Zeit zu dreschen. Die Männer mußten warten und ließen ihr Getreide in Hocken stehen, bis eine qualmende, schwarze Maschine aufs Feld rumpelte. Regen wäre katastrophal gewesen; aber dies war eines jener «guten Jahre», von denen Farmer erzählen und in denen alles gut ausgeht. Als sie den Regen brauchten, gab es ihn reichlich; und nun waren die Tage ein Wunder an Trockenheit und gleißender Hitze.

Jeden Morgen ging die Sonne auf als roter Ball, trank rasch den Tau und löste in allen Lebewesen eine bebende Erregung aus. In großen Erntezeiten wie dieser verbinden die Hitze, das intensive Licht und die wichtige Arbeit, die zu verrichten ist, die Menschen miteinander und stimmen sie freundlich. Nachbarn halfen sich gegenseitig, mit der Last der Überfülle an nährendem Getreide fertig zu werden; Frauen und Kinder und alte Männer legten sich ins Zeug und taten, was sie konnten, um es zu retten und unterzubringen. Sogar die Pferde führten ein abwechslungsreicheres und geselligeres Dasein als sonst, wanderten von einer Farm zur anderen, um Nachbarpferden beim Schleppen von Wagen und Mähbindern und Ährenköpfmaschinen zu helfen. Sie beschnupperten die Fohlen alter Freunde, fraßen aus fremden Krippen und tranken aus fremden Wassertrögen oder auch nicht. Klapprige Gäule im Ruhestand, wie die steifbeinige Molly der Wheelers und Leonard Dawsons Billy – seinen asthmatischen Husten konnte man eine Viertelmeile weit hören –, wurden jetzt in Dienst gepreßt. Auch war es wunderbar anzusehen, wie es diesen gebrechlichen Tieren gelang, mit den starken jungen Stuten und Wallachen mitzuhalten; sie beugten ihre bereitwilligen Köpfe und zogen, als sei das Scheuern des Jochs auf ihrem Nacken süß für sie.

Die Sonne war wie eine großmächtige, vorüberziehende Gegenwart, die alle animalische Energie anregte und ihr gleichzeitig Tribut abforderte. Wenn sie abends ihren Mantel weit auswarf und über den Rand der Felder hinabstieg, hinterließ sie eine verausgabte und erschöpfte Welt. Den ganzen Tag lang in ihrem eigenen Schweiß gesiedet, wurden Männer und Frauen dürr. Nach dem Abendessen fielen sie um und schliefen, ganz egal wo, bis die rote Dämmerung wieder klar im Osten anbrach wie eine Trompetenfanfare, und Nerven und Muskeln begannen, vor Sonnenhitze zu beben.

Mehrere Wochen lang kam Claude nicht dazu, die Zeitungen zu lesen; sie lagen als ungeöffnete Bündel im Haus herum, denn Nat Wheeler war jetzt auf dem Feld und arbeitete wie ein Gigant. Fast jeden Abend fuhr Claude zur Mühle hinunter, um Enid ein paar Minuten lang zu sehen; er stieg nicht aus seinem Auto, und sie saß auf dem alten Zaunübertritt, der aus der Zeit des Reitens übriggeblieben war, während sie mit ihm plauderte. Sie sagte offen, sie möge Männer nicht, die gerade vom Erntefeld kamen, und Claude machte ihr keinen Vorwurf. Er mochte sich auch nicht besonders, nachdem seine Kleidung angefangen hatte, an ihm zu trocknen. Aber die ein oder zwei Stunden zwischen Abendessen und Schlafengehen waren die einzigen, die ihm blieben, um jemanden zu besuchen. Er schlief wie die Helden alter Zeiten; sank in sein Bett als das Begehrenswerteste auf Erden und spürte einen Augenblick die Süße des Schlafes, bevor er von ihm überwältigt wurde. Am Morgen schien er das Schrillen seines Weckers schon stundenlang zu hören, bevor er aus den Tiefen, in die er hinabgetaucht war, endlich emporkommen konnte. Alle möglichen zusammenhanglosen Abenteuer stießen ihm zu zwischen dem ersten Summen des Weckers und dem Moment, da er wach genug war, um seine Hand auszustrecken und ihn abzustellen. Er träumte zum Beispiel, es sei Abend und er sei wie üblich Enid besuchen gegangen. Während sie den Pfad vom Haus herunterkam, entdeckte er, daß er völlig unbekleidet war! Darauf sprang er mit wunderbarer Behendigkeit über den Gitterzaun in ein Rizinusgebüsch und stand in der Dämmerung und versuchte, sich mit Blättern zu bedecken wie Adam im Garten, während er sich mit Enid über Banalitäten unterhielt, zähneklappernd vor Angst, sie könnte seine Notlage entdecken.

Mrs. Wheeler und Mahailey verloren ebenso wie die Pferde in der Dreschzeit immer an Gewicht; dieses Jahr hatte Nat Wheeler sechshundert Morgen Winterweizen, die auf fast dreißig Scheffel den Morgen kommen würden. Eine solche Ernte war für die Frauen genauso anstrengend wie für die Männer. Leonard Dawsons Frau Susie kam herüber, um Mrs. Wheeler zu helfen, aber sie erwartete im Herbst ein Baby, und die Hitze war zuviel für sie. Dann kam eine der Yoeder-Töchter; aber das in allen Dingen ganz planmäßig vorgehende deutsche Mädchen war von Mahaileys Marotten derart beunruhigt, daß Mrs. Wheeler sagte, es sei einfacher, die Arbeit selbst zu tun, als ständig Mahaileys Geisteszustand erklären zu müssen. Tag für Tag setzten sich zehn ausgehungerte Männer an den langen Abendbrottisch in der Küche. Mrs. Wheeler buk Pies und Kuchen und Brote, so schnell der Ofen sie aufnehmen konnte, und von morgens bis abends wurde der Herd beheizt wie der Feuerraum einer Lokomotive. Mahailey drehte Hühnerhälse um, bis ihre Handgelenke schwollen «wie eine Puffotter».

Ende Juli legte sich der Aufruhr. Die Zusatzplatten wurden aus dem Eßtisch genommen, die Pferde der Wheelers hatten ihre Scheune wieder für sich, und der Terror im Hühnerhaus war vorüber.

Eines Abends kam Mr. Wheeler mit einem Bündel Zeitungen unter dem Arm zum Essen. «Claude, ich sehe, daß die Kriegsangst in Europa in unseren Markt eingeschlagen hat. Weizen ist sprunghaft angestiegen. In Chicago zahlen sie achtundachtzig Cent. Wir könnten eigentlich ein paar hundert Scheffel abstoßen, bevor der Preis wieder fällt. Wir fangen besser morgen mit dem Transport an. Wir beide können täglich mit wechselnden Gespannen zwei Fahrten rüber nach Vicount machen – es gibt ja keine nennenswerten Steigungen.»

Mrs. Wheeler hielt mitten im Kaffeeinschenken inne, saß mit hochgehobener Kaffeekanne da und vergaß, daß sie sie hielt. «Wenn dies nur Panikmache der Zeitungen ist, wie wir glauben, dann verstehe ich nicht, warum es den Markt beeinflussen sollte», murmelte sie sanft. «Sicher haben diese großen Banker in New York und Boston eine Möglichkeit, Gerüchte von Tatsachen zu unterscheiden.»

«Gib mir bitte etwas Kaffee», sagte ihr Mann unwirsch. «Ich muß den Markt nicht erklären, ich muß ihn nur nutzen.»

«Aber wenn es keinen Grund gibt, warum schleppen wir dann unseren Weizen nach Vicount hinüber? Meinst du, es ist irgendein Komplott, das die Weizenleute unter einem Kriegsgerücht verstecken? Haben die Finanziers und die Presse je die Öffentlichkeit derart betrogen?»

«Ich weiß nicht das Geringste darüber, Evangeline, aber ich glaube, nicht. Vor einer Stunde habe ich das Silo in Vicount angerufen, und sie sagten, sie würden mir siebzig Cent zahlen, Änderungen in den Morgennotierungen vorbehalten.» Und mit einem Augenzwinkern: «Claude, du gehst heute abend besser nicht zur Mühle. Geh früh zu Bett. Wenn wir morgen um sechs auf der Straße sind, werden wir vor der Tageshitze in der Stadt sein.»

«In Ordnung, Sir. Ich möchte nach dem Essen einen Blick in die Zeitungen werfen. Seit Anfang des Dreschens habe ich nichts gelesen als die Überschriften. Ernest war sehr aufgeregt über die Ermordung des Erzherzogs und sagte, die Österreicher würden Schwierigkeiten machen. Aber ich habe nie gedacht, daß das zu irgend etwas führen könnte.»

«Na, immerhin zu siebzig Cent pro Scheffel», sagte sein Vater und griff nach einem heißen Brötchen.

«Wenn es so viel ist, dann fürchte ich irgendwie, daß da noch mehr kommt...», sagte Mrs. Wheeler nachdenklich. Sie hatte den papiernen Fliegenwedel aufgenommen und schwang ihn unregelmäßig hin und her, als versuche sie, einen Schwarm verwirrender Gedanken fortzuwedeln.

«Du könntest Ernest anrufen und ihn fragen, was die böhmischen Zeitungen darüber sagen», schlug Mr. Wheeler vor.

Claude ging zum Telephon, aber bei den Havels antwortete niemand. Sie waren wahrscheinlich zu einem Scheunentanz unten in der böhmischen Gemeinde gegangen. Er ging nach oben und setzte sich vor einem Lehnstuhl voller Zeitungen; er konnte sich nichts Vernünftiges aus den verschmierten Großbuchstaben der Telegramme auf der Titelseite des Omaha «World Herald» zusammenreimen. Die deutsche Armee marschierte in Luxemburg ein; er wußte nicht, wo Luxemburg lag, ob es eine Stadt oder ein Land war; er schien eine vage Vorstellung zu haben, daß es ein Palast sei! Seine Mutter war in «Mahaileys Bibliothek», den Dachboden, hinaufgegangen, um nach einer Europakarte zu suchen – etwas, woran Farmer in Nebraska nicht gerade Bedarf hatten. Aber an jenem Abend suchten in vielen Prärie-Heimstätten die Frauen, ob nun in Amerika oder im Ausland gebürtig, nach einer Karte.

Claude war so schläfrig, daß er die Rückkehr seiner Mutter nicht abwartete. Er stolperte hinauf und zog sich im Dunkeln aus. Die Nacht war schwül mit Gewitterwolken am Himmel und einem unablässigen Spiel von Wetterleuchten den ganzen westlichen Horizont entlang. Moskitos waren im Laufe des Tages in sein Zimmer gelangt, und nachdem er sich aufs Bett geworfen hatte, begannen sie, ihn mit ihrem scheußlichen hohen Ton zu überfliegen. Er drehte sich von einer Seite auf die andere und versuchte, seine Ohren mit dem Kissen abzudichten. Der beunruhigende Klang verschmolz in seinem schlaftrunkenen Hirn mit dem Fettdruck auf der Titelseite der Zeitung; die schwarzen Buchstaben schienen seinen Kopf mit einem leisen, hohen Singsang zu umschwirren.

8

Am späten Nachmittag des sechsten August rumpelte Claude mit seinem leeren Wagen die ebene Straße durch das Flachland zwischen Vicount und dem Lovely Creek entlang. Er hatte an jenem Tag zwei Fahrten in die Stadt gemacht. Obwohl er sein stärkstes Gespann für den heißen Nachmittagstransport aufgespart hatte, waren seine Pferde zu müde, als daß sie sich aus dem Schrittempo drängen ließen. Ihre Hälse waren von Schweißflecken marmoriert und ihre Flanken vom weißen Staub verkrustet, der bei jedem Schritt aufstieg. Ihre Köpfe hingen herunter, und ihr Atem ging tief und langsam. Das Holz der grüngestrichenen Wagenbank fühlte sich glühend heiß an. Claude saß an dem einen Ende und hatte den Kopf entblößt, um jeden schwachen Lufthauch zu erhaschen, der ihm von Zeit zu Zeit Hals und Kinn trocknete und die Mühe ersparte, ein Taschentuch herauszuziehen. Zu jeder Seite erstreckten sich meilenweit die Weizenstoppeln. Einsame Strohmieten erhoben sich gelb in der Sonne und warfen lange Schatten. Claude spähte besorgt die fernen Robinienhecken entlang, die anzeigten, wo die Straße verlief. Ernest Havel hatte versprochen, ihn irgendwo auf dem Heimweg zu treffen. Er hatte Ernest eine Woche lang nicht gesehen: Seitdem hatte die Zeit Wunder gewirkt.

Schließlich erkannte er in der Ferne das Gespann der Havels, und er hielt an und wartete auf Ernest neben einer dornigen Hecke, während er nachdenklich um sich blickte. Die Sonne stand schon tief. Sie hing über den Stoppeln, milchig und rosig von der Hitze wie die Spiegelung einer Sonne in grauem Wasser. Im Osten war gerade der Vollmond aufgegangen, und seine dünne Silberfläche wurde rosa überhaucht, bis er genauso aussah wie die untergehende Sonne. Wäre da nicht ihre jeweilige Stellung am Himmel gewesen, Claude hätte nicht sagen können, welches von beiden die Sonne und welches der Mond sei. Sie ruhten auf entgegengesetzten Welträndern, zwei helle Schilde, und betrachteten einander – als ob auch sie sich auf Verabredung getroffen hätten.

Claude und Ernest sprangen im selben Augenblick zu Boden, gaben sich die Hand, und dabei spürten sie, daß sie sich lange nicht gesehen hatten.

«Nun, was hältst du davon, Ernest?»

Der junge Mann schüttelte vorsichtig den Kopf, antwortete aber nicht. Er tätschelte seine Pferde und lockerte die Kummets auf ihren Nacken.

«Ich habe in der Stadt auf die Zeitung aus Hastings gewartet», fuhr Claude ungeduldig fort. «England hat gestern abend den Krieg erklärt.»

«Die Deutschen», sagte Ernest, «sind vor Liège. Ich weiß, wo das ist. Ich bin von Antwerpen abgefahren, als ich herüberkam.»

«Ja, ich hab's gesehen. Können die Belgier was tun?»

«Nichts.» Ernest lehnte sich an das Wagenrad, zog seine Pfeife aus der Tasche und stopfte sie langsam. «Niemand kann etwas tun. Das deutsche Heer wird gehen, wohin es will.»

«Wenn es so schlecht steht, warum kämpfen die Belgier dann?»

«Ich weiß es nicht. Es ist großartig, aber es wird am Ende zu nichts führen. Ich möchte dir etwas über das deutsche Heer sagen, Claude.»

Während Ernest neben der Robinienhecke auf und ab schritt, zählte er die gewichtigen Argumente auf; Vorbereitung, Organisation, Konzentration, unerschöpfliche Ressourcen, unerschöpfliche Männer. Während er sprach, verschwand die Sonne, und der Mond schrumpfte, verdichtete sich und erstieg langsam den bleichen Himmel. Auf den Feldern schimmerte noch der leise Abglanz, der vom Tageslicht übrig war, und die Ferne wurde schattig – nicht dunkel, aber offensichtlich vom Schlaf erfüllt.

«Wenn ich zu Hause wäre», schloß Ernest, «dann wäre ich in dieser Minute im österreichischen Heer. Ich nehme an, alle meine Vettern und Neffen kämpfen schon gegen die Russen und die Belgier. Wie gefiele dir das, mitten in der Ernte in ein friedliches Land wie dieses marschieren zu müssen und damit zu beginnen, es zu zerstören?»

«Ich würde es natürlich nicht tun. Ich würde desertieren und erschossen werden.»

«Dann würde deine Familie verfolgt. Deine Brüder, vielleicht sogar dein Vater, würden zu österreichischen Offiziersburschen gemacht und ins Maul getreten.»

«Das würde mir nichts ausmachen. Ich würde meine männlichen Verwandten selbst entscheiden lassen, wie oft sie sich treten lassen.»

Ernest zuckte die Achseln. «Ihr Amerikaner prahlt wie kleine Jungen; ihr würdet und ihr würdet nicht! Ich sage dir, der Wille des einzelnen hat nichts damit zu tun. Es ist die Ernte all dessen, was gesät worden ist. Ich hätte nie geglaubt, daß es zu meinen Lebzeiten passieren würde, aber ich wußte, es würde passieren.»

Die Jungen blieben noch eine Weile und blickten zum sanften Leuchten des Himmels hinauf. Nirgends war eine Wolke, und der schwache Schimmer auf den Feldern hatte sich unmerklich in volles, reines Mondlicht verwandelt. Dann begannen die beiden Wagen, die weiße Straße entlangzukriechen, und auf jeder der lehnenlosen Sitzbänke saß der Fahrer vornübergebeugt, in Gedanken versunken. Als sie die Kehre erreichten, wo Ernest nach Süden abbiegen mußte, sagten sie sich fast flüsternd gute Nacht. Claudes Pferde gingen weiter, als würden sie schlafwandeln. Die flache Staubwolke, die von ihren schweren Tritten aufgewirbelt wurde – die einzigen Geräusche in der weiten Stille der Nacht –, brachte die Pferde nicht einmal zum Niesen.

Warum war Ernest so ungeduldig mit ihm, fragte sich Claude. Er konnte nicht so tun, als würde er genauso empfinden wie Ernest. Hinter ihm war nichts, was seine

Ansichten formen oder seine Gefühle über die Vorgänge in Europa beeinflussen konnte; er konnte das alles nur Tag für Tag erspüren. Man hatte ihn immer gelehrt, daß die Deutschen in den Tugenden, welche die Amerikaner am meisten bewundern, überragend seien; vor einem Monat hätte er gesagt, daß sie alle Ideale besäßen, für die auch ein anständiger amerikanischer Junge kämpfen würde. Die Invasion Belgiens stand im Widerspruch zum deutschen Charakter, wie er ihn von seinen Freunden und Nachbarn kannte. Er hegte immer noch die Hoffnung, daß dort drüben irgendein großer Fehler unterlaufen sei; daß sich dieses hervorragende Volk entschuldigen und sich wieder mit der Welt ins Einvernehmen setzen würde.

Mr. Wheeler kam barhäuptig und ohne Rock den Hügel herunter, als Claude in den Scheunenhof einfuhr. «Ich nehme an, du bist müde. Ich bringe das Gespann weg. Irgendwas Neues?»

«England hat den Krieg erklärt.»

Mr. Wheeler stand einen Augenblick still und kratzte sich den Kopf. «Ich denke, du brauchst morgen nicht früh aufzustehen. Wenn dies tatsächlich ein Krieg wird, dann wird der Weizenpreis noch höher gehen. Bis jetzt habe ich geglaubt, es sei ein Bluff. Bring die Zeitungen zu deiner Mutter hinauf.»

9

Enid und Mrs. Royce waren zum Sanatorium nach Michigan abgereist, wo sie einen Teil jedes Sommers verbrachten, und würden vor Oktober nicht zurückkommen. Claude und seine Mutter widmeten ihre ganze Aufmerksamkeit den Kriegsberichten. Tag für Tag sickerten die ersten zwei Augustwochen hindurch verwirrende Neuigkeiten aus den Kleinstädten ins Farmland.

Um die Monatsmitte ging die Nachricht vom Fall der Festung von Liège ein, die neun Tage lang berannt und schließlich innerhalb weniger Stunden von Kanonen, welche von der Nachhut herangebracht worden waren, zur Übergabe gezwungen wurde – Kanonen, die offensichtlich dazu fähig waren, alle Befestigungen zu zerstören, die je erbaut worden waren oder noch erbaut werden würden.

Selbst für diese ruhigen Weizenzüchter waren die Kanonen von Liège eine Bedrohung; nicht für die Sicherheit ihrer Habe, sondern für ihre bequeme, überkommene Denkweise. Sie verkündeten die dem Menschen überlegene Kraft, die danach immer wieder die Wirkung unvorhersehbarer Naturkatastrophen in diesen Krieg brachte, wie Flutwellen, Erdbeben und Vulkanausbrüche.

Am dreiundzwanzigsten kam die Nachricht vom Fall der Befestigungen von Namur; eine Warnung, daß in der Welt eine Zerstörungskraft ohnegleichen entfesselt worden war. Wenige Tage später machte der Bericht von der Auslöschung des uralten und friedlichen Sitzes der Gelehrsamkeit Louvain deutlich, daß diese Kraft auf nie geglaubte Ziele gerichtet wurde. Inzwischen waren die Zeitungen ebenfalls voller Berichte über die Vernichtung der Zivilbevölkerung. Etwas Neues und eindeutig Böses war in der Menschheit am Werk. Niemand hatte bisher einen Namen dafür. Keines der abgenutzten Wörter, die menschliches Verhalten beschreiben, schien zuzutreffen. Die bösen Bezeichnungen, die sich um den Namen «Attila» gruppierten, waren zu persönlich, zu dramatisch, zu erfüllt von altvertrauter, menschlicher Leidenschaft.

Eines Nachmittags in der ersten Septemberwoche legte Mrs. Wheeler in der Küche Gurken ein, als sie Claudes Wagen aus Frankfort zurückkommen hörte. Einen Augenblick später trat er ein, ließ die Fliegentür hinter sich zufallen und warf ein Bündel Post auf den Tisch.

«Was meinst du, Mutter? Die Franzosen haben den Regierungssitz nach Bordeaux verlegt! Offensichtlich glauben sie nicht, daß sie Paris halten können.»

Mrs. Wheeler wischte sich ihr blasses, verschwitztes Gesicht mit dem Schürzensaum ab und setzte sich auf den nächsten Stuhl. «Du meinst, Paris ist nicht mehr die Hauptstadt von Frankreich? Kann das wahr sein?»

«So sieht es aus. Obwohl die Zeitungen sagen, es sei nur eine Vorsichtsmaßnahme.»

Sie stand auf. «Laß uns nach oben zur Karte gehen. Ich erinnere mich nicht genau, wo Bordeaux liegt. Mahailey, du läßt mir nicht den Essig anbrennen, ja?»

Claude folgte ihr ins Wohnzimmer, wo ihre neue Karte an der Wand über der plüschigen Chaiselongue hing. Auf die Rückenlehne eines Weidenschaukelstuhls gestützt, begann sie, mit der Hand über die leuchtendfarbige, glänzende Oberfläche zu fahren und murmelte: «Ja, da ist Bordeaux, so weit im Süden; und da ist Paris.»

Claude, hinter ihr, sah ihr über die Schulter. «Glaubst du, sie übergeben die Stadt den Deutschen wie ein Weihnachtsgeschenk? Ich glaube, sie würden sie eher vorher verbrennen, wie die Russen Moskau. Sie können es heute noch gründlicher besorgen, sie können sie in die Luft sprengen!»

«Sag so etwas nicht.» Mrs. Wheeler fiel in den tiefen Weidenstuhl und bemerkte jetzt, da sie den Herd und die Küchenhitze verlassen hatte, daß sie sehr müde war. Sie begann, schwach mit dem Palmblattfächer vor ihrem Gesicht zu wedeln. «Es soll eine so schöne Stadt sein. Vielleicht verschonen die Deutschen sie, wie sie es mit Brüssel gemacht haben. Sie müssen inzwischen die Zerstörung satt haben. Hol die Enzyklopädie und sieh nach, was drinsteht. Ich habe meine Brille unten gelassen.»

Claude nahm einen Band aus dem Bücherschrank und setzte sich auf die Chaiselongue. Er begann: «Paris, die Hauptstadt Frankreichs, und das Departement Seine... Soll ich die Geschichte überspringen?»

«Nein, lies alles.»

Er räusperte sich und begann von neuem: «Als Paris zum ersten Mal in der Geschichte in Erscheinung trat, deutete noch nichts auf die wesentliche Rolle hin, die es in Europa und der Welt spielen sollte» etc.

Mrs. Wheeler schaukelte und fächelte und vergaß die Küche und die Gurken, als hätte es sie nie gegeben. Ihr müder Körper ruhte, und ihr Geist, der nie müde wurde, war vom Bericht über die frühen religiösen Gründungen unter den Merowingerkönigen völlig in Anspruch genommen. Ihre Augen genossen es, wenn sie auf dem sonnenverbrannten Nacken und den kräftigen Schultern ihres rothaarigen Sohnes ruhten.

Claude las schneller, bis er mit einem tiefen Atemzug haltmachte.

«Mutter, da sind seitenweise Könige! Wir lesen das ein andermal. Ich möchte herausfinden, wie es jetzt ist und ob es überhaupt noch Geschichte haben wird.» Er fuhr mit dem Finger die Spalten auf und ab. «Hier, das sieht wichtig aus. Verteidigungsanlagen: Paris, einer neueren deutschen Darstellung zufolge eine der größten Festungen der Welt, besitzt drei verschiedene Verteidigungsringe...», er brach ab. «Wie findest du denn das jetzt! Eine deutsche Darstellung, und dies ist ein englisches Buch! Die Welt hat im Hinblick auf die Deutschen einfach auf ganzer Linie einen Fehler gemacht. Es ist, als würden wir einen Nachbarn einladen und ihm unser Vieh und unsere Scheunen zeigen, während er die ganze Zeit überlegt, wie er uns nachts in unserem Bett eins über den Schädel hauen könnte.»

Mrs. Wheeler fuhr sich mit der Hand über die Stirn. «Dennoch hatten wir viele deutsche Nachbarn, und nie war einer von ihnen nicht freundlich und hilfsbereit.»

«Das weiß ich. Nach allem, was mir Mrs. Erlich über Deutschland erzählt hat, wünschte ich mir, dorthin zu fahren. Und die Leute, die all die schönen Lieder über Frauen und Kinder singen, gingen in die belgischen Dörfer und...»

«Nicht, Claude!» seine Mutter streckte die Hände aus, als wollte sie seine Worte zurückstoßen. «Lies über die Verteidigungsanlagen von Paris; das ist es, worüber wir jetzt nachdenken müssen. Ich kann nur hoffen, daß es noch eine Befestigung gibt, die die Deutschen in ihrem Buch nicht angeführt haben. Wir wissen, daß Paris eine lasterhafte Stadt ist, aber es muß dort viele gottesfürchtige Menschen geben, denn Gott hat es all die Jahre verschont. Du hast in den Zeitungen gesehen, wie voll von betenden Frauen die Kirchen den ganzen Tag über sind.» Sie beugte sich vor und lächelte nachsichtig. «Und du glaubst, diese Gebete werden nichts bewirken, Sohn?»

Claude wand sich wie immer, wenn seine Mutter gewisse Themen berührte. «Also, weißt du, ich kann nicht vergessen, daß auch die Deutschen beten. Und ich nehme an, sie sind einfach von Natur aus frommer als die Franzosen.» Er nahm das Buch auf und begann noch einmal: «Wieder im niedrigen Gelände, im engsten Abschnitt der großen Marneschleife» etc.

Claude und seiner Mutter war der Name dieses Flusses und die Vorstellung von seiner strategischen Bedeutung vertraut geworden, bevor er wenige Tage später anfing, in schwarzen Überschriften hervorzustechen.

Das Herbstpflügen hatte begonnen wie üblich. Mr. Wheeler hatte beschlossen, wieder sechshundert Morgen mit Weizen zu bestellen. Was immer auf der anderen Seite der Welt geschah, sie würden Brot brauchen. Er nahm selbst ein drittes Gespann und ging jeden Morgen aufs Feld, um Dan und Claude zu helfen. Die Nachbarn sagten, es sei niemandem als dem deutschen Kaiser bisher gelungen, Nat Wheeler zu geregelter Arbeit zu bringen.

Da die Männer alle auf dem Feld waren, ging nun Mrs. Wheeler jeden Morgen zum Postkasten an der Straßenkreuzung, eine Viertelmeile entfernt, um die Zeitungen vom Vortag aus Omaha und Kansas City zu holen, die der Austräger hinterließ. In ihrer Ungeduld öffnete sie sie schon auf dem Weg zurück zum Haus und begann zu lesen, und ihre Füße, schon immer ein wenig unsicher im Tritt, nahmen einen verschlungenen Pfad zwischen Sonnenblumen und Büffelgras. Eines Morgens setzte sie sich tatsächlich auf eine rote Grasböschung und las alle Kriegsnachrichten durch, bevor sie sich wieder rührte, während die Grashüpfer Bockspringen über ihren Rock spielten und die

Erdhörnchen aus ihren Löchern kamen und sie anblinzelten. Als sie an jenem Mittag sah, wie Claude sein Gespann zum Wassertank führte, eilte sie zu ihm hinunter, ohne sich mit der Suche nach ihrer Haube aufzuhalten, und erreichte atemlos das Windrad.

«Die Franzosen weichen nicht mehr zurück, Claude. Sie stehen an der Marne. Eine große Schlacht ist im Gange. Die Zeitungen sagen, sie könnte den Krieg entscheiden. Es ist so nah an Paris, daß einige Soldaten in Taxis hinausgefahren sind.»

Claude richtete sich auf. «Nun ja, sie wird auf jeden Fall über Paris entscheiden, oder? Wie viele Divisionen?»

«Das kann ich nicht herausfinden. Die Berichte sind so verwirrend. Aber es gibt nur ein paar englische, und die französischen sind furchtbar unterlegen. Dein Vater ist vor dir hereingekommen, er hat die Zeitungen oben.»

«Sie sind vierundzwanzig Stunden alt. Wenn ich heute abend mit der Arbeit fertig bin, fahre ich nach Vicount und hole die Zeitung aus Hastings.»

Als er am Abend aus der Stadt zurückkam, fand er seinen Vater und seine Mutter vor, die aufgeblieben waren und ihn erwarteten. Er machte kurz im Wohnzimmer halt. «Es gibt nicht viel Neues, nur daß die Schlacht im Gange ist und praktisch das gesamte französische Heer sich daran beteiligt. Die Deutschen sind ihnen an Männern fünf zu drei überlegen, und keiner weiß, um wieviel an Artillerie. General Joffre sagt, die Franzosen werden nicht weiter zurückweichen.» Er setzte sich nicht, sondern ging geradewegs hinauf in sein Zimmer.

Mrs. Wheeler löschte die Lampe, kleidete sich aus und legte sich hin, aber nicht, um zu schlafen. Lange danach hörte Claude, wie sie sachte ein Fenster schloß, und er lächelte im Dunkeln. Seine Mutter hatte, wie er wußte, Paris immer für die lasterhafteste aller Städte gehalten, die Hauptstadt eines frivolen, weintrinkenden, katholischen Volkes, das für die Massaker der Bartholomäusnacht und für den grinsenden Atheisten Voltaire verantwortlich war. Seit in den letzten zwei Wochen die Franzosen ihren Rückzug in Lothringen begonnen hatten, amüsierte ihn ihre wachsende Besorgtheit um Paris.

Es war seltsam, überlegte er, während er hellwach im Dunkeln lag: Vor vier Tagen war der Regierungssitz nach Bordeaux verlegt worden – was bewirkte, daß Paris plötzlich zur Hauptstadt, nicht Frankreichs, sondern der ganzen Welt geworden zu sein schien! Er wußte, er war nicht der einzige Farmerjunge, der sich heute nacht an die Marne wünschte. Daß der Fluß einen aussprechbaren Namen hatte, mit einem harten Weststaaten-«R», das wie ein Grundpfeiler in seiner Mitte stand, verhalf der Phantasie irgendwie dazu, die Situation fester in den Griff zu bekommen. Während Claude still dalag und die Gedanken sich jagten, fühlte er, daß sogar er die Hürde französischer «Höflichkeit» – die so viel beängstigender war als die deutschen Kugeln – überspringen und unbemerkt in jene zahlenmäßig unterlegene Armee schlüpfen könnte. Auf seine Manieren würde es heute nacht, die Nacht des achten September 1914, an der Marne, nicht ankommen. Nichts auf Erden wäre er jetzt so gern wie ein Atom in jenem Wall aus Fleisch und Blut, der sich erhob und schmolz und sich wieder erhob vor der Stadt, die in allen Jahrhunderten so viel bedeutet hatte – aber nie zuvor so viel. Ihr Name hatte die Reinheit einer abstrakten Idee erlangt. Auf großen schläfrigen Kontinenten, in von Land umschlossenen Erntestädten, auf kleinen Inseln im Meer schauten Menschen vier Tage lang auf jenen Namen, so wie sie vielleicht nachts draußen stehen mochten, um auf einen Kometen zu schauen oder einen Stern fallen zu sehen.

10

Es war Sonntagnachmittag, und Claude war zum Mühlhaus hinuntergefahren, weil Enid und ihre Mutter am Vortag aus Michigan zurückgekehrt waren. Mrs. Wheeler las, in einen Schaukelstuhl gelehnt, und Mr. Wheeler, in Hemdsärmeln und mit aufgeknöpftem Sonntagskragen, vergnügte sich an seinem Walnußsekretär mit Zahlenreihen. Dann stand er auf, gähnte und reckte die Arme über dem Kopf.

«Claude meint, er möchte auf der Stelle mit Bauen anfangen, oben auf dem Viertel neben der Waldparzelle. Ich habe das Holz ausgerechnet. Baumaterial ist gerade jetzt billig, also lasse ich ihn wohl besser machen.»

Mrs. Wheeler blickte geistesabwesend von ihrem Buch auf. «O ja, denke ich auch.»

Ihr Mann setzte sich rittlings auf einen Stuhl, legte die Arme auf die Lehne und sah sie an. «Was hältst du überhaupt von dieser Heirat? Ich erinnere mich nicht, daß du etwas dazu gesagt hast.»

«Enid ist ein gutes, christliches Mädchen...», begann Mrs. Wheeler resolut, aber der Satz hing in der Luft wie eine Frage.

Er machte eine ungeduldige Bewegung. «Ja, ich weiß.

Aber wozu möchte sich ein kräftiger Junge wie Claude ein solches Mädchen aussuchen? Wirklich, Evangeline, sie wird genau wie die Alte da in Neuauflage!»

Offenbar waren diese Bedenken Mrs. Wheeler nicht neu, denn sie streckte die Hand aus, um ihn zu bremsen, und flüsterte in feierlicher Erregung: «Sag nichts! Kein Sterbenswörtchen!»

«Oh, ich werde mich nicht einmischen! Ich tu das nie. Ich hab' sie lieber zur Schwiegertochter als zur Frau, mal deutlich gesagt. Claude ist ein größerer Dummkopf, als ich dachte.» Er nahm seinen Hut und schlenderte zur Scheune hinunter, aber seine Frau fand nicht so leicht ihre Fassung wieder. Sie verließ den Stuhl, in dem sie sich in der Hoffnung auf Behaglichkeit niedergelassen hatte, nahm einen Staubwedel und begann, zerstreut im Zimmer auf und ab zu wandern und die Oberfläche der Möbel abzuwischen. Wenn die Kriegsnachrichten schlecht waren oder sie in Sorge um Claude war, machte sie sich daran, das Haus zu putzen oder die Schränke durchzusehen, dankbar dafür, daß sie in einer solch wirren Welt einige Kleinigkeiten in Ordnung bringen konnte.

Sobald die Herbstaussaat beendet war, ließ Claude die Brunnenbohrer aus der Stadt kommen, um seinen neuen Brunnen anzulegen, und während sie bei der Arbeit waren, fing er an, seinen Keller auszuschachten. Er baute sein Haus auf der ebenen Fläche neben seines Vaters Holzparzelle, weil er schon als kleiner Junge jenes Wäldchen für den schönsten Flecken der Welt gehalten hatte. Es war ein Quadrat von etwa dreißig Morgen, das mit Eschen, Buchsbaumholunder und Pyramidenpappeln bewachsen war, und hatte eine dichte Maulbeerhecke auf der Südseite. Die

Bäume waren in den letzten Jahren vernachlässigt worden, aber wenn er dort oben wohnte, konnte es ihm vielleicht gelingen, sie hin und wieder zu stutzen und für sie zu sorgen.

Er fuhr jetzt jeden Morgen in seinem Ford hinauf und arbeitete an seinem Keller. Er hatte gehört, je tiefer der Keller sei, desto besser; und er hatte die Absicht, diesen hier tief genug zu graben. Eines Tages hielt Leonard Dawson, um zu sehen, wie er vorankam. Vom Rand des Lochs rief er dem unten schwitzenden Jungen zu: «Mein Gott, Claude, was willst du mit so einem tiefen Keller? Wenn deine Frau auf die Idee kommt, nach China zu gehen, kannst du eine Falltür aufmachen und sie durchplumpsen lassen!»

Claude schleuderte seine Spitzhacke hin und rannte die Leiter hinauf. «Enid wird keine derartigen Ideen haben», sagte er wutentbrannt.

«Na, na, du brauchst nicht gleich wütend zu werden. Ich bin froh, das zu hören. Ich habe es bedauert, als das andere Mädchen ging. Für mich sah es immer so aus, als hätte Enid sich auf China festgelegt, aber ich hab' sie eine ganze Weile nicht gesehen – seit sie mit der alten Dame nach Michigan gegangen ist.»

Nachdem Leonard abgefahren war, kehrte Claude, immer noch schlechtgelaunt, an seine Arbeit zurück. Er selbst war im Grunde seines Herzens nicht völlig glücklich über Enid. Wenn er zur Mühle hinunterging, war es nicht Enid, sondern meist Mr. Royce, der ihn zurückhalten wollte, ihm den Pfad zur Pforte hinunter folgte und zu bedauern schien, daß er ging. Er konnte Enid kein mangelndes Interesse vorwerfen. Ihr Reden und Denken galt nur noch dem Haus, und die meisten ihrer Vorschläge waren gut. Er wünschte oft, sie würde irgend etwas Unvernünftiges und Ausgefallenes verlangen. Aber sie hatte keine egoistischen Launen und bestand sogar darauf, daß das gemütliche Schlafzimmer im oberen Stock, das er mit so großer Sorgfalt geplant hatte, als Gästezimmer benutzt werden sollte.

Als das Haus begann, Gestalt anzunehmen, kam Enid oft in ihrem Wagen herauf, um die Fortschritte in Augenschein zu nehmen und Claude Tapeten- und Vorhangmuster zu zeigen oder den Entwurf eines Fenstersitzes, den sie aus einer Zeitschrift ausgeschnitten hatte. Ihr Stolz auf jedes Detail stand außer Frage. Enttäuschend war nur, daß sie sich mehr für das Haus zu interessieren schien, als für ihn. Diese Monate, in denen sie ganz nach ihrem Belieben zusammensein konnten, waren für sie nichts anderes als eine Zeit, in der sie ein Haus bauten.

Wenn sie erst verheiratet wären, würde schon alles in Ordnung kommen, sagte sich Claude. Er glaubte an die verwandelnde Kraft der Ehe, so wie seine Mutter an die wundersamen Wirkungen von Bekehrungen glaubte. Die Ehe brachte alle Frauen auf einen gemeinsamen Nenner; verwandelte ein kühles, selbstzufriedenes Mädchen in ein liebendes, großzügiges. Es war schon richtig, daß sich Enid jetzt noch nicht vorstellen konnte, was aus ihr würde, wenn sie erst mal mit ihm verheiratet wäre. Er sagte sich, daß er es anders gar nicht wollte.

Aber trotzdem war er einsam. Er bedachte das kleine Haus verschwenderisch mit der Besorgtheit und liebenden Aufmerksamkeit, die Enid nicht zu brauchen schien. Er überwachte die Zimmerleute und drang auf größte Genauigkeit bei der Fertigstellung von Wand- und Einbauschränken, achtete auf die zweckmäßige Anbringung von

Borden, das exakte Anfügen von Simsen und Verschalungen. Oft blieb er bis spätabends, wenn die Handwerker mit ihren lauten Stiefeln zum Essen nach Hause gegangen waren. Er setzte sich auf einen Dachsparren oder auf das Gerüst der oberen Veranda und verlor sich völlig in Grübeleien, in die Vorwegnahme von Dingen, die so weit entfernt schienen wie eh und je. Das sterbende Licht, die hervortretenden Sterne waren freundlich und mitfühlend. Eines Abends flog ein Vogel herein und flatterte kreischend vor Angst wild zwischen den Trennwänden umher, bevor er durch eines der oberen Fenster in die Dämmerung schoß und seinen Weg in die Freiheit fand.

Als die Zimmerleute so weit waren, die Treppen einzusetzen, rief Claude Enid an und bat sie, zu kommen und ihnen zu zeigen, wie hoch sie die Stufen haben wollte. Seine Mutter hatte immer Stufen erklettern müssen, die zu steil waren. Enid hielt um vier Uhr mit dem Auto vor der Frankfort High-School und überredete Gladys Farmer, mit ihr hinauszufahren.

Als sie ankamen, fanden sie Claude mit der Umzäunung der Hinterveranda beschäftigt. «Claude ist wie Jonas», lachte Enid. «Er möchte hier Flaschenkürbisse pflanzen, damit sie über das Gitter ranken und Schatten geben. Ich kann mir Kletterpflanzen vorstellen, die dekorativer sind.»

Claude legte den Hammer beiseite und sagte schmeichelnd: «Hast du je Flaschenkürbis gesehen, wenn er was zum Klettern hatte, Enid? Du würdest nicht glauben, wie hübsch das aussieht; große grüne Blätter und Kürbisse und gelbe Blüten, mit denen er über und über behängt ist. Bei einer alten deutschen Frau, die ein Mittagslokal an einer dieser Bahnstationen auf dem Weg nach Lincoln führt, wächst er auch auf der Veranda, und ich wollte immer welchen pflanzen, seit ich ihren zum erstenmal gesehen habe.»

Enid lächelte nachsichtig. «Na gut, ich nehme an, du gestattest mir trotzdem Clematis für die Vorderveranda? Die Handwerker machen sich fertig zu gehen, also kümmern wir uns besser um die Stufen.»

Nachdem die Handwerker gegangen waren, nahm Claude die Mädchen über die Leiter mit nach oben. Sie kamen durch einen kleinen Eingang in einen großen Raum, der sich über dem vorderen und hinteren Wohnzimmer erstreckte. Die Zimmerleute nannten ihn «das Billardzimmer». Es gab zwei türhohe Fenster, die auf das Verandadach führten, und in der schrägen Decke befanden sich zwei Mansardenfenster, deren eines nach Norden zum Wäldchen blickte und das andere nach Süden zum Lovely Creek. Gladys spürte sofort an diesem Zimmer einen einzigartigen Charme, so leer und unverputzt, wie es war. «Was für ein schöner Raum!» rief sie aus.

Claude stimmte ihr sofort eifrig zu. «Findest du nicht auch? Weißt du, ich stelle mir vor, daß wir den ersten Stock ganz für uns haben, statt ihn in kleine Schachteln aufzuteilen, wie es die Leute normalerweise machen. Wir können hier heraufkommen und die Farm und die Küche und all unsere Sorgen vergessen. Ich habe für jeden von uns einen großen Wandschrank gebaut und alles richtig hingekriegt. Und jetzt will Enid dieses Zimmer für Prediger aufsparen!»

Enid lachte. «Nicht nur für Prediger, Claude. Für Gladys, wenn sie uns besuchen kommt — du siehst, es gefällt ihr —, und für deine Mutter, wenn sie sich eine Woche bei uns ausruhen möchte. Ich glaube nicht, daß wir das beste Zimmer für uns selbst nehmen sollten.»

«Warum nicht?» widersprach Claude hitzig. «Ich baue doch das ganze Haus für uns. Komm heraus auf das Verandadach, Gladys. Ist das nicht wundervoll für heiße Nächte? Ich möchte ein Gitter herumziehen und einen Balkon daraus machen, auf dem wir Stühle und eine Hängematte haben können.»

Gladys saß auf dem niedrigen Fenstersims. «Enid, es wäre dumm von dir, dies als Gästezimmer aufzusparen. Niemand würde es je so sehr genießen wie du. Du kannst von hier aus über das ganze Land sehen.»

Enid lächelte, zeigte aber kein Anzeichen von Nachgiebigkeit. «Laßt uns warten und zusehen, wie die Sonne untergeht. Sei vorsichtig, Claude, es macht mich nervös, dich so da liegen zu sehen.»

Er lag ausgestreckt am Dachrand, ein Bein hing darüber, und sein Kopf ruhte auf seinem Arm. Die flachen Felder röteten sich, die fernen Windräder blitzten weiß, und rosige Wölkchen tauchten über ihnen am Himmel auf.

«Wenn ich hieraus einen Balkon mache», murmelte Claude, «wird der Dachfirst nachmittags immer einen Schatten darauf werfen, und nachts werden die Sterne direkt darüberstehen. Es wird ein schöner Schlafplatz für die Erntezeit sein.»

«Oh, du könntest in einer heißen Nacht immer zum Schlafen hier heraufkommen», sagte Enid rasch.

«Es wäre nicht dasselbe.»

Sie saßen und sahen zu, wie das Licht vom Himmel schwand, und Enid und Gladys rückten näher aneinander, als die Kühle des Herbstabends hereinbrach. Die drei

Freunde dachten an dasselbe; und doch wäre über sie alle Erstaunen und Bitterkeit gekommen, wenn jeder durch eine Art Zauber begonnen hätte, seine Gedanken auszusprechen. Enids Überlegungen waren die untadeligsten. Die Diskussionen über das Gästezimmer hatte sie an Bruder Weldon erinnert. Im September hatte sie auf ihrem Weg nach Michigan mit Mrs. Royce einen Tag in Lincoln haltgemacht, um sich mit Arthur Weldon zu beraten, ob sie jemanden heiraten sollte, den sie ihm als «einen nicht erretteten Mann» beschrieb. Der junge Mr. Weldon ging das Thema vorsichtig an, als er aber erfuhr, daß der Betreffende Claude Wheeler sei, wurde er parteiischer, als für ihn üblich war. Er schien der Überzeugung zu sein, daß ihre Heirat mit Claude die einzige Möglichkeit sei, ihn zurückzugewinnen, und zögerte nicht zu sagen, daß es der wichtigste Dienst frommer Mädchen für die Kirche sei, ihr zur Stärkung vielversprechende junge Männer zuzuführen. Enid war, bevor sie ihn zu Rate zog, fast sicher gewesen, daß Mr. Weldon ihr Vorhaben billigen würde, aber seine Zustimmung war ihrem Stolz schon immer sehr schmeichelhaft gewesen. Sie sagte, wenn sie ein eigenes Heim habe, erwarte sie von ihm, daß er dort einen Teil seiner Sommerferien verlebe, und er brachte errötend seine Bereitschaft zum Ausdruck.

Auch Gladys war in ihre eigenen Gedanken versunken und saß mit jener Geruhsamkeit da, die sie ziemlich träge erscheinen ließ, den Kopf gegen den leeren Fensterrahmen gelehnt und der untergehenden Sonne zugewandt. Das rosige Licht ließ ihre braunen Augen glänzen wie altes Kupfer, und ein mißgelaunter Ausdruck lag in ihnen, als würde sie sich in ihrem Innern gegen etwas wehren. Als

Claude sie zufällig ansah, kam ihm in den Sinn, daß es ein hartes Geschick sei, in einer Gemeinde die Ausnahme darzustellen, begabter oder intelligenter zu sein als die übrigen. Für ein Mädchen mußte es doppelt hart sein. Er setzte sich plötzlich auf und brach das lange Schweigen.

«Ich habe vergessen, Enid, ich muß dir ein Geheimnis verraten. Drüben im Wäldchen habe ich neulich einen Schwarm Wachteln aufgescheucht. Sie müssen die einzigen sein, die in dieser Gegend übriggeblieben sind, und ich bezweifle, daß sie je aus dem Wäldchen herauskommen. Das Riedgras da drin ist jahrelang nicht gemäht worden – nicht seit ich aufs College gegangen bin –, und vielleicht leben sie von den Grassamen. Im Sommer gibt es da natürlich Maulbeeren.»

Enid überlegte, ob die Vögel zuviel über die Welt erfahren hatten, daß sie sich jetzt im Gehölz verbargen. Claude war sich dessen sicher.

«Niemand kommt dem Ort jemals nahe außer Vater; er sucht ihn manchmal auf. Vielleicht hat er sie gesehen und nie ein Wort gesagt. Das sähe ihm ähnlich.» Er erzählte ihnen, daß er geschälten Mais im Gras ausgestreut habe, damit die Vögel nicht versucht sein würden, in Leonard Dawsons Maisfeld hinüberzufliegen. «Wenn Leonard sie sähe, dann würde er wahrscheinlich auf sie schießen.»

«Warum bittest du ihn nicht einfach, es zu unterlassen?» schlug Enid vor.

Claude lachte. «Das wäre ziemlich viel verlangt. Wenn ein Schwarm Wachteln aus einem Maisfeld aufsteigt, dann sind sie für einen Mann, der gerne jagt, ein mächtig verführerischer Anblick. Wenn du nächsten Sommer herauskommst, Gladys, werden wir für dich ein Picknick veranstalten. Es gibt da drüben im Gehölz ein paar hübsche Plätze.»

Gladys schreckte hoch. «O je, es ist ja schon Nacht! Es ist wundervoll hier, aber du mußt mich nach Hause bringen, Enid.»

Im Haus war es dunkel. Claude half Enid die Leiter hinunter und begleitete sie zum Auto, dann ging er zurück, um Gladys zu holen. Sie saß am oberen Ende der Leiter auf dem Boden. Er reichte ihr die Hand und half ihr aufzustehen.

«Also magst du mein kleines Haus», sagte er dankbar.

«Ja. O ja!» Ihre Stimme war voller Gefühl, aber sie bemühte sich nicht, mehr zu sagen. Claude stieg vor ihr hinunter, um sie am Abrutschen zu hindern. Sie blieb zurück, während er sie durch die verwirrenden Eingänge führte und ihr über die Lattenstapel half, die auf dem Boden herumlagen. Am Rande des klaffenden Kellereingangs blieb sie stehen und stützte sich einen Augenblick müde auf seinen Arm. Sie sprach nicht, aber er begriff, daß sein neues Haus sie traurig machte; daß auch sie an den Punkt gelangt war, wo sie vom alten Pfad abweichen mußte. Er sehnte sich danach, ihr die Bitte zuzuflüstern, seinen Bruder nicht zu heiraten. Er zauderte und zögerte, tastete im Dunkeln umher. Sie hatte dieselbe verfluchte Art von Empfindlichkeit wie er; sie würde zuviel vom Leben erwarten und enttäuscht werden. Es widerstrebte ihm, sie ohne ein flehentlich bittendes Wort in den kalten Abend hinauszuführen. Gerne hätte er Umwege gemacht, um ihren Weg nach draußen auszudehnen – durch viele Zimmer und Korridore hindurch. Wäre das möglich gewesen, hätte die Kraft in ihm vielleicht gefunden, was sie suchte; selbst in diesem kurzen Intervall hatte sie sich geregt und bemerkbar gemacht, hatte einen verworrenen Appell geäußert. Claude war sehr erstaunt über sich.

11

Enid beschloß, in der ersten Juniwoche zu heiraten. Anfang Mai begannen die Gipser und Maler im neuen Haus tätig zu werden. Die Wände fingen an zu glänzen, und Claude ging den ganzen Tag herum und ölte und polierte die Kieferböden und -täfelungen. Er konnte es nicht vertragen, daß irgend jemand auf seine Böden trat. Er pflanzte Flaschenkürbis um die Hinterveranda, setzte Clematis und Fliederbüsche und legte einen Küchengarten an. Er und Enid würden auf ihrer Hochzeitsreise nach Denver und Colorado Springs fahren, aber Ralph würde dann zu Hause sein, und er hatte versprochen, bei trockenem Wetter herüberzukommen und die Blumen und Büsche zu bewässern.

Enid brachte häufig ihre Handarbeit mit und saß nähend auf der Vorderveranda, während Claude die Holzteile im Haus wachste oder draußen grub und pflanzte. Dies war die schönste Zeit seiner Werbung um Enid. Ihm schien, er habe nie zuvor so glückliche Tage erlebt. Wenn sie nicht kam, blickte er immer wieder die Straße hinunter und horchte, wechselte von einer Sache zur anderen und kam nicht voran. Er fühlte sich energiegeladen, solange sie mit Spitze und Bändern und Musselin auf dem Schoß dort auf der Veranda saß. Wenn er auf seinem Weg hinein oder hinaus vorbeikam und haltmachte, um ihr einen Augenblick nahe zu sein, schien sie sich zu freuen, daß er bei ihr verweilte. Es gefiel ihr, wenn er ihre Handarbeit bewunderte, und sie zögerte nicht, ihm den Grätenstich und die Stickerei zu zeigen, mit denen sie ihre neue Unterwäsche zierte. Er konnte den Blicken der Maler entnehmen, daß sie dieses Benehmen für ein Mädchen, das so bald Braut sein würde, sehr verwegen fanden. Er selbst fand ihr Verhalten bezaubernd, obwohl er es von Enid nie erwartet hätte. Sein Herz hämmerte, als ihm klarwurde, wie sehr sie sich ihm anvertraute, wie wenig sie ihn fürchtete! Sie würde es ihm erlauben, dort stehenzubleiben, über sie gebeugt, und ihre flinken Finger zu betrachten, oder auf dem Boden ihr zu Füßen zu sitzen und den Musselin auf ihrem Knie auszustarren, bis sein Schicklichkeitssinn ihm gebot, wieder an die Arbeit zu gehen und die Gefühle der Maler zu schonen.

«Wann gehst du mit mir ins Gehölz hinüber?» fragte er an einem warmen, windigen Nachmittag und ließ sich neben ihr niederfallen. Enid saß auf dem Verandaboden, den Rücken gegen einen Pfosten gelehnt und die Füße auf einer jener runden Portulakmatten, die über gestampfter Erde wachsen. «Ich habe meinen Wachtelschwarm wiedergefunden. Sie leben im tiefen Gras, drüben an einem Graben, der die meiste Zeit des Jahres voller Wasser ist. Ich werde da drin eine Reihe Erbsen pflanzen, damit sie einen Futterplatz zu Hause haben. Ich halte Leonards Maisfeld für eine große Gefahr. Ich weiß nicht, ob ich ihn ins Vertrauen ziehen soll oder nicht.»

«Du hast es Ernest Havel erzählt, nehme ich an?»

«O ja!» antwortete Claude und versuchte, die leichte Schärfe in ihrer Stimme zu überhören. «Ihm kann man trauen. Der Ort ist ein Vogelparadies. Die Bäume sind voller Nester. Du kannst morgens da drüben stehen und die Rotkehlchenjungen nach ihrem Frühstück kreischen hören. Komm doch morgen früh her, und ich geh mit dir hinüber, ja? Aber zieh feste Schuhe an; es ist naß im tiefen Gras.»

Während sie redeten, fegte plötzlich ein Wirbelwind um die Hausecke, erfaßte den kleinen Stapel gefalteter Korsettbezüge aus Spitze und verstreute ihn über den staubigen Garten. Claude lief mit Enids geblümtem Arbeitsbeutel hinter ihnen her und stopfte einen nach dem anderen hinein, wenn er sie, in den Gräsern flatternd, zu fassen bekam. Als er zurückkehrte, hatte Enid ihr Nadelbuch zusammengelegt und setzte sich gerade den Hut auf. «Danke», sagte sie lächelnd. «Hast du alles gefunden?»

«Ich denke schon.» Er eilte zum Auto, um sein schuldbewußtes Gesicht zu verbergen. Ein kleines Spitzending hatte er nicht in den Beutel getan, sondern in seine Tasche geschmuggelt.

Am nächsten Morgen kam Enid früh herauf, um die Vögel im Gehölz zu hören.

12

Am Vorabend seiner Hochzeit ging Claude früh zu Bett. Er war den ganzen Tag mit Ralph im Auto herumgehetzt, um letzte Vorbereitungen zu treffen, und war erschöpft. Er schlief fast sofort ein. Den Frauen des Haushalts ging das große Ereignis von morgen nicht so rasch aus dem Kopf. Nachdem das Geschirr vom Abendessen abgewaschen war, kletterte Mahailey zum Dachboden hinauf, um den Bettüberwurf zu holen, den sie so lange als Hochzeitsgeschenk für Claude aufbewahrt hatte. Sie nahm ihn aus der Kiste, faltete ihn auseinander und zählte die Sterne im Muster – Zählen war eine Fertigkeit, auf die sie stolz war –, bevor sie ihn einpackte. Er sollte morgen mit den anderen Geschenken zum Mühlhaus geschickt werden. Mrs. Wheeler ging in jener Nacht viele Male zu Bett. Ihr fielen immer wieder Dinge ein, nach denen gesehen werden mußte; sie stand auf und überzeugte sich davon, daß Claudes dicke Unterwäsche gegen einen möglichen Kälteeinbruch in den Bergen in seinen Koffer gepackt worden war; oder schlich sich nach unten, um nachzusehen, ob die sechs Brathühner für das Hochzeitsessen vor den Katzen auch sicher verwahrt waren. Während sie diese Aufgaben erledigte, betete sie unaufhörlich. Sie hatte seit der Marneschlacht nicht mehr so lange und inbrünstig gebetet.

Früh am nächsten Morgen belud Ralph das große Auto mit den Geschenken und Essenskörben und fuhr hinunter zu den Royces. Zwei Wagen aus der Stadt standen bereits im Mühlenhof; sie hatten einen Trupp von Mädchen gebracht, die mit sämtlichen Junirosen Frankforts gekommen waren, um das Haus für die Hochzeit zu schmücken. Als Ralph hupte, lief ein halbes Dutzend von ihnen hinaus, um ihn zu begrüßen, und sie machten ihm Vorwürfe, daß er seinen Bruder nicht mitgebracht hatte. Ralph wurde auf der Stelle dienstverpflichtet. Er trug die Stufenleiter, wohin ihm befohlen wurde, schlug Nägel ein und wand dornige Kletterrosenzweige um die Säulen zwischen dem vorderen und hinteren Wohnzimmer, die den Bogen bildeten, unter dem die Zeremonie stattfinden sollte.

Gladys Farmer war es nicht möglich gewesen, ihren Unterricht ausfallen zu lassen, um bei dieser vergnüglichen Arbeit zu helfen, aber um elf Uhr fuhr ein Lieferwagen vor, der mit weißen und rosa Päonien aus ihrem Vorgarten beladen war und eine Schachtel Treibhausblumen brachte, die sie für Enid in Hastings bestellt hatte. Die Mädchen bewunderten sie, erklärten jedoch, Gladys sei extravagant wie üblich; die Blumen aus ihrem eigenen Garten wären wirklich genug gewesen. Der Wagen wurde von einem hageren, zerlumpten Jungen gefahren, der in der Stadtgarage arbeitete und der «Schweigende Irv» genannt wurde, weil er selten ein Wort herausbekam. Er hatte fast gar keine Stimme – ein dünnes kleines Quietschen ganz hoch im Kehlkopf, wie das schweratmende Flüstern eines Mediums in Trance. Als er mit beiden Armen voller Päonien an die Vordertür kam, gelang es ihm hervorzuquetschen:

«Die sind von Miss Farmer. Da unten sind noch mehr.»

Die Mädchen gingen mit ihm zum Wagen zurück und nahmen eine quadratische Schachtel heraus, die mit weißen Bändern verschnürt war, an denen Silberglöckchen hingen, und die den Brautstrauß enthielt.

«Wie bist du an die gekommen?» fragte Ralph den dünnen Jungen. «Ich sollte dafür in die Stadt fahren.»

Der Bote schluckte. «Miss Farmer hat mir gesagt, wenn da noch andere Blumen für hier seien, soll ich sie mitbringen.»

«Das war nett von ihr.» Ralph langte in seine Hosentasche. «Wieviel? Ich möchte das erledigen, bevor ich es vergesse.»

Eine leichte Röte huschte über das bleiche Gesicht des Jungen – ein zartes Gesicht unter zottigem Haar, gespannt von einer Art Unglücklichsein, das es kleiner machte. Seine Augen waren immer halb geschlossen, als wolle er die Welt um sich nicht sehen oder von ihr nicht gesehen werden. Er ging umher wie ein Träumer. «Miss Farmer», flüsterte er, «hat mich bezahlt.»

«Sie denkt aber auch an alles!» rief eines der Mädchen. «Bist du nicht bei Gladys zur Schule gegangen, Irv?»

«Ja, Ma'am.» Er stieg ins Auto, ohne die Tür zu öffnen, wand sich wie ein Aal um das Steuerrad und fuhr davon.

Die Mädchen folgten Ralph den Kiesweg zum Haus hinauf. Eines wisperte den anderen zu: «Glaubt ihr, Gladys kommt heute abend mit Bayliss her? Ich hab' immer gedacht, daß sie selbst eine Schwäche für Claude hat.»

Jemand wechselte das Thema. «Ich kann es gar nicht fassen, daß Irv soviel geredet hat. Gladys muß ihn verzaubert haben.»

«Sie war in der Schule immer lieb zu ihm», sagte das Mädchen, das den schweigenden Jungen befragt hatte. «Sie sagte, er sei im Lernen gut gewesen, aber so ängstlich, daß er nie vortragen konnte. Sie ließ ihn die Antworten an seinem Pult aufschreiben.»

Ralph blieb zum Mittagessen und tändelte mit den Mädchen herum, bis seine Mutter nach ihm telephonierte. «Ich muß jetzt nach Hause fahren und mich um meinen Bruder kümmern, sonst taucht er heute abend in einem gestreiften Hemd auf.»

«Grüß ihn ganz lieb von uns», riefen ihm die Mädchen nach, «und sag ihm, er soll sich nicht verspäten!»

Als Ralph zur Farm fuhr, traf er unterwegs Dan, der Claudes großen Koffer in die Stadt brachte. Er verlangsamte seinen Wagen. «Gibt's Neuigkeiten?» rief er.

Dan grinste. «Nö. Als ich wegfuhr, ging's ihm so gut, wie zu erwarten war.»

Mrs. Wheeler kam Ralph auf der Treppe entgegen. «Er ist oben in seinem Zimmer. Er beschwert sich, daß seine neuen Schuhe zu eng sind. Ich glaube, es ist seine Nervosität. Vielleicht läßt er sich von dir rasieren; ich bin sicher, er wird sich schneiden. Wenn nur der Friseur ihm das Haar nicht so kurz geschnitten hätte, Ralph. Ich hasse diese neue Mode, Männer hinter den Ohren zu scheren. Der Nacken ist das Häßlichste an einem Mann.» Sie redete so verärgert, daß Ralph in Lachen ausbrach.

«Aber Mutter, ich dachte, für dich sehen alle Männer gleich aus! Eine Schönheit ist Claude sowieso nicht.»

«Wann möchtest du baden? Ich muß es so einrichten, daß nicht alle gleichzeitig nach heißem Wasser rufen.» Sie wandte sich an Mr. Wheeler, der am Sekretär saß und einen Scheck ausschrieb. «Vater, könntest du jetzt baden und aus dem Weg gehen?»

«Baden?» brüllte Mr. Wheeler, «ich will überhaupt nicht baden! Schließlich heirate nicht ich heute abend. Ich denke, wir brauchen für Enid nicht das gesamte Haus abzukochen.»

Ralph kicherte und sauste treppauf. Er fand Claude, auf dem Bett sitzend, einen Schuh aus und einen an. Ein Haufen Socken lag auf dem Teppich verstreut. Auf einem Stuhl stand ein offener Koffer, auf einem anderen eine schwarze Reisetasche.

«Bist du sicher, daß sie zu klein sind?» fragte Ralph.

«Etwa vier Nummern.»

«Und warum hast du sie nicht groß genug gekauft?»

«Hab' ich. Dieser Hai in Hastings hat mir ein anderes

Paar untergeschoben, als ich nicht hingeguckt hab'. Ist schon gut.» Er schnappte sich den Schuh, den sein Bruder aufgehoben hatte, um ihn zu prüfen. «Mir ist es egal, wenn ich nur lange genug in ihnen stehen kann. Du solltest besser den Bahnhof anrufen und fragen, ob der Zug pünktlich ist.»

«Das werden sie noch nicht wissen. Es sind noch sieben Stunden bis dahin.»

«Dann ruf später an. Aber find es irgendwie heraus. Ich möchte nicht auf dem Bahnhof herumstehen und auf den Zug warten müssen.»

Ralph pfiff. Mit diesem jungen Mann würde gewiß nicht leicht auszukommen sein. Er schlug ein Bad zur Entspannung vor. Nein, Claude hatte schon gebadet. Ob er dann mit Kofferpacken fertig sei?

«Wie, zum Teufel, kann ich ihn packen, wenn ich nicht weiß, was ich anziehe?»

«Du ziehst nur ein Hemd und ein Paar Socken an. Ich schaffe mal etwas von diesem Zeug aus dem Weg.» Ralph nahm eine Handvoll Socken auf und fing an, sie zu sortieren. Mehrere hatten hellrote Flecken am Zeh. Er begann zu lachen.

«Ich weiß, weshalb dir der Schuh weh tut, du hast dich in den Fuß geschnitten!»

Claude sprang auf wie von der Tarantel gestochen. «Scher du dich hier raus», brüllte er, «und laß mich allein!»

Ralph verschwand. Er teilte seiner Mutter mit, er würde sich sofort ankleiden, da sie vielleicht bei Claude im letzten Augenblick Gewalt anwenden müßten.

Die Hochzeitszeremonie sollte um acht stattfinden, darauf würde das Essen folgen, und um 10 Uhr 25 müßten

Claude und Enid Frankfort mit dem Denver-Express verlassen. Als Ralph um sechs an die Tür seines Bruders klopfte, fand er ihn rasiert und gebürstet und bis auf den Rock angekleidet. Sein Hemd war nicht zerknittert und die Krawatte säuberlich geknotet. Welchen Schmerz sie auch verbargen, die Lackschuhe waren glatt und glänzend und entschieden spitz.

«Hast du fertig gepackt?» fragte Ralph erstaunt.

«Fast. Ich hätte gern, daß du meine Sachen durchgehst und irgendwie machst, daß sie etwas ordentlicher aussehen. Es wäre mir zuwider, daß ein Mädchen das Innere meines Koffers in diesem Zustand sieht. Wo soll ich meine Zigarren hintun? Wo immer ich sie hintue, alles wird danach riechen. Meine gesamte Kleidung scheint nach Kochen oder Stärke oder sonstwas zu riechen. Ich weiß nicht, was Mahailey damit angestellt hat», endete er bitter.

Ralph sah empört aus. «So was von Undankbarkeit! Mahailey hat eine ganze Woche lang deine verdammten alten Hemden gebügelt!»

«Ja, ja, ich weiß. Bring mich nicht durcheinander. Ich habe vergessen, Taschentücher in meinen Koffer zu legen, du mußt also den ganzen Haufen irgendwo unterbringen.»

Mr. Wheeler tauchte in der Tür auf, die schwarze Sonntagshose hoch über sein weißes Hemd gezogen, und aus seinem zerzausten Haar drang ein starker Duft von Pimentöl. Er hielt ein dünnes, gefaltetes Papier sorgsam zwischen seinen dicken Fingern.

«Wo ist deine Brieftasche, Sohn?»

Claude fischte seine abgeworfene Hose vom Boden und zog ein Lederquadrat aus der Tasche. Sein Vater nahm es und steckte das Papierstück zu den Banknoten. «Du möchtest vielleicht unterwegs eine Kleinigkeit mitnehmen, die deiner Frau gefällt», sagte er. «Sind deine Fahrkarten da drin? Hier ist der Abschnitt für deinen Koffer, den Dan zurückgebracht hat. Vergiß nicht, ich habe sie zu deinen Karten gelegt und C. W. draufgeschrieben, damit du weißt, welches deine Karte ist und welche Enids.»

«Ja, Sir. Danke, Sir.»

Claude hatte schon das ganze Geld, das er brauchen würde, von der Bank abgehoben. Dieser zusätzliche Bankscheck war Mr. Wheelers Eingeständnis seiner Reue über einige sarkastische Bemerkungen, die er vor einigen Tagen gemacht hatte, als er entdeckte, daß Claude ein privates Schlafwagenabteil im Denver-Express reserviert hatte. Claude hatte kurz erwidert, daß Enid und ihre Mutter immer ein Privatabteil hätten, wenn sie nach Michigan fuhren, und daß er von ihr nicht verlangen könne, mit ihm weniger komfortabel zu reisen.

Um sieben brach die Familie Wheeler in den beiden Autos auf, die wartend beim Windrad standen. Mr. Wheeler fuhr den großen Cadillac, und Ralph nahm Mahailey und Dan im Ford mit. Als sie das Mühlhaus erreichten, war der äußere Hof schon schwarz vor Autos, und die Veranda und das Wohnzimmer waren voller Leute, die redeten und umherschlenderten.

Claude ging geradewegs nach oben. Ralph begann, die Gäste zu plazieren, und stellte die Klappstühle so auf, daß er einen Durchgang vom Fuß der Treppe zu dem Blumenbogen ließ, den er am Morgen hergerichtet hatte. Der Pfarrer stand mit der Bibel in der Hand unter dem Licht und suchte nach seinem Kapitel. Enid wäre es lieber gewesen, wenn Mr. Weldon aus Lincoln gekommen wäre und sie getraut hätte, aber Mr. Snowberry hätte das tief gekränkt. Schließlich war er ihr Pfarrer, obwohl er nicht beredt und überzeugend war wie Arthur Weldon. Ihm standen weniger englische Wörter zu Gebote als den meisten Menschen, und selbst die fielen ihm nicht ein. Auf seiner Kanzel suchte er nach ihnen und kämpfte mit ihnen, bis ihm Schweißtropfen von der Stirn rollten und auf seinen verfilzten braunen Bart fielen. Aber er glaubte, was er sagte, und seine sprachliche Geschicklichkeit war so gering, daß er nicht in Versuchung geriet, mehr zu sagen, als er glaubte. Er war im Bürgerkrieg Trommler gewesen, auf der Verliererseite, und er war ein einfacher, mutiger Mann.

Ralph war sowohl Platzanweiser als auch Brautführer. Gladys Farmer konnte nicht Brautjungfer sein, weil sie den Hochzeitsmarsch spielen mußte. Um acht kamen Enid und Claude zusammen die Treppe herunter, geführt von Ralph und gefolgt von vier Mädchen, weißgekleidet wie die Braut. Sie nahmen vor dem Pfarrer unter dem Bogen ihre Plätze ein. Der begann mit dem Kapitel aus der Genesis über die Erschaffung des Mannes und Adams Rippe und las in einer gequälten Weise, als wüßte er eigentlich nicht, warum er die Passage gewählt hatte, und suche nach etwas, das er nicht finden konnte. Sein Zwicker fiel ihm immer wieder auf das offene Buch. Während dieses linkischen Auftritts stand Enid ruhig da, sehr hübsch in ihrem kurzen Schleier, und blickte ihn respektvoll an. Claude war so bleich, daß er unnatürlich aussah – niemand hatte ihn je zuvor so gesehen. Sein Gesicht wirkte über den tiefschwarzen Kleidern und unter seinem glatten, sandfarbenen Haar weiß und streng, und er brachte seine Antworten mit hohler Stimme vor. Mahailey, mit schwarzem Hut und grünen Stachelbeeren darauf, stand an der Rückseite des Raumes, um auch ja nichts zu verpassen. Sie beobachtete Mr. Snowberry, als hoffte sie, ein sichtbares Zeichen von dem Wunder zu erhaschen, das er vollzog. Sie fragte sich immer, wie es der Pfarrer anstellte, aus dem Schlechtesten auf der Welt das Rechteste zu machen.

Als es vorüber war, ging Enid nach oben, um ihr Reisekleid anzuziehen, und Ralph und Gladys führten die Gäste zum Essen an ihre Plätze. Genau zwanzig Minuten später kam Enid wieder herunter und setzte sich neben Claude, zu Häupten der langen Tafel. Die Gesellschaft erhob sich und trank mit Traubensaftpunsch auf das Wohl der Braut. Mr. Royce jedoch hatte, während die Gäste an die Plätze geführt wurden, Mr. Wheeler in den Obstkeller mitgenommen, wo die beiden alten Freunde ein Glas gut abgelagerten Kentucky-Whiskey tranken und sich die Hände schüttelten. Als sie nach ihrem Verschwinden verjüngt aussehend an den Tisch zurückkehrten, bemerkte der Pfarrer den scharfen Schnapsgeruch und war gekränkt. Er blickte niedergeschlagen in sein rötliches Kelchglas und dachte über die Hochzeit zu Kanaan nach. Er versuchte, die Bibel wortwörtlich auf das Leben zu übertragen, und obwohl er nie wagte, es laut zu äußern, konnte er nicht einsehen, warum er besser war als der HErr.

Ralph als Zeremonienmeister blieb ganz ruhig und vergaß nichts. Als es Zeit für den Aufbruch war, tippte er Claude auf die Schulter und unterbrach seinen Vater in einer seiner besten Geschichten. Wider den Brauch würde das Brautpaar ohne Begleitung zum Bahnhof fahren, und sie verschwanden vom Tisch und hatten nur ein Nicken und ein Lächeln für die Gäste. Ralph drängte sie in den leichten Wagen, in dem er bereits Enids Handgepäck verstaut hatte. Nur die verhutzelte, kleine Mrs. Royce schlüpfte durch die Küche hinaus, um ihnen auf Wiedersehen zu sagen.

Am selben Abend waren einige Stadtlümmel herausgekommen und hatten die Straße in der Nähe der Mühle mit Dutzenden zerbrochener Glasflaschen bedeckt, wonach sie sich in den Wildpflaumenbüschen versteckten, um den Spaß abzuwarten. Ralphs Auto war als erstes draußen, und obwohl das Licht auf diesem Bett von schartigem Glas glitzerte, hatte er keine Zeit anzuhalten; auf beiden Seiten der Straße verliefen Gräben, also mußte er geradeaus hindurchfahren und kam auf platten Reifen in Frankfort an. Der Eilzug pfiff, als sie gerade am Bahnhof vorfuhren. Er und Claude ergriffen die vier Stücke Handgepäck und brachten sie in das Privatabteil. Die beiden Jungen ließen Enid und die Taschen dort zurück und gingen zur hinteren Plattform des Aussichtswagens, um bis zum letzten Augenblick zu reden. Ralph zählte an den Fingern auf, was zu erledigen er Claude versprochen hatte. Claude dankte ihm gerührt. Er hatte das Gefühl, ohne Ralph hätte er überhaupt nicht heiraten können. Sie waren nie so gute Freunde gewesen wie in den letzten vierzehn Tagen.

Die Räder begannen sich zu drehen. Ralph ergriff Claudes Hand, lief zur Vorderseite des Wagens und stieg aus. Als Claude an ihm vorbeifuhr, stand er da und winkte mit dem Taschentuch – eine ziemlich komische Figur unter den Bahnhofslichtern, in seiner schwarzen Kleidung und dem steifen Strohhut, die kurzen Beine gespreizt, und mit seiner heillos unbeschwerten Miene.

Der Zug glitt ruhig durch die Sommerdunkelheit hinaus,

das waldige Flußtal entlang. Claude war allein auf der hinteren Plattform und rauchte nervös eine Zigarre. Als sie den tiefen Einschnitt passierten, wo der Lovely Creek in den Fluß mündete, sah er einen Moment die Lichter des Mühlhauses aufblitzen. Die Nacht war reglos; schwer vom Duft des Süßklees, der an den Schienen entlangwuchs, und von taubenetztem wildem Wein. Der Schaffner kam, bat um die Fahrkarten und sagte mit weisem Lächeln, er habe nach ihm gesucht, da er ungern die Dame behelligen wollte.

Als er gegangen war, sah Claude auf die Uhr, warf seinen Zigarrenstummel fort und ging durch die Pullman-Wagen zurück. Die Fahrgäste waren zu Bett gegangen; die Deckenbeleuchtung war immer schon niedrig geschaltet, wenn der Zug Frankfort verließ. Er bahnte sich seinen Weg durch die Mittelgänge mit ihren schwingenden grünen Vorhängen und klopfte an die Tür seines Privatabteils. Sie öffnete sich ein wenig, und Enid stand dort in einem weißseidenen Negligé mit vielen Rüschen; das Haar fiel ihr in zwei weichen Zöpfen über die Schultern.

«Claude», sagte sie mit leiser Stimme, «würde es dir etwas ausmachen, dir heute nacht draußen im Wagen irgendwo einen Liegeplatz zu suchen? Der Schlafwagenschaffner sagt, sie sind nicht alle besetzt. Mir geht es nicht sehr gut. Ich glaube, die Sauce auf dem Hühnersalat muß zu fett gewesen sein.»

Er antwortete mechanisch: «Ja, sicher. Kann ich dir irgend etwas bringen?»

«Nein, danke. Schlaf wird mir mehr nützen als sonst etwas. Gute Nacht.»

Sie schloß die Tür, und er hörte den Riegel zuschnappen.

Er stand da und blickte einen Moment lang auf das glänzend polierte Holz der Täfelung, wandte sich dann unentschlossen um und ging zurück durch den leise schaukelnden Mittelgang mit seinen grünen Vorhängen. Im Aussichtswagen streckte er sich auf zwei Korbstühlen aus und zündete eine weitere Zigarre an. Um zwölf kam der Schlafwagenschaffner herein.

«Dieser Wagen iss über Nacht geschlossen, Sir. Sinn Sie der Herr aus'm Privatabteil in vierzehn? Möchten Sie 'n Liegewagenbett?»

«Nein, danke. Gibt es einen Raucherwagen?»

«Da iss der Tagesraucher, aber der iss um diese Nachtzeit wohl nicht sehr sauber.»

«Das macht nichts. Ist er weiter vorn?» Claude gab ihm geistesabwesend eine Münze, und der Schaffner führte ihn zu einem sehr schmutzigen Wagen, dessen Boden übersät war von Zeitungen und Zigarrenstummeln; die Lederpolster waren grau vor Staub. Einige verzweifelt aussehende Männer lagen herum, die Schuhe hatten sie abgestreift, und ihre Hosenträger hingen den Rücken herunter. Bei ihrem Anblick erinnerte sich Claude, daß sein linker Fuß wund war und seine Schuhe ihn schon eine ganze Weile gedrückt haben mußten. Er zog sie aus und legte seine Füße in den Seidensocken auf den Sitz gegenüber.

Auf jener langen, schmutzigen, unbequemen Fahrt hatte Claude vielerlei Gefühle, aber das vorherrschende war Heimweh. Er war auf eine Weise verletzt worden, die ihn dazu brachte, sich schmerzhaft feige den alten, vertrauten Dingen zuzuwenden, die ihm so gewiß waren wie der Sonnenaufgang. Könnte doch nur die Ebene mit Salbeibüschen, über der die Sterne schienen, plötzlich aufbrechen und sich in die Windungen des Lovely Creek auflösen, mit dem Haus seines Vaters, dunkel und still in der Sommernacht! Wenn er die Augen schloß, konnte er das Licht im Fenster seiner Mutter sehen; und weiter unten den Schimmer von Mahaileys Lampe, wo sie vor sich hinnickend saß, und seine alten Hemden flickte. Menschliche Liebe, sagte er sich, ist ein wunderbares Ding, und sie ist dort am wunderbarsten, wo sie am wenigsten auf Gewinn aus ist.

Bis zum Morgen hatte sich der Sturm aus Zorn, Enttäuschung und Demütigung gelegt, der in ihm getobt hatte, als er sich in den Aussichtswagen setzte. Eines blieb; der seltsam beiläufige, gleichgültige, uninteressierte Klang der Stimme seiner Frau, als sie ihn fortschickte. In diesem flachen Ton machen Menschen banale Bemerkungen über banale Dinge.

Der Tag brach mit silbriger Helligkeit über dem Sommersalbei an. Der Himmel wurde rosa, der Sand wurde golden. Der Dämmerungswind trug den scharfen Geruch der Salbeibüsche durchs Fenster herein, ein Geruch, der in der Morgenfrühe seltsam anregend ist, in der er immer Freiheit zu versprechen scheint... weite Räume, Neuanfänge, bessere Tage.

Der Zug sollte um acht in Denver ankommen. Genau um 7 Uhr 30 klopfte Claude an Enids Tür – diesmal laut. Sie war angekleidet und begrüßte ihn mit einem frischen, lächelnden Gesicht, den Hut in der Hand.

«Geht es dir besser?» fragte er.

«O ja! Heute morgen ist mit mir alles wieder in Ordnung. Ich habe dir all deine Sachen herausgelegt, da, auf den Sitz.»

Er warf einen Blick darauf. «Danke. Aber ich fürchte, ich habe keine Zeit, mich umzuziehen.»

«Oh, nicht? Es tut mir so leid, daß ich gestern abend vergessen habe, dir deine Tasche zu geben. Aber du mußt wenigstens einen anderen Schlips umbinden. Du siehst zu sehr nach Bräutigam aus.»

«Wirklich?» fragte er und verzog kaum merklich die Lippen.

Alles, was er brauchte, war säuberlich auf dem Plüschsitz ausgelegt; Hemd, Kragen, Schlips, Bürsten, sogar ein Taschentuch. Die Tücher in seinen Taschen waren schwarz vom Wegwischen der Asche, die die ganze Nacht über hereingeweht war, und er warf sie hin und nahm das frische. Ein feuchter Fleck war darauf, und als er es auseinanderfaltete, erkannte er den Duft eines Parfüms, das Enid häufig benutzte. Aus irgendeinem Grund machte ihn diese Aufmerksamkeit schwach. Er fühlte Tränen in seinen Augen, und um sie zu verbergen, beugte er sich über das Metallbecken und fing an, sein Gesicht zu waschen. Enid stand hinter ihm und rückte ihren Hut im Spiegel zurecht.

«Wie schrecklich verraucht du bist, Claude. Ich hoffe, du rauchst nicht vor dem Frühstück?»

«Nein. Ich war eine Weile im Raucherwagen. Ich nehme an, meine Kleidung ist davon ganz vollgesogen.»

«Du bist auch voller Staub und Asche!» Sie nahm die Kleiderbürste vom Ständer und begann ihn abzubürsten. Claude ergriff ihre Hand. «Laß das bitte!» sagte er scharf. «Der Schaffner kann das für mich tun.»

Enid beobachtete ihn verstohlen, während er seinen Koffer schloß und zuschnallte. Sie hatte oft gehört, daß Männer vor dem Frühstück gereizt seien.

«Du hast bestimmt nichts vergessen?» fragte er, bevor er ihre Tasche schloß.

«Nein. Ich verliere nie etwas im Zug – du?»

«Manchmal», antwortete er zurückhaltend und sah nicht auf, als er den Verschluß zuschnappen ließ.

DRITTES BUCH

Sonnenaufgang über der Prärie

1

Claude sollte weiterhin mit seinem Vater die Farm bewirtschaften, und als er von seiner Hochzeitsreise zurückgekehrt war, machte er sich sofort an die Arbeit. Die Ernte war fast so üppig wie im Sommer zuvor, und er war sechs Tage die Woche auf den Feldern beschäftigt.

Eines Nachmittags im August kam er mit seinem Gespann nach Hause, tränkte und fütterte die Pferde in aller Ruhe und betrat dann sein Haus durch die Hintertür. Er wußte, daß Enid nicht da sein würde. Sie war nach Frankfort zu einer Versammlung der Anti-Saloon-Liga gefahren. Die Prohibitionspartei war in jenem Sommer sehr rührig in Nebraska und baute darauf, den Staat im folgenden Jahr «trockenzuwählen», ein Ziel, das sie mit Triumph erreichte.

Enids von der Nachmittagssonne erfüllte Küche glänzte in frischer Farbe, fleckenlosem Linoleum und blau-weißem Kochgeschirr. Im Eßzimmer war das Tischtuch ausgebreitet und der Tisch säuberlich für eine Person gedeckt. Claude öffnete den Eisschrank, in dem sein Abendessen für ihn angerichtet war; eine Schale mit Dosenlachs in einer weißen Sauce; hartgekochte Eier, die geschält in einem Nest von Salatblättern lagen; eine Schüssel mit reifen Tomaten, ein wenig kalter Reispudding; Sahne und

Butter. Er stellte all das auf den Tisch, schnitt sich ein paar Scheiben Brot, und nachdem er nachlässig Gesicht und Hände gewaschen hatte, setzte er sich in seinem Arbeitshemd zum Essen. Er lehnte die Zeitung gegen einen roten gläsernen Wasserkrug und las die Kriegsnachrichten, während er aß. Er war verärgert, als er schwere Schritte ums Haus kommen hörte. Leonard Dawson steckte seinen Kopf durch die Küchentür, und Claude stand schnell auf und nahm seinen Hut; aber Leonard trat unaufgefordert ein und setzte sich. Sein braunes Hemd war naß, wo die Hosenträger seine Schultern umspannten, und sein Gesicht war unrasiert und staubbedeckt unter einem breitrandigen Strohhut, den er nicht abnahm.

«Mach weiter und iß zu Ende!» rief er. «Wenn man eine Frau mit einem eigenen Auto hat, ist es fast, als hätte man gar keine Frau. Mit welcher Begeisterung die herumkutschieren! Ich habe verdammt aufgepaßt, daß Susie nie fahren gelernt hat. Hör mal, Claude, wann, denkst du, könntest du mir den Mähdrescher überlassen? Mein Weizen keimt schon bald in den Hocken aus. Meinst du, dein Vater wäre bereit, am Sonntag zu arbeiten, dann würde ich euch helfen, und die Maschine wäre einen Tag früher frei?»

«Ich fürchte, nicht. Mutter würde das nicht mögen. Wir haben das nie getan, nicht einmal, wenn wir unter Druck waren.»

«Na gut, ich denke, ich gehe rüber und rede mit deiner Mutter. Wenn sie in meine Weizenhocken reingucken würde, könnte sie sich überzeugen, daß es fast so ist, als wenn deines Nachbars Ochse am Sabbat in einen Graben gefallen wäre.»

«Das ist eine gute Idee. Sie ist immer vernünftig.»

Leonard stand auf. «Was gibt's Neues?»

«Die Deutschen haben ein englisches Passagierschiff torpediert, die ‹Arabic› – sie war auf dem Weg zu uns rüber.»

«Ist doch in Ordnung», erklärte Leonard. «Vielleicht bleiben die Amerikaner jetzt zu Hause und kümmern sich um ihren eigenen Kram. Mir macht's nichts aus, wenn die sich da drüben fertigmachen, kein bißchen! Ist mir völlig egal, wer von denen von der Landkarte verschwindet.»

«Deine Großeltern waren doch Engländer, nicht?»

«Das ist eine ganze Weile her. Ja, meine Großmutter trug eine Haube und hatte weiße Löckchen, und ich sage Susie immer, ich hätte nichts dagegen, wenn das Baby die Haut meiner Großmutter kriegt. Sie hatte den schönsten Teint, den ich je gesehen habe.»

Als sie aus der Hintertür traten, lief ihnen gackernd eine Schar weißer Hühner mit roten Kämmen entgegen. Es war die Stunde, zu der das Geflügel normalerweise gefüttert wurde. Leonard blieb stehen, um sie zu bewundern. «Du hast da einen schönen Hennenhaufen. Ich habe weiße Leghorn immer gemocht. Wo sind all deine Hähne?»

«Wir haben nur einen. Er ist im Hühnerstall eingesperrt. Die Bruthennen sitzen auf den Eiern. Enid will Winterbrathühner züchten.»

«Nur ein Hahn? Und darf ich fragen, was diese Hennen tun?»

Claude lachte. «Sie legen ganz genauso Eier – besser sogar. Es sind die befruchteten Eier, die bei warmem Wetter verderben.»

Diese Auskunft schien Leonard zu ärgern. «Ich hab' noch nie solch verdammten Unsinn gehört», tobte er. «Ich halte Hühner auf natürlicher Basis, oder ich halte sie überhaupt nicht.» Er sprang in sein Auto aus Furcht, er würde mehr sagen.

Als er nach Hause kam, bereitete seine Frau das Abendessen zu, und das Baby saß mit einer Klapper in seinem Kinderwagen neben ihr. Schmutzig und verschwitzt, wie er war, hob Leonard das saubere Baby hoch, fing an es zu küssen und daran zu schnuppern und rieb sein Stoppelkinn an den weichen Falten seines Halses. Das kleine Mädchen war außer sich vor Entzücken.

«Geh und wasch dich fürs Abendessen, Len!» rief Susie vom Herd herüber. Er setzte das Baby hin und fing an, im Blechbassin zu planschen, gleichzeitig sagte er mit zugekniffenen Augen: «Susie, ich habe eine gräßliche Wut. Ich kann diese verdammte Frau von Claude nicht ausstehen!»

Sie spießte kochende Maiskolben aus einem großen Eisentopf und sah durch den Dampf auf. «Wieso, hast du sie gesehen? Ich hab' heute morgen am Telephon gelauscht und gehört, wie sie zu Bayliss sagte, sie würde bis spät abends in der Stadt bleiben.»

«O ja! Sie ist auch in die Stadt gefahren, und er sitzt da drüben und ißt allein ein kaltes Abendessen. Diese Frau ist eine Fanatikerin. Es reicht ihr nicht, Prohibition an Menschen zu praktizieren; sie hat jetzt auch mit den Hennen angefangen.» Während er die Stühle hinstellte und das Baby an den Tisch schob, erklärte er seiner Frau Enids Methode der Geflügelzucht. Sie sagte, sie fände wirklich nichts dabei.

«Nun sei mal ehrlich, Susie, hast du je gewußt, daß Hennen ohne einen Hahn weiterlegen?»

«Nein, hab' ich nicht, aber ich bin auf die altmodische Weise aufgewachsen. Enid hat Geflügelbücher und Gartenbücher und all so was. Ich bezweifle nicht, daß sie daraus gute Anregungen holt. Aber sei du auf jeden Fall vorsichtig. Sie ist unsere nächste Nachbarin, und ich möchte mit ihr keinen Ärger haben.»

«Dann muß ich ihr aus dem Weg gehen. Wenn sie versucht, meine Hühner zu missionieren, dann erzähle ich ihr ein paar bittere Wahrheiten, die ihr ihr Mann aus Schüchternheit nicht sagt. Meiner Meinung nach ist er jetzt schon unter dem Pantoffel.»

«Also, Len, du weißt, daß sie deine Hühner nicht belästigen würde. Du hältst dich ruhig. Aber Claude scheint irgendwie die Leute zu meiden», gab Susie zu, während sie den Teller ihres Mannes ein zweites Mal füllte. «Mrs. Joe Havel hat gesagt, daß Ernest nicht mehr zu Claude geht. Anscheinend ist Enid da rübergegangen und wollte, daß Ernest irgendwelche Prohibitionsplakate über fünfzehn Millionen Säufer an ihre Scheune klebt, als Beispiel für die Böhmen. Ernest wollte es nicht tun und sagte ihr, er würde für die Saloons stimmen, und Enid war ziemlich gehässig, sagte Mrs. Havel. Es ist so schade, wo diese Jungen doch so dicke Freunde waren. Ich habe sie immer gern zusammen gesehen.» Susie redete so freundlich, daß ihr Mann ihr einen raschen Blick scheuer Zuneigung zuwarf.

«Glaubst du, Claude hat es genossen, diesen Prediger zu Besuch zu haben, als sie noch nicht zwei Monate verheiratet waren? Und der jeden Tag mit einem weißen Schlips auf der Vorderveranda saß, während Claude draußen war und Weizen schnitt?»

«Na ja, immerhin hatte Claude mehr zu essen, als Bruder

Weldon da war, denke ich. Prediger nähren sich nicht von Kalorien, oder wie Enid das nennt», sagte Susie, die dazu neigte, die Lichtseiten der Dinge zu sehen. «Claudes Frau führt eine wunderbare Küche; aber das könnte ich auch, wenn ich so wenig kochen würde wie sie.»

Leonard warf ihr einen vielsagenden Blick zu. «Ich glaube nicht, daß du mit der Art Mann zusammenleben würdest, den du aus einer Dose ernähren könntest.»

«Nein, das glaube ich auch nicht.» Sie schob ihm den Kinderwagen zu. «Nimm sie hoch, Daddy, sie möchte mit dir spielen.»

Leonard setzte das Baby auf seine Schulter und trug es davon, um ihm die Schweine zu zeigen. Susie lachte in sich hinein, während sie den Tisch abräumte und das Geschirr abwusch; sie amüsierte sich über das, was ihr Mann ihr erzählt hatte.

Am späten Abend, als Leonard sich zur Scheune aufmachte, um nachzusehen, ob alles in Ordnung war, bevor er zu Bett ging, beobachtete er ein dezentes schwarzes Ding, das im Mondlicht die Landstraße entlangrollte und an dessen Rückseite ein roter Funke blinkte. Er rief Susie an die Tür.

«Sieh, da fährt sie nach Hause, um Claude vom Erfolg der Versammlung zu berichten. Wär's nicht reizend, die eigene Frau so ankommen zu sehen?»

«Ach, Leonard, wenn es Claude gefällt...»

«Ha, gefällt?» Der große Leonard richtete sich zu voller Größe auf. «Was kann er tun, das arme Jungchen? Er wurde geprellt!»

2

Nachdem Leonard gegangen war, räumte Claude die Reste seines Abendessens ab und goß den Flaschenkürbis, bevor er zum Melken ging. Es war eigentlich kein Flaschenkürbis, sondern ein Sommersquash von der krummhalsigen, warzigen, orangefarbenen Sorte, und nun war er voller reifer Früchte, die zwischen den rauhen grünen Blättern und stacheligen Ranken an kräftigen Stielen hingen. Claude hatte seinem raschen Wachsen und dem Öffnen seiner fleckigen gelben Blüten zugesehen und Dankbarkeit empfunden gegenüber einem Ding, das kraftvoll tat, wozu es dort hingepflanzt war. Dasselbe Gefühl hegte er für seine kleine Jerseykuh, die jeden Abend mit vollem Euter nach Hause kam, bereitwillig ihre Milch hergab und den Schwanz aus seinem Gesicht hielt, wie es nur eine freundlich gesonnene Kuh tat.

Als er mit Melken fertig war, setzte er sich auf die Vorderveranda und zündete sich eine Zigarre an. Während er rauchte, dachte er an nichts als die Stille und das langsame Abkühlen der Atmosphäre und wie gut es sei, ruhig dazusitzen. Der Mond schwamm über den kahlen Weizenfeldern empor, groß und zauberisch wie eine schöne gewaltige Blume. Dann holte er ein paar Badehandtücher, ging über den Hof zum Windrad, zog seine Kleider aus und stieg in die blecherne Pferdetränke. Das Wasser war den ganzen Tag über von der Sonne erwärmt worden und war nicht viel kühler als sein Körper. Er streckte sich darin aus, legte sich auf den Rücken, bettete den Kopf auf den Metallrand und sah zum Mond auf. Der Himmel war mitternachtsblau wie warmes, tiefes, blaues Wasser, und der

Mond schien darauf zu liegen wie eine Seerose, die in einer unsichtbaren Strömung davonschwimmt. Man erwartete zu sehen, wie sich seine großen Blütenblätter öffnen würden.

Aus irgendeinem Grunde begann Claude an die fernen Zeiten und Länder zu denken, über die er geschienen hatte. Von der Sonne stellte er sich nie vor, sie käme aus entlegenen Ländern oder habe an menschlichem Leben in anderen Zeitaltern teilgehabt. Für ihn drehte sich die Sonne über den Weizenfeldern. Aber der Mond kam irgendwie aus der geschichtlichen Vergangenheit und ließ ihn an Ägypten und die Pharaonen, Babylon und die Hängenden Gärten denken. Er schien besonders auf die menschlichen Torheiten und Enttäuschungen geblickt zu haben; in die Sklavenquartiere alter Zeiten, in Gefängnisfenster und in Festungen, in denen Gefangene schmachteten.

Auch im Innern lebender Menschen schmachteten Gefangene. Ja, im Innern von Menschen, die im hellen Sonnenlicht einhergingen und arbeiteten, gab es Gefangene, die im Finstern hausten – die von der Geburt bis zum Tode niemals erblickt wurden. In jene Gefängnisse schien der Mond, und die Gefangenen krochen an die Fenster und blickten mit trauernden Augen hinaus auf die weiße Kugel, die keine Geheimnisse verriet und alles verstand. Vielleicht gab es sogar in Mrs. Royce und seinem Bruder Bayliss so etwas – aber das war ein Gedanke, bei dem ihm schauderte. Er tat ihn ab mit einer raschen Bewegung seiner Hand durchs Wasser, das, aufgerührt, das Licht einfing und schwarz und golden auf seiner Brust spielte wie etwas Lebendiges. Der in seiner Mutter eingekerkerte Geist war anderen Menschen fast gegenwärtiger als ihr körperliches Selbst. Er hatte ihn so oft gespürt, wenn er an Sommerabenden wie diesem mit ihr zusammensaß. Auch Mahailey hatte einen, obwohl die Wände ihres Gefängnisses so dick waren – und Gladys Farmer. O ja, wieviel mußte Gladys diesem vollkommenen Vertrauten zu erzählen haben! Die Menschen, deren Herzen hochgestimmt waren, brauchten solchen Umgang – deren Sehnen so schön war, daß keine Erfahrung der Welt es befriedigen konnte. Und diese Kinder des Mondes mit ihren ungestillten Sehnsüchten und vergeblichen Träumen bildeten eine feinere Rasse als die Kinder der Sonne. Diese Vorstellung überflutete das Herz des Jungen wie ein zweiter Mondaufgang, durchfloß ihn unbestimmt und stark, während er totenstill dalag, aus Furcht, sie zu verlieren.

Schließlich kam jenes schwarze kubische Ding die Straße entlanggerollt, das Leonard Dawsons zornentbranntes Auge erfaßt hatte. Claude ergriff seine Kleider und Handtücher und rannte, ohne sie zu benutzen – ein weißer Mann über einen kahlen weißen Hof. Als er den Schutz des Hauses erreicht hatte, fand er seinen Bademantel und floh auf die obere Veranda, wo er sich in die Hängematte legte. Kurz darauf hörte er, wie sein Name gerufen wurde, ausgesprochen, als schriebe er sich «Clod». Seine Frau kam die Treppe herauf und blickte zu ihm hinaus. Er lag reglos mit geschlossenen Augen. Sie ging fort. Als alles wieder ruhig war, blickte er hinaus auf das stille Land und auf den Mond am dunklen, indigoblauen Himmel. Seine Offenbarung hielt ihn noch gepackt und machte seinen ganzen Körper empfindlich wie einen straff gespannten Bogen. Am nächsten Morgen hatte er vergessen oder schämte sich dessen, was ihm am Vorabend so wahr und so völlig als das Seine erschienen war. Er war vor allem der Meinung, daß es besser sei, über solche Dinge nicht nachzudenken, und wenn er konnte, vermied er es zu denken.

3

Nachdem die schwere Erntearbeit vorüber war, überredete Mrs. Wheeler häufig ihren Mann, wenn er in seinem Buckboard ausfuhr, sie bis zu Claudes neuem Haus mitzunehmen. Sie war froh, daß Enid ihren Salon nicht so dunkel hielt wie Mrs. Royce den ihren. Die Fenster waren ständig geöffnet, die Ranken und die langen Petunien in den Fensterkästen wiegten sich in der Brise, und die Zimmer waren erfüllt von Sonnenlicht und in perfekter Ordnung. Enid trug während ihrer Arbeit weiße Kleider und weiße Schuhe und Strümpfe. Sie führte den Haushalt mühelos und systematisch. Montag morgens stellte Claude die Waschmaschine an, bevor er arbeiten ging, und um neun hing die Kleidung auf der Leine. Enid bügelte gern, und Claude hatte noch nie in seinem Leben so oft saubere Hemden getragen oder sie mit solcher Befriedigung getragen. Sie sagte ihm, er brauche an Arbeitshemden nicht zu sparen; es sei ebenso leicht, sechs statt drei zu bügeln.

Obwohl Enids Auto für die Prohibitionssache innerhalb weniger Monate über zweitausend Meilen zurücklegte, konnte man nicht sagen, daß sie ihr Haus wegen der Reform vernachlässigte. Ob sie ihren Mann vernachlässigte, hing von der jeweiligen Auffassung ab, was sie ihm schuldig sei. Als Mrs. Wheeler sah, wie wohlgeführt ihr kleiner Besitz war, wie heiter und anziehend Enid immer aussah, wenn man zufällig vorbeikam, dann fragte sie sich, weshalb Claude nicht glücklich war. Und Claude fragte sich selbst. Wenn seine Ehe ihn in mancher Hinsicht enttäuschte, sollte er ein Mann sein, so sagte er sich selbst, und das Beste aus dem machen, was gut daran war. Wenn seine Frau ihn nicht liebte, lag es daran, daß Liebe für ihn etwas anderes bedeutete als für sie. Sie war stolz auf ihn, freute sich, ihn zu sehen, wenn er von den Feldern zurückkam, und sorgte für sein Wohlergehen. Alles an der Umarmung eines Mannes war Enid widerwärtig; etwas, das Frauen auferlegt war wie der Schmerz des Gebärens – vielleicht wegen Evas Fehltritt.

Dieser Widerwille war mehr als körperlich; sie verabscheute Leidenschaft jeglicher Art, sogar religiöse Leidenschaft. Sie hatte vor ihrer Heirat mehr Zuneigung für Claude empfunden als jetzt; aber sie hoffte auf eine Anpassung. Vielleicht könnte sie ihn irgendwann wieder ganz genauso mögen. Selbst Bruder Weldon hatte ihr angedeutet, daß sie, um ihrer gemeinsamen Zukunft willen, mit dem Jungen nachsichtig sein müsse. Und sie dachte, sie wäre bereits nachsichtig gewesen. Sie konnte seine Anfälle verzweifelten Schweigens nicht verstehen, die bittern, beißenden Bemerkungen, die er manchmal fallenließ, seinen offenkundigen Ärger, wenn sie zu ihm ins Wäldchen hinüberging, wo er am Sonntagnachmittag untätig im tiefen Gras lag.

Claude lag immer dort, sah den Wolken zu und sagte sich: «Dies ist für mich das absolute Ende.» Auch andere Männer mußten enttäuscht worden sein, und er fragte sich, wie sie es ein Leben lang ertragen konnten. Claude war ein gesitteter Junge gewesen, weil er Idealist war; er hatte sich darauf gefreut, in der Liebe wunderbar glücklich zu sein und sein Glück zu verdienen. Er hatte sich nie träumen lassen, daß es anders kommen könnte.

Wenn er jetzt an einem strahlenden Sommermorgen auf die Felder hinausging, kam es ihm manchmal so vor, als ob die Natur ihm nicht nur zulächelte, sondern ihn offen auslachte. Sein Stolz litt, aber noch mehr seine Ideale, sein vages Gespür für das Schöne. Enid konnte ihm sein Leben vergällen, ohne es je zu wissen. In solchen Zeiten haßte er sich dafür, daß er ihre widerwillige Gastfreundschaft annahm. Er verstieß gegen etwas in seinem Wesen.

Als Person war Enid immer noch anziehend für ihn. Er fragte sich, warum sie keine Spur von Gefühl besaß, das ihrer natürlichen Grazie und Leichtigkeit der Bewegungen, der sanften, fast schwermütigen Körperhaltung, in der er sie manchmal überraschte, entsprach. Wenn er von der Arbeit kam und sie auf der Veranda sitzend antraf, gegen einen Pfosten gelehnt, die Hände um die Knie gefaltet, den Kopf ein wenig gesenkt, konnte er kaum an die Starrheit glauben, die ihm auf Schritt und Tritt begegnete. Hatte er etwas Abstoßendes an sich? War es am Ende seine Schuld?

Enid ging mit seinem Vater weit nachsichtiger um, als mit jedem anderen, stellte er fest. Mr. Wheeler kam fast täglich vorbei, um sie zu besuchen, und nahm sie sogar auf Fahrten in seinem alten Buckboard mit. Bayliss kam gelegentlich aus der Stadt, um den Abend bei ihnen zu verbringen. Enids vegetarische Abendessen kamen ihm zupaß, und da sie mit ihm zusammen in der Prohibitionskampagne arbeitete, hatten sie immer etwas zu besprechen. Bayliss hatte sowohl ein soziales als auch ein gesundheitliches Vorurteil gegen Alkohol, und er haßte ihn weniger wegen des Schadens, den er anrichtete, als wegen des Vergnügens, das er bereitete. Claude weigerte sich hartnäckig, an den Aktivitäten der Anti-Saloon-Liga in irgendeiner Form teilzunehmen oder zu verteilen, was Bayliss und Enid «unsere Literatur» nannten.

In den Farmerstädten wurde der Begriff «Literatur» nur auf eine bestimmte Art von Drucksachen angewandt; es gab Prohibitionsliteratur, Sex-Hygiene-Literatur, und während einer Epidemie von Viehkrankheiten gab es eine Maul-und-Klauenseuche-Literatur. Diese spezielle Verwendung des Wortes machte Claude nichts aus, aber seine Mutter als altmodische Schullehrerin beklagte sich darüber.

Enid verstand die Gleichgültigkeit ihres Mannes angesichts einer brennenden Frage nicht und konnte sie nur dem Einfluß Ernest Havels zuschreiben. Sie bat Claude manchmal, zu einer ihrer Komitee-Versammlungen mitzugehen. Wenn es ein Sonntag war, sagte er, er sei müde und wolle Zeitung lesen. Wenn es ein Werktag war, hatte er etwas an der Scheune zu tun oder wollte das Gehölz lichten. Er sägte tatsächlich ein paar tote Äste ab und fällte einen Baum, den ein Blitz gespalten hatte. Eine weiterreichende Lichtung des Wäldchens hätte er keinem gestattet; eher wäre er zu seiner Verteidigung gestorben.

Das Wäldchen war seine Zuflucht. Auf den offenen, von den buschigen Wänden gelb werdender Eschen umgebenen Grasflecken fühlte er sich ledig und frei; frei, soviel zu rauchen, wie er wollte, zu lesen und zu träumen. Einige seiner Träume hätten seiner jungen Frau vor Entsetzen das Blut in den Adern gefrieren lassen – und einige hätten das Herz seiner Mutter vor Mitleid schmelzen lassen. In der heißen Sonne zu liegen und zum fleckenlosen Blau des Herbsthimmels aufzusehen, das trockene Rascheln der fallenden Blätter zu hören und das Geräusch der kühnen Eichhörnchen, die von Ast zu Ast sprangen; so dazuliegen und seine Phantasie mit dem Leben spielen zu lassen – das war das Beste, was er tun konnte. Seine Gedanken, sagte er sich, waren sein Eigentum. Er war kein Junge mehr. Er ging fort ins Wäldchen, um einem jungen Mann zu begegnen, der erfahrener und interessanter war als er, der sich nicht durch Kompromisse gebunden hatte.

4

Aus ihrem Fenster oben konnte Mrs. Wheeler sehen, wie Claude sich im Westfeld hin und her bewegte und Weizen drillte. Sie fühlte sich an seiner Statt einsam. Er kam nicht so oft nach Hause, wie er könnte. Sie hatte begonnen, sich zu fragen, ob er einer dieser Menschen sei, die immer unzufrieden waren; doch was seine Enttäuschungen auch sein mochten, er hielt sie in seiner Brust verschlossen. Man mußte die Lektionen des Lebens lernen. Dennoch stimmte es sie ein wenig traurig, ihn mit dreiundzwanzig so seßhaft und gleichgültig zu sehen.

Nachdem sie ihn einige Augenblicke aus dem Fenster beobachtet hatte, wandte sie sich zum Telephon, rief bei Claude zu Hause an und fragte Enid, ob es ihr etwas ausmachte, wenn er zum Essen zu ihr käme. «Mahailey und ich fühlen uns allmählich ganz einsam, jetzt wo Mr. Wheeler so oft fort ist», fügte sie hinzu.

«Aber nein, Mutter Wheeler, natürlich nicht.» Enid redete so fröhlich wie immer. «Hast du jemanden da, den du hinüberschicken kannst, um ihm Bescheid zu sagen?»

«Ich dachte, ich würde selbst hinübergehen, Enid. Es ist nicht weit, wenn ich mich beeile.»

Mrs. Wheeler verließ das Haus kurz vor Mittag und machte am Bach halt, um sich auszuruhen, bevor sie den langen Hügel hinaufstieg. Am Rande des Feldes setzte sie sich, lehnte sich gegen eine Grasbank und wartete, bis die Pferde die langen Furchen hinaufgestapft kamen. Claude sah sie und hielt das Gespann an.

«Stimmt was nicht, Mutter?» rief er.

«O nein! Ich nehme dich zum Essen mit nach Hause, das ist alles. Ich habe Enid angerufen.»

Er spannte seine Pferde aus, und er und seine Mutter gingen hinter den Pferden gemeinsam hügelabwärts. Obwohl sie seit langem nicht mehr so miteinander allein gewesen waren, spürte sie, daß es am besten sei, über unpersönliche Dinge zu reden.

«Laß mich nicht vergessen, daß ich dir den Artikel über die Hinrichtung dieser englischen Krankenschwester gebe.»

«Edith Cavell? Ich habe darüber gelesen», antwortete er teilnahmslos. «Das braucht einen nicht zu überraschen. Wenn sie die ‹Lusitania› versenken konnten, konnten sie auch eine englische Krankenschwester erschießen.»

«Irgendwie habe ich das Gefühl, dies sei anders», murmelte seine Mutter. «Es ist wie das Erhängen von John

Brown. Ich wundere mich, daß sie Soldaten finden konnten, die das Urteil vollstreckten.»

«Oh, ich glaube, sie haben eine Menge solcher Soldaten!»

Mrs. Wheeler sah zu ihm auf. «Ich sehe nicht, wie wir uns da noch viel länger heraushalten können, du? Ich nehme an, unser Heer wäre ein Tropfen auf den heißen Stein, selbst wenn wir es hinüberschaffen könnten. Sie sagen uns, wir können mit unserer Landwirtschaft und unseren Fabriken nützlicher sein, als wenn wir in den Krieg eintreten würden. Ich hoffe, das ist kein Wahlkampfgerede. Ich mißtraue den Demokraten.»

Claude lachte. «Wirklich, Mutter, ich glaube nicht, daß dabei Parteipolitik im Spiel ist.»

Sie schüttelte den Kopf. «Bisher habe ich noch nie ein öffentliches Problem erlebt, bei dem nicht Parteipolitik im Spiel war. Nun, wir können nur unsere Pflicht tun, so wie sie auf uns zukommt, und glauben und vertrauen. Mit diesem Feld ist deine Herbstarbeit beendet?»

«Ja. Jetzt habe ich Zeit, ein bißchen was fürs Haus zu tun. Ich werde ein Eishaus bauen und diesen Winter mein eigenes Eis einbringen.»

«Hast du vor, ein Weilchen nach Lincoln zu gehen?»

«Ich denke nicht.»

Mrs. Wheeler seufzte. Sein Ton deutete an, daß er alten Freuden und alten Freunden den Rücken gekehrt hatte.

«Hast du für dich und Enid Karten für die Vortragsreihe in Frankfort gekauft?»

«Ich glaube schon, Mutter», antwortete er etwas ungeduldig. «Ich habe ihr gesagt, sie kann hingehen, wenn sie irgendwann in Frankfort ist.»

«Natürlich», hakte seine Mutter nach, «sind einige der Programme nicht sehr gut, aber wir sollten sie fördern und aus dem, was wir haben, das Beste machen.»

Er wußte, und seine Mutter wußte, daß er darin nicht sehr gut war. Seine Pferde hielten am Wassertank. «Warte nicht auf mich. Ich komme in einer Minute.» Als er ihr betrübtes Gesicht sah, lächelte er. «Mach dir nichts draus, Mutter, ich erwische dich immer, wenn du mir eine bittere Pille in einer Rosine verpassen willst. Einer von uns müßte verdammt schlau sein, um den anderen übers Ohr hauen zu können.»

Sie blinzelte mit einem Lächeln zu ihm hoch, in dem ihre Augen fast verschwanden. «Ich glaubte, diesmal wäre ich schlau gewesen!»

Es war ein Trost, dachte sie, als sie den Hügel hinaufeilte, wieder einmal zu ihm durchgedrungen zu sein, sogar seine Aufmerksamkeit erlangt zu haben.

Während Claude sich zum Essen wusch, kam Mahailey mit einer Seite voller Zeitungskarikaturen zu ihm, die die deutsche Brutalität veranschaulichen sollten. Für sie waren das alles Photographien – sie wußte nicht, wie man anders ein Bild macht.

«Mr. Claude», fragte sie, «wie kommt das, daß alle diese Deutschen so häßlich aussehen? Die Yoeders un' die deutschen Leute hier sehn nich' häßlich aus.»

Claude schob sie nachsichtig ab. «Vielleicht ist es so, daß die Häßlichen das Kämpfen besorgen und die zu Hause genauso nett sind wie unsere Nachbarn.»

«Warum machen sie dann nich', daß ihre Soldaten zu Haus bleib'n und nich' gehn, die Sachen von annern kaputtmachen un' sie aus ihren Häusern schmeißen», murmelte sie entrüstet. «Sie sagen, letzten Winter sind kleine Babys draußen im Schnee geboren, un' kein Feuer für ihre Moddern nich' un' nix. Echt, Mr. Claude, in unserm Krieg war's nich' so; die Soldaten ham den Fraun und Kinnern nix getan. Unser Haus war so oft voll mit Nordsoldaten, un' sie ham nie auch nur 'n Stück von Modders Posellan kaputtgemacht.»

«Du mußt mir irgendwann noch mal davon erzählen, Mahailey. Ich muß zu Mittag essen und zurück an die Arbeit. Wenn wir unseren Weizen nicht hereinkriegen, haben diese Leute da drüben nichts zu essen, wie du weißt.»

Die bebilderten Zeitungen bedeuteten Mahailey sehr viel, weil sie sich vage an den Bürgerkrieg erinnern konnte. Während sie Photos von Feldlagern und Schlachtfeldern und verwüsteten Dörfern studierte, fielen ihr Dinge wieder ein; die Kompanien staubiger Unionsinfanterie, die anzuhalten pflegten, um an der kalten Gebirgsquelle ihrer Mutter zu trinken. Sie hatte gesehen, wie sie ihre Stiefel auszogen und ihre blutigen Füße im Wasserlauf wuschen. Ihre Mutter hatte einem von Läusen zerbissenen Jungen ein sauberes Hemd gegeben, und sie hatte nie den Anblick seines Rückens vergessen, «so roh wie Rindfleisch, wo er sich gekratzt hatte». Fünf ihrer Brüder waren in der Konföderierten-Armee. Als einer in der zweiten Schlacht bei Bull Run verwundet wurde, hatte ihre Mutter einen Wagen und Pferde geliehen, eine Dreitagesreise zum Feldlazarett gemacht und den Jungen nach Hause zum Berg gebracht. Mahailey konnte sich erinnern, wie ihre älteren Schwestern ihm abwechselnd den ganzen Tag und die ganze Nacht kaltes Quellwasser auf sein brandiges Bein gegossen hatten. In der Nachbarschaft gab es keinen Arzt mehr, und da niemand das Bein des Jungen amputieren konnte, starb er zentimeterweise. Mahailey war der einzige Mensch im Wheeler-Haushalt, der je einen Krieg mit eigenen Augen gesehen hatte, und sie spürte, daß diese Tatsache ihr unbestreitbare Überlegenheit verlieh.

5

Claude war eineinhalb Jahre verheiratet. An einem Dezembermorgen bekam er eine telephonische Botschaft von seinem Schwiegervater, der ihn bat, sofort nach Frankfort zu kommen. Er traf Mr. Royce in seinen Schreibtischstuhl versunken, wie üblich rauchend, mit mehreren ausländisch aussehenden Briefen vor sich auf dem Tisch. Als er sie aus ihren Umschlägen nahm und die Seiten ordnete, bemerkte Claude, wie unsicher seine Hände geworden waren.

Einer der Briefe, vom Leiter des medizinischen Personals der Missionsschule, an der Caroline Royce unterrichtete, informierte Mr. Royce, daß seine Tochter ernstlich erkrankt im Missionshospital lag. Sie würde der Ruhe und der Behandlung wegen in einen gesünderen Landesteil geschickt werden müssen und ein Jahr oder länger zu schwach sein, um ihre Pflichten wiederaufzunehmen. Wenn ein Familienmitglied kommen und sich um sie kümmern könnte, so würde das die Schulverwaltung von einer großen Sorge befreien. Es gab auch einen Brief eines Lehrerkollegen und einen ziemlich wirren von Caroline selbst. Nachdem Claude sie durchgelesen hatte, schob ihm Mr. Royce eine Zigarrenkiste zu und begann, niedergeschlagen über Missionare zu reden.

«Ich könnte zu ihr fahren», klagte er, «aber was würde das nützen. Ich kann mit ihren Ideen nichts anfangen, und es würde sie nur aufregen. Du kannst sehen, sie ist entschlossen, nicht nach Hause zu kommen. Ich glaube nicht daran, daß ein Volk versuchen soll, einem anderen seine Lebensweise oder seine Religion aufzuzwingen. Die Art von Mann bin ich nicht.» Er saß da und betrachtete seine Zigarre. Nach einer langen Pause brach es plötzlich aus ihm heraus: «China ist mir in die Ohren gehämmert worden... Anscheinend ein weiter Weg, wenn man auf der Jagd nach Schwierigkeiten ist, stimmt's? Ein Mann hat nicht viel Kontrolle über sein eigenes Leben, Claude. Wenn's nicht Armut oder Krankheit sind, die ihn quälen, dann ist es ein Name auf einer Landkarte. Ich hätte ziemlich gut zurechtkommen können, wenn da nicht China gewesen wäre und so einige andere Sachen mehr... Hätte Carrie unterrichten müssen, um etwas anzuziehen zu haben oder mir beim Abbezahlen meiner Rechnungen zu helfen wie die Töchter vom alten Harrison, dann wäre sie höchstwahrscheinlich zu Hause geblieben. Irgend etwas gibt es immer. Ich weiß nicht, ob ich zustimmen soll, daß man Enid diese Briefe zeigt.»

«Oh, sie muß es erfahren, Mr. Royce. Wenn sie meint, daß sie zu Carrie gehen sollte, wäre es nicht recht von mir, etwas dagegen zu haben.»

Mr. Royce schüttelte den Kopf. «Ich weiß nicht. Es scheint mir nicht fair, daß China auch auf dir lasten sollte.»

Als Claude nach Hause kam und Enid die Briefe aushändigte, bemerkte er: «Dein Vater ist hiervon ziemlich mitgenommen. Er ist mir noch nie so alt vorgekommen wie heute.»

Enid studierte ihren Inhalt, an ihrem wohlgeordneten kleinen Schreibtisch sitzend, während Claude so tat, als würde er Zeitung lesen.

«Es scheint klar zu sein, daß ich gehen muß», sagte sie, als sie geendet hatte.

«Hältst du es für nötig, daß überhaupt einer geht? Ich finde nicht.»

«Es würde merkwürdig aussehen, wenn keiner von uns käme», antwortete Enid entschieden.

«Wieso, merkwürdig aussehen?»

«Aber ja doch, für ihre Kollegen würde es so aussehen, als sei ihre Familie gefühllos.»

«Ach, wenn das alles ist!» Claude lächelte verschlagen und nahm seine Zeitung wieder auf. «Ich frage mich, wie es für die Leute hier aussieht, wenn du weggehst und deinen Mann verläßt?»

«Wie gemein von dir, Claude!» Sie erhob sich brüsk, zögerte dann verunsichert. «Die Leute hier kennen mich besser. Es ist doch nicht so, als könntest du es nicht bei deiner Mutter völlig bequem haben.» Da er nicht von seiner Zeitung aufsah, ging sie in die Küche.

Claude saß still und horchte auf Enids rasche Bewegungen, während sie den Herd öffnete, um Abendessen zuzubereiten. Das Licht im Zimmer wurde grauer. Draußen verschmolzen bei Einbruch der Dämmerung die Felder miteinander. Die jungen Bäume im Hof beugten sich und peitschten unter dem bitteren Nordwind um sich. Er hatte oft voller Stolz gedacht, daß der Winter an der Stufe seiner Vordertür endete; drinnen keine zugigen Flure, keine kalten Winkel. Es war ihr zweites Jahr hier. Auf der Heimfahrt hatte der Gedanke, daß er auf lange Zeit von diesem Haus frei sein könnte, eine angenehme Erregung in ihm ausgelöst; aber jetzt wollte er es nicht verlassen. Irgend etwas in ihm wurde weich. Er fragte sich, ob sie es nicht noch einmal versuchen und alles irgendwie besser machen könnten. Enid sang in der Küche mit einer gedämpften, ziemlich einsamen Stimme. Er stand auf und ging hinaus, um seinen Melkmantel und den Eimer zu holen. Als er beim Fenster an seiner Frau vorbeikam, blieb er stehen und legte fragend den Arm um sie.

Sie sah auf. «Das ist gut. Du hast dir's überlegt, nicht wahr? Ich dachte mir das. Himmel, was für ein stinkender Mantel, Claude! Ich muß dir einen anderen besorgen.»

Claude kannte den Ton. Enid zweifelte nie an der Richtigkeit ihrer Entscheidungen. Wenn sie sich zu etwas entschloß, war sie nicht mehr davon abzubringen. Er ging den Pfad zur Scheune hinunter, die Hände in die Hosentaschen gestopft, seinen blinkenden Melkeimer am Arm. Noch einmal versuchen – was gab es da zu versuchen? Platitüden, Beschränktheit, Falschheit... Sein Leben erstickte ihn, und er hatte nicht den Mut, damit zu brechen. Laß sie gehen! Laß sie gehen, wenn sie möchte. Welch eine häßliche Welt, in die man hineingeboren wurde! Oder war sie nur für ihn häßlich? Alles, was er anfaßte, ging unter seiner Hand schief – schon immer.

Als sie sich eine Stunde später an den Abendbrottisch im hinteren Wohnzimmer setzten, sah Enid erschöpft aus, als hätte ihre Entscheidung sie diesmal Kraft gekostet. «Ich meine, du könntest bei deiner Mutter einen erholsamen Winter zubringen», begann sie fröhlich. «Du brauchst dich nicht annähernd um so viel zu kümmern wie hier. Wir können in diesem Haus alles lassen, wie es ist. Ich werde das Silber zu Mutter hinunterbringen, und alles übrige kann genauso bleiben. Hätte dein Vater in seiner Garage Platz für mein Auto? Du könntest es brauchen.»

«O nein! Ich werde es sicher nicht brauchen. Ich werde es im Mühlhaus unterbringen», antwortete er, bemüht um Unbekümmertheit.

Alle vertrauten Dinge, die sie im Lampenlicht umstanden, schienen stiller, feierlicher als gewöhnlich, als hielten sie den Atem an.

«Ich denke, du solltest die Hühner besser zu deiner Mutter mitnehmen», fuhr Enid gelassen fort. «Aber ich hätte es nicht gern, wenn sie mit ihren Plymouth Rocks gekreuzt würden; jetzt haben sie keine dunkle Feder an sich. Bitte doch Mutter Wheeler, alle Eier zu verbrauchen und meine Hennen im Frühjahr nicht brüten zu lassen.»

«Im Frühjahr?» Claude sah von seinem Teller auf.

«Natürlich, Claude. Ich könnte kaum vor dem nächsten Herbst zurückkommen, wenn ich der armen Carrie eine Hilfe sein soll. Ich könnte versuchen, zur Ernte zurückzusein, wenn dir das besser passen würde.» Sie erhob sich, um die Nachspeise hereinzubringen.

«Oh, beeil dich nicht meinetwegen!» murmelte er und starrte ihrer verschwindenden Gestalt nach.

Enid kam mit dem heißen Pudding und dem Geschirr für den Nachtischkaffee zurück. «Dies ist so plötzlich über uns hereingebrochen, daß wir sofort unsere Pläne machen müssen», erklärte sie. «Ich glaube, deine Mutter würde sich freuen, Rose für uns zu halten; sie ist so eine gute Kuh. Und dann kannst du soviel Sahne haben, wie du möchtest.»

Er nahm die kleine goldgeränderte Tasse, die sie ihm hinhielt. «Wenn du bis zum nächsten Herbst weg bist, werde ich Rose verkaufen», verkündete er schroff.

«Aber warum denn? Du müßtest vielleicht lange suchen, bis du wieder eine findest wie sie.»

«Ich werde sie auf jeden Fall verkaufen. Die Pferde gehören natürlich Vater; er hat sie bezahlt. Wenn du weggehst, möchte er vielleicht dieses Haus vermieten. Du könntest hier drin einen Mieter vorfinden, wenn du aus China zurückkommst.» Claude trank seinen Kaffee, setzte die Tasse nieder und ging ins vordere Wohnzimmer, wo er eine Zigarre anzündete. Er ging auf und ab, den Blick auf seine Frau geheftet, die noch am Tisch im Lichtkreis der Hängelampe saß. Ihr etwas vorgeneigter Kopf machte den säuberlichen Scheitel ihres braunen Haares sichtbar. Wenn sie verunsichert war, sah ihr Gesicht stets schärfer, ihr Kinn länger aus.

«Wenn du für dieses Haus nichts empfindest», sagte Claude vom anderen Zimmer aus, «kannst du kaum erwarten, daß ich hier herumhänge und mich darum kümmere. Die ganze Zeit, als du Wahlwerbung betrieben hast, habe ich hier den Haushälter gespielt.»

Enids Augen verengten sich, aber sie errötete nicht. Claude hatte noch nie gesehen, daß sich die blassen, glatten Wangen seiner Frau mit Farbe überzogen.

«Sei nicht kindisch. Du weißt, daß mir viel an diesem Haus liegt; es ist unser Heim. Aber kein Gefühl wäre recht, das mich von meiner Pflicht abhielte. Dir geht es gut, und du hast das Haus deiner Mutter, in das du gehen kannst. Carrie ist krank und unter Fremden.»

Sie begann das Geschirr abzuräumen. Claude trat rasch hinaus ins Licht, ihr gegenüber. «Es ist nicht nur, daß du gehst. Du weißt, was mit mir ist. Es ist, weil du gehen möchtest. Du bist froh über eine Chance, zu all diesen Predigern mit ihrem glatten Gerede und ihren Vorspiegelungen fliehen zu können.»

Enid nahm das Tablett auf. «Wenn ich froh bin, dann nur, weil du nicht bereit bist, daß wir unser Leben von christlichen Idealen leiten lassen. Etwas in dir rebelliert die ganze Zeit. So viele wichtige Fragen sind seit unserer Heirat aufgetaucht, und du hast jede mit Gleichgültigkeit oder Sarkasmus abgetan. Du möchtest ein völlig selbstsüchtiges Leben führen.»

Sie ging resolut aus dem Zimmer und schloß die Tür hinter sich. Als sie später zurückkam, war Claude nicht mehr da. Sein Hut und Mantel waren von der Garderobe verschwunden; er mußte leise durch die Vordertür hinausgegangen sein. Enid blieb bis elf auf und ging dann zu Bett.

Als sie am Morgen aus ihrem Zimmer kam, fand sie Claude schlafend in seinem Mantel auf der Couch. Einen Moment verspürte sie Entsetzen und beugte sich über ihn, aber sie konnte keinen Alkoholgeruch feststellen. Sie begann, das Frühstück vorzubereiten, und hantierte dabei leise.

Nachdem Enid sich entschlossen hatte, zu ihrer Schwester zu fahren, verlor sie keine Zeit. Sie bestellte die Überfahrt und telegraphierte an die Missionsschule. Sie verließ

Frankfort in der Woche vor Weihnachten. Claude und Ralph brachten sie bis nach Denver und setzten sie in einen Transkontinentalexpress. Als Claude nach Hause kam, zog er zu seiner Mutter und verkaufte seine Kuh und seine Hühner an Leonard Dawson. Abgesehen von seinen Besuchen bei Mr. Royce verließ er jetzt selten die Farm, und er mied die Nachbarn. Er spürte, daß sie seine häuslichen Angelegenheiten diskutierten – was sie natürlich taten. Die Royces und die Wheelers konnten sich nicht benehmen wie andere, und es war sinnlos, daß sie es überhaupt versuchten. Wenn Claude das beste Haus in der gesamten Umgebung baute, würde er selbstverständlich nicht darin wohnen. Und wenn er überhaupt eine Frau hatte, dann sah es ihm ähnlich, eine Frau in China zu haben!

An einem Schneetag, als niemand in der Nähe war, nahm Claude das große Auto und fuhr zu seinem eigenen Haus hinüber, um es winterfest zu machen und das eingemachte Obst und Gemüse, das im Keller übrig war, fortzuschaffen. Enid hatte ihre beste Wäsche in ihre Zedernkiste gepackt und die Küchen- und Geschirrschränke aufs sorgfältigste aufgeräumt, bevor sie fortging. Er begann, die Polsterstühle und Matratzen mit Laken zu bedecken, rollte die Teppiche zusammen und sicherte die Fenster. Während seiner Arbeit wurden seine Hände immer tauber und teilnahmsloser, und sein Herz war wie ein Eisklumpen. All diese Dinge, die er mit Liebe ausgesucht hatte und auf die er so stolz gewesen war, bedeuteten ihm jetzt nicht mehr als das Gerümpel, das im Laden jedes beliebigen Trödlers aufgetürmt lag.

Wie zutiefst trauervoll und häßlich solche Gegenstände waren, wenn das Gefühl, das sie kostbar gemacht hatte, nicht mehr existierte! Die Trümmer menschlichen Lebens waren wertloser und häßlicher als die toten und verwesenden Dinge in der Natur. Abfall... Plunder... sein Geist konnte sich nichts vorstellen, was all die eintönigen, lustlosen Handlungen, durch die das Leben Tag für Tag fortgesetzt wird, derart bloßstellte und verurteilte. Handlungen ohne Bedeutung... Als er hinausblickte und durch den sachte fallenden Schnee die graue Landschaft sah, kam ihm unwillkürlich der Gedanke, wieviel besser es doch wäre, wenn Menschen schlafengehen könnten wie die Felder; unter den Schnee gebettet werden, um wiederzuerwachen, ihre Wunden geheilt und ihre Niederlagen vergessen. Er fragte sich, wie er in den vor ihm liegenden Jahren weitermachen sollte, wenn er nicht das kranke Gefühl in seiner Seele loswürde.

Endlich verschloß er die Tür, steckte den Schlüssel in die Tasche und ging hinüber in sein Wäldchen, um eine Zigarre zu rauchen und sich von dem Ort zu verabschieden. Dort wanderte er über eine Stunde unter den krummen Bäumen mit den leeren Vogelnestern in ihren Astgabeln gelassen umher. Jedesmal, wenn er zu einer Lücke in der Hecke kam, konnte er das kleine Haus sehen, das sich so duldsam der Einsamkeit auslieferte. Er glaubte nicht, daß er dort je wieder wohnen würde. Nun ja, jedenfalls würde das Geld, das sein Vater in all das gesteckt hatte, nicht verloren sein; er könnte jederzeit einen besseren Mieter dafür finden, der dort ein komfortables Haus hätte. Mehrere Jungen der Nachbarschaft wollten im Laufe des Jahres heiraten. Die Zukunft des Hauses war gesichert. Und er? Er hielt im Gehen inne; seine Füße hatten überall auf dem weißen Boden eine unsichere, ziellose Spur hinterlassen.

Es ärgerte ihn, seine eigenen Fußspuren zu sehen. Was war es – was war nur mit ihm los? Warum konnte er nicht wenigstens aufhören zu fühlen und zu hoffen? Worauf konnte er jetzt noch hoffen?

Er hörte einen Jammerlaut, und als er sich umblickte, sah er die Scheunenkatze, die er zurückgelassen hatte, damit sie sich selbst ernährte. Sie stand in der Hecke, ihr jettschwarzes Haar gegen die nassen Flocken gesträubt, eine Pfote erhoben, kläglich miauend. Claude ging zu ihr hinüber und hob sie auf.

«Was ist, Blackie? Werden die Mäuse rar in der Scheune? Mahailey wird sagen, du bedeutest Unglück. Vielleicht tust du das, aber du kannst doch nichts dafür, oder?» Er ließ sie in seine Manteltasche schlüpfen. Später, als er in sein Auto stieg, versuchte er, sie herauszunehmen und in einen Korb zu setzen, aber sie klammerte sich an ihr Nest und schlug ihre Krallen tief ins Futter. Er lachte. «Na gut, wenn du schon Unglück bedeutest, dann bleibst du wohl einfach bei mir!»

Sie sah mit erschrockenen gelben Augen zu ihm auf und miaute nicht einmal.

6

Mrs. Wheeler fürchtete, Claude könnte das alte Haus nicht komfortabel finden, nachdem er sein eigenes gehabt hatte. Sie stellte den besten Schaukelstuhl und eine Leselampe in sein Zimmer. Er saß häufig den ganzen Abend dort, bedeckte seine Augen mit der Hand und tat so, als würde er lesen. Wenn er nach dem Abendessen unten blieb, waren seine Mutter und Mahailey dankbar. Nicht nur, daß sie

Kriegsbilder sammelte; Mahailey durchforschte jetzt auch die alten Zeitschriften auf dem Dachboden nach Bildern über China. Sie hatte auf ihrem großen Küchenkalender den Tag markiert, an dem Enid in Hongkong ankommen würde.

«Mr. Claude», sagte sie immer, wenn sie am Spülbecken stand und das Geschirr vom Abendessen wusch, «da drüben, wo Miss Enid is', is' heller Tag, nich'? Weil die Welt rund is' un' die alte Sonne da drüben für die gelben Leute scheint.»

Hin und wieder, wenn sie zusammen arbeiteten, erzählte Mrs. Wheeler Mahailey, was sie über die Bräuche der Chinesen wußte. Die alte Frau hatte sich nie zuvor für zwei Sachen gleichzeitig interessiert, und sie wußte kaum, wie sie es anstellen sollte. Sie murmelte vor sich hin, halb zu Claude, halb zu sich selbst: «Die kämpfen nich' drüben, wo Miss Enid is', nich'? Un' sie muß nich' ihre Sorte Kleider tragen, weil sie 'ne weiße Frau is'. Sie wird sie nich' ihre Babymädchen umbringen lassen oder so schreckliche Sachen machen wie sons' immer, un' sie wird sie nich' diese Steingötter anbeten lassen, weil die ihnen nich' helfen können. Ich denk mir, Miss Enid tut da 'n Haufen Gutes die ganze Zeit.»

Hinter ihren diplomatischen Dialogen hegte Mahailey jedoch ihre eigenen Ansichten, und sie war äußerst schokkiert über Enids Abreise. Sie fürchtete, die Leute würden sagen, Claudes Frau sei «weggerannt und hat ihn verlassen», und in den Bergen von Virginia, wo ihre sozialen Maßstäbe geprägt worden waren, gerieten ein Ehemann oder eine Frau, die in der Weise verlassen wurden, zum Gegenstand lebhaftesten Spottes. Einmal fing sie Mrs.

Wheeler in einer dunklen Kellerecke ab und flüsterte, «Mr. Claudes Frau bleibt doch nich' da drüben wie ihre Schwester, oder?»

Wenn zufällig einer der Yoeder-Jungen oder Susie Dawson zum Essen bei den Wheelers waren, unterließ Mahailey nie, mit lauter Stimme Enid zu erwähnen. «Mr. Claudes Frau, die schneidet ihre Kartoffeln roh in die Pfanne und brät sie. Sie kocht sie nich' vorher, wie ich das mache. Ich weiß, sie is' 'ne verdammt gute Köchin, das weiß ich.» Sie hatte den Eindruck, daß die beiläufige Erwähnung der abwesenden Frau die Dinge in einem besseren Licht erscheinen ließen.

Ernest Havel kam jetzt wieder Claude besuchen, aber nicht oft. Sie beide spürten, daß es taktlos sei, ihre frühere Intimität zu erneuern. Ernest trauerte noch um sein Bier, als hätte Enid ihm mit eigener, maßregelnder Hand den Bierkrug vor den Lippen weggeschnappt. Wie Leonard glaubte er, daß Claude mit seiner Ehe einen schlechten Handel gemacht habe; aber statt Mitleid mit ihm zu haben, wollte Ernest ihn überzeugt und bestraft sehen. Als er Enid heiratete, hatte Claude freiheitliche Prinzipien verraten, und es war nur recht, daß er für seine Abtrünnigkeit büßte. Am ersten Abend, an dem Ernest die Wheelers besuchen kam, nachdem Claude wieder zu Hause eingezogen war, machte er sich daran, seine Einwände gegen die Prohibition zu erklären. Claude zuckte die Achseln.

«Lassen wir das doch. Es ist eine Sache, die mich, so oder so, nicht interessiert.»

Ernest war gekränkt und kam fast einen Monat nicht wieder – so lange nicht, bis die Nachricht, Deutschland würde den uneingeschränkten U-Bootkrieg fortsetzen, zur

Folge hatte, daß jeder seinen Nachbarn forschend betrachtete.

Am Abend, nachdem diese Nachricht das Farmland erreicht hatte, betrat er die Küche der Wheelers und traf Claude und seine Mutter an, die am Tisch saßen und sich gegenseitig die Zeitungen in Auszügen vorlasen. Ernest hatte sich kaum gesetzt, als das Telephon klingelte. Claude nahm das Gespräch an.

«Es ist die Telegraphenvermittlung in Frankfort», sagte er, als er den Hörer aufhängte. «Sie haben eine Botschaft wiederholt, die Vater aus Wray geschickt hat: ‹Komme übermorgen nach Hause. Lest die Zeitungen.› Was meint er? Was glaubt er, was wir tun?»

«Das bedeutet, daß er unsere Situation für sehr ernst hält. Es sieht ihm gar nicht ähnlich zu telegraphieren, außer in Krankheitsfällen.» Mrs. Wheeler erhob sich und ging zerstreut zum Telephonkasten hinüber, als würde er mehr über die Geistesverfassung ihres Mannes enthüllen.

«Aber was für eine merkwürdige Nachricht! Außerdem war sie an dich adressiert, Mutter, nicht an mich.»

«Er wird wissen, was ich davon halte. Einige der Leute deines Vaters waren Seefahrer aus Portsmouth. Er weiß, was es bedeutet, wenn unserer Handelsflotte vorgeschrieben wird, wo auf dem Ozean sie fahren darf und wo nicht. Es ist unmöglich, daß Washington einen solchen Affront gegen uns hinnehmen kann. Daß wir ausgerechnet in dieser Zeit eine Demokratische Regierung haben müssen!»

Claude lachte. »Setz dich, Mutter. Warte ein oder zwei Tage. Gib ihnen Zeit.»

«Der Krieg wird vorbei sein, bevor Washington etwas tun

kann», erklärte Ernest düster, «England wird ausgehungert sein und Frankreich so weit geschlagen, daß es sich nicht mehr rühren kann. Das gesamte deutsche Heer wird jetzt an der Westfront stehen. Was könnte dieses Land tun? Was glauben Sie, wie lange es dauert, um ein Heer auf die Beine zu stellen?»

Mrs. Wheeler hielt abrupt in ihrer ruhelosen Wanderung inne und begegnete seinem verdrossenen Blick. «Ich weiß gar nichts, Ernest, aber ich glaube an die Bibel. Ich glaube, daß wir in einem Nu verwandelt sein werden.»

Ernest blickte zu Boden. Er respektierte den Glauben. Wie er sagte, mußte man diesen respektieren oder verachten, denn es gab nichts anderes.

Claude saß da, die Ellbogen auf den Tisch gestützt. «Es läuft immer wieder auf dasselbe hinaus, Mutter. Selbst wenn ein unerfahrenes Heer etwas ausrichten könnte, wie würden wir es da hinüberbringen? Hier sagt ein Marinefachmann, daß die Deutschen täglich drei U-Boote produzieren. Wahrscheinlich haben sie uns so lange nicht damit konfrontiert, bis sie genug gebaut hatten, um den Ozean zu beherrschen.»

«Ich erhebe ja keinen Anspruch darauf, zu wissen, was zu tun sei, Sohn. Aber moralisch müssen wir irgendwo stehen. Uns wurde die ganze Zeit gesagt, wir könnten den Alliierten hilfreicher sein, wenn wir uns aus dem Krieg heraushielten, als wenn wir uns beteiligten, weil wir Munition und Nahrung schicken könnten. Wo stehen wir denn, wenn wir bereit sind, diese Hilfe zurückzuziehen? Wir helfen Deutschland die ganze Zeit, wenn wir so tun, als ginge uns das nichts an! Wenn es unsere einzige Alternative ist, auf dem Meeresgrund zu sein, dann wären wir besser da!»

«Mutter, setz dich doch. Wir können das heute abend nicht entscheiden. Ich habe dich noch nie so aufgeregt gesehen.»

«Dein Vater ist auch aufgeregt, sonst hätte er nie dieses Telegramm geschickt.» Mrs. Wheeler nahm zögernd ihren alten Nähkorb, und die Jungen unterhielten sich in ihrer alten, ungezwungenen Freundschaftlichkeit.

Als Ernest ging, begleitete Claude ihn bis zur Yoeder-Farm und kehrte über die schneeverwehten Felder unter dem frostigen Glanz der Wintersterne zurück. Während er zu ihnen aufblickte, spürte er mehr denn je, daß sie etwas mit dem Schicksal von Nationen und mit den unverständlichen Geschehnissen in der Welt zu tun haben mußten. Im geordneten Universum mußte es irgendeinen Geist geben, der das Rätsel dieses einen unglücklichen Planeten entzifferte, der wußte, was sich in der dunklen Eklipse dieser Stunde zusammenbraute. Eine Frage hing in der Luft – über dem ganzen stillen Land, über ihm, sogar über seiner Mutter. Er fürchtete um sein Land, wie damals auf den Stufen des Parlamentsgebäudes von Denver, als dieser Krieg noch nicht erträumt war, verborgen lag im Schoß der Zeit.

Claude und seine Mutter brauchten nicht lange zu warten. Drei Tage später wußten sie, daß der deutsche Botschafter entlassen und der amerikanische aus Berlin zurückberufen war. Für ältere Männer waren diese Ereignisse Themen, über die sie nachdachten und miteinander sprachen, aber für Jungen wie Claude waren sie Leben und Tod, Vorherbestimmung.

7

An einem stürmischen Morgen fuhr Claude mit dem großen Wagen in die Stadt, um eine Ladung Bauholz zu holen. Die Straßen begannen aufzutauen, und das Land sah schwarz und schmutzig aus. Hier und da hielten sich auf dem dunklen Schlamm noch graue Schneekrusten, die wie Bienenwaben von nassen Unkrauthalmen durchlöchert waren, welche aus ihnen hervorstachen. Als der Wagen über das Hochland unmittelbar oberhalb von Frankfort knarrte, bemerkte Claude eine leuchtende neue Fahne, die auf der Kuppel des Schulhauses wehte. Er hatte die Fahne zuvor nur gesehen, wenn sie etwas verkündete wie den Vierten Juli oder eine politische Versammlung. Heute war es, als sähe er sie zum erstenmal; keine Kapellen, kein Lärm, keine Redner; ein ruheloser Farbfleck gegen den durchweichten Märzhimmel.

Er bog von seinem Weg ab, um an der High-School vorbeizufahren, hielt sein Gespann an und wartete einige Minuten, bis die Mittagsglocke läutete. Die älteren Jungen und Mädchen kamen in einem Gestöber von Regenmänteln und Schirmen zuerst heraus. Dann sah er Gladys Farmer in einer gelben Regenjacke und einem Ölhut und winkte ihr zu. Sie kam zum Wagen.

«Ich mag eure Dekoration», sagte er und warf einen Blick auf die Kuppel.

«Sie ist aus Seide, die Jungen aus den Oberklassen haben sie von ihrem Sportgeld gekauft. Ich hatte ihnen geraten, sie nicht in diesem Regen hochzuziehen, aber der Klassensprecher sagte mir, sie hätten diese Fahne für Stürme gekauft.»

«Steig ein, ich bring dich nach Hause.»

Sie nahm seine ausgestreckte Hand, setzte den Fuß auf die Radnabe und kletterte auf den Sitz neben ihm. Er schnalzte seinem Gespann zu.

«Deine High-Schol-Jungen gebärden sich wohl recht kriegerisch?»

«Sehr. Was hältst du davon?»

«Ich meine, sie werden Gelegenheit haben, es in die Tat umzusetzen.»

«Wirklich, Claude? Das kommt mir aber sehr unwahrscheinlich vor.»

«Alles ist irgendwie unwahrscheinlich. Ich hole gerade eine Ladung Bauholz ab, obwohl ich glaube, daß ich niemals dazu kommen werde, einen Nagel hineinzuschlagen. Auf all das kommt es jetzt nicht an. Es gibt nur eines, was wir tun sollten, und nur eines, worauf es ankommt; wir alle wissen es.»

«Du fühlst es jeden Tag näherkommen?»

«Jeden Tag.»

Gladys antwortete nicht. Sie betrachtete ihn nur ernst mit ihren ruhigen, großmütigen braunen Augen. Sie hielten vor dem niedrigen Haus, dessen Fenster gefüllt waren mit Blumen. Sie nahm seine Hand, schwang sich zu Boden und hielt sie einen Moment fest, als sie ihm auf Wiedersehen sagte. Claude fuhr zurück zur Holzfirma. In einem Ort wie Frankfort konnte ein Junge, dessen Frau in China war, kaum Gladys besuchen, ohne Klatsch zu verursachen.

8

Im trostlosen Märzmonat fuhr Mr. Wheeler fast täglich mit seinem Buckboard in die Stadt. Zum erstenmal in seinem Dasein war er insgeheim besorgt. Über seinem Sohn Bayliss, dem einzigen Familienmitglied, das ihm niemals den geringsten Ärger gemacht hatte, hing jetzt eine Wolke.

Bayliss war Pazifist und hörte nicht auf, den Leuten zu erzählen, wenn die Vereinigten Staaten sich einfach aus diesem Krieg heraushielten und aufsammelten, was Europa vergeudete, dann wären sie bald im Besitz des Gesamtkapitals der Welt. Bayliss' Äußerungen enthielten eine Art Logik, die Nat Wheelers unerschütterliche Auffassung, ein Standpunkt sei genausogut wie ein anderer, untergrub. Als Bayliss seinen Kampf gegen Whiskey und Zigaretten führte, lachte Wheeler nur. Daß einer seiner Söhne sich als Prohibitionist erweisen sollte, war ein Witz, den er zu schätzen wußte. Doch Bayliss' Haltung in der gegenwärtigen Krise beunruhigte ihn. Tag für Tag machte er sich zum Geschäft seines Sohnes auf und unterbrach dessen Argumente mit spaßigen Geschichten. Bayliss fuhr in jenem Monat überhaupt nicht nach Hause. Er sagte zu seinem Vater: «Nein, Mutter ist zu heftig, lieber nicht.»

Claude und seine Mutter lasen jeden Abend die Zeitungen, sprachen aber so wenig über das, was sie lasen, daß Mahailey sich besorgt erkundigte, ob die da drüben überhaupt noch kämpften. Wenn sie Claude einen Moment allein abpassen konnte, zog sie Bilder der verwüsteten Länder aus der Sonntagsbeilage hervor und bat ihn, ihr zu sagen, was aus dieser Familie werden würde, die zwischen den Ruinen ihres Hauses photographiert worden war; aus dieser alten Frau, die mit ihren Bündeln am Straßenrand saß. «Wohin geht sie denn? Sieh mal, Mr. Claude, sie hat ihr'n eisernen Kochtopf mit, armes altes Ding, trägt ihn den ganzen Weg!»

Bilder von Soldaten in Gasmasken verwirrten sie; Gas war etwas, von dem sie im Bürgerkrieg nichts erfahren hatte, also stellte sie es sich so vor, daß diese Masken von den Armeeköchen getragen wurden, um ihre Augen zu schützen, wenn sie Zwiebeln schnitten! «All die Zwiebeln, die sie schneiden müssen, es würde ihnen die Augen ausbrennen, wenn sie nich' was tragn würdn», sagte sie sich.

Am Morgen des achten April kam Claude früh herunter und begann, seine dreckverkrusteten Stiefel zu reinigen. Mahailey hockte sich neben ihren Herd und blies und pustete hinein. Bei regnerischem Wetter dauerte es immer lange, bis das Feuer ansprang. Claude nahm ein altes Messer und eine Bürste, setzte seinen Fuß auf einen Stuhl drüben am Westfenster und begann, seinen Schuh abzukratzen. Zu Mahailey hatte er nur guten Morgen gesagt, nichts sonst. Er hatte nicht gut geschlafen und war blaß.

«Mr. Claude», schimpfte Mahailey, «dieser Herd hat nie gut gezogen, nich' wie mein alter, den Mr. Ralph mir weggenommen hat. Vielleicht machst du ihn nächsten Sonntag für mich sauber.»

«Ich mach' ihn heute sauber, wenn es dir recht ist. Ich werde nächsten Sonntag nicht hier sein. Ich gehe fort.»

Etwas in seinem Ton ließ Mahailey aufstehen und ihn scharf ansehen, die Augen noch blinzelnd vom Rauch. «Du gehst doch nich' dahin weg, wo Miss Enid is'?» fragte sie besorgt.

«Nein, Mahailey.» Er ließ die Bürste fallen und stand da, einen Fuß auf dem Stuhl, den Ellbogen auf dem Knie und sah aus dem Fenster, als habe er sich selbst vergessen. «Nein, ich gehe nicht nach China. Ich gehe hinüber, um im Kampf gegen die Deutschen zu helfen.»

Er starrte immer noch hinaus auf die nassen Felder. Bevor er sie aufhalten konnte, bevor er wußte, was sie tat, hatte sie seine nichtswürdige Hand ergriffen und geküßt.

«Ich wußte, du tust es», schluchzte sie. «Ich wußte immer, du tust es, du lieber Junge, du! Die alte Mahailey wußte es.»

In ihrem nach oben gewandten Gesicht arbeitete es überall; ihr Mund, ihre Augenbrauen, sogar die Falten ihrer niedrigen Stirn arbeiteten und zuckten. Claude fühlte, wie sich ihm die Kehle zuschnürte, als er zärtlich dieses Gesicht betrachtete; hinter den blassen Augen, unter der niedrigen Stirn, wo nicht genug Raum für allzu viele Gedanken war, rang eine Idee und quälte sie. Dieselbe Idee, die ihn gequält hatte.

«Du bist in Ordnung, Mahailey», murmelte er, klopfte ihr auf den Rücken und wandte sich ab. «Beeil dich jetzt mit dem Frühstück.»

«Du hast es dein Modder noch nich' gesagt?» wisperte sie.

«Nein, noch nicht. Aber sie wird auch einverstanden sein.» Er nahm seine Mütze und ging zur Scheune hinunter, um nach den Pferden zu sehen.

Als Claude zurückkam, saß die Familie schon am Frühstückstisch. Er schlüpfte auf seinen Platz und beobachtete seine Mutter, während sie ihre erste Tasse Kaffee trank. Dann wandte er sich an seinen Vater.

«Vater, ich sehe keinen Sinn darin, auf die Einberufung zu warten. Wenn du mich entbehren kannst, würde ich gern irgendwo in ein Ausbildungscamp gehen. Ich glaube, ich habe die Chance, ein Offizierspatent zu bekommen.»

«Es würde mich nicht wundern.» Mr. Wheeler goß mit großzügiger Hand Ahornsirup auf seine Pfannkuchen. «Was hältst du davon, Evangeline?»

Mrs. Wheeler hatte still Messer und Gabel niedergelegt. Sie blickte ihren Mann leicht beunruhigt an, während ihre Finger rastlos über das Tischtuch wanderten.

«Ich dachte», fuhr Claude hastig fort, «daß ich vielleicht morgen nach Omaha fahre, um herauszufinden, wo die Ausbildungscamps eingerichtet werden, und mit den Männern spreche, die die Rekrutierungsstelle leiten. «Natürlich», fügte er beiläufig hinzu, «kann es sein, daß sie mich gar nicht wollen. Ich habe keine Ahnung, was für Anforderungen gestellt werden.»

«Nein, ich weiß darüber auch nicht viel.» Mr. Wheeler rollte seinen obersten Pfannkuchen zusammen und biß hinein. Nach einem Moment des Kauens sagte er: «Was denkst du, wirst du morgen gehen?»

«Ich würde gern. Ich werde mich nicht mit Gepäck belasten – ein paar Hemden und Unterwäsche in einem einzigen Koffer. Wenn die Regierung mich will, wird sie mich auch einkleiden.»

Mr. Wheeler schob seinen Teller zurück. «Nun gut, ich glaube, jetzt kommst du besser mit mir hinaus, um nach dem Weizen zu sehen. Ich weiß es noch nicht, aber ich pflüge am besten das Südviertel um und setze da Mais. Ich denke nicht, daß es viel bringen wird.»

Als Claude und sein Vater zur Tür hinausgingen, sprang

Dan eifriger auf als sonst und stürzte hinter ihnen her. Er wollte nicht mit Mrs. Wheeler allein gelassen werden. Sie blieb am Ende des verlassenen Frühstückstisches sitzen. Sie weinte nicht. Ihre Augen waren völlig blind. Ihr Rücken war so gekrümmt, daß sie sich unter einer Last zu beugen schien. Mahailey räumte leise das Geschirr ab.

Draußen in den schlammigen Feldern beendete Claude das Gespräch mit seinem Vater. Er sagte, daß er sich davonstehlen wolle, ohne sich von jemandem zu verabschieden. «Ich habe so eine Art, weißt du», sagte er errötend, «Dinge anzufangen und mit ihnen nicht sehr weit zu kommen. Ich möchte nicht, daß hierüber gesprochen wird, bis ich sicher bin. Ich könnte aus irgendeinem Grund abgelehnt werden.»

Mr. Wheeler lächelte. «Das glaube ich nicht. Jedenfalls werde ich Dan sagen, er soll den Mund halten. Gehst du schnell zu Leonard Dawson hinüber und holst den Schraubenschlüssel, den er sich geliehen hat? Es ist fast Mittag, und er wird wahrscheinlich zu Hause sein.»

Claude traf Big Leonard beim Tränken seines Gespanns am Windrad. Als Leonard ihn fragte, was er von der Botschaft des Präsidenten hielte, platzte er sofort damit heraus, daß er nach Omaha gehe, um sich freiwillig zu melden. Leonard griff nach oben und zog am Hebel, der das fast bewegungslose Rad kontrollierte.

«Warte besser ein paar Wochen, und ich komme mit. Ich werde es bei der Marine versuchen. Das interessiert mich.»

Claude, der am Rande des Tanks stand, fiel fast hintenüber. «Wieso, wo- wozu?»

Leonard sah ihn von oben bis unten an. «Lieber Himmel, Claude, du bist hier in der Gegend nicht der einzige, der Hosen anhat! Wozu? Gut, ich sage dir, wozu», er hielt drohend drei große rote Finger hoch, «Belgien, die ‹Lusitania›, Edith Cavell. Der Dreck ist mir unter die Haut gegangen. Ich pflanz' meinen Mais zu Ende, und dann wird sich Vater um Susie kümmern, bis ich zurückkomme.»

Claude holte tief Luft. «Also, Leonard, du hast mich hereingelegt. Ich hab' dein ganzes Zeug geglaubt, das du mir geliefert hast, nämlich, daß es dir egal sei, wer da wen fertigmacht.»

«Und es ist mir immer noch egal», protestierte Leonard, «scheißegal! Aber es gibt eine Grenze. Ich war seit der ‹Lusitania› bereit zu gehen. Meine Farm befriedigt mich nicht mehr. Susie geht es genauso.»

Claude sah seinen hochgewachsenen Nachbarn an. «Nun gut, ich bin morgen weg, Leonard. Erwähne es nicht meinen Leuten gegenüber, aber wenn ich nicht ins Heer kann, melde ich mich zur Marine. Sie werden immer einen kräftigen Mann nehmen. Ich komme nicht hierher zurück.» Er streckte die Hand aus, und Leonard schlug mit einem Klatschen ein.

«Viel Glück, Claude. Vielleicht treffen wir uns in fremden Gegenden. Wäre das nicht ein Witz? Grüß Enid herzlich von mir, wenn du ihr schreibst. Ich habe sie immer für ein feines Mädchen gehalten, auch wenn ich mit ihr in Sachen Prohibition nicht einig war.» Claude überquerte mechanisch die Felder, ohne zu sehen, wohin er ging. Seine Vorstellungskraft war nach innen gekehrt, auf Szenen und Ereignisse gerichtet, die noch im Schoße der Imagination ruhten.

9

An einem strahlenden Junitag parkte Mr. Wheeler seinen Wagen in einer Reihe von Autos vor dem neuen Gerichtsgebäude aus Backstein in Frankfort. Das Gebäude stand auf einem offenen Platz, umgeben von einem Pappelwäldchen. Der Rasen war frisch gemäht, und die Blumenbeete blühten. Als Mr. Wheeler den Gerichtssaal betrat, war dieser schon halb voll mit Farmern und Städtern, die gedämpft miteinander sprachen, während die Sommerfliegen durch die offenen Fenster hinein und hinaus summten. Der Richter, ein einarmiger Mann mit weißem Haar und Bakkenbart, saß an seinem Pult und schrieb etwas mit der linken Hand. Er war ein Altsiedler in Frankfort County, aber seinem Gehrock und seinen höflichen Manieren nach hätte man glauben können, er sei gestern aus Kentucky gekommen und nicht vor dreißig Jahren. Er sollte heute eine Anklage wegen Illoyalität anhören, die gegen zwei deutsche Farmer erhoben worden war. Einer der Angeklagten war August Yoeder, der nächste Nachbar der Wheelers, der andere war Troilus Oberlies, ein reicher Deutscher aus dem nördlichen Teil der County.

Oberlies besaß eine schöne Farm und wohnte in einem großen weißen Haus auf einem Hügel mit einem herrlichen Obstgarten, Reihen von Bienenkörben, mit Scheunen, Kornspeichern und Geflügelhöfen. Er zog Truthähne und Tümmlertauben, und zahlreiche Gänse und Enten schwammen auf seinen Teichen. Er pflegte zu prahlen, er habe sechs Söhne, «wie unser deutscher Kaiser». Seine Nachbarn waren stolz auf seine Farm und machten Fremde auf sie aufmerksam. Sie erzählten, wie Oberlies als armer Mann nach Frankfort County gekommen war und sein Vermögen durch Fleiß und Intelligenz erworben habe. Er hatte zweimal den Ozean überquert, um sein Vaterland zu besuchen, und wenn er zu seinem Heim in der Prärie zurückkehrte, brachte er Geschenke für jeden mit; für seinen Anwalt, seinen Bankier und die Kaufleute, mit denen er in Frankfort und Vicount zu tun hatte. Jeder seiner Nachbarn hatte in seinem Wohnzimmer eine Holzschnitzerei oder ein Webstück oder irgendein raffiniertes mechanisches Spielzeug, die Oberlies in Deutschland aufgestöbert hatte. Er war älter als Yoeder, trug einen kurzen Bart, der weiß und gelockt war wie sein Haar, und obwohl klein von Statur, verliehen ihm sein pausbäckiges und rotes Gesicht, seine runden blauen Augen und ein gewisser stolzierender Gang eine Aura von Wichtigkeit. Er war prahlerisch und brauste leicht auf, aber bis der Krieg in Europa ausbrach, hatte niemand je mit ihm irgendwelche Schwierigkeiten gehabt. Seitdem hatte er ständig etwas auszusetzen und beklagte sich – im Alten Land wäre alles besser.

Mr. Wheeler war mit der Absicht in die Stadt gekommen, Yoeder Unterstützung zu leisten, falls er sie brauchte. Sie hatten seit nunmehr dreißig Jahren nebeneinanderliegende Felder beackert. Er war überrascht, daß sein Nachbar in Schwierigkeiten geraten war. Er war keineswegs ein Maulheld wie Oberlies, sondern ein großer, stiller Mann mit einem ernsten, stark ausgeprägten Gesicht und einem strengen Mund, der sich selten öffnete. Seine Gesichtszüge hätten aus rotem Sandstein gemeißelt sein können, so schwer und unbeweglich waren sie. Er und Oberlies saßen auf zwei Holzstühlen vor dem Geländer des Richtertisches.

Schließlich hörte der Richter auf zu schreiben und sagte, er würde nun die Klagen gegen Troilus Oberlies anhören. Mehrere Nachbarn traten nacheinander in den Zeugenstand. Ihre Beschwerden waren verworren und fast komisch. Oberlies hätte gesagt, die Vereinigten Staaten würden eine Tracht Prügel kriegen, und das sei gut so; Amerika sei ein großes Land, aber es würde von Narren geführt, und von Deutschland regiert zu werden, sei das Beste, was ihm passieren könnte. Der Zeuge fuhr fort und sagte, daß Oberlies, da er in diesem Land sein Geld gemacht hatte...

Hier unterbrach ihn der Richter. «Bitte beschränken Sie sich auf Aussagen, die in Ihrer Gegenwart vom Angeklagten gemacht wurden und die Sie als unloyal betrachten.» Während der Zeuge fortfuhr, nahm der Richter seine Brille ab und fing an, die Gläser mit einem seidenen Taschentuch zu polieren, probierte sie auf und rieb sie noch einmal ab, als wünschte er klar zu sehen.

Ein zweiter Zeuge hatte Oberlies sagen hören, er hoffe, die deutschen U-Boote würden ein paar Truppentransporter versenken; das würde den Amerikanern Angst einjagen und sie lehren, zu Hause zu bleiben und sich um ihre eigenen Angelegenheiten zu kümmern. Ein Dritter beschwerte sich, daß der alte Mann an Sonntagnachmittagen auf seiner Vorderveranda saß und auf einer Posaune «Die Wacht am Rhein» blies, zum großen Ärger seiner Nachbarn. Hier schlug sich Nat Wheeler laut lachend aufs Knie, und ein Kichern durchlief den Gerichtssaal. Die roten Pausbacken des Angeklagten schienen von seinem Schöpfer eigens geformt worden zu sein, diesem durchdringenden Instrument Stimme zu verleihen.

Als er gefragt wurde, ob er zu diesen Anklagen etwas zu

sagen habe, erhob sich der alte Mann, straffte die Schultern und warf einen trotzigen Blick auf den Gerichtssaal. «Ihr könnt mir mein Eigentum nehmen und mich ins Gefängnis werfen, aber ich gebe keine Erklärung ab und nehme nichts zurück», verkündete er mit lauter Stimme.

Der Richter betrachtete lächelnd sein Tintenfaß. «Sie mißverstehen das Wesen dieses Anlasses, Mr. Oberlies. Sie werden nicht aufgefordert zu widerrufen. Sie werden lediglich aufgefordert, sich weiterer unloyaler Äußerungen zu enthalten, sowohl zu Ihrem eigenen Schutz und Wohlergehen als auch aus Rücksicht auf die Gefühle Ihrer Nachbarn. Ich möchte jetzt die Klagen gegen Mr. Yoeder hören.»

Mr. Yoeder habe gesagt, so erklärte ein Zeuge, er hoffe, die Vereinigten Staaten würden zur Hölle fahren, da sie nun von England bestochen worden seien. Als der Zeuge geäußert hatte, wenn man den Kaiser erschießen würde, dann wäre der Krieg beendet, habe Yoeder geantwortet, Nächstenliebe beginne zu Hause, und er wünsche, jemand würde eine Kugel in den Präsidenten jagen.

Als er aufgerufen wurde, erhob sich Yoeder und stand wie ein Fels vor dem Richter. «Ich habe nichts zu sagen. Die Anklagen sind wahr. Ich dachte, dies sei ein Land, in dem ein Mann seine Meinung sagen dürfte.»

«Ja, ein Mann darf seine Meinung sagen, aber sogar hier muß er die Konsequenzen tragen. Setzen Sie sich bitte.» Der Richter lehnte sich in seinem Stuhl zurück, sah auf die beiden Männer vor sich und begann ruhig und besonnen: «Mr. Oberlies und Mr. Yoeder, Sie beide wissen, und Ihre Freunde und Nachbarn wissen, weshalb Sie hier sind. Sie haben eine gewisse Art von Taktgefühl nicht in Betracht gezogen, das bei jeglichem zwischenmenschlichen Verkehr einfach walten muß; viele unserer Zivilrechte gründen sich darauf. Sie haben sich von einem an sich noblen Gefühl hinreißen lassen und dadurch übertriebene Reden geführt, die, wie ich sicher bin, keiner von Ihnen so meint. Keiner kann verlangen, daß Sie aufhören, ihr Geburtsland zu lieben; aber während sie die Vorteile dieses Landes genießen, sollten sie nicht zum Ruhme eines anderen seine Regierung verunglimpfen. Ich werde sie beide zu einer Geldstrafe von dreihundert Dollar verurteilen; eine sehr geringfügige Strafe unter diesen Umständen. Sollte ich Anlaß haben, ein zweites Mal eine Strafe festzusetzen, wird sie erheblich strenger sein.»

Nachdem der Fall beendet war, schloß sich Mr. Wheeler seinem Nachbarn an, und sie gingen gemeinsam die Treppe zum Ausgang hinunter.

«Na, was hörst du von Claude?» fragte Mr. Yoeder.

«Er ist noch in Fort R. Er denkt, er bekommt Heimaturlaub, bevor er abfährt. Gus, du mußt mir einen von deinen Jungen für meinen Maisanbau ausleihen. Das Unkraut wächst mir über den Kopf.»

«Ja, du kannst jeden von meinen Jungen haben – bis sie von der Einberufung erwischt werden», sagte Yoeder verdrossen.

«Ich würde mir darüber keine Sorgen machen. Ein bißchen militärisches Training ist gut für einen Jungen. Ihr müßt das doch wissen.» Mr. Wheeler blinzelte, und ein Winkel von Mr. Yoeders grimmigem Mund zuckte.

An jenem Abend erstattete Mr. Wheeler seiner Frau einen ausführlichen Bericht über die Verhandlung, damit sie Claude darüber schreiben konnte. Mrs. Wheeler, die immer eher Lehrerin als Haushälterin gewesen war, hatte eine rasche flüssige Schrift, und in ihren langen Briefen an Claude teilte sie ihm alles mit, was sich in der Nachbarschaft tat. Mr. Wheeler lieferte viel Material dazu. Wie viele langverheiratete Männer hatte er sich angewöhnt, seiner Frau Neuigkeiten aus der Nachbarschaft vorzuenthalten. Aber seit Claude fort war, berichtete er ihr alles, was seiner Meinung nach den Jungen interessieren könnte. Wie sie lakonisch in einem ihrer Briefe schrieb: «Dein Vater redet zu Hause sehr viel mehr als früher, und manchmal denke ich, er versucht, deinen Platz einzunehmen.»

10

Am ersten Julitag saß Claude Wheeler im Schnellzug aus Omaha auf dem Weg zu einem einwöchigen Heimaturlaub. Die Uniform war im Juli 1917 noch immer ein ungewohnter Anblick. Die erste Einberufung war noch nicht ergangen. Die Jungen, die fortgestürzt waren und sich freiwillig gemeldet hatten, befanden sich in weit entfernten Ausbildungscamps. Daher war ein junger Mann mit langen geraden Beinen in Wickelgamaschen, breiten, kraftvollen, verantwortungsbewußt aussehenden Schultern in engsitzendem Khaki eine auffällige Gestalt zwischen den Fahrgästen. Kleine Jungen und junge Mädchen spähten über Sitzlehnen zu ihm hinüber, Männer blieben im Gang stehen, um mit ihm zu sprechen, alte Damen setzten ihre Brillen auf und musterten seine Kleidung und den sperrigen Segeltuchsack und sogar das Buch, das er immer wieder öffnete und zu lesen vergaß.

Die Landschaft, die zu beiden Seiten der Strecke an ihm vorüberhuschte, war für sein geübtes Auge interessanter als die Seiten irgendeines Buches. Er war froh, sie während der Erntezeit zu durchqueren – der Jahreszeit, in der sie zutiefst sie selbst war. Er stellte fest, daß es mehr Mais gab als üblich – viel vom Winterweizen war durch die Witterung eingegangen, und die Felder waren im Frühjahr gepflügt und mit Mais neu bestellt worden. Die Weiden waren schon braungesengt, die Luzernen grünten wieder nach der ersten Ernte. Binder und Mähmaschinen waren überall beim Weizen und Hafer am Werk und sammelten sanftatmende Getreideschwaden mit ihren weiten, ackerfleißigen Armen ein. Als sich der Zug in einem Weizenfeld verlangsamte, unterbrachen die Erntearbeiter in blauen Hemden und Overalls und breitkrempigen Strohhüten ihre Arbeit und winkten den Fahrgästen zu.

Claude wandte sich an den alten Mann im Sitz gegenüber. «Wenn ich diese Burschen sehe, habe ich das Gefühl, als sei ich in der falschen Kleidung aufgewacht.»

Sein Nachbar sah erfreut aus und lächelte. «Ist das die Art von Uniform, an die Sie gewöhnt sind?»

«Im Juli habe ich mit Sicherheit noch niemals etwas anderes getragen», gab Claude zu. «Wenn ich mitten in der Erntezeit in einem Zug fahre und versuche, französische Verben zu lernen, dann weiß ich wirklich, daß die Welt kopfsteht.»

Der alte Mann nötigte ihm eine Zigarre auf und begann, ihn auszufragen. Wie der Held der Odyssee mußte Claude auf seiner Heimreise oft erzählen, was sein Heimatland war und wer die Eltern waren, denen er geboren wurde. Bei der Lektüre eines Buches mit französischen Redewendungen (bestehend aus Sätzen, die aufgrund ihrer Nützlichkeit für Soldaten ausgewählt worden waren wie: «Non, jamais je ne regarde les femmes») wurde er ständig durch die Fragen neugieriger Fremder gestört. Schließlich sammelte er sein Gepäck ein, schüttelte seinem Nachbarn die Hand und setzte den Hut auf – denselben alten Stetson mit einer Goldschnur und zwei harten Troddeln, die seine konische Strenge milderten. «Ich steige an dieser Station aus und warte auf den Güterzug nach Frankfort; wir nennen ihn den ‹Baumwollschwanz›.»

Der alte Mann wünschte ihm einen angenehmen Besuch zu Hause und alles Gute für kommende Tage. Jeder im Waggon lächelte ihm zu, als er mit seinem Koffer in der einen Hand und dem Seesack in der anderen auf den Bahnsteig kletterte. Seine alte Freundin, Mrs. Voigt, die Deutsche, stand vor ihrem Restaurant und läutete die Glocke, um anzukündigen, daß das Essen für die Reisenden fertig sei. Eine Schar kleiner Jungen stand auf dem Gehsteig um sie herum und lachte und brüllte in hämischen Tönen. Als Claude näherkam, riß ihr einer von ihnen die Glocke aus der Hand, rannte damit über die Schienen und stürzte sich in ein Maisfeld. Die anderen Jungen folgten, und einer von ihnen rief: «Geh da nicht zum Essen rein, Soldat. Sie ist eine deutsche Spionin, und sie wird dir zerstoßenes Glas ins Essen tun!»

Claude ging in den Speiseraum und warf sein Gepäck auf den Boden. «Was ist los, Mrs. Voigt? Kann ich etwas für Sie tun?»

Sie saß kläglich weinend mit verrutschtem falschem Kräuselpony auf einem ihrer Stühle. Als sie aufsah, stieß sie einen kleinen Schrei des Wiedererkennens aus. «Oh,

Gott gedankt, Sie sans und net noch mehr Kummer! Sie wissens, I bin kein Spion und nix, was de Bubn sagn. Die junge Bursche san schrecklich grob mit mir. I verkauf ihne Naschzeug, seit sie Babys warn, un nun sie greifen mir so an. Hindenburg sagens zu mir und Kaiser Bill!» Sie begann wieder zu weinen und zerrte an ihren kleinen Stummelfingern, als wollte sie sie ausreißen.

«Geben Sie mir etwas zu essen, Ma'am, und dann werde ich gehen und mit dieser Bande abrechnen. Ich bin lange weggewesen, und es war wie ein Nachhausekommen, als ich aus dem Zug stieg und Ihre Kürbisranken wie immer über die Veranda klettern sah.»

«Ja? Sie erinnern das?» Sie wischte sich die Augen. «Heut hab' i eine Topfpasteten mit grüne Erbsen, nur ganz wenige aus mein eignem Garten.»

«Bringen Sie sie mir bitte. Im Camp bekommen wir nichts als Dosenzeug.»

Ein paar Eisenbahner kamen zum Essen herein. Mrs. Voigt winkte Claude zum Ende der Theke hin, wo sie sich, nachdem sie ihre Kunden bedient hatte, niedersetzte und mit ihm zu flüstern begann.

«Mei, gut schauns aus in den Kleidern», sagte sie und klopfte ihm auf den Ärmel. «I kann mir auch an ein paar Kriege erinnern; als wir diese Provinzen haben zurückgekriegt, die Napoleon uns hatte weggenommen, Elsaß und Lothringen. Diesn Bubn habens gesagt, kommen sollns eine Nacht und Teer auf mich schütten, und hab' Furcht, in mein Bett zu gehen. I wickel mich nur in an Decken und sitz in meim alten Stuhl.»

«Beachten Sie sie gar nicht. Sie haben doch keinen Ärger mit den Geschäftsleuten hier, oder?»

«No-oa, net wirklich Ärger.» Sie zögerte, lehnte sich dann impulsiv über die Theke und sprach ihm ins Ohr. «Aber es ist net alls so schlecht im Alten Land, wie sie sagen. Die arme Leut san kein Sklaven und werden net geschunden, wie sie hier sagn. Immer läßt der Förster die arme Leut innen Wald kommen und die Äst, die abfalln, und die toten Bäume wegtragen. Und wenn der reiche Bauer hat vielleicht ein bißerl mehr Dung, als er brauchen tät, läßt er den Armen kommen und was für sein Land nehme. Die arme Leut kriegen net solch Löhne wie hier, aber sie lebens genauso bequem. Un die Holzschuh, wo sie sich so drüber lustig machen, is sauberer als Leder is, im Schlamm und Mist zu gehen. Die werdens net so naß und die stinkens net so.»

Claude konnte sehen, daß ihr das Herz vor Heimweh zersprang, erfüllt von liebendem Erinnern an die ferne Zeit und das Land ihrer Jugend. Sie hatte nie zuvor mit ihm über diese Dinge gesprochen, aber jetzt sprudelte sie eine Flut ganz persönlicher Mitteilungen hervor, über den großen Milchviehhof, auf dem sie als Mädchen gearbeitet hatte; wie sie neun Kühe versorgt hatte und wie die Kühe, wenn auch klein, sehr stark waren – den ganzen Tag einen Pflug zogen und trotzdem abends genausoviel Milch gaben, als hätten sie nur auf der Weide gegrast! Die Landleute brauchten nie Geld für Ärzte auszugeben, sondern heilten alle Krankheiten mit Wurzeln und Kräutern, und wenn die Alten Rheumatismus hatten, dann nahmen sie «eins von de kleine Mirschweinche» mit ins Bett, und das Meerschweinchen zog den ganzen Schmerz heraus.

Claude hätte gern länger zugehört, aber er wollte die Peiniger der alten Frau finden, bevor sein Zug einfuhr. Er ließ sein Gepäck bei ihr und überquerte die Bahnschienen, geleitet von einem gelegentlichen, hämischen Glockengebimmel im Maisfeld. Schließlich stieß er auf die Bande, ein Dutzend oder mehr. Sie lagen in einer flachen Rinne, die sich vom Feldrand in die offene Weide erstreckte. Er stand am Rand der Böschung und sah auf sie hinunter, während er langsam das Ende einer Zigarre beschnitt und sie anzündete. Die Jungen grinsten ihn an und versuchten gleichgültig und ungezwungen zu wirken.

«Suchst du jemanden, Soldat?» fragte der mit der Glocke.

«Ja, in der Tat. Ich suche nach jener Glocke. Du wirst sie zurückbringen müssen, wo sie hingehört. Du weißt, jeder von euch weiß, daß an der alten Frau nichts Böses ist.»

«Sie ist Deutsche, und wir kämpfen doch gegen die Deutschen, oder?»

«Ich glaube nicht, daß ihr je gegen einen kämpfen werdet. In der amerikanischen Armee würdet ihr nicht länger als zehn Minuten überdauern. Ihr seid keine Amerikaner. Es gibt nur eine Armee in der Welt, wo Männer gesucht sind, die alte Frauen schikanieren. Bei denen könntet ihr einen Job kriegen.»

Die Jungen kicherten. Claude winkte ungeduldig. «Komm jetzt und bring die Glocke mit, Kleiner.»

Der Junge stand langsam auf und kletterte aus der Rinne die Böschung herauf. Als sie durch das Maisfeld zurückstapften, wandte sich Claude ihm abrupt zu: «Hör mal, schämst du dich denn gar nicht?»

«Oh, das tu ich nie!» antwortete der Junge lässig, warf die Glocke hoch und fing sie auf wie einen Ball.

«Na, das solltest du aber. Ich habe nicht erwartet, so

etwas erleben zu müssen, bevor ich an der Front bin. Ich werde in einer Woche wieder hier sein und jedem einheizen, der sie belästigt hat.» Claudes Zug fuhr ein, und er lief nach seinem Gepäck.

Als er im «Baumwollschwanz» saß, begann er, in sein Land hinunterzufahren, wo er jede Farm kannte, an der er vorüberkam – die Äcker kannte, auch wenn er die Besitzer nicht kannte, wußte, welche Art von Feldfrüchten sie hervorbrachten und wieviel sie etwa wert waren. Er erkannte die Farmen nicht mit der Freude wieder, die er erwartet hatte, weil er so zornig über die Demütigungen war, die Mrs. Voigt erlitten hatte. In ihm brannte noch das erste Feuer der Freiwilligen. Er glaubte, er würde mit einem Expeditionscorps hinübergehen, das ohne Raserei Krieg führen würde, mit rückhaltloser Großzügigkeit und Ritterlichkeit.

Die meisten seiner Freunde im Camp teilten seine wirklichkeitsfernen Vorstellungen. Sie waren von Farmen und Läden und Mühlen und Bergwerken zusammengekommen, College-Jungen und Jungen aus harten Großstadtkneipen; Schäfer, Straßenbahnfahrer, Klempnergehilfen, Billard-Anschreiber. Claude hatte Hunderte davon gesehen, als sie ankamen; Typen vom «Schaugewerbe» in billigen, grellen Sportanzügen, Farmjungen in Strickwesten, Maschinisten noch mit Schmiere an den Fingern, Landarbeiter wie Dan in ihrem einzigen Sonntagsanzug. Einige trugen Pappkoffer, die mit einem Strick zusammengebunden waren, andere brachten all ihre Habe in einem blauen Tuch. Aber sie kamen alle, um zu geben und nicht um zu fordern, und was sie anboten, waren nur sie selbst; ihre großen roten Hände, ihre starken Rücken, den ruhigen, ehrlichen, bescheidenen Blick in ihren Augen. Claude hatte manchmal, wenn er dem Sanitäter bei den Musterungen half, den entschlossenen Ausdruck auf den Gesichtern der in langen Schlangen wartenden Männer bemerkt. Er schien zu sagen: «Wenn ich gut genug bin, nehmt mich. Ich werde bei der Stange bleiben.» Und so waren sie bei seiner Arbeit mit ihnen; ausdauernd, gutmütig und lernbegierig. Sprachen sie über den Krieg oder den Feind, auf dessen Bekämpfung sie sich vorbereiteten, dann stets in einem witzelnden Ton; sie würden «den Kaiser in Dosen einmachen» oder den Kronprinzen für seinen Lebensunterhalt arbeiten lassen. Claude liebte die Männer, die er ausbildete – eine bessere Gesellschaft könnte er sich überhaupt nicht vorstellen.

Der Güterzug schwenkte in das Flußtal ein, das Zuhause bedeutete – den Ort, zu dem der Geist nach seiner schweifenden Suche in die Ferne stets zurückkehrte. Rasch glitten die Farmen vorüber; die Heumieten, die vertrauten roten Scheunen, dann die langen Kohlenschuppen und der Wassertank, und der Zug hielt.

Auf dem Bahnhof sah er Ralph und Mr. Royce warten, um ihn willkommen zu heißen. Dort drüben im Auto waren sein Vater und seine Mutter, Mr. Wheeler am Steuer. Eine Reihe Wagen stand am Rangiergleis. Er war der erste Soldat, der heimgekommen war, und einige der Stadtbewohner waren hergefahren, um ihn in seiner Uniform ankommen zu sehen. Aus einem Auto winkte ihm Susie Dawson zu und aus einem anderen Gladys Farmer. Während er stehenblieb und mit ihnen sprach, nahm Ralph sein Gepäck.

«Kommt schon, Jungs!» rief Mr. Wheeler und hupte,

und er rauschte mit dem Soldaten davon und hinterließ nur eine Staubwolke.

Mr. Royce ging hinüber zum Wagen des alten Dawson und sagte ziemlich kindisch: «Es kann doch nicht sein, daß Claude gewachsen ist? Ich nehme an, es liegt an der Haltung, die sie lernen. Er war immer ein männlich aussehender Junge.»

«Ich denke, seine Mutter muß eine stolze Frau sein», sagte Susie sehr aufgeregt. «Es ist zu schade, daß Enid nicht hier sein kann, um ihn zu sehen. Sie wäre niemals fortgegangen, wenn sie gewußt hätte, daß all das passieren würde.»

Susie meinte dies nicht als Stichelei, aber es wirkte. Mr. Royce wandte sich ab und zündete mit einiger Mühe eine Zigarre an. Seine Hände waren in diesem letzten Jahr sehr unsicher geworden, obwohl er immer darauf beharrte, daß sein allgemeiner Gesundheitszustand so gut sei wie eh und je.

Als er älter wurde, deprimierte ihn zunehmend die Erkenntnis, daß sein Weibervolk wenig zur Wärme und Behaglichkeit der Welt beigetragen hatte. Frauen sollten das, was immer sie auch sonst taten. Er hatte das Gefühl, er müsse sich bei den Wheelers und bei seinen alten Freunden entschuldigen. Es schien, als hätten seine Töchter kein Herz.

11

Die Campgewohnheiten hielten an. Am ersten Morgen zu Hause kam Claude, sogar noch bevor Mahailey sich rührte, herunter und ging hinaus, um nach dem Vieh zu sehen. Die rote Sonne stieg gerade auf, als er den Hügel hinab zum Korral ging, und er hatte ein freudiges Gefühl von Zuhausesein auf dem Land seines Vaters. Warum war es so wundervoll, sagen zu können, «unser Hügel» und «unser Bach da unten»? Das Knirschen gerade dieses getrockneten Schlammes unter seinen Stiefeln zu spüren?

Als er in die Scheune ging, um nach den Pferden zu sehen, waren die ersten Geschöpfe, die seinem Blick begegneten, die beiden großen Maulesel, die mit ihm durchgegangen waren. Sie standen in den Boxen neben der Tür. Blitzartig ging Claude auf, daß diese muskulösen Vierbeiner die eigentlichen Urheber seines Schicksals waren. Hätten sie nicht gebockt und ihn an jenem Morgen in den Stacheldrahtzaun geschleudert, hätte Enid ihn nicht bemitleidet, und wäre sie ihn nicht jeden Tag besuchen gekommen, dann wäre sein Leben möglicherweise anders verlaufen. Wenn die Älteren vielleicht etwas ehrlicher wären und einem Jungen nicht eintrichtern würden, gerade die Eigenschaften an Frauen zu idealisieren, die ihn zutiefst unglücklich machen können... Doch diesen Kummer hatte er überwunden. Aber sah es ihm nicht ähnlich, von einem Gespann Maulesel in eine Ehe gezerrt zu werden!

Er lachte, als er sie ansah. «Ihr alten Teufel, ihr seid immer noch stark genug, um auf Jahre hinaus grünen Jungs wie mir so etwas einzubrocken. Ihr seid ein einziger Haufen Bosheit!»

Eins der Tiere wackelte mit dem Ohr und räusperte sich drohend. Maulesel sind starker Zuneigungen fähig, aber sie hassen Snobs, sind kastenfeindlich, und dieses Paar schien schon immer an Claude entdeckt zu haben, was sein Vater seinen «falschen Stolz» zu nennen pflegte. Als junger Spund waren sie für ihn eine Quelle der Demütigung gewesen, wenn sie in der Öffentlichkeit bockten und schrien und auf dem Hof der Holzhandlung oder vor der Post versuchten, sich aufzuspielen.

An der Endkrippe fand Claude die alte Molly, die graue Mähre, die an ihrem kranken Vorderfuß einen zweiten Huf gebildet hatte, eine Leistung, der sich nicht viele Pferde rühmen konnten. Er war sicher, daß sie ihn erkannte; sie beschnupperte Hand und Arm, zog ihre Oberlippe zurück und zeigte ihre abgenutzten gelben Zähne.

«Mußt das nicht tun, Molly», sagte er, als er sie streichelte. «Ein Hund kann lachen, aber an einem Pferd sieht es töricht aus. Ich sehe, daß Dan dich ruhig einmal die Woche striegeln könnte!» Er nahm den Striegel aus seiner Nische hinter einem Balken und brachte ihr altes Fell zum Glänzen. Ihr weißes Haar war über und über gesprenkelt von kleinen rostfarbenen Flecken, wie Tinte, die mit einem feinen Pinsel aufgetragen war, und Mähne und Schwanz hatten ein grünliches Gelb angenommen. Sie mußte achtzehn Jahre alt sein, errechnete Claude, während er ihre runden, schweren Hinterbacken striegelte. Als barfüßige kleine Jungen waren er und Ralph immer mit ihr zu den Yoeders hinübergeritten; sie führten sie an einem Seil und traten nach dem langbeinigen Fohlen, das ständig neben ihr herlief.

Als er die Küche betrat und Mahailey um warmes Wasser bat, damit er sich die Hände waschen konnte, schnüffelte sie mißbilligend an ihm.

«Also, Mr. Claude, du has' die alte Mähre gestriegelt, un' deine Soldatenkluft is' ganz voll mit weißen Haaren. Von oben bis unten!»

Wenn seine Uniform schon in nüchtern urteilenden Personen Gefühle wachrief, so hatte sie Mahailey in Bann geschlagen. Sie war die ganze Zeit, die Claude zu Hause war, derart geblendet davon, daß sie es nie fertigbrachte, sie im einzelnen zu betrachten. Bevor sie über seine Gamaschen hinausgelangte, war ihre Wahrnehmung so vor Erregung getrübt, daß ihr Verstand zu hüpfen begann wie Affen in einem Käfig. Sie hatte erwartet, daß seine Uniform blau sein würde wie jene, an die sie sich erinnerte, und als er am Vorabend in die Küche marschiert kam, wußte sie kaum, was sie mit ihm anfangen sollte. Nachdem Mrs. Wheeler ihr erklärt hatte, daß heutzutage amerikanische Soldaten kein Blau mehr trügen, wiederholte Mahailey bei sich selbst, daß auf dieser braunen Kleidung der Staub nicht sichtbar sei und daß Claude niemals wie jene verdreckten Männer aussehen würde, die anzuhalten pflegten, um an der Quelle ihrer Mutter zu trinken.

«Diese Ledergamaschen is' doch, damit die Dornbüsche dich nich' kratzen, nich'? Ich stell' mir vor, daß es da drüben 'ne Unmenge Dornbüsche gibt, wie die langen Brombeerranken auf den Feldern von Virginia. Deine Modder sagt, die Soldaten kriegen jetzt Läuse wie die in unserm Krieg. Du nimms' einfach 'ne klcinc Flasche Kohlenöl in der Tasche mit un' reibst dir das abends ins Haar. Dann hecken die Nissen nich'.»

Über dem Mehlfaß in der Ecke hatte Mahailey ein Rot-

Kreuz-Plakat befestigt; eine Kohlezeichnung von einer alten Frau, die mit einem Stock in einem Haufen Schutt und verbogener Holzbalken stocherte, der einmal ihr Heim gewesen war. Claude ging hinüber, um es eine Weile zu betrachten, während er sich die Hände trocknete.

«Woher hast du das Bild?»

«Sie is' da drüben, wo du hingehst, Mr. Claude. Da is' sie un' sucht nach was, womit sie kochen kann; kein Herd un' keine Schüsseln un' gar nix – alles kaputt. Ich glaube, sie is' schrecklich froh, wenn sie dich kommen sieht.»

Schwere Schritte erklangen auf der Treppe, und Mahailey flüsterte hastig: «Vergiß nich' wegen des Kohlenöls, und laß dich nicht verlausen, Schätzchen.» Für sie gehörten Läuse und dreckige Witze auf eine Ebene – Dinge, über die man nur flüsterte.

Nach dem Frühstück nahm Mr. Wheeler Claude mit hinaus auf die Felder, wo Ralph die Erntearbeiten leitete. Sie sahen eine Weile dem Binder zu, gingen dann hinüber, um nach den Heustöcken und Luzernen zu schauen, und am Rande des Maisfeldes entlang, wo sie die jungen Kolben prüften. Mr. Wheeler zeigte und erklärte Claude die Farm, als sei er ein Fremder; für den Jungen war es ein seltsames Gefühl, daß ihm nun diese Morgen Ackerland formell vorgestellt wurden, auf denen er jeden Sommer gearbeitet hatte, seit er groß genug war, um Wasser zu den Erntearbeitern hinauszutragen. Sein Vater sagte ihm, wieviel Land sie besäßen und wieviel es wert sei und daß es unbelastet sei, bis auf eine winzige Hypothek, die er auf ein Viertel aufgenommen hatte, als er die Ranch in Colorado kaufte.

«Wenn du zurückkommst», sagte er, «werden Ralph und

du keinen Geschäften nachjagen müssen. Ihr werdet beide eine solide Grundlage haben. Und jetzt gehst du besser beim alten Dawson vorbei und schaust mal nach Susie. Alle hier in der Gegend waren überrascht, als Leonard ging.» Er wanderte mit Claude zu der Ecke, wo das Dawson-Land mit seinem zusammenstieß. «Übrigens», sagte er, als er sich zurückwandte, «vergiß nicht, bei den Yoeders vorbeizuschauen. Gus ist ziemlich miesepetrig, seit er vorgeladen wurde. Erkundige dich nach der alten Großmutter. Du erinnerst dich, sie hat nie ein Wort Englisch gelernt. Und weil ihr jetzt gesagt wurde, es sei gefährlich, deutsch zu reden, redet sie überhaupt nichts mehr und versteckt sich vor jedem. Wenn ich frühmorgens vorbeigehe und sie draußen im Garten Unkraut jätet, rennt sie davon und hockt sich in die Stachelbeerbüsche, bis ich außer Sicht bin.»

Claude beschloß, heute zu den Yoeders zu gehen und morgen zu den Dawsons. Ihm mißfiel der Gedanke, daß es Groll gegen ihn in einem Haus geben könnte, in dem er so viele schöne Zeiten verbracht hatte und das ihm oft eine Zuflucht war, wenn alles zu Hause ihn langweilte. Die Jungen besaßen lange vor den Tagen von Victrolas eine aufziehbare Musikmaschine und eine Laterna magica, und die alte Großmutter veranstaltete wundervolle Schattenspiele auf einem Laken und erzählte Geschichten dazu. Sie pflegte auf dem Küchentisch die Europakarte verkehrt herum auszubreiten und zeigte den Kindern, wie sie in dieser Lage einer «Jungfrau» glich, und sagte ein langes deutsches Gedicht auf, in dem es hieß, Spanien sei der Kopf der Jungfrau, die Pyrenäen ihre Spitzenhalskrause, Deutschland ihr Herz und Busen, England und Italien seien zwei Arme, und Rußland, obwohl es so groß aussah, nur ein Reifrock. Dieses Gedicht würde jetzt wahrscheinlich als gefährliche Propaganda verurteilt werden!

Während Claude allein weiterging, dachte er darüber nach, wie das Land, das ihm einst klein und langweilig vorgekommen war, ihm jetzt groß und reich an Vielfalt erschien. Während der Monate im Camp war er in neue Arbeit und neue Freundschaften vertieft gewesen, und nun begegnete ihm seine eigene Umgebung mit der Frische lang vergessener Dinge – fügte sich vor seinen Augen zu einem harmonischen Ganzen. Jetzt würde er fortgehen, und er würde die ganze Landschaft im Geiste mit sich nehmen, und sie würde ihm mehr bedeuten, denn je zuvor. Da war der Lovely Creek, gurgelte weiter hinunter, wo er und Ernest immer gesessen und beklagt hatten, daß das Buch der Geschichte nunmehr geschlossen sei, daß die Welt ein verknöchertes Alter erreicht habe und edles Tun auf immer tot sei. Aber jetzt ging er weg...

Jenen Nachmittag verbrachte Claude zusammen mit seiner Mutter. Sie hatte ihn zum erstenmal für sich allein. Ralph wollte so gern bleiben und hören, was sein Bruder zu erzählen hatte, aber weil er verstand, was seine Mutter empfand, ging er zurück zum Weizenfeld. Keine Kleinigkeit über Claudes Leben im Camp war Mrs. Wheeler zu trivial, als daß sie nichts darüber hören wollte. Sie befragte ihn nach dem Essen, den Köchen, der Wäscherei wie nach seinen eigenen Pflichten, ohne einen Unterschied zu machen. Sie nötigte ihn, das Exerzieren mit dem Bajonett zu beschreiben und ihr den Umgang mit Maschinengewehren und automatischen Gewehren zu erklären.

«Ich weiß nicht, wie wir die Angst ertragen sollen, wenn unsere Transportschiffe in See zu stechen beginnen», sagte sie nachdenklich. «Wenn sie euch erst einmal alle drüben haben, ist mir nicht mehr bange; ich glaube, unsere Jungen sind genausogut wie alle auf der Welt. Aber bei den Berichten von U-Booten vor unseren Küsten frage ich mich, wie die Regierung unsere Leute da sicher hinüberbringen will. Der Gedanke an Transporte, die mit Tausenden von jungen Männern an Bord untergehen, ist so entsetzlich...» Sie bedeckte rasch die Augen mit der Hand.

Claude saß seiner Mutter gegenüber und fragte sich, was an ihren Händen war, das sie so anders machte als alle, die er je gesehen hatte. Er hatte schon immer gewußt, daß sie anders waren, aber nun mußte er sie genau betrachten und sehen, warum. Sie waren schmal und immer weiß, selbst wenn die Nägel in Einmachzeiten fleckig waren. Ihre Finger bogen sich abwehrend in den Gelenken, als würden sie Berührungen scheuen. Sie waren ruhelos, und wenn sie sprach, strichen sie oft leicht über ihr Haar oder ihr Kleid. War sie erregt, legte sie manchmal die Hand an die Kehle oder tastete an ihrem Kragen umher, als suche sie nach einer vergessenen Brosche. Es waren feinfühlige Hände, und doch schienen sie mit Fühlen nichts zu tun zu haben, fast als seien sie die suchenden Hände eines Gespensts.

«Wie denkt ihr Jungen darüber?»

Claude schreckte hoch. «Worüber, Mutter? Ach, die Überfahrt! Darum machen wir uns keine Sorgen! Es ist Sache der Regierung, uns hinüberzuschaffen. Ein Soldat sollte sich nur um das sorgen, wofür er direkt verantwortlich ist. Sollten die Deutschen einige Truppenschiffe versenken, wäre das natürlich bedauerlich – aber längerfristig würde das nicht ins Gewicht fallen. Die Briten entwickeln gerade ein hervorragendes Luftschiff, das Passagiere befördern kann. Wenn unsere Transporter versenkt werden, bedeutet das nur eine Verzögerung. Noch ein Jahr, dann werden die Yankees hinüberfliegen. Sie können uns nicht aufhalten.»

Mrs. Wheeler beugte sich vor. «Das ist doch Kindergeschwätz, Claude. Du glaubst doch nicht, daß so etwas ausführbar ist.»

«Doch, völlig. Die Briten verlassen sich auf ihre Flugzeugkonstrukteure, um eben das tun zu können, wenn alles andere versagt. Natürlich weiß immer noch keiner, wie effektiv die U-Boote in unserem Fall sein werden.»

Mrs. Wheeler beschattete wieder ihre Augen mit der Hand. «Als ich noch jung war, damals in Vermont, wünschte ich mir immer, ich hätte in den alten Zeiten gelebt, als die Welt sich in Sprüngen und Hüpfern weiterbewegte. Und jetzt habe ich das Gefühl, ich könnte den Anblick der Herrlichkeit nicht ertragen, die sie überkommt. Es ist, als müßten wir mit neuen Fähigkeiten geboren werden, um zu verstehen, was in der Luft und unter dem Meer vorgeht.»

12

Die Nachmittagssonne strömte durch die Hinterfenster von Mrs. Farmers langem, unebenem Salon und ließ das düstere Zimmer wie eine Höhle mit einem Feuer an einem Ende aussehen. Die Möbel trugen alle ihre kühlen, gemusterten Überzüge aus Sommercretonne. Die Blumenvasen auf den kleinen Tischen fingen das Sonnenlicht ein und funkelten wie winzige Lampen. Claude hatte schon geraume Weile dagesessen, und er wußte, daß er gehen sollte. Durch das Fenster neben ihm konnte er Reihen von Malven sehen, die flachen Blätter der wildwuchernden Klettertrompete und die Spitzen des dichtverwachsenen Minzebeetes, alles durchsichtig im goldgepuderten Licht. Sie hatten über alles mögliche gesprochen, nur nicht über das, weswegen er gekommen war. Als er in den Garten hinausblickte, spürte er, daß er es nie würde herausbringen können. Etwas daran, wie das Minzebeet brannte und schwebte, machte ihn zum Fatalisten – ließ ihn Einmischung scheuen. Aber wenn er erst einmal weit fort war, würde es ihn reuen. Ungewißheit würde ihn quälen wie ein Splitter im Daumen.

Er stand plötzlich auf und sagte ohne Umschweife: «Gladys, ich wünschte, ich könnte sicher sein, daß du niemals meinen Bruder heiratest.»

Sie antwortete nicht, saß nur in ihrem Lehnstuhl und blickte mit einer seltsamen Ruhe zu ihm auf.

«Ich kenne all die Vorteile», fuhr er hastig fort, «aber sie machen es nicht wett. Diese Sorte von – Kompromiß würde dich furchtbar unglücklich machen. Ich weiß es.»

«Ich glaube nicht, daß ich Bayliss je heiraten werde», Gladys sprach mit ihrer üblichen tiefen, wohlklingenden Stimme, doch ihr rascher Atem verriet, daß er an etwas gerührt hatte, das schmerzte. «Ich habe ihn wahrscheinlich benutzt. Es verleiht einer Lehrerin ein gewisses Prestige, wenn die Leute denken, sie könnte den reichsten Junggesellen der Stadt heiraten, wann immer sie möchte. Aber ich denke, ich werde ihn nicht heiraten – weil du derjenige in der Familie bist, den ich immer hatte haben wollen.»

Claude wandte sich ab und ging zum Fenster. «Eine feine Partie bin ich gewesen», murmelte er.

«Trotzdem, es stimmt. Es war wie damals, als wir zur High-School gingen, und es ist noch immer so. Alles, was du tust, ist immer aufregend für mich.»

Claude spürte kalten Schweiß auf seiner Stirn. Er wünschte jetzt, er wäre nie gekommen. «Aber das ist der springende Punkt, Gladys. Was habe ich je anderes getan, als einen Schnitzer nach dem anderen zu machen?»

Sie kam herüber zum Fenster und stellte sich neben ihn. «Ich weiß es nicht, vielleicht lernt man Menschen an ihren Schnitzern kennen – an dem, was sie nicht können. Wenn du wie alle übrigen gewesen wärst, hättest du wie sie weitermachen können. Und genau das hätte ich nicht ertragen.»

Claude sah mit gerunzelter Stirn in den flammenden Garten. Er hatte kein Wort ihrer Erwiderung gehört. «Warum hast du mich nicht davor bewahrt, mich zum Narren zu machen?» fragte er mit leiser Stimme.

«Ich glaube, ich habe es versucht – einmal. Jedenfalls entwickelt sich alles besser, als ich dachte. Du hast dich hier nicht festgefahren. Du hast deinen Platz gefunden. Du gehst fort. Du hast gerade erst angefangen.»

«Und was ist mir dir?»

Sie lachte leise. «Ach, ich werde weiterhin an der High-School unterrichten!»

Claude nahm ihre Hände, und sie standen im schwimmenden, goldenen Licht, das alles durchsichtig machte, und blickten sich tief in die Augen. Ihm ist später nie klargeworden, wie er seinen Hut fand und aus dem Haus herauskam. Mit Bestimmtheit wußte er nur, daß Gladys ihn nicht an die Tür begleitet hatte. Einmal drehte er sich um und sah ihren Kopf hinter dem hellen Fenster.

Sie stand genau dort, wo er sie verlassen hatte, und sah reglos, kaum atmend zu, wie der Abend heraufzog. Sie dachte daran, wie oft sie ihn hier, wenn sie die Treppe herunterkam, am Fenster würde stehen sehen oder sehen, wie er sich durch das düstere Zimmer bewegte und endlich die Gestalt hätte, die er haben sollte – gemäß seiner Überzeugungen und seiner Wahl, die er getroffen hatte. Niemals würde sie es jetzt zulassen, daß dieses Haus der Steuern wegen verkauft würde. Sie würde ihr Gehalt sparen, um sie abzubezahlen. Niemals könnte sie ein Zimmer so lieben wie dieses. Es war immer eine Zuflucht vor Frankfort gewesen; und nun ist da diese lebendige, zuversichtliche Gestalt, ein Bild, so deutlich für sie wie das Porträt ihres Großvaters an der Wand.

13

Sonntag war Claudes letzter Tag zu Hause, und er machte einen langen Spaziergang mit Ernest und Ralph. Ernest wäre Ralph lieber losgeworden, aber wenn der Junge nicht im Erntefeld war, klebte er an seinem Bruder wie eine Klette. Etwas an Claudes neuer Kleidung und Art faszinierte ihn, und er durchlief eine jener plötzlichen Gefühlswandlungen, die in Familien häufig auftreten. Obwohl sie seit Claudes Hochzeit bessere Freunde geworden waren, hatte sich Ralph bisher immer ein wenig seiner geschämt. Warum, fragte er sich ständig, konnte Claude «sich nicht in Schale werfen und was darstellen»? Jetzt war er durch die

Tatsache, daß er etwas darstellte, wie vor den Kopf gestoßen.

Am Montagmorgen erwachte Mrs. Wheeler mit einem Schwächegefühl in der Brust. Dies war der Tag, an dem sie sich tapfer zeigen mußte. Das Frühstück würde Claudes letzte Mahlzeit zu Hause sein. Um elf würden sein Vater und Ralph ihn nach Frankfort an den Zug bringen. Sie brauchte für das Ankleiden länger als sonst. Als sie nach unten kam, unterhielten sich Claude und Mahailey schon miteinander. Er rasierte sich im Waschraum, und Mahailey stand da und sah ihm zu, eine Speckseite in der Hand.

«Du sags' denen da drüben, ich bin furchtbar traurig über die alt'n Frauen, mit'n Schüsseln und 'm Herd alles kaputt.»

«Klar. Tu ich.» Claude schabte weiter an seinem Kinn.

Sie konnte sich nicht losreißen. «Kanns' du ihnen nich' helfen, ihre Sachen heilmachen, wie meine für mich», schlug sie hoffnungsvoll vor.

«Vielleicht», murmelte er geistesabwesend.

Mrs. Wheeler öffnete die Tür zur Treppe, und Mahailey huschte zurück an den Herd.

Nach dem Frühstück ging Dan mit den Erntearbeitern hinaus auf die Felder. Ralph und Claude und Mr. Wheeler hatten den ganzen Morgen mit dem Auto zu tun.

Mrs. Wheeler zog immer wieder ihre Schürze aus und ging den Hügel hinunter, um nachzusehen, was sie taten. Ob wirklich etwas mit dem Motor nicht in Ordnung war oder ob die Männer nur einen Vorwand suchten, um unter sich zu sein und dem Haus fernzubleiben, wußte sie nicht. Sie spürte, daß ihre Gegenwart nicht sehr erwünscht war, und schließlich ging sie nach oben und beobachtete sie resigniert vom Wohnzimmerfenster aus. Bald darauf hörte sie Ralph ins zweite Stockwerk hinauflaufen. Als er mit Claudes Gepäck in den Händen zurückkam, steckte er seinen Kopf durch die Tür und rief seiner Mutter fröhlich zu:

«Keine Eile, ich hol's nur runter, damit es parat steht.»

Mrs. Wheeler lief ihm nach und rief schwach: «Warte, Ralph! Bist du sicher, daß er alles hat? Ich habe ihn nicht packen hören.»

«Alles fertig. Er sagt, er möchte nicht noch mal nach oben gehen müssen. Er wird ziemlich bald kommen. Wir haben noch massenhaft Zeit.» Ralph sauste hinunter und durch den Keller hinaus.

Mrs. Wheeler setzte sich in ihren Lesestuhl. Sie wollten sie fernhalten, was sie ein wenig egoistisch von ihnen fand. Warum konnten sie diese letzten Stunden nicht still im Haus verbringen, statt ins Haus und wieder hinaus zu stürzen und sie zu ängstigen? Jetzt konnte sie das heiße Wasser in der Küche laufen hören; wahrscheinlich war Mr. Wheeler hereingekommen und wusch sich die Hände. Sie fühlte sich wirklich zu schwach, um aufzustehen, zum Westfenster zu gehen und nachzusehen, ob er noch unten bei der Garage sei. Das Warten war nur noch eine Sache von Sekunden, und ihr Atem ging jetzt schon kurz genug.

Sie erkannte den eiligen Schritt schwerer Nagelstiefel auf der Treppe. Als Claude eintrat, seinen Hut in der Hand, sah sie an seinem Gang, seinen Schultern und seiner Kopfhaltung, daß der Augenblick gekommen war und er es kurz machen wollte. Sie erhob sich und streckte ihm die Hände entgegen, als er zu ihr trat, um sie zu umarmen. Sie lächelte ihr kleines, seltsames, vertrautes Lächeln, mit halbgeschlossenen Augen.

«Heißt es jetzt also Aufwiedersehen?» murmelte sie. Sie strich ihm über die Schultern, seinen kräftigen Rücken und die engsitzenden Seiten seines Rockes hinunter, als würde sie Form und Maß seiner sterblichen Hülle nehmen. Ihr Kinn reichte gerade an seine Brusttasche, und sie rieb es am schweren Stoff. Claude stand wortlos da und sah auf sie hinunter. Plötzlich spannten sich seine Arme, und er erdrückte sie fast.

«Mutter!» flüsterte er, als er sie küßte. Er lief, ohne zurückzusehen, die Treppe hinab und aus dem Haus.

Sie kämpfte sich aus dem Stuhl hoch, in den sie gesunken war, und wankte ans Fenster; er lief in langen Schritten, so schnell er konnte, den Hügel hinunter. Er sprang ins Auto neben seinen Vater. Ralph saß bereits am Steuer, und Claude saß noch nicht richtig, als sie schon auf und davon waren. Sie fuhren den Fluß entlang und über die Brücke, dann den langen Hügel auf der anderen Seite hinauf. Als sie sich dem Hügelkamm näherten, reckte sich Claude im Wagen noch mal zur vollen Länge auf, sah zurück zum Haus und schwenkte seinen kegelförmigen Hut. Sie lehnte sich hinaus und strengte die Augen an, aber ihre Tränen ließen alles verschwimmen. Die braune aufrechte Gestalt schien aus dem Auto und über die Felder zu schweben, und sie verlor ihn, noch bevor er wirklich fort war. Sie fiel zurück gegen das Fenstersims, umklammerte ihre Schläfen mit beiden Händen, und keuchende, leidenschaftliche Worte brachen aus ihr heraus. «Alte Augen», rief sie, «warum betrügt ihr mich? Warum bringt ihr mich um den letzten Anblick meines wundervollen Sohnes?»

VIERTES BUCH

Die Fahrt der Anchises

1

Ein langer Zug überfüllter Waggons, sämtliche Passagiere desselben Geschlechts und fast desselben Alters, alle in gleicher Kleidung und Kopfbedeckung, dampfte langsam an einem späten Sommernachmittag durch die grünen Meerweiden. In den Wagen herrschte ein unaufhörliches Strecken verkrampfter Beine, Recken von Schultern, Anzünden von Streichhölzern, Herumreichen von Zigaretten, Seufzen vor Langeweile; hin und wieder einhelliges Gelächter über nichts. Plötzlich hält der Zug. Kurzgeschorene Köpfe und gebräunte Gesichter schauen aus jedem Fenster. Die Jungen beginnen zu stöhnen und zu brüllen; was ist denn nun schon wieder?

Der Zugführer geht durch die Wagen und sagt etwas über einen verunglückten Güterzug weiter vorn; er habe Befehl, hier eine halbe Stunde zu warten. Niemand beachtet ihn. Ein erstauntes Murmeln erhebt sich von einer der Zugseiten. Die Jungen sammeln sich an den Südfenstern. Endlich gibt es etwas zu sehen – obwohl das, was sie sehen, so seltsam still ist, daß ihre eigenen Ausrufe nicht sehr laut geraten.

Der Zug steht neben einem Meeresarm, der weit in die grüne Küste hineinreicht. Am Rande des stillen Wassers stehen die Rümpfe von vier Holzschiffen im Fertigungsprozeß. Keine Stadt ist da, keine Rauchsäulen – sehr wenige Arbeiter. Bauholzstapel liegen im Gras. Ein Benzinmotor unter einem Behelfsdach betreibt einen langen Kran, der in die Stapel von Brettern und Balken greift, eine Ladung hochnimmt, sie leise und gezielt zu einem der Schiffsskelette hinüberschwingt und sie irgendwo in den Rumpf des reglosen Dinges senkt. An den Seiten der nackten Schiffskörper sind einige Nieter an der Arbeit; sie sitzen auf Hängeplanken und lassen sich mit Hilfe von Flaschenzügen herunter und ziehen sich wieder hinauf wie Hausanstreicher. Nur wenn man sehr genau hinhört, kann man das Klopfen eines Hammers hören. Keine Befehle werden laut, kein Dröhnen schwerer Maschinen oder Kreischen von Eisenbohrern zerreißt die Luft. Die seltsamen Schiffe scheinen sich selbst zu bauen.

Einige der Männer stiegen aus den Wagen, liefen die Schienen entlang und fragten einander, wie Schiffe so weit draußen im Gras gebaut werden könnten. Lieutenant Claude Wheeler streckte seine Beine auf den Sitz gegenüber, saß ruhig an seinem Fenster und sah auf die seltsame Szenerie hinunter. Schiffsbau, so hatte er gelernt, bedeutete Lärm und Schmieden und Maschinen und Unmengen von Männern. Dies war wie ein Traum. Nichts als grüne Wiesen, sanftgraues Wasser, ein leichter Nebelschleier, ein wenig rosig von der untergehenden Sonne, gespenstisch anmutende, langsam dahingleitende Möwen, die Flügel getönt vom roten Abglanz – und diese vier Schiffsrümpfe, die in ihren Gerüsten grübelnd aufs Meer hinausschauten.

Claude wußte nichts über Schiffe oder Schiffsbau, aber diese schienen ihm nicht wie zusammengenagelt – sie kamen ihm vor wie aus einem Stück, wie Bildhauerwerk. Sie erinnerten ihn an Häuser, die nicht von Hand gemacht waren; sie waren wie einfache und große Gedanken, wie Absichten, die sich hier langsam im Schweigen neben einem ruhigen Atlantikarm formten. Er wußte nichts über Schiffe, aber es war auch nicht nötig; die Gestalt jener Körper – ihre scharfen, unausweichlichen Umrisse – erzählte deren Geschichte, ja, war deren Geschichte; erzählte das ganze Abenteuer des Menschen mit dem Meer.

Hölzerne Schiffe! Wenn große Leidenschaften und große Ziele ein Land aufrührten, tauchten solche Gestalten an seinen Küsten auf, um zum Gefäß seiner Tapferkeit zu werden. Nichts, was Claude je gesehen oder gehört oder gelesen hatte, führte ihm das alles so vor Augen wie diese unerprobten hölzernen Schiffe. Sie waren der Inbegriff des Antriebs, sie waren die potentielle Handlung, sie waren das «Hinübergehen», der gespannte Pfeil, der große, ungeäußerte Schrei, sie waren Schicksal, sie waren Morgen!...

Die Lokomotive kreischte ihren verstreuten Fahrgästen zu wie eine alte Truthenne, die ihre Brut ruft. Die jungen Soldaten kamen die Böschung entlanggelaufen und sprangen auf den Zug. Der Schaffner rief aus, sie würden zur Abendbrotzeit in Hoboken sein.

2

Es war Mitternacht, als die Männer ihr Abendessen bekommen hatten und anfingen ihre Decken auszurollen, um in den Warteräumen der Hafenschuppen zu schlafen – die in anderen Zeiten von Leuten gefüllt waren, welche kamen, um zurückkehrende Freunde zu begrüßen oder ihnen gute Fahrt zu fremden Küsten zu wünschen. Claude und einige seiner Männer hatten versucht, sich in ihnen umzusehen; aber es gab wenig zu sehen. Ein in verwirrenden Schwarzweißmustern gestrichener Schiffsbug erhob sich am Ende des Schuppens, aber das Wasser selbst war nicht sichtbar. Unten auf der kopfsteingepflasterten Straße sahen sie eine Weile der langen Schlange von Rollwagen und Lastern zu, die die ganze Nacht über in eine weiträumige, elektrisch beleuchtete Höhle rumpelten, wo Kisten und Fässer und Waren aller Art mit dem Kennzeichen «Amerikanisches Expeditionscorps» gestapelt waren; Kisten mit elektrischem Gerät aus einer Fabrik in Ohio, Automobilteile, Lafetten, Badewannen, Hospitalbedarf, Baumwollballen, Kisten mit Dosennahrung, graue Metallbehälter, gefüllt mit flüssigen Chemikalien. Claude ging zum Wartesaal zurück und schlief im grellen Licht einer Bogenlampe ein, die ihm voll ins Gesicht schien.

Um vier Uhr morgens wurde er aufgerufen und informiert, wo er sich im Hauptquartier melden sollte. Captain Maxey, der an einem Pult auf einem der Flure saß, erklärte seinen Lieutenants, daß ihre Kompanie um acht Uhr mit der «Anchises» abfahren würde. Es war ein englisches Schiff, ein alter Liniendampfer, der aus dem Australienhandel abgezogen worden war und nur zweitausendfünfhundert Mann transportieren konnte. Die Crew war englisch, aber ein Teil der Vorräte – das Fleisch und frisches Obst und Gemüse – wurde von der Regierung der Vereinigten Staaten geliefert. Der Captain hatte während der Nacht das Schiff inspiziert, und es gefiel ihm nicht besonders. Er hatte erwartet, für einen der wundervollen Hamburg-

Amerika-Dampfer vorgesehen zu werden, mit rosenholzgetäfelten Speisesälen, Ventilations- und Kühlanlagen und Fahrstühlen, die von oben bis unten liefen wie in einem New Yorker Bürogebäude.

«Wie dem auch sei», sagte er, «wir müssen das Beste daraus machen. Sie setzen jetzt alles ein, was einen Rumpf hat.»

Die Kompanie stellte sich mit ihrem Gepäck und ihren Gewehren an einem Ende des Schuppens zum Anwesenheitsappell auf. Das Frühstück wurde ausgegeben, während sie warteten. Nach einer Stunde Stehen auf dem Beton sahen sie ermutigende Anzeichen. Zwei Laufplanken wurden am Ende des Piers vom Schiff herabgelassen, und über beide begann eine dichte braune Reihe von Männern in smarten Dienstmützen hinaufzuströmen. Sie erkannten daran eine Kompanie der Kansas-Infanterie und begannen zu murren, weil man ihnen ihre eigenen Dienstmützen noch nicht ausgehändigt hatte; sie würden in ihren alten Stetsons fahren müssen. Bald wurden sie in eine der braunen Reihen gezogen, welche sich stetig die Gangways hinaufbewegte wie ein Band, das über eine Maschine läuft. Auf Deck lenkte ein Steward die Männer zum Laderaum hinunter, und ein anderer geleitete die Offiziere zu ihren Kabinen. Claude wurde in eine Vierbettkabine geführt. Einer seiner Kabinengenossen, Lieutenant Fanning von seiner eigenen Kompanie, war schon dort und ordnete sein dürftiges Gepäck. Der Steward teilte ihnen mit, daß die Offiziere im Speisesaal frühstücken würden.

Um sieben waren alle Truppen an Bord, und die Männer durften an Deck. Zum erstenmal sah Claude die Silhouette von New York City, die sich dünn und grau gegen einen opalfarbenen Morgenhimmel erhob. Der Tag war heiß und diesig angebrochen. Obwohl die Sonne nun hoch stand, war sie ein roter, von purpurnen Wolken gestreifter Ball. Die Hochhäuser, von denen er so viel gehört hatte, sahen körperlos und unwirklich aus – bloße Schatten aus Grau und Rosa und Blau, die sich vielleicht mit dem Dunst auflösen und darin vergehen würden. Die Jungen waren enttäuscht. Sie waren Männer des Westens, gewöhnt an das scharfe Licht hoher Regionen, und sie wollten die Stadt deutlich sehen; mit diesen unregelmäßigen Türmen, die verschwommen aus dem Dunst emporragten, konnten sie nichts anfangen. Jeder stellte Fragen. Welcher dieser blassen Giganten war das Singer Building? Welcher das Woolworth? Was war die Goldkuppel, die matt durch den Nebel schimmerte? Niemand wußte es. Alle waren sich einig, es sei eine Schande, daß sie nicht einen Tag in New York hatten, bevor sie abfuhren, und daß sie sich in Paris blöd vorkommen würden, wenn sie zugeben müßten, daß sie nicht einmal den Broadway entlanggegangen seien. Schlepper und Fähren und Kohlebarkassen bewegten sich den öligen Fluß hinauf und hinunter – alles neue Anblicke für die Männer. Drüben in den französischen und in den Cunard-Docks sahen sie die ersten «Camouflage»-Exemplare, von denen sie so viel gehört hatten; große, in verrückten Mustern angestrichene Schiffe, welche die Augen schmerzten, einige in Schwarzweiß, andere in sanften Regenbogenfarben.

Ein Schlepper dampfte längsseits heran und machte fest. Einige Augenblicke später tauchte ein Mann auf der Brücke auf und begann, mit dem Kapitän zu reden. Der junge Fanning, der sich an Claudes Seite gehalten hatte, erklärte ihm, daß dies der Lotse sei, und seine Ankunft bedeute, daß sie jetzt ablegen würden. Sie konnten die blinkenden Instrumente einer Musikkapelle sehen, die sich im Bug versammelte.

«Lassen Sie uns auf die andere Seite gehen, an die Reling, wenn wir können», sagte Fanning. «Die Burschen stauen sich alle hier drüben, weil sie die Freiheitsstatue sehen wollen, wenn wir ausfahren. Sie wissen nicht einmal, daß das Schiff wendet, sobald es in den Fluß einfährt. Sie glauben, es läuft erst mal über Heck!»

Es war nicht einfach, das Deck zu überqueren; jeder Zentimeter war von einem Stiefel bedeckt. Sämtliche Aufbauten waren überzogen von braunen Uniformen; sie klebten an den Schiffskränen, den Winschen, den Relings und Ventilatoren wie Bienen in einem Schwarm. Gerade als das Schiff auslief, erhob sich eine Brise und klärte die Luft. Es brach blauer Himmel durch, und die blasse Silhouette von Gebäuden auf der langen Insel wurde scharf und hart. Fenster flammten in ihren grauen Mauern auf, die goldenen und bronzefarbenen Turmdächer begannen zu glänzen, wo sich das Sonnenlicht durchkämpfte. Der Transporter glitt hinunter zur Landspitze, und zur Linken erblickte das Auge ein Spinnennetz von Brücken, die wirr gegeneinander sichtbar wurden.

«Da ist sie!» «Hallo, altes Mädchen!» «Wiedersehen, Schätzchen!»

Der Schwarm wogte nach Steuerbord. Sie schrien und gestikulierten dem Monument zu, nach dem sie alle Ausschau gehalten hatten – es war so viel näher als in ihrer Erwartung, in grüne Falten gekleidet, während der Dunst wie Rauch hinter ihm aufströmte. Für fast jeden dieser zweitausendfünfhundert Jungen, ebenso wie für Claude, war es der erste Blick auf die Bartholdi-Statue. Obwohl sie vor ihrem inneren Auge ein so klarumrissenes Bild gewesen war, hatten sie doch keine Vorstellung von ihrer Umgebung gehabt, umrahmt von Meer und Himmel, mit dem Schiffsverkehr der Welt, der zu ihren Füßen kam und ging, und den bewegten Wolkenmassen hinter ihr. Postkartenbilder hatten ihnen keinen Eindruck von der Kraft ihrer enormen Geste vermittelt oder der Leichtigkeit, zu der ihre Schwere in den dunstigen Elementen wurde. «Frankreich hat sie uns geschenkt», sagten sie immer wieder, als sie sie grüßten.

Noch bevor Claude seine erste Erregung überwunden hatte, begann die Band aus Kansas das Lied «Over There» zu spielen. Zweitausend Stimmen fielen ein und dröhnten die heitere, unbezähmbare Entschlossenheit jener munteren Melodie über das Wasser.

Eine Staten-Island-Fähre fuhr dicht unter dem Bug des Truppentransporters vorbei. Die Passagiere waren Büromenschen auf dem Weg zur Arbeit, und als sie aufblickten und diese aberhundert Gesichter sahen, alle jung, alle gebräunt und grinsend, begannen sie zu rufen und Taschentücher zu schwenken. Einer der Passagiere war ein alter Geistlicher, seinerzeit ein berühmter Redner, jetzt pensioniert, der jeden Morgen in die Stadt hinüberfuhr, um Leitartikel für eine Kirchenzeitschrift zu schreiben. Er schloß das Buch, in dem er gerade las, stellte sich an die Reling und begann, nachdem er seinen Hut abgenommen hatte, feierlich ein Gedicht zu rezitieren, das zu seinen Zeiten noch beliebt gewesen war. «So fahre...», tremolierte er.

«Auch du, o Staatenschiff, so fahre.
Die Menschheit hänget atemlos
Ihr Wünschen, Hoffen, all ihr Los
An dein Geschick zukünft'ger Jahre.»

Als der Truppentransporter die Fahrrinne hinunterglitt, blickte der alte Mann ihm immer noch aus dem Achterdeck nach. Der johlende Schwarm brauner Arme und Hüte und Gesichter sah nicht anders aus als ein Haufen amerikanischer Jungen, die irgendwohin zu einem Footballspiel fuhren. Doch die Szene war zeitlos; Jugendliche fuhren davon, um zu sterben für eine Idee, ein Gefühl, für den bloßen Klang eines Satzes ... und bei ihrem Aufbruch trugen sie einer Bronzestatue im Meer Gelöbnisse an.

3

Den ganzen ersten Morgen führte Tod Fanning Claude durch das Schiff – nicht daß Fanning je auf etwas Größerem gewesen war als einem Lake-Michigan-Dampfer, aber er verstand eine ganze Menge von Technik und scheute sich nicht, die Deckstewards nach allem auszufragen, was ihm unbekannt war. Die Stewards, im Grunde die gesamte Crew, überraschten die Jungen als eine ungewöhnlich gutmütige und zuvorkommende Mannschaft.

Der vierte Passagier von Nummer 96, Claudes Kabine, war noch nicht aufgetaucht, sein Gepäck ebensowenig, also begannen die drei, die ihren spärlichen Besitz dort untergebracht hatten, zu hoffen, sie würden den Raum für sich allein haben. Er war jetzt schon eng genug. Die dritte

Koje war einem Offizier vom Kansas-Regiment zugewiesen, Lieutenant Bird, einem Mann aus Virginia, der in der Bank seines Onkels in Topeka gearbeitet hatte, bevor er sich freiwillig meldete. Er und Claude saßen in der Messe zusammen. Als sie zu Mittag aßen, sagte der Virginier mit seiner sanften Stimme: «Lieutenant, ich wünschte, Sie würden mich ein wenig über Lieutenant Fanning aufklären. Er kommt mir sehr unreif vor. Er hat mir von einem U-Boot-Zerstörer erzählt, den er erfunden habe, aber mir scheint das völliger Blödsinn zu sein.»

Claude lachte. «Versuchen Sie nicht, Fanning zu verstehen, nehmen Sie ihn einfach hin, wie er ist, und Sie werden ihn mögen. Ich habe mich früher gewundert, wie er überhaupt zu dem Rang gekommen ist. Man kann nie sagen, was für verrücktes Zeug er gerade ausheckt.»

Fanning hatte zum Beispiel ein Paar weißer Flanellhosen an Bord gebracht, seine ersten und einzigen maßgeschneiderten Hosen, weil ihm vorschwebte, das Schiff würde einen englischen Hafen anlaufen und er zu einer Garden Party geladen werden! Er hatte eine merkwürdige Art, an falscher Stelle bedeutungsschwere Wörter zu benutzen, nicht weil er sich wichtig machen wollte, sondern weil alle Wörter für ihn gleich klangen. In den ersten Tagen ihrer Bekanntschaft im Camp hatte er Claude erzählt, daß dies eine Schwäche sei, gegen die er nichts unternehmen könne und die «Anästhesie» heiße. Manchmal war diese Schwäche verwirrend; als Fanning salbungsvoll erklärte, er wäre gern dabei, wenn der Kronprinz seine kleine Rechnung mit Plato begliche, war Claude verblüfft, bis spätere Scherze enthüllten, daß der Junge Pluto gemeint hatte.

Um drei Uhr gab die Band ein Konzert an Deck. Claude

geriet in ein Gespräch mit dem Kapellmeister und war entzückt, als er herausfand, daß er aus Hillport in Kansas kam, einer Stadt, in der Claude einmal mit seinem Vater gewesen war, um Vieh zu kaufen, und daß seine sämtlichen vierzehn Männer aus Hillport stammten. Sie waren die Stadtkapelle gewesen, hatten sich samt und sonders freiwillig gemeldet, miteinander die Ausbildung durchlaufen und waren nie voneinander getrennt worden. Einer war Drucker, der jede Woche half, die «Argus» von Hillport herauszubringen, ein anderer war Angestellter in einem Lebensmittelgeschäft, wieder ein anderer war Sohn eines deutschen Uhrmachers, einer ging noch zur High-School, einer arbeitete in einem Autoverleih. Nach dem Abendessen fand Claude sie alle beieinander, sehr interessiert an ihrem ersten Abend auf See und vertieft in eine Debatte, ob der Sonnenuntergang auf dem Wasser so schön sei wie der, den sie allabendlich in Hillport bewundern konnten. Sie hielten in einer ruhigen, entschlossenen Weise zusammen, und wenn man begann, mit einem von ihnen zu reden, fanden sich auch bald alle anderen ein.

Als Claude und Fanning und Lieutenant Bird sich an jenem Abend in ihrem engen Quartier auszogen, war die vierte Koje immer noch frei. Sie lagen in ihren Betten und schliefen fast, als der fehlende Mann hereinkam und ohne Umschweife das Licht anknipste. Sie waren überrascht, daß er die Uniform des Royal Flying Corps trug und einen Stock bei sich hatte. Er schien sehr jung zu sein, aber die drei, die ihn beäugten, spürten, daß er eine bedeutende Person sein mußte. Er legte seinen Mantel mit den ausgebreiteten Schwingen am Kragen ab, zog seine Uhr auf und putzte sich die Zähne mit einer Geste besonderer Wichtigkeit. Kurz nachdem er das Licht ausgeknipst hatte und in seine Koje über Lieutenant Bird geklettert war, verbreitete sich ein starker Rumgeruch in der stickigen Luft.

Fanning, der unter Claude schlief, stieß mit dem Fuß in die durchhängende Matratze über sich und streckte den Kopf heraus.

«Hallo, Wheeler! Was haben Sie da oben?»

«Nichts.»

«Nichts riecht für mich ziemlich gut. Ich werde mit jedem, der mich dazu auffordert, davon was nehmen.»

Keine Antwort aus irgendeinem Quartier. Bird, der Virginier, murmelte: «Macht keinen Krach», und sie schliefen ein.

Als am Morgen der Badesteward hereinkam, schob er sich in die enge Kabine und steckte seinen Kopf in die Koje über Bird. «Es tut mir leid, Sir. Ich habe gründlich nach Ihrem Gepäck gesucht, und es läßt sich nicht finden, Sir.»

«Ich sage Ihnen, es muß gefunden werden!» rief von oben eine pikierte Stimme aufgebracht. «Ich habe es selbst im Taxi vom St. Regis herübergebracht. Ich habe es noch auf der Pier mit dem Offiziersgepäck stehen sehen – ein schwarzer Kabinenkoffer mit den Buchstaben V. M. an beiden Enden. Suchen Sie weiter!»

Der Steward lächelte diskret. Er wußte wahrscheinlich, daß der Flieger in einem Zustand an Bord gekommen war, der jede genauere Beobachtung seinerseits ausschloß. «Sehr wohl, Sir. Gibt es etwas, das ich Ihnen erst einmal bringen kann?»

«Sie können dieses Hemd mitnehmen und waschen lassen und mir heute abend zurückbringen. Ich habe keine Wäsche in meiner Tasche.»

«Ja, Sir.»

Claude und Fanning gingen so schnell wie möglich an Deck und fanden dort schon eine Menge ihrer Kameraden vor, die auf dunkle Flecke am klaren Horizont zeigten. Sie wußten, daß diese Schiffe aus unbekannten Häfen gekommen waren, einige von weit her, und unter Befehlen hierher stampften, die nur ihren Kommandanten bekannt waren. Sie würden alle mit Abstand innerhalb weniger Stunden nacheinander an einer bestimmten Stelle der Ozeanfläche ankommen. Dort würden sie, von ihren Zerstörern flankiert, Stellung beziehen und in geordneter Formation, ohne ihre jeweiligen Positionen zu wechseln, weiterfahren. Ihre Eskorte würde sie nicht verlassen, bis sich ihnen Kanonenboote und Zerstörer vor der für sie bestimmten Küste anschlossen – welche Küste es war, wußten bisher nicht einmal die Offiziere.

Später am Morgen vollzog sich tatsächlich diese Begegnung. Es waren zehn Truppentransporter, einige davon sehr groß, und sechs Zerstörer. Die Männer standen den ganzen Morgen herum, starrten gebannt auf ihre Schwestertransporter, versuchten, ihre Namen herauszufinden, und schätzten ihre Kapazitäten. Obwohl sie schon gebräunt waren, begannen ihre Lippen und Nasen unter der feurigen Sonne Blasen zu werfen. Nach den langen Monaten intensiver Ausbildung genossen sie den plötzlichen Fall in ein müßiges, entspannendes Dasein. Obwohl ihre Vergangenheiten weder lang noch unterschiedlich waren, verspürten die meisten von ihnen, wie Claude Wheeler, ein Gefühl der Befreiung, von allem gelöst zu sein, was sie zuvor gewesen waren, und etwas absolut Neues zu gewärtigen. Wie sagte doch Tod Fanning, als er an der Reling lehnte: «Wem immer es gefällt, der kann ja jeden Morgen zu einem Zug rennen und seine Tage in einem Westinghouse-Werk herunterrackern; aber das ist nichts mehr für mich!»

Der Virginier schloß sich ihnen an. «Dieser Engländer ist immer noch nicht aus dem Bett. Ich nehme an, er hat sich in schöner Gleichmäßigkeit vollaufen lassen. Der Raum stinkt wie eine Bar. Der Kabinensteward kam gerade heraus und zwinkerte mir zu. Er schob etwas in seine Tasche, sah aus wie eine Banknote.»

Claude war neugierig und ging in die Kabine hinunter. Als er eintrat, lag der Flieger halb bekleidet in seiner Koje, richtete sich auf einem Ellbogen auf und sah zu ihm hinunter. Seine blauen Augen waren zusammengekniffen und hart, sein lockiges Haar zerzaust, aber seine Wangen waren rosig wie die eines Mädchens, das kleine gelbe Kolibribärtchen auf seiner Oberlippe war scharf gezwirbelt.

«Sie versäumen wundervolles Wetter», sagte Claude freundlich.

«Ach, es wird noch jede Menge Wetter geben, bis wir drüben sind, und sonst verdammt wenig!» Er zog eine Flasche unter seinem Kopfkissen hervor. «Mögen Sie einen Schluck?»

«Ich habe nichts dagegen», Claude streckte die Hand aus.

Der andere lachte, sank träge auf sein Kissen zurück und sagte schleppend: «Braver Junge! Na los, trinken Sie auf den Kaiser.»

«Warum gerade auf ihn?»

«Hat nichts zu sagen. Trinken Sie auf Hindenburg oder

das Oberkommando oder irgendwas sonst, das Sie aus dem Maisfeld herausgeholt hat. Da hat es Sie doch erwischt, stimmt's?»

«Na, das ist jedenfalls gut geraten. Wo hat es Sie denn erwischt?»

«Crystal Lake, Iowa. Ja, ich glaube, da war es.» Er gähnte und faltete die Hände über dem Bauch.

«Ach, wir dachten, Sie seien Engländer.»

«Nicht ganz. Obwohl ich zwei Jahre im Heer seiner Majestät gedient habe.»

«Sind Sie in Frankreich geflogen?»

«Ja. Ich bin die ganze Zeit hin und her geflogen. England und Frankreich. Jetzt habe ich zwei Monate in Fort Worth vergeudet. Ausbilder. Das liegt nicht auf meiner Linie. Ich bin vielleicht aus disziplinarischen Gründen herübergeschickt worden. Obwohl man das bei meinem Colonel nie wissen kann; möglich, daß es seine Art war, mich außer Gefahr zu bringen.»

Claude blickte geschockt über solch eine Idee zu ihm auf.

Der junge Mann in der Koje lächelte mit mattem Mitgefühl. «Oh, ich meine nicht die Flugzeuge der Boches! Es gibt solche und solche Gefahren. Sie werden feststellen, daß Sie dort, wo Sie ausgebildet wurden, verdammt wenig Information über diesen Krieg bekommen haben. Wichtige Einzelheiten werden nicht verbreitet. Sie gehen?»

Claude hatte nicht die Absicht gehabt, aber bei diesem Vorschlag öffnete er die Tür.

«Augenblick mal», rief der Flieger. «Können Sie nicht den langbeinigen Esel in der Koje unter Ihnen ruhighalten?»

«Fanning? Er ist ein guter Junge. Was ist mit ihm?»

«Seine allgemeine Ignoranz und sein unerträglich vertraulicher Ton», schnauzte der andere, während er sich umdrehte.

Claude fand Fanning und den Virginier beim Damespiel und erzählte ihnen, daß der geheimnisvolle Flieger ein Landsmann sei. Beide waren offenbar enttäuscht.

«Pah!» rief Lieutenant Bird.

«Jetzt kann er sich mir gegenüber nicht mehr so aufspielen», erklärte Fanning. «Crystal Lake! Das ist doch gar keine Stadt!»

Trotzdem wollte Claude herausfinden, wie ein Jugendlicher aus Crystal Lake Mitglied des Royal Flying Corps hatte werden können. Schon jetzt ragte aus den Hunderten von Fremden ein halbes Dutzend Männer heraus, die er entschieden besser kennenlernen wollte. Im großen und ganzen boten die Männer einen erfreulichen Anblick, wie sie bequem auf den Decks die Sonne genossen, alle kleinlichen Rivalitäten und Eifersüchteleien des Camps waren vergessen. Ihre Jugend schien zusammenzufließen wie ihre braunen Uniformen. Derart als Masse betrachtet, dachte Claude, waren sie recht nobel aussehende Kerle. Auf vielen der Gesichter stand feine Offenheit, ein Ausdruck heiterer Erwartung und vertrauensvollen guten Willens.

An Bord befand sich ein vereinzelter Marinesoldat mit den Streifen des Grenzschutzes am Rock. Er hatte im Marinehospital in Brooklyn gelegen, als sein Regiment abreiste, und fuhr nun zu ihm hinüber. Er war ein junger Bursche, noch recht blaß von seiner Krankheit, aber er entsprach genau Claudes Vorstellung, wie ein Soldat auszusehen hatte. Sein Blick folgte dem Marineinfanteristen den ganzen Tag.

Der junge Mann hieß Albert Usher, und er kam aus einer Kleinstadt oben in den Wind-River-Bergen in Wyoming, wo er in einem Holzfällercamp gearbeitet hatte. Dies erzählte er Claude, als sie zufällig an jenem Abend nebeneinanderstanden und zusahen, wie die riesige purpurne Sonne in ein violett gefärbtes Meer sank.

Es war die Zeit, in der die Farmer zu Hause ihre Gespanne nach dem Tagwerk heimwärts treiben. Claude dachte daran, wie seine Mutter jetzt allabendlich am Westfenster stehen, dem Sonnenuntergang zusehen und ihm im Geiste folgen würde. Als der junge Marinesoldat herankam und sich ihm zugesellte, gestand er, daß er Heimweh hatte.

«Das ist eine Krankheit, mit der ich nicht zu kämpfen habe», sagte Albert Usher. «Ich wurde als Waise auf einer einsamen Ranch zurückgelassen, als ich neun Jahre alt war, und seitdem habe ich immer für mich selbst gesorgt.»

Claude warf einen Seitenblick auf den hübschen, klaren und kräftigen Kopf des Jungen und dachte, er müsse hart an sich gearbeitet haben. Er hätte nicht genau sagen können, was ihm am Gesicht des jungen Usher so gefiel, aber es schien ihm ein Gesicht zu sein, das einiges durchgemacht hatte – das durchtrainiert war wie sein Körper und einen genau bestimmten Charakter entwickelt hatte. Was Claude für das Ergebnis eines mannhaften abenteuerlichen Lebens hielt, verdankte sich in Wirklichkeit wohlgeformten Gesichtszügen; Ushers Gesicht war «modelliert», anders als die meisten einfältig-gesunden Gesichter rundherum.

Als er darum gebeten wurde, fuhr der Marinesoldat fort

und erzählte, daß er immer, obwohl er kein eigenes Zuhause gehabt habe, auf die Füße gefallen sei und immer unter freundliche Leute geraten war. Er könnte zu jedem Haus in Pinedale oder Du Bois zurückkehren und würde aufgenommen werden wie ein Sohn. «Ich glaube, überall gibt es freundliche Frauen», sagte er, «aber darin übertrifft Wyoming den Rest der Welt. Ich habe nie den Mangel eines Zuhauses gespürt. Jetzt sind die Leute von der US-Marine meine Familie. Wo sie sind, da bin ich zu Hause.»

«Waren Sie in Vera Cruz dabei?» fragte Claude.

«Und ob! Wir hielten es damals für ein ganz schönes Ding, aber ich nehme an, wenn wir nach drüben kommen, wird es für uns ein kleiner Fisch sein. Ich rechne damit, daß ich ein paar erstklassige Keilereien erlebe. Wie lange sind Sie schon in der Armee?»

«Im April war's ein Jahr. Man hat es mir schwergemacht mit der Überfahrt. Ich mußte die ganze Zeit als Ausbilder einspringen.»

«Dann haben Sie noch alles vor sich. Sind Sie College-Absolvent?»

«Nein. Ich bin zwar aufs College gegangen, hab' aber keinen Abschluß gemacht.»

Usher blickte mit gerunzelter Stirn auf den vergoldeten Wasserpfad, wo die Sonne halb versunken wie ein riesiges wachsames Auge lag, das sich schloß. «Ich wollte immer aufs College, aber ich hab' es nie geschafft. Ein Mann in Laramie hat mir die finanzielle Unterstützung für einen Universitätskurs angeboten, aber ich war zu unruhig. Ich glaube, ich habe mich wegen meiner Handschrift geschämt.» Er hielt inne, als sei er auf einen alten schmerzlichen Punkt gestoßen. Einen Moment später sagte er plötzlich: «Können Sie parlez-vous?»

«Nein. Ich kann ein paar Wörter, aber ich kann sie nicht zusammensetzen.»

«Mir geht's genauso. Ich hoffe, ich schnapp' ein bißchen was auf. Unten an der Grenze habe ich etwas Spanisch mitgekriegt.»

Inzwischen war die Sonne verschwunden, und über den ganzen Westen senkte sich gleichmäßig der gelbe Himmel wie ein Goldvorhang über die ruhige See, die zu einer blauen Steinplatte erstarrt schien – nicht ein Funkeln auf ihrer unbewegten Fläche. Durch ihre dämmrige Glätte zogen sich zwei lange Flecke, blaßgrün wie Rotkehlcheneier.

«Mögen Sie Wasser?» fragte Usher im Ton eines höflichen Gastgebers. «Als ich das erste Mal auf einem Kreuzer fuhr, war ich verrückt danach. Ich bin's noch. Aber, wissen Sie, ich mag auch diese kahlen, alten Berge draußen in Wyoming. Da gibt es Wasserfälle, die man von den Ebenen aus zwanzig Meilen Entfernung sehen kann; so wie sie da oben auf den Felsen hängen, sehen sie aus wie weiße Laken. Und unten in den Kiefernwäldern, in den kalten Flüssen, gibt es Forellen, so lang wie mein Unterarm.»

An jenem Abend war Claude fast allein auf Deck; unten in der Offiziersmesse gab es ein Konzert. Im Westen waren dicke Wolken aufgezogen, die so niedrig trieben, daß sie flappten und flatterten wie schwarze Wäsche auf der Leine.

Die Musik konnte man hier oben gut hören. Vier Schwedenjungen aus der skandinavischen Siedlung in Lindsborg, Kansas, sangen «Long, Long Ago». Claude lauschte aus einem geschützten Winkel im Heck. Wer waren sie, und was war er, was tat er hier mitten auf dem Atlantik? Vor zwei Jahren war er jemand, für den das Leben vorbei zu sein schien; in den Boden getrieben wie ein Pfahl oder wie jene chinesischen Verbrecher, die aufrecht eingegraben werden und von denen nur die Köpfe herausragen, damit Vögel an ihnen picken und Insekten sie stechen. All seine Kameraden hatten mit ihren kleinen Jobs und kleinen Plänen in irgendwelchen Präriestädten festgesteckt. Doch hier waren sie, von unbekannten Schiffen begleitet, die aus allen vier Himmelsrichtungen herbeigerufen waren. Wie war es ihnen nur gelungen, der Aufmerksamkeit und Hingabe so vieler Männer und Maschinen wert zu sein, dieses außerordentlichen Aufwands an Brennstoff und Energie? Einzeln betrachtet waren sie gewöhnliche Burschen wie er. Dennoch waren sie hier. Und an dieser «Massenbewegung» von Männern war nichts Niedriges und Gewöhnliches; dessen war er sich gewiß. Sie war von Anfang bis Ende unvorhersehbar, fast unglaublich. Vor vier Jahren, als die Franzosen die Marne hielten, hätten die Weisesten der Welt dies für undenkbar gehalten; mit jeder anderen Möglichkeit hätten sie gerechnet, nur nicht mit dieser. «Gott vermag dem Abraham aus diesen Steinen Kinder zu erwecken.»

Unten begannen die Männer, «Annie Laurie» zu singen. Wohin waren die Sommerabende, an denen er dumpf neben dem Windrad saß und sich fragte, was er mit seinem Leben anfangen sollte?

4

Der Morgen des dritten Tages. Claude, der Virginier und der Marinesoldat waren sehr früh auf, standen vorn auf dem Schiff und sahen zu, wie die «Anchises» die frisch aufgewehten Wasserhügel erklomm, wie ihr Bug als stetiges, stumpfes Dreieck gegen das Glitzern stieg und fiel. Ihre Eskorten sahen aus wie Traumschiffe, sanft und schimmernd wie Perlmutt in den rosenfarbenen Tönungen des Morgens. Nur die dunklen Rauchflecke bezeugten, daß sie mechanische Realitäten mit Heizern und Maschinen waren.

Während die drei dort standen, überbrachte ein Sergeant Claude die Nachricht, daß zwei seiner Männer sich auf der Krankenstation zu melden hätten. Corporal Tannhauser hatte in der Nacht einen so heftigen Anfall von Nasenbluten gehabt, daß der Sergeant fürchtete, er würde sterben, bevor sie es zum Stillstand bringen konnten. Tannhauser war inzwischen wieder auf den Beinen und stand in der Frühstücksschlange, aber der Sergeant meinte, es wäre nicht gut für ihn. Dieser Fritz Tannhauser war der größte Mann in der Kompanie, ein Deutsch-Amerikaner, der, wenn man ihn nach seinem Namen fragte, immer sagte, er hieße Dennis und sei irischer Abkunft. Selbst an diesem Morgen versuchte er zu scherzen und sagte Claude, auf sein großes rotes Gesicht weisend, er habe die Masern. «Aber es sind nicht die deutschen Masern, Lieutenant», beharrte er.

Die Sanitätsinspektion dauerte an diesem Morgen sehr lange. An Bord schienen die Krankheiten ausgebrochen zu sein. Als Claude seine beiden Männer zum Arzt hinaufbrachte, sagte der ihnen, sie sollten hinunter und zu Bett gehen. Nachdem sie fort waren, wandte er sich an Claude:

«Geben Sie ihnen heißen Tee, und stapeln Sie Decken über sie. Bringen Sie sie zum Schwitzen, wenn Sie können.»

Claude wies darauf hin, daß der Laderaum gerade kein sehr heiterer Aufenthalt für Kranke sei.

«Das weiß ich, Lieutenant, aber es gibt heute morgen eine ganze Reihe von Kranken, und der einzige andere Arzt an Bord ist am schlimmsten dran. Natürlich gibt es noch den Schiffsarzt, aber der ist nur für die Mannschaft zuständig, und bisher scheint es ihn nicht zu interessieren. Ich muß heute morgen noch die Krankenstation und die Vorräte an Medikamenten inspizieren.»

«Ist es eine Epidemie?»

«Na ja, ich hoffe nicht. Aber ich habe heute viel zu tun, also baue ich darauf, daß Sie sich um diese beide kümmern werden.» Der Arzt war ein Neuengländer, der in Hoboken zu ihnen gestoßen war; ein forscher, adretter Mann mit durchdringendem Blick, scharfgeschnittenen Gesichtszügen und grauem Haar, das dieselbe Farbe hatte wie sein blasses Gesicht. Claude spürte sofort, daß er sein Geschäft verstand, und begab sich nach unten, um seinen Auftrag so gut wie möglich auszuführen.

Als er aus dem Laderaum auftauchte, sah er den Flieger – dessen Name, wie er inzwischen gehört hatte, Victor Morse lautete – rauchend an der Reling stehen. Dieser Kabinengenosse erregte noch immer seine Neugier.

«Das erste Mal, daß Sie auf sind, stimmt's?»

Der Flieger blickte auf die fernen Rauchwolken über dem gekräuselten hellen Wasser. «Reicht auch. Ich wünschte, ich wüßte, was wir ansteuern. Mir käme es sehr ungelegen, wenn wir in einem französischen Hafen landen würden.»

«Ich dachte, Sie hätten gesagt, Sie müßten sich in Frankreich melden.»

«Muß ich auch. Aber erst möchte ich mich in England melden.» Er starrte weiter in die Ferne auf die bemalten Schiffe. Claude fiel auf, daß er sein Kinn sehr hochhielt, wenn er stand. Jetzt, da er völlig nüchtern war, strahlten seine Augen jung und verwegen; sie schienen die Dinge um ihn herum zu verspotten. Er hielt sich deutlich abseits, als sei er nicht unter seinesgleichen. Claude hatte einen gefangenen Kranich gesehen, das Bein an einen Hühnerstall gebunden, der sich unter Mahaileys Hühnern genauso verhalten hatte, seine Flügel eng anlegte, den Kopf rasch hin und her bewegte und zornig um sich starrte.

«Sie haben wohl Freunde in London?» fragte er.

«Stimmt!» antwortete der Flieger angetan.

«Gefällt es Ihnen besser als Paris?»

«Ich kann mir kaum etwas Besseres vorstellen als London. Ich bin nicht in Paris gewesen; bin immer nach Hause gefahren, wenn ich Urlaub hatte. Sie nehmen uns ganz schön in die Mangel. In der Infanterie und Artillerie bekommen unsere Leute in zwölf Monaten nur vierzehn Tage Urlaub. Ich habe gehört, die Amerikaner haben die Riviera gemietet – erhol dich in Nizza und Monte Carlo. Die einzige Lustreise war für uns Gallipoli gewesen», fügte er bitter hinzu.

Victor hat einen langen Weg genommen, um zu einem englischen Akzent zu kommen, dachten die Jungen. Zumindest sagte er «necess'ry» und «dysent'ry» und nannte seine Hosenträger «braces». Er bot Claude eine Zigarette an und entschuldigte sich damit, daß seine Zigarren sich in seinem verlorenen Koffer befanden.

«Nehmen Sie eine von meinen. Mein Bruder hat mir kurz vor unserer Abreise zwei Kisten geschickt. Ich werde Ihnen eine in die Koje stellen, wenn ich hinuntergehe, eine gute Sorte.»

Der junge Mann wandte sich um und betrachtete ihn überrascht. «Wirklich, das ist sehr freundlich von Ihnen! Ja, danke, ich nehme sie gern.»

Claude hatte gestern, als er Victor einige Hemden lieh, versucht, ihn über seine Fliegerabenteuer auszufragen, aber zu diesem Thema schwieg er hartnäckig. Er gab zu, daß ihm die lange rote Narbe auf seinem Oberarm von einem Scharfschützen aus einer deutschen Fokker verpaßt worden war, fügte aber hinzu, daß es weiter keine Auswirkungen gehabt hatte, da er eine gute Landung gebaut habe. Nun, aufgrund der Zigarren glaubte Claude, ein bißchen weiterbohren zu können. Er fragte, ob in dem verlorenen Koffer etwas Unersetzliches sei, etwas «Wertvolles».

«Eine Sache ist darin, die entschieden unschätzbar ist; eine Zeiss-Linse in perfektem Zustand. Ich habe hin und wieder gute Photoausrüstungen erwischt, aber die Linsen zerspringen immer durch die Hitze – die Dinger kommen gewöhnlich brennend herunter. Diese habe ich aus einem Flugzeug, das ich bei Bar-le-Duc heruntergeholt habe, und es ist nicht ein Kratzer darauf; einfach ein Wunder.»

«Sie bekommen die ganze Beute, wenn Sie eine Maschine herunterholen, stimmt's?» hakte Claude nach.

«Natürlich. Ich habe eine schöne Sammlung; Höhenmesser und Ferngläser. Diese Linse trage ich immer bei mir, weil ich fürchte, sie irgendwo zurückzulassen.»

«Man fühlt sich wohl ziemlich gut, wenn man eins von diesen deutschen Flugzeugen herunterholt.»

«Manchmal. Aber ich habe eins zuviel heruntergeholt; es war sehr unerfreulich.» Victor schwieg stirnrunzelnd. Doch Claudes offenes, vertrauensvolles Gesicht war stärker als seine Zurückhaltung. «Einmal habe ich eine Frau heruntergeholt. Sie war ein mutiger Teufel, flog eine Aufklärungsmaschine und ging uns ein bißchen auf die Nerven, wie sie so über unsere Linien hinwegflog. Natürlich wußten wir nicht, daß es eine Frau war, bis sie herunterkam. Sie war unter lauter Gerät zerschmettert. Sie lebte noch ein paar Stunden und diktierte einen Brief an ihre Leute. Ich bin hinausgeflogen und hab' ihn hinter ihren Linien abgeworfen. Es war eine scheußliche Geschichte. Ich war ziemlich k. o. Aber ich bekam einen Zwei-Wochen-Urlaub nach London. Wheeler», platzte er plötzlich heraus, «ich wünschte, wir würden jetzt dahin fahren!»

«Mir würde das schon ganz gut gefallen.»

Victor zuckte die Achseln. «Das hoffe ich!» Er reckte sein Kinn in Claudes Richtung. «Hören Sie, wenn Sie möchten, zeige ich Ihnen London! Das ist ein Versprechen. Wissen Sie, Amerikaner sehen es nie wirklich. Sie hocken in einer Hütte vom YMCA und schreiben an ihre Dulzineas, oder sie jagen herum und suchen nach dem Tower. Ich werde Ihnen eine lebendige Stadt zeigen; es sei denn, Sie bevorzugen Museen.»

Sein Zuhörer lachte. «Nein, ich möchte das Leben sehen, wie man so sagt.»

«Hmmm! Ich würde Sie gern an einige Orte bringen, die mir einfallen. Also gut, ich lade Sie ein, mit mir an unserem ersten Abend in London zu dinieren. Der Vorhang dieser

Welt wird für Sie aufgehen. Niemand ohne Abendanzug zugelassen. Die Juwelen werden Sie blenden. Schauspielerinnen, Herzoginnen, die hübschesten Frauen Europas.»

«Aber ich dachte, daß London seit dem Krieg dunkel und trist sei.»

Victor lächelte und zwirbelte mit Daumen und Mittelfinger seinen strohfarbenen Schnurrbart. «Ein paar Lichtblicke gibt es glücklicherweise noch!» Er begann, seinem Novizen zu erklären, wie das Leben an der Front in Wirklichkeit aussah. Niemand, der gedient hatte, sprach vom Krieg oder dachte an ihn; er war lediglich eine Bedingung, unter der sie lebten. Die Männer redeten über das Regiment, auf das sie eifersüchtig waren, oder über die Division, die bevorzugt für alle Schaukämpfe eingesetzt wurde. Jeder dachte an sein eigenes Spiel, sein persönliches Leben, dessen Fortsetzung ihm trotz aller Disziplin gelang; an seinen nächsten Urlaub oder wie er an Champagner käme, ohne dafür zu zahlen, die Wache austrickste, mit Frauen in die Patsche geriet und sich wieder heraushalf. «Sind Sie schnell im Französischen?» fragte er.

Claude grinste. «Nicht besonders.»

«Dann sollten Sie es besser aufpolieren, wenn Sie irgendwas mit französischen Mädchen vorhaben. Ich habe gehört, daß Ihre M.P.s sehr streng sind. Sie müssen, sobald Sie einen Rock sehen, Ihren Sermon loslassen und sich verabreden, bevor die Wache Sie erwischt.»

«Französische Mädchen haben wohl gar keine Skrupel», bemerkte Claude nachlässig.

Victor zuckte seine schmalen Schultern. «Ich habe nirgends Mädchen gefunden, die welche haben. Als wir Kanadier in England ausgebildet wurden, hatten wir alle unsere Wochenendfrauen. Ich glaube, die Mädchen in Crystal Lake waren mehr oder weniger prüde – aber das ist lange her und weit weg. Sie werden keine Probleme haben.»

Als Victor mitten in der Erzählung eines amourösen Abenteuers war, das sich schon ein bißchen von dem unterschied, was Claude je gehört hatte, gesellte sich Tod Fanning zu ihnen. Der Flieger nahm die Anwesenheit eines neuen Zuhörers nicht zur Kenntnis, aber als er geendet hatte, ging er mit dem ihm eigentümlichen Gang davon, die Augen in die Ferne gerichtet.

Fanning sah ihm angewidert nach. «Glaubst du ihm? Ich glaube nicht, daß er so ein Herzensbrecher ist. Ich finde es stark, wie er dich ‹Leftenant› nennt! Wenn er mit mir redet, wird er ‹Lutenant› sagen müssen, sonst poliere ich ihm seine schöne Fresse.»

An jenen Tag erinnerten sich die Männer noch lange, denn es war das Ende des schönen Wetters und der ersten, langen, sorglosen Tage auf See. Am Nachmittag saßen Claude und der junge Marinesoldat, der Virginier und Fanning beieinander in der Sonne und sahen zu, wie das Wasser sich selbst zuerst höhlte und sich dann zu blauen, rollenden Hügeln aufbaute. Usher erzählte seinen Kameraden eine lange Geschichte über die Landung der Marinesoldaten in Vera Cruz.

«Es ist eine großartige alte Stadt», schloß er. «Eines dort werde ich nie vergessen. Einige Bewohner nahmen uns mit hinaus zum alten Gefängnis, das auf einem Fels im Meer liegt. Wir haben da den ganzen Tag verbracht und, glaubt mir, das war keine Touristenvorstellung! Wir sind in die Kerker unter der Wasserlinie gegangen, wo Staatsgefangene eingesperrt wurden, jahrelang lebendig begraben. Wir haben die ganzen alten Foltergeräte gesehen; rostige Eisenkäfige, in denen man weder liegen noch stehen konnte, sondern gekrümmt sitzen mußte, bis man selber krumm und schief war. Wenn man wieder heraufkam, fühlte man sich komisch beim Gedanken, wie man Leute da unten hatte verrotten lassen, wo draußen soviel Sonne und Wasser war. Hat wohl mit der Welt schon immer im argen gelegen.» Er sprach nicht weiter, aber Claude meinte, seinem ernsten Blick zu entnehmen, daß er und seine Landsleute, die nach Übersee strömten, dazu beitragen würden, all das zu ändern.

5

In jener Nacht hatte der Virginier, der in der Koje unter Victor Morse lag, einen beängstigenden Anfall von Nasenbluten, und am Morgen war er so schwach, daß er auf die Krankenstation getragen werden mußte. Der Arzt sagte, sie sollten besser den Tatsachen ins Gesicht sehen; an Bord sei eine Grippewelle von besonders blutiger und bösartiger Art ausgebrochen. Alle fürchteten sich ein wenig. Einige der Offiziere verriegelten sich im Rauchsalon, tranken den ganzen Tag Whiskey mit Soda und spielten Poker, als könnten sie so die Ansteckungsgefahr draußenhalten.

Lieutenant Bird starb am späten Nachmittag und wurde, in Segeltuch eingenäht, mit einer Achtzehn-Pfund-Granate an seinen Füßen, am nächsten Tag bei Sonnenaufgang bestattet. Der Morgen brach blendend klar und bitterkalt an. Die See wälzte blaue Wasserwände, und das Schiff wurde von einem eisesscharfen Wind geharkt. Mit Ausnahme der Kranken erschienen die Jungen bis zum letzten Mann. Es war die erste Seebestattung, der sie beiwohnten, und sie konnten nicht umhin, es interessant zu finden. Der Kaplan hielt die Aussegnungspredigt, während sie mit entblößten Häuptern dastanden. Die Band aus Kansas spielte einen Trauermarsch, das Schweden-Quartett sang ein Kirchenlied. So manch einer wandte das Gesicht ab, als der braune Sack in die kalten, hüpfenden, indigofarbenen Wellen hinabgelassen wurde, die allem dem Menschen Freundlichen bar erschienen. In einem Augenblick war es vorüber, und sie stampften ohne ihn weiter.

Die glitzernden Wasserwände rollten weiter heran, dunkelblau, violett, leuchtender als an den Tagen milden Wetters. Das blendende Sonnenlicht mäßigte die Kälte nicht, die ins Gesicht schnitt und in den Lungen schmerzte. Landbewohner begannen, jenes elende Gefühl zu haben, dort zu sein, wo sie nicht hingehörten. Die Jungen lagen zuhauf an Deck und versuchten sich warmzuhalten, indem sie eng zusammenrückten. Alle waren seekrank. Fanning ging in seiner Kleidung zu Bett, so krank, daß er die Stiefel nicht ausziehen konnte. Claude lag im überfüllten Heck, zu kalt, zu schwach, um sich zu bewegen. Die Sonne überflammte sie, ohne irgendwelche Linderung zu bringen. Die starken, gekräuselten, schaumgekrönten Wellen warfen das Licht zurück wie Millionen von Spiegeln, und ihre Farbe war fast mehr, als das Auge ertragen konnte. Das Wasser erschien dichter als zuvor, schwer wie geschmolzenes Glas, und der Schaum auf der Krone jeder blauen Woge sah scharf aus wie Kristall. Würde jemand in sie fallen, so würde er zerstückelt werden.

Der ganze Ozean schien plötzlich lebendig geworden zu sein, die Wogen hatten eine boshafte, graziöse Muskelenergie, waren beseelt von einer Art spöttischer Grausamkeit. Erst vor wenigen Stunden war ein feiner Junge in das eisige Wasser geworfen und vergessen worden. Ja, vergessen; jeder war mit seinem eigenen Elend beschäftigt.

Am späten Nachmittag legte sich der Wind, und es gab einen unheilverkündenden Sonnenuntergang. Über den roten Westen eilte eine zerfranste schwarze Wolke – dann noch eine und noch eine. Sie stiegen aus dem Meer auf – wilde, hexengleiche Gestalten, die sich rasch bewegten und sich im Westen trafen, als seien sie zu einer bösen Konklave berufen. Dort hingen sie gegen den Abglanz der Sonne, scharfumrissene schwarze Gestalten, die sich einander näherten und etwas aushecken. Die wenigen Männer, die noch an Deck waren, spürten, daß aus solch einem Himmel nichts Gutes kommen könne. Sie wünschten, sie wären zu Hause, in Frankreich, sonstwo, nur nicht hier.

6

Am nächsten Morgen wurde Claude von Doktor Trueman gebeten, ihm bei der Krankeninspektion zu helfen. «Ich habe einen Haufen Sergeants, die an Fieber leiden, aber das zu kontrollieren, ist für einen einzigen zuviel. Ich mag keinen von den feinen Offizierspinkeln bitten, die die ganze Zeit herumsitzen und Poker spielen. Entweder sind sie gewissenlos, oder ihnen ist der Ernst der Lage nicht klar.»

Der Arzt stand im Regenmantel an Deck, den Fuß auf der Reling, um sein Gleichgewicht zu halten, und schrieb auf seinem Knie, während sich ihm die lange Schlange der Männer näherte. An jenem Morgen standen über siebzig in der Schlange, und einige sahen aus, als sollten sie sich an einem trockenen Ort befinden. Der Regen schlug auf das Meer wie Bleikugeln. Die alte «Anchises» quälte sich recht einsam mühselig von einem grauen Wellengrat zum nächsten. Nebel schnitt den trostreichen Anblick der Schwesterschiffe ab. Der Arzt mußte hin und wieder seinen Posten verlassen, wenn seine Willenskraft der Seekrankheit unterlag. Claude, ihm zur Seite, notierte Namen und Temperaturen. Inmitten seiner Arbeit sagte er den Sergeants, sie müßten ein paar Minuten ohne ihn auskommen. Fast am Ende der Schlange hatte er einen seiner eigenen Männer gesehen, der sich danebenbenahm, schluchzte und heulte wie ein Kind – ein feiner Junge von Achtzehn, der Claude nie Schwierigkeiten gemacht hatte. Claude stürzte zu ihm hin und klopfte ihm auf die Schulter.

«Wenn Sie das nicht lassen können, Bert Fuller, dann verziehen Sie sich irgendwohin, wo man Sie nicht sehen kann. Ich möchte nicht, daß sämtliche englischen Stewards herumstehen und zusehen, wie ein amerikanischer Soldat weint. Das ist mir noch nie untergekommen.»

«Ich kann nicht anders, Lieutenant», flennte der Junge. «Ich hab's so lange zurückgehalten, wie ich konnte. Ich kann's nicht länger.»

«Was ist denn mit Ihnen? Kommen Sie hier herüber, und setzen Sie sich auf eine Kiste und sagen es mir.»

Soldat Fuller ließ sich bereitwillig führen und sank auf die Kiste. «Ich bin so krank, Lieutenant!»

«Ich werde sehen, wie krank Sie sind.» Claude steckte ihm ein Thermometer in den Mund und schickte, während er wartete, den Decksteward nach einer Tasse Tee. «Wie ich's mir gedacht habe, Fuller. Sie haben nicht ein halbes Grad Fieber. Sie haben Angst, und das ist alles. Trinken Sie jetzt diesen Tee. Vermutlich haben Sie nichts gefrühstückt.»

«Nein, Sir. Ich kann das scheußliche Zeug auf diesem Schiff nicht essen.»

«Das ist gar nicht gut. Woher kommen Sie?»

«Ich bin aus P-P-Pleasantville, oben am P-P-Platte», würgte der Junge hervor, und seine Tränen begannen von neuem zu fließen.

«So, so, und was würden die da drüben von Ihnen halten? Bestimmt hatten die doch ihre Kapelle draußen und ein Riesentheater um Sie gemacht, als Sie weggingen, und geglaubt, sie würden einen tüchtigen Soldaten losschicken. Und ich habe immer geglaubt, Sie seien ein erstklassiger Soldat. Ich denke, wir vergessen das hier. Sie fühlen sich doch schon besser, oder?»

«Ja, Sir. Das schmeckt schrecklich gut. Mir war so übel im Magen, und letzte Nacht kriegte ich Schmerzen in der Brust. Alle in meinem Haufen sind so krank, und Sie haben Big Tannhauser, ich meine, Corporal, ins Spital weggebracht. Es sieht so aus, als würden wir alle hier draußen sterben.»

«Ich weiß, es ist schon bedrückend, aber blamieren Sie mich nicht vor diesen englischen Stewards.»

«Ich will's nicht wieder tun, Sir», versprach er.

Als die Krankeninspektion vorüber war, nahm Claude den Arzt mit, um nach Fanning zu sehen, der die ganze Nacht gehustet und gekeucht hatte und nicht aus seiner Koje herausgekommen war. Die Untersuchung war kurz. Der Arzt wußte, was war, noch bevor er das Stethoskop angesetzt hatte. «Es ist doppelseitige Lungenentzündung», sagte er, als sie in den Gang hinaustraten. «Im Spital habe ich einen Fall, der vor dem Morgen sterben wird.»

«Was kann ich für Sie tun, Doktor?»

«Sie sehen, in welcher Klemme ich stecke; fast zweihundert Leute krank und ein Arzt. Die medizinische Versorgung ist völlig unzulänglich. Es gibt auf diesem Schiff nicht genug Rizinusöl, um die Leute von innen durchzuputzen. Ich verwende meine eigenen Medikamente, aber gegen eine Epidemie wie diese hier werden sie nichts ausrichten können. Für Lieutenant Fanning kann ich nicht viel tun. Aber Sie können es, wenn Sie ihm Zeit widmen. Hier können Sie besser für ihn sorgen als ich im Hospital. Da haben wir kein freies Bett mehr.»

Claude fand Victor Morse und sagte ihm, er solle sich besser in einer der anderen Kabinen eine Koje suchen. Als Victor sich mit seiner Habe entfernt hatte, starrte Fanning ihm nach. «Geht er?»

«Ja. Hier drin ist es zu eng, wenn du im Bett bleiben mußt.»

«Freut mich. Seine Geschichten sind zu harter Tobak für mich. Ich bin kein Waschlappen, aber der Typ ist ein echter Don Quijote.»

Claude lachte. «Du solltest nicht reden. Davon mußt du nur husten.»

«Wo ist der Virginier?»

«Wer, Bird?» fragte Claude erstaunt – Fanning hatte bei Birds Bestattung neben ihm gestanden. «Oh, er ist auch woandershin gegangen. Schlaf, wenn du kannst.»

Nach dem Essen kam Doktor Trueman und zeigte Claude, wie er für seinen Patienten ein Alkoholbad machen müsse. «Es hängt nur davon ab, ob Sie ihn bei Kräften halten können. Versuchen Sie es nicht mit dem fettigen Essen, das hier gereicht wird. Geben Sie ihm Tag und Nacht alle zwei Stunden ein rohes Ei, in Orangensaft geschlagen. Reißen Sie ihn aus dem Schlaf, wenn es Zeit ist. Verpassen Sie nicht eine einzige Zweistundenperiode. Ich schreibe Ihrem Tischsteward eine Anweisung, und Sie können die Eier hier in Ihrer Kabine schlagen. Ich muß jetzt ins Spital. Es ist wunderbar, was die Jungen von der Kapelle da ausrichten. Allmählich werde ich stolz auf das hier. Der große Deutsche hat nach Ihnen gefragt. Es geht ihm sehr schlecht.»

Da es an Bord keine Pfleger gab, hatte die Kapelle aus Kansas das Spital übernommen. Sie waren in Erster Hilfe und Krankentransport ausgebildet, und als ihnen klarwurde, was sich auf der «Anchises» tat, kam der Kapellmeister zum Arzt und bot die Dienste seiner Leute an. Er bestimmte Pfleger und Sanitäter, teilte sie in Tag- und Nachtdienst ein.

Als Claude seinen Unteroffizier besuchte, erkannte Big Tannhauser ihn nicht. Er war geistig völlig verwirrt und sprach mit seiner Familie in der Sprache seiner frühen Kindheit. Die Kansas-Jungen hatten ihn zur Beobachtung abgesondert. Allein die Tatsache, daß er beständig in einer Sprache redete, die auf Ozeanen verboten war, ließ ihn einsamer erscheinen als die anderen.

Aus dem Spital ging Claude hinunter in den Laderaum, wo ein halbes Dutzend seiner Kompanie kranklag. Der Raum war feucht und muffig wie ein alter Keller, so durchtränkt von den Gerüchen und der Sickerflüssigkeit zahlloser Dreckladungen, daß er nicht gesäubert oder saubergehalten werden konnte. Es gab fast keine Ventilation, und die Luft stank nach Krankheit und Schweiß und Erbrochenem. Zwei der Band-Jungen arbeiteten inmitten des Gestanks und Schmutzes und halfen den Stewards. Claude blieb und half mit, bis es Zeit war für Fannings Nahrung. Er hatte einzusehen begonnen, daß die Armbanduhr, die er bislang als weibisch verachtet und in der Tasche getragen hatte, ein sehr nützlicher Gegenstand sein könne. Nachdem er Fanning sein Ei hatte schlucken lassen, stapelte er alle greifbaren Decken über ihm und öffnete die Luke, um die Kabine zu lüften. Während der frische Wind hereinblies, setzte er sich auf den Kojenrand und versuchte, sich zu sammeln. Was war geworden aus jenen ersten Tagen des goldenen Wetters, des Müßiggangs und der guten Kameradschaft? Die Konzerte der Band und des Lindborg-Quartetts, die erste Erregung und Neuheit des Daseins auf See: Alles war vorüber wie ein Traum.

Als an jenem Abend der Arzt kam, um nach Fanning zu sehen, warf er sein Stethoskop auf das Bett und sagte müde: «Es ist ein Wunder, daß dieses Instrument nicht in meinen Ohren Wurzeln schlägt und anwächst.» Er saß da, lutschte einige Minuten an seinem Thermometer und hielt es dann prüfend vor sich. Claude sah ihn an und sagte ihm, er solle zu Bett gehen.

«Und wer kümmert sich dann um all das hier? Kein Bett

für mich heute nacht. Aber irgendwann werde ich ein heißes Bad nehmen.»

Claude fragte, warum der Schiffsarzt nichts täte und fügte hinzu, er müsse vom Wesen her so mickrig sein, wie er es von Gestalt war.

«Chessup? Nein. Er ist keineswegs so schlecht, wenn man ihn kennenlernt. Er hat mir bei der Zubereitung von Medikamenten sehr geholfen, und mit ihm die Fälle besprechen zu können, ist eine große Unterstützung. Er wird alles für mich tun, nur keine Patienten behandeln. Er möchte seine Befugnisse nicht überschreiten. Die englische Marine ist in solchen Dingen sehr heikel. Er ist Kanadier und hat seinen Abschluß in Edinburgh als Jahrgangsbester gemacht. Ich glaube, er wurde aus der Privatpraxis herausgeekelt. Sehen Sie, sein Aussehen steht gegen ihn. Es ist ein fürchterliches Handikap, wenn man wie ein Kind aussieht und so schüchtern ist wie er.»

Der Arzt stand auf, reckte die Schultern und nahm seine Tasche. «Sie selbst sehen gut aus, Lieutenant», bemerkte er. «Beide Eltern noch am Leben? Waren sie einigermaßen jung, als Sie geboren wurden? Na, dann waren es wahrscheinlich auch deren Eltern. Darin bin ich ein Spinner. Ja, ich werde ziemlich bald in mein Bad gehen und mich ein oder zwei Stunden hinlegen. Mit diesen wunderbaren Band-Boys habe ich als Spitalsleiter ein bißchen Spielraum.»

Claude wunderte sich, wie der Arzt es schaffte. Er wußte, daß er in den letzten achtundvierzig Stunden nicht mehr als vier Stunden geschlafen hatte, und er war kein Mann von robuster Konstitution. Sein Badesteward, sagte er, sei ein Trost. Hawkins war ein alter Bursche, der auf besseren

Schiffen bessere Stellungen gehabt hatte. Er war zunächst als Badesteward zur See gegangen, und nun, durch das Auf und Ab des Krieges, war er wieder dort angelangt, wo er einst begonnen hatte – keine gute Position für einen alten Mann. Sein Rücken war leicht gekrümmt, und er schlurfte auf Plattfüßen umher. Er sorgte für die Bequemlichkeit aller Offiziere und kümmerte sich um den Arzt wie ein Kammerdiener; legte ihm frische Wäsche heraus, überredete ihn, sich hinzulegen und nach dem Bad etwas Heißes zu trinken, und hielt an seiner Tür Wache, um während der kurzen Ruhezeiten Nachrichten entgegenzunehmen. Hawkins hatte im Krieg zwei Söhne verloren und schien im Dienst an Soldaten Trost zu finden. «Nehmen Sie's jetzt ein bißchen leicht, Sir. Da drüben wird's für Sie noch schwer genug werden», pflegte er zum einen oder anderen zu sagen.

Um elf Uhr kam einer der Jungen aus Kansas, um Claude mitzuteilen, daß es mit seinem Corporal schnell zu Ende ginge. Das Fieber hatte Big Tannhauser verlassen, aber alles andere auch. Er lag im Stupor. Seine blutunterlaufenen Augäpfel waren nach hinten gedreht, und nur das gelbliche Weiß war sichtbar. Sein Mund stand offen, und die Zunge hing zu einer Seite heraus. Am Ende des Ganges hatte Claude die erschreckenden Geräusche gehört, die aus seiner Kehle drangen, Geräusche wie bei heftigem Erbrechen oder das erstickte Rasseln eines Mannes, der stranguliert wird – und in der Tat schnürte ihm etwas die Kehle zu. Einer der Band-Jungen brachte Claude einen Klappstuhl und sagte freundlich: «Er leidet nicht. Es ist jetzt nur noch mechanisch. Er würde leichter gehen, wenn er nicht soviel Lebenskraft hätte. Der Arzt sagt, er könnte ganz am Ende ein paar Augenblicke zu Bewußtsein kommen, wenn Sie bleiben möchten.»

«Ich gehe hinunter und gebe meinem Privatpatienten sein Ei, und dann komme ich zurück.» Claude ging und kam zurück und saß dösend am Bett. Nach drei Uhr hörten die Geräusche des Kampfes auf; sofort wurde die große Gestalt auf dem Bett wieder zu seinem gutmütigen Unteroffizier. Der Mund schloß sich, die glasigen Geleekugeln sahen wieder; intelligente, menschliche Augen. Das Gesicht verlor sein geschwollenes, tierisches Aussehen und war wieder das Gesicht eines Freundes. Es war fast unglaublich, daß etwas, das so weit hinüberwar, zurückkommen konnte. Er blickte wehmütig zu seinem Lieutenant auf, wie um ihn etwas zu fragen. Seine Augen füllten sich mit Tränen, und er wandte den Kopf ein wenig beiseite.

«Mein' arme Mutter!» flüsterte er deutlich und auf deutsch.

Wenige Augenblicke später starb er mit vollkommener Würde, nicht im Kampf unter Qualen, sondern bewußt, wie es Claude erschien – wie ein tapferer Junge, der zurückgibt, was ihm zu besitzen nicht vergönnt war.

Claude kehrte in seine Kabine zurück, rüttelte Fanning noch einmal wach und warf sich dann in seine schaukelnde Koje. Das Schiff schien sich auf den Wellen zu wälzen und zu winden, wie er es auf der Farm bei Tieren erlebt hatte, die warfen. Wie hilflos das alte Schiff hier draußen auf der anbrandenden See war, und wieviel Elend es trug! Er lag da und sah hinauf zu den rostigen Wasserröhren und ungestrichenen Verbindungsstellen. In Wirklichkeit war dieser Dampfer die «Alte Anchises»; selbst die Zimmerleute, die sie für den Militärdienst überholten, hatten sie nicht der Mühe wert befunden und an ihr das Schlechteste geleistet. Die neuen Trennwände waren mit ein paar Nägeln an die Balken gehängt.

Big Tannhauser hatte zu denen gehört, die die Abfahrt am intensivsten herbeigesehnt hatten. Er grinste immer und sagte: «Frankreich ist das einzige Klima, das für einen Mann mit meinem Namen gesund ist.» Er hatte mit allen anderen im Hafen von New York der Statue zum Abschied zugewinkt, an sie geglaubt wie die anderen. Er wollte nur dienen. Das war hart genug.

Als Tannhauser ins Camp kam, war er zunächst die ganze Zeit verwirrt und konnte sich keine Instruktionen merken. Einmal hatte Claude ihn aus der Reihe heraustreten lassen und getadelt, weil er rechts nicht von links unterscheiden konnte. Als er den Fall genauer prüfte, stellte er fest, daß der Bursche nichts aß, daß er krank war vor Heimweh. Er war einer von den Farmerjungen, die Angst vor der Stadt haben. Als Riesenbaby einer vielköpfigen Familie hatte er, bevor er sich meldete, sein Leben lang noch keine Nacht fern von zu Hause verbracht.

Corporal Tannhauser wurde zusammen mit vier anderen bei Sonnenaufgang bestattet. Keine Kapelle diesmal; der Kaplan war krank, also verlas einer der jungen Captains das Zeremoniell. Claude stand dabei und sah zu, bis die Seeleute einen Sack, der einen halben Fuß länger war als die anderen, in einen bleifarbenen Meeresabgrund stürzten. Es klatschte nicht einmal. Nach dem Frühstück rief ihn einer der Sanitäter aus Kansas in eine kleine Kabine, wo sie die Toten zur Bestattung vorbereitet hatten. Die Armeebestimmungen legten auf das genaueste fest, was mit der Habe eines verstorbenen Soldaten zu geschehen hatte. Uniform, Schuhe, Decken, Waffen, persönliches Gepäck wurden alle den Instruktionen gemäß beseitigt. Aber in jedem Fall blieb etwas zurück; die Zahnbürste des Toten, sein Rasiergerät und die Photos, die er bei sich getragen hatte. Da lagen sie in fünf kläglichen kleinen Haufen; was sollte damit werden?

Claude nahm die Photos auf, die seinem Corporal gehört hatten; auf einem war ein fettes, töricht aussehendes Mädchen zu sehen, in einem weißen Kleid, das ihm zu eng war, und einem Schlapphut, an ihren plumpen Busen war eine kleine Flagge geheftet. Auf dem anderen war eine alte Frau, die mit im Schoß gekreuzten Händen dasaß. Ihr dünnes Haar war straff aus einem harten, rechteckigen Gesicht gekämmt – unverkennbar ein Gesicht aus der Alten Welt –, und ihre Augen blickten zusammengekniffen in die Kamera. Sie sah ehrlich und störrisch und wenig überzeugt aus, dachte er, als würde sie nicht im mindesten verstehen.

«Ich nehme diese», sagte er. «Und alles andere – werfen Sie es einfach über Bord, meinen Sie nicht?»

7

Der erste Offizier der B-Kompanie, Captain Maxey, war während der ganzen Reise so seekrank, daß er für seine Leute während der Epidemie keine Hilfe war. Es mußte seinem Stolz einen fürchterlichen Schlag versetzt haben, denn niemand war jemals mehr darauf bedacht gewesen, sämtliche Offizierspflichten zu erfüllen.

Claude hatte Harris Maxey flüchtig in Lincoln kennengelernt; er war ihm bei den Erlichs begegnet und wahrte mit ihm eine Campusbekanntschaft. Damals hatte er Maxey nicht gemocht, und jetzt mochte er ihn auch nicht, hielt ihn aber für einen guten Offizier. Maxeys Familie waren arme Leute aus Mississippi, die sich in Nemaha County angesiedelt hatten, und ihn trieb der Ehrgeiz, nicht nur in der Welt voranzukommen, sondern auch, wie er sagte, «jemand zu sein». Sein Universitätsleben war ein fieberhaftes Streben nach gesellschaftlichen Vorteilen und nützlichen Bekanntschaften gewesen. Sein Gespür für die «richtigen Leute» artete in Anbetung aus. Nach seinem Abschluß diente Maxey an der mexikanischen Grenze. Er war ein unermüdlicher Ausbilder und warf sich mit aller Energie, die sein zarter Körper ihm gestattete, auf seine Pflichten. Er war leicht gebaut und hellhäutig; ein rigides Kinn schob seinen Unterkiefer über die Vorderzähne und verlieh seinem Gesicht ein starres Aussehen. Sein ganzes angespanntes und nervöses Verhalten war der Ausdruck des leidenschaftlichen Wunsches, sich hervorzutun.

Claude kam sich in diesen Tagen vor, als würde er ein Doppelleben führen. Wenn er sich mit Fanning beschäftigte oder unten im Laderaum aushalf, die kranken Soldaten zu versorgen, hatte er keine Zeit zum Nachdenken – tat mechanisch das, was als nächstes anfiel. Aber wenn er an Deck eine Stunde für sich hatte, dann überkam ihn wieder das prickelnde Gefühl einer immer weiteren Freiheit. Das Wetter war ein ständiges Abenteuer; so etwas hatte er nie zuvor kennengelernt. Nebel und Regen, der graue Himmel und die einsamen grauen Weiten des Ozeans waren etwas, das seit Urzeiten in seiner Phantasie bestand – vielleicht Erinnerungen an alte Seegeschichten, die man ihm in der Kindheit vorgelesen hatte –, und sie entfachten etwas Warmes in seinem Herzen. Hier, auf der «Anchises», schien er dort zu beginnen, wo die Kindheit abgebrochen war. Die häßliche Kluft dazwischen hatte sich geschlossen. Jahre seines Lebens wurden im Nebel ausgelöscht. Dieser Nebel, der zunächst bedrückend gewesen war, wurde zu einem Schutz; einem Zelt, das sich durch den Raum bewegte und einen vor all dem, was vorher war, verbarg, einem die Möglichkeit gab, seine Vorstellungen vom Leben zurechtzurücken und die Zukunft zu planen. Die Vergangenheit war wie abgeschnitten; das war seine Illusion. Er war schon sehr viele Meilen weiter gereist, als das Logbuch des Schiffes angab. Als Kapellmeister Fred Max ihn zum Schachspiel aufforderte, mußte er einen Augenblick innehalten und nachdenken, weshalb sich für ihn mit diesem Spiel so unangenehme Assoziationen verbanden. Enids blasses, trügerisches Gesicht tauchte selten vor ihm auf, wenn nicht ein solcher Zufall es heraufbeschwor. Traf er zufällig auf eine Gruppe von Jungen, die über ihre Liebsten und Kriegsbräute sprachen, hörte er einen Augenblick zu und ging dann im glücklichen Gefühl davon, daß er der am wenigsten verheiratete Mann auf dem Schiff sei.

Jetzt, da so viele Männer entweder von Seekrankheit oder der Epidemie befallen waren, gab es reichlich Platz an Deck, und er und Albert Usher hatten die Windseite des Schiffes fast ganz für sich allein. Der Marinesoldat war der beste Gefährte in diesen düsteren Tagen: sicher, ruhig, selbständig. Und auch er blickte immer nach vorn. Was Victor Morse betraf, so begann Claude, ihn ernsthaft gern zu haben. Victor nahm jeden Nachmittag in einer bestimmten Ecke des Rauchsalons der Offiziere seinen Tee – ohne ihn wäre er zugrunde gegangen –, und der Steward brachte ihm immer einige Sonderzuteilungen an Toast mit Marmelade oder Keksen. Es gelang Claude gewöhnlich, sich ihm um diese Stunde anzuschließen.

Am Tag der Bestattung Tannhausers ging er um vier in den Rauchsalon. Victor rief den Steward heran und bat ihn, zum Tee zwei heiße Whiskeys zu bringen. «Sie sind sehr naß, Wheeler, und das ist nicht gut. Na», sagte er, als er sein Glas niedersetzte, «fühlen Sie sich nicht besser nach einem Drink?»

«Sehr viel besser. Ich denke, ich nehme noch einen. Es ist angenehm, innen warm zu sein.»

«Noch zwei, Steward, und bringen Sie etwas frische Zitrone.» Die Anwesenden im Salon lasen entweder oder unterhielten sich gedämpft. Einer der schwedischen Jungen spielte leise auf dem alten Klavier. Victor begann den Tee einzuschenken. Er tat es auf elegante Weise, und heute war er besonders sorgsam. «Dieser schottische Nebel fährt einem in die Knochen, nicht? Ich fand, Sie sahen gar nicht gut aus, als ich auf Deck an Ihnen vorbeikam.»

«Ich bin letzte Nacht bei Tannhauser gewesen. Hab' nicht mehr als eine Stunde Schlaf gekriegt», murmelte Claude gähnend.

«Ja, ich habe gehört, Sie haben ihren großen Corporal verloren. Es tut mir leid. Ich hatte auch schlechte Nachrichten. Jetzt ist bekanntgeworden, daß wir einen französischen Hafen ansteuern. Das macht all meine Pläne zunichte. Nun ja, c'est la guerre!» Er schob achselzuckend seine Tasse zurück. «Kleiner Spaziergang draußen?»

Claude hatte sich oft gefragt, wieso Victor ihn mochte, da er doch so wenig von Victors Art hatte. «Wenn es kein

Geheimnis ist», sagte er, «würde ich gern wissen, wie Sie überhaupt in die britische Armee gekommen sind.»

Während sie im Regen auf und ab gingen, erzählte Victor kurz seine Geschichte. Nach dem High-School-Abschluß war er als Buchhalter in die Bank seines Vaters in Crystal Lake eingetreten. Nach Bankschluß ging er Schlittschuhlaufen, spielte Tennis oder arbeitete im Erdbeerbeet, je nach Jahreszeit. Er kaufte jeden Sommer zwei Paar weiße Hosen, bestellte seine Hemden in Chicago und hielt sich für umwerfend schick, wie er sagte. Er verlobte sich mit der Tochter eines Predigers. Vor zwei Jahren, im Sommer, als er zwanzig wurde, wünschte sein Vater, daß er sich die Niagarafälle ansähe; also schrieb er einen bescheidenen Scheck aus, warnte seinen Sohn vor Kneipen – Victor war bis dahin noch nie in einer gewesen –, vor teuren Hotels und Frauen, die, ohne vorgestellt worden zu sein, auf ihn zukamen und nach der Uhrzeit fragten, schickte ihn davon und sagte ihm, es sei nicht nötig, Gepäckträgern oder Kellnern ein Trinkgeld zu geben. An den Niagarafällen machte Victor die Bekanntschaft einiger junger kanadischer Offiziere, die ihm in vielerlei Hinsicht die Augen öffneten. Er ging mit ihnen hinüber nach Toronto. Die Meldung von Freiwilligen war voll im Gange, und er sah darin einen Fluchtweg aus Bank und Erdbeerbeet. Die Luftwaffe schien der glänzendste und attraktivste Zweig des Militärdienstes zu sein. Sie nahmen ihn an, und hier war er.

«Sie werden nie wieder nach Hause gehen wollen», sagte Claude überzeugt. «Ich kann mir nicht vorstellen, wie Sie sich in irgendeiner Kleinstadt von Iowa niederlassen.»

«In der Luftwaffe», sagte Victor lässig, «kümmern wir

uns nicht um die Zukunft. Es lohnt sich nicht.» Er zog seine mattgoldene Zigarettendose hervor, die Claude schon früher bemerkt hatte.

«Darf ich sie mir eine Minute anschauen, ja? Ich habe sie oft bewundert. Ein Geschenk von jemandem, den Sie gern haben, nicht?»

Eine völlig echte Gefühlsregung glitt über das jungenhafte Gesicht des Fliegers, und sein ziemlich kleiner roter Mund preßte sich fest zusammen. «Ja, von einer Frau, die Sie kennenlernen sollten. Hier», sein Kinn zuckte über seinem hohen Kragen, «ich schreibe Ihnen Maisies Adresse auf meine Karte: ‹Mit einer Empfehlung für Lieutenant Wheeler, A. E. F.› Mehr brauchen Sie nicht. Sollten Sie vor mir nach London kommen, zögern Sie nicht. Besuchen Sie sie sofort. Zeigen Sie ihr die Karte, und sie wird Sie empfangen.»

Claude dankte ihm und steckte die Karte in seine Brieftasche, während Victor eine Zigarette anzündete. «Ich habe nicht vergessen, daß Sie mit uns im Savoy dinieren werden, sollten wir zufällig gemeinsam in London sein. Wenn ich bei ihr bin, können Sie mich immer finden. Ihre Adresse ist meine. Für Sie wird es großartig sein, eine Frau wie Maisie kennenzulernen. Sie wird freundlich zu Ihnen sein, weil Sie mein Freund sind.» Er sagte weiter, daß sie alles nur mögliche für ihn getan hätte; seinetwegen ihren Mann und ihre Freunde verlassen. Jetzt hatte sie eine Atelierwohnung in Chelsea, wo sie einfach nur auf sein Kommen wartete und sein Weggehen fürchtete. Für sie war es ein schreckliches Leben. Natürlich hatte sie auch andere Offiziere zu Gast, alte Bekannte; aber all das sei Tarnung. Er sei der Mann.

Victor ging so weit, ihr Bild hervorzuholen, und Claude starrte darauf, ohne zu wissen, was er zu einem großen Mondgesicht mit müden Augen unter schweren Lidern sagen sollte – den Hals von einem Perlenkollier umschlungen, die Schultern bis zur matronenhaften Schwellung des Busens entblößt. In diesem weich zerflossenen Fleisch gab es nicht eine Linie, nicht eine Falte, aber am schweren Mund und am Kinn, allein schon am Gesichtsschnitt ließ sich leicht erkennen, daß sie alt genug war, um Victors Mutter zu sein. Über dem Bild stand in großer, klecksiger Schrift «A mon aigle!» Wäre Victor taktvoll genug gewesen, ihn im Zweifel zu lassen, so hätte er lieber dessen Beziehung zu dieser Frau als rein verwandtschaftlich betrachtet: die eines Sohnes.

«Frauen wie sie gibt es einfach nicht in eurem Teil der Welt», murmelte der Flieger, während er sich das Photoetui schnappte. «Sie ist Sprachkennerin und Musikerin und all das. Mit ihr ist das Alltagsleben eine schöne Kunst. Das Leben ist, wie sie sagt, was man daraus macht. An sich ist es nichts. Wo Sie herkommen, ist es nichts – eine Schlafkrankheit.»

Claude lachte. «Ich weiß nicht, ob ich mit Ihnen übereinstimme, aber ich höre Sie gern reden.»

«Nun, in jenem Teil von Frankreich, der völlig in Stücke geschossen ist, werden Sie in den Kellern mehr Leben finden als in Ihrer Heimatstadt, wo sie auch liegen mag. Ich wäre lieber ein Stauer in den Londoner Docks als ein Bankerkönig in Ihren Präriestaaten. Wenn man in London das Glück hat, einen Shilling zu besitzen, dann kann man dafür auch etwas bekommen.»

«Ja, zu Hause ist alles reichlich lahm».

«Lahm? Mein Gott, es ist der Tod zu Lebzeiten! Was bleibt von Männern übrig, wenn man ihnen alles Feuer austreibt? Sie fürchten sich vor allem. Ich kenne sie; Sonntagsschulschleicher, die nach Einbruch der Dunkelheit in diesen Kleinstädten herumstreichen!» Victor ließ plötzlich das Thema fallen. «Übrigens, Sie sind doch ein Kumpel vom Doktor? Ich brauche ein Medikament, das irgendwo in meinem verlorenen Koffer ist. Würde es Ihnen was ausmachen, ihn zu fragen, ob er dieses Rezept zustande bringen kann? Ich möchte nicht selbst zu ihm gehen. All dieses Ärztegequatsche, und er könnte mich melden. Ich hatte das Glück, um ärztliche Untersuchungen herumzukommen. Verstehen Sie, ich möchte nirgends aufgehalten werden. Sagen Sie ihm natürlich, daß es nicht für Sie selbst ist.»

Als Claude Doktor Trueman das blaue Stück Papier vorlegte, lächelte er abfällig. «Ich verstehe; das ist von einem Londoner Apotheker ausgeschrieben worden. Nein, wir haben nichts dergleichen.» Er gab es zurück. «Das sind nur Linderungsmittel. Wenn Ihr Freund das haben möchte, braucht er Behandlung – und er weiß, wo er sie bekommen kann.»

Claude gab Victor den Zettel zurück, als sie nach dem Abendessen den Speisesaal verließen, und sagte ihm, daß er es nicht habe bekommen können.

«Schade», sagte Victor und errötete hochnäsig. «Haben Sie vielen Dank!»

8

Tod Fanning hielt besser durch als viele der stärkeren Männer; seine Lebenskraft überraschte den Arzt. Die Totenliste verlängerte sich stetig; und am schlimmsten war, daß Patienten starben, die nicht sehr krank waren. Kraftvolle, junge Burschen von neunzehn und zwanzig drehten sich um und starben, weil sie den Mut verloren hatten, weil andere starben – weil Tod in der Luft lag. In den Schiffsgängen hing der Geruch von Tod. Doktor Trueman sagte, es sei während einer Epidemie immer so; es starben Patienten, die sich erholt hätten, wenn sie von den anderen isoliert worden wären.

«Wissen Sie, Wheeler», bemerkte der Arzt eines Tages, als sie gemeinsam vom Spital heraufkamen, um Luft zu schnappen, «manchmal frage ich mich, ob nicht all die Impfungen, die sie gegen Typhus und Pocken und sonstwas bekommen haben, ihre Widerstandskraft verringert haben. Ich werde noch verrückt, wenn mir die Leute weiter so wegsterben! Was würden Sie darum geben, wenn Sie aus all dem heraus wären und sicher dort drüben auf der Farm?» Da er keine Antwort hörte, wandte er den Kopf, spähte über den Kragen seines Regenmantels und sah einen erschrockenen, abwehrenden Blick in den Augen des jungen Mannes, gefolgt von einem raschen Erröten.

«Sie möchten wohl nicht auf die Farm zurück! Nicht das kleinste bißchen! Ja, ja, so ist es, wenn man jung ist!» Er schüttelte den Kopf mit einem Lächeln, das Mitleid, aber auch Neid bedeuten konnte, und ging zurück zu seinen Pflichten.

Claude blieb, wo er war, sog die feuchte graue Luft in

seine Lungen und fühlte sich verärgert und getadelt. Es stimmte wirklich, wie ihm klarwurde; der Arzt war ihm auf die Schliche gekommen. Er genoß alles, die ganze Zeit über, und wollte nicht irgendwo in Sicherheit sein. Um Tannhauser und die anderen tat es ihm leid, aber nicht um sich selbst. Die Unannehmlichkeiten und Mißgeschicke dieser Reise konnten sie ihm nicht verderben. Natürlich schimpfte er, weil andere es taten. Aber das Leben war ihm noch nie so verlockend erschienen wie hier und jetzt. Er konnte von schwerer Arbeit im Spital oder vom armen Fanning und seinen ewigen Eiern heraufkommen und all das in zehn Minuten vergessen. Etwas in ihm, so dehnbar wie die grauen Wellenkämme, über die sie schaukelten, sprang immer wieder hoch und sagte: «Ich bin ganz hier. Ich habe alles hinter mir gelassen. Ich gehe nach drüben.»

Nur an jenem einen Tag, dem kalten Tag der Bestattung des Virginiers, an dem er seekrank gewesen war, hatte er sich wirklich elend gefühlt. Er mußte sicherlich herzlos sein, daß er vom Leiden seiner eigenen Leute, seiner eigenen Freunde nicht überwältigt wurde – aber er wurde es nicht. Er dachte an sie und tat für sie, was er konnte, aber er erkannte gerade jetzt, daß er daraus auch eine Art Befriedigung erlangte und ein bißchen eitel war wegen seiner Nützlichkeit für Doktor Trueman. Eine reizende Einstellung! Jeden Morgen erwachte er mit dem Gefühl von Freiheit und Vorwärtskommen, als würde die Welt jeden Tag größer und er mit ihr wachsen. Andere waren krank und lagen im Sterben, und das war entsetzlich – aber er und das Schiff fuhren weiter und immer weiter.

Etwas war freigesetzt, das lange in ihm gekämpft hatte, sagte er sich. Eigentlich hätte er schon seit der ersten

Marneschlacht in Frankreich sein sollen; er war falschen Pfaden gefolgt und hatte kostbare Zeit verloren und Elend genug erlebt, aber endlich war er auf dem richtigen Weg, und nichts konnte ihn aufhalten. Wäre er nicht so unreif, so schüchtern, so furchtsam gewesen, seine Gefühle zu zeigen, und zu dumm, um seinen Weg hinüber zu finden, hätte er sich wie Victor in Kanada freiwillig gemeldet oder wäre fortgelaufen nach Frankreich und zur Fremdenlegion gegangen. All das schien jetzt durchaus möglich gewesen zu sein. Warum hatte er es nicht getan?

Nun, es war nicht die «Art der Wheelers». Die Wheelers hatten schreckliche Angst, sich irgendwo einzumischen, wo sie nicht erwünscht waren, sich in eine Menge zu drängeln, in die sie nicht gehörten. Und sie fürchteten sogar noch mehr, affektiert oder «romantisch» zu wirken. Sie konnten sich kein auffälliges, noch weniger ein angeberisches Handeln gestatten, wenn es nicht zum Tagwerk gehörte. Nun denn, die Geschichte hatte sich zu seinesgleichen herabgelassen; dieses ganze glänzende Abenteuer war zum Tagwerk geworden. Er war schließlich hineingeraten, zusammen mit Victor und dem Marinesoldaten und anderen, die vor allem mehr Phantasie und Selbstvertrauen besaßen. Vor drei Jahren hatte er noch am Windrad gesessen und Trübsal geblasen, weil er nicht sah, wie ein Farmerjunge aus Nebraska eine «Berufung» haben könnte oder auch nur eine Möglichkeit, sich in den Kampf in Frankreich zu stürzen. Er las neidisch über Alan Seeger und jene glücklichen amerikanischen Jungen, die ein Recht hatten, für eine Zivilisation, die sie kannten, zu kämpfen.

Aber das Wunder war geschehen; ein in seinem Ausmaß

so umfassendes Wunder, daß die Wheelers – all die Wheelers und die Stiernacken und Stumpfsinnigen von ihm eingefangen wurden. Ja, all dies war das Wunder eigens für die Grobschlächtigen; sie hatten das große Los gezogen. Er war mit dabei, und nichts konnte ihn aufhalten oder entmutigen, wenn er nicht gerade über Bord geworfen würde – was nur eine Scherzformel war, denn das war eine Möglichkeit, die er nie ernsthaft in Betracht zog. In seiner Brust war ein starkes Gefühl von Entschlossenheit, schicksalhafter Entschlossenheit.

9

«Sehen Sie sich das an, Doktor!» Claude fing Dr. Trueman auf seinem Weg vom Frühstück ab und reichte ihm eine Notiz, gezeichnet D. T. Micks, Chefsteward. Sie besagte, daß keine weiteren Eier und Orangen für den Patienten geliefert werden könnten, da der Vorrat erschöpft sei.

Der Arzt warf einen kurzen Blick auf den Zettel. «Ich fürchte, das ist das Todesurteil für Ihren Patienten. Sie werden ihn mit nichts anderem am Leben halten können. Warum gehen Sie nicht und besprechen das mit Chessup. Er weiß immer einen Rat. Ich komme in wenigen Minuten nach.»

Claude war seit dem Ausbruch der Epidemie oft in Dr. Chessups Kabine gewesen – hielt sich eigentlich gern dort auf, wenn er um Medikamente oder Rat nachsuchte. Es war ein komfortabler, persönlicher Ort mit heiteren Chintzvorhängen. Die Wände waren von Büchern gesäumt, die von hölzernen Stützen gehalten wurden. Unmengen an deutschen und englischen wissenschaftlichen Werken gab es da; das übrige waren Ausgaben von französischen Romanen. Diesen Morgen sah Claude Chessup an seinem Tisch weißen Puder auswiegen; im Regal über seiner Koje stand das Buch, das er letzte Nacht zum Einschlafen gelesen hatte; der Titel, «Un Crime d'Amour», in schwarzen Buchstaben auf Gelb sprang Claude ins Auge. Der Arzt zog seinen Rock an und wies seinem Besucher den Gelenkstuhl an, in dem manchmal Patienten untersucht wurden. Claude erklärte sein Dilemma.

Für einen Mann aus Kanada, dem Land großer und rauher Männer, war der Schiffsarzt ein seltsamer Bursche. Er sah aus wie ein Schuljunge, mit kleinen Händen und Füßen und rosigem Teint. Auf seinem linken Wangenknochen hatte er einen mit seidigem Haar bedeckten großen braunen Leberfleck, und aus irgendeinem Grund gab dieser seinem Gesicht ein weibliches Aussehen. Es war leicht verständlich, daß er mit einer Privatpraxis keinen Erfolg gehabt hatte. Er war wie jemand, der versucht, eine wunde Stelle vor Hitze und Kälte zu schützen; so geschlagen mit Zaghaftigkeit und so empfindlich wegen seines jungenhaften Aussehens, daß er entschieden hatte, sich in einer schwankenden, hölzernen Behausung auf dem Meer einzuigeln. Die lange Australienstrecke war ihm gerade recht gewesen. Ein rauhes Leben und der Ansturm von Schlechtwetter waren für ihn weniger schreckensreich als eine Stadtpraxis, in der er es ständig mit Menschen zu tun hatte.

«Haben Sie es bei ihm schon mit Malzmilch probiert?» fragte er, als Claude ihm erzählt hatte, daß Fannings Ernährung bedroht sei.

«Dr. Trueman hat keine einzige Flasche mehr. Wie lange, meinen Sie, werden wir noch auf See sein?»

«Vier Tage, vielleicht fünf.»

«Dann wird Lieutenant Wheeler seinen Kumpel verlieren», sagte Dr. Trueman, der gerade hereinkam.

Chessup stand eine Weile stirnrunzelnd da und zog nervös am Messingknopf seines Rockes. Er verriegelte die Tür, wandte sich seinem Kollegen zu und sagte entschlossen: «Ich kann Ihnen etwas verraten, wenn Sie mich nicht hineinziehen. Machen Sie, was Sie wollen, aber lassen Sie meinen Namen aus dem Spiel. Letzte Nacht wurden mehrere Stunden lang Kartons mit Eiern und Orangenkisten von einem der Küchenjungen aus der Kombüse in die Kabine des Chefstewards geschafft. Welchen Hafen wir auch anlaufen, er kann für die frischen Eier einen Shilling pro Stück bekommen und vielleicht Sixpence für die Orangen. Natürlich sind sie Ihr Eigentum, von Ihrer Regierung geliefert; aber das ist seine übliche Nebeneinnahme. Ich war sechs Jahre auf diesem Schiff, und es war immer so. Etwa eine Woche bevor wir den Hafen anlaufen, werden die besten Restvorräte in seine Kabine gebracht, und er verhökert sie, wenn wir im Dock liegen. Ich weiß nicht, wie er es eigentlich fertigbringt, aber er tut es. Möglicherweise weiß der Skipper von seiner Gewohnheit, und es mag gute Gründe geben, weshalb er das zuläßt. Mich geht es nichts an. Der Chefsteward ist ein mächtiger Mann auf einem englischen Schiff. Wenn er etwas gegen mich hat, kann er mir früher oder später die Koje streichen. Da haben Sie die Tatsachen.»

«Geben Sie mir Ihre Erlaubnis, zum Chefsteward zu gehen?» fragte Dr. Trueman.

«Natürlich nicht. Aber Sie können ohne mein Wissen gehen. Er ist ein scheußlicher Mensch, wenn man ihm in die Quere kommt, und er kann Ihnen und Ihren Patienten das Leben schwermachen.»

«Nun gut, wir reden nicht weiter darüber. Vielen Dank, daß Sie mir das gesagt haben, und ich werde zusehen, daß Sie da nicht hineingezogen werden. Würden Sie mit mir hinuntergehen und nach diesem Meningitisfall sehen?»

Claude wartete in seiner Kabine ungeduldig auf die Rückkehr des Arztes. Er sah nicht ein, weshalb der Chefsteward nicht entlarvt und behandelt werden sollte wie jeder andere Gauner. Er hatte ihn gehaßt, seit er ihn eines Morgens den alten Badesteward hatte beschimpfen hören. Hawkins hatte keinen Versuch gemacht, sich zu verteidigen, sondern dagestanden wie ein entsetzlich geprügelter Hund, hatte am ganzen Leib gezittert und gesagt: «Ja, Sir. Ja, Sir», während sein Chef ihn mit leiser, beißender Stimme eiskalt herunterputzte. Claude hatte noch nie erlebt, daß ein Mensch oder auch nur ein Tier mit solcher Verachtung behandelt wurde. Der Steward hatte ein grausames Gesicht – käseweiß mit schlaffem, feuchtem, aus einer hohen Stirn zurückgekämmtem Haar – dem eigentümlich öligen Haar, das nur auf den Köpfen von Stewards und Kellnern zu wachsen scheint. Seine Augen hatten die Form von Mandeln, aber die Lider waren so geschwollen, daß die trübe Pupille nur durch einen Schlitz sichtbar wurde. Ein langer bleicher Schnurrbart hing wie ein Fransenrand über seine wulstigen Lippen.

Als Dr. Trueman aus dem Spital zurückkam, erklärte er, nun sei er bereit, Mr. Micks aufzusuchen. «Er ist ein gemein aussehender Kunde, aber mir kann er nichts.»

Sie gingen zur Kabine des Stewards und klopften.

«Was ist?» rief eine drohende Stimme.

Der Arzt schnitt seinem Begleiter eine Grimasse und ging hinein. Der Steward saß an einem großen Schreibtisch, der mit Rechnungsbüchern bedeckt war. Er wandte sich in seinem Stuhl um. «Verzeihen Sie», sagte er kalt, «hier empfange ich niemanden. Ich werde...»

Der Arzt erhob rasch die Hand. «Ist schon gut, Steward. Tut mir leid, Sie zu stören, es gibt aber etwas, das ich Ihnen ganz privat sagen muß. Ich werde Sie nicht lange aufhalten.» Hätte er einen Augenblick gezögert, dann hätte der Steward ihn hinausgeworfen, dachte Claude, aber er fuhr rasch fort. «Dies ist Lieutenant Wheeler, Mr. Micks. Sein Offizierskamerad liegt sehr krank mit Lungenentzündung in Kabine 96. Lieutenant Wheeler hat ihn bisher durch Sonderpflege am Leben erhalten, aber er verträgt nichts außer Eiern und Orangensaft. Damit können wir ihn bei Kräften halten, bis das Fieber nachläßt, und ihn in Frankreich in ein Hospital schaffen. Ohne sie wird er in vierundzwanzig Stunden tot sein. So sieht es aus.»

Der Steward stand auf und knipste die Hängelampe über seinem Schreibtisch aus. «Hat man Ihnen nicht mitgeteilt, daß es an Bord keine Eier und Orangen mehr gibt? Da kann ich leider nichts für Sie tun. Ich habe dieses Schiff nicht verproviantiert.»

«Nein, das weiß ich. Ich glaube, die Vereinigten Staaten haben die Früchte und Eier und das Fleisch geliefert. Und ich weiß mit Bestimmtheit, daß die Dinge, die ich für meinen Patienten brauche, nicht ausgegangen sind. Ohne weiter auf die Sache einzugehen, warne ich Sie, daß ich keinen Offizier der Vereinigten Staaten sterben lasse, wenn die

Mittel zu seinem Überleben vorhanden sind. Ich werde zum Skipper gehen, ich werde eine Versammlung der Armeeoffiziere an Bord einberufen. Ich werde alles tun, um diesen Mann zu retten.»

«Das ist Ihre Sache, aber Sie werden mich nicht an meiner Pflichterfüllung hindern. Würden Sie meine Kabine verlassen?»

«Sofort, Steward. Ich weiß, daß letzte Nacht Eier und Orangen kistenweise in diesen Raum transportiert wurden. Sie sind jetzt hier, und sie gehören den A. E. F. Wenn Sie sich bereit erklären, meinen Mann zu versorgen, wird das, was ich weiß, nicht weitergegeben werden. Wenn Sie sich aber weigern, werde ich diese Angelegenheit untersuchen lassen. Nichts wird mich davon abhalten.»

Der Steward setzte sich und nahm einen Federhalter auf. Seine großen weichen Hände sahen so käsig aus wie sein Gesicht. «Wie ist die Kabinennummer?» fragte er gleichgültig.

«96.»

«Was brauchen Sie genau?»

«Ein Dutzend Eier und ein Dutzend Orangen alle vierundzwanzig Stunden, lieferbar zu jeder Stunde, die Ihnen genehm ist.»

«Ich werde sehen, was ich tun kann.»

Der Steward blickte nicht von seinem Schreibblock auf, und seine Besucher gingen so plötzlich, wie sie gekommen waren.

Etwa um vier Uhr jeden Morgen, sogar noch bevor die Badestewards ihren Dienst antraten, kratzte es an Claudes Tür, und ein zugedeckter Korb wurde von einem ungewaschenen, halbnackten Laufburschen abgestellt, der eine ausgebeulte Schürze um die Taille trug und dessen behaarte Brust mehlbestäubt war. Er sprach nie, hatte nur ein Auge und eine entzündete Augenhöhle. Claude erfuhr, daß er ein schwachsinniger Bruder des Chefstewards war, ein Kartoffelschäler und Tellerwäscher in der Kombüse.

Vier Tage nach ihrem Gespräch mit Mr. Micks, als sie sich schließlich dem Ende der Reise näherten, hielt Doktor Trueman Claude nach einer Kontrolluntersuchung auf, um ihm zu sagen, daß die Epidemie nun auch den Chefsteward erwischt habe. «Er hat gestern abend nach mir geschickt und mich gebeten, seinen Fall zu übernehmen – will nichts mit Chessup zu tun haben. Ich mußte Chessups Erlaubnis einholen. Er schien sehr froh zu sein, mir den Fall zu übergeben.»

«Geht es ihm sehr schlecht?»

«Er hat keine Chance, und er weiß es. Komplikationen; chronische Brightsche Krankheit. Offenbar hat er neun Kinder. Ich werde versuchen, ihn in ein Krankenhaus zu bringen, wenn wir gelandet sind, aber er wird höchstens noch ein paar Tage leben. Ich frage mich, wer die Shillinge für all die Eier und Orangen bekommt, die er gehortet hat. Claude, mein Junge», der Arzt sprach mit plötzlicher Ergriffenheit, «wenn ich je wieder einen Fuß an Land setze, werde ich diese Reise vergessen wie einen schlechten Traum. In einigermaßen normalem Geisteszustand bin ich Presbyterianer, aber gerade jetzt habe ich das Gefühl, daß selbst die übelsten Burschen ärger bestraft werden, als sie es verdienen.»

Schließlich kam ein Tag, an dem Claude durch ein Gefühl von Stille geweckt wurde. Er sprang mit einer benommenen Furcht auf, jemand sei gestorben; aber Fanning lag ruhig atmend in seiner Koje.

Sein Blick fiel durch das Bullauge auf etwas – eine große graue Landschulter, die sich nach der erschöpfenden Unbeständigkeit des Meeres machtvoll und seltsam ruhig aus der rosigen Dämmerung erhob. Bleiche Bäume und lange niedrige Befestigungsanlagen... schmale graue Gebäude mit roten Dächern... kleine Segelboote, die seewärts strebten... oben auf der Klippe eine düstere Festung.

Er hatte sich seinen Bestimmungsort immer als zerschlagenes und verwüstetes Land vorgestellt – «blutendes Frankreich»; aber nie hatte er etwas gesehen, das so stark, so selbstgenügsam wirkte, so festgegründet auf seinem ersten Fundament wie die Küste, die sich vor ihm erhob. Sie glich einer Säule der Ewigkeit. Der Ozean lag ergeben zu ihren Füßen, und darüber herrschte die große Sanftheit des frühen Morgens.

Dieser graue, unerschütterte mächtige Wall war das Ende der langen Vorbereitung, so wie er das Ende des Meeres war. Er war der Grund für all das, was in den letzten fünfzehn Monaten seines Lebens geschehen war. Er war der Grund, weshalb Tannhauser und der sanfte Virginier und so viele andere, die mit ihm aufgebrochen waren, niemals mehr ein Leben haben würden, geschweige denn einen Soldatentod. Sie waren bloßer Ausschuß in einem großen Unternehmen, über Bord geworfen wie verrottete Seile. Für sie würde es niemals, niemals diese freundliche Erlösung geben – Bäume und eine stille Küste und ruhiges Wasser. Wie lange, fragte er sich, würden ihre Körper in jenem unmenschlichen Reich der Dunkelheit und Ruhelosigkeit umherrollen?

Er wurde von einer schwachen Stimme hinter sich aufgeschreckt.

«Claude, sind wir drüben?»

«Ja, Fanning. Wir sind drüben.»

FÜNFTES BUCH

«Die Adler des Westens bittend, fliegt weiter»

1

An jenem Mittag befand sich Claude in einer Straße mit kleinen Läden, erhitzt und schwitzend, völlig verwirrt und verloren. Lastwagenfahrer und Jungen auf Fahrrädern ohne Klingeln schnauzten ihn ungnädig, wütend an. Er ging in den Schatten einer jungen Platane und stellte sich nahe an den Stamm, als könnte der ihn beschützen. Jedenfalls war er seine größte Sorge los. Mit Victor Morses Hilfe hatte er für vierzig Franc ein Taxi gemietet, Fanning zum Militärhospital gebracht und einem großen Sanitäter aus Texas in die Arme gedrückt. Er hatte dem Spital den Rücken gekehrt, ohne jegliche Vorstellung, wohin er ging – nur daß er ins Herz der Stadt gelangen wollte. Sie schien jedoch kein Herz zu haben, nur lange, steinerne Arterien, erfüllt von Hitze und Lärm. Er stand immer noch unter seiner Platane, als sich eine Gruppe unsicherer, verloren aussehender brauner Gestalten, angeführt von Sergeant Hicks, durch die Straße drängte; neun Männer in neun verschiedenen Haltungen der Niedergeschlagenheit, jeder mit einem langen Brotlaib unter dem Arm. Sie grüßten Claude erfreut, richteten sich auf und wirkten, als hätten sie nun ihren Weg gefunden! Ihm wurde klar, daß er nun für die anderen eine Platane sein müsse.

Sergeant Hicks erklärte, daß sie die Stadt auf der Suche nach Käse abgeklappert hätten. Nach sechzehn Tagen schweren, faden Essens, lechzten alle nach Käse. Oben in der Straße sei ein Lebensmittelladen, wo es außer Käse sonst alles zu geben schien. Er hatte versucht, sich der alten Frau durch Zeichen verständlich zu machen.

«Essen denn diese Franzosen keinen Käse? Was ist das Wort dafür, Lieutenant? Ich hab' keine blasse Ahnung, und meinen Sprachführer hab' ich verloren. Könnten Sie es ihr vielleicht erklären?»

«Ich will's mal versuchen. Kommt Jungs.»

Die zehn Männer betraten, sich dicht zusammendrängend, den Laden. Die Besitzerin kam mit einem Ausruf der Verzweiflung angelaufen. Offenkundig hatte sie geglaubt, sie sei sie los, und war nicht erfreut, sie wiederzusehen. Als sie innehielt, um Atem zu schöpfen, nahm Claude höflich seinen Hut ab und vollbrachte die tapferste Handlung seines Lebens, sprach den ersten Lehrbuchsatz, den er je einem französischen Menschen gegenüber geäußert hatte. Seine Männer standen hinter ihm; er mußte etwas sagen oder weglaufen, es gab keine andere Möglichkeit. Er sah der alten Frau in die Augen und sagte laut und deutlich:

«Avez-vous du fromage, Madame?» Fast war es Eingebung, das letzte Wort hinzuzufügen, dachte er; und als es wirkte, war er so erschrocken, als sei sein Revolver am Gurt losgegangen.

«Du fromage?» kreischte die Ladenbesitzerin. Sie rief ihrer Tochter, die an der Kasse saß, etwas zu, griff Claude am Ärmel, zog ihn aus dem Laden und lief mit ihm die Straße hinunter. Sie schleppte ihn in einen von einem langen Vorhang verdunkelten Hauseingang, grüßte die Besitzerin und stieß dann die Männer hinter ihrem Offizier her, als seien sie störrische Esel.

Sie standen blinzelnd im Dämmerlicht, sogen einen sauren, feuchten, buttrigen Käsegeruch ein, bis ihre Augen die Schatten durchdrangen und sie sahen, daß in dem Raum nichts als Butter und Käse war. Die Ladenbesitzerin war eine fette Frau mit schwarzen Augenbrauen, die über ihrer Nase zusammengewachsen waren; sie hatte die Ärmel aufgekrempelt, ihr Baumwollkleid war über ihrem weißen Hals und Busen geöffnet. Sie begann sofort, ihnen zu sagen, daß Milchprodukte rationiert seien; jeder mußte eine Karte haben; sie könnte ihnen nicht soviel verkaufen. Aber bald gab es nichts mehr zu disputieren. Die Jungen fielen über ihre Ware her wie Wölfe. Die kleinen weißen Käse, die auf grünen Blättern lagen, verschwanden in den großen Mündern. Bevor sie ihn retten konnte, hatte Hicks einen großen runden Käse in der Mitte aufgeschnitten und teilte ihn auf wie eine Melone. Sie sagte immer wieder, sie seien schmutzige Schweine und schlimmer als die Boches, aber sie konnte sie nicht aufhalten.

«Was ist mit Mutter los, Lieutenant? Warum macht sie so ein Theater. Ist sie nicht hier, um zu verkaufen?»

Claude versuchte klüger auszusehen, als er war. «Wie ich höre, gibt es irgendwelche Rationierungen; man darf nicht alles kaufen, was man möchte. Wir hätten daran denken sollen; es ist ein Kriegsland. Mir scheint, wir haben sie so ziemlich leergeputzt.»

«Ach, das geht in Ordnung», sagte Hicks und wischte sein Klappmesser ab. «Morgen bringen wir ihr Zucker. Einer von den Typen, die uns an den Docks beim Ausladen geholfen haben, der sagte mir, wenn man ihnen Zucker bringt, halten sie immer ruhig.»

Sie stellten sich um sie und streckten ihr Geld hin, damit sie sich den erforderlichen Betrag nähme. «Kommen Sie, Ma'am, keine Schüchternheit. Was ist los, ist das kein gutes Geld?»

Sie war verwirrt vom Lärm, den sie machten, ihren gebräunten Gesichtern mit den weißen Zähnen und hellen Augen, die ihr so nahe kamen. Zehn gutgeformte Hände mit geraden Fingern, die offenen Handflächen voller zerknitterter Banknoten... Unter dem Vorwand, nach einem Bleistift zu suchen, hielt sie die Männer zurück und stellte rasche Berechnungen an. Das Geld, das auf ihren Handflächen lag, hatte keine Beziehung zu diesen großen, ausgelassenen Burschen mit ihren Schmeichelreden; für sie war es ein Witz; sie wußten nicht, was es in der Welt bedeutete. Hinter ihnen standen Schiffsladungen von Geld, und hinter den Schiffen...

Die Situation war unfair. Ob sie ihnen viel oder wenig aus den Händen nahm, konnte den Amerikanern unmöglich etwas ausmachen – konnte nicht einmal ihre gute Laune beeinträchtigen. Aber die Käsefrau stand unter Druck, und die Grundsätze eines ganzen Lebens waren in Gefahr. Ihr Verstand entschied sich mechanisch für zweieinhalb; sie würde ihnen das Zweieinhalbfache des Marktpreises für Käse abnehmen. Angesichts dieser moralischen Stütze, an die sie sich klammerte, gab sie mit gewissenhafter Genauigkeit heraus und behielt von keinem einen Penny zuviel. Indem sie ihnen sagte, was für große Dummköpfe sie seien und daß es in der Welt nötig sei, rechnen zu lernen, drängte sie sie aus dem Laden. Nicht, daß sie sie nicht mochte, aber Geschäfte machte sie ungern mit ihnen. Wenn sie ihr Geld nicht nehmen würde, dann täte es der nächste. Trotzdem, willkürlich festsetzbare Werte waren für sie abscheulich und ließen alles brüchig und unsicher erscheinen.

In ihrem Eingang stehend, sah sie zu, wie die braune Horde die Straße hinabschlenderte; als sie an der alten St.-Jacques-Kirche vorbeikamen, stolperten die ersten beiden über eine eingesunkene Stufe, die kaum die Pflasterhöhe überragte. Sie lachte laut. Sie blickten zurück und winkten ihr zu. Sie antwortete mit einem Lächeln, das freundlich und auch ärgerlich war.

Sie mochte sie, aber nicht die Legende von Verschwendung und Überfluß, die ihnen vorausging – und folgte. Die war in einer Welt harter Tatsachen unangebracht und zerstörerisch. Eine Armee, in der die Männer Fleisch zum Frühstück aßen und jeden Tag mehr davon aßen, als französische Soldaten an der Front in einer Woche bekamen! Ihre Feldküchen und Versorgungszüge waren die Wunder Frankreichs. Unten, vor Arles, wo die Schwester ihres Mannes verheiratet war, auf der öden Crau-Ebene, türmten sich ihre Konservenvorräte unter Schuppen und Zeltbahnen wie Gebirgszüge. Keiner hatte zuvor so viel Nahrung gesehen; Kaffee, Milch, Zucker, Speck, Schinken – alles, wonach die Welt hungerte. Sie brachten auch Schiffsladungen nutzloser Dinge. Und nutzloser Leute. Schiffsladungen von Frauen, die keine Krankenschwestern waren; einige sagten, sie kämen, um mit den Offizieren zu tanzen, damit sie nicht «ennuyés» seien.

All dies war nicht der Krieg – ebensowenig wie Geld, das einem erwachsene Männer, die nicht zählen konnten, entgegenstreckten, ein Geschäft war. Es war eine Invasion, wie das andere auch. Die erste zerstörte materiellen Besitz, und diese bedrohte die Integrität eines jeden. Abscheu vor solchen Methoden, tiefes, zurückschauderndes Mißtrauen umwölkte die Stirn der Käsefrau, als sie ihr Geld in die Schublade warf und sie verschloß.

Was die Landser betrifft, nachdem sie sich die Zehen erst mal an der Stufe gestoßen hatten, untersuchten sie sie interessiert und gingen hinein, um die Kirche zu erkunden. In ihrer Vorstellung durften sie sich eine Kirche ebensowenig entgehen lassen wie einen Boche. Drinnen trafen sie auf einen Haufen ihrer Schiffsgefährten einschließlich der Kansas-Band, der sie vorprahlten, ihr Lieutenant könne «französisch sprechen wie ein Einheimischer».

Der Lieutenant glaubte selbst, er käme ziemlich gut zurecht, aber wenige Stunden später wurde sein Stolz gedemütigt. Er saß allein in einem kleinen dreieckigen Park neben einer anderen Kirche, bewunderte die gestutzten Robinien und sah alten Frauen zu, die im Schatten ihre Flickarbeit taten. Ein kleiner Junge in einer schwarzen Schürze, barhäuptig und kurzgeschoren, kam seilspringend heran. Er hüpfte leichtfüßig auf Claude zu und sagte mit einem höchst beredsamen und vertrauensvollen Ton:

«Voulez-vous me dire l'heure, s'il vous plaît, M'sieu' l'soldat?»

Claude blickte mit einem Gefühl der Panik in seine bewundernden Augen hinunter. Ihm würde es nichts ausmachen, für einen Mann oder sogar ein hübsches Mädchen taub zu sein, aber dies war schrecklich. Seine Zunge wurde trocken, und sein Gesicht lief rot an. Der erwartungsvolle Blick des Kindes verwandelte sich erst in Zweifel und dann in Furcht. Es hatte schon vorher mit Amerikanern gesprochen, die nichts verstanden, aber sie waren nicht zornig und rot geworden wie dieser hier; dieser Soldat mußte krank oder verrückt sein. Der Junge wandte sich ab und lief weg.

Manch ernstes Mißgeschick hatte Claude weniger geschmerzt. Außerdem war er enttäuscht. Es war etwas Freundliches im Gesicht des Jungen gewesen, das er wollte... das er brauchte. Als er aufstand, bohrte er seinen Absatz in den Kies. «Wenn ich nicht lernen kann, mit den Kindern dieses Landes zu reden», murmelte er, «dann gehe ich nach Hause!»

2

Claude machte sich auf die Suche nach dem Grand Hotel, wo er sich mit Victor Morse zum Essen verabredet hatte. Der Portier dort sprach englisch. Er rief einen rothaarigen Jungen in schmutziger Uniform und befahl ihm, den Amerikaner zu vingt-quatre zu bringen. Der Junge sprach ebenfalls englisch. «Massenhaft Geld in New York, denk ich mir! In Frankreich, kein Geld.» Er dehnte ihren Weg durch muffige Gänge und schlüpfrige Treppen hinauf so lange wie möglich aus, wobei er den Besucher durchtrieben musterte und die ganze Zeit nervös den Daumen an den Fingern rieb.

«Vingt-quatre, vierundzwanzig», verkündete er, klopfte mit einer Hand an die Tür und öffnete die andere vielsagend. Claude stopfte etwas hinein – irgend etwas, um ihn loszuwerden.

Victor stand vor dem Kamin. «Hallo, Wheeler, kommen Sie herein. Unser Essen wird hier oben serviert. Groß genug ist es ja, nicht? Ich konnte zwischen einem Hühnerstall und diesem hier für fünfzehn Dollar am Tag nichts bekommen.»

Das Zimmer war geräumig genug für ein Bankett; mit zwei riesigen Betten und großen Fenstern, die auf Angeln wie Türen nach innen schwenkten und bestimmt seit Kriegsausbruch nicht mehr geputzt worden waren. Die schweren roten Vorhänge aus spitzenbesetztem Baumwollbrokat waren steif vor Staub, der dicke Teppich war übersät mit Zigarettenstummeln und Streichhölzern. Rasierklingen und «Khaki-Comfort»-Schachteln lagen auf dem Toilettentisch herum, und frühere Bewohner hatten ihre Autogramme im Staub des Tisches hinterlassen. Offiziere schliefen und gingen wieder, und andere Offiziere kamen – und das Zimmer blieb dasselbe, wie ein Wald, in dem Reisende nachts kampieren. Der «valet de chambre» trug nur fort, was er gebrauchen konnte; abgelegte Hemden und Socken und alte Schuhe. Für eine Party war es ein ziemlich trüber Ort.

Als der Kellner kam, entstaubte er den Tisch mit seiner Schürze, legte ein frisches Tuch und Servietten auf und stellte Gläser hin. Victor und sein Gast setzten sich unter eine Lampe mit zerbrochenem Schirm, um den unablässig ein stummer Hof von Fliegen schwirrte. Sie summten nicht, schossen nicht zur Decke oder stürzten herab, um die Suppe zu kosten, sondern hingen da in der Zimmermitte, als gehörten sie zum Beleuchtungssystem. Die stetige Anwesenheit des Kellners machte Claude verlegen; er fühlte sich beobachtet.

«Übrigens», sagte Victor, während die Suppenteller abgeräumt wurden», was halten Sie von diesem Wein? Er hat mich dreißig Francs die Flasche gekostet.»

«Mir schmeckt er sehr gut», antwortete Claude. «Aber es ist auch der erste Champagner, den ich je getrunken habe.»

«Wirklich?» Victor leerte ein weiteres Glas und seufzte. «Ich beneide Sie. Ich wünschte, ich könnte alles noch einmal von vorn anfangen. Wissen Sie, das Leben ist zu kurz.»

«Ich würde sagen, Sie haben einen guten Anfang gemacht. Wir sind weit weg von Crystal Lake.»

«Nicht weit genug.» Sein Gastgeber griff über den Tisch und füllte Claudes leeres Glas. «Manchmal wache ich mit dem Gefühl auf, wieder dort zu sein. Oder ich habe Alpträume und finde mich auf jenem verdammten Stuhl im Glaskäfig wieder und kann meine Bilanz nicht hinkriegen; ich höre den alten Herrn in seinem Privatzimmer husten, so wie er hustet, wenn er im Begriff ist, einem armen Teufel, der es nötig hat, ein Darlehen abzuschlagen. Ich bin gerade noch mal davongekommen, Wheeler. ‹Wie ein Brand, der aus dem Feuer errettet ist.› Das ist alles an Bibel, woran ich mich erinnere.»

Die leuchtendroten Flecken auf Victors Wangen, seine bleiche Stirn, die leuchtenden Augen und der freche kleine Schnurrbart schienen seinem Zitat eine sonderbare Lebendigkeit zu verleihen. Claude beneidete ihn. Es mußte ein Riesenspaß sein, eine Rolle zu übernehmen und bis zu Ende durchzuspielen; zu glauben, sich neu zu gestalten und den Burschen zu bewundern, den man gestaltet hat. Auch er bewunderte Victor in gewisser Weise – obwohl er ihm nicht völlig vertrauen konnte.

«Sie werden niemals zurückgehen», sagte er. «Darüber würde ich mir keine Sorgen machen.»

«Glauben Sie, es gibt Tausende, die niemals zurückgehen werden! Ich spreche nicht von den Toten. Ein paar von euch Amerikanern werden wahrscheinlich auf diesem Trip die Welt entdecken... und das wird einen höllischen Unterschied ausmachen! Ihr Jungs hattet nie eine faire Chance. Es gibt eine Verschwörung von Kirche und Staat, um euch kleinzuhalten. Ich werde mich heute abend mit ein paar Mädchen amüsieren, möchten Sie mitkommen?»

Claude lachte. «Ich glaube nicht.»

«Warum nicht? Ich garantiere Ihnen, man wird Sie nicht erwischen.»

«Ich glaube nicht.» Claude sagte es entschuldigend. «Nach dem Essen werde ich Fanning besuchen.»

Victor zuckte die Achseln. «Diesen Esel!» Er winkte dem Kellner, noch eine Flasche zu öffnen und den Kaffee zu bringen. «Nun, es ist ihre letzte Chance, mit mir Muschelsammeln zu gehen.» Er sah Claude eindringlich an und hob sein Glas. «Auf die Zukunft und unsere nächste Begegnung!» Als er seinen leeren Pokal niedersetzte, bemerkte er: «Ich habe heute ein Telegramm bekommen; ich reise morgen ab.»

«Nach London?»

«Nach Verdun.»

Claude holte scharf Luft. Verdun... schon der Klang des Namens war grausig, wie ein dumpfer Trommelwirbel. Morgen würde Victor dorthinfahren. Hier konnte man einen Zug nach Verdun oder sonstwohin nehmen, wie man zu Hause einen Zug nach Omaha nahm. Er fühlte sich mehr «drüben» als zuvor, und eine leichte Erregung durchlief ihn von oben bis unten. Er versuchte, unbekümmert zu sein.

«Dann werden Sie nicht so bald nach London kommen?»

«Weiß der Himmel», antwortete Victor düster. Er blickte zur Decke und begann leise, eine reizvolle Melodie zu pfeifen. «Kennen Sie das? Etwas, das Maisie oft spielt: ‹Rosen der Picardie›. Sie werden nicht wissen, was eine Frau sein kann, bis Sie sie kennenlernen, Wheeler.»

«Ich hoffe, ich werde das Vergnügen haben. Ich habe mich gefragt, ob Sie sie zur Zeit vergessen haben. Sie hat nichts gegen diese Ablenkungen?»

Victor hob die Augenbrauen in der alten hochmütigen Weise. «Frauen fordern von der Luftwaffe nicht diese Art von Treue. Unser Einsatz ist zu hoch.»

Eine halbe Stunde später war Victor auf die Suche nach amourösen Abenteuern gegangen, und Claude wanderte allein durch eine hellerleuchtete Straße voller Soldaten und Seeleute aller Nationen. Da waren schwarze Senegalesen und Schotten im Kilt und kleine Lastwagenfahrer aus Siam – alle bewegten sich langsam zwischen Reihen von Kabaretts und Kinos. Die ausladenden Zweige der Platanen trafen oben zusammen, schlossen den Himmel aus und bildeten ein Dach über dem grell-orangefarbenen Licht. Die Gehsteige waren überfüllt von Stühlen und kleinen Tischen, an denen Seeleute und Soldaten saßen und Säfte und Cognac und Kaffee tranken. Aus jedem Eingang sprudelten Musikgeräte Jazzmelodien und schrille Sousa-Märsche hervor. Der Lärm war betäubend. Draußen auf der Straßenmitte folgte eine Schar barhäuptiger, verwegen und streitlustig aussehender Mädchen einer Gruppe unbeholfener Soldaten, schubsten sie, stießen sie mit den Ellbogen, verlangten, eingeladen zu werden und riefen: «Du tanzt mir Fausse-trot, Sammie?»

Claude stellte sich vor ein Kino, dessen elektrisch beleuchtete Anzeige lautete: «Amour, quand tu nous tiens!» und beobachtete die Leute. Im Passantenstrom fielen ihm zwei auf, die Arm in Arm, Hand in Hand und ohne Notiz von der Menge zu nehmen, in ein Gespräch vertieft waren – anders, wie er sofort sah, als die übrigen umherschlendernden, zärtlichen Paare.

Der Mann trug die amerikanische Uniform; sein linker Arm war am Ellbogen amputiert, und er hielt seinen Kopf schief, als hätte er einen steifen Hals. Sein dunkles, mageres Gesicht trug einen Ausdruck intensiver Sorge, seine Augenbrauen zuckten, als litte er ständig unter Schmerzen. Auch das Mädchen sah beunruhigt aus. Als sie unter dem roten Licht der «Amour»-Anzeige an Claude vorbeigingen, konnte er sehen, daß ihre Augen tränenerfüllt waren. Es waren große, blaue, unschuldig aussehende Augen, und sie hatte das hübscheste Gesicht, das er seit seiner Landung gesehen hatte. Aus ihrem Seidenschal, der kleinen Haube mit blauen Bändern und weißer Rüsche schloß er, sie müsse ein Mädchen vom Lande sein. Als sie mit halb geöffnetem Mund dem Soldaten zuhörte, sah er eine Lücke zwischen ihren beiden Vorderzähnen, wie bei Kindern, die gerade ihre zweiten Zähne bekommen haben. Während sie sich durch die Menge schoben, blickte sie konzentriert zu dem Mann neben sich auf oder fort in das Lichtergewirr, in dem sie offenkundig nichts sah. Ihr junges sanftes Gesicht schien Gefühl noch nicht zu kennen, und ihr verwirrter Blick vermittelte den Eindruck, sie wüßte nicht, wohin sie sich wenden sollte.

Ohne sich bewußt zu sein, was er tat, folgte Claude ihnen hinaus aus der Menge in eine stille Straße und weiter in eine andere sogar noch verlassenere, in der die Häuser aussahen, als schliefen sie schon geraume Zeit. Hier gab es keine Straßenlaternen, nicht einmal ein Licht in den Fenstern, nur natürliche Dunkelheit; und der Mond hoch oben warf scharfe Schatten über das weiße Kopfsteinpflaster. Die schmale Straße machte eine Biegung, und er kam an der Kirche heraus, in die er und seine Kameraden an diesem Nachmittag gegangen waren. Bei Nacht sah sie größer aus, und wäre die eingesunkene Schwelle nicht gewesen, hätte er sich nicht sicher sein können, daß es dieselbe war. Die dunklen Nachbarhäuser schienen sich ihr zuzulehnen, das Mondlicht beleuchtete silbergrau ihre angeschlagene Vorderfront.

Die beiden vor ihm stiegen die Stufen hinauf und zogen sich ins tiefe Portal zurück, wo sie sich in einer so langen und stillen Umarmung festhielten, daß sie wie tot erschienen. Schließlich lösten sie sich zitternd voneinander. Das Mädchen setzte sich auf die Steinbank neben der Tür. Der Soldat warf sich auf das Pflaster zu ihren Füßen und legte seinen Kopf auf ihr Knie, einen Arm über ihrem Schoß.

Im Schatten der gegenüberliegenden Häuser stand Claude Wache, bereit, ihnen beizustehen, sollte irgend etwas sie aufstören. Das Mädchen beugte sich über ihren Soldaten, streichelte ihm so sanft den Kopf, als wiegte sie ihn in den Schlaf; nahm seine Hand und legte sie an ihre Brust, wie um den Schmerz darin zu stillen. Genau hinter ihr, über dem gemeißelten Portal, stand irgendein alter Bischof mit Mitra und zerbrochenem Krummstab und erhob zwei Finger.

3

Als Claude am nächsten Morgen im Hospital ankam, um Fanning zu besuchen, waren alle zu beschäftigt, um ihn zur Kenntnis zu nehmen. Der Hof war voller Ambulanzen, und eine lange Schlange von Lastwagen wartete vor dem Tor: eine Zugladung verwundeter Amerikaner, die aus den Evakuierungsspitälern zurückgeschickt worden waren, um den Heimattransport abzuwarten.

Als die Männer an ihm vorbeigetragen wurden, dachte er, sie sähen aus, als seien sie schon lange krank – sähen eigentlich aus, als würden sie nie wieder gesund werden. Die Jungen, die an Bord der «Anchises» gestorben waren, hatten nie so krank ausgesehen wie diese hier. Ihre Haut war gelb oder violett, ihre Augen eingesunken, die Lippen wund. Alles, was zur Gesundheit gehört, war aus ihnen gewichen, jedes Merkmal von Jugend verschwunden. Ein armer Kerl, dessen Gesicht und Rumpf von Watte umwikkelt waren, hörte nicht auf zu stöhnen, und stank fürchterlich, als er den Flur entlanggetragen wurde. Der Sanitäter aus Texas bemerkte zu Claude: «Anfangs war dem nur ein Finger weggeschossen worden; würden Sie das glauben?»

Es waren die ersten Verwundeten, die Claude zu sehen bekam. Rotes Blut zu vergießen, die rote Tapferkeitsmedaille zu tragen – das war eine Sache; aber zu dem hier gemacht zu werden, war eine ganz andere. Gewiß, je früher diese Jungen starben, desto besser.

Als der Texaner mit seiner nächsten Last vorbeikam, fragte er Claude, warum er nicht ins Büro ginge und dort wartete, bis der Ansturm vorüber sei. Claude sah durch die Glastür und erblickte einen jungen Mann, der hinter einem Geländer an einem Pult schrieb. Etwas an seiner Gestalt, an seiner Kopfhaltung war ihm vertraut. Als er seinen linken Arm hob, um die Seite seines Hauptbuches offen zu halten, war da unter dem Ellbogen nur ein Stumpf. Ja, daran konnte es keinen Zweifel geben; das blasse, scharfgeschnittene Gesicht, die Hakennase, die gerunzelte, unruhige Stirn. Als spürte der junge Mann den neugierigen Blick auf sich ruhen, hielt er plötzlich in seinem raschen Schreiben inne, reckte die Schultern, legte einen eisernen Papierbeschwerer auf seine Buchseite, nahm eine Dose aus der Tasche und schüttelte eine Zigarette auf den Tisch. Claude ging zum Geländer und bot ihm eine Zigarre an. «Nein, danke. Ich rauche sie nicht mehr. Sie sind zu stark für mich.» Er riß ein Streichholz an, schüttelte wieder seine Schultern, als seien sie verkrampft, und setzte sich auf die Ecke seines Schreibtisches.

«Woher kommen diese Verwundeten?» fragte Claude.
«Ich bin erst gestern mit der ‹Anchises› gelandet.»

«Sie kommen aus verschiedenen Evakuierungsspitälern. Ich glaube, die meisten davon sind vom Belleau-Wald.»

«Wo haben Sie Ihren Arm verloren?»

«Cantigny. Ich war in der Ersten Division. Ich war seit letztem September hier und wartete darauf, daß etwas passierte, und bei meinem ersten Gefecht hat es mich dann erwischt.»

«Können Sie nicht nach Hause?»

«Doch, ich könnte, aber ich möchte nicht. Ich habe mich an hier drüben gewöhnt. Einige Zeit war ich dem Hauptquartier in Paris zugeteilt.»

Claude lehnte sich über das Geländer. «Natürlich haben wir zu Hause über Cantigny gelesen. Wir waren ziemlich aufgeregt, Sie wohl auch, oder?»

«Ja, wir waren sehr nervös. Wir waren noch nicht unter Beschuß gewesen, und uns war solcher Unsinn eingetrichtert worden, daß es fünfzig Jahre brauchte, um einen Kampfapparat aufzubauen. Der Hunne hatte eine sehr starke Stellung; wir sahen zu diesen langen Hügeln hinauf und fragten uns, wie wir uns wohl halten würden.» Die Augen des Jungen schienen sich die ganze Zeit zu bewegen, während er redete, wahrscheinlich weil er seinen Kopf überhaupt nicht bewegen konnte. Nachdem er dunkle Rauchwolken ausgestoßen hatte, bis seine Zigarette zu Ende war, setzte er sich an sein Hauptbuch und starrte stirnrunzelnd darauf, als wolle er ausdrücken, er sei zu beschäftigt, um sich zu unterhalten.

Claude sah Dr. Trueman im Eingang stehen und auf ihn warten. Sie machten Fanning ihren Morgenbesuch und verließen gemeinsam das Hospital. Der Arzt wandte sich zu ihm, als habe er etwas auf dem Herzen.

«Ich habe Sie mit dem steifnackigen Jungen sprechen sehen. Wie kam er Ihnen vor, in Ordnung?»

«Nicht eigentlich. Das heißt, er kommt mir sehr nervös vor. Wissen Sie etwas über ihn?»

«O ja! Er ist hier ein Starpatient, ein psychopathischer Fall. Ich hatte gerade mit einem der Ärzte über ihn geredet, als ich herauskam und Sie bei ihm stehen sah. Er wurde in Cantigny, wo er seinen Arm verloren hat, in den Nacken geschossen. Die Wunde ist verheilt, aber sein Gedächtnis hat gelitten; ein Nerv durchtrennt, nehme ich an, der die Verbindung zu jenem Teil des Gehirns herstellt. Dieser Psychiater, Phillips, interessiert sich sehr für ihn und behält ihn zur Beobachtung hier. Er schreibt ein Buch über ihn. Er sagt, der Bursche habe fast alles aus seinem Leben vor seiner Ankunft in Frankreich vergessen. Das Seltsame ist, daß seine Erinnerung an Frauen am stärksten gelitten hat. Er kann sich an seinen Vater erinnern, nicht aber an seine Mutter; weiß nicht, ob er Schwestern hat oder nicht – kann sich erinnern, Mädchen im Hause gesehen zu haben, glaubt aber, es waren vielleicht Kusinen. Bei seiner Verwundung sind seine Photographien und Habseligkeiten allesamt verlorengegangen, ausgenommen ein Bündel Briefe, das er in der Tasche hatte. Sie stammen von einem Mädchen, mit dem er verlobt ist, und er erklärt, er könne sich überhaupt nicht an sie erinnern; weiß nicht, wie sie aussieht, noch sonst etwas über sie, und kann sich nicht erinnern, daß er verlobt ist. Der Arzt hat die Briefe. Sie scheinen von einem netten Mädchen aus seiner Heimatstadt zu kommen, das seinen ganzen Ehrgeiz daran setzt, daß er das Beste aus sich macht. Kurz nachdem er in dieses Hospital gebracht wurde, desertierte er, lief weg. Man fand ihn bei Bauern hier draußen auf dem Lande, deren Söhne umgekommen waren und wo die Leute ihn sozusagen adoptiert hatten. Er hatte die Uniform ausgezogen und trug die Kleidung eines der toten Söhne. Er wäre wahrscheinlich damit durchgekommen, wenn er nicht diesen steifen Hals hätte. Irgend jemand sah ihn auf den Feldern, erkannte ihn und zeigte ihn an. Ich denke, keinen hat das besonders interessiert, außer diesen Psychiater; er wollte seinen Lieblingspatienten wiederhaben. Sie nennen ihn hier ‹der verlorene Amerikaner›.»

«Anscheinend macht er irgendwelche Schreibarbeit», bemerkte Claude vorsichtig.

«Ja, es wird gesagt, er sei sehr gebildet. An die Bücher, die er gelesen hat, erinnert er sich besser als an sein eigenes Leben. Er weiß nicht mehr, wie seine Heimatstadt oder sein Heim aussieht. Und die Frauen sind völlig ausgelöscht, sogar das Mädchen, das er heiraten wollte.»

Claude lächelte. «Vielleicht ist es ein Glück für ihn.»

Der Arzt wandte sich ihm liebevoll zu: «Hören Sie mal, Claude, fangen Sie nicht jetzt schon so zu reden an. Sie sind doch gerade erst hier gelandet.»

Claude ging weiter, vorbei an der Kirche St. Jacques. Der letzte Abend kam ihm vor wie ein Traum, aber er verfolgte ihn. Er wünschte, er könnte etwas tun, um diesem Jungen zu helfen; ihm zu helfen, von dem Arzt fortzukommen, der ein Buch über ihn schrieb, und von dem Mädchen, das wollte, er solle das Beste aus sich machen; fortzukommen und sich völlig in dem zu verlieren, was er zu seinem Glück gefunden hatte. Den ganzen Tag, überall wo er war, hielt Claude Ausschau nach jenem Gesicht, das so mitfühlend und weich war.

4

Tiefer und tiefer ins blumenreiche Frankreich! Das war der Satz, den Claude zum Rattern der Räder ständig bei sich wiederholte, als der lange Truppenzug südwärts fuhr. Es war am zweiten Tag, nachdem er und seine Kompanie ihren Ankunftshafen verlassen hatten. Weizenfelder, Haferfelder, Roggenfelder; all die flachen Hügel und wogenden Abhänge, mit Feldfrüchten bedeckt. Und überall, im Gras, im sich gelb färbenden Getreide, entlang des Bahndamms, in üppiger Fülle ausgegossen, der Mohn. Noch am zweiten Tag machten sich die Jungen gegenseitig mit Rufen auf die Mohnblumen aufmerksam; nichts hatte ihre Erwartungen so völlig überstiegen. Sie hatten angenommen, daß Mohnblumen nur auf Schlachtfeldern oder in den Köpfen von Kriegskorrespondenten wuchsen. Niemand kannte diese Blumen, außer Willy Katz, einem Österreicher aus den Konservenfabriken von Omaha, aber ihm war nur der anstößige Name geläufig, und der wiederum sagte ihnen nichts. Lange Zeit dachten sie, die roten Kleeblüten seien Wildblumen – sie waren so groß wie Wildrosen. Als sie am ersten Luzernenfeld vorbeikamen, dröhnte der ganze Zug vor Gelächter; Luzerne, glaubten sie, wären etwas, von dem man außerhalb ihrer Präriestaaten nie gehört hätte.

Den ganzen Weg entlang hatte die Kompanie B die alten Dinge gefunden anstatt der neuen – oder, wie sie dachten, die neuen statt der alten. Die Strohdächer, mit deren Anblick sie so gerechnet hatten, waren rar und weitverstreut. Aber amerikanische Mähbinder wohlbekannter Fabrikate standen dort, wo die Felder zu reifen begannen – und sie wurden nicht von «Bauerntölpeln» gewartet, sondern von weise aussehenden alten Farmern, die ihr Geschäft zu verstehen schienen. Birnbäume, die wie Weinstöcke an Spalieren hochgezogen waren, erstaunten sie nur halb so sehr wie der Anblick der vertrauten Pyramidenpappeln, die überall wuchsen. Claude dachte, ihm sei nie zuvor klargeworden, wie schön diese Bäume sein konnten. In grünen kleinen Tälern, entlang den klaren Flüssen wiegten sich die Pappeln und raschelten; und auf den kleinen Inseln, von denen es in diesen Flüssen so viele gab, standen sie in Massen, schienen tief in den Boden zu greifen und behaglich zu ruhen, als seien sie schon immer dagewesen und würden für immer dort bleiben. Zu Hause, überall in der Gegend von Frankfort, fällten die Farmer ihre Pappeln, weil sie «gewöhnlich» waren, und pflanzten Ahorn und Eschen, die sich mühsam durchkämpften. Nun denn, die Pappeln waren für Frankreich gut genug, und sie waren für ihn gut genug! Er spürte, daß sie ein echtes Band zwischen ihm und diesem Volk waren.

Als die B-Kompanie Befehl erhalten hatte, in ein Ausbildungslager im Norden von Mittelfrankreich zu gehen, waren alle Männer zunächst enttäuscht. Viel unerfahrenere Truppen als sie wurden an die Front gehetzt, warum also noch länger herumtrödeln? Aber jetzt hatten sie sich mit der Verzögerung abgefunden. Es schien eine ganze Menge Frankreich zu geben, das nicht der Krieg war, und sie hätten nichts dagegen, in einem Land wie diesem ein wenig umherzureisen. Wurde immer einen Monat später geerntet als zu Hause, wie es dies Jahr den Anschein hatte? Warum pflanzten die Bauern an jedem Feldrand Baumreihen – entzogen sie dem Boden nicht die Kraft? Was hatten die Bauern im Sinn, wenn sie direkt neben anderen Feldfrüchten Senfbeete zogen? Wußten sie nicht, daß Senf in die Weizenfelder geht und das Getreide abwürgt?

Die zweite Nacht sollten die Jungen in Rouen verbringen, und den folgenden Tag hätten sie zur Besichtigung frei. Alle wußten, was in Rouen geschehen war – wenn irgendeiner es nicht wußte, beeilten sich seine Nachbarn, ihn aufzuklären! Es war auf dem Marktplatz geschehen, und der Marktplatz war es, den sie finden würden.

Als der Morgen kam, erwies er sich als schwarz und kalt, ein Tag strömenden Regens. Bei ihrem Marsch durch die engen, überfüllten Straßen bot die rauhe normannische Stadt keinen sehr heiteren Anblick. Sie waren froh, endlich das Ufer zu finden, auf die Brücke hinauszugehen und im weiten offenen Raum über dem Fluß zu atmen, fern vom Geklapper der Wagenräder und den harten Stimmen und verschlagenen Gesichtern dieser Stadtbevölkerung, die rauh und unfreundlich zu sein schien. Von der Brücke aus blickten sie zu den weißen Kalkhügeln hinauf, die Kuppen ein verschwommener Fleck von intensivem Grün unter dem niedrigen bleifarbenen Himmel. Sie sahen der Flotte breiter, tiefliegender Flußkähne zu, die mit zurückgeklappten Schornsteinen unter ihren Füßen ein und aus fuhren. Nur etwas weiter flußaufwärts lag Paris, der Ort, wo jeder Infanterist hinwollte; und während sie am Geländer lehnten und in das langsam fließende Wasser hintersahen, hatte jeder im Geiste ein verworrenes Bild davon, wie es wohl sein würde. Die Seine, dessen waren sie sicher, mußte dort sehr viel breiter sein, und sie wurde von vielen Brücken überspannt, die alle länger waren als die Brücke über den Missouri in Omaha. Dort würde es zahllose Kirchtürme und goldene Kuppeln geben und alle Gebäude wären höher als in Chicago und strahlender – alles würde strahlen, nichts grau und schäbig sein wie hier das alte Rouen. Sie schrieben der Stadt ihrer Sehnsucht unermeßliche Größe, verwirrende Weite und babylonische Ausmaße und Mächtigkeit zu – das einzige, was man sie zu bewundern gelehrt hatte.

Spät am Morgen stand Claude allein vor der Kirche St. Ouen. Er suchte die Kathedrale, und diese sah aus, als sei sie vielleicht die richtige. Er schüttelte das Wasser von seinem Regenmantel, trat ein und nahm an der Tür seinen Hut ab. Der dunkle Tag war drinnen noch dunkler – weit entfernt ein paar vereinzelte Kerzen, ruhige kleine Lichtpunkte, unmittelbar vor ihm im grauen Zwielicht schlanke, weiße Säulen in langen Reihen wie die Stämme von Silberpappeln.

Der Zutritt zum Hauptschiff war durch eine Kordel abgesperrt, also ging er mit leisen Schritten das rechte Seitenschiff entlang, wo einzelne Frauen im Licht weniger Kerzen knieten. Außer ihnen war die Kirche leer... leer. Er konnte seinen eigenen Atem in diesem Schweigen hören. Er trat vorsichtig auf, damit es kein Echo gäbe.

Als er den Chor erreichte, wandte er sich um und sah fern hinter sich das Rosettenfenster mit seinem Purpurherz. Während er, den Hut in der Hand, reglos wie die Steinstatuen in den Kapellen dastand, begann eine große Glocke hoch oben mit ihrer tiefen, klangvollen Stimme die Stunde zu schlagen; elf gemessene und weit auseinanderliegende Schläge, so prächtig wie die Farben des Fensters, dann Stille... nur in seiner Erinnerung das Dröhnen eines niemals erträumten Klanges. Die Offenbarungen aus Glas und Klang waren fast gleichzeitig über ihn gekommen, als hätte eines das andere erzeugt; beide waren etwas Unübertreffliches, nach dem sein Geist stets gesucht hatte – zumindest erschien es ihm damals so.

Vor dem Chor war das Kirchenschiff offen, ohne Seil, das

es absperrte. Einige Strohstühle kauerten sich auf einer Platte des Steinbodens zusammen. Nach einigem Zögern nahm er einen, drehte ihn um und setzte sich mit dem Gesicht zum Fenster. Würde jemand an ihn herantreten und etwas, irgend etwas sagen, dann würde er aufstehen und sagen: «Pardon, Monsieur, je ne sais pas, c'est défendu.»

Er wiederholte es immer wieder für sich, um ganz sicherzugehen, daß er es parat hatte. Auf der Zugfahrt hatte er mit den Jungen über den schlechten Ruf gesprochen, in den die Amerikaner geraten waren, weil sie überall herumlümmelten und sich einmischten, und hatte sie dringend gebeten, zurückhaltend aufzutreten. «Aber Lieutenant», hatte das Jungchen aus Pleasantville sich zu Wort gemeldet, «ist denn nicht diese ganze Expedition eine Einmischung? Schließlich ist es doch nicht unser Krieg.» Claude lachte, sagte ihm aber, daß er an dem Burschen, der in eine Schlägerei geriete, ein Exempel statuieren würde.

Es tat ihm sehr wohl, daß er sich jetzt nicht um seine ruhelosen Kameraden zu kümmern brauchte. Er konnte hier bis Mittag ruhig sitzen und die Glocke wieder schlagen hören. Inzwischen mußte er versuchen nachzudenken: Dies war natürlich gotische Architektur; er hatte etwas darüber gelesen und sollte sich erinnern können. Gotisch... das war ein bloßes Wort; ihm bedeutete es etwas schmal Zulaufendes – Spitzbogen, steile Dächer. Es hatte nichts zu tun mit diesen schlanken weißen Säulen, die so gerade und hoch aufragten – oder mit dem Fenster, das dort in seinem dämmrigen Gewölbe flammte...

Während er vergeblich versuchte, über Architektur nachzudenken, streifte eine Erinnerung an alte Astronomiestunden sein Gedächtnis – etwas über Sterne, deren Licht Hunderte von Jahren den Raum durchreist, bevor es die Erde und das menschliche Auge erreichte. Das Violett und Purpur und Pfauengrün dieses Fensters hatte etwa ebenso lange geleuchtet, bis es ihn erreichte... Er fühlte deutlich, daß es durch ihn hindurchging und noch weiter... als würde seine Mutter ihm über die Schulter blicken.

Feierlich saß er da bis zwölf, die Ellbogen auf den Knien, zwischen denen er seinen Hut baumeln ließ, und blickte mit ehrlichen, nachdenklichen Augen durch das Zwielicht.

Als Claude sich am Bahnhof seiner Kompanie anschloß, lachten sie ihn aus. Sie hatten die Kathedrale gefunden – und eine Statue von Richard Löwenherz über der Stelle, wo des Löwen Herz selbst begraben war. «Das echte Organ», versicherte ihm der fette Sergeant Hicks. Aber sie alle waren froh, Rouen zu verlassen.

5

Als die B-Kompanie das Ausbildungslager in S... erreichte, fehlten ihr sechsunddreißig Mann: Fünfundzwanzig hatten sie auf der Überfahrt bestattet, und elf Kranke waren im Militärhospital zurückgelassen worden. Die Kompanie sollte einem Bataillon angeschlossen werden, das schon im Gefecht gewesen war und von Lieutenant Colonel Scott kommandiert wurde. Als sie frühmorgens angekommen waren, meldeten sich die Offiziere sofort im Hauptquartier. Für Captain Maxey mußte es ein Schock gewesen sein, als der Colonel sich zu ihrer Begrüßung hinter seinem Schreibtisch erhob, dann allen rundum die Hände schüttelte und sie nach ihrer Reise fragte. Der Colonel war keine sehr martialische Gestalt: klein, fett, mit Hängeschultern und einem Rücken, der aussah wie ein Kartoffelsack. Obwohl er die Vierzig noch nicht weit überschritten hatte, war er kahlköpfig, und sein Kragen hätte sich ihm unaufgeknöpft mühelos über den Kopf ziehen lassen. Seine kleinen funkelnden Augen und sein gutmütiges Gesicht zeigten nicht das geringste Anzeichen von Arroganz oder offizieller Würde.

Vor vielen Jahren, als General Pershing, damals ein hübscher junger Lieutenant mit schmaler Taille und blondem Schnurrbart, als Kommandant an der Universität von Nebraska stationiert war, gehörte Walter Scott als Offizier zu einer Kadettenkompanie, die der Lieutenant auf Militärturniere führte. Die «Pershing Rifles» wurden sie genannt, und sie gewannen Preise, wohin sie auch gingen. Nach seiner Graduierung ließ sich Scott mit einem Haushaltswarengeschäft in einer aufblühenden Stadt in Nebraska nieder und verkaufte zwanzig Jahre lang Gasherde und Gartenschläuche. Um die Zeit, als Pershing an die mexikanische Grenze beordert wurde, begann Scott zu überlegen, ob da vielleicht nicht etwas in der Luft läge und es nicht besser wäre, sich einer Ausbildung zu unterziehen. Er ging mit der Nationalgarde nach Texas hinunter. Er war mit der Ersten Division nach Frankreich gekommen und hatte seine Beförderung durch handfestes Soldatentum erworben.

«Ich sehe, Sie haben einen Offizier zu wenig, Captain Maxey», bemerkte der Colonel während ihrer Besprechung. «Ich glaube, ich habe hier einen Ersatzmann für sie.

Lieutenant Gerhardt ist aus New York, kam mit der Kapelle herüber und wurde zur Infanterie versetzt. Ihm ist für guten Dienst ein Offizierspatent verliehen worden. Er hat schon einige Erfahrung und ist ein tüchtiger Kerl.» Der Colonel schickte seinen Burschen nach dem jungen Mann, den er den Offizieren als Lieutenant David Gerhardt vorstellte.

Claude hatte sich für Lieutenant Fanning geschämt, der sich stets als Trottel erwies und niemals ein Patent bekommen hätte, wäre sein Onkel nicht Kongreßmitglied gewesen. Aber sobald er Lieutenant Gerhardt in die Augen blickte, sprang in ihm etwas wie Eifersucht auf. Er spürte blitzartig, daß ein Vergleich mit dem neuen Offizier für ihn ungünstig ausfiele; daß er auf der Hut sein müsse und sich nicht gönnerhaft behandeln lassen dürfe.

Als sie gemeinsam das Büro des Colonels verließen, fragte Gerhardt ihn, ob er schon sein Quartier habe. Claude antwortete, er würde sich etwas suchen, sobald seine Leute untergebracht seien.

Der junge Mann lächelte. «Ich fürchte, Sie werden Schwierigkeiten haben. Die Leute hier in der Gegend sind mit der Einquartierung von Soldaten überfordert worden, und sie sind nicht mehr so willig wie früher. Ich wohne drüben im Dorf bei einem netten alten Ehepaar. Ich bin fast sicher, daß ich Sie da unterbringen könnte. Wenn Sie mitkommen, reden wir mit ihnen, bevor ihnen jemand anders aufgehalst wird.»

Claude wollte nicht gehen, wollte keine Gefälligkeiten annehmen – trotzdem ging er. Sie wanderten eine staubige Straße zwischen halbreifen Weizenfeldern entlang, die von Pappeln gesäumt war. Die Winden und Wildkarotten, die am Straßenrand wuchsen, schimmerten noch vom Tau. Eine frische Brise bewegte das grannige Getreide, teilte es in Furchen und breitete fächerförmige Streifen purpurner Mohnblumen aus. Der neue Offizier war gewiß nicht aufdringlich. Er ging leise pfeifend vor sich hin und schien völlig in die Morgenfrische oder seine eigenen Gedanken versunken. Bisher war nichts an seinem Verhalten gönnerhaft gewesen, und Claude fing an, sich zu fragen, weshalb er sich in seiner Gegenwart so befangen fühlte. Vielleicht weil er nicht aussah wie die anderen. Obwohl er jung war, sah er nicht jungenhaft aus. Er schien Erfahrung zu haben; eher ein fertiges Produkt als eines in der Entwicklung. Er sah gut aus, und sowohl sein Gesicht als auch seine Art und sein Gang hatten etwas Vornehmes an sich. Eine breite weiße Stirn unter rötlichbraunem Haar, haselnußbraune Augen mit ungetrübt sicherem Blick, eine feingeschnittene Adlernase – ein empfindsamer, verächtlicher Mund, der aber nicht vom freundlichen, wenn auch leicht reservierten Ausdruck seines Gesichts ablenkte.

Lieutenant Gerhardt mußte schon seit einiger Zeit in dieser Gegend sein; er schien die Leute zu kennen. Auf der Straße kamen sie an einigen Dorfbewohnern vorbei; einem grobschlächtig aussehenden Mädchen, das eine Kuh auf die Weide führte, einem alten Mann mit einem Korb am Arm, dem Postboten auf seinem Fahrrad – sie alle unterhielten sich mit Gerhardt, als würden sie ihn gut kennen.

«Was sind das für blaue Blumen, die überall wachsen?» fragte Claude plötzlich und wies mit dem Fuß auf ein Büschel.

«Kornblumen», sagte der andere. «Die Deutschen nennen sie Kaiserblumen.»

Sie näherten sich dem Dorf, das am Rande eines Waldes lag – eines so großen Waldes, daß man nicht sehen konnte, wo er endete; mit einem kiefernbestandenen Höhenzug bildete er den Horizont. Das Dorf bestand aus einer einzigen Straße. Zu beiden Seiten waren lehmfarbene Mauern, hier und da mit bemalten Holztüren und grünen Fensterläden. Claudes Führer öffnete eine dieser Pforten, und sie betraten einen kleinen sandbestreuten Garten; das Haus war auf drei Seiten um ihn herumgebaut. Unter einem Kirschbaum saß eine Frau in einem schwarzen Kleid und nähte, einen Arbeitstisch neben sich.

Sie war vielleicht fünfzig, aber obwohl ihr Haar grau war, sah sie jung aus; schmale Wangen, zartrosa überhaucht, und ruhige, lächelnde intelligente Augen. Claude dachte, sie sähe aus wie eine Frau aus Neuengland – wie die Photographien der Kusinen und Schulkameradinnen seiner Mutter. Lieutenant Gerhardt stellte ihn Madame Joubert vor. Die darauffolgende Unterhaltung entmutigte ihn ziemlich. Offensichtlich sprach sein neuer Offizierskollege Madame Jouberts verwirrende Sprache so flüssig wie sie selbst, und er fühlte sich gereizt und unwirsch werden, als er zuhörte. Er hatte gehofft, er könne, wo immer er sich aufhielte, lernen, sich ein wenig mit den Leuten zu unterhalten; aber mit diesem gebildeten jungen Mann neben sich würde er nie den Mut zu einem Versuch aufbringen. Er konnte sehen, daß Madame Joubert Gerhardt gern hatte, sehr gern sogar; und all das entmutigte ihn irgendwie.

Gerhardt wandte sich an Claude und sprach so, daß Madame Joubert in die Unterhaltung einbezogen wurde, obwohl sie ihn nicht verstehen konnte: «Madame Joubert wird Sie hier wohnen lassen, obwohl sie das Ihre bereits getan und eigentlich niemanden mehr aufnehmen müßte. Aber hier wird es Ihnen so gut gehen, daß ich froh bin über ihre Zustimmung. Sie werden mein Zimmer mit mir teilen müssen, aber es sind zwei Betten drin. Sie wird es Ihnen zeigen.»

Gerhardt ging zur Pforte hinaus und ließ ihn mit seiner Gastgeberin allein. Sie schien seine Gedanken zu lesen. Wenn er ein Wort oder einen wortähnlichen Laut hervorbrachte, dann machte sie rasch und sanft einen Satz daraus, als sei sie es gewohnt, so zu sprechen, und erwarte von Ausländern nur Einsilbigkeiten. Sie ging freundlich, sogar ein wenig spielerisch mit ihm um; aber er spürte, daß es lediglich gutes Benehmen war und sie ihn dahinter überhaupt nicht wahrnahm. Als er in dem gefliesten Schlafzimmer im ersten Stock allein war, seine Decken ausrollte und sein Rasierzeug einordnete, blickte er aus dem Fenster und beobachtete sie, wie sie nähend unter dem Kirschbaum saß. Sie hatte ein sehr trauriges Gesicht, dachte er; es war nicht Schmerz, nichts Scharfes und Bestimmtes wie Kummer. Es war eine alte, stille unpersönliche Traurigkeit – süß in ihrem Ausdruck, wie die Traurigkeit von Musik.

Als er aus dem Haus kam, um sich auf den Rückweg zur Kaserne zu machen, verbeugte er sich und versuchte zu sagen: «Au revoir, Madame. Jusqu'à ce soir.» Er blieb an der Küchentür stehen, um sich die weitverzweigte Kletterrose anzusehen, welche über die ganze Wand lief, voller rosiggeränderter, cremefarbener Rosen, deren Farbe nur um eine Schattierung intensiver war als die Lehmwand hinter ihnen. Madame Joubert kam herüber, stellte sich neben ihn und sah ihn und den «Rosier» an. «Oui, c'est joli, n'est-ce pas.» Sie nahm die Schere, die an einem Band von ihrem Gürtel herabhing, schnitt eine der Rosen ab und steckte sie ihm ins Knopfloch. «Voilà.» Sie machte eine kleine Grußgeste mit ihrer dünnen Hand.

Als er auf die Straße trat und sich umwandte, um die Holztür hinter sich zu schließen, hörte er ein leichtes Geräusch in dem dunklen Geräteschuppen neben sich. Zwischen den Harken und Spaten starrte ein verängstigtes Kindergesicht zu ihm auf. Ein Mädchen saß auf dem Boden, den Schoß voller winziger Kätzchen. Er erhaschte nur einen flüchtigen Blick auf ihr stumpfes, blasses Gesicht.

6

Am nächsten Morgen erwachte Claude mit einem körperlichen Wohlgefühl, wie er es lange nicht mehr empfunden hatte.

Die Sonne schien hell auf die weißverputzten Wände und die roten Bodenkacheln. Grüne halb herabgezogene Jalousien schirmten den oberen Teil der beiden Fenster ab. Durch ihre Ritzen konnte er die verzweigten Äste einer alten Robinie sehen, die neben der Pforte wuchs. Ein Taubenschwarm überflog sie, auf und ab steigend in einem deutlichen Blitzen von Silberflügeln. Es tat gut, wieder in einem Haus zu liegen, das von Frauen versorgt wurde. Er mußte das selbst im Schlaf gespürt haben, denn als er die Augen öffnete, dachte er an Mahailey und Frühstück und die Sommermorgen auf der Farm. Die frühe Stille war süß, und das Gefühl von trockenem, sauberem Leinen an seinem Körper wohltuend. Um sein warmes Kopfkissen schwebte Lavendelduft. Er lag reglos, um Lieutenant Gerhardt nicht zu wecken. Dies war der Friede, den man allein genießen wollte. Als er sich vorsichtig auf den Ellbogen stützte und zum anderen Bett hinüberblickte, war es leer. Sein Gefährte mußte sich bei Tagesanbruch angekleidet haben und hinausgeschlüpft sein. Noch jemand, der gern etwas allein genoß; das sah hoffnungsvoll aus. Aber wo er nun das Zimmer für sich alleine hatte, beschloß er aufzustehen.

Während er sich anzog, konnte er den alten Monsieur Joubert unten im Garten sehen, wie er die Pflanzen und Weinranken goß, den Sand frisch und glatt harkte, abgestorbene Blätter und welke Blumen abschnitt und in einen Schubkarren warf. Diese Leute hatten ihre beiden Söhne im Krieg verloren, so war ihm gesagt worden, und nun versorgten sie den Besitz für ihre Enkel – zwei Töchter des älteren Sohnes. Claude sah, wie Gerhardt den Garten betrat und sich an den Tisch unter den Bäumen setzte, an dem sie gestern zu Abend gegessen hatten. Er eilte zu ihm hinunter. Gerhardt machte ihm Platz auf der Bank.

«Schlafen Sie immer so fest? Das ist eine Leistung. Ich habe beim Anziehen ziemlich viel Lärm gemacht – ständig Dinge fallenlassen, aber es ist gar nicht bis zu Ihnen durchgedrungen.»

Madame Joubert kam in einem violettgeblümten Morgenmantel aus der Küche, die Haare in Papierwicklern unter einer Spitzenhaube. Sie brachte selbst den Kaffee, und sie setzten sich an den Holztisch ohne ein Tischtuch und tranken aus großen irdenen Schalen. Es gab frische Milch dazu – die erste, die Claude seit langem trank –

und Zucker, den Gerhardt aus der Tasche zog. Die alte Köchin nahm ihren Kaffee in der Küchentür zu sich, und auf der Stufe zu ihren Füßen saß das seltsame blasse kleine Mädchen.

Madame Joubert wandte sich freundlich an Claude; sie wisse, daß Amerikaner ein anderes Frühstück gewohnt seien, und wenn er Speck aus dem Lager mitbringen wolle, würde sie ihm den gern braten. Für Offiziere, die vorher hier gewohnt hatten, hätte sie sogar Pfannkuchen gebakken. Dennoch schien sie erfreut zu hören, daß Claude eine Weile genug davon hatte. Sie nannte David beim Vornamen und sprach ihn französisch aus, und als Claude sagte, er hoffe, sie würde das auch mit seinem Namen tun, sagte sie, o ja, er habe einen sehr guten französischen Namen, «mais un peu, un peu... romanesque», was ihn erröten ließ, weil er nicht genau wußte, ob sie sich über ihn lustig machte oder nicht.

«Ist er es im Englischen nicht auch?» fragte David.

«Nun ja, er hat etwas Weibisches, falls Sie das meinen.»

«Ja, hat er schon, ein bißchen», gab David offen zu.

Die Tagesarbeit auf dem Exerzierplatz war hart, und Captain Maxeys Männer waren müde und litten unter der Hitze – sie erreichten nicht das Format der Kansas-Jungen, die im Dienst gestählt worden waren. Der Colonel war unzufrieden mit der B-Kompanie und wies sie an, neue Baracken zu bauen und das Abwassersystem zu erweitern. Claude ging hinaus und arbeitete mit den Männern. Gerhardt folgte seinem Beispiel, aber man konnte sofort sehen, daß er nie zuvor mit Bauholz oder Wellblech umgegangen war. Eine Art Rivalität schien zwischen ihm und Claude entstanden zu sein, und keiner von beiden wußte, warum.

Claude sah, daß die Sergeanten und Corporals nicht recht wußten, was sie mit Gerhardt anfangen sollten. Seine knappe Sprechweise, die niemals mit dem pittoresken Slang, der ihnen gefiel, gespickt war, sein Ernst und sein seltenes, ungläubiges Lächeln verwirrten sie alle. War der neue Offizier ein Stadtpinkel? fragte Sergeant Hicks seinen Kumpel Dell Able. Nein, er war kein Stadtpinkel. War er aufgeblasen? Nein, überhaupt nicht; aber er hatte wenig Sinn für Geselligkeit. Er war «von der Ostküste»; was er darüber hinaus war, würde sich später herausstellen. Claude spürte etwas Ungewöhnliches an ihm. Er hatte den Verdacht, Gerhardt könne eine ganze Anzahl von Dingen genausogut, wie er Französisch konnte, und daß er das zu verbergen suchte, wie Leute es manchmal tun, wenn sie spüren, daß sie nicht unter ihresgleichen sind; diese Vorstellung wurmte ihn. Claude ergriff die Gelegenheit, gönnerhaft zu sein, als sich herausstellte, daß Gerhardt unfähig war, Bauholz nach vorgegebenen Maßen auszusuchen.

Am nächsten Nachmittag wurde die Arbeit an den neuen Baracken wegen Regen abgeblasen. Sergeant Hicks machte sich daran, einen Boxkampf zu organisieren, aber als er seine beiden Lieutenants einladen wollte, waren sie verschwunden. Claude marschierte zum Dorf, entschlossen, in den großen Wald zu gelangen, der ihn seit seiner Ankunft verlockt hatte.

Die Landstraße wurde zur Dorfstraße und dann am Waldrand wieder zur Landstraße. Ein wenig weiter, wo der Schatten dichter wurde, teilte sie sich in drei Wagenspuren, von denen zwei undeutlich und wenig befahren waren. Claude folgte einer der beiden. Bis auf ein stetiges Nieseln hatte der Regen nachgelassen, aber die hohen Farne, die am Pfad wuchsen, benetzten ihn bis zur Taille, und seine Füße versanken in schwammigem, moosigem Boden. Das Licht um ihn, die ganze Luft war grün. Die Baumstämme waren von weichem grünem Moos wie von Schimmel überzogen. Er fragte sich, ob dies immer ein Ort feuchter Düsternis sei, als plötzlich die Sonne durchbrach und den ganzen Wald mit Gold überschwemmte. Nie hatte er etwas gesehen wie diesen bebenden Smaragd des Mooses, das seidige Grün der tropfenden Buchenwipfel. Alles erwachte. Hasen hoppelten über den Pfad, Vögel begannen zu singen, und ganz plötzlich war das Unterholz voller schwirrender Insekten.

Der gewundene Pfad machte erneut eine Biegung und öffnete sich unvermittelt auf einem Hang, oberhalb einer von grauen Felsblöcken übersäten Lichtung. Auf der gegenüberliegenden Erhebung stand ein Kiefernwald mit nackten roten Stämmen. Das Licht um sie herum und unter ihren Wipfeln war rot wie ein rosiger Sonnenuntergang. Fast alle Stämme teilten sich etwa auf halber Höhe in zwei gewaltige Arme, die am Wipfel wieder zusammentrafen, wie bei altgriechischen Lyren.

Unten auf der grasüberwachsenen Lichtung zwischen den Feuersteinblöcken schüttelten kleine weiße Birken ihre glänzenden Blätter in der leise bewegten Luft. Alle Felsen waren von lila Heidekraut umwachsen; es lief in den Spalten zwischen ihnen hinauf wie Feuer. Auf einem dieser kahlen Felsen saß Lieutenant Gerhardt, ohne Hut, in einer Haltung tiefer Erschöpfung oder Niedergeschlagenheit, die Hände um die Knie verschränkt, sein bronzefarbenes Haar glänzte rötlich in der Sonne. Nachdem

Claude ihn einige Minuten beobachtet hatte, stieg er durch die hohen Farne raschelnd den Abhang hinunter.

«Störe ich?» fragte er, als er am Fuß des Felsens stehenblieb.

«O nein!» sagte der andere, rückte ein wenig zur Seite und löste seine Hände.

Claude setzte sich auf einen Felsen. «Ist das Heidekraut?» fragte er. «Ich dachte mir schon, ich kenne das doch aus Stevensons Roman ‹Kidnapped›. Dieser Teil der Welt ist für Sie nicht so neu wie für mich.»

«Nein. Ich habe als Student einige Jahre in Paris gelebt.»

«Was haben Sie studiert?»

«Violine.»

«Sie sind Musiker?» Claude sah ihn erstaunt an.

«Ich war es», antwortete der andere mit verächtlichem Lächeln und streckte träge seine Beine ins Heidekraut.

«Das ist jammerschade», bemerkte Claude ernst.

«Was?»

«Na, Leute mit einer besonderen Begabung einzuziehen. Es gibt genug von uns, die keine haben.»

Gerhardt rollte sich auf den Rücken und legte die Hände unter den Kopf. «Ach, diese Sache ist zu groß für Ausnahmen; sie ist überall. Wenn man zufällig vor sechsundzwanzig Jahren geboren wurde, gab's kein Entkommen. Wenn dieser Krieg Sie nicht auf die eine Weise tötet, dann tut er es auf die andere.» Er erzählte Claude, er sei in Camp Dix ausgebildet worden und vor acht Monaten mit der Regimentskapelle herübergekommen, habe aber seine Arbeit gehaßt und sei zur Infanterie übergewechselt.

Als sie ihren Weg zurückgingen, war der Wald von

grünem Dämmerlicht erfüllt. Während der letzten halben Stunde hatte sich ihre Beziehung verändert, und sie schlenderten in vertrautem Schweigen die schon heimatliche Straße hinauf zu ihrer Gartentür.

Da der Regen vorüber war, hatte Madame Joubert den Holztisch unter dem Kirschbaum mit einem Tuch gedeckt wie an den vorangegangenen Abenden auch. Monsieur brachte die Stühle, und das kleine Mädchen trug einen Stapel schwerer Teller heraus. Es stützte sie gegen den Bauch und lehnte sich beim Gehen zurück, um sie zu balancieren. Es trug Schuhe, aber keine Strümpfe, und sein verblichenes Baumwollkleid schwang um seine braunen Beine. Es war ein kleines belgisches Flüchtlingskind, das mit seiner Mutter hierhergeschickt worden war. Die Mutter war jetzt gestorben, und das Kind wollte nicht einmal das Grab besuchen. Man konnte es nicht einmal aus dem Hof auf die stille Straße locken. Wenn die Nachbarskinder auf einem Botengang in den Garten kamen, versteckte es sich. Es hatte außer der Katze keine Spielgefährten; und jetzt hatte es noch die Kätzchen im Geräteschuppen.

Das Essen verlief an jenem Abend sehr heiter. Monsieur Joubert freute sich, daß der Sturm nicht lange genug angehalten hatte, um dem Weizen zu schaden. Der Garten war frisch und strahlend nach dem Regen. Der Kirschbaum schüttelte helle Tropfen auf das Tischtuch, als die Brise sich regte. Die Mutterkatze döste auf dem roten Kissen in Madame Jouberts Nähstuhl, und die Tauben flatterten herunter, um nach den Regenwürmern zu picken, die sich im nassen Sand wanden. Der Schatten des Hauses fiel auf den Eßtisch, aber die Baumwipfel standen im hellen Sonnenlicht, und die gelbe Sonne überflutete die Lehmwand und die cremefarbenen Rosen. Ihre vom Regen zerzausten Blütenblätter strömten einen feuchten, würzigen Duft aus.

Monsieur Joubert mußte ungefähr zehn Jahre älter sein als seine Frau. In seinem Verhalten lag große Zufriedenheit und in seinen Augen ein lustiges Funkeln. Er mochte die jungen Offiziere. Gerhardt war schon über zwei Wochen hier und milderte ein wenig die Stille, die sich über das Haus gesenkt hatte, nachdem der zweite Sohn im Hospital gestorben war. Die Jouberts gehörten nicht mehr dazu. Sie hatten alles getan, was sie konnten, alles gegeben, was sie hatten, und jetzt blieb ihnen nichts mehr zu erhoffen – als das Ereignis, das ganz Frankreich erhoffte. Der Vater sprach mit Gerhardt über den großen Seehafen, zu dem Bordeaux von den Amerikanern ausgebaut werden sollte; er sagte, nach dem Krieg wolle er dorthinfahren und sich alles selbst ansehen.

Madame Joubert freute sich zu hören, daß sie einen Waldspaziergang gemacht hatten. Und blühte das Heidekraut? Hätten sie ihr nur etwas davon gebracht! Vielleicht das nächstemal. Sie selbst ging oft dorthin. Ihre Augen, dachte Claude, schienen näherzukommen, wenn sie darüber sprach, und offensichtlich war für sie sehr viel wichtiger, was im Wald blühte, als was die Amerikaner an der Garonne taten. Er wünschte, er könnte mit ihr sprechen wie Gerhardt. Er bewunderte, wie sie sich aufraffte und sie zu interessieren suchte, wobei sie sich ihrer schwierigen Sprache mit so viel Geist und Präzision bediente. Es war eine Sprache, in der man nicht nuscheln konnte; sie mußte mit Energie und Feuer gesprochen werden oder überhaupt nicht. Allein diese genaue Sprache zu sprechen, würde einem gebrochenen Geist aufhelfen, dachte er.

Das kleine Mädchen, das sie bediente, bewegte sich geräuschlos. Seine stumpfen Augen schienen nie zu sehen; dennoch wußte es, wann es an der Zeit war, die schwere Suppenterrine herbeizubringen, und wann es an der Zeit war, sie wieder fortzutragen. Madame Joubert hatte herausgefunden, daß Claude seine Kartoffeln gern zusammen mit dem Fleisch aß – falls es Fleisch gab – und nicht als Extragang. Jedesmal mußte sie dem kleinen Mädchen sagen, es solle gehen und sie holen. Das Kind tat es mit offensichtlichem Widerstreben – mißmutig, als würde es gezwungen, etwas Unrechtes zu tun. Es war überhaupt ein seltsames kleines Geschöpf. Als die beiden Soldaten den Tisch verließen und zum Camp aufbrachen, ging Claude in den Geräteschuppen, nahm eins von den Kätzchen hoch und hielt es hinaus ans Licht, um zu sehen, wie es blinzelte. Das kleine Mädchen, das gerade aus der Küche kam, stieß einen schrillen Schrei aus, einen wahrhaft entsetzlichen Schrei, hockte sich nieder und bedeckte das Gesicht mit den Händen. Madame Joubert kam heraus und schalt sie.

«Was ist los mit dem Kind?» fragte Claude, als sie aus dem Tor eilten. «Meinen Sie, daß es irgendwie verletzt oder mißbraucht wurde?»

«Zu Tode erschreckt. Sie schreit nachts häufig so. Haben Sie sie nicht gehört? Man muß zu ihr gehen und sie wecken, damit es aufhört. Sie spricht kein Französisch, nur Wallonisch, und kann oder will nichts lernen, also kann man nicht sagen, was in ihrem armen Kopf vorgeht.»

In den zwei folgenden Wochen intensiver Übungen staunte Claude über Gerhardts Mut und Ausdauer. Die Muskelanstrengung der fingierten Schützengrabenoperationen belastete ihn stärker als jeden anderen Offizier. Er war genauso groß wie Claude, wog aber nur hundertundsechsundvierzig Pfund und war nicht unter rauhen Bedingungen aufgewachsen wie die anderen. Als seine Offizierskameraden erfuhren, daß er von Beruf Geiger war, daß er einen bequemen Job als Musiker und Organisator von Campunterhaltungen hätte haben können, lehnten sie seine Zurückhaltung oder seine gelegentliche Arroganz nicht mehr ab. Sie respektierten ihn als Mann, der sich hätte herauswinden können und es nicht getan hatte.

7

Endlich auf dem Marsch. Durch einen strahlenden Augusttag strömte Colonel Scotts Bataillon eine der staubigen, ausgetretenen Straßen östlich der Somme entlang, ihren Bahnhofsstützpunkt schon weit hinter sich. Der Weg führte durch hügeliges Land; Felder, Wälder, kleine zerstörte, aber noch bewohnbare Dörfer, in denen die Leute aus den Häusern traten, um die Soldaten vorbeiziehen zu sehen.

Die Amerikaner zogen in Marschordnung durch jedes Dorf, mit wehenden Fahnen und Musik, «um die gute Moral zu zeigen», wie die Offiziere sagten. Claude trottete an der Außenseite der Kolonne – mal an der Spitze seiner Truppe, mal am Ende – und trug einen stoischen Gesichtsausdruck zur Schau, da er fürchtete, seine Zufriedenheit mit den Männern, dem Wetter, dem Land zu verraten.

Sie waren unterwegs zum großen Schauspiel, und zu beiden Seiten gab es bestätigende Anzeichen dafür: lange Reihen kahler, verkohlter und zerfetzter toter Bäume; klaffende in Felder und Hänge gerissene Löcher, schon halb von frischem Grün verborgen; gewundene Vertiefungen im Boden entlang der Straße, Wracks von Lastwagen und Automobilen und überall endlos sich dahinziehende Linien rostigen Stacheldrahtes, die scheinbar zufällig dort errichtet worden waren – ohne jeglichen Zweck.

«Sieht allmählich so aus, als ob wir reinkommen, Lieutenant», sagte Sergeant Hicks und lächelte hinter seinem Gruß.

Claude nickte und ging weiter nach vorn.

«Nun, wir können gar nicht zu früh ankommen, was Jungs?» Der Sergeant blickte über die Schulter, und sie grinsten mit blitzend weißen Zähnen in ihren roten verschwitzten Gesichtern. Claude wunderte sich nicht darüber, daß entlang der Marschroute alle, sogar die Kleinkinder, herauskamen, um sie zu sehen; er glaubte, sie seien der herrlichste Anblick der Welt. Dies war der erste Tag, an dem sie ihre Stahlhelme trugen; Gerhardt hatte ihnen gezeigt, wie man sie innen mit Gras und Blättern ausstopfte, um den Kopf kühl zu halten. Wenn sie sich einer Stadt näherten, zu Viererreihen formierten und die Kapelle einsetzte, war Bert Fuller, der Junge aus Pleasantville am Platte, der die ganze Reise über geheult hatte, rechter Flügelmann, und wann immer Claude an ihm vorbeikam, schien sein Gesicht zu sagen: «Sie werden mir so schnell nichts anhängen können, Lieutenant!»

Sie kampierten am frühen Nachmittag auf einem mit halbverbrannten Kiefern bedeckten Hügel. Claude nahm sich Bert und Dell Able und Oscar den Schweden und brach auf, um das Terrain zu erkunden und Bericht zu erstatten. Hinter dem Hügel unterhalb des verbrannten Waldrandes fanden sie ein verlassenes Bauernhaus und, wie es schien, einen sauberen Brunnen. Er hatte eine solide Steinummauerung und einen Holzeimer, der an einem verrosteten Draht hing. Als die Jungen mit dem Eimer herumplätscherten, sandte das Wasser seinen reinen, kühlen Atem herauf. Aber sie waren schlaue Köpfe und wußten, wo sich tote Preußen am liebsten versteckten. Selbst das Stroh im Stall betrachteten sie mißtrauisch und hielten es für besser, hier keinem ein Lager zu errichten.

Als sie nach rechts schwenkten, um ihren Rundgang fortzusetzen, gerieten sie in Morast; ein niedriggelegenes Feld, dessen Entwässerungsgräben vernachlässigt worden waren und überliefen. Dort trafen sie auf ein klägliches, schlammbedecktes Häuflein Mensch. Eine Frau, die krank und erbärmlich aussah, saß auf einem umgestürzten Stamm am Ende der Marsch, einen Säugling im Schoß und drei Kinder um sich. Ihre Tuberkulose war weit fortgeschritten; man brauchte sie nur atmen zu hören und in ihr weißes, verschwitztes Gesicht zu sehen, um zu wissen, wie schwach sie war. Durchnäßt, bis zu den Knien voller Schlamm, versuchte sie das Kind zu stillen, das halb unter einem alten schwarzen Umhangtuch verborgen war. Sie sah nicht aus wie eine Landstreicherin, sondern wie eine Frau, die es sich einst durchaus hatte leisten können, gepflegt zu erscheinen, und sie war noch jung. Die Kinder waren müde und entmutigt. Ein kleiner Junge trug eine grobe blaue Jacke, die aus einem französischen Militärmantel geschneidert war. Der andere hatte einen zerbeulten amerikanischen Stetson auf, der ihm über die Ohren rutschte. In seinen Armen hielt er eine rosa Zelluloiduhr. Sie alle blickten auf und warteten darauf, daß die Soldaten etwas unternähmen.

Claude näherte sich der Frau, tippte an den Rand seines Helmes und begann: «Bonjour, Madame. Qu'est que c'est?» Sie versuchte zu sprechen, verfiel jedoch in einen Hustenkrampf, der sie nur noch keuchen ließ: «'Toinette, 'Toinette!»

'Toinette trat rasch vor. Sie war etwa elf und schien die Anführerin der Gruppe zu sein. Ein kühnes, hartes, kleines Gesicht mit einem langen Kinn, glattem schwarzem mit Lumpen zusammengebundenem Haar, unsicheren, schlauen Augen; sie sah sehr viel weniger sanft und viel erfahrener aus als ihre Mutter. Sie begann zu erklären und hatte ein großes Geschick, sich verständlich zu machen. Sie war es gewohnt, mit ausländischen Soldaten zu sprechen – sprach langsam, mit Betonung und deutlichen Gesten.

Auch sie war auf Erkundungsgang gewesen. Sie hatte das leere Farmhaus entdeckt und versucht, ihre Familie für die Nacht dorthinzubringen. Wie sie hierherkamen? Oh, sie waren Flüchtlinge. Sie hatten bei Leuten, dreißig Kilometer von hier, gewohnt und versuchten nun, in ihr eigenes Dorf zurückzukehren. Ihre Mutter war sehr krank, «presque morte», und sie wollte zum Sterben nach Hause. Sie hatten gehört, daß es noch bewohnt war; eine alte Tante lebte in ihrem Keller – und das könnten sie auch, wenn sie hinkämen. Der Punkt war, und sie betonte es wieder und wieder, daß ihre Mutter «chez elle, comprenez-vous», zu sterben wünschte. Sie hatten keine Papiere, und die französischen Soldaten würden sie nie passieren lassen, aber nun, da die Amerikaner hier waren, hofften sie durchzukommen; von den Amerikanern würde gesagt, sie seien «toujours gentils».

Während sie in ihrer schrillen, harten Stimme redete, begann das Baby, unzufrieden mit seiner Nahrung, zu brüllen. Das kleine Mädchen zuckte die Achseln. «Il est toujours en colère», murmelte es. Die Frau drehte es mühevoll um – es schien ein großes, schweres Baby zu sein, aber weiß und kränklich – und gab ihm die andere Brust. Es begann geräuschvoll, herumwühlend und schmatzend zu saugen, als sei es ausgehungert. Es war zu schmerzhaft, es war fast unanständig mit anzusehen, wie diese erschöpfte Frau versuchte, ihr Baby zu stillen. Claude winkte seine Männer zur Seite, nahm dann das kleine Mädchen bei der Hand und zog es hinter sich her.

«Il faut que votre mère se reposer», sagte er, mit der ernsten Pause, die er immer in der Mitte eines französischen Satzes einlegte. Sie verstand ihn. Keine Verzerrung ihrer Muttersprache überraschte oder verwirrte sie. Sie war es gewohnt, in allen Personen, Zahlen, Geschlechtern, Zeiten angesprochen zu werden; von Deutschen, Engländern, Amerikanern. Sie horchte nur darauf, ob die Stimme freundlich war, und bei Männern in dieser Uniform war sie es gewöhnlich.

Ob sie etwas zu essen hatten? «Vous avez quelque chose à manger?»

«Rien. Rien du tout.»

Sei ihre Mutter nicht «trop malade à marcher»?

Sie zuckte die Achseln, Monsieur konnte ja selbst sehen.

Und ihr Vater?

Er war tot, «mort à la Marne, en quatorze».

«An der Marne?» wiederholte Claude und warf einen verwirrten Blick auf das saugende Baby.

Ihre scharfen Augen folgten den seinen, und sie erriet sofort seinen Zweifel. «Das Baby?» sagte sie rasch. «Oh, das Baby ist nicht mein Bruder, es ist ein Boche.»

Einen Augenblick verstand Claude nicht. Sie wiederholte ihre Erklärung ungeduldig; in ihrer metallischen kleinen Stimme lag etwas Verächtliches und Unglückseliges. Ein langsames Erröten stieg ihm in die Stirn.

Er schob sie zu ihrer Mutter: «Attendez là.»

«Ich glaube, wir müssen sie zu diesem Bauernhaus hinüberschaffen», sagte er zu seinen Leuten. Er wiederholte, was er dem Bericht des Kindes entnommen hatte. Als er zu der lakonischen Aussage über das Baby kam, sahen sie sich gegenseitig an. Bert Fuller befürchtete, er würde wieder weinen, also murmelte er, während sie am Graben entlang zurückliefen, immer wieder, «bei Gott, wären wir doch früher hierhergekommen, bei Gott, wären wir doch!» Dell und Oscar kreuzten ihre Hände zu einem Sitz und trugen die Frau hinüber – sie war keine große Last. Bert hob den kleinen Jungen mit der rosa Uhr hoch. «Komm, kleiner Frosch, deine Beine sind nicht lang genug.»

Claude ging hinterher und hielt das schreiende Baby steif in den Armen. Wie war es möglich, daß ein Baby eine so bestimmte Persönlichkeit hatte, fragte er sich, und wie war es möglich, ein Baby so sehr zu verabscheuen? Er haßte es wegen seines flachsbedeckten Quadratschädels und seiner blutleeren Ohren und trug es mit Widerwillen... kein Wunder, daß es schrie! Als es mit Schreien und

Bocken nichts erreichte, wurde es jedoch plötzlich ruhig, betrachtete ihn mit blaßblauen Augen und versuchte, sich an seinen Khaki-Rock zu kuscheln. Es streckte eine schmutzige kleine Faust aus und packte einen seiner Knöpfe. «He, deutscher Kamerad», murmelte er und funkelte das Kind an, «laß das!»

Bevor sie an jenem Abend ihre eigene Mahlzeit aßen, brachten die Jungen heißes Essen und Decken zu ihrer Familie hinunter.

8

Vier Uhr... eine Sommerdämmerung... sein erster Morgen in den Gräben.

Claude war gerade durch die Linie gegangen, um nachzusehen, ob die Geschützmannschaften sich in Stellung befanden. Diese Stunde, in der das Licht wechselte, war eine bevorzugte Angriffszeit. Er war letzte Nacht spät hereingekommen und mußte alles erst noch lernen. Er bestieg die Feuerstufe und warf einen verstohlenen Blick zwischen den Sandsäcken über die Brüstung in den niedrigen, wirbelnden Nebel. Noch konnte er nichts sehen als den Drahtverhau, auf dessen oberstem Draht Vögel entlanghüpften und sangen und zwitscherten, wie sie es auf den Drahtzäunen zu Hause taten. Klar und flötengleich klangen ihre Stimmen in der drückenden Luft – es waren die einzigen Geräusche. Eine kleine Brise erhob sich und löste langsam den Nebel auf. Streifen von Grün wurden durch die Dunstbänke sichtbar. Die Vögel wurden lebhafter.

Die öde graugrüne Strecke war Niemandsland. Jene niedrigen Zickzackerhebungen, ähnlich riesigen, von

Drahthürden geschützten Maulwurfshügeln, waren die «Hunnen»gräben; fünf oder sechs Linien davon. Er konnte auch ohne Fernglas leicht die Verbindungsgräben verfolgen. An einem Punkt konnte ihre Frontlinie nicht weiter als achtzig Meter entfernt sein, an einem anderen mußten es mindestens dreihundert sein. Hier und dort begannen dünne Rauchsäulen aufzusteigen; der Hunne bekam Frühstück; alles war gemütlich und wie selbstverständlich. Hinter der feindlichen Stellung stieg das Land über mehrere Meilen allmählich an, mit Schluchten und kleinen Wäldern, wo sie, seiner Karte zufolge, getarnte Artillerie hatten. Hinten auf den Hügeln befanden sich zerstörte Bauernhäuser und geknickte Bäume, doch nirgends war ein Lebewesen in Sicht. Es war eine tote, in Stille und Niedergeschlagenheit versunkene Landschaft. Dennoch war überall der Boden voller Männer. Ihre eigenen Gräben mußten von der anderen Seite aus genauso tot aussehen. Leben war dieser Tage ein Geheimnis.

Es war erstaunlich, wie einfach sich Dinge tun ließen. Sein Bataillon war um Mitternacht leise einmarschiert, und die Linie, zu deren Ablösung sie gekommen waren, war ebenso leise zur Etappe aufgebrochen. All das fand in völliger Dunkelheit statt. Gerade als die B-Kompanie einen Hang in die flachen, hinteren Gräben hinabglitt, wurde das Land einen Augenblick lang von zwei Leuchtkugeln erhellt, Maschinengewehre ratterten, deutsche Maxims – ein sporadisches Geknatter, auf das nichts folgte. Während sie sich hintereinander durch die Verbindungsgräben schlängelten, horchten sie besorgt; Artilleriefeuer wäre für die anderen Männer, die zur Etappe marschierten, böse ausgegangen. Aber nichts geschah. Sie hatten eine ruhige Nacht, und hier waren sie nun, an diesem Morgen!

Der Himmel entflammte in Safran und Silber. Claude sah auf die Uhr, aber er konnte es gerade jetzt nicht ertragen zu gehen. Wie lange ein Wheeler brauchte, um zu etwas zu kommen. Vier Jahre unterwegs; da er nun hier war, würde er, wie er meinte, ein bißchen die Landschaft genießen. Er wünschte, daß seine Mutter wüßte, wie er sich an diesem Morgen fühlte. Aber vielleicht wußte sie es ja auch. Vor fünf Jahren, als er auf den Stufen des Parlamentsgebäudes von Denver saß und überzeugt davon war, daß ihm niemals etwas Unerwartetes zustoßen würde... angenommen, er hätte da blitzartig sehen können, wo er heute sein würde? Er warf einen langen Blick auf die sich rötende weite Landschaft und ließ sich auf die Bodenplanke hinunter.

Claude machte sich auf den Rückweg zum Unterstand, in den er und Gerhardt gestern nacht ihre Habseligkeiten geworfen hatten. Die früheren Bewohner hatten ihn sauber hinterlassen. Es gab zwei Pritschen, die an die Seitenwände – Holzrahmen mit Drahtnetzen darüber, bedeckt mit trockenen Sandsäcken –, genagelt waren. Zwischen den beiden Betten befand sich ein Seifenkistentisch mit einer Kerze, die in einer grünen Flasche steckte, ein Alkoholofen, ein «bain-marie» und zwei Blechbecher. An der Wand hingen Farbbilder aus der Zeitschrift «Jugend», die man aus irgendeinem Hunnengraben genommen hatte.

Er fand Gerhardt immer noch schlafend auf seinem Bett und schüttelte ihn, bis er sich aufsetzte.

«Wie lange bist du draußen gewesen, Claude? Hast du nicht geschlafen?»

«Ein bißchen. Ich war nicht sehr müde. Ich glaube, wir könnten auf diesem Ofen Wasser zum Rasieren heiß machen; sie haben uns eine halbe Flasche Alkohol hinterlassen. Es ist ein ganz gemütliches kleines Loch, nicht?»

«Es wird zweifellos seinen Zweck erfüllen», bemerkte David trocken. «So empfindlich gegenüber jeglicher Kritik an diesem Krieg! Herrje, es ist nicht deine Sache; du bist gerade erst angekommen.»

«Ich weiß», antwortete Claude sanft, als er begann, seine Decken zusammenzufalten. «Aber es ist wahrscheinlich der einzige, an dem ich je teilnehmen werde, also kann ich mich genausogut dafür interessieren.»

Am nächsten Nachmittag waren vier junge Männer, alle mehr oder weniger nackt, am Rande eines Granattrichters voll undurchsichtigem, braunem Wasser beschäftigt. Sergeant Hicks und sein Kumpel Dell Able hatten den halben glühendheißen Morgen über nach einem Trichter gefahndet, der nicht zu schmutzig, bequem und sogar schön gelegen war, und hatten ihn ihren Lieutenants gemeldet. Captain Maxey, sagte Hicks, könne seinen Burschen auf die Suche nach seinem eigenen Granattrichter schicken und ein Bad allein nehmen. «Er würde sich nie mit jemand anderem zusammen waschen», fügte der Sergeant hinzu. «Fürchtet, sich bloßzustellen!»

Bruger und Hammond, die zwei Lieutenants, waren schon aus ihrem Bad heraus und untersuchten, an eine Art grasigen Hang gelehnt, mit Interesse ihre Körper. Sie hatten schon seit einiger Zeit nicht mehr alle ihre Kleider ausgezogen, und nach einem Viertagemarsch in heißem Wetter wollte jeder sich selbst einmal anschauen.

«Wartet nur, bis es Winter ist», sagte Gerhardt zu ihnen. Er planschte noch im Trichter, bis zu den Achselhöhlen im schlammigen Wasser stehend. «Dann werdet ihr euch in drei Monaten nicht einmal waschen können. Ein paar von den Tommys haben mir erzählt, als sie ihr erstes Bad nach Vimy kriegten, hätten sich ihre Häute abgeschält wie bei einer Schlange. Was machst du mit meiner Hose, Bruger?»

«Nach deinem Messer suchen. Ich habe meines gestern fallenlassen, als diese Granate da im Stellungsriegel explodiert ist. Ich war verdammt nah dran, meine alte Birne zu verlieren!»

«Quatsch, das war überhaupt nichts. Hör auf, damit anzugeben – zeigt nur, daß du ein Anfänger bist.»

Claude zog sein Hemd aus und ließ sich neben Gerhardt in den Trichter gleiten. «Mensch, ich bin da unten auf etwas Scharfes gestoßen! Warum habt ihr Kerle nicht die Splitter herausgezogen?»

Er schloß die Augen, verschwand einen Moment und warf, als er prustend wieder hochkam, einen runden rostbedeckten und schleimüberzogenen Metallgegenstand auf den Boden. «Deutscher Helm, was? Puh!» Er wischte sich das Gesicht ab und sah sich mißtrauisch um.

«‹Puh› ist ganz richtig!» Bruger drehte den Gegenstand mit einem Stock um. «Warum, zum Teufel, hast du nicht auch den Rest von ihm raufgebracht. Du hast mir mein Bad verdorben. Ich hoffe, du hattest deinen Spaß dabei.»

Gerhardt kletterte die Böschung hoch. «Raus mit dir, Wheeler! Sieh dir das an», er zeigte auf große, träge Blasen, die durch das dickflüssige Wasser aufstiegen und zerplatzten. «Da hast du uns ja eine schöne Suppe eingebrockt. Dort unten tut sich was Schreckliches.»

Claude kam hinter ihm heraus und blickte zurück auf die Bewegung im Wasser. «Ich verstehe nicht, warum es den Grund so aufwühlt, wenn man nur einen Helm herauszieht. Ich dachte, das Wasser würde den Geruch unten halten.»

«Je was in Chemie gelernt?» fragte Bruger spöttisch. «Du hast gerade einen Friedhof geöffnet, und jetzt kriegen wir das Abgas. Wenn du was von diesem deutschen Parfüm eingeatmet hast... Dann solltest du dir Sorgen machen!»

Lieutenant Hammond kritzelte, noch mit bloßen Beinen, das Hemd um die Schultern gebunden, etwas in sein Notizbuch. Bevor sie gingen, heftete er den Zettel an einen gespaltenen Stock.

> Baden verboten!! Privatstrand
> C. Wheeler, Co B. 2-th Inf'ty

Die ersten Briefe von zu Hause! Die Versorgungswagen brachten sie mit, und jeder in der Kompanie bekam etwas außer Ed Drier, ein Farmarbeiter aus den Sandhügeln von Nebraska, und Willy Katz, der flachsköpfige österreichischen Junge aus den Konservenfabriken von South Omaha. Ihren Kameraden taten sie leid. Ed hatte keine eigenen «Leute», aber er hatte trotzdem Briefe erwartet. Willy war sicher, daß seine Mutter geschrieben haben mußte. Als der letzte zerfranste Umschlag ausgeteilt war und er sich mit leeren Händen abwandte, murmelte er: «Sie ist eine Böhmische, und sie schreibt nicht so gut. Ich nehme an, die Adresse war undeutlich, und irgendein Bursche in einer anderen Komp'nie hat meinen Brief gekriegt.»

Nichts von zweitrangiger Bedeutung wurde weitergeleitet – die Jungen hatten auf Zeitungen von zu Hause gehofft, die ihnen ein paar Kriegsnachrichten brächten, da sie hier nie welche bekamen. Dell Ables Schwester hatte jedoch einen Ausschnitt aus dem «Kansas City Star» beigefügt; einen langen Bericht des britischen Kriegskorrespondenten in Mesopotamien, der beschrieb, worunter die Soldaten dort zu leiden hatten: Ruhr, Fliegen, Moskitos, unvorstellbare Hitze. Er las diesen Artikel einer Gruppe von Freunden vor, während sie um einen Granattrichter saßen, in dem sie ihre Socken gewaschen hatten. Er hatte gerade die Geschichte beendet, wie die Tommys ein paar Lehmhütten an der Stelle gefunden hatten, wo der ursprüngliche Garten Eden gewesen sein soll – ein desolater Fleck voller stechender Insekten –, als Oscar Peterson, ein sehr religiöser schwedischer Junge, der oft tagelang schwieg, den Mund aufmachte und verächtlich sagte:

«Das ist eine Lüge!»

Verärgert über die Unterbrechung sah Dell zu ihm auf. «Woher weißt du das?»

«Deswegen: Der Herr sandte vier Cherubim mit Schwertern, um den Garten zu bewachen, und kein Mensch wird ihn je finden. Und das soll er auch nicht. So steht es in der Bibel.»

Hicks fing an zu lachen. «Also nein, das ist etwa sechstausend Jahre her, du Angeber! Glaubst du, deine Cherubim sind noch da?»

«'türlich sind sie da. Was sind tausend Jahre für einen Cherub? Nichts!»

Der Schwede stand auf und sammelte mürrisch seine Socken ein.

Dell Able sah seinen Kumpel an. «Ist er nicht ein kompletter Dickschädel? Solides Elfenbein!»

Oscar wollte nicht länger einem «Haufen Lügen» zuhören und ging mit seiner Wäsche davon.

Das Bataillonshauptquartier lag fast eine halbe Meile hinter der Front, halb Unterstand, halb Schuppen mit einem von Grassoden bedeckten Plankendach. Das Büro des Colonels war an einem Ende abgeteilt; den übrigen Raum überließ er den Offizieren als eine Art Clubraum. Eines Abends ging Claude nach hinten, um über die neue Aufstellung der Geschützmannschaften Bericht zu erstatten. Die jungen Offiziere saßen auf Seifenkisten herum, rauchten und aßen Kekse aus Blechdosen. Gerhardt arbeitete mit Papier und Buntstift an einem Holztisch und übertrug den Rohentwurf einer Karte ins reine, die sie am Morgen gemeinsam erstellt hatten und die die Feuerreichweiten zeigte. Lärm machte ihn nicht nervös; er konnte in einem Haufen von Männern sitzen und so ruhig schreiben, als wäre er allein.

Es gab da einen Offizier, der, wo immer er war, alle anderen über den Haufen reden konnte; Captain Barclay Owens, von den Technikern zugeteilt. Er war ein kleiner stämmiger Däumling von Mann, nur einssechzig groß und sehr breit – ein Dynamo an Energie. Vor dem Krieg hatte er einen Damm in Spanien gebaut, «den größten Damm der Welt», und bei seinen Ausschachtungen die Ruinen eines der befestigten Lager Julius Cäsars entdeckt. Dies war für seine leicht entflammbare Phantasie zuviel gewesen. Er photographierte und maß und brütete über diesen alten Überresten. Bei Tag war er Ingenieur und bei Nacht Archäologe. Er hatte sich kistenweise Bücher aus Paris schikken lassen – alles, was über Cäsar geschrieben worden war, in Englisch und Deutsch; er engagierte einen jungen Priester, der sie ihm abends übersetzen mußte. Der Priester hielt den Amerikaner für wahnsinnig.

Als Owens auf dem College war, hatte er nie das geringste Interesse an klassischen Studien gezeigt, aber nun war es, als würde er Cäsar selbst auf die Welt bringen. Der Krieg kam und beendete die Arbeit an seinem Damm. Und er flößte seinem ausschließlich technischen Gehirn andere Ideen ein. Er eilte zurück nach Kansas, um seinen Landsleuten zu erklären, was es mit dem Krieg auf sich hatte. Er reiste im Westen umher und demonstrierte genau, was bei der ersten Marneschlacht vorgefallen war, bis er eine Chance bekam, sich zu melden.

Im Bataillon wurde Owens «Julius Cäsar» genannt, und die Männer wußten nie, ob er die Operationen des römischen Generals in Spanien oder Joffres an der Marne erklärte, so unvermittelt sprang er von einem Thema zum anderen. Für ihn stand alles im Vordergrund; Jahrhunderte machten keinen Unterschied. Nichts existierte, bevor Barclay Owens ihm nicht auf die Schliche gekommen war. Die Männer hörten ihn gern reden. Heute abend ging er mit rollenden gelben Augen, eine große schwarze Zigarre in der Hand, auf und ab und hielt den jungen Offizieren einen eindringlichen Aufklärungsvortrag über das typisch Französische. Es waren seine Beine, die ihn so komisch aussehen ließen; sein Oberkörper war der eines großen Mannes, der auf zwei kurzen Stümpfen einherging.

«Und jetzt wollt ihr Burschen bitte nicht vergessen, daß das Pariser Nachtleben überhaupt nichts Typisches ist; das ist eine Show, die für Ausländer aufgezogen wurde... Der französische Bauer ist ein knickriger Bursche... Dieser Rotwein ist in Ordnung, wenn Sie damit nicht übertreiben; trinken Sie ihn mit zwei Dritteln Wasser, und er schützt vor der Ruhr... Man braucht nicht grob mit ihnen umzugehen, nur bestimmt. Immer wenn eine von ihnen mich anspricht, folge ich einem festgelegten Plan; als erstes gebe ich ihr fünfundzwanzig Franc; dann sehe ich ihr in die Augen und sage: ‹Mädchen, ich habe drei Kinder, drei Jungen.› Sie begreift sofort; klappt immer. Sie schämt sich und geht davon.»

«Aber das ist so teuer! Es muß Sie ja arm machen, Captain Owens», sagte der junge Lieutenant Hammond unschuldig. Die anderen brüllten vor Lachen.

Claude wußte, daß David Captain Owens von den Technikern besonders verabscheute, und wunderte sich, daß er mit solch einer Konzentration weiterarbeiten konnte, wenn immer wieder Fetzen vom Vortrag des Captains durch das Gewirr ungezwungener Unterhaltung und den Lärm des Phonographen drangen. Während Owens auf und ab ging, warf er verstohlene Blicke auf Gerhardt. Er hatte Wind davon bekommen, daß an ihm etwas Außergewöhnliches sei.

Die Männer hielten den Phonographen in Gang; sobald eine Platte aufhörte, legte jemand eine andere auf. Einmal, als eine neue Melodie begann, sah Claude, wie David mit einem seltsamen Gesichtsausdruck von seinem Papier aufsah. Er hörte einen Moment mit einem halb verächtlichen Lächeln zu, runzelte dann die Stirn und begann wieder, an seiner Karte zu zeichnen. Etwas an seinem flüchtigen Blick des Wiedererkennens veranlaßte Claude, sich zu fragen, ob ihn etwas Besonderes mit der – melancholischen, aber schönen – Melodie verband. Er stand auf und ging hinüber, um diesmal selbst die Platte zu wechseln. Er nahm die Platte heraus, hielt sie ans Licht und las die Inschrift: «Meditation von Thaïs – Violinsolo – David Gerhardt.»

Als sie im Regen im Gänsemarsch durch den Verbindungsgraben zurückwateten, brach Claude abrupt das Schweigen. «Das war eine von deinen Platten, die sie heute abend gespielt haben, das Violinsolo, stimmt's?»

«Klang so. Jetzt gehen wir nach rechts. Ich verirre mich hier immer.»

«Gibt es viele Platten von dir?»

«Eine ganze Menge. Warum fragst du?»

«Ich würde es gern meiner Mutter schreiben. Sie liebt gute Musik. Sie wird sich deine Platten besorgen, und das wird ihr in gewisser Weise die ganze Sache näherbringen, verstehst du?»

«Also gut, Claude», sagte David gutmütig. «Sie wird sie im Katalog finden mit einem Bild von mir in Uniform. Ich hab' eine Menge machen lassen, bevor ich nach Camp Dix ging. Meine eigene Mutter bezieht daraus ein kleines Einkommen. Da, wir sind zu Hause.» Als er ein Streichholz anriß, sprangen zwei schwarze Schatten vom Tisch und verschwanden hinter den Decken. «Wimmelt hier jetzt davon in diesen nassen Nächten. Hast eine? Zerquetsch sie nicht da drin. Hier ist der Sack.»

Gerhardt hielt den Jutesack auf, und Claude stopfte die zappelnde Ecke seiner Decke hinein und trampelte kräftig auf dem herum, was auf den Boden fiel. «Wo meinst du, ist die andere?»

«Die wird sich uns später zugesellen. Mich stören Ratten halb soviel, wie mich Barclay Owens stört. Was wäre er für ein Anblick, wenn er nichts anhätte! Leg dich hin; ich mache die Runden.» Gerhardt platschte hinaus, die überflutete Laufplanke entlang. Claude zog die Schuhe aus und kühlte seine Füße im schlammigen Wasser. Er wünschte, er könnte David irgendwie dazu bewegen, über seinen Beruf zu sprechen, und fragte sich, wie er auf einem Konzertpodium wohl aussehen mochte, wenn er seine Violine spielte.

9

Am folgenden Abend wurde Claude mit Informationen, die der Colonel lieber nicht zu Papier brachte, zum Divisionshauptquartier in Q... geschickt. Er brach mit Sergeant Hicks als Eskorte um zehn Uhr abends auf. Es hatte zwei Tage geregnet, und die Verbindungsgräben standen fast knietief unter Wasser. Etwa eine halbe Meile von der Front entfernt, krochen die beiden Männer aus dem Graben und gingen zu ebener Erde weiter. In jener Nacht gab es sehr wenig Granatfeuer an der Front. Wenn eine Leuchtrakete hochging, ließen sie sich fallen und lagen auf ihren Gesichtern, während sie gleichzeitig versuchten, einen Blick von dem zu erhaschen, was sich direkt vor ihnen befand.

Das Gelände war uneben und die Dunkelheit undurchdringlich; erst nach Mitternacht erreichten sie die Ost-West-Straße – sie war gewöhnlich sehr verkehrsreich und selbst in einer Nacht wie dieser nie völlig verlassen. Kolonnen von Pferden mit Granaten auf dem Rücken platschten durch den Schlamm, leere Versorgungswagen kamen von der Front zurück. Claude und Hicks blieben in der Hoffnung auf eine Mitfahrgelegenheit am Graben stehen. Es begann so heftig zu regnen, daß sie nach einem Unterschlupf Ausschau hielten. Sie stolperten in diese und jene Richtung und stießen dabei auf ein großes Artilleriegeschütz, dessen Räder bis über die Naben in einem Schlammloch versunken waren.

«Wer da?» rief eine rasche, unverkennbar britische Stimme.

«Amerikanische Infanteristen, zwei von uns. Können wir auf einen von euren Lastern, bis es nachläßt?»

«Klar! Wir können hier drin Platz für Sie machen, wenn Sie nicht zu groß sind. Reden Sie leise, sonst wecken Sie den Major.»

Kichern und unterdrücktes Gelächter; eine Taschenlampe blinkte kurz auf und zeigte eine Reihe von fünf Lastwagen, über den vordersten und den letzten waren Persenningzelte gezogen. Die Stimmen kamen aus dem Unterschlupf in der Nähe der Kanone. Die Männer drinnen zogen die Beine an und machten Platz für die Fremden; sagten, es täte ihnen leid, daß sie nichts Trockenes anzubieten hätten außer etwas Rum. Die Eindringlinge nahmen ihn dankbar an.

Die Briten waren ein alberner Haufen, und Claude dachte, ihren Stimmen nach mußten sie alle sehr jung sein. Sie machten sich über ihren Major lustig, als sei er ihr Schulmeister. Auf dem Laster war für niemand Platz genug, um sich hinzulegen, also saßen sie mit angezogenen Knien und tauschten Klatschgeschichten aus. Die Geschützmannschaft gehörte zu einer unabhängigen Batterie, die im Land umhergeschickt wurde, wo immer sie gebraucht wurde. Der Rest der Batterie war durchgekommen, war nach Osten weitergefahren, aber dieses große Geschütz geriet immer in Schwierigkeiten; jetzt war etwas mit der Zugmaschine schiefgegangen, und sie konnten es nicht herausziehen. Sie nannten es «Jenny» und sagten, sie erleide dann und wann Ohnmachtsanfälle und müsse bei Laune gehalten werden. Es sei, als führe man mit seiner Großmutter herum, sagte einer der unsichtbaren Tommys, «sie ist solch ein aufgeblasenes altes Ding»! Der Major schlief auf dem hinteren Laster; er würde das Viktoria-Kreuz für Schlafen bekommen. Noch mehr Gekicher.

Nein, sie hätten keine Ahnung, wohin sie gingen; natürlich wußten die Offiziere es, aber Artillerieoffiziere erzählten nie etwas. Wie war dieser Landstrich überhaupt? Sie waren neu in diesem Teil, waren gerade von Verdun heruntergekommen.

Claude sagte, er habe einen Freund in der Luftwaffe dort; wußten sie zufällig etwas über Victor Morse?

Morse, das amerikanische As? Hatte er denn nicht gehört? Mann, das stand doch in allen Londoner Zeitungen. Morse ist vor drei Wochen hinter der Hunnenlinie abgeschossen worden. Es war eine brillante Sache. Er wurde von acht Boche-Flugzeugen gejagt, brachte drei davon runter, schlug den Rest in die Flucht und flog die Basis an, als sie beidrehten und ihn erwischten. Seine Maschine kam in Flammen herunter, und er sprang, fiel vierhundert Meter tief oder mehr.

«Dann hat er wohl seinen Urlaub nie bekommen, oder?» fragte Claude.

Sie wußten es nicht. Ihm wurde eine ehrenhafte Erwähnung zuteil.

Die Männer richteten sich darauf ein zu warten, daß das Wetter besser würde oder die Nacht verginge. Einige nickten ein, aber Claude fühlte sich hellwach. Er machte sich Gedanken über die Wohnung in Chelsea; ob die schwerlidrige Schönheit sehr betrübt gewesen war, oder ob sie «Rosen der Picardie» für andere junge Offiziere spielte. Er dachte traurig, daß er jetzt nie nach London fahren würde. Er hatte fest damit gerechnet, Victor eines Tages dort zu treffen, nachdem man sich des Kaisers gebührend entledigt hatte. Er hatte Victor wirklich gern gehabt. Es war etwas an dem Burschen... wie ein zügelloses Kind war er gewesen, das seinen Feind in den Wolken suchen ging. Welches andere Zeitalter hätte eine solche Gestalt hervorbringen können? Das war eines der Dinge an diesem Krieg: Er nahm einen kleinen Jungen aus einer kleinen Stadt, schenkte ihm viele Trümpfe und großspuriges Auftreten, ein Leben wie in einem Kinofilm – und stürzte ihn dann in den Tod wie einen aufrührerischen Engel.

Ein Mann wie Gerhardt, zum Beispiel, hatte immer in einer mehr oder weniger rosigen Welt gelebt; er gehörte hierher, wirklich. Wie konnte er wissen, welch harte Formen und Krusten die großen Kanonen auf der anderen Seite der See aufgebrochen hatten? Wer könnte ihm je verständlich machen, wie weit es ist vom Erdbeerbeet und dem Glaskasten der Bank zu den Luftstraßen über Verdun?

Um drei Uhr hatte der Regen aufgehört. Claude und Hicks brachen wieder auf, begleitet von einem aus der Geschützmannschaft, der zurückging, um Hilfe für ihre

Zugmaschine zu holen. Als es hell zu werden begann, wunderten sich die beiden Amerikaner immer mehr über das extrem jugendliche Aussehen ihres Gefährten. Als sie an einem Granattrichter haltmachten und sich den Schlamm von den Gesichtern wuschen, zeigte der englische Junge, nachdem er den Helm abgenommen und die Schmutzspritzer entfernt hatte, ein Gesicht von halbwüchsiger Frische, fast mädchenhaft; Wangen wie rosa Äpfel, gelbe Locken über der Stirn, weiche, lange Wimpern.

«Sie sind noch nicht sehr lange hier drüben, nicht wahr?» fragte Claude in väterlichem Ton, als sie sich wieder auf den Weg machten.

«Ich bin 'sechzehn rübergekommen. Früher war ich in der Infanterie.

Die Amerikaner hörten ihn gern reden; er sprach sehr rasch mit einer hohen Piepsstimme.

«Wieso haben Sie gewechselt?»

«Ach, ich habe zu einem der Kumpel-Bataillone gehört, und wir sind in Klump gehauen worden. Als ich aus dem Hospital kam und sah, daß all meine Kumpels weg waren, dachte ich, ich versuch's mit einem anderen Dienstzweig.»

«Also, was ist denn eigentlich ein Kumpel-Bataillon?» nölte Hicks. Er haßte alle englischen Wörter, die er nicht verstand, obwohl ihm französische nicht das geringste ausmachten.

«Leute, die sich gemeinsam aus der Schule gemeldet haben», piepste das Bürschlein.

Hicks warf Claude einen Blick zu. Sie beide dachten, daß dieser Junge noch eine ganze Weile in der Schule sein sollte, und fragten sich, wie er ausgesehen haben mochte, als er herüberkam.

«Und Sie wurden in Klump gehauen, sagen Sie?» fragte er mitfühlend.

«Ja, an der Somme. Wir hatten Pech. Wir wurden hinübergeschickt, um einen Graben zu nehmen, und konnten nicht. Wir sind nicht mal bis zum Stacheldraht gekommen. Der Hunne war dieses Mal so gut vorbereitet, daß wir es nicht schaffen konnten. Als wir rübergingen, waren wir tausend, als wir zurückkamen, siebzehn.»

«Hundertsiebzehn?»

«Nein, siebzehn.»

Hicks pfiff leise und wechselte wieder einen Blick mit Claude. Sie konnten beide nicht an seiner Ehrlichkeit zweifeln. Die Vorstellung, daß tausend frischgesichtige Schuljungen gegen Kanonen losgeschickt wurden, hatte etwas sehr Unerfreuliches an sich. «Es muß ein Idiotenbefehl gewesen sein», kommentierte er. «Da ist wohl im Hauptquartier ein Fehler gemacht worden?»

«O nein, das Hauptquartier wußte, was es tat! Wir hätten ihn genommen, wenn wir nur ein bißchen Glück gehabt hätten. Aber der Hunne war gerade richtig kampflustig. Seine Maschinengewehre besorgten es uns.»

«Sie wurden selbst getroffen?» fragte Claude ihn.

«Ins Bein. Er hat die ganze Zeit auf mich geballert, aber ich hab' mich auf dem Bauch zurückgeschlängelt. Als ich aus dem Hospital kam, war mein Bein nicht sehr kräftig, und in der Artillerie wird weniger marschiert.»

«Man möchte meinen, Sie hätten jetzt genug davon.»

«Oh, man kann sich nicht raushalten, nachdem einem alle Kumpel getötet wurden. Wissen Sie, man würde die ganze Zeit nur darüber nachdenken», antwortete der Junge in seinem klaren Knabensopran.

Claude und Hicks gelangten ins Hauptquartier, als die Köche gerade erschienen, um ihre Feuerstellen zu bauen. Einer der Korporäle brachte sie zum Offiziersbad – einem Schuppen mit großen Blechwannen – und trug ihre Uniformen fort, um sie in der Küche zu trocknen. Es würde eine Stunde dauern, bevor die Offiziere auf den Beinen wären, und in der Zwischenzeit würde er es schaffen, für sie saubere Hemden und Socken zu besorgen.

«Sagen Sie, Lieutenant», brachte Hicks heraus, während er sich mit einem richtigen Badetuch abrubbelte, «ich mag nichts mehr über diese Kumpel-Bataillone hören, Sie? Es bringt mich auf die Palme. Wenn wir uns sowieso schon in dies hier einmischen mußten, dann hätten wir es auch ein bißchen eher tun können. Ich kann's nicht ausstehen, mich klein zu fühlen.»

«Nehme an, wir müssen unsere Pille schlucken», sagte Claude trocken. «Es gab nichts dort, wo man sich hätte verstecken können, oder? Mir war danach. Nettes Jungchen. Ich glaube nicht, daß amerikanische Jungen überhaupt so jung wirken können.»

«Wirklich, wenn man ihm irgendwo anders begegnen würde, dann würde man sich hüten, vor ihm schmutzige Ausdrücke zu benutzen, er ist so hübsch! Was hat es für einen Sinn, ein Waisenhaus zum Abschlachten herüberzuschicken? Ich kann's nicht verstehen», grollte der fette Sergeant. «Nun ja, das ist ihre Sache. Ich lasse mir nicht mein Frühstück verderben. Meinen Sie, wir erwischen Schinken und Eier, Lieutenant?»

10

Nach dem Frühstück meldete Claude sich im Hauptquartier und sprach mit einem der Stabsmajore. Ihm wurde gesagt, er müsse bis morgen warten, um Colonel James zu sehen, der zu einer Generalkonferenz nach Paris gerufen worden war. Er war auf eine telephonische Botschaft hin am Morgen um vier in seinem Wagen abgefahren.

«In puncto Unterhaltung ist hier nicht viel los», sagte der Major. «Eine Filmvorstellung heute abend, und Sie können im ‹Estaminet› alles bekommen, was Sie wollen – der am Platz, gegenüber dem englischen Panzer, ist am besten. Da sind ein paar nette Französinnen in der Rote-Kreuz-Baracke oben auf dem Hügel, im alten Klostergarten. Sie versuchen, sich um die Zivilbevölkerung zu kümmern, und wir kommen gut miteinander aus. Wir transportieren ihre Vorräte zusammen mit unseren durch die Linien, und der Verpflegungsoffizier ist angewiesen, ihnen auszuhelfen, wenn sie knapp werden. Sie könnten hinaufgehen und sie besuchen. Sie sprechen perfekt Englisch.»

Claude fragte, ob er bei ihnen, so ohne vorgestellt worden zu sein, hereinspazieren könne.

«O ja, sie sind an uns gewöhnt! Ich werde Ihnen trotzdem eine Karte an Mademoiselle Olive mitgeben. Sie ist eine besondere Freundin von mir. So, das wär's: ‹Mlle. Olive de Courcy, empfehle etc.› Und, Sie verstehen», hier blickte er auf und musterte Claude von Kopf bis Fuß, «sie ist eine perfekte Dame.»

Selbst mit einer Empfehlung zögerte Claude noch, sich diesen Damen vorzustellen. Vielleicht mochten sie keine Amerikaner; er fürchtete sich immer, Franzosen zu begegnen, die so eingestellt waren. Den meisten der Burschen in seinem Bataillon ging es genauso, wie er herausgefunden hatte; sie hatten schreckliche Angst davor, nicht gemocht zu werden. In dem Moment, da sie spürten, daß sie nicht gemocht wurden, benahmen sie sich so schlecht wie möglich, um es zu verdienen; dann hatten sie nicht das Gefühl, sie seien hereingelegt worden – das schlechteste Gefühl, das ein Landser überhaupt haben kann!

Claude hatte vor, herumzuschlendern und sich die Stadt ein wenig anzusehen. Sie war von den Deutschen im Herbst 1914 nach ihrem Rückzug von der Marne genommen worden; und sie hatten sie bis vor einem Jahr gehalten, als sie von den Engländern und den Chasseurs Alpins zurückerobert wurde. Nur dadurch, daß sie sie mit Artillerie zertrümmerten, war es ihnen möglich gewesen, sie zu nehmen und die Deutschen daraus zu vertreiben; nicht ein einziges Gebäude war stehengeblieben.

Ruinen sind häßlich, und sonst nichts, dachte Claude, als er dem Pfad folgte, der über Haufen von Ziegelsteinen und Putz führte. Dies hier hatte nichts Pittoreskes an sich wie die Kriegsbilder, die man zu Hause sah. Ein Wirbelsturm oder ein Feuer hätte ebenso tüchtige Arbeit geleistet. Der Ort war nichts als ein einziger großer Schutthaufen; einer wie jene, welche die Ränder amerikanischer Städte verschandeln, nur größer. Es war immer wieder dasselbe: Hügel verbrannter Ziegel und zerbrochener Steine, Haufen von rostigem verbogenem Eisen, zersplitterte Balken und Dachsparren, stehende Tümpel, Kellerlöcher voll schlammigen Wassers. Vor einigen Nächten war ein amerikanischer Soldat in eins dieser Löcher gefallen und ertrunken.

Dies war eine reiche Stadt von achtzehntausend Einwohnern gewesen; nun betrug die Zivilbevölkerung etwa vierhundert. Es gab dort Leute, die all die Jahre der deutschen Besatzung hindurch ausgehalten hatten; andere, die von dort, wo immer sie untergeschlüpft waren, zurückkehrten, sobald sie hörten, daß der Feind vertrieben sei. Sie lebten in Kellern oder in kleinen Holzbaracken aus altem Bauholz und amerikanischen Warenkisten. Auf seinem Weg las Claude, auf Brettern aufgemalt, die in die Seiten dieser zerbrechlichen Unterkünfte eingefügt waren, vertraute Namen und Adressen: «Von Emery Bird, Thayer Co. Kansas City, Mo.» «Daniels und Fischer, Denver, Colo.» Diese Aufschriften erheiterten ihn so sehr, daß er Lust bekam, hinaufzugehen und die französischen Damen zu besuchen.

Die Sonne war nach drei Regentagen heiß hervorgebrochen. Die abgestandenen Tümpel und das Unkraut, das in den Gräben wuchs, dünsteten einen stinkenden, schweren Geruch aus. Wildblumen überwucherten triumphierend die Haufen rottenden Holzes und rostigen Eisens; Kornblumen und Wildkarotte und Mohn; blau und weiß und rot, als würden die französischen Farben direkt aus dem französischen Boden hervorwachsen, egal, was die Deutschen ihm antaten.

Claude hielt vor einer kleinen Hütte, die an eine halbzerstörte Ziegelmauer gebaut war. Ein vergoldeter Käfig mit einem wunderbar singenden Kanarienvogel hing in der Eingangstür. Eine alte Frau arbeitete im Gartenbeet, las Ziegel- und Mörtelstückchen auf, die der Regen angeschwemmt hatte, und scharrte mit den Fingern um die bleichen Karottenenden und zierlichen Salatköpfe herum.

Claude näherte sich ihr, tippte an seinen Helm und fragte, wie man den Weg zum Roten Kreuz finden könne.

Sie wischte sich die Hände an der Schürze ab und nahm ihn beim Ellbogen. «Vous savez le tank Anglais? Non? Marie, Marie!»

(Später erfuhr er, daß jeder von einem defekten britischen Panzer aus, der auf dem Gelände des ehemaligen Rathauses hinterlassen worden war, in diese oder jene Richtung dirigiert wurde.)

Ein kleines Mädchen kam aus der Baracke gerannt, und seine Großmutter sagte ihm, es solle sofort gehen und den Amerikaner zum Roten Kreuz bringen. Marie legte ihre Hand in Claudes und führte ihn auf einem der Pfade, die sich durch den Schutt wanden, davon. Sie machte mit ihm einen Umweg, um ihm eine Kirche zu zeigen – offenbar eine der Ruinen, auf die sie sehr stolz war –, in der der blaue Himmel durch die weißen Bogen leuchtete. Die Jungfrau stand mit leeren Armen über dem Hauptportal; ein kleiner Fuß an ihrem Gewand zeigte, wo das Jesuskind weggeschossen worden war.

«Le bébé est cassé, mais il a protégé sa mère», erklärte Marie zufrieden. Während sie weitergingen, erzählte sie Claude, daß sie einen Soldaten unter den Amerikanern habe, der ihr Freund sei. «Il est bon, il est gai, mon soldat», aber manchmal trank er zuviel Alkohol, und das war eine schlechte Angewohnheit. Vielleicht sei ihr «Scharlie» jetzt, wo sein Kamerad Montag nacht betrunken in ein Kellerloch gefallen und ertrunken war, gewarnt und würde sich bessern. Marie war offensichtlich ein wohlerzogenes Kind. Ihr Vater, sagte sie, sei Lehrer gewesen. Am Fuß des Klosterhügels kehrte sie um und wollte nach Hause gehen.

Claude rief sie zurück und versuchte verlegen, ihr etwas Geld zu geben, aber sie steckte die Hände hinter den Rücken und sagte entschieden: «Non, merci. Je n'ai besoin de rien», und lief dann fort, den Pfad hinunter.

Als er weiter die Hügelkuppe hinaufstieg, bemerkte er, daß das Gelände ein wenig aufgeräumt worden war. Der Pfad war frei, die Ziegel und behauenen Steine waren zu säuberlichen Haufen aufgeschichtet, die geknickten Hecken waren getrimmt und die toten Teile abgeschnitten worden. Als er schließlich in den Garten kam, stand er still vor Staunen; obwohl er völlig zerstört war, schien er so schön zu sein, nach all der Unordnung in der Welt da unten.

Die Kieswege waren sauber und glitzerten. Eine Wand aus sehr altem Buchsbaum stand grün vor einer Reihe abgestorbener Schwarzpappeln. Entlang der zerstörten Seite des Hauptgebäudes gedieh noch ein Birnbaum, wie eine Weinranke auf Drähte gezogen, voller kleiner roter Birnen. Der steinerne Brunnen war von einer gemähten Grasfläche umgeben, und überall standen kleine Bäume und Büsche, die zu niedrig waren, als daß die Granaten sie hätten treffen, oder das Feuer, das die Pappeln verbrannt hatte, sie hätte erfassen können. Der Hügel mußte damals von Flammen eingehüllt gewesen sein, und alle hohen Bäume waren verbrannt.

Die Baracke war an die Klostermauer gebaut – von der drei Arkaden übrig waren, ein Steinflügel für den Bretterschuppen. Auf einer Leiter stand ein einarmiger junger Mann und hantierte sehr geschickt mit einer Hand. Er schien einen Rahmenvorsprung vor das abfallende Dach zu zimmern, der eine Markise stützen sollte. Die Nägel hielt er zwischen den Zähnen. Wenn er einen brauchte, hängte er seinen Hammer an den Hosengürtel, nahm einen Nagel heraus, steckte ihn ins Holz und schlug dann kräftig zu. Claude beobachtete ihn einen Augenblick, ging dann zum Fuß der Leiter und streckte beide Hände aus. «Laissez-moi!» rief er.

Der oben spuckte seine Nägel in die Handfläche, blickte hinunter und lachte. Er war etwa in Claudes Alter, Haar und Bart waren sehr blond und die Augen blau. Ein charmant aussehender Bursche.

«Gerne», sagte er. «Dies ist keine großartige Sache, aber ich tue es zu meinem eigenen Vergnügen, für die Damen wird es angenehm sein.» Er stieg herunter und gab dem Besucher seinen Hammer. Claude machte sich an die Arbeit, während der andere zu den Arkaden ging und mit einer Rolle Segeltuch zurückkam – dem Aussehen nach ein Teil eines alten Zeltes.

«Un héritage des Boches», erklärte er und entrollte sie auf dem Gras. «Ich habe sie zwischen ihrem Dreck im Keller gefunden und bin auf die Idee gekommen, ein Sonnendach für die Damen zu bauen, da unsere Bäume zerstört sind.» Er stand plötzlich auf. «Vielleicht sind Sie gekommen, um die Damen zu besuchen?»

«Plus tard.»

Sehr gut, sagte der Junge, sie würden das Sonnendach fertig bekommen als Überraschung für Mademoiselle Olive, wenn sie nach Hause käme. Sie war jetzt unten in der Stadt, die Kranken besuchen. Er beugte sich wieder über sein Segeltuch, vermaß und schnitt es mit einer Gartenschere zurecht, wobei er auf den Knien im Gras umherrutschte und die ganze Zeit sang. Claude wünschte, er könnte die Worte des Liedes verstehen.

Während sie gemeinsam damit beschäftigt waren, das Tuch am Rahmen zu befestigen, erblickte Claude von seiner Höhe aus ein großes Mädchen, das sich langsam auf dem Pfad näherte, den auch er heraufgestiegen war. Es blieb oben an der Buchsbaumhecke stehen, als sei es müde, und sah zu ihnen hinüber. Dann kam es auf die Leiter zu und sagte in langsamem, sorgfältigem Englisch: «Guten Morgen. Louis hat Hilfe gefunden, wie ich sehe.»

Claude stieg von seinem Logenplatz herunter.

«Sind Sie Mademoiselle de Courcy? Ich bin Claude Wheeler, ich habe eine Empfehlung an Sie, falls ich sie finden kann.»

Sie nahm die Karte, las sie aber nicht. «Das ist nicht nötig. Ihre Uniform genügt. Weshalb sind Sie gekommen?»

Er sah sie etwas verwirrt an. «Nun ja, wirklich, ich weiß es nicht! Ich komme gerade von der Front, um Colonel James zu sprechen, und er ist in Paris, also muß ich einen Tag lang warten. Einer vom Stab hat vorgeschlagen, ich sollte hier heraufkommen – ich nehme an, weil es so hübsch ist!» schloß er geschickt.

«Dann sind Sie ein Gast von der Front und werden mit Louis und mir zu Mittag essen. Madame Barré ist heute auch fort. Möchten Sie unser Haus sehen?» Sie führte ihn durch die niedrige Tür in einen ungetünchten, teppichlosen, hellen und luftigen Wohnraum. Es gab farbige Kriegsplakate an den sauberen Bretterwänden, Granathülsen aus Messing voller Wild- und Gartenblumen, segeltuchbespannte Klappstühle, ein Bücherbord, einen Tisch, auf dem ein weißer Seidenschal lag, der mit großen Schmetterlingen bestickt war. Das Sonnenlicht auf dem Fußboden, die frischen Blumensträuße, die weißen Gardinen, die sich in der Brise bewegten, all das erinnerte Claude an etwas, aber es wollte ihm nicht einfallen, woran.

«Wir haben kein Gästezimmer», sagte Mademoiselle de Courcy. «Aber gehen Sie in meines, und Louis wird Ihnen heißes Wasser zum Waschen bringen.»

In einem hölzernen Raum am Ende des Ganges legte Claude seinen Rock ab und begann, sich so gründlich zu säubern wie möglich. Heißes Wasser und duftende Seife waren an sich schon angenehme Dinge. Die Frisierkommode war eine alte Warenkiste, die hochkant stand und mit weißem Batist bedeckt war. Darauf befand sich eine Reihe elfenbeinerner Toilettengegenstände mit Kämmen und Bürsten, Puder und Kölnischwasser und ein Stapel frischgebügelter weißer Taschentücher. Er hatte das Gefühl, daß es unschicklich sei, sich zu gründlich umzusehen, aber der Geruch nach Sauberkeit und eine bestimmte Atmosphäre von Persönlichkeit führten ihn in Versuchung. In einer Ecke bildete ein Vorhang an einer Stange einen Kleiderschrank; in einer anderen befand sich ein niedriges Eisenbett, wie das eines Soldaten, mit einer blaßblauen Überdecke und weißen Kissen. Er bewegte sich sorgsam und planschte vorsichtig. Es gab nichts, was er hätte zerbrechen oder beschädigen können, nicht einmal einen Teppich auf dem Bretterboden, und der Krug und das Waschbecken waren aus Eisen; dennoch fühlte er sich, als würde er etwas Zerbrechliches gefährden.

Als er herauskam, war der Tisch im Wohnraum für drei Personen gedeckt. Die korpulente alte Dame, die die Teller auflegte, beachtete ihn nicht – schien ihrem Gesichtsausdruck zufolge ihn und seinesgleichen zu verachten. Er ging ihr so weit als möglich aus dem Weg und nahm ein Buch vom Tisch, einen Band von Heines «Reisebildern» in deutsch.

Vor dem Essen zeigte ihm Mademoiselle de Courcy den Lagerraum im rückwärtigen Teil, wo die Regale gefüllt waren mit Kaffeedosen, Kondensmilch, Dosengemüse und -fleisch, alle mit amerikanischen Handelsnamen, die ihm so gut bekannt waren; Namen, die hier, so fern von zu Hause, doppelt vertraut und «zuverlässig» erschienen. Sie erzählte ihm, daß die Leute in der Stadt ohne diese Dinge nicht hätten über den Winter kommen können. Sie mußte sie sparsam verteilen, dort wo die Not am größten war, und oft genug bedeuteten sie Leben oder Tod. Nun, da es Sommer war, lebten die Menschen von ihren Gärten; aber immer noch kamen alte Frauen, die um ein paar Unzen Kaffee bettelten, und Mütter, um eine Dose Milch für ihre Kinder zu ergattern.

Claudes Gesicht leuchtete vor Freude. Ja, sein Land hatte einen langen Arm. Die Leute vergaßen das; aber hier, so spürte er, war jemand, der nicht vergaß. Als sie sich zum Essen setzten, erfuhr er, daß Mademoiselle de Courcy und Madame Barré jetzt fast ein Jahr hier waren; sie kamen, kurz nachdem die Stadt zurückerobert worden war und die früheren Einwohner zurückzukehren begannen. Die Leute brachten nur mit, was sie in den Armen tragen konnten.

«Sie müssen ihr Land unendlich lieben, meinen Sie nicht, wenn sie solche Armut ertragen, um zu ihm zurückzukommen?» sagte sie. «Selbst die Alten beklagen sich nicht häufig über den Verlust der Dinge, die ihnen lieb waren – ihre Wäsche und ihr Porzellan und ihre Betten. Wenn sie nur den Boden haben und Hoffnung, dann können sie all das neu machen. Dies hat der Krieg uns alle gelehrt, wie wenig es auf die materiellen Dinge ankommt. Nur auf das Gefühl kommt es an.»

Ganz genau! Hatte er nicht versucht, dies zu sagen, seit er geboren war? Hatte er es nicht immer gewußt, und hatte es das Leben für ihn nicht bitter und süß zugleich gemacht? Was für eine schöne Stimme sie hatte, diese Mademoiselle Olive, und wie nobel sie mit der englischen Sprache umging. Er hätte gern etwas gesagt, aber was? Er blieb stumm, saß da und brach nervös das schwarze Kriegsbrot, das neben seinem Teller lag. Er sah, wie sie auf seine Hand blickte, spürte blitzartig, daß sie sie mit Wohlwollen betrachtete, und legte sie augenblicklich auf sein Knie unter dem Tisch.

«Das schlimmste sind unsere Bäume», fuhr sie traurig fort. «Haben Sie unsere armen Bäume gesehen? Es tut einem leid um die Schönheit dieses Landes. Unsere Menschen trauern mehr um sie als um den Verlust ihres Viehs und ihrer Pferde.»

Mademoiselle de Courcy sah von Fürsorge und Verantwortung überfordert aus, dachte Claude, als er sie beobachtete. Sie schien alles andere als stark zu sein. Schlank, grauäugig, dunkelhaarig, mit einer weißen, durchsichtigen Haut und einem zu heftigen Glühen auf ihren Lippen und Wangen – wie die innere Flamme fieberhafter Tätigkeit. Ihre Schultern hingen herab, als sei sie immer müde. Sie mußte außerdem jung sein, obwohl graue Fäden ihr Haar durchzogen – es war glattgebürstet und achtlos am Hinterkopf geknotet.

Nach dem Kaffee arbeitete Mademoiselle de Courcy an ihrem Schreibtisch, und Louis nahm Claude mit, um ihm den Garten zu zeigen. Das Aufräumen und das Beschneiden von Pflanzen war sein Werk gewesen, und er hatte alles mit einem Arm getan. Diesen Herbst würde er sehr viel weiter kommen, denn er war jetzt stärker und hatte die Angewohnheit, einhändig zu arbeiten. Er mußte es schaffen, die toten Bäume zu fällen; sie bereiteten Mademoiselle Olive Kummer. Vor der Baracke standen vier alte Robinien; die Wipfel waren kohlschwarz verbrannte nackte Astgabeln, aber die niedrigeren Zweige hatten dicke Büschel so kräftigen, gelbgrünen Laubes getrieben, daß das Leben in den Stämmen noch gesund sein mußte. Diesen Herbst, sagte Louis, habe er vor, mit ein paar starken amerikanischen Jungen als Helfer die toten Äste abzusägen und die Wipfel über den dicken Stämmen flachzutrimmen! Wieviel muß es einem Mann bedeuten, sein Land derart zu lieben, dachte Claude; seine Bäume und Blumen zu lieben; es mit einem Arm zu pflegen, wenn es krank war, und sich seiner Wunden anzunehmen.

Zwischen den Blumen, die durch Selbstaussaat oder aus alten Wurzeln wieder aufgeschossen waren, fand Claude eine Gruppe hochwachsender Pflanzen mit rötlichen Stengeln und winzigen weißen Blüten – eine aus der Familie der Nachtprimeln, die «Gaura», die an den Lehmufern des Lovely Creek zu Hause wuchs. Er hatte sie nie sehr hübsch gefunden, aber er freute sich, sie hier zu entdecken. Er hatte angenommen, es sei eine jener namenlosen Blumen, die in der Prärie wuchsen und sonst nirgends.

Als sie zur Baracke zurückgingen, saß Mademoiselle Olive in einem der Segeltuchstühle, die Louis unter die neue Markise gestellt hatte.

«Was ist er für ein feiner Kerl!» rief Claude aus und sah ihm nach.

«Louis? Ja. Er war der Bursche meines Bruders. Wenn Emile auf Urlaub kam, brachte er Louis immer mit, und Louis wurde wie einer aus der Familie. Die Granate, die meinen Bruder tötete, riß ihm den Arm ab. Meine Mutter und ich haben ihn im Hospital besucht, und er schien sich zu schämen, daß er lebte, armer Junge, während mein Bruder tot war. Er fing an zu weinen und sagte: ‹Oh, Madame, il était toujours plus chic que moi!›»

Obwohl Mademoiselle Olive gut Englisch sprach, bemerkte Claude, daß sie sich dabei sehr konzentrieren mußte. Die steifen Sätze, die sie hervorbrachte, waren ihr wesensfremd; ihr Gesicht und ihre Augen liefen ihrer Zunge voraus und ließen einen begierig auf das warten, was kommen würde. Er setzte sich in einen durchhängenden Segeltuchstuhl und drehte geistesabwesend einen «Gaura»-Zweig, den er abgerissen hatte.

«Sie haben eine Blume gefunden?» Sie blickte auf.

«Ja. Sie wächst zu Hause, auf der Farm meines Vaters.» Sie ließ das verblichene Hemd, das sie gerade flickte, in ihren Schoß sinken. «Ach, erzählen Sie mir von Ihrem Land! Ich habe mit so vielen gesprochen, aber es ist schwer zu verstehen. Ja, erzählen Sie mir davon!»

Nebraska – was war das? Wie viele Tage vom Meer entfernt, wie sah es aus? Als er versuchte, es zu beschreiben, hörte sie mit halbgeschlossenen Augen zu. «Flach – mit Getreide bedeckt – schlammige Flüsse. Ich denke, es muß wie Rußland sein. Aber die Farm Ihres Vaters, beschreiben Sie sie mir, in allen Einzelheiten, und vielleicht kann ich mir den Rest vorstellen.»

Claude nahm einen Stock und zeichnete ein Quadrat in den Sand: Dort war zunächst einmal das Haus mit dem Farmhof; da die große Weide, durch die der Lovely Creek floß; dort drüben die Weizen- und Maisfelder, das Wäldchen; mehr Weizen und Mais, mehr Weiden. Da war es in den gelben Sand gezeichnet, und darüber glitten die Schatten der halbverkohlten Robinien. Er hätte nicht geglaubt, daß er einer Fremden davon so detailliert erzählen könnte. Das war zweifellos zum Teil seiner Zuhörerin zuzuschreiben; sie brachte ihm ungewöhnliche Sympathie entgegen und das Leuchten eines ungewöhnlichen Geistes. Während sie sich über die Karte beugte und ihn ausfragte, sammelte sich ein leichter Tau von Schweiß auf ihrer Oberlippe, und ihre Bemühung, alles zu sehen und zu verstehen, ließ sie rascher atmen. Er erzählte ihr von seiner Mutter und seinem Vater und Mahailey; wie das Leben dort im Sommer und Winter und Herbst war – wie es in jenem schicksalhaften Sommer war, als der Hunne stetig weiter nach Paris vorrückte, und an jenen drei Tagen, als die Franzosen an der Marne standhielten; wie seine Mutter und sein Vater darauf warteten, daß er abends die Nachrichten brachte, und wie selbst die Maisfelder den Atem anzuhalten schienen.

Mademoiselle Olive sank müde in ihren Stuhl zurück. Claude blickte auf und sah Tränen in ihren Augen glänzen. «Und ich selbst», murmelte sie, «wußte von der Marne erst drei Tage später, obwohl mein Vater und mein Bruder beide dort waren! Ich war weit weg in der Bretagne, und die Züge fuhren nicht. Das ist es ja, was wundervoll ist, daß Sie hier sind und mir davon erzählen! Wir – wir wurden von Kindheit an gewarnt, daß eines Tages die Deutschen kommen würden; wir wuchsen unter dieser Bedrohung auf. Aber ihr da drüben wart so sicher, mit all eurem Weizen und Mais. Nichts konnte euch etwas anhaben – nichts!»

Claude schlug die Augen nieder. «Doch», murmelte er errötend, «die Scham konnte es, und um ein Haar hätte sie es getan. Wir sind fast zu spät gekommen.» Er erhob sich aus seinem Stuhl, als würde er etwas holen wollen... Aber woher sollte er es bekommen? Er schüttelte den Kopf. «Ich fürchte», sagte er bekümmert, «ich kann Ihnen durch nichts, was ich sage, verständlich machen, wie fern uns das alles erschien, wie unwirklich fast. Es schien nicht nur Meilen entfernt, es schien Jahrhunderte entfernt zu sein.»

«Aber ihr seid ja da – so viele und von so weit her! Es ist das letzte Wunder dieses Krieges. Ich war am vierten Juli in Paris, als eure Marinesoldaten, die gerade vom Belleau-Wald zurück waren, zu euerm Nationalfeiertag marschierten, und ich sagte mir, als sie herankamen: ‹Das ist ein neuer Mensch!› Sie hatten solche Köpfe, so schön, da, hinter den Ohren. Solch eine Disziplin und Entschlossenheit. Unsere Leute lachten und riefen ihnen zu und warfen ihnen Blumen zu, aber sie sahen niemals um sich... die Augen unverwandt geradeaus. Sie marschierten vorbei wie Männer der Vorsehung.» Sie warf die Hände mit einer raschen Bewegung seitwärts und ließ sie in den Schoß fallen. Die Gefühlsbewegung jenes Tages kehrte in ihr Gesicht zurück. Als Claude ihre brennenden Wangen, ihre brennenden Augen sah, verstand er, daß die Anspannung dieses Krieges ihr eine Wahrnehmungsfähigkeit verliehen hatte, die an eine prophetische Gabe grenzte.

Eine Frau, die ein Baby trug, kam den Hügel herauf. Mademoiselle de Courcy ging ihr entgegen und nahm sie mit ins Haus. Claude setzte sich wieder, fast selbstverloren in dem Gefühl, völlig verstanden zu werden, nicht länger ein Fremder zu sein. In weiter Ferne donnerten in Abständen die großen Kanonen. Unten im Garten sang Louis. Wieder wünschte er, er könnte die Worte von Louis' Liedern verstehen. Die Melodien waren ziemlich melancholisch, aber sie wurden fröhlich gesungen. Die Stimme des Jungen hatte etwas Offenes und Warmes an sich, ebenso wie sein Gesicht – auch etwas Blondes. Es war eine eindeutig blonde Stimme, reif und wogend wie Sommerweizenfelder. Claude saß eine halbe Stunde oder länger allein da und kostete eine neue Art von Glück, eine neue Art von Traurigkeit. Zerstörung und neue Geburt; der Schauder vor häßlichen Dingen in der Vergangenheit, das bebende Bild von schönen am Horizont: Finden und Verlieren. Er erkannte darin das Leben selbst.

Als seine Gastgeberin zurückkam, rückte er ihr den Stuhl aus dem näherkommenden Sonnenlicht. «Ich wußte nicht, daß es solche französischen Mädchen wie Sie gibt», sagte er schlicht, als sie sich setzte.

Sie lächelte. «Ich glaube nicht, daß noch irgendwelche französischen Mädchen übrig sind. Es gibt Kinder und Frauen. Ich war einundzwanzig, als der Krieg begann, und ich war noch nie ohne meine Mutter oder meinen Bruder, oder meine Schwester irgendwo gewesen. Innerhalb eines Jahres fuhr ich allein durch ganz Frankreich; mit Soldaten, mit Senegalesen, mit jedem. Alles bei uns ist anders.» Sie hatte in Versailles gelebt, erzählte sie ihm, wo ihr Vater Lehrer an der Militärschule gewesen war. Er starb zu Beginn des Krieges. Ihr Großvater war im Krieg von 1870 gefallen. Ihre Familie war eine Soldatenfamilie, aber nicht einer der Männer wäre da, um den Tag des Sieges zu erleben.

Sie sah so müde aus, daß Claude wußte, es war Zeit zu gehen. Lange Schatten fielen in den Garten. Es machte ihm Mühe aufzubrechen; aber auf eine Stunde mehr oder weniger kam es nicht an. Zwei Menschen konnten einander kaum mehr geben, wenn sie jahrelang zusammen wären, dachte er.

«Würden Sie mir sagen, wo ich Sie aufsuchen kann, falls wir beide diesen Krieg überstehen?» fragte er, als er sich erhob.

Er schrieb es in sein Notizbuch.

«Ich werde nach Ihnen Ausschau halten», sagte sie und reichte ihm die Hand.

Ihm blieb nun nichts weiter zu tun, als den Helm zu nehmen und zu gehen. Am Rande des Hügels, kurz bevor er den Pfad hinabtauchte, hielt er inne und blickte zum Garten zurück, der flach in der Sonne lag; die drei Arkaden, die Dahlien und Ringelblumen, die glänzende Buchsbaumhecke. Er hatte oben auf dem Hügel etwas zurückgelassen, das er niemals wiederfinden würde.

Am nächsten Nachmittag brachen Claude und sein Sergeant auf zur Front. Man hatte ihnen im Hauptquartier gesagt, sie könnten ihren Weg abkürzen, wenn sie der großen Straße bis zum Militärfriedhof folgen und dann links abbiegen würden. Es sei nicht ratsam, die letzte Hälfte des Weges vor Anbruch der Nacht zu wagen, also ließen sie sich Zeit und schlenderten durch die wuchernden Getreide- und Heufelder.

Als sie die Straße erreichten, trafen sie auf einen großen

Schotten, der hinten auf einem leeren Nachschubwagen saß, eine Pfeife rauchte und den getrockneten Schlamm aus seinem Kilt rieb. Die Pferde mampften in ihren Futtersäcken, und der Fuhrmann war verschwunden. Die Amerikaner hatten bisher noch keinen Schotten getroffen und waren neugierig. Der hier mußte ein guter Kämpfer sein, dachten sie; ein muskulöser Riese mit einem Bulldoggenkiefer und einem Gesicht, das so rot und knotig war wie seine Knie. Eher weil er das Aussehen des Mannes bewunderte, als daß er Auskunft brauchte, ging Hicks zu ihm und fragte ihn, ob er hinten an der Straße einen Militärfriedhof gesehen habe. Der Kiltie nickte.

«Wie weit etwa, was meinen Sie?»

«Ich meine überhaupt nichts. Die Kilometer von hier interessieren mich nicht», antwortete er trocken und rieb weiter an seinem Rock, als hätte er ihn in einem Waschzuber.

«Also gut, wie lange werden wir ungefähr gehen müssen?»

«Könnt's nicht sagen. Ein Schotte würde es in einer Stunde schaffen.»

«Ich schätze, ein Yankee kann es genauso schnell schaffen wie ein Schotte, oder?» fragte Hicks fröhlich.

«Könnt's nicht sagen. Alles, was ich weiß ist, daß ihr vier Jahre bis hierher gebraucht habt.»

Hicks blinzelte, als sei er geschlagen worden. «Oh, wenn das Ihre Art zu reden ist...»

«Das ist meine Art zu reden», sagte der andere verdrießlich.

Claude hob warnend die Hand. «Kommen Sie, Hicks. Sie erreichen nichts damit.» Sie gingen ziemlich fassungslos die Straße hinauf. Hicks dachte die ganze Zeit an Dinge, die er hätte sagen können. Wenn er zornig war, schwoll die Stirn des Sergeanten an und wurde dunkelrot wie bei einem kleinen Kind. «Warum haben Sie mich weggerufen?» ereiferte er sich.

«Ich sehe nicht, wohin Sie mit einem Streit gekommen wären, und ganz sicher hätten Sie ihn nicht verprügeln können.»

Sie bogen in den Friedhof ein, um den Sonnenuntergang abzuwarten. Der Friedhof hatte keinen Zaun und keinen Rasen, und eine Wagenspur lief mitten hindurch und teilte das Quadrat in zwei Hälften. Auf der einen Seite waren die französischen Gräber mit weißen Kreuzen, auf der anderen Seite die deutschen Gräber mit schwarzen Kreuzen. Mohnblumen und Kornblumen überwucherten sie. Die Amerikaner schlenderten umher und lasen die Namen. Hier und da war das Photo des Soldaten an das Kreuz genagelt, hinterlassen von irgendeinem Kameraden, um die Erinnerung an ihn ein wenig zu verlängern.

Die Vögel, auf dem Heimweg von irgendwoher, die immer zur Morgen- und Abenddämmerung munter wurden, begannen zu singen. Claude und Hicks ließen sich zwischen den Hügeln nieder und fingen an zu rauchen, während die Sonne sank. Reihen toter Bäume kerbten die Röte des Westens. Dies war selbst für Jungen, die in der flachen Prärie aufgewachsen waren, ein öder Landstrich. Sie rauchten schweigend, nachdenklich und warteten auf die Nacht. Auf einem Kreuz zu ihren Füßen lautete die Inschrift lediglich:

Soldat Inconnu, Mort pour La France

Eine gute Grabinschrift, dachte Claude. Die meisten Jungen, die in diesem Krieg fielen, waren unbekannt, sogar sich selbst. Sie waren zu jung. Sie starben und nahmen ihr Geheimnis mit sich – was sie waren und was sie hätten sein können. Der Name, der Bestand hatte, war «La France». Wieviel dieser Name für ihn an Bedeutung gewonnen hatte, seit er zum erstenmal in der Morgendämmerung vom Deck der «Anchises» eine Landschulter hatte aufragen sehen! Es war ein Name, der sich angenehm im Geiste hersagen ließ, wo man ihn so leidenschaftlich nasal aussprechen durfte, wie man wollte, ohne erröten zu müssen.

Auch Hicks hatte sich in seinen Gedanken verloren. Jetzt brach er das Schweigen. «Irgendwie, Lieutenant, ist ‹mort› toter als ‹dead›. Es klingt nach Sarg. Und bei den Deutschen da drüben sind sie alle ‹tot›, und es ist alles dieselbe verdammt alberne Sache. Sehen Sie, wie sie hier aufgestellt sind, schwarz und weiß, wie ein Schachbrett. Die nächste Frage ist, wer sie hier hingesetzt hat und wozu das gut sein soll?»

«Was weiß ich», murmelte der andere geistesabwesend.

Hicks drehte sich eine weitere Zigarette, saß da und rauchte, sein plumpes Gesicht zerknittert vom Ernst und der Anstrengung seines Nachdenkens. «Also», brachte er schließlich hervor, «wir sollten besser losziehen. Dies Abendleuchten wird noch eine Stunde anhalten – tut es hier drüben immer.»

«Ich denke, wir sollten.» Sie erhoben sich, um zu gehen. Die weißen Kreuze waren jetzt violett, und die schwarzen waren völlig mit dem Schatten verschmolzen. Hinter den toten Bäumen im Westen brannte noch ein langgezogener

Streifen Rot. Im Norden wurde das tiefe Donnern der Kanonen lauter. «Da drüben wird jemandem eingeheizt. Rufen Eulen immer auf Friedhöfen?»

«Genau das hab' ich mich auch gerade gefragt, Lieutenant. Ansonsten ist es ein friedliches Plätzchen. Gute Nacht, Jungs», sagte Hicks freundlich, als sie die Gräber hinter sich ließen.

Sie fanden bald ihren Weg zwischen Granattrichtern hindurch, und während sie in der Dunkelheit Gräben übersprangen, begann der Gedanke, zu ihren Kumpels und ihrer eigenen kleinen Gruppe zurückzukehren, sie fröhlich zu stimmen. Hicks platzte los und erzählte Claude, daß er und Dell Able vorhätten, wenn sie nach Hause kämen, gemeinsam ein Geschäft aufzuziehen, eine Garage mit Automobilwerkstatt zu eröffnen. Unter ihrem Gerede blieb in den Gedanken beider jener einsame Ort gegenwärtig und die Inschrift: Soldat Inconnu, Mort pour La France.

11

Nach vier Tagen Rast im hinteren Abschnitt marschierte das Bataillon wieder an die Front, in einen neuen Landstrich etwa zehn Kilometer östlich vom Graben, zu dessen Wachablösung sie gekommen waren. Eines Morgens schickte Colonel Scott nach Claude und Gerhardt und breitete seine Karten auf dem Tisch aus.

«Wir werden sie heute nacht da in F 6 rauswerfen und unsere Linie begradigen. Was uns Sorgen macht, ist das kleine Dorf, das auf dem Hügel klebt, wo die feindlichen Maschinengewehre eine starke Stellung haben. Ich möchte die dort heraus haben, bevor das Bataillon hinübergeht. Wir können nicht allzu viele Männer entbehren, und ich möchte nicht mehr Offiziere hinausschicken, als unbedingt nötig; es hätte keinen Sinn, das Bataillon für die Hauptoperation zu reduzieren. Glaubt ihr, ihr beiden Jungs könntet es mit hundert Mann schaffen? Die Sache ist die, ihr müßt drüben und wieder zurück sein, bevor unsere Artillerie um drei Uhr anfängt.»

Unter dem Hügel, auf dem das Dorf stand, verlief eine tiefe Schlucht, und von dieser Schlucht aus wand sich ein verschlungener Wasserlauf den Hang hinauf. Wenn das Kommando diese Rinne hinaufkletterte, müßte es in der Lage sein, die Maschinengewehrschützen von hinten zu überfallen und sie zu überrumpeln. Doch zunächst mußten sie die fast einundhalb Kilometer breite offene Strecke zwischen der amerikanischen Linie und der Schlucht überwinden, ohne Aufmerksamkeit zu erregen. Es regnete jetzt, und sie konnten mit Sicherheit auf eine dunkle Nacht rechnen.

Die Nacht brach tatsächlich schwarz herein. Die Kompanie überquerte die offene Strecke, ohne Feuer zu provozieren, und schlüpfte in die Schlucht, um die Stunde des Angriffs abzuwarten. Ein junger Arzt, ein Pennsylvanier, der vor kurzem dem Stab zugeteilt worden war, hatte sich freiwillig erboten, mit ihnen zu gehen, und richtete am Boden der Schlucht eine Verbandsstation ein, wo die Tragbahren hinterlassen wurden. Sie würden ihre Verwundeten auf dem Rückweg aufsammeln. Alles, was in dem Bereich zurückblieb, würde später dem Artilleriefeuer ausgesetzt sein.

Um zehn begannen die Männer, den Wasserlauf hochzusteigen, krochen durch Tümpel und kleine Wasserfälle und machten ein regelmäßiges klatschendes Geräusch, wie Schweine, die sich am Koben reiben. Claude stieg mit der Spitze der Kolonne gerade am Hang über dem Dorf aus der Rinne, als eine Leuchtrakete hochstieg und eine Feuersalve losbrach, direkt aus dem Unterholz auf der bergaufwärts gewandten Seite des Wasserlaufs; Maschinengewehre, welche den schutzlos darunterherkriechenden Trupp unter Beschuß nahmen. Der Hunne war gewarnt worden, daß die Amerikaner die Ebene überqueren, und hatte vorhergesehen, auf welchem Weg sie heranrücken würden. Die Männer in der Rinne saßen in der Falle; sie konnten nicht wirksam zurückschlagen, und die Kugeln aus den Maxims sprangen auf den Felsen um sie wie Hagel. Gerhardt lief die Kolonne entlang und forderte die Männer eindringlich auf, nicht zurückzuweichen und sich gegenseitig in die Quere zu kommen, sondern auf der hügelabwärts gewandten Seite aus der Rinne auszubrechen und sich zu verteilen.

Claude machte sich mit seiner Truppe auf den Rückweg. «Geht ins Unterholz und kriegt sie! Unsere Jungs haben da unten keine Chance. Granaten, solange vorhanden, dann Bajonette. Zieht den Zünder, und haltet sie nicht zu lange fest.»

Sie waren schon losgerannt und griffen das Unterholz an. Die Hunnenschützen kannten den Hügel in- und auswendig, und als die Bomben zwischen ihnen zu explodieren begannen, zogen sie sich zu ihren Schleichpfaden und in ihre Schlupflöcher zurück. «Folgt ihnen nicht in die Felsen», rief Claude wieder und wieder. «Vorwärts! Säubert alles bis zur Schlucht.»

Als die deutschen Schützen sich in Deckung brachten, hörte das Feuer in der Rinne auf, und die festgehaltene Kolonne strömte hinter Gerhardt den steilen Hohlweg hinauf.

Claude und sein Trupp fanden sich am Fuß des Hügels am Rande der Schlucht wieder, von wo sie aufgebrochen waren. Heftiges Feuer auf dem Hügel oben sagte ihnen, daß die übrigen Männer durchgekommen waren. Der schnellste Weg zurück zum Kampfschauplatz führte durch denselben Wasserlauf, den sie vorher hinaufgestiegen waren. Sie sprangen hinein und begannen erneut den Aufstieg. Claude, am hinteren Ende, fühlte, wie der Boden sich unter ihm hob, und er wurde mit einem Berg von Erde und Fels in die Schlucht hinuntergefegt.

Ihm wurde nie klar, ob er das Bewußtsein verloren hatte oder nicht. Es kam ihm vor, als habe er weiter fortlaufende Empfindungen gehabt. Die erste war die, in Stücke gesprengt zu werden; unter unerträglichem Druck zu einer enormen Größe anzuschwellen und dann zu platzen. Als nächstes fühlte er sich schrumpfen und ein Kribbeln, wie wenn ein erfrorener Körper auftaut. Dann schwoll und platzte er wieder. Dies wiederholte sich, er wußte nicht, wie oft. Er bemerkte bald, daß er unter einer großen Last Erde lag, sein Körper, nicht sein Kopf. Er fühlte Regen auf sein Gesicht fallen. Die linke Hand war frei und noch am Arm. Er führte sie vorsichtig an sein Gesicht. Er schien aus Nase und Ohren zu bluten. Nun begann er sich zu fragen, wo er verletzt sei; er hatte das Gefühl, er sei voller Granatsplitter. Alles war begraben, außer seinem Kopf und der linken Schulter. Eine Stimme rief von irgendwo unten.

«Ist irgendwer von euch noch am Leben?»

Claude schloß die Augen gegen den Regen, der ihm ins Gesicht trommelte. Und dann dieselbe Stimme noch mal, mit einem Unterton geduldiger Verzweiflung: «Wenn irgend jemand in diesem Loch noch am Leben ist, würde er sich bitte melden? Ich bin selbst schlimm verletzt.»

Das mußte der neue Arzt sein; war nicht seine Verbandsstation irgendwo hier unten? Verletzt, sagte er. Claude versuchte, seine Beine ein wenig zu bewegen. Vielleicht würde er sich, wenn er unter dem Dreck herauskäme, lange genug zusammennehmen können, um den Arzt zu erreichen. Er begann, sich zu winden und sich herauszuziehen. Die nasse Erde sog an ihm; es war schmerzhaft. Er stemmte sich mit den Ellbogen ab, rutschte aber immer wieder zurück.

«Dann bin ich als einziger übrig?» sagte die bekümmerte Stimme unten.

Schließlich hatte sich Claude aus seinem Erdloch herausgearbeitet, aber er war nicht in der Lage zu stehen. Jedesmal, wenn er es versuchte, wurde ihm schwach, und er schien wieder zu platzen. Außerdem war etwas mit seinem rechten Knöchel – er konnte ihn nicht belasten. Vielleicht war er zu nahe an der Granate gewesen, um getroffen zu werden; er hatte die Jungs von solchen Fällen erzählen hören. Sie war unter seinen Füßen explodiert und hatte ihn in die Schlucht hinuntergefegt, aber von ihrem Metall war nichts in seinen Körper gedrungen. Wenn sie das getan hätte, dann hätte sie so viel in ihn hineingeschossen, daß er nicht hier sitzen und nachdenken würde. Er begann auf allen vieren den Hang hinunterzukriechen. «Ist das der Doktor? Wo sind Sie?»

«Hier, auf einer Tragbahre. Sie haben uns mit Granaten

beschossen. Wer sind Sie? Unsere Jungs sind hinaufgekommen, nicht?»

«Ich glaube die meisten von ihnen. Was ist hier unten passiert?»

«Ich fürchte, es ist meine Schuld», sagte die Stimme traurig. «Ich habe meine Taschenlampe benutzt, und das muß ihnen die Reichweite angezeigt haben. Sie haben drei oder vier Granaten direkt auf uns geworfen. Die Jungs, die in der Rinne verletzt wurden, kamen nacheinander hierher zurück, und ich konnte im Dunkeln nichts ausrichten. Um etwas tun zu können, mußte ich Licht haben. Gerade wurde ich mit dem Anlegen einer Johnson-Schiene fertig, als die erste Granate einschlug. Ich glaube, jetzt sind sie alle hinüben.»

«Wie viele waren es?»

«Vierzehn, glaub' ich. Einige davon waren nur leicht verletzt. Sie wären alle noch am Leben, wenn ich nicht mit Ihnen herausgekommen wäre.»

«Wer waren sie? Aber Sie kennen unsere Namen ja noch nicht, oder? Sie haben Lieutenant Gerhardt nicht darunter gesehen?»

«Glaub' nicht.»

«Oder Sergeant Hicks, diesen fetten Burschen?»

«Glaub' nicht.»

«Wo sind Sie verletzt?»

«Abdominal. Ohne Licht kann ich überhaupt nichts sagen. Ich habe meine Taschenlampe verloren. Ich bin gar nicht auf den Gedanken gekommen, daß sie Ärger machen könnte; es ist eine, die ich zu Hause benutze, wenn die Babys krank sind», murmelte der Arzt.

Claude versuchte erfolglos, ein Streichholz anzuzünden.

«Warten Sie einen Augenblick, wo ist Ihr Helm?» Er nahm seinen Metallhelm ab, hielt ihn über den Arzt und brachte es fertig, darunter ein Licht anzuzünden. Der Verwundete hatte schon seine Hose gelockert und zog nun sein blutiges Hemd hoch. Leistengegend und Unterleib waren auf der linken Seite zerrissen. Auf der Wunde und der Tragbahre, auf der er lag, hatte sich eine Masse geronnenen Blutes gesammelt, die aussah wie eine große Rinderleber.

«Ich glaube, ich hab' mein Teil weg», murmelte der Arzt, als das Streichholz ausging.

Claude zündete ein neues an. «Ach, das kann nicht sein. Unsere Jungs werden sehr bald zurück sein, und dann können wir etwas für Sie tun.»

«Sinnlos, Lieutenant. Meinen Sie, Sie könnten einem dieser armen Burschen den Mantel ausziehen? Ich fühle die Kälte schrecklich in meinen Eingeweiden. Ich hatte eine Flasche französischen Brandy, aber ich nehme an, sie ist begraben.»

Claude zog seinen Mantel aus, der innen warm war, und begann, im Schlamm nach dem Brandy umherzutasten. Er wunderte sich, wieso der arme Mann nicht schrie vor Schmerz. Die Schießerei auf dem Hügel hatte aufgehört, mit Ausnahme des gelegentlichen Klickens einer Maxim irgendwo draußen in den Felsen. Auf seiner Uhr war es 12 Uhr 10. Konnte irgend etwas da oben fehlgeschlagen sein?

Plötzlich Stimmen von oben, ein Trappeln von Stiefeln auf dem Schiefer. Er begann zu rufen.

«Kommen schon, kommen schon!» Er kannte die Stimme. Gerhardt und seine Schützen liefen mit einem Trupp

Gefangener in die Schlucht hinunter. Claude rief ihnen zu, sie sollten vorsichtig sein. «Zündet kein Streichholz an! Sie haben hier unten Granaten abgeworfen.»

«Bist du in Ordnung, Wheeler? Wo sind die Verwundeten?»

«Es gibt keine außer dem Doktor und mir. Bringt uns hier schnell raus. Ich bin in Ordnung, aber ich kann nicht gehen.»

Sie legten Claude auf eine Tragbahre und schickten ihn voran. Vier große Deutsche trugen ihn, und sie wurden von Hicks und Dell Able zum Laufschritt angehalten. Vier ihrer eigenen Männer nahmen den Arzt auf, und Gerhardt ging neben ihm. Trotz ihrer Vorsicht setzte die Bewegung die Blutung wieder in Gang und riß die Verkrustungen auf, die sich über seinen Wunden gebildet hatten. Er begann, Blut zu erbrechen und zu würgen. Die Männer setzten die Tragbahre ab. Gerhardt hob den Kopf des Arztes. «Es ist vorbei», sagte er dann. «Seht zu, daß ihr schnellstens rüber kommt. Diejenigen, die ihn jetzt tragen, werden ihn nicht schütteln», sagte Oscar, der fromme Schwede.

Die B-Kompanie verlor bei dem Überfall neunzehn Mann. Zwei Tage später ging sie in einen zehntägigen Urlaub. Claudes verstauchter Knöchel war zum Doppelten seines normalen Umfangs angeschwollen, aber um zu vermeiden, daß er ins Hospital geschickt wurde, mußte er zum Endbahnhof marschieren. Sergeant Hicks besorgte ihm einen riesigen Schuh, den er im Stacheldrahtverhau gefunden hatte. Claude und Gerhardt gingen gemeinsam in ihren Urlaub.

12

Ein regnerischer Herbstabend; Papa Joubert saß da und las seine Zeitung. Da hörte er ein lautes Pochen an seinem Gartentor. Er schüttelte seine Pantoffeln ab, zog die Holzschuhe über, die er bei Schlamm benutzte, schlurfte durch den tropfenden Garten und öffnete das Tor, das auf die dunkle Straße führte. Zwei große Gestalten mit Gewehren und Tornistern standen vor ihm. Schon hatte er sie umarmt und rief seiner Frau zu:

«Nom de diable, Maman, c'est David, David et Claude, tous les deux!»

Wie Jammergestalten von Soldaten sahen sie aus, als sie im Kerzenlicht standen – lehmbedeckt, ihre Stahlhelme glänzten wie Kupferschalen, aus ihren Kleidern tropften Pfützen auf die Fliesen des Küchenbodens. Madame Joubert küßte ihre nassen Wangen, und Monsieur umarmte sie, nun, da er sie sehen konnte, von neuem. Woher waren sie gekommen, und wie war es ihnen dort oben ergangen? Sehr gut, wie jeder sehen konnte. Was wollten sie als erstes – Abendessen vielleicht? Ihr Zimmer war immer für sie bereit; und die Kleidung, die sie zurückgelassen hatten, lag in der großen Truhe.

David erklärte, daß ihre Hemden in vier Tagen nicht ein einziges Mal trocken gewesen seien; und wonach sie sich am meisten sehnten, sei, trocken und sauber zu sein. Die alte Martha, die schon im Bett lag, wurde herausgescheucht, um Wasser heiß zu machen. Monsieur Joubert trug den großen Waschzuber nach oben. «Morgen die Unterhaltung», sagte er, «heute die Ruhe.» Die Jungen folgten ihm und begannen sich aus ihren nassen Uniformen zu schälen, die sie in zwei durchgeweichten Haufen auf dem Boden zurückließen. Es gab nur ein Bad für beide, und sie warfen eine Münze in die Luft, um zu entscheiden, wer als erster ins warme Wasser steigen dürfe. Beim Anblick von Claudes dickem, bandagiertem Knöchel fing Monsieur Joubert an zu glucksen. «Oh, ich sehe, der Boche hat Sie da oben tanzen lassen!»

Als sie saubere Pyjamas aus der Truhe angezogen hatten, trug Papa Joubert ihre Socken und Hemden für Martha zum Waschen hinunter. Er kehrte mit einer großen Fleischplatte zurück, auf der ein Omelett aus zwölf Eiern lag, gefüllt mit Speck und Bratkartoffeln. Madame Joubert brachte die dreistöckige irdene Kaffeekanne an die Tür und rief: «Bon appétit!» Der Gastgeber schenkte den Kaffee ein und schnitt den Brotlaib mit seinem Taschenmesser zurecht. Er setzte sich, um ihnen beim Essen zuzusehen. Überhaupt, wie hatten sie es da oben gefunden? Die Boches höflich und nett wie gewöhnlich? Als schließlich keine einzige Krume mehr übrig war, schenkte er jedem ein kleines Glas Brandy ein, «pour aider la digestion», und wünschte ihnen eine gute Nacht. Er nahm die Kerze mit.

Vollkommene Seligkeit, dachte Claude, als sich die Kühle der Laken um seinen Körper erwärmte und er im Kissen den alten Lavendelgeruch erschnupperte. So warm, so trocken, so sauber, so geliebt zu sein! Die Reise herunter schien im Rückblick von hier aus wunderschön. Sobald sie aus dem Gebiet gemarterter Bäume herausgekommen waren, fanden sie ein französisches Land vor, das sich in Gold verwandelt hatte. Überall entlang der Flußtäler hatten sich die grünen Pappeln gleichmäßig gelb gefärbt und sahen in Nebel und Regen aus wie Kerzenflammen. Über die Felder, den Horizont entlang liefen sie wie Fackeln, die von einer Hand zur nächsten weitergereicht wurden, und alle Weiden an den kleinen Flüssen waren silbern geworden. Die Weinberge waren noch grün, dicht durchsetzt von geringelten blutroten Zweigen. All das blitzte im Dunkeln neben seinem Kissen wieder auf: dieses schöne Land, dieses schöne Volk, dieses schöne Omelett; goldene Pappeln, blaugrüne Weinberge, nasse, scharlachrote Weinblätter, Regen, der in den Hof tropfte, duftende Dunkelheit... Schlaf, stärker als alles.

13

Der Waldpfad war tief unter Blättern begraben. Claude und David lagen auf dem trockenen, federnden Heidekraut zwischen den Feuersteinfelsen. Gerhardt, mit seinem Stetson über den Augen, schlief vermutlich. Sie hatten schönes Wetter für ihren Urlaub. Der Wald erhob sich um diese offene Lichtung wie ein Amphitheater in goldenen Terrassen von Roßkastanien und Buchen. Die großen Früchte fielen samtig und braun herab, als seien sie in Öl eingeweicht worden, und verschwanden im trockenen Laub. Kleine schwarze Eiben, die im Sommergrün nicht sichtbar gewesen waren, standen zwischen dem krausen gelben Farn. Durch das graue Netzwerk der Buchenzweige glitzerten steife Stechpalmenbüsche.

Es war die Art der Wheelers, falsches Glück zu fürchten, sich feige zu ängstigen, sie könnten genarrt werden. Seit er zurückgekommen war, hatte Claude sich mehr als einmal gefragt, ob er nicht zu viel für selbstverständlich hielt und sich hier mehr zu Hause fühlte, als ihm überhaupt zustand. Die Amerikaner, so hatte er beobachtet, neigten dazu, sich häuslich niederzulassen, gute Manieren mit Wohlwollen zu verwechseln. Er hatte jedoch kein Recht, an der Zuneigung der Jouberts zu zweifeln; sie war echt und für ihn bestimmt – keine glatte Oberfläche, unter der jede Nuance von Verachtung liegen und spotten konnte... war, kurz gesagt, nicht die trügerische «französische Höflichkeit», von der man sich nicht täuschen lassen darf. Allein den Wechsel der Jahreszeit in einem Land erlebt zu haben, gab einem das Gefühl, schon lange dort zu sein. Und jedenfalls war er kein Tourist. Er war in einer rechtmäßigen Angelegenheit hier.

Claudes verstauchtes Fußgelenk war immer noch übel geschwollen. Madame Joubert war sicher, daß er damit überhaupt nicht umhergehen sollte, bat ihn, den ganzen Tag im Garten zu sitzen und es zu schonen. Aber der Stabsarzt an der Front hatte ihm gesagt, wenn er aufhörte zu gehen, müßte er ins Hospital. Also hinkte er täglich mit Hilfe des besten Spazierstocks seines Gastgebers aus Stechpalmenholz hinaus in den Wald. An diesem Nachmittag war er versucht, noch weiter zu gehen. Madame Joubert hatte ihm von einigen Höhlen auf der anderen Seite des Waldes erzählt, unterirdische Kammern, in denen vor sehr langer Zeit die Landbevölkerung in großer Not, während der englischen Kriege, gehaust habe. Die englischen Kriege; er konnte sich nicht genau erinnern, wie weit sie zurücklagen – aber weit genug, um sich dabei nicht unbehaglich fühlen zu müssen. Was ihn betraf, so würde er vielleicht überhaupt nie wieder nach Hause gehen. Vielleicht würde er sich, wenn diese große Sache vorbei war, einen kleinen Bauernhof kaufen und den Rest seines Lebens hierbleiben. Das war ein Plan, mit dem er gerne spielte. Zu Hause, wo die Leute immer kauften und verkauften, bauten und abrissen, gab es keine Chance für die Art von Leben, die er sich wünschte. Er hatte angefangen zu glauben, daß die Amerikaner ein Volk von seichten Gefühlen seien. So hatte Gerhardt es einmal ausgedrückt; und wenn das stimmte, dann ließ sich daran nichts ändern. Das Leben war so kurz, daß es überhaupt nichts bedeutete, wenn es nicht unablässig durch etwas Dauerhaftes gestützt würde; wenn nicht die Schatten individuellen Daseins vor einem Hintergrund kamen und gingen, der sie zusammenhielt. Während er in seinen Tagtraum vom Bauernhof in Frankreich versunken war, rührte sich sein Gefährte und rollte sich auf seinen Ellbogen.

«Du weißt, daß wir uns in A... dem Bataillon anschließen werden. Wir werden da leben wie die Könige. Hicks wird so fett werden, daß er auf dem Marsch umkippt. Das Hauptquartier muß etwas besonders Gemeines im Schilde führen; die Infanterie wird vor einem Schlachtfest immer gemästet. Aber ich habe nachgedacht; ich habe ein paar alte Freunde in A... Was hältst du davon, wenn wir einen Tag früher hingehen und uns von ihnen unterbringen lassen? Es ist ein schönes altes Anwesen, und ich sollte sie besuchen. Der Sohn hat mit mir zusammen am Konservatorium studiert. Er ist im zweiten Kriegswinter gefallen. Ich bin immer in den Ferien mit ihm dorthingefahren; ich würde gern seine Mutter und seine Schwester wiedersehen. Du hast doch nichts dagegen?»

Claude antwortete nicht sofort. Er lag da und blinzelte hinüber zu den Buchen, ohne sich zu rühren. «Du vermeidest mir gegenüber immer das eine Thema, nicht wahr?» sagte er dann.

«Welches Thema?»

«Oh, alles, was mit dem Konservatorium oder deinem Beruf zu tun hat.»

«Ich bin zur Zeit ohne Beruf. Ich werde niemals zur Violine zurückkehren.»

«Du meinst, du könntest die Zeit, die du verlieren wirst, nicht aufholen?»

Gerhardt lehnte sich mit dem Rücken gegen einen Felsen und holte seine Pfeife hervor. «Das wäre schwierig; aber andere Dinge wären härter. Ich habe viel mehr verloren als Zeit.»

«Hättest du nicht auf die eine oder andere Weise eine Freistellung bekommen können?»

«Vielleicht. Meine Freunde wollten den Fall übernehmen und eine Art Präzedenzfall aus mir machen. Aber ich konnte das nicht hinnehmen. Ich hatte nicht das Gefühl, ich sei als Violinist gut genug, um einzugestehen, daß ich kein Mann sei. Ich wünsche oft, ich wäre in jenem Sommer, als der Krieg ausbrach, in Paris gewesen; dann wäre ich aus dem ersten Impuls heraus mit den anderen Studenten in die französische Armee gegangen, und es wäre besser gewesen.»

David hielt inne und saß, seine Pfeife paffend, da. Im gleichen Augenblick gerieten die Eiben am Hang in leichte Bewegung. Ein kleines barfüßiges Mädchen trat heraus und sah sich um. Es hatte Stimmen gehört, sah aber zunächst die Uniformen nicht, die mit dem Gelb und Braun des Waldes verschmolzen. Dann sah es die Sonne auf zwei Köpfe scheinen; einen quadratischen, bernsteinfarbenen – der andere rötliche Bronze, lang und schmal. Es hielt ihre Freundlichkeit für selbstverständlich und kam den Hügel herunter, hielt hier und da an, um glänzende Kastanien aufzusammeln und sie in den Sack zu werfen, den es hinter sich herschleifte. David rief ihm zu und fragte es, ob die Kastanien eßbar seien.

«Oh, non!» rief es aus, und auf seinem Gesicht spiegelte sich das lebhafteste Entsetzen, «pour les cochons!» Diese unerfahrenen Amerikaner würden fast alles essen. Die Jungen lachten und gaben dem Mädchen etwas Kleingeld, «pour les cochons aussi». Es schlich am Waldrand entlang, wühlte zwischen den Blättern nach Kastanien und beobachtete die beiden Soldaten.

Gerhardt klopfte seine Pfeife aus und begann, sie neu zu stopfen. «Ich bin im Mai 1914 nach Hause gefahren, um meine Mutter zu besuchen. Ich war nicht hier, als der Krieg ausbrach. Das Konservatorium schloß sofort, also arrangierte ich in jenem Winter eine Konzerttournee durch die Staaten, und ich machte mich sehr gut. Das war, bevor all die kleinen Russen rübergingen und das Feld noch nicht so überfüllt war. Ich spielte eine zweite Saison, und sie lief gut. Aber ich wurde die ganze Zeit immer nervöser; ich war nur halb da.» Er rauchte nachdenklich und saß mit verschränkten Armen, als überblickte er prüfend eine Abfolge von Ereignissen oder Gefühlszuständen. «Als meine Nummer gezogen wurde, meldete ich mich, um zu sehen, was ich tun könnte, damit ich herauskäme; ich sah mir die anderen Burschen an, die versuchten, sich zu drücken, und ließ es bleiben. Ich hab's nie bedauert. Nicht lange danach wurde meine Violine zerschmettert, und meine Karriere schien mit ihr den Bach runterzugehen.»

Claude fragte ihn, was er meinte.

«Während ich in Camp Dix war, mußte ich bei einem der Unterhaltungsabende spielen. Meine Violine, eine Stradivari, lag in einem Tresor in New York. Ich brauchte sie für jenes Konzert ebensowenig, wie ich sie diesen Augenblick brauche; trotzdem fuhr ich in die Stadt und holte sie heraus. Ich transportierte sie von der Bahnstation in einem Militärwagen, und ein betrunkener Taxifahrer rammte uns. Ich war nicht verletzt, aber die Violine, die auf meinen Knien lag, war in tausend Stücke zerbrochen. Ich wußte damals nicht, was es bedeutete; aber seit ich gesehen habe, wie so viele schöne alte Dinge zerschmettert wurden... Ich bin Fatalist geworden.»

Claude beobachtete seinen grübelnden Kopf vor dem grauen Feuersteinfelsen.

«Du hättest dich aus dem Ganzen heraushalten sollen. Jeder aus der Armee würde das sagen.»

Davids Kopf sank zurück an den Felsen, und er warf leichthin eine Kastanie in die Luft. «Ach, ein Violinist mehr oder weniger, was ist das schon! Aber wer geht zu etwas zurück? Das ist es, was ich wissen möchte!»

Claude fühlte sich schuldig; so als ob David erraten hatte, welch eine Apostasie ihm selbst diesen Nachmittag durch den Kopf gegangen war.

«Du glaubst nicht daran, daß wir das erreichen, weswegen wir in diesen Krieg eingetreten sind, oder?» fragte er plötzlich.

«Absolut nicht», antwortete der andere mit kühler Gleichgültigkeit.

«Dann verstehe ich überhaupt nicht, wozu du hier bist!»

«Weil ich 1917 vierundzwanzig Jahre alt war und fähig,

Waffen zu tragen. Der Krieg wurde unserer Generation aufgedrängt. Ich weiß nicht, weshalb; die Sünden unserer Väter wahrscheinlich. Bestimmt nicht, um die Welt für die Demokratie sicher zu machen, oder sonst eine Phrase dieser Art. Als ich Sanitätsdienst machte, mußte ich mir immer wieder sagen, daß nichts dabei herauskäme, aber daß es sein müsse. Manchmal denke ich trotzdem, etwas muß... Nichts, was wir erwarten, sondern etwas Unvorhergesehenes.» Er hielt inne und schloß die Augen. «Erinnerst du dich, wie in den alten mythischen Erzählungen, wenn die Söhne der Götter geboren wurden, die Mütter immer unter Qualen starben? Vielleicht ist es nur Semele, an die ich denke. Jedenfalls habe ich mich manchmal gefragt, ob die jungen Männer unserer Zeit sterben mußten, um eine neue Idee in die Welt zu bringen... etwas vom Olymp. Ich wüßte es gern. Ich glaube, ich werde es wissen. Seit ich hier bin, habe ich angefangen, an die Unsterblichkeit zu glauben. Glaubst du daran?»

Claude war verwirrt von dieser ruhigen Frage. «Ich weiß nicht recht. Ich habe es nie geschafft, mich zu entscheiden!»

«Ach, mach dir darüber keine Gedanken! Wenn es zu dir kommt, dann kommt es. Du mußt ihm nicht hinterherlaufen. Ich bin in genau derselben Weise dazu gelangt, wie ich in der Kunst immer Dinge erfaßte – ich kannte sie und lebte von ihnen, bevor ich sie verstand. Solche Vorstellungen erschienen mir früher kindisch.» Gerhardt sprang auf. «Habe ich dir jetzt erzählt, was du über meinen Fall wissen möchtest?» Er blickte mit einem seltsamen Ausdruck der Belustigung und Zuneigung auf Claude hinunter. «Ich werde mir die Beine vertreten. Es ist vier.»

Er verschwand zwischen den roten Kiefernstämmen, wo das Sonnenlicht einen rosenfarbenen See bildete, wie immer im Sommer... wie in all den künftigen Jahren, wenn sie nicht da wären, um ihn zu sehen, dachte Claude. Er zog seinen Hut über die Augen und schlief ein.

Das kleine Mädchen am Rande des Buchenwaldes ließ seinen Sack liegen und stahl sich leise den Hügel hinunter. In der Heide sitzend, die Füße angezogen, blieb es lange still dort und betrachtete neugierig den entspannten, tief atmenden Körper des amerikanischen Soldaten.

Am nächsten Tag war Claudes fünfundzwanzigster Geburtstag, und zu Ehren des Ereignisses holte Papa Joubert aus seinem Keller eine Flasche alten Burgunder, eine von ein paar Dutzend, die er als junger Mann für große Anlässe eingelagert hatte.

Während jener Woche des Müßigganges bei Madame Joubert dachte Claude oft, daß die Zeit glücklicher «Jugend», über die seine alte Freundin, Mrs. Erlich, zu sprechen pflegte und die er nie erfahren hatte, ihm nun ersetzt wurde. Er erlebte seine Jugend in Frankreich. Er wußte, daß so etwas wie dies nie wiederkommen würde; die Felder und Wälder würden nie wieder überzogen sein von diesem verschwommenen Zauber. Wenn er im violetten Abend die Dorfstraße heraufkam, stieg ihm der Geruch von Holzfeuer aus den Kaminen zu Kopf wie ein Rauschgift, öffnete die Poren seiner Haut und trieb ihm manchmal die Tränen in die Augen. Das Leben hatte sich schließlich für ihn noch zum Guten gewendet, und alles hatte seinen tiefen Sinn. Die nervöse Anspannung, in der er jahrelang gelebt hatte, erschien ihm jetzt unglaublich... absurd und kindisch, wenn er überhaupt daran dachte. Er quälte sich nicht mit Erinnerungen. Er begann wieder von vorne.

Eines Nachts träumte er, er sei zu Hause; draußen in den gepflügten Feldern, wo er nichts sehen konnte als die gefurchte braune Erde, die sich von Horizont zu Horizont erstreckte. Darin arbeitete ein Junge mit einem Pflug und zwei Pferden. Zuerst dachte er, es sei sein Bruder Ralph; aber als er näher kam, sah er, daß er selbst es war – und ihn bangte um diesen Jungen. Armer Claude, er würde niemals, niemals fortkommen; er würde alles versäumen! Während er sich anstrengte, um mit Claude zu sprechen und ihn zu warnen, wachte er auf.

In den Jahren, als er in Lincoln aufs College ging, suchte er immer nach jemandem, den er vorbehaltlos bewundern konnte; jemanden, den er beneiden, dem er nacheifern konnte, der er zu sein wünschte. Jetzt glaubte er, daß er sogar damals irgendein undeutliches Bild von einem Mann wie Gerhardt vor Augen gehabt haben mußte. Nur in Kriegszeiten war es möglich geworden, daß sich ihre Wege kreuzen würden oder daß sie etwas miteinander zu tun bekämen... irgendein gemeinsammes Interesse, das Männer zu Freunden macht.

14.

Vor dem offenen Tor eines gedrungenen, solide aussehenden Hauses, dessen Fensterläden der Vorderfront sämtlich geschlossen waren und über dessen Gartenmauer die Wipfel zahlreicher Bäume ragten, stiegen Gerhardt und Claude Wheeler aus einem Taxi. Sie überquerten einen gepflasterten Hof und klingelten an der Tür. Ein alter

Diener ließ die jungen Männer ein und geleitete sie durch eine weite Halle zu einem Salon, der zum Garten hin lag. Madame und Mademoiselle würden sehr bald unten sein. David ging zu einem der hohen Fenster und sah hinaus. «Sie haben ihn trotz allem instand gehalten. Es war immer wundervoll hier.»

Der Garten war weitläufig – wie ein kleiner Park. Auf einer Seite war ein Tennisplatz, auf der anderen eine Fontäne mit einem Teich und Wasserlilien. Die Nordwand war von alten Eiben verdeckt; auf der Südseite bildeten zwei Reihen eckig geschnittener Platanen eine lange Laube. Im hinteren Teil des Gartens wuchsen schöne alte Linden. Die Kieswege wanden sich um Beete mit herrlichen Herbstblumen; im Rosengarten blühten noch kleine weiße Rosen, obwohl die Blätter schon rot waren.

Zwei Damen betraten das Wohnzimmer. Die Mutter war klein, plump und rosig mit starken, eher maskulinen Zügen und gelblich-weißem Haar. Die Tränen schossen ihr in die Augen, als David sich niederbeugte, um ihr die Hand zu küssen, und sie umarmte ihn und berührte seine beiden Wangen mit den Lippen.

«Et vous, vous aussi!» murmelte sie und berührte seinen Uniformrock mit den Fingern. Es war nur ein Moment des Weichwerdens. Dann riß sie sich zusammen, wie ein alter General, dachte Claude, als er die Gruppe vom Fenster aus beobachtete, zog ihre Tochter nach vorne und fragte David, ob er das kleine Mädchen wiedererkannte, mit dem er immer gespielt hatte. Mademoiselle Claire glich ihrer Mutter überhaupt nicht; schlank, dunkel, mit einem weißen «costume de tennis» und einem apfelgrünen, schwarzbebänderten Hut bekleidet, sah sie sehr modern und lässig und unbekümmert aus. Sie erzählte David bereits, sie sei froh, daß er so früh gekommen sei, da sie jetzt vor dem Tee eine Partie Tennis spielen könnten. «Maman» würde ihr Strickzeug in den Garten bringen und ihnen zusehen. Dieser letzte Vorschlag befreite Claude von der Befürchtung, er könnte mit seiner Gastgeberin allein gelassen werden. Als David ihn herbeirief und den Damen vorstellte, schüttelte Mademoiselle Claire ihm kurz die Hand und sagte, sie würde sich darauf freuen, ihn, sobald sie David geschlagen habe, zu einem Spiel herauszufordern. Tennisschuhe würden sie in ihrem Zimmer finden — eine Kollektion von Schuhen für die Füße aller Nationen; die ihres Bruders; ein Paar, das sein russischer Freund vergessen hatte, als er zur Mobilmachung davonstürzte, und eines, das ein Engländer hinterlassen hatte, der bei ihnen einquartiert gewesen war. Sie und ihre Mutter würden im Garten warten. Sie läutete nach dem alten Diener.

Die Amerikaner fanden sich in einem großen Zimmer im ersten Stock wieder, wo zwei moderne Eisenbetten zwischen schweren Mahagonikommoden und Schreibtischen und Frisierkommoden, Polsterstühlen und Samtteppichen und mattroten Brokatgardinen auffällig hervorstachen. David ging sofort in das kleine Ankleidezimmer und begann, sich für den Tennisplatz umzuziehen. Zwei Flanellanzüge und eine Reihe weicher Hemden hingen dort an der Wand.

«Ziehst du dich nicht um?» fragte er, als er bemerkte, daß Claude steif und unnachgiebig am Fenster stand und in den Garten hinunterblickte.

«Warum sollte ich?» sagte Claude verächtlich. «Ich

spiele kein Tennis. Ich habe noch nie einen Schläger in der Hand gehabt.»

«Schade. Sie hat früher sehr gut gespielt, obwohl sie damals erst ein Kind war.» Gerhardt betrachtete seine Beine in Hosen, die für ihn zehn Zentimeter zu kurz waren. «Wie sich alles verändert hat, und doch, wie gleich alles geblieben ist. Es ist, als käme man im Traum zu den Orten zurück.»

«Ich nehme an, sie werden dir nicht viel Zeit zum Träumen lassen!» bemerkte Claude.

«Glücklicherweise!»

«Erklär dem Mädchen, daß ich nicht spiele, ja? Ich komme später herunter.»

«Wie du willst.»

Claude stand am Fenster und sah zu, wie sich Gerhardts unbedeckter Kopf und Mademoiselle Claires grüner Hut und langer brauner Arm sprunghaft über den Platz bewegten.

Als Gerhardt vor dem Tee zum Umziehen heraufkam, fand er seinen Offizierskameraden vor seiner geöffneten, aber unausgepackten Tasche stehen.

«Was ist los? Sitzt dir der Schock von der Granate noch in den Gliedern?»

«Eigentlich nicht.» Claude biß sich auf die Lippe. «Tatsache ist, Dave, ich fühle mich hier einfach nicht wohl. Oh, die Leute sind in Ordnung! Aber ich bin fehl am Platze. Ich werde gehen und irgendwo anders eine Unterkunft suchen und dich in Ruhe deine Freunde besuchen lassen. Was soll ich hier? Diese Leute führen kein Hotel.»

«Nach dem, was sie mir erzählt haben, sind sie davon gar nicht mehr so weit entfernt. Bei ihnen war eine ganze Reihe von Schotten und Engländern einquartiert. Außerdem gefällt es ihnen – oder sie sind so wohlerzogen, daß sie so tun, als ob. Natürlich kannst du machen, was du willst, aber du wirst sie verletzen und mich in eine unangenehme Lage bringen. Um offen zu sein, ich sehe nicht, wie du weggehen kannst, ohne ausgesprochen unhöflich zu sein.»

Claude stand da und blickte in einer unentschlossenen Haltung auf den Inhalt seiner Tasche hinunter. Gerhardt erblickte sein Gesicht in einem der großen Spiegel und sah, daß er verwirrt und unglücklich war. Sein Zorn verging, und er legte seine Hand leicht auf die Schulter seines Freundes.

«Komm schon, Claude! Das ist lächerlich. Du brauchst dich dank deiner Uniform nicht einmal umzuziehen – und du brauchst nicht zu reden, weil man von dir nicht erwartet, daß du die Sprache kannst. Ich dachte, du würdest gern herkommen. Diese Leute haben eine schrecklich harte Zeit hinter sich; kannst du nicht ihren Mut bewundern?»

«O ja, das tue ich! Trotzdem ist es mir peinlich.» Claude zog seinen Rock aus und begann, sich energisch das Haar zu bürsten. «Ich glaube, ich hatte schon immer mehr Angst vor den Franzosen als vor den Deutschen. Man braucht Mut, um zu bleiben, verstehst du. Ich möchte wegrennen.»

«Aber warum? Was treibt dich dazu?»

«Ach, ich weiß nicht. Irgend etwas im Haus, in der Atmosphäre.»

«Etwas Unangenehmes?»

«Nein. Etwas Angenehmes.»

David lachte. «Oh, darüber wirst du hinwegkommen!»

Sie nahmen den Tee im Garten, ganz auf englisch –

auch englischen Tee, wie Mademoiselle Claire sie informierte, den englische Offiziere zurückgelassen hatten.

Beim Abendessen wurde ein drittes Familienmitglied vorgestellt, ein kleiner Junge mit kurzgeschorenem Haar und großen schwarzen Augen. Er saß Claude zur Linken, still und schüchtern in seiner Samtjacke, obwohl er der Unterhaltung begierig folgte, besonders wenn die Rede auf seinen Bruder René kam, der im zweiten Kriegswinter bei Verdun gefallen war. Die Mutter und Schwester sprachen von ihm, als sei er am Leben, über seine Briefe und seine Pläne und seine Freunde am Konservatorium und in der Armee.

Mademoiselle Claire erzählte Gerhardt Neuigkeiten über alle Studentinnen, die er in Paris gekannt hatte: wie eine von ihnen für die Soldaten sang; und eine andere, die als Schwester arbeitete, in einem von Bomben getroffenen Krankenhaus zwanzig Verwundete auf ihrem Rücken aus dem brennenden Gebäude getragen hatte, einen nach dem anderen, wie Mehlsäcke. Alice, die Tänzerin, war ins englische Rote Kreuz eingetreten und lernte Englisch. Odette hatte einen Neuseeländer geheiratet, einen Offizier, der angeblich Kannibale war; es war wohlbekannt, daß sein Stamm zwei Missionare aus der Auvergne verspeist hatte. Es gab vieles mehr, das Claude nicht verstehen konnte, aber er bekam genug mit, um zu begreifen, daß für diese Frauen der Krieg Frankreich war, der Krieg Leben war, und alles, was darin einfloß. Lebendig zu sein, bewußt zu leben und über seine Fähigkeiten zu verfügen, hieß, im Krieg zu sein.

Als sie nach dem Essen in den Salon gingen, fragte Madame Fleury David, ob er gern Renés Violine wiedersehen würde, und nickte dem kleinen Jungen zu. Er schlüpfte hinaus und kehrte mit dem Kasten zurück, den er auf den Tisch stellte. Er öffnete ihn sorgsam und nahm das Samttuch fort, als sei dies seine besondere Aufgabe, und reichte Gerhardt dann das Instrument.

David wandte es prüfend im Kerzenlicht und sagte zu Madame Fleury, daß er sie überall wiedererkannt hätte, Renés wundervolle Amati, deren Ton fast zu erlesen war für den Konzertsaal, wie eine Frau, die für die Bühne zu schön ist. Die Familie stand um ihn herum und hörte seinem Lob mit offensichtlicher Befriedigung zu. Madame Fleury erzählte ihm, daß Lucien «très sérieux» mit seiner Musik sei und sein Lehrer sehr zufrieden mit ihm, und wenn seine Hand etwas größer sei, dürfe er auf Renés Violine spielen. Claude beobachtete den kleinen Jungen, wie er dastand und auf das Instrument in Davids Händen blickte; in jedem seiner großen schwarzen Augen spiegelte sich eine Kerzenflamme, als würde darin wirklich ein stetiges Feuer brennen.

«Was ist, Lucien?» fragte seine Mutter.

«Wenn Monsieur David so gut sein würde zu spielen, bevor ich zu Bett gehen muß...», murmelte er flehentlich.

«Aber, Lucien, ich bin jetzt Soldat. Ich habe seit zwei Jahren überhaupt nicht mehr gespielt. Die Amati würde meinen, sie sei einem Boche in die Hände gefallen.»

Lucien lächelte. «Oh, nein! Dazu ist sie zu intelligent. Ein bißchen, bitte», und er setzte sich in zuversichtlicher Erwartung auf einen Schemel vor dem Sofa.

Mademoiselle Claire ging ans Klavier. David runzelte die Stirn und begann, die Violine zu stimmen. Madame Fleury rief den alten Diener und wies ihn an, die Holzscheite anzuzünden, die im Kamin lagen. Sie nahm in einem Lehnstuhl auf der rechten Seite des Kamins Platz und winkte Claude zu einem Sitz auf der linken. Der kleine Junge verharrte auf seinem Hocker am anderen Ende des Zimmers. Mademoiselle Claire begann mit der Orchestereinleitung zum Violinkonzert von Saint-Saëns.

«Oh, nicht das!» David hob das Kinn und sah sie verstört an.

Sie antwortete nicht, sondern spielte weiter, die Schultern vorgebeugt. Lucien zog die Knie hoch bis unters Kinn und erschauerte. Als es an der Zeit war, setzte die Violine ein. David hatte sie unwillkürlich wieder ans Kinn gelegt, und das Instrument fiel in jene gedrückte, bittere Melodie.

Sie spielten eine ganze Weile. Schließlich brach David ab und wischte sich die Stirn. «Ich fürchte, mit dem dritten Satz kann ich überhaupt nichts anfangen, wirklich.»

«Ich auch nicht. Aber es ist das Stück, das René am Abend, bevor er nach seinem letzten Urlaub fortging, noch darauf spielte.» Sie begann wieder, und David folgte. Madame Fleury saß mit halbgeschlossenen Augen da und blickte ins Feuer. Claude beobachtete mit zusammengepreßten Lippen und sorgsam auf die Knie gelegten Händen den Rücken seines Freundes. Die Musik war Teil seiner eigenen verworrenen Gefühle. Er war hin und her gerissen zwischen großzügiger Bewunderung und bitterem, bitterem Neid. Was würde es bedeuten, etwas so gut zu können wie das, eine Hand zu haben, die fähig ist zu Zartheit und Genauigkeit und Kraft? Wenn man ihn überhaupt irgend etwas gelehrt hätte, dann würde er heute abend nicht hier sitzen wie ein hölzernes Ding zwischen lebendigen Menschen. Er spürte, daß man aus ihm einen Menschen hätte machen können, aber niemand hatte sich die Mühe dazu genommen; maulfaul, klumpfüßig und patschhändig. Wenn man wie ein Bärenjunges oder ein Bullenkalb in diese Welt geboren wurde, dann konnte man alles nur betapsen und umwerfen, zerbrechen und zerstören, sein ganzes Leben lang.

Gerhardt wickelte die Violine in ihr Tuch. Der kleine Junge dankte ihm und trug sie fort. Madame Fleury und ihre Tochter wünschten ihren Gästen eine gute Nacht.

David sagte, ihm sei warm, und schlug vor, in den Garten zu gehen und zu rauchen, bevor sie zu Bett gingen. Er öffnete eine der Glastüren und trat hinaus auf die Terrasse. Trockene Blätter raschelten unten auf den Wegen; die Eiben bildeten eine solide Wand, schwärzer als die Dunkelheit. Die Fontäne mußte das Sternenlicht aufgefangen haben; sie war das einzige, was leuchtete – eine kleine klare Säule aus funkelndem Silber. Die Jungen schlenderten schweigend zum Ende des Weges.

«Ich glaube, du wirst doch zu deinem Beruf zurückkehren», bemerkte Claude in dem unnatürlichen Ton, in dem Leute manchmal über Dinge reden, von denen sie nichts verstehen.

«Nicht mit mir! Natürlich, ich mußte für sie spielen. Musik war in diesem Haus eine Art Religion. Horch», er hob seine Hand; weit weg tönte das regelmäßige Pulsieren der großen Kanonen durch die stille Nacht. «Das ist alles, worauf es jetzt ankommt. Es hat alles andere getötet.»

«Das glaube ich nicht.» Claude blieb einen Augenblick am Rand der Fontäne stehen und versuchte, seine Gedanken zu sammeln. «Ich glaube nicht, daß es irgend etwas getötet hat. Es hat die Dinge nur zerstreut.» Er blickte eilig umher, zum schlafenden Haus, dem schlafenden Garten, dem klaren gestirnten Himmel nicht sehr hoch über ihm. «Männer wie du sind es, die es am schlimmsten trifft», platzte er los. «Aber was mich angeht, ich wußte nie, daß es etwas gibt, wofür es sich zu leben lohnt, bis dieser Krieg kam. Davor erschien mir die Welt wie ein nüchternes Geschäft.»

«Du wirst zugeben, daß es eine ziemlich kostspielige Weise ist, den Jugendlichen Abenteuer zu verschaffen», sagte David trocken.

«Mag sein, trotzdem...»

Claude führte in Gedanken das Gespräch zu Ende, als sie schon lange in ihren luxuriösen Betten lagen und David bereits schlief. Kein Schlachtfeld oder zerstörtes Land, das er gesehen hatte, war so häßlich, wie diese Welt sein würde, wenn Männer wie sein Bruder Bayliss sie völlig unter Kontrolle hätten. Bis der Krieg ausbrach, hatte er angenommen, sie würden sie tatsächlich kontrollieren; seine Kindheit war von diesem Glauben überschattet und mutlos gemacht worden. Die Preußen hatten es offenbar auch geglaubt. Aber das Ereignis hatte gezeigt, daß es noch sehr viele Menschen gab, denen etwas anderes wichtig war.

Die Abstände des fernen Artilleriefeuers wurden kürzer, als ob die großen Kanonen sich hustend darin einig würden, sich etwas vom Hals zu schaffen. Claude setzte sich im Bett auf und horchte. Das Geräusch der Kanonen war ihm schon immer angenehm gewesen, hatte ihm ein Gefühl von Zuversicht und Sicherheit verliehen; heute nacht wußte er, wieso. Was sie sagten, war, daß Männer immer noch für eine Idee sterben konnten; und daß sie alles Materielle verbrennen würden, um ihre Träume zu bewahren. Er wußte, daß die Zukunft der Welt gesichert war; die sorgfältigen Projektemacher würden sie nie in eine Zwangsjacke stecken können – Gerissenheit und Überlegenheit würden sie niemals besitzen. Gewiß, jener kleine Junge unten, mit dem Kerzenlicht in seinen Augen, könnte, wenn es zum Letzten käme, «weitermachen», wie es heißt, auf ewig! Ideale waren keine archaischen, schönen, ohnmächtigen Dinge; sie waren die wirklichen Quellen der Kraft für die Menschen. So lange dies wahr war, und er wußte, daß es wahr war – er war diesen ganzen Weg gekommen, um es herauszufinden –, haderte er weder mit dem Schicksal noch beneidete er David. Er würde sein eigenes Abenteuer für das keines anderen Mannes hingeben. Am Rande des Schlafes schien es zu schimmern wie die klare Säule der Fontäne, wie der neue Mond – verlokkend, halb abgewandt, das leuchtende Gesicht der Gefahr.

15

Als Claude und David am zwanzigsten September wieder zu ihrem Bataillon stießen, schien das Ende des Krieges so fern wie eh und je. Der Zusammenbruch Bulgariens war der amerikanischen Armee nicht bekannt, und ihre Kenntnis europäischer Angelegenheiten war so gering, daß es für sie kaum von Bedeutung gewesen wäre, hätten sie davon gehört. Die deutsche Armee hielt immer noch den Norden und Osten Frankreichs, und keiner konnte sagen, wieviel an Lebenskraft noch in dem kriechenden Körper vorhanden war.

Das Bataillon bestieg den Zug in Arras. Lieutenant

Colonel Scott hatte Befehle, sich zum Endbahnhof zu begeben und dann zu Fuß in die Argonnen vorzurücken.

Die Wagen waren überfüllt, und die Eisenbahnreise war lang und ermüdend. Sie verließen den Zug bei Nacht im Regen an einem Ort, der, den Männern zufolge, wirkte wie das Ende der Welt. Es gab keine Stadt, und der Bahnhof war am Vortag von einer Luftflotte bombardiert worden, die Artilleriemunition in die Luft sprengen sollte. Ein Ziegelsteinhügel und wassergefüllte Löcher zeigten an, wo er gestanden hatte. Der Colonel sandte Claude mit einer Patrouille aus, um einen Schlafplatz für die Männer zu finden. Die Patrouille stieß auf ein Feld voller Strohmieten und fand an dessen Ende ein dunkles Bauernhaus. Claude ging hin und hämmerte an die Tür. Schweigen. Er hämmerte weiter und rief: «Die Amerikaner sind hier!» Ein Fensterladen öffnete sich. Der Bauer steckte den Kopf heraus und fragte barsch, was sie wollten: «Was ist?»

Claude erklärte in seinem besten Französisch, daß gerade ein amerikanisches Bataillon angekommen sei; ob sie auf seinem Feld schlafen dürften, wenn sie seine Mieten nicht zerstören würden?

«Sicher», antwortete der Bauer und schloß das Fenster.

Dieses eine Wort, das an einem so wenig verheißungsvollen Ort aus der Dunkelheit kam, wirkte ermunternd auf die Patrouille und auf die Männer, als es wiederholt wurde. «Sicher, he?» Sie lachten noch, als sie auf dem Feld umherstapften und sich in das Stroh wühlten. Wer sich nicht in eine Miete graben konnte, legte sich in die schlammigen Stoppeln. Sie waren eingeschlafen, bevor sie sich selbst bemitleiden konnten.

Der Bauer kam heraus, um den Offizieren seinen Stall

anzubieten und sie zu bitten, unter keinen Umständen Licht zu machen. Sie waren bis gestern nie mit Luftangriffen belästigt worden, und es mußte daran liegen, daß die Amerikaner kamen und Munition schickten.

Gerhardt, der herbeigerufen wurde, um mit dem Bauer zu sprechen, sagte ihm, daß der Colonel seine Karte studieren mußte, und der Bauer brachte sie dazu hinunter in den Keller, wo die Kinder schliefen. Bevor er sich auf das Strohbett legte, das ihm sein Bursche gemacht hatte, zählte der Colonel immer wieder Namen und Kilometer an seinen Fingern ab. Für Offiziere wie Colonel Scott stellten die Ortsnamen eine der wahren Härten des Krieges dar. Sein Verstand arbeitete langsam, war aber immer mit seiner Arbeit beschäftigt, und er konnte mehr Stunden hintereinander ohne Schlaf auskommen als irgendeiner seiner Offiziere. Diese Nacht hatte er sich kaum niedergelegt, als die Wache einen Meldegänger mit einer Nachricht hereinbrachte. Der Colonel mußte wieder in den Keller gehen, um sie zu lesen. Er sollte am nächsten Morgen so früh wie möglich Colonel Harvey auf dem Prinz-Joachim-Hof treffen. Der Meldegänger würde ihn führen.

Der Colonel saß da, die Augen auf seine Uhr gerichtet und befragte den Boten nach der Straße und der Zeit, die nötig wäre, um das Gelände zu durchqueren. «Wie ist Fritzens Temperament hier oben, allgemein gesprochen?»

«Kommt darauf an, Sir. Manchmal schnappen wir eine Nachtpatrouille von einem Dutzend oder fünfzehn Mann und schicken sie mit einer Ein-Mann-Wache nach hinten. Und dann kämpft wieder ein kleines Häufchen Heinis wie der Teufel. Man sagt, es käme darauf an, aus welchem Teil Deutschlands sie kommen; die Bayern und die Sachsen sind die tapfersten.»

Colonel Scott wartete eine Stunde und ging dann herum, seine schlafenden Offiziere wachzurütteln.

«Ja, Sir.» Captain Maxey sprang auf die Füße, als sei er bei einer Unehrenhaftigkeit ertappt worden. Er rief seinen Sergeant, und sie begannen, die Männer aus den Strohmieten und Pfützen aufzustöbern. In einer halben Stunde waren sie auf der Straße.

Dies war der erste Marsch des Bataillons über wirklich schlechte Straßen, auf denen das Gehen eine Frage des Ziehens und Balancierens war. Jedenfalls war ihnen bald warm; es hielt sie am Schwitzen. Das Gewicht ihrer Ausrüstung verlagerte sich immer wieder an die falsche Stelle. Ihre nasse Kleidung zog sie nach hinten, ihr Gepäck verdrehte sich und schnitt ihnen in die Schultern. Claude und Hicks begannen sich gegenseitig zu fragen, wie es im richtigen Schlamm oben bei Ypern und Passchendaele vor zwei Jahren gewesen sein mußte. Hicks war letzte Woche in Arras auf Übung gewesen, wo eine Menge Tommys auf dieselbe Weise «ausruhten», und er hatte Geschichten zu erzählen.

Das Bataillon gelangte um neun Uhr zum Joachim-Hof. Colonel Harvey war noch nicht angekommen, aber der alte Julius Cäsar mit seinen Technikern war da, und er hielt ein heißes Frühstück für sie bereit. Abends um sechs Uhr machten sie sich wieder auf den Weg und marschierten mit kurzen Ruhepausen bis zum Tagesanbruch. Während der Nacht nahmen sie zwei Hunnenpatrouillen gefangen, einen Haufen von dreißig Mann. Bei der Frühstücksrast wollten die Gefangenen sich nützlich machen, aber der Koch sagte, sie seien so dreckig, daß ihr Geruch einen Eintopf schlecht werden ließe. Sie wurden fortgetrieben und blieben in gehörigem Abstand von der Essensschlange für sich.

Natürlich war es Gerhardt, der hinübergehen und sie verhören mußte. Claude taten die Gefangenen leid; sie waren so willig, alles zu sagen, was sie wußten, und so eifrig bedacht, gefällig zu sein; sie begannen, über ihre Verwandten in Amerika zu reden, und sagten fröhlich, sie würden selbst sofort nach dem Krieg hinübergehen – und schienen nicht daran zu zweifeln, daß jeder froh wäre, sie zu sehen!

Sie baten Gerhardt, etwas tun zu dürfen. Konnten sie nicht auf dem Marsch das Gepäck der Offiziere tragen? Nein, sie seien zu verwanzt; sie könnten die Sanitätsmannschaft ablösen. Ja, das würden sie mit Freuden tun, «Herr Offizier»!

Geplant war, vor Einbruch der Dunkelheit zum Rupprecht-Graben zu gelangen und ihn zu nehmen. Es war eine leichte Operation – er war von allem geleert, außer von Würmern und menschlichem Ausschuß, einem Dutzend Krüppel und Kranker, die dem Feind zur Beseitigung hinterlassen worden waren, sowie mehrere schwachsinnige Jugendliche, die in eine geschlossene Anstalt gehört hätten. Der Fritz mußte gewußt haben, was es bedeutete, als seine Patrouillen nicht zurückkamen. Er hatte die Stellung aufgegeben unter Zurücklassung seiner hoffnungslosen Kranken und so viel Dreck wie möglich. Die Unterstände waren einigermaßen trocken, wimmelten aber derart von Würmern, daß die Amerikaner es vorzogen, im Schlamm unter freiem Himmel zu schlafen.

Nach dem Abendessen fielen die Männer über ihr Gepäck her, um es leichter zu machen, und warfen alles fort, was nicht notwendig war, und vieles, das es war. Einige von ihnen ließen die neuen Mäntel zurück, die am Kopfbahnhof ausgegeben worden waren; andere schnitten die Schöße ab und machten fransige Jacken daraus. Captain Maxey war entsetzt über diese Verwüstungen, aber der Colonel riet ihm, einfach die Augen zuzumachen. «Sie haben einen harten Marsch vor sich, lassen Sie sie leicht reisen. Wenn sie lieber die Kälte ertragen, so ist's ihre Sache.»

16

Das Bataillon machte eine vierundzwanzigstündige Ruhepause am Rupprecht-Graben und zog dann vier Tage und Nächte weiter, eroberte Gräben, nahm Patrouillen, und das bei nur wenigen Stunden Schlaf – die es am Straßenrand ergatterte, während das Essen zubereitet wurde. Sie setzten einer feindlichen Einheit auf deren Rückzug hart nach und liefen sich fast selbst davon. Und sie liefen ihrer Verpflegung davon. Als sie in der vierten Nacht auf ein Gehöft stießen, das als deutsches Hauptquartier gedient hatte, war der Proviant, der sie dort erwarten sollte, noch nicht angekommen, und sie gingen ohne Abendessen schlafen.

Dieses Bauernhaus, von den Gefangenen aus irgendeinem Grund Frau-Hulda-Hof genannt, war ein Nest von Telephondrähten. Hunderte davon liefen in alle Richtungen durch die Wände nach draußen. Der Colonel durchschnitt alle, die er finden konnte, und stellte dann den alten

Bauern, in dessen Obhut das Haus zurückgelassen worden war, unter Bewachung, weil er ihn der Kollaboration verdächtigte.

Schließlich stieg Colonel Scott ins große Hauptquartiersbett – das erste, das er sah, seit sie Arras verlassen hatten. Er hatte noch nicht länger als zwei Stunden geschlafen, als ein Meldegänger mit Befehlen vom Regimentsobersten eintraf. Claude lag in einem Bett auf dem Dachboden zwischen Gerhardt und Bruger. Er fühlte, wie ihn jemand schüttelte, entschied aber, sich nicht stören zu lassen, und schlief friedlich weiter. Dann zog ihn jemand am Haar – so heftig, daß er hochschoß. Captain Maxey stand über dem Bett.

«Kommt, Jungs. Befehl vom Regimentshauptquartier. Das Bataillon soll sich hier teilen. Unsere Kompanie wird heute nacht vier Kilometer weitermarschieren und die Stadt Beaufort nehmen.»

Claude erhob sich. «Die Männer sind völlig erschlagen, Captain, und sie hatten kein Abendessen.»

«Daran läßt sich nichts ändern. Sagen Sie ihnen, wir sind zum Frühstück in Beaufort.»

Claude und Gerhardt gingen zur Scheune hinaus und weckten Hicks und seinen Kumpel, Dell Able. Die Männer schliefen in trockenem Stroh, zum erstenmal seit zehn Tagen. Sie waren völlig erschöpft, hatten das Gefühl für Zeit und Ort verloren. Manche von ihnen waren schon viertausend Meilen weit fort, über kleine Städte und Farmen in der Prärie verstreut. Sie waren ein elend aussehender Haufen, als sie sich, in der Dunkelheit umherstolpernd, zusammenfanden.

Nachdem der Colonel mit Captain Maxey die Karte

durchgegangen war, kam er heraus und sah die Kompanie versammelt. Er würde nicht mit ihnen gehen, sagte er ihnen, aber er erwarte von ihnen, daß sie sich in gutem Lichte zeigen würden. Wenn sie erst einmal in Beaufort seien, hätten sie eine Woche Ruhepause; würden unter einem Dach schlafen und eine Weile unter Menschen leben.

Die Männer machten sich auf den Weg, einige, mit geschlossenen Augen, versuchten so zu tun, als würden sie noch schlafen, versuchten, ihre angenehmen Träume noch einmal zu träumen, während sie marschierten. Sie wachten nicht wirklich auf, bis die Vorhut eine Hunnenpatrouille angriff und sie unter Ein-Mann-Bewachung zum Colonel zurückschickte. Als sie zwei Kilometer vorgerückt waren, entdeckten sie, daß die Brücke gesprengt war. Claude und Hicks gingen in die eine Richtung, um nach einer Furt Ausschau zu halten, Bruger und Dell Able in die andere, und die Männer legten sich am Straßenrand nieder und schliefen ein. Gerade als es dämmerte, erreichten sie den Rand des schweigenden und ruhigen Dorfes.

Captain Maxey besaß keinerlei Informationen darüber, wie viele Deutsche in der Stadt zurückgeblieben sein könnten. Sie hatten sie seit Kriegsbeginn besetzt und als Etappenort benutzt. Kämpfe hatte es dort nie gegeben.

Am ersten Haus an der Straße machte der Captain halt und pochte. Keine Antwort.

«Wir sind Amerikaner und müssen die Bewohner des Hauses sprechen. Wenn Sie nicht öffnen, müssen wir die Tür aufbrechen.»

Eine Frauenstimme rief: «Hier ist niemand. Gehen Sie bitte weg und nehmen Sie ihre Männer mit. Ich bin krank.»

Der Captain rief Gerhardt, der durch die Tür hindurch zu erklären und zu beruhigen begann. Sie öffnete sich ein wenig, und eine alte Frau in einer Nachthaube spähte heraus. Ein alter Mann hielt sich dicht hinter ihr. Sie starrte erstaunt und verständnislos auf die Offiziere. Dies waren die ersten Soldaten der Alliierten, die sie je gesehen hatte. Sie sagte, sie hätte die Deutschen von Amerikanern reden hören, aber gedacht, es sei eine ihrer üblichen Lügen. Als man sie überzeugt hatte, ließ sie die Offiziere hereinkommen und beantwortete ihre Fragen.

Nein, in ihrem Haus waren keine Boches mehr. Sie hatten vorgestern Befehl erhalten abzurücken und die Brücke gesprengt. Sie sammelten sich irgendwo im Osten. Wie viele noch im Dorf waren, wußte sie nicht, noch, wo sie waren, aber sie konnte dem Captain sagen, wo sie gewesen waren. Triumphierend holte sie eine Karte der Stadt hervor, auf der die Quartiere angekreuzt waren – ein Offizier, sagte sie mit einem hintergründigen Lächeln, hätte sie «verloren».

Mit ihr als Führer gingen Captain Maxey und seine Leute weiter die Straße hinauf. Sie machten in einem Keller acht Gefangene, in einem anderen siebzehn. Als die Dorfbewohner das Häuflein Gefangene auf dem Platz sahen, kamen sie aus ihren Häusern und gaben bereitwillig Auskünfte. Dieses Aufräumen, bemerkte Bert Fuller, war wie bei Niedrigwasser im Platte-Fluß Fische fangen – man brauchte sie nur mit dem Eimer herauszuschaufeln! Es machte keinen rechten Spaß.

Um neun standen die Offiziere zusammen auf dem Platz vor der Kirche und hakten auf der Karte die Häuser ab, die durchsucht worden waren. Die Männer tranken Kaffee und aßen frisches Brot aus einem Bäckerladen. Der Platz war voller Menschen, die herausgekommen waren, um sich mit eigenen Augen zu überzeugen. Einige glaubten, daß die Befreiung gekommen sei, und andere schüttelten den Kopf und hielten sich zurück, da sie wieder einen Trick argwöhnten. Ein Haufen Kinder lief umher und freundete sich mit den Soldaten an. Ein kleines Mädchen mit blonden Locken und in einem sauberen weißen Kleid hatte sich Hicks angeschlossen und aß Schokolade aus seiner Tasche. Gerhardt verhandelte mit dem Bäcker um eine weitere Ofenladung Brot. Zur Abwechslung schien die Sonne – alles sah fröhlich aus. In diesem Dorf schien es von Mädchen zu wimmeln; einige waren sehr hübsch, und alle waren freundlich. Die Männer, die so abgespannt und verloren ausgesehen hatten, als die Dämmerung sie am Stadtrand einholte, begannen ihre Schultern zu straffen und sich in die Brust zu werfen. Sie waren schmutzig und schlammverkrustet, aber, wie Claude zum Captain bemerkte, sie sahen tatsächlich aus wie frische Männer.

Plötzlich ertönte über dem Geschnatter ein Schuß, und eine alte Frau in einer weißen Haube schrie und stürzte auf das Pflaster – rollte umher und strampelte ungehörig mit Armen und Beinen. Ein zweiter Knall – das kleine Mädchen, das neben Hicks stand und Schokolade aß, warf die Hände hoch, lief ein paar Schritte und fiel hin, während Blut und Hirnmasse aus seinem blonden Haar sickerten. Die Leute begannen zu schreien und durcheinanderzulaufen. Die Amerikaner blickten hierhin und dorthin; bereit, loszustürzen, ohne zu wissen, wohin. Ein weiterer Schuß, und Captain Maxey fiel auf ein Knie, wurde rot vor Wut und sprang auf, nur um wieder hinzufallen – aschfahl, während sein Hosenbein sich rötlich färbte.

«Da ist es, links!» rief Hicks und wies in die Richtung. Jetzt sahen sie es. Aus einem geschlossenen Haus, vom Platz ein Stück die Straße hinunter, kam Rauch. Er hing vor einem der Fenster des Obergeschosses. Der Bursche des Captains zog ihn in einen Weinladen. Claude und David liefen, gefolgt von den Männern, die Straße hinunter und brachen die Tür auf. Die beiden Offiziere gingen durch die Zimmer im Erdgeschoß, während Hicks und sein Trupp direkt auf eine Treppe im hinteren Teil des Hauses zusteuerten. Als sie den Fuß der Treppe erreichten, wurden sie von einer Gewehrsalve empfangen, und zwei Männer stürzten zu Boden. Vier Deutsche waren oben an der Treppe postiert.

Die Amerikaner wußten kaum, ob ihre Kugeln oder ihre Bajonette die Hunnen zuerst erwischten; ihnen war nicht bewußt, wie sie hinaufgelangten, bis sie dort waren. Als Claude und David den Treppenabsatz erreichten, wischte der Trupp gerade seine Bajonette ab, und vier graue Körper lagen aufeinandergeworfen in einer Ecke.

Bert Fuller und Dell Able liefen den schmalen Korridor entlang und rissen die Tür zum Zimmer auf, das über der Straße lag. Zwei Schüsse, und Dell Able kam mit zerschmettertem Kinn zurück, das Blut spritzte aus der linken Seite seines Halses. Gerhardt fing ihn auf und versuchte, die Arterie mit seinen Fingern zuzudrücken.

«Wie viele sind es, Bert?» rief Claude.

«Konnte ich nicht sehen. Vorsicht, Sir! Durch die Tür gehen nicht mehr als zwei gleichzeitig!»

Die Tür am Ende des Korridors stand noch offen. Claude

ging so weit die Stufen hinunter, bis er, am Boden des Durchgangs entlang, in das Vorderzimmer spähen konnte. Die Fensterläden darin waren geschlossen, und das Sonnenlicht drang durch die Ritzen. In der Mitte des Fußbodens, zwischen der Tür und den Fenstern, stand eine hohe Kommode, auf der oben ein Spiegel befestigt war. In dem engen Raum zwischen dem Boden dieses Möbelstücks und dem Fußboden konnte er ein Paar Stiefel sehen. Es war möglich, daß sich nur ein Mann im Zimmer befand, der aus der Deckung seiner beweglichen Festung schoß – obwohl noch andere in den Zimmerecken verborgen sein konnten.

«Ich glaube, da ist nur einer drin. Er schießt hinter einer großen Frisierkommode in der Zimmermitte hervor. Los, kommt, einer von euch, wir müssen rein und ihn kriegen.»

Willy Katz, der Österreicher aus den Konservenfabriken von Omaha, trat vor und stand neben ihm.

«Also, Willy, wir springen beide gleichzeitig hinein; du nach rechts und ich nach links – einer von uns wird ihn erwischen. Er kann nicht in beide Richtungen zugleich schießen. Bist du soweit? In Ordnung – jetzt!»

Claude war der Meinung, die gefährlichere Position zu haben, aber der Deutsche dachte wahrscheinlich, daß der wichtigere Mann rechts sein würde. Als die beiden Amerikaner durch die Tür stürmten, schoß er. Claude erwischte ihn mit seinem Bajonett im Rücken unter dem Schulterblatt, aber Willy Katz hatte die Kugel durch eines seiner blauen Augen in den Kopf getroffen. Er fiel hin und bewegte sich nicht mehr. Der deutsche Offizier feuerte noch einmal seinen Revolver ab, während er hinstürzte, und rief auf englisch, ein Englisch ohne fremden Akzent:

«Du Schwein, geh zurück nach Chicago!» Dann begann er Blut zu würgen.

Sergeant Hicks lief hinein und schoß dem sterbenden Mann in die Schläfe. Niemand hielt ihn zurück.

Der Offizier war ein großer, mit Medaillen und Orden dekorierter Mann; er mußte sehr gut ausgesehen haben. Seine Wäsche und seine Hände waren weiß, als wollte er auf einen Ball. Auf der Frisierkommode befanden sich die Feilen und Pasten und Polierbürsten, mit denen er seine Nägel so rosa und glatt gehalten hatte. Ein Ring mit einem wundervoll geschnittenen Rubin steckte an seinem kleinen Finger. Bert Fuller zog ihn ab und bot ihn Claude an. Der schüttelte den Kopf. Jener englische Satz hatte ihn erschüttert. Bert hielt Hicks den Ring hin, aber der Sergeant warf seinen Revolver auf den Boden und platzte los: «Glaubst du, ich würde etwas von dem anrühren? Das hübsche kleine Mädchen und mein Kumpel – Dell ist schlimmer dran als tot, das is' er, schlimmer!» Er wandte seinen Kameraden den Rücken zu, damit sie ihn nicht weinen sähen.

«Kann ich ihn selbst behalten, Sir?» fragte Bert.

Claude nickte. David war hereingekommen und öffnete die Fensterläden. Dieser Offizier, dachte Claude, war eine völlig andere Sorte Mensch als die armen Gefangenen, die sie wie Kaulquappen aus den Kellern geschöpft hatten. Einer der Männer nahm einen herrlichen seidenen Morgenmantel vom Bett, ein anderer zeigte auf eine Schmuckschatulle voll gehämmerten Silbers. Gerhardt sagte, es sei russisches Silber; dieser Mann mußte von der Ostfront gekommen sein. Bert Fuller und Nifty Jones durchsuchten die Taschen des Offiziers. Claude beobachtete sie und dachte, daß sie es schon richtig machten. Sie rührten seine Medaillen nicht an; aber seine goldene Zigarettendose und die Platinuhr, die noch an seinem Handgelenk tickte – er würde sie sowieso nicht mehr brauchen. Um seinen Hals hing an einer zarten Kette ein Medaillon, und darin war ein Bild – nicht, wie Bert romantisch hoffte, als er es öffnete, von einer schönen Frau, sondern von einem jungen Mann, bleich wie Schnee, mit verschleierten Vergißmeinnichtaugen.

Claude betrachtete es verwundert. «Sieht aus wie ein Dichter oder so. Wahrscheinlich ein jüngerer Bruder, der zu Beginn des Krieges gefallen ist.»

Gerhardt nahm es und warf einen verächtlichen Blick darauf. «Wahrscheinlich. Da, laß es ihm, Bert.» Er berührte Claude an der Schulter, um seine Aufmerksamkeit auf die Einlegearbeit am Revolvergriff des Offiziers zu lenken.

Claude bemerkte, daß David ihn ansah, als sei er sehr zufrieden mit ihm – ihn in der Tat so ansah, als hätte sich in diesem Zimmer etwas Erfreuliches ereignet; gerade hier, wo, weiß Gott, nichts dergleichen stattgefunden hatte; wo, wenn er sich umdrehte, ein Schwarm schwarzer Fliegen sich gierig und begeistert über die Blutflecken hermachte, die Willy Katz' Leiche auf dem Boden hinterließ. Claude hatte schon oft beobachtet, daß David ziemlich herzlos werden konnte, wenn ihn eine interessante Idee fesselte oder eine schmerzhafte Erinnerung plagte. Eben jetzt spürte er, daß Davids aufblitzende Hochstimmung irgend etwas mit ihm zu tun hatte. Lag es daran, daß er mit Willy hineingegangen war? Hatte David an seinem Mut gezweifelt?

Wenn die Überlebenden der B-Kompanie alte Männer sein werden und sich von ihren guten Tagen erzählen, dann werden sie zueinander sagen: «Ach, jene Woche, die wir in Beaufort verbracht haben!» Sie werden ihre Augen schließen und vor sich ein kleines Dorf auf einer niedrigen Hügelkette sehen, verloren im Wald, überwachsen von Eichen und Kastanien und schwarzen Walnußbäumen... begraben unter Herbstfarben, die Straßen hoch von Herbstlaub überweht, gewaltige Äste, die sich über den Hausdächern ineinander verflechten, Brunnen mit kühlem Wasser, das nach Moos und Baumwurzeln schmeckt. Sie werden auf den Straßen Gestalten auf und ab gehen sehen; sich selbst, jung und braun und gutgebaut; und Kameraden, die schon lange tot, in jenem weit entfernten Dorf noch lebendig waren. Wie sehr werden sie es sich wünschen, sie könnten wieder Tag und Nacht in Schlamm und Regen marschieren, um ihre wunden Füße in die alten Quartiere in Beaufort zu schleppen! Um in jene breiten Federbetten zu sinken und rund um die Uhr zu schlafen, während die alten Frauen ihnen die Kleidung wuschen und trockneten; Kanincheneintopf und «pommes frites» im Garten zu essen – Kanincheneintopf, mit Rotwein und Kastanien zubereitet. Ach, die Tage, die vergangen sind!

Sobald Captain Maxey und die Verwundeten, getragen von den Gefangenen, auf ihre lange Reise in die rückwärtigen Linien geschickt worden waren, ging die gesamte Kompanie zu Bett und schlief zwölf Stunden – alle, außer Sergeant Hicks, der im Haus am Marktplatz neben der Leiche seines Freundes saß.

Am nächsten Tag wurden die Amerikaner lebendig, als seien sie neue Männer, soeben erschaffen in einer neuen Welt. Und die Menschen der Stadt wurden lebendig... Aufregung, Veränderung, endlich etwas, worauf man sich freuen konnte! Eine neue Fahne, «le drapeau étoilé», wehte neben der Trikolore auf dem Platz. Bei Sonnenuntergang standen die Soldaten in Formation hinter ihr und sangen barhäuptig «The Star Spangled Banner». Die alten Leute beobachteten sie aus den Hauseingängen. Die Amerikaner waren die ersten, die «Madelon» nach Beaufort brachten. Die Tatsache, daß das Dorf dieses Lied nie gehört hatte, daß die Kinder um sie her standen und darum bettelten, «Chantez-vous la Madelon!», machte den Soldaten deutlich, wie weit und wie lange diese Dorfbewohner aus der Welt gewesen waren. Die deutsche Besatzung war wie Taubheit gewesen, die nichts durchdrang als anmaßende, kriegerische Weisen.

Bevor Claude nach seinem ersten ausgiebigen Schlaf aufgestanden war, kam ein Meldegänger von Colonel Scott, der ihm mitteilte, daß er bis auf weitere Befehle für die Kompanie verantwortlich sei. Die deutschen Gefangenen hatten ihre eigenen Toten beerdigt und Gräber für die Amerikaner ausgehoben, bevor sie nach hinten geschickt wurden. Claude und David waren am Stadtrand bei jener Frau einquartiert, die Captain Maxey die ersten Informationen gegeben hatte, als sie gestern morgen einmarschiert waren. Ihre Gastgeberin erzählte ihnen bei ihrem mittäglichen Frühstück, daß die alte Dame, die auf dem Platz erschossen worden war, und das kleine Mädchen am Nachmittag begraben werden sollten. Claude beschloß, daß die Amerikaner ihr Begräbnis zur selben Zeit abhalten sollten. Er hielt es für das beste, den Priester zu bitten, an den Gräbern ein Gebet zu sprechen, und er und David machten sich durch den strahlenden Herbstsonnenschein und Blättergeraschel auf die Suche nach dem Pfarrhaus. Es lag neben der Kirche, mit einem von hohen Mauern eingefaßten Garten dahinter. Über dem Klingelzug an der Außenwand war eine Karte befestigt, auf der stand: «Tirez fort».

Der Priester kam selbst zu ihnen heraus, ein alter Mann, der so schwach zu sein schien wie seine Türglocke. Er stand da mit seiner schwarzen Kappe, hielt seine Hände an die Brust, um sie am Zittern zu hindern, und sah in der Tat sehr alt aus – gebrochen, hoffnungslos, als sei er dieser Welt überdrüssig und fertig mit ihr. Nirgends in Frankreich hatte Claude ein so trauriges Gesicht gesehen wie das seine. Ja, er würde ein Gebet sprechen. Es war besser, ein christliches Begräbnis zu haben, und sie waren so weit fort von zu Hause, die armen Burschen! David fragte ihn, ob die Besatzung sehr bedrückend gewesen sei, aber der alte Mann antwortete ausweichend, und seine Hände begannen, so heftig an der Soutane zu zittern, daß sie schließlich aufbrachen, um ihm weitere Verlegenheiten zu ersparen.

«Er scheint nicht mehr ganz richtig im Kopf zu sein, meinst du nicht auch?» bemerkte Claude.

«Der Krieg wird ihn ausgelaugt haben. Wie kann er die Messe zelebrieren, wenn seine Hände so zittern?» Als sie die Kirchenstufen überquerten, berührte David Claudes Arm und zeigte auf den Platz. «Sieh mal, jeder Landser hat schon ein Mädchen! Einige haben sogar ihre Drillichkappen ausgepackt! Ich hatte angenommen, sie hätten sie alle weggeworfen!»

Jene, die keine Kappen hatten, hielten ihre Helme unter dem Arm, gaben sich außerordentlich galant und plauderten mit den Frauen – die alle anscheinend Besorgungen zu machen hatten. Einige von ihnen gestatteten den Jungen, ihnen die Körbe zu tragen. Ein Soldat ließ ein begeistertes kleines Mädchen auf seinem Rücken reiten.

Nach der Beerdigung fand jeder Mann in der Kompanie irgendeine mitfühlende Frau, mit der er über seine gefallenen Kameraden sprechen konnte. Alle Gartenblumen und Kränze von Beaufort waren hinausgetragen und auf die amerikanischen Gräber gelegt worden. Als die Korporalschaft Salut schoß und das Horn ertönte, weinten die Mädchen und ihre Mütter. Der arme Willy Katz, zum Beispiel, hätte in South Omaha niemals ein solches Begräbnis haben können.

Am nächsten Abend begannen die Soldaten, die Mädchen den «Pas Seul» und den «Fausse Trot» tanzen zu lehren. Sie hatten eine alte Violine gefunden, und Oscar, der Schwede, kratzte drauflos. Sie tanzten jeden Abend. Claude sah, daß so einiges vor sich ging, und er hielt seinen Männern eine Strafpredigt. Aber ihm wurde klar, daß er ebensogut zu den Spatzen predigen konnte. Hier war ein Dorf mit mehreren hundert Frauen, und nur die Großmütter hatten einen Mann. Alle Männer waren in der Armee, waren nicht einmal auf Urlaub zu Hause gewesen, seit die Deutschen gekommen waren. Die Mädchen waren vier Jahre lang mit jungen Männern eingeschlossen gewesen, die sie unablässig begehrten und die sie ständig überlisten mußten. Die Situation war unerträglich gewesen – und hatte zu lange gedauert. Die Amerikaner fanden sich in der gleichen Lage wie Adam im Paradies.

«Wußten Sie, Sir», sagte Bert Fuller atemlos, als er Claude nach dem Appell auf der Straße einholte, «daß diese reizenden Mädchen auf den Feldern arbeiten mußten und Sachen für diese dreckigen Schweine zum Essen anbauen? Ja, Sir, auf den Feldern mußten sie arbeiten, unter deutscher Bewachung; marschierten morgens hinaus und abends zurück wie Sträflinge! Es ist unbedingt unsere Pflicht, ihnen jetzt das Leben schön zu machen.»

Man konnte keinen Abend spazierengehen, ohne auf den dämmrigen Straßen oder Feldwegen umherbummelnden Paaren zu begegnen. Hinsichtlich ihrer Versuche, französisch zu sprechen, hatten die Jungen all ihre Schüchternheit verloren. Sie erklärten, sie könnten in Frankreich mit drei Verben auskommen und mit allen glücklicherweise in der ersten Konjugation: «manger, aimer, payer» – völlig ausreichend! Sie nannten Beaufort «unsere Stadt», und sie wurden «unsere Amerikaner» genannt. Sie würden nach dem Krieg wiederkommen und die Mädchen heiraten und ein Wasserwerk bauen und Leitungen legen!

«Chez-moi, Sir!» rief Bill Gates Claude zu und salutierte mit einer blutigen Hand, während er vor der Tür seines Quartiers stand und Kaninchen häutete. «Die Stadt hat diese Woche schwere Verluste an Bunnys!»

«Weißt du, Wheeler», bemerkte David eines Morgens, als sie sich rasierten, «ich glaube, Maxey würde auf einem Bein hierher zurückkommen, wenn er von diesen Ausflügen in den Wald zum Pilzesammeln wüßte.»

«Kann sein.»

«Willst du ihnen nicht einen Riegel vorschieben?»

«Ich doch nicht!» schnappte Claude und verzog entschlossen die Mundwinkel. «Wenn sich die Mädchen oder ihre Leute bei mir beschweren, werde ich eingreifen. Sonst nicht. Ich habe es mir überlegt.»

«Ach, die Mädchen...», David lachte leise. «Nun ja, es ist schon was, einen Geschmack für Pilze zu entwickeln. Sie bekommen zu Hause ja doch keine, oder?»

Als die Amerikaner nach acht Tagen den Marschbefehl erhielten, herrschte in jedem Haus Trauer. An ihrem letzten Abend in der Stadt erhielten die Offiziere dringliche Einladungen zum Tanz auf dem Platz. Claude ging für ein paar Augenblicke hin und schaute zu. David tanzte jeden Tanz, aber Hicks war nirgends zu erblicken. Der arme Kerl hatte an nichts teilgenommen. Claude ging zur Kirche hinüber, um nachzusehen, ob er vielleicht auf dem Friedhof war und Trübsal blies.

Als Claude dort umherwanderte, blieb er stehen, um ein Grab zu betrachten, das etwas abseits allein unter einer Ligusterhecke lag, mit welken Blättern und einer kleinen französischen Fahne darauf. Die alte Frau, bei der sie wohnten, hatte ihnen die Geschichte dieses Grabes erzählt.

Die Nichte des Pfarrers war dort beerdigt. Sie war das schönste Mädchen von Beaufort gewesen, wie es schien, und sie hatte eine Liebesaffäre mit einem deutschen Offizier gehabt und die Stadt entehrt. Er war ein junger Bayer, der bei derselben alten Frau einquartiert gewesen war, die ihnen die Geschichte erzählte, und sie sagte, er sei ein netter Junge gewesen, gutaussehend und sanft, und pflegte die halbe Nacht im Garten zu sitzen, den Kopf in den Händen – heimwehkrank, liebeskrank. Er war immer hinter dieser Marie-Louise her; wurde nicht zudringlich, war aber immer da, wuchs aus dem Boden vor ihren Füßen, sagte die alte Frau. Das Mädchen haßte Deutsche wie alle anderen auch und schnitt ihn. Er wurde an die Front geschickt. Dann kam er krank und fast taub nach einem der Gemetzel von Verdun zurück und blieb lange Zeit. In jenem Frühjahr machte eine Geschichte die Runde, daß eine Frau ihn nachts auf dem deutschen Friedhof träfe. Die Deutschen hatten das Land hinter der Kirche für ihre Gräber beschlagnahmt, und es stieß an die Gartenmauer des Pfarrhauses. Wenn die Frauen zum Pflanzen auf die Felder hinausgingen, dann stahl sich Marie-Louise immer von den anderen fort und traf ihren Bayern im Wald. Die Mädchen waren sich dessen nun sicher; und sie begegneten ihr mit Verachtung. Aber niemand war mutig genug, dem Pfarrer etwas davon zu sagen. Eines Tages, als sie mit ihrem Bayern im Wald war, griff sie sich seinen Revolver vom Boden und erschoß sich. Im Herzen sei sie Französin gewesen, sagte ihre Gastgeberin.

«Und der Bayer?» fragte Claude David später. Die Geschichte war so kompliziert geworden, daß er ihr nicht mehr hatte folgen können.

«Er rechtfertigte sie, und zwar auf der Stelle. Er nahm die Pistole und schoß sich durch die Schläfe. Sein Bursche, der am Rande des Dickichts postiert war, um Wache zu halten, hörte den ersten Schuß und lief in ihre Richtung. Er sah den Offizier die rauchende Pistole aufnehmen und gegen sich selbst richten. Aber der Kommandant konnte nicht glauben, daß einer seiner Offiziere soviel Gefühl hätte. Er veranlaßte eine «enquête», zerrte die Mutter und den Onkel des Mädchens vor Gericht und versuchte nachzuweisen, daß sie sich mit ihr verschworen hatten, einen deutschen Offizier zu verführen und zu ermorden. Der Bursche wurde gezwungen, die ganze Geschichte zu erzählen; wie und wo sie anfingen, sich zu treffen. Obwohl er mit den Details, die er preisgab, nicht sehr zartfühlend umging, blieb er unerschütterlich bei seiner Aussage, daß er gesehen habe, wie Leutnant Müller sich eigenhändig erschoß, und es gelang dem Kommandanten nicht, seine Version zu beweisen. Der alte Pfarrer hatte nichts von all dem gewußt, bis er es vor dem Militärgericht zu hören bekam. Marie-Louise hatte von Kind an in seinem Haus gewohnt und war für ihn wie eine Tochter. Er erlitt so etwas wie einen Schlaganfall, und seitdem war er so. Die Freundinnen des Mädchens verziehen Marie-Louise, und als sie abseits allein an der Hecke begraben wurde, fingen sie an, Blumen zu ihrem Grab zu bringen. Der Kommandant stellte eine «affiche» an der Hecke auf, die jedem verbot, das Grab zu schmücken. Offenbar hatte nichts während der deutschen Okkupation die Gefühle so sehr in Wallung gebracht wie die arme Marie-Louise.»

«Das hätte niemanden kalt gelassen», überlegte Claude. Da war ihr einsames kleines Grab, über das der Schatten der Ligusterhecke fiel. Dort, am Fuß des Pfarrgartens, lag der deutsche Friedhof mit schweren Zementkreuzen – einige davon mit langen Inschriften, Zeilen ihrer Dichter und Versen aus alten Kirchenliedern. Wahrscheinlich lag dort irgendwo auch Leutnant Müller. Seltsam, wie sich diese Geschichte aus anderen hervorhob in einer Welt, die so voller Leid war. Es war dies eine Art von Elend, an die er zuvor noch nie gedacht hatte; aber dieselbe Sache mußte sich im besetzten Gebiet wieder und wieder ereignet haben. Er würde nie die Hände des Pfarrers vergessen, seine trüben, leidvollen Augen.

Claude erkannte David, der das Pflaster vor der Kirche überquerte, und ging zurück, ihm entgegen.

«Hallo! Ich habe dich erst für Hicks gehalten. Ich dachte, er könnte hier draußen sein.» David setzte sich auf die Stufen und zündete sich eine Zigarette an.

«Das dachte ich auch. Ich bin hergekommen, um ihn zu suchen.»

«Ach, ich nehme an, er hat eine Schulter gefunden, an der er sich ausweinen kann. Ist dir klar, Claude, daß wir beide die einzigen Männer in der Kompanie sind, die sich nicht verlobt haben? Einige der verheirateten Männer haben sich sogar zum zweiten Mal verlobt. Es ist gut, daß wir abziehen, sonst hätten wir uns um Aufgebote und eine Menge Taufen zu kümmern.»

«Trotzdem», murmelte Claude, «ich mag die Frauen dieses Landes, zumindest nach dem, was ich bisher von ihnen gesehen habe.» Während sie dasaßen und schweigend rauchten, gingen seine Gedanken zurück zu der stillen Szene, die er an seinem ersten Abend in Frankreich auf den Stufen jener anderen Kirche beobachtet hatte; das Mädchen vom Land im Mondlicht, das sich über seinen kranken Soldaten beugte.

Als sie auf raschelnden Blättern über den Platz zurückschlenderten, ging der Tanz gerade zu Ende. Oscar spielte als letzten Walzer «Home, Sweet Home».

«Le dernier baiser», sagte David. «Nun, morgen sind wir weg, und aller Wahrscheinlichkeit nach werden wir nicht hierher zurückkommen.»

18

«Bei uns gibt's entweder zuviel von allem oder zuwenig», stöhnten die Männer, als sie sich mittags an der Straße niedersetzten, um an ihren trockenen Keksen zu knabbern. Sie hatten an jenem Morgen achtzehn Meilen zurückgelegt und noch sieben weitere vor sich. Ihnen war befohlen worden, die fünfundzwanzig Meilen in acht Stunden hinter sich zu bringen. Bisher war noch keiner ausgefallen, aber einige der Jungen sahen ziemlich schlapp aus. Nifty Jones sagte, er sei erledigt. Sergeant Hicks disputierte mit den Zaghaften. Er wußte, würde ein Mann ausfallen, dann würde ein Dutzend folgen.

«Wenn ich es schaffen kann, dann könnt ihr es auch. Für einen Dicken wie mich ist's noch schlimmer. Dies ist kein Marsch, über den man lamentieren muß. Mann, in Arras habe ich mit einem kleinen Tommy aus diesen Kumpel-Bataillonen geredet, die an der Somme geschlachtet wurden. Sein Bataillon ist in der Julihitze in sechs Stunden fünfundzwanzig Meilen in den sicheren Tod marschiert. Sie waren alle Schulkinder, nicht ein Mann über einssechzig, nannten sich die ‹Knirpse›. Eine reife Leistung, das muß man ihnen lassen!»

«Ich lasse jedem alles, aber ich kann auf denen hier nicht weiter», murmelte Jones und rieb seine wunden Füße.

«Ach was! Wir werden dich auf das einzige Pferd der Kompanie hieven. Die Offiziere, die können laufen!»

Als sie in die Bataillonslinien kamen, war Essen für sie bereit, aber nur sehr wenige wollten etwas davon. Sie tranken und legten sich in die Büsche. Claude ging sofort zum Hauptquartier und fand Barclay Owens von den Technikern mit dem Colonel, der wie üblich rauchte und seine Karten studierte.

«Schön, Sie zu sehen, Wheeler. Nach einer Woche Rast müßten Ihre Leute in guter Verfassung sein. Lassen Sie sie jetzt schlafen. Wir müssen hier vor Mitternacht abziehen, um zwei Texas-Bataillone am Moltke-Graben abzulösen. Sie haben den Graben unter schweren Verlusten genommen und sind total erledigt; könnten ihn im Fall eines Gegenangriffs nicht halten. Weil er strategisch wichtig ist, wird der Feind versuchen, ihn zurückzugewinnen. Ich möchte vor Tagesanbruch in Stellung gehen, damit er nicht bemerkt, wenn frische Truppen hereinkommen. Als ranghöchster Offizier führen Sie die Kompanie.»

«Sehr wohl, Sir. Ich werde mein Bestes tun.»

«Dessen bin ich sicher. Zwei Maschinengewehrmannschaften werden mit uns einrücken, und irgendwann kommt morgen ein Missouri-Bataillon zur Unterstützung. Ich hätte Sie lieber früher hiergehabt, aber ich habe meinen Ablösungsbefehl erst gestern erhalten. Möglicherweise müssen wir unter Granatfeuer vorrücken. Der Feind hat eine Menge schwerkalibriges Zeug rübergeschickt; er möchte den Graben abschneiden.»

Claude und David stiegen in einen frischen Granattrichter unter dem halb verbrannten Gebüsch und schliefen ein. In der Abenddämmerung wurden sie von heftigem Artilleriefeuer aus dem Norden geweckt.

Nach einer warmen Mahlzeit begann das Bataillon gegen zehn Uhr abends durch nahezu unpassierbares Gelände vorzurücken. Die Kanonen mußten lange Zeit über mit gleichbleibender Reichweite anhaltend gefeuert haben; der Boden war bearbeitet und geknetet, bis er weich war wie Teig, obwohl es seit einer Woche nicht mehr geregnet hatte. Barclay Owens und seine Techniker legten eine Plankenstraße, um die Lebensmittel und Munitionswagen hinüberzubekommen. Große Granaten schlugen in Abständen von zwölf Minuten ein. Die Abstände waren so regelmäßig, daß es durchaus möglich war, unbeschadet vorwärtszukommen. Während die B-Kompanie durch den Granatenbereich zog, holte sie Colonel Scott zu Fuß ein; sein Bursche führte sein Pferd.

«Wissen Sie etwas über das Licht da drüben, Wheeler?» fragte er. «Nun, es sollte nicht dasein. Kommen Sie mit nachsehen.»

Das Licht war nicht heller als eine Streichholzflamme. Claude hatte es vorher nicht bemerkt. Er folgte dem Colonel, und als sie den Funken erreichten, fanden sie drei Offiziere der A-Kompanie, die in einem mit einem Stück Blech abgedeckten Granattrichter hockten.

«Machen Sie das Licht aus!» rief der Colonel scharf. «Was ist los, Captain Brace?»

Ein junger Mann stand rasch auf. «Ich warte auf das Wasser, Sir. Es kommt auf Mauleseln in Benzinkanistern, und ich darf nicht von ihm abgetrennt werden. Der Boden ist so schlecht, daß die Fahrer sich sonst verirren.»

«Warten Sie nicht länger als zwanzig Minuten. Sie müssen rechtzeitig dort sein und Ihre Stellung beziehen, das ist es, worauf es ankommt, mit oder ohne Wasser.»

Als der Colonel und Claude zurückeilten, um die Kompanie einzuholen, heulten fünf große Granaten in rascher Folge über sie hinweg. «Laufen Sie, Sir», rief der Bursche. «Sie kommen uns auf die Spur; sie haben die Reichweite verringert.»

«Das Licht da hinten hat gerade ausgereicht, um ihnen einen Hinweis zu geben», murmelte der Colonel.

Das schlechte Gelände erstreckte sich noch etwa eine Meile weiter, dann erreichte die Vorhut das Hauptquartier hinter dem achten Graben des großen Grabensystems. Es war ein altes Bauernhaus, das die Deutschen mit Stahlbeton umgebaut und von innen und außen verstärkt hatten, bis die Wände zwei Meter dick und fast so granatensicher waren wie ein Bunker. Der Colonel schickte seinen Burschen, um sich nach der A-Kompanie zu erkundigen. Ein junger Lieutenant kam zur Tür des Bauernhauses.

«Die A-Kompanie ist bereit, in Stellung zu gehen, Sir. Ich habe sie hergeführt.»

«Wo ist Captain Brace, Lieutenant?»

«Er und unsere beiden Ersten Lieutenants wurden getötet, Colonel. Dahinten in dem Loch. Eine Granate hat sie getroffen, keine fünf Minuten, nachdem Sie mit ihnen geredet hatten.»

«Das ist böse. Irgendwelche weiteren Schäden?»

«Ja, Sir. Gleichzeitig hat's einen Küchenwagen erwischt; der erste, der Julius Cäsars neue Straße entlangkam. Der Fahrer wurde getötet, und wir mußten die Pferde erschießen. Captain Owens wurde fast vom Eintopf verbrüht.»

Der Colonel rief die Offiziere einen nach dem anderen herein und besprach mit ihnen ihre Stellungen.

«Wheeler», sagte er, als Claude an die Reihe kam, «Sie kennen Ihre Karte? Haben Sie jene scharfe Schlinge im Frontgraben in H 2 bemerkt? Eberkopf nennt man sie, glaube ich. Er ist wie eine Speerspitze, die sich auf den Feind richtet, und ihn zu halten, wird ein heißes Ding sein. Meinen Sie, wenn ich Ihre Kompanie dort hineinsetze, Sie können dem Bataillon im Falle eines Gegenangriffs Ehre machen?»

Claude sagte, er glaube schon.

«Es ist der Abschnitt der Linie, der sich am schwersten halten läßt, und Sie können Ihren Männern sagen, daß ich ihnen damit ein Kompliment mache, wenn ich sie dort einsetze.»

«In Ordnung, Sir. Sie werden es zu schätzen wissen.»

Der Colonel biß das Ende einer frischen Zigarre ab. «Das sollten sie allerdings, zum Donnerwetter! Wenn sie nachgeben und die Hunnen reinlassen, ist die ganze Linie aufgeschmissen. Ich werde Ihnen zwei Maschinengewehrmannschaften aus Georgia mitgeben, die an dem Punkt Stellung beziehen sollen, der die Eberschnauze genannt wird. Wenn morgen die Leute aus Missouri kommen, werden Sie hineingeschickt, um euch zu helfen. Aber bis dahin werden Sie sich ganz allein um die Schlinge kümmern müssen. Ich muß furchtbar viel an Graben halten, und ich kann für Sie keinen einzigen Mann mehr entbehren.»

Die Texaner, zu deren Ablösung das Bataillon gekommen war, hatten sechzig Stunden lang von ihren eisernen Rationen und dem, was sie den toten Hunnen abnehmen konnten, gelebt. Ihr Nachschub war unterwegs von Granaten getroffen worden, und nichts war zu ihnen durchgekommen. Als der Colonel Claude und David nach vorn mitnahm, um die Schlinge zu inspizieren, die die B-Kompanie halten sollte, fanden sie eine Suhle vor, die eher einem Abfallhaufen glich als einem Graben. Die Männer, die die Stellung genommen hatten, waren fast zu schwach zum Stehen. Alle Offiziere waren gefallen, und ein Sergeant führte das Kommando. Er entschuldigte sich für den Zustand der Schlinge.

«Tut mir leid, daß wir Ihnen solch eine Schweinerei zum Saubermachen hinterlassen, Sir, aber uns hat es hier drin bös' erwischt. Er hat uns, seit wir ihn hinausgejagt haben, jede Nacht mit Granaten beschossen. Ich konnte von den Männern nichts weiter verlangen, als durchzuhalten.»

«Das ist in Ordnung. Hauen Sie ab mit Ihren Jungs, schnell! Meine Männer werden Ihnen was zu futtern geben, wenn Sie nach hinten gehen.»

Die lädierten Verteidiger des Eberkopfes stolperten durch die Dunkelheit an ihnen vorbei und in den Verbindungsgraben. Als der letzte Mann hinausmarschiert war, schickte der Colonel nach Barclay Owens. Claude und David versuchten, sich tastend eine Vorstellung vom Zustand des Grabens zu machen. Der Gestank war der schlimmste, der ihnen bisher begegnet war, aber er war weniger widerlich als die Fliegen; wenn sie aus Versehen einen Toten berührten, stoben Wolken nasser, summender Fliegen auf und flogen in ihre Gesichter, in ihre Augen und Nasenlöcher. Unter ihren Füßen arbeitete die Erde und bewegte sich, als würde sich dort unten eine Boa constrictor winden – weiche Körper, flüchtig zugedeckt. Als sie ihren Weg hinauf zur Schnauze gefunden hatten, stießen sie auf einen Haufen Leichen, ein Dutzend oder mehr, wie Mehlsäcke übereinandergeworfen, in der Dunkelheit nur schwach erkennbar. Während die beiden Offiziere dort standen, begannen rumpelnde, spritzende Geräusche aus diesem Haufen zu kommen, erst von einem Körper, dann von einem anderen – Gase, die in den sich verflüssigenden

Eingeweiden der Toten aufquollen. Sie schienen sich gegenseitig zu beklagen: blub, blub, blub.

Die Jungen gingen zurück zum Colonel, der am Eingang zum Verbindungsgraben stand, und sagten ihm, daß es nicht viel zu berichten gäbe, außer daß dringend ein Beerdigungstrupp benötigt werde.

«Das kann ich mir denken!» Der Colonel schüttelte den Kopf. Als Barclay Owens ankam, fragte er ihn, was hier noch vor Tagesanbruch getan werden könne. Der tapfere Ingenieur tastete umher, wie es Claude und Gerhardt getan hatten; sie hörten ihn husten und die Fliegen abwehren. Aber als er zurückkam, schien er eher aufgemuntert als entmutigt.

«Geben Sie mir einen Trupp, um die Gefallenen herauszuschaffen, und mit viel ungelöschtem Kalk und Zement kann ich die Schlinge in vier Stunden in Ordnung bringen, Sir», erklärte er.

«Ich habe reichlich Kalk mitgebracht, aber woher wollen Sie Ihren Zement bekommen?»

«Der Hunne hat im Keller unter Ihrem Hauptquartier etwa fünfzig Sack zurückgelassen. Natürlich könnte ich's besser machen, wenn mein Zement ein paar Stunden mehr Zeit zum Trocknen hätte.»

«Legen Sie los.» Der Colonel sagte Claude und David, sie sollten ihre Männer vor Tagesanbruch zum Verbindungsgraben bringen und sie in Bereitschaft halten. «Geben Sie Owens' Zement eine Chance, aber lassen Sie nicht zu, daß der Feind Sie überrascht.»

Das Granatfeuer begann bei Tagesanbruch von neuem; es richtete sich am stärksten auf die rückwärtigen Gräben und die Drei-Meilen-Zone dahinter. Offensichtlich war sich der Feind sicher über das, was sich seiner Meinung nach im Moltke-Graben befand; er wollte ihn nur noch von Versorgungslieferungen und möglichen Verstärkungen abschneiden. Das Missouri-Bataillon tauchte an jenem Tag nicht auf. Doch vor Mittag kam ein Meldegänger ihres Colonels mit der Nachricht, daß sie sich im Wald versteckten. Fünf Boche-Flugzeuge würden seit dem Morgengrauen über dem Wald kreisen und Signale an das feindliche Hauptquartier hinten auf der Dauphin-Höhe senden; die Missourier seien sicher, daß sie der Entdeckung entgangen seien, indem sie dichtgedrängt im Unterholz lagen. Sie würden in der Nacht kommen. Ihr Fernmeldetrupp würde dem Meldegänger folgen, und innerhalb einer halben Stunde könnte Captain Scott Telephonkontakt mit ihnen haben.

Als die B-Kompanie um ein Uhr nachmittags in den Eberkopf einrückte, konnte sie wahrheitsgemäß sagen, daß der vorherrschende Geruch nun der von ungelöschtem Kalk sei. Die Brüstung war ebenmäßig wiederhergestellt, Teile der Feuerstufe waren repariert, und in der Schnauze befanden sich gute Stellungen für die Maschinengewehre. Gewisse unangenehme Erinnerungen ließen sich noch finden, wenn man nach ihnen suchte. In der Schnauze ragte ein großer, fetter Stiefel steif aus der Grabenseite. Captain Owens erklärte, daß der Boden dort hohl klang und der Stiefel wahrscheinlich zu einem Unterstand führte, wo ein Haufen Hunnenleichen zusammen begraben waren. Da er unter Zeitdruck stand, hatte er es für das Beste gehalten, sich keinen Ärger einzuhandeln. In einer der Kurven der Schlinge, genau am oberen Abschluß des

Erdwalls, ragte eine dunkle Hand unter den Sandsäcken hervor; die fünf gespreizten Finger sahen aus wie die geschwollenen Wurzeln irgendeines giftigen Unkrauts. Hicks erklärte, dieses sei abscheulich, und ließ Nifty Jones und Oscar während des Nachmittags etwas Erde zusammenkratzen, um einen Buckel über die Klaue zu bauen. Aber in der Nacht gab es Granatfeuer, und die Erde fiel wieder herunter.

«Schauen Sie», sagte Jones, als er seinen Sergeant weckte, «das erste, was ich sehe, wenn Tageslicht kommt, waren seine ollen Finger un' wackeln in der Brise. Er möchte Luft, der Heini; er will nich' zugedeckt bleiben.»

Hicks stand auf und begrub die Hand von neuem, aber als er mit Claude vor dem Frühstück auf Inspektion vorbeikam, ragten dieselben fünf Finger dort wieder heraus. Die Stirn des Sergeants schwoll an und wurde rot, und er schwor, wenn er denjenigen erwischte, der solche dreckigen Witze liebte, den werde er zwingen, diesen Witz hier zu essen.

Der Colonel schickte nach Claude und Gerhardt, sie sollten kommen und mit ihm frühstücken. Er hatte telephonisch mit den Missouri-Offizieren gesprochen und zugestimmt, daß sie zunächst hinten im Gebüsch bleiben sollten. Das ständige Kreisen von Flugzeugen über dem Wald schien darauf hinzuweisen, daß der Feind sich Gedanken über die tatsächliche Stärke des Moltke-Grabens zu machen begann. Es war möglich, daß ihre Luftaufklärer die Texaner hatten zurückgehen sehen – warum griffen sie dann aber nicht an?

Während der Colonel und die Offiziere beim Frühstück saßen, brachte ein Corporal zwei Tauben, die er bei Tagesanbruch geschossen hatte. Eine davon trug eine Botschaft unter ihrem Flügel. Der Colonel entrollte einen Streifen Papier und reichte ihn Gerhardt.

«Ja, Sir, es ist auf deutsch, aber es ist chiffriert. Es ist ein deutscher Kinderreim. Diese Aufklärungsflugzeuge müssen in unserem Rücken Kundschafter abgesetzt haben, und die schicken nun ihre Berichte ein. Natürlich können sie mehr über uns in Erfahrung bringen als die Flieger. Hier, möchtest du die Vögel haben, Dick?»

Der Junge grinste. «Und ob, Sir! Vielleicht kriege ich später eine Gelegenheit, sie zu braten.»

Nach dem Frühstück inspizierte der Colonel die B-Kompanie im Eberkopf. Er war besonders erfreut über die vorteilhafte Stellung der Maschinengewehre in der Schnauze. «Ich erwarte, daß Sie einen ruhigen Tag haben werden», sagte er zu den Männern, «aber eine ruhige Nacht will ich Ihnen nicht versprechen. Sie müssen hier drin sehr standhaft sein; wenn Fritz diese Schlinge nimmt, dann hat er uns, das ist Ihnen klar.»

Sie hatten tatsächlich einen ruhigen Tag. Einige der Männer spielten Karten, und Oscar las seine Bibel. Auch die Nacht begann gut. Aber um vier Uhr fünfzehn wurden alle vom Gasalarm geweckt. Genau eine halbe Stunde lang kamen Gasgranaten herüber. Dann brach das Schrapnellfeuer los; nicht das lange schwirrende Heulen vereinzelter Granaten, sondern Trommelfeuer, stetig und ohrenbetäubend. Hundert Gewitter schienen gleichzeitig zu toben, in der Luft und auf dem Boden. Feuerbälle rollten überall umher. Die Reichweite lag zu weit für den Eberkopf, sie bekamen nicht das Schlimmste davon ab; aber dreißig Meter weiter wurde alles in Stücke gerissen. Claude konnte sich nicht vorstellen, daß irgend jemand dort am Leben geblieben sein konnte. Ein einziger Feuerball hatte sechs seiner Männer im hinteren Teil der Schlinge getötet, wo sie schaufelten, um den Verbindungsgraben freizuhalten. Captain Owens säuberliche Erdarbeiten wurden stark beschädigt.

Claude und Gerhardt beratschlagten, während der Rauch und die Dunkelheit die blaue Farbe des nahenden Tagesanbruchs anzunehmen begannen. Ein Bote des Colonels kam gelaufen; die Leute aus Missouri waren immer noch nicht gekommen, und seine Telephonverbindung mit ihnen war abgeschnitten. Er fürchtete, sie hätten sich im Bombardement verirrt. «Der Colonel sagt, Sie sollen zwei Männer nach hinten schicken, um sie herzubringen; zwei Männer, die die Führung übernehmen könnten, falls sie in Panik geraten sind.»

Als der Bote diesen Befehl gebrüllt hatte, sahen Gerhardt und Hicks sich rasch an und erklärten sich bereit zu gehen.

Claude zögerte. Hicks und David warteten nicht auf seine Zustimmung; sie liefen den Verbindungsgraben hinunter und verschwanden.

Claude stand im Rauch, der langsam grauer wurde, und blickte ihnen mit dem Schmerz der tiefsten Verzweiflung nach, die er je empfunden hatte. Nur ein verwirrter und zur Führung anderer Männer unfähiger Mann würde es zulassen, daß sich sein bester Freund und sein bester Offizier solch einem Risiko aussetzten. Dort stand er geschützt, während seine beiden Freunde durch den Vorhang aus fliegendem Stahl zu dem Planquadrat zurückgingen, aus dem sich das verlorene Bataillon zuletzt gemeldet hatte. Wie er sie kannte, würden sie keine Zeit verlieren und dem

Gewirr von Gräben folgen; wahrscheinlich waren sie schon jetzt draußen im Offenen und rannten, Gräben überspringend, durch das feindliche Sperrfeuer.

Claude wandte sich um und ging zurück in die Schlinge. Nun ja, was immer geschehen mochte, er hatte mit tapferen Männern zusammengearbeitet. Solche Männer gekannt zu haben, war das Leben in dieser Welt wert gewesen. Soldaten, die in Bedrängnis waren, machten Gott häufig geheime Angebote; und nun ertappte er sich dabei, wie er selbst verhandelte: Wenn er dafür sorgte, daß David zurückkam, dann konnte er den Preis von ihm einfordern. Hatte er verstanden?

Eine Stunde schleppte sich dahin. Warten zerrt an den Nerven. Ein Zug mit Munition und Kaffee für die Schlinge kam den Verbindungsgraben hinauf. Die Männer dachten, daß es enorm tüchtig vom Hauptquartier war, durch dieses Sperrfeuer heißes Essen zu ihnen zu bringen. Eine handschriftliche Order des Colonels lautete:

«Seien Sie bereit, wenn das Sperrfeuer aufhört.»

Claude nahm sie entgegen und zeigte sie den Maschinengewehrschützen in der Schnauze. Als er zurücklief, traf er auf Hicks, ausgezogen bis auf Hemd und Hose, naß, als käme er aus einem Fluß, und blutbespritzt. Seine Hand war mit einem Lappen umwickelt. Er legte seinen Mund an Claudes Ohr und brüllte: «Wir haben sie gefunden. Sie hatten sich verlaufen. Sie kommen. Geben Sie dem Colonel Bescheid.»

«Wo ist Gerhardt?»

«Er kommt, bringt sie her. Gott, es hat aufgehört!»

Das Bombardement endete mit einer Plötzlichkeit, die betäubend war. Die Männer in der Schlinge keuchten und fielen in sich zusammen, als stürzten sie aus einer großen Höhe herab. Die Luft, in der schwarzer Rauch und der erstickende Geruch von Gasen und brennendem Pulver wogten, war totenstill. Das Schweigen war wie ein schweres Betäubungsmittel.

Claude lief zurück zur Schnauze, um dafür zu sorgen, daß die Geschützmannschaften bereit waren. «Aufwachen, Jungs! Ihr wißt, wozu wir hier sind!»

Bert Fuller, der oben im Ausguck war, ließ sich neben ihn in den Graben zurückfallen. «Sie kommen, Sir!»

Claude gab den Maschinengewehren das Zeichen. In der ganzen Schlinge wurde das Feuer eröffnet. Einen Augenblick später sprang eine Brise auf, und die dichten Rauchwolken trieben nach hinten. Er stieg auf die Feuerstufe und spähte hinüber. Der Feind kam in acht langen wogenden Reihen gestaffelt links vom Eberkopf heran und strebte dem Hauptgraben zu. Plötzlich wurde der Vormarsch gestoppt. Die Männer ließen sich hinter eine Bodenerhebung, fünfzig Meter entfernt, fallen und tauchten nicht sofort wieder auf. Claude wurde plötzlich klar, daß sie auf etwas warteten; er sollte schlau genug sein, um zu wissen, worauf, aber er war es nicht. Der Fernmelder des Colonels kam zu ihm herauf.

«Im Hauptquartier ist ein Meldegänger von den Missouriern. Sie werden in zwanzig Minuten dasein. Der Colonel wird sie sofort hier einsetzen. Bis dahin müssen Sie es schaffen, die Stellung zu halten.»

«Wir werden sie halten. Fritz benimmt sich merkwürdig. Ich verstehe seine Taktik nicht...»

Noch während er sprach, erklärte sich alles. Die Eberschnauze wurde von einer Explosion aufgerissen, welche die Erde spaltete, und flog in einem Vulkan von Rauch und Flammen in die Luft. Claude und der Bote wurden aufs Gesicht geworfen. Als sie wieder auf die Füße kamen, war die Schnauze ein rauchender Krater voller toter und sterbender Männer. Die Geschützmannschaften aus Georgia waren verloren.

Das war es, worauf der Hunnenvormarsch hinter der Erhebung gewartet hatte. Die Mine unter der Schnauze war vor langer Zeit gelegt worden, vermutlich während der Hunne den Moltke-Graben unbelästigt mehrere Monate lang gehalten hatte. In den letzten vierundzwanzig Stunden hatten sie Sprengstoffe herangeschafft, als ihnen klargeworden war, daß die stärkste Befestigung dort aufgebaut würde.

Und da kamen sie auch schon angelaufen. Nun war es Sache der Gewehre. Die Männer, die durch die Wucht der Explosion zu Boden geworfen worden waren, standen alle wieder auf ihren Füßen. Sie sahen ihren Offizier fragend an, als habe sich die ganze Situation geändert. Claude spürte, daß sie vor seinen Augen schwach wurden. Jeden Augenblick konnten die Hunnen über sie herfallen, und sie würden zusammenbrechen. Er lief den Graben entlang, zeigte über die Sandsäcke und schrie: «Es liegt an euch, es liegt an euch!»

Die Gewehrschützen rafften sich auf und begannen zu feuern, aber Claude spürte, daß sie kraftlos und unsicher waren, daß sie in ihren Gedanken schon unterwegs zu den rückwärtigen Linien waren. Wenn sie überhaupt etwas taten, mußte es rasch geschehen, und ihre Schützenleistung mußte präzise sein. Nur ein vernichtendes Feuer konnte den Feind in Schach halten... Er sprang auf die Feuerstufe und dann hinaus auf die Brüstung. Augenblicklich geschah es: Er hatte seine Leute in der Hand.

«Ruhig! Ruhig!» Er rief den Gewehrmannschaften hinter ihm die Schußweite zu, und er konnte sehen, wie das Feuer seine Wirkung zeitigte. Die ganzen Hunnenlinien entlang stolperten Männer und fielen. Sie schwenkten ein wenig nach links; er forderte die Gewehre auf zu folgen und dirigierte sie mit seiner Stimme und seinen Händen. Es lag nicht nur allein daran, daß er von hier aus die Schußweite korrigieren und das Feuer lenken konnte: Die Männer hinter ihm waren wie zu Fels geworden. Diese Reihe von Gesichtern da unten, Hicks, Jones, Fuller, Anderson, Oscar... Sie wandten ihre Augen nie von ihm. Mit diesen Männern konnte er alles erreichen.

Der rechte Flügel der Hunnenlinie schwenkte aus, nicht mehr als zwanzig Meter von der zertrümmerten Schnauze entfernt, und versuchte zu laufen, um unter jenem Haufen von Schutt und menschlichen Körpern Schutz zu finden. Eine rasche Konzentration von Gewehrfeuer verhinderte es, und die Woge kam wieder hervor und wandte sich nach links. Claudes Erscheinen auf der Brüstung hatte zunächst beim Feind keine Aufmerksamkeit erregt, aber nun begannen um ihn die Kugeln zu hageln; zwei prasselten auf seinen Stahlhelm, eine traf ihn in die Schulter. Das Blut tropfte seinen Rock hinunter, aber er fühlte keine Schwäche. Er fühlte nur eines: daß er wundervolle Männer befehligte. Wenn David mit der Verstärkung kam, würde er sie vielleicht tot vorfinden, aber er würde sie alle dort finden. Sie würden bleiben, bis man sie hinaustrug, um sie zu beerdigen. Sie waren sterblich, aber sie waren unbezwingbar.

Die zwanzig Minuten des Colonels mußten fast abgelaufen sein, dachte er. Er konnte die Augen nicht lange genug von der Frontlinie abwenden, um auf seine Uhr zu blicken... Die Männer hinter ihm sahen Claude schwanken, als habe er das Gleichgewicht verloren und versuchte, es wiederzuerlangen. Dann stürzte er mit dem Gesicht nach unten von der Brüstung nach draußen. Hicks packte seinen Fuß und zog ihn zurück. Im selben Augenblick rannten die Missourier schreiend den Verbindungsgraben entlang. Sie warfen ihre Maschinengewehre auf die Sandsäcke und traten ohne eine überflüssige Bewegung in Aktion.

Hicks und Bert Fuller und Oscar trugen Claude nach vorne zur Schnauze, damit er der Verstärkung, die hereingeströmt kam, nicht im Weg wäre. Er blutete nicht sehr stark. Er lächelte sie an, als wolle er etwas sagen, aber in seinen Augen war eine schwache Leere. Bert riß sein Hemd auf; drei saubere Kugellöcher. Als sie ihn wieder ansahen, war das Lächeln verschwunden... der Blick, der Claude gewesen war, war vergangen. Hicks wischte den Schweiß und Rauch vom Gesicht seines Offiziers.

«Gott sei Dank, daß ich es ihm nicht gesagt hab'», sagte er. «Gott sei Dank!»

Bert und Oscar wußten, was er meinte. Gerhardt war an seiner Seite in Stücke zerrissen worden, als sie durch das feindliche Sperrfeuer zurückstürmten, um die Missourier zu finden. Sie liefen über das offene Feld und konnten durch den Rauch nur wenig sehen. Sie stießen auf einen Stacheldrahtverhau, der über einem alten Graben zurückgelassen war. David schwenkte rechts herum und winkte Hicks, ihm zu folgen. Sie waren keine zehn Meter auseinander, als die Granate einschlug. Dann lief Sergeant Hicks allein weiter.

19

Die Sonne steht tief, ein Transporter dampft langsam mit der Flut die Landenge hinauf. Auf den Decks wimmelt es von braunen Männern. Sie drängen sich über dem Aufbau wie Bienen in der Schwärmzeit. Sie sind entspannt und gelassen. Einige sehen nachdenklich aus, einige zufrieden, andere sind melancholisch und viele gleichgültig, während sie die Küste herannahen sehen. Sie sind nicht dieselben Männer, die fortgegangen sind.

Sergeant Hicks stand im Heck, rauchte, dachte nach, betrachtete das Glitzern des roten Sonnenuntergangs auf dem wolkigen Wasser. Es war über ein Jahr her, seit er nach Frankreich abgesegelt war.

Bert Fuller drängte sich zu seinem Sergeant durch. «Der Doktor sagt, Colonel Maxey stirbt. Er wird nicht lange genug leben, um vom Schiff zu kommen, noch weniger, um morgen in New York in der Parade mitzufahren.»

Hicks zuckte die Achseln, als ginge Maxeys Lungenentzündung ihn nichts an. «Ach, sollen wir uns darüber aufregen? Wir haben bessere Offiziere als ihn drüben gelassen.»

«Ich sage nicht, daß es nicht so ist. Aber es ist ein Jammer, wo er doch so wild auf Glanz und Gloria ist. Er hat seit Wochen Telegramme wegen dieser Parade verschickt.»

«Ha!» Hicks hob die Augenbrauen und blickte verächtlich beiseite. Plötzlich schoß es aus ihm heraus, während er böse ins glitzernde Wasser hinunterblickte: «Überhaupt, Colonel Maxey! Colonel für das, was Claude und Gerhardt getan haben, das ist meine Meinung!»

Hicks und Bert Fuller hatten geholfen, die edle Festung Ehrenbreitstein zu verteidigen. Sie haben immer zusammengehalten und streiten sich gewöhnlich und knurren sich an, wenn sie nicht im Dienst sind. Dennoch, sie halten zusammen. Sie sind die letzten ihrer Gruppe. Nifty Jones und Oscar, Gott allein weiß, warum, sind weitergezogen ans Schwarze Meer.

Während des Jahres, in dem sie sich im Rheintal aufhielten, waren Bert und Hicks nur einmal getrennt gewesen, als Hicks einen zweiwöchigen Urlaub bekam und kraft ausdauernden und ermüdenden Reisens nach Venedig gelangte. Er hatte keinen ordentlichen Paß, und die Konsuln und Beamten, an die er sich in seinen Schwierigkeiten wandte, baten ihn inständig, sich mit etwas Näherliegenderem zu begnügen. Aber er sagte, er würde nach Venedig fahren, weil er so oft davon gehört hatte. Bert Fuller war froh, ihn wieder in Koblenz willkommen zu heißen, und gab eine «Weinparty», um seine Rückkehr zu feiern. Sie haben vor, sich im Auge zu behalten. Zwar lebt Bert am Platte und Hicks am Big Blue, aber die Autostraßen zwischen den beiden Flüssen sind hervorragend.

Bert ist derselbe liebe Junge, der er war, als er seiner Mutter Küche verließ, seine schwerwiegendsten Probleme waren häufige Verlobungen gewesen. Doch Hicks' rundes pausbäckiges Gesicht hat einen leicht zynischen Ausdruck angenommen – ein Zug, der dort völlig fehl am Platze ist.

Die Zufälle des Krieges haben seine Gefühle verletzt... nicht, daß er je etwas für sich selbst gewollt hätte. Die Art, wie glitzernde Ehren auf die falschen Häupter in der Armee niederregnen und Orden und Ehrenkreuze auf den falschen Brüsten erblühen, hat, wie er sagt, seine Kompaßnadel um ein paar Punkte abgelenkt.

Nichts hatte Hicks sich auf dieser Welt mehr gewünscht, als mit seinem alten Kumpel, Dell Able, eine Garage mit Reparaturwerkstatt aufzumachen. Beaufort setzte all dem ein Ende. Immerhin hat er vor, eine Art Gedenkwerkstatt zu führen. «Hicks und Able» sollte über der Tür stehen. Er möchte seine Ärmel aufkrempeln und für den Rest seines Lebens das logische und schöne Innere von Automobilen betrachten.

Als der Transporter in den North River einfährt, beginnen den ganzen Hafen entlang Sirenen und Dampfpfeifen ihren schrillen Gruß an die zurückkehrenden Soldaten zu entrichten. Die Männer straffen die Schultern und lächeln einander wissend zu; einige von ihnen sehen ein wenig gelangweilt aus. Hicks zündet sich langsam eine Zigarette an und betrachtet ihr Ende mit einem Gesichtsausdruck, der seine Freunde verwirren wird, wenn er nach Hause kommt.

An den Ufern des Lovely Creek, wo sie begann, setzt sich Claude Wheelers Geschichte immer noch fort. Den beiden alten Frauen, die zusammen im Farmhaus arbeiten, ist der Gedanke an ihn stets gegenwärtig, jenseits von allem anderen, am fernsten Rand des Bewußtseins, wie die Abendsonne am Horizont.

Mrs. Wheeler erhielt die Nachricht von seinem Tod

eines Nachmittags im Wohnzimmer, dem Zimmer, in dem er ihr Lebewohl gesagt hatte. Sie las, als das Telephon klingelte.

«Ist dort die Wheeler-Farm? Hier ist das Telegraphenamt in Frankfort. Wir haben eine Nachricht vom Kriegsministerium...», die Stimme zögerte, «ist Mr. Wheeler nicht da?»

«Nein, aber Sie können mir die Nachricht vorlesen.»

Mrs. Wheeler sagte: «Danke» und hängte den Hörer auf. Sie tastete sich sachte zu ihrem Stuhl. Sie hatte eine Stunde für sich allein, in der nichts im Zimmer war als er – er und die Landkarte dort, die das Ende seines Weges bedeutete. Irgendwo zwischen jenen verwirrenden Namen hatte er seinen Platz gefunden.

Claudes Briefe kamen noch Wochen danach; dann kamen Briefe von seinen Kameraden und seinem Colonel, die ihr alles erzählten.

In den dunklen Monaten, die folgten, als die menschliche Natur für sie häßlicher wurde denn je zuvor, waren jene Briefe Mrs. Wheelers einziger Trost. Wenn sie die Zeitungen las, pflegte sie an die Bibelstelle vom Roten Meer zu denken; es schien, als sei die Flut von Gemeinheit und Gier gerade lange genug zurückgehalten worden, bis die Jungen drüben waren, um dann herunterzustürzen und alles zu verschlingen, was sie zu Haus zurückgelassen hatten. Jedesmal, wenn sie sieht, daß aus all dem nichts hervorgegangen ist als Böses, liest sie von neuem Claudes Briefe und findet dann wieder zur Ruhe. Für ihn war der Ruf klar, war die Sache glorreich. Niemals befleckte ein Zweifel seinen strahlenden Glauben. Sie errät so vieles, das er nicht hinschrieb. Sie weiß, was sie in diese kurzen Begeisterungsblitze hineinzulesen hat; wie erfüllt ihm sein Leben erschienen sein mußte, bevor er sich fähig fühlte, so weit zu gehen – er, der sich so sehr davor fürchtete, genarrt zu werden! Er starb im Glauben, daß sein Land besser sei, als es ist, und Frankreich besser als irgendein Land je sein kann. Und dies waren schöne Überzeugungen. Mit ihnen konnte man sterben. Vielleicht war es besser, diese Vision zu sehen und dann nichts mehr zu sehen. Sie hätte das Erwachen gefürchtet – sie bezweifelte manchmal sogar, daß er jene letzte verheerende Enttäuschung überhaupt hätte ertragen können. Einer nach dem anderen verlassen die Helden jenes Krieges, Männer von blendender Soldatentugend, vorzeitig die Welt, in die sie zurückgekehrt sind. Flieger, deren Taten Legende waren, Offiziere, deren Namen das Blut der Jugend schneller pulsieren ließen, Überlebende unglaublicher Gefahren – einer nach dem anderen sterben sie leise von eigener Hand. Manche tun es in schäbigen Pensionen, manche in ihrem Büro, wo sie ihr Geschäft fortzuführen schienen wie andere Männer. Manche schlüpfen über Bord eines Schiffes und verschwinden im Meer. Wenn Claudes Mutter von diesen Dingen hört, dann erschauert sie und preßt die Hände fest auf ihre Brust, als hätte sie Claude dort drin. Ihr ist, als hätte Gott ihn vor einem entsetzlichen Leiden, einem entsetzlichen Ende bewahrt. Denn während sie liest, denkt sie, daß diese Selbstmörder ihm alle glichen; es waren jene, die überschwenglich gehofft hatten – die, um zu tun, was sie taten, überschwenglich hatten hoffen und leidenschaftlich hatten glauben müssen. Und sie entdeckten, daß sie zu viel gehofft und geglaubt hatten. Aber sie wußte einen, der Enttäuschung nur schwer ertragen konnte... in Sicherheit.

Mahailey redet Mrs. Wheeler, wenn sie allein sind, manchmal mit «Mudder» an: «Mudder, du gehst jetz' nach oben un' leg's dich hin un' ruhst dich aus.» Mrs. Wheeler weiß, daß sie dann an Claude denkt, für Claude spricht. Während sie am Tisch arbeiten oder sich über den Herd beugen, erinnert sie etwas an ihn, und sie denken gemeinsam an ihn, fast wie eine einzige Person. Mahailey tätschelt ihr dann den Rücken und sagt: «Sorg dich nich', Mudder; du wirst deinen Jungen da drüben wiedersehn.» Mrs. Wheeler spürt immer, daß Gott nahe ist – aber Mahailey kümmert kein Wissen um die unendlichen Räume zwischen den Sternen, und für sie ist Er noch näher – direkt da oben, gar nicht allzu weit über dem Küchenherd.

Nachwort

An einem Junitag des Jahres 1918 las Willa Cather beim Friseur die Zeitung. Auf einer Liste von Soldaten, deren besondere Tapferkeit bei der amerikanischen Offensive im Argonnerwald erwähnt wurde, stieß sie auf folgende Notiz: «Leutnant G. P. Cather (inzwischen gefallen) – kühl, beherzt und mit beispielhaftem Mut sprang er auf die Brustwehr eines Schützengrabens und leitete von dort das Feuer zweier Mannschaften gegen sieben deutsche Maschinengewehre.» Die Nachricht traf Willa als Schock. Der zitierte Leutnant war ihr Vetter Grosvenor (G. P.) Cather, Sohn ihres Onkels George und ihrer Tante Frances. Er war zehn Jahre jünger als Willa und als Farmkind aufgewachsen in Nebraska, wohin seine Eltern wenige Jahre vor Willas eigener Familie gezogen waren. Willa kannte den Vetter gut, sie hatte sich ihm zeitlebens nahe und entfremdet zugleich gefühlt; er war eine unglückliche Natur, frustriert vom Farmleben, ein mit sich selbst zerfallener Mensch, dem alles, was er tat, mißlang. Ihm und seinesgleichen zu entgehen, hatte Willa sich, behauptet sie, ins Schreiben geflüchtet, eine Flucht, die ihr Vetter ihr neidete und verübelte. Jahrelang hielt sie zu G. P. Distanz. Erst im Sommer 1914 kam sie ihm bei einem Besuch in Nebraska näher. In langen Gesprächen über den Krieg in Europa begann sie ihn zu begreifen, seine Verzweiflung, abgeschlossen von der Welt auf der Farm begraben zu sein, und sein brennendes Interesse für Frankreich und alles Europäische, über das er sie ausfragte wie ein Verhungernder. Als Amerika am 6. April 1917 den Krieg erklärte, meldete sich G. P. Cather sofort als Freiwilliger zu den Waffen. Er wurde mit den American Expeditionary Forces nach Frankreich verschifft, und am 23. Mai 1918 ist er in der ersten amerikanischen Angriffsaktion beim Sturm auf Cantigny gefallen.

Seither ließ der Gedanke an den Vetter Willa nicht mehr los. Seine Mutter gab ihr seine Briefe von der Front zu lesen, und Willa war überwältigt von der Vorstellung, daß ein so hoffnungsloses Leben am Ende so überhöht war; daß ein ungehobelter, einsilbiger Geselle, der blindlings seinen Weg suchte, nun sein Leben für eine Sache und ein Ideal hingeben konnte. In der euphorischen Stimmung des Waffenstillstands am 11. November 1918 schrieb Willa an die Mutter des Gefallenen, ihr Sohn habe «den klaren Preis» für das gezahlt, was die Welt an diesem Tag mit dem Sieg über Deutschland gewonnen habe: daß die Sonne über einer Welt aufgeht, in der es keine Tyrannei mehr gibt.

In dieser Stimmung begann Willa Cather den Roman über den Vetter, der von ihr so stark Besitz ergriffen hatte. Ein Teil ihrer selbst, empfand sie, war mit G. P. gestorben, so wie er in ihr weiterlebte. Sie kannte ihn besser als sich selbst, er war in ihrem Blut, er lebte mit ihr wie ein Doppelgänger die ganzen «drei wunderbaren, qualvollen Jahre» lang, in denen sie an dem Roman schrieb. Claude Wheeler wurde das genaue Porträt von G. P. Cather, so wie sich seine Eltern in Mr. and Mrs. Wheeler in allen Einzelheiten wiederfanden. Selbst für das geliebte Faktotum Mahailey griff Willa in die eigene Familie zurück. Die alte

Köchin wurde zum Abbild der Haushaltshilfe Marjorie Anderson, welche die Cathers von Virginia mitgenommen hatten und die fünfundvierzig Jahre mit ihnen gelebt hat.

Die ersten Kapitel, die in Nebraska spielen, wurden in einem Zug geschrieben. Dies war vertrautes Material. Mit dem Übergang ins Militärische indessen betrat Willa fremdes Terrain, die Erfahrungen kamen nun aus zweiter Hand. In New Yorker Krankenhäusern besuchte sie verwundete Heimkehrer und fragte sie aus. Ein Freund brachte ihr Soldaten, die in Frankreich gekämpft hatten, ins Haus. Sie hörte ihnen zu, und alle wurden ihr zu «Claude». Ein Arzt, der auf Transportschiffen gedient und Grippeepidemien behandelt hatte, gab ihr sein Tagebuch zu lesen; es wurde zur Quelle des Kapitels von der «Anchises»-Überfahrt. Um sich selbst die Eindrücke zu verschaffen, die ihr fehlten, reiste sie im Sommer 1920 nach Frankreich, lebte einige Monate in Paris, besuchte die Schlachtfelder und auch das Grab des Vetters auf dem Soldatenfriedhof von Villers Tournelle bei Montdidier. Zurückgekehrt, beendete sie das Manuskript im nächsten Sommer. Ein Jahr später, im September 1922, kam der Roman, den sie eigentlich schlicht «Claude» hatte nennen wollen, unter dem Titel *One of Ours* heraus.

Willa Cather hat sich stets geweigert, das Buch als Kriegsroman zu sehen. Sie betrachtet es als die Geschichte eines beschädigten Lebens, das in der Hingabe an ein Ideal Sinn und Erfüllung findet. Claude fühlt sich gefangen in seiner Welt, aus der er keinen Ausweg sieht, und ist dabei voll unbefriedigtem Begehren und unerfüllter Träume; tief im Herzen weiß er, «daß am Leben etwas Herrliches sei, wenn er es nur finden könnte». Eine erste Ahnung künftiger Möglichkeiten bringen die Kriegsnachrichten, die über die Provinzzeitungen ins Farmland sickern. Mutter und Sohn suchen die fremden Ortsnamen auf der Karte, lesen sich die Geschichte von Paris vor, zittern um die ferne Hauptstadt während der Marneschlacht. Diese befeuert Claudes Phantasie: «Nichts auf Erden wäre er jetzt so gern wie ein Atom in jenem Wall aus Fleisch und Blut, der sich erhob und schmolz und sich wieder erhob vor der Stadt, die in allen Jahrhunderten soviel bedeutet hatte.»

Der Krieg wird für Claude und seine Kameraden «die goldene Chance, das glänzende Abenteuer». Schon auf dem Weg nach Frankreich fällt sein ganzes bisheriges Leben von ihm ab. Was jahrelang im Innersten gefangen war und ins Freie drängte, bricht jetzt hervor, sein Leben hat Sinn und Ziel erhalten. Bis dieser Krieg kam, kannte er nichts Lebenswertes – und nichts Sterbenswertes. Der Krieg, sagt Claudes Freund Gerhardt, «wurde unserer Generation aufgedrängt». Vielleicht müssen, wie in der griechischen Mythologie, die Jungen sterben, um einer neuen Idee den Weg zu bahnen.

Willa Cather zeichnet hier die Stimmung einer Generation auf, die schon zu der Zeit, als der Roman erschien, verflogen war. Sie hat sie mit Verständnis und Sympathie betrachtet, doch nicht geteilt. Ihren Helden, das geht aus ihren Notizen hervor, hat sie als eine Art Parsifal empfunden, als naiven, lauteren Idealisten ohne Welterfahrung. Daß er am Ende sterben muß, paßt in ihre immer wieder variierte Überzeugung, daß für reine junge Idealisten kein Platz auf dieser Welt ist. So begleitet sie Claudes «glänzendes Abenteuer» mit sanfter Ironie. Am Ende distanziert sie sich von ihm. Claudes Mutter wird im Epilog zu Willas

Sprachrohr. Die Sache, für die Claude fiel, erschien ihm klar und glorreich. Doch hat er sein eigenes Land für besser gehalten, als es ist, und Frankreich für «besser, als irgendein Land je sein kann». Das Erwachen aus der Illusion wäre fürchterlich für Claude gewesen. Sein Tod hat ihm den Schlag erspart.

Wie zu erwarten, hat das Buch neben hohem Lob auch harsche Kritik gefunden. Mancher warf Willa vor, sie habe den Krieg romantisiert. Während eine New Yorker Zeitung von einem Höhepunkt ihrer literarischen Karriere sprach, schrieb eine andere: «Der Held verliert sein Leben und findet seine Seele, doch gibt es einen zu hohen Preis sogar für Seelen, und Krieg ist ein zu hoher Preis.» Doch *One of Ours* wurde ein so großer Publikumserfolg, daß Willa von den Tantiemen leben konnte; zum erstenmal war sie finanziell unabhängig und brauchte sich fortan nicht mehr um Geld zu sorgen. Außerdem brachte ihr der Roman den Pulitzer-Preis für 1923 ein. Was Willa Cather jedoch mehr als alle diese Erfolge freute, das waren die zahlreichen Briefe von Soldaten, die sich in Claude Wheeler wiedererkannten. «Ich selbst bin 22, Miss Cather, und Sie haben mich in Claude erschaffen», hieß es in einem typischen Schreiben. Es war ihr die Bestätigung dafür, daß sie dem Lebensgefühl einer Generation Ausdruck gegeben hatte.

Sabina Lietzmann